D1754945

MANESSE BIBLIOTHEK

Jane Austen

VERNUNFT UND GEFÜHL

Roman

Aus dem Englischen übersetzt
von Andrea Ott

Nachwort von
Denis Scheck

MANESSE VERLAG

Kapitel 1

Die Familie Dashwood war schon lange in Sussex ansässig. Von Nachbarn und Bekannten allgemein geachtet, lebte sie seit Generationen ehrbar und anständig auf Norland Park, dem herrschaftlichen Wohnhaus inmitten ihres großen Anwesens. Der letzte Gutsbesitzer, ein Junggeselle, der es auf ein stattliches Alter brachte, hatte in seiner Schwester viele Jahre eine treue Gefährtin und Haushälterin. Erst als sie starb, zehn Jahre vor ihm, führte das zu gewaltigen Änderungen in seinem Hauswesen. Um nämlich diesen Verlust zu ersetzen, bat er seinen Neffen und rechtmäßigen Erben Mr. Henry Dashwood, dem er Norland Park zu vermachen gedachte, mit seiner Familie bei ihm einzuziehen. Der alte Herr fühlte sich sehr wohl in der Gesellschaft des Neffen, der Nichte und ihrer Kinder. Seine Zuneigung zu ihnen wuchs. Er genoss, soweit sein Alter dies zuließ, jede erdenkliche Annehmlichkeit, denn Mr. und Mrs. Henry Dashwood kamen – nicht nur aus Eigennutz, sondern auch aus Herzensgüte – seinen Wünschen stets bereitwillig entgegen; die

Fröhlichkeit der Kinder verlieh seinem Dasein zusätzliche Würze.

Aus einer früheren Ehe hatte Mr. Henry Dashwood einen Sohn, von seiner jetzigen Frau drei Töchter. Der Sohn, ein verlässlicher, ehrbarer junger Mann, war durch den stattlichen Besitz seiner Mutter, der ihm bei Erreichen der Volljährigkeit bereits zur Hälfte zugefallen war, üppig versorgt. Kurz darauf heiratete er, was seinen Wohlstand noch mehrte. Für ihn hatte daher die Erbfolge auf Norland Estate keine so große Bedeutung wie für seine Schwestern. Deren Vermögen wäre, abgesehen von dem, was für sie abfallen mochte, wenn ihr Vater den Landsitz erbte, auf jeden Fall bescheiden. Ihre Mutter besaß nichts, und der Vater hatte nur siebentausend Pfund zur freien Verfügung, denn auch die zweite Hälfte des Vermögens seiner ersten Frau war ihrem Kind vorbehalten, er selbst hatte nicht mehr als den Nießbrauch zu Lebzeiten.

Der alte Herr starb. Sein Testament wurde verlesen und sorgte wie fast jedes Testament nicht nur für Freude, sondern auch für Enttäuschung. Er war weder so ungerecht noch so undankbar gewesen, den Besitz einem anderen als seinem Neffen zu vermachen; doch vermachte er ihn zu Bedingungen, unter denen die Erbschaft lediglich halb so viel wert war. Mr. Dashwood hatte sie mehr um seiner Frau und seiner Töchter willen ersehnt, nicht so sehr für sich und seinen Sohn. Aber nun wurde das Erbe für ebendiesen Sohn und dessen vierjährigen Sprössling gesichert, und zwar in einer Weise, die ihm selbst keine Möglichkeit ließ, für jene zu sorgen, die ihm am nächsten standen und eine Versorgung durch eine Hypothek oder den Verkauf wertvoller Wälder am meisten benötigten. Das Ganze war einer Verfügungsbeschränkung zugunsten dieses Kindes unterworfen. Es hatte bei gelegentlichen Besuchen mit den Eltern auf Norland das Herz seines Großonkels durch den Einsatz von Reizen erobert, die für zwei-, dreijährige Kinder nichts Außergewöhnliches sind: durch eine fehlerhafte Aussprache, den unbedingten Wunsch, den eigenen Willen durchzusetzen, durch zahllose listige Streiche sowie gewaltigen Lärm – und das alles wog schwerer als jede Freundlichkeit, die ihm von seiner Nichte und deren Töchtern zuteilgeworden war. Er wollte jedoch nicht herzlos sein und hinterließ den drei Mädchen als Zeichen seiner Zuneigung jeweils eintausend Pfund.

Anfangs war Mr. Dashwood tief enttäuscht. Aber er war eine heitere und zuversichtliche Natur; nach menschlichem Ermessen würde er noch viele Jahre leben und konnte, wenn er sparsam wirtschaftete, aus den Erlösen eines bereits großen und in unmittelbarer Zukunft möglicherweise noch wachsenden Besitzes eine beträchtliche Summe beiseitelegen. Doch das Vermögen, das so spät auf ihn gekommen war, sollte ihm nur ein Jahr gehören. Länger überlebte er seinen Onkel nicht, und der Witwe und den Töchtern blieben ganze zehntausend Pfund inklusive der letztwilligen Zuwendungen.

Sobald offenbar wurde, wie ernst es um ihn stand, rief man nach seinem Sohn, und Mr. Dashwood legte ihm mit aller durch die Krankheit gebotenen Inständigkeit und Dringlichkeit das Wohl seiner Stiefmutter und seiner Schwestern ans Herz.

Mr. John Dashwood war nicht so gefühlvoll wie die anderen Familienmitglieder, aber eine derartige Empfehlung zu einem solchen Zeitpunkt rührte ihn doch, und er versprach, alles in seiner Macht Stehende zu tun, um ihnen ein sorgenfreies Leben zu ermöglichen. Diese Zusage beruhigte den Vater, und Mr. John Dashwood konnte in Ruhe darüber nachdenken, wie viel wohl diesbezüglich vernünftigerweise in seiner Macht stand.

Er war kein charakterloser junger Mann – es sei denn, man nennt jemanden charakterlos, weil er ein wenig engherzig und selbstsüchtig ist. Im Gegenteil, er war allgemein sehr angesehen, da er sich der üblichen Pflichten mit Anstand entledigte. Hätte er eine liebenswürdigere Frau geheiratet, wäre er vielleicht noch mehr geachtet worden, wäre vielleicht sogar selbst ein liebenswürdiger Mensch geworden, schließlich hatte er sehr jung geheiratet und liebte seine Frau innig. Doch Mrs. John Dashwood war ein Zerrbild von ihm, war noch engherziger und selbstsüchtiger.

Als er dem Vater dies versprach, erwog er, das damalige Vermögen seiner Schwestern um jeweils eintausend Pfund aufzustocken. Zu jener Zeit glaubte er tatsächlich, einem solchen Vorhaben gewachsen zu sein. Die Aussicht auf jährlich viertausend Pfund zusätzlich zu seinem bisherigen Einkommen, obendrein die noch ausstehende Hälfte des mütterlichen Vermögens, wärmten ihm das Herz und gaben ihm das Gefühl, er könne sich eine solche Großzügigkeit leisten. Ja, er würde ihnen dreitausend Pfund schenken, das war freigebig und freundlich! Das würde reichen, um ihnen ein gänzlich sorgenfreies Leben zu ermöglichen. Dreitausend Pfund! Eine ansehnliche Summe, die er ohne größere Mühe abzweigen konnte. Er dachte den ganzen Tag und noch viele weitere darüber nach und bereute seine Zusage nicht.

Kaum war der Vater begraben, traf Mrs. John Dashwood mit ihrem Kind und der Dienerschaft auf Norland ein, ohne ihre Schwiegermutter zuvor davon in Kenntnis gesetzt zu haben. Niemand konnte bestreiten, dass sie das Recht hatte zu kommen; von dem Moment an, da der Vater gestorben war, gehörte das Haus ihrem Mann. Die Taktlosigkeit ihres Verhaltens war dennoch unbestreitbar und hätte schon jeder normal empfindenden Frau in dieser Lage höchst unangenehm sein müssen. Mrs. Dashwood verfügte jedoch über einen derart ausgeprägten Ehrbegriff, eine so schwärmerische Großherzigkeit, dass ihr jede Unhöflichkeit, von oder gegenüber wem auch immer, eine Quelle unbezwingbaren Abscheus war. Mrs. John Dashwood war in der Familie ihres Mannes noch nie besonders beliebt gewesen, hatte aber bis jetzt noch keine Gelegenheit gehabt zu zeigen, wie rücksichtslos sie handeln konnte, wenn die Situation es erforderte.

Mrs. Dashwood schmerzte diese Lieblosigkeit aufs Äußerste, sie verachtete ihre Schwiegertochter dafür zutiefst und hätte bei deren Ankunft das Haus für immer verlassen, wenn nicht ihre älteste Tochter sie angefleht hätte, erst einmal nachzudenken, ob dies der richtige Schritt war, und schließlich bewog sie die zärtliche Liebe zu ihren drei Kindern, zu bleiben und um ihretwillen einen Bruch mit dem Bruder zu vermeiden.

Diese älteste Tochter Elinor, deren Einwand so wirkungsvoll gewesen war, besaß einen scharfen Verstand und ein unbestechliches Urteil, was sie dazu befähigte, trotz ihrer erst neunzehn Jahre die Ratgeberin ihrer Mutter zu sein und Mrs. Dashwoods Überschwänglichkeit, die in den meisten Fällen zu leichtsinnigem Handeln führte, zum Besten aller zu dämpfen. Sie hatte ein gutes Herz, war zärtlich und gefühlvoll, aber sie wusste ihre Gefühle zu zügeln, eine Kunst, die ihre Mutter noch lernen musste und eine ihrer beiden Schwestern nicht lernen wollte.

Mariannes Fähigkeiten glichen in vieler Hinsicht denen von Elinor. Auch sie war klug und begabt, aber in allem übereifrig; sie kannte in Freud und Leid kein Maß. Sie war großzügig, liebenswürdig und anziehend, sie war alles, nur nicht besonnen. Die Ähnlichkeit mit ihrer Mutter war auffallend.

Elinor beobachtete die übertriebene Empfindsamkeit ihrer Schwester mit Sorge, von Mrs. Dashwood dagegen wurde sie gehegt und gepflegt. Nun feuerten sich die beiden in ihrem Schmerz gegenseitig an. Der Gram, der sie anfangs überwältigt hatte, wurde aus freien Stücken aufgefrischt, gesucht, immer wieder wachgerufen. Sie überließen sich gänzlich ihrem Kummer, zogen aus jedem Gedanken, der sich dafür anbot, eine Steigerung ihres Leids und waren entschlossen, sich nie und nimmer trösten zu lassen. Auch Elinor war tief betrübt, aber sie vermochte noch zu kämpfen, sich anzustrengen. Es gelang ihr, sich mit ihrem Bruder zu beraten und ihre Schwägerin bei der Ankunft zu begrüßen und mit der gehörigen Aufmerksamkeit zu behandeln; darüber hinaus bemühte sie sich, ihre Mutter zu der gleichen Anstrengung und der gleichen Geduld zu ermuntern.

Margaret, die andere Schwester, war ein fröhliches, gutmütiges Mädchen, aber da sie mit ihren dreizehn Jahren bereits viel von Mariannes Schwärmerei übernommen hatte, ohne dabei Mariannes Verstand zu besitzen, sah es nicht danach aus, als würde sie im späteren Leben ihren Schwestern das Wasser reichen können.

Kapitel 2

Mrs. John Dashwood richtete sich nun als Herrin auf Norland ein, und ihre Schwiegermutter und ihre Schwägerinnen wurden zu Logiergästen herabgestuft. Immerhin behandelte sie sie höflich, wenngleich reserviert, und ihr Mann ließ ihnen das größtmögliche Maß an Freundlichkeit angedeihen, das er für andere Menschen als sich selbst, seine Frau und sein Kind aufzubringen vermochte. Ja, er bat sie dringend und auch einigermaßen glaubhaft, Norland als ihr Zuhause zu betrachten, und da für Mrs. Dashwood nichts anderes in Frage kam als hierzubleiben, bis sie in der näheren Umgebung ein Haus gefunden hatte, wurde seine Einladung angenommen.

An einem Ort zu verweilen, wo alles sie an früheres Glück erinnerte, war genau, was sie sich wünschte. In fröhlichen Zeiten war niemand fröhlicher als sie oder empfand hoffnungsvoller jene Vorfreude, die schon die Freude selbst ist. Doch auch im Leid ließ sie sich von ihrer Fantasie mitreißen, und so ungetrübt ihre Freude war, so untröstlich war sie in ihrem Kummer.

Mrs. John Dashwood hieß keineswegs gut, was ihr Gatte für seine Schwestern zu tun beabsichtigte. Wenn er das Vermögen ihres lieben kleinen Jungen um dreitausend Pfund schmälere, sagte sie, werde er ihn bald an den Bettelstab bringen. Er möge bitte noch einmal darüber nachdenken. Wie er das vor sich selbst verantworten wolle, sein Kind, sein einziges Kind, einer so großen Summe zu berauben? Und welchen Anspruch die Misses Dashwood, die nur halbbürtig mit ihm verwandt seien – was in ihren Augen ja gar keine Verwandtschaft sei –, auf eine so ausnehmende Großzügigkeit seinerseits hätten? Bekanntlich erwarte niemand, dass eines Mannes Kinder aus verschiedenen Ehen Zuneigung füreinander verspürten, und warum er sich und ihren armen kleinen Harry ruinieren wolle, indem er all sein Geld an seine Halbschwestern verschenke?

«Es war die letzte Bitte meines Vaters», erwiderte ihr Mann, «dass ich seiner Witwe und seinen Töchtern helfe.»

«Er wusste bestimmt nicht mehr, was er sagte; zehn zu eins, dass er zu diesem Zeitpunkt schon wirr im Kopf war. Wäre er bei Verstand gewesen, wäre er nicht auf den Gedanken gekommen, Sie zu bitten, Ihrem eigenen Kind das halbe Vermögen wegzunehmen.»

«Er hat keine bestimmte Summe gefordert, liebe Fanny, er ersuchte mich nur ganz allgemein, ihnen zu helfen und ihnen bessere Verhältnisse zu ermöglichen, als er es vermocht hatte. Vermutlich hätte er diese Sache genauso gut mir allein anheimstellen können. Es war ja wohl kaum zu erwarten, dass ich sie im Stich lassen würde. Aber da er mich um mein Wort bat, musste ich es ihm geben. Zumindest dachte ich das damals.

Ich habe es ihm also versprochen und muss dieses Versprechen nun auch halten. Es muss etwas für sie getan werden, wenn sie Norland verlassen und in ein anderes Haus ziehen.»

«Gut, dann soll etwas getan werden, aber dieses Etwas müssen keine dreitausend Pfund sein. Bedenken Sie», fuhr sie fort, «das Geld, erst einmal weg, kommt nie mehr zurück. Ihre Schwestern werden heiraten, dann ist es für immer dahin. Wenn es natürlich unserem armen kleinen Jungen zurückerstattet werden könnte...»

«Nun ja, das stimmt», sagte ihr Mann sehr ernst, «das wäre etwas anderes. Womöglich beklagt Harry eines Tages, dass wir eine so große Summe hergeschenkt haben. Falls er zum Beispiel irgendwann eine vielköpfige Familie haben sollte, wäre das ein willkommener Zuschlag.»

«Allerdings.»

«Dann wäre es vielleicht für alle Beteiligten besser, wenn wir den Betrag halbierten. Fünfhundert Pfund wären bei ihrem Vermögen ein gewaltiger Zuwachs.»

«Oh, das wäre über die Maßen großartig! Welcher Bruder auf Erden würde auch nur halb so viel für seine Schwestern tun, selbst wenn es echte Schwestern wären! Dabei sind es nur Halbschwestern. Aber Sie sind ja so großzügig!»

«Ich möchte nicht schäbig handeln», antwortete er. «Bei solchen Gelegenheiten tut man besser zu viel als zu wenig. Zumindest kann niemand sagen, ich hätte nicht genug für sie getan, nicht einmal sie selbst – sie können unmöglich mehr erwarten.»

«Was *die* erwarten, weiß man nie», meinte die Dame, «aber ihre Erwartungen brauchen uns nicht zu kümmern. Die Frage ist vielmehr, was *Sie* sich leisten können.»

«Sicher – und ich glaube, ich kann es mir leisten, jeder fünfhundert Pfund zu geben. So wie es jetzt steht, ohne eine Aufstockung von meiner Seite, erhält jede beim Tod der Mutter etwa dreitausend Pfund – reichlich viel Geld für eine junge Frau.»

«Allerdings. Mir kommt es so vor, als brauchten sie gar keine Aufstockung. Sie dürfen sich zehntausend Pfund teilen. Wenn sie heiraten, werden sie es bestimmt gut treffen, und wenn nicht, können sie zu dritt von den Zinsen der zehntausend Pfund ganz komfortabel leben.»

«Das ist richtig. Deshalb ist es am Ende vielleicht auch klüger, zu Lebzeiten etwas für ihre Mutter zu tun, im Sinne einer jährlichen Zuwendung, meine ich. Meine Schwestern bekämen die erfreulichen Auswirkungen genauso zu spüren wie sie selbst. Hundert im Jahr würden ihnen schon sehr guttun.»

Seine Frau zögerte ein wenig mit ihrer Einwilligung. «Sicher», sagte sie, «das ist besser, als sich auf einen Schlag von fünfzehnhundert Pfund zu trennen. Aber wenn Mrs. Dashwood dann noch fünfzehn Jahre lebt, sind wir die Dummen.»

«Fünfzehn Jahre! Liebe Fanny! Ich gebe ihr nicht mehr halb so viel Zeit.»

«Wahrscheinlich nicht. Aber wenn Sie mal darauf achten, die Leute, die eine Leibrente bekommen, leben immer ewig, und Mrs. Dashwood ist gesund und kräftig und kaum vierzig. Eine Leibrente ist eine sehr ernste Angelegenheit, sie wird jedes Jahr fällig, und man wird sie nicht mehr los. Sie sind sich nicht bewusst, was Sie da tun. Ich kenne mich mit diesen leidigen Renten aus, meiner Mutter hing nämlich die Bezahlung von drei uralten Dienstboten nach dem letzten Willen meines Vaters wie ein Klotz am Bein, und sie fand das wirklich unglaublich lästig. Die Renten mussten halbjährlich ausgezahlt werden, dann die Scherereien, bis das Geld bei den Leuten war, schließlich hieß es, einer sei gestorben, danach stellte sich heraus, das stimmte gar nicht. Meine Mutter hatte es bis obenhin satt. Sie sagte, bei solch unkündbaren Ansprüchen ist man nicht mehr Herr über das eigene Einkommen, und von meinem Vater war das besonders lieblos, weil das Geld sonst gänzlich meiner Mutter zur Verfügung gestanden hätte, ohne jede Einschränkung. Ich habe seitdem einen solchen Abscheu vor Leibrenten, dass ich mich um nichts in der Welt auf etwas Derartiges festnageln ließe.»

«Sicher, so eine alljährliche Belastung des Einkommens ist unerfreulich», erwiderte Mr. Dashwood. «Wie Ihre Mutter ganz richtig sagt, ist man nicht mehr Herr über das eigene Vermögen. Es ist keineswegs wünschenswert, regelmäßig an einem bestimmten Tag eine solche Summe zahlen zu müssen: Man verliert ja jede Unabhängigkeit.»

«Zweifellos. Und letzten Endes dankt es einem niemand. Die Empfänger wiegen sich in Sicherheit, und weil Sie nur tun, was man von Ihnen erwartet, fühlt sich keiner zu Dank verpflichtet. Ich an Ihrer Stelle würde ausschließlich nach freiem Ermessen handeln. Ich würde mich nicht zu einer jährlichen Leistung verpflichten. In manchen Jahren könnte es sehr lästig sein, wenn wir unsere eigenen Ausgaben um hundert oder auch nur um fünfzig Pfund einschränken müssten.»

«Ich glaube, Sie haben recht, meine Liebe; in diesem Fall wird es besser sein, keine jährliche Rente zu zahlen. Was immer ich ihnen gelegentlich zukommen lasse, wird ihnen mehr nützen als ein festes Jahresgeld, denn die Gewissheit größerer Einkünfte ließe sie nur auf größerem Fuße leben, und am Ende des Jahres wären sie um keinen Shilling wohlhabender. Das ist eindeutig die beste Lösung. Ab und zu ein Geschenk von fünfzig Pfund wird verhindern, dass sie in Geldnot geraten, und mein Versprechen mehr als angemessen einlösen.»

«Natürlich. Offen gestanden bin ich sogar überzeugt, dass Ihr Vater gar nicht an Geldgaben dachte. Vermutlich dachte er an die Art von Unterstützung, die man billigerweise von Ihnen erwarten kann; zum Beispiel ein gemütliches Häuschen für sie suchen, ihnen beim Umziehen helfen und ihnen während der Saison Fisch, Wild und so weiter zukommen lassen. Ich gehe jede Wette ein, er hat gar nichts anderes gemeint – das wäre ja auch sehr seltsam und unvernünftig gewesen. Überlegen Sie doch, mein lieber Mr. Dashwood, wie außerordentlich komfortabel Ihre Stiefmutter und deren Töchter von den Zinsen der siebentausend Pfund leben können, nicht gerechnet die tausend Pfund, die jedes Mädchen besitzt und die ihnen jeweils fünfzig Pfund im Jahr einbringen. Davon werden sie natürlich ihrer Mutter Kost und Logis zahlen. Alles in allem dürften sie zusammen fünfhundert im Jahr haben, und wozu um alles in der Welt brauchen vier Frauen mehr als das? Sie leben doch so billig! Die Haushaltsführung kostet sie gar nichts. Sie halten sich keine Kutsche, keine Pferde und kaum Dienstboten; sie empfangen keine Gäste und haben überhaupt keine Aufwendungen! Stellen Sie sich nur vor, wie gut es ihnen geht! Fünfhundert im Jahr! Ich begreife gar nicht, wofür sie auch nur halb so viel ausgeben könnten, und die Vorstellung, dass Sie ihnen mehr zahlen wollen, ist völlig aberwitzig. Eher sind *sie* in der Lage, *Ihnen* etwas zu zahlen.»

«Offen gestanden glaube ich, Sie haben vollkommen recht», sagte Mr. Dashwood. «Bestimmt hat mein Vater mit seiner Bitte nichts anderes gemeint, als was Sie sagen. Jetzt verstehe ich es erst, und ich werde meiner Verpflichtung durch die von Ihnen genannten Hilfeleistungen und Liebenswürdigkeiten gewissenhaft nachkommen. Wenn meine Stiefmutter in ein anderes Haus zieht, werde ich ihr meine Dienste anbieten und ihr zur Seite stehen, soweit ich dazu in der Lage bin. Dann dürfte auch gegen ein Möbelstück als kleines Geschenk nichts einzuwenden sein.»

«Selbstverständlich», erwiderte Mrs. John Dashwood. «Aber eins ist zu bedenken: Als Ihre Eltern nach Norland zogen, wurden zwar die Möbel von

Stanhill verkauft, aber alles Porzellan, Besteck und Bettzeug wurde aufgehoben und gehört nun zur Erbschaft Ihrer Mutter. Ihr Haushalt ist also fast komplett, wenn sie einzieht.»

«Das ist zweifellos ein wichtiger Gedanke. Ein wertvolles Vermächtnis, in der Tat. Dabei hätten wir einiges von dem Silber auch bei uns recht gut gebrauchen können.»

«Ja, und das Frühstücksgeschirr ist viel schöner als das, was zu diesem Haus gehört. Meiner Meinung nach viel zu hübsch für jedes Haus, das die sich leisten können. Aber so ist es nun einmal. Ihr Vater hat nur an *sie* gedacht. Und ich muss sagen: Sie, mein lieber Mr. Dashwood, schulden ihm keinen besonderen Dank und müssen seine Wünsche auch nicht respektieren, denn wir wissen sehr wohl, dass er fast alles denen hinterlassen hätte, wenn es ihm möglich gewesen wäre.»

Dieses Argument war nicht zu widerlegen. Es verlieh seinen Absichten die bisher fehlende Entschiedenheit, und er befand endgültig, dass es völlig unnötig, wenn nicht sogar ungehörig war, für die Witwe und die Kinder seines Vaters mehr zu tun, als jene nachbarschaftliche Hilfe zu leisten, die ihm seine Frau nahegelegt hatte.

Kapitel 3

Mrs. Dashwood blieb noch einige Monate auf Norland, was aber nicht etwa daran lag, dass sie einem Umzug abgeneigt gewesen wäre, denn der Anblick der vertrauten Örtlichkeiten löste nun nicht mehr so heftige Gefühle aus wie am Anfang. Vielmehr konnte sie, als ihre Lebensgeister allmählich wieder erwachten und ihre Gedanken nicht mehr unablässig in melancholischem Erinnern und Trübsalblasen gefangen waren, sondern sich auch wieder zu anderem imstande fühlte, es kaum noch erwarten, wegzuziehen, und suchte unermüdlich in der Umgebung von Norland nach einer geeigneten Bleibe. Sich weit von diesem geliebten Ort zu entfernen schien ihr unmöglich. Aber sie erfuhr von keinem Wohnhaus, das ihren Vorstellungen von Komfort und Behaglichkeit entsprochen und gleichzeitig die Zustimmung ihrer besonnenen ältesten Tochter gefunden hätte; diese nämlich lehnte mit sicherem Urteil einige Häuser, die die Mutter gebilligt hätte, ab, weil sie für ihr Budget zu groß waren.

Mrs. Dashwood nun wusste von ihrem Mann, welch feierliches Versprechen ihm sein Sohn zu ihren Gunsten gegeben hatte; das war ihm in seinen letzten Stunden eine Beruhigung gewesen.

Sie zweifelte ebenso wenig an der Aufrichtigkeit dieser Beteuerung, wie er daran gezweifelt hatte, und um ihrer Töchter willen war sie sehr froh darüber. Sie selbst hätte sich freilich auch mit einer viel kleineren Summe als siebentausend Pfund wohlversorgt gefühlt. Für den Bruder freute sie sich, freute sich über sein gutes Herz und warf sich vor, ihn bisher nicht richtig gewürdigt zu haben, da sie ihm keine Freigebigkeit zugetraut hatte. Sein aufmerksames Verhalten ihr und seinen Schwestern gegenüber schien zu beweisen, dass ihm ihr Wohlergehen am Herzen lag, und lange vertraute sie fest auf die Großzügigkeit seiner Absichten.

Die Verachtung, die Mrs. Dashwood schon bald nach der ersten Begegnung für ihre Schwiegertochter empfunden hatte, wuchs gewaltig, als sie sie näher kennenlernte; dazu genügte ein halbes Jahr Zusammenleben. Und obwohl Erstere es keineswegs an Höflichkeit oder mütterlicher Zuwendung fehlen ließ, hätten es die beiden Damen nie so lange gemeinsam unter einem Dach ausgehalten, wenn nicht ein besonderer Umstand eingetreten wäre, der nach Meinung von Mrs. Dashwood ihren Töchtern mehr denn je das Recht gab, auf Norland zu bleiben.

Dieser Umstand war die wachsende Zuneigung zwischen ihrem ältesten Mädchen und dem Bruder von Mrs. John Dashwood, einem angenehmen jungen Gentleman, der ihnen kurz nach dem Einzug seiner Schwester auf Norland vorgestellt worden war und seither den größten Teil seiner Zeit hier verbracht hatte.

Manche Mütter hätten diesen vertrauten Umgang aus Berechnung gefördert, denn Edward Ferrars war der älteste Sohn eines Mannes, der bei seinem Tod ein Vermögen hinterlassen hatte; andere hätten die Angelegenheit aus Vorsicht einschlafen lassen, denn bis auf einen geringen Betrag hing sein ganzes Vermögen vom Testament seiner Mutter ab. Mrs. Dashwood jedoch waren beide Denkweisen gleichermaßen fremd. Ihr genügte es, dass er ein gewinnendes Wesen zu haben schien, dass er ihre Tochter liebte und Elinor ihn ebenfalls gernhatte. Es widersprach ihrer Lebensauffassung, dass ein Paar, das sich durch ähnliche Wesensart zueinander hingezogen fühlte, wegen finanzieller Unterschiede getrennt werden sollte, und es war für sie unvorstellbar, dass ein Mensch, der Elinors gute Eigenschaften kannte, diese nicht schätzte.

Edward Ferrars empfahl sich weder durch besondere körperliche Vorzüge noch durch Gewandtheit. Er sah nicht gut aus, und man musste ihn schon näher kennen, um an seinem Auftreten Gefallen zu finden. Er war zu schüchtern, um ganz er selbst zu sein, sobald er aber seine natürliche Scheu überwunden hatte, ließ sein Benehmen ein aufrichtiges, liebevolles Herz erkennen. Er war intelligent und hatte eine solide Bildung erhalten. Dennoch befähigten ihn weder seine Anlagen noch seine Neigungen dazu, die Wünsche von Mutter und Schwester zu erfüllen, die ihn zu gern in einer wichtigen Position gesehen hätten, zum Beispiel... sie wussten selbst nicht recht, in welcher. Sie wollten, dass er draußen in der Welt auf die eine oder andere Weise eine gute Figur machte. Seine Mutter versuchte ihn für die Politik zu interessieren, wollte ihn ins Parlament bringen, wollte, dass er mit bedeutenden Männern verkehrte. Das wollte Mrs. John Dashwood ebenfalls, aber bis dahin, bis er eins dieser hochgesteckten Ziele erreichte, hätte es ihren Ehrgeiz schon befriedigt, wenn er wenigstens in einer Barouche¹ gefahren wäre. Doch Edward machte sich nichts aus bedeutenden Männern oder Barouches. Seine Wünsche konzentrierten sich einzig auf häusliches Behagen und ein ruhiges Privatleben. Zum Glück hatte er einen jüngeren Bruder, der mehr Anlass zu Hoffnungen gab.

Edward war schon einige Wochen im Haus

zu Gast, als er Mrs. Dashwoods Aufmerksamkeit erregte, denn in ihrem Gram war sie bisher für Menschen in ihrer Umgebung unempfänglich gewesen. Sie stellte fest, dass er ruhig und zurückhaltend war, und das gefiel ihr. Er störte ihren Kummer nicht durch unpassende Konversation. Erst eine Bemerkung Elinors über den Unterschied zwischen ihm und seiner Schwester veranlasste sie eines Tages, ihn genauer zu beobachten und für gut zu befinden. Es war ein Gegensatz, der in den Augen der Mutter sehr für ihn sprach.

«Das reicht», meinte sie. «Schon die Feststellung, dass er anders ist als Fanny, reicht mir. Daraus folgt unweigerlich, dass er liebenswert sein muss. Ich habe ihn bereits ins Herz geschlossen.»

«Ich glaube, er wird dir gefallen, wenn du ihn näher kennenlernst», sagte Elinor.

«Gefallen!», erwiderte die Mutter mit einem Lächeln. «Ich kann keine schwächere Form der Zuneigung empfinden als Liebe.»

«Du wirst ihn schätzen.»

«Ich habe Schätzen und Lieben noch nie auseinanderhalten können.»

Mrs. Dashwood setzte nun alles daran, ihn näher kennenzulernen. Ihre gewinnende Art ließ ihn bald alle Zurückhaltung aufgeben. Sie verstand rasch, wo seine Vorzüge lagen. Vielleicht half ihr dabei auch der Glaube, dass er Elinor liebte. Andererseits war sie wirklich von seinen inneren Werten überzeugt, und selbst das ruhige Auftreten, das all ihren bestehenden Vorstellungen davon, wie sich ein junger Mann zu benehmen hatte, zuwiderlief, war nicht mehr uninteressant, als sie erkannt hatte, wie warmherzig und liebevoll er war.

Kaum bemerkte sie erste Anzeichen der Liebe in seinem Verhalten zu Elinor, als sie schon eine ernsthafte Verbindung für sicher hielt und sich auf eine baldige Hochzeit freute.

«In ein paar Monaten, liebe Marianne», sagte sie, «wird für Elinor aller Wahrscheinlichkeit nach ein neues Leben beginnen. Wir werden sie vermissen, aber sie wird glücklich sein.»

«Ach, Mama, wie sollen wir denn ohne sie auskommen?»

«Wir werden gar nicht richtig getrennt sein, Liebchen. Wir werden nur wenige Meilen voneinander entfernt wohnen und uns für den Rest unseres Lebens jeden Tag sehen. Und du gewinnst einen Bruder, einen echten, liebevollen Bruder. Ich habe die denkbar höchste Meinung von Edwards Gesinnung. Aber du machst ein ernstes Gesicht, Marianne. Bist du mit der Wahl deiner Schwester nicht einverstanden?»

«Nun ja», sagte Marianne, «sie überrascht mich ein wenig. Edward ist sehr liebenswürdig, und ich mag ihn wirklich gern. Dennoch... er ist nicht die Art von jungem Mann... Es fehlt etwas... er sieht nicht gerade beeindruckend aus; er hat nichts von dem Charme, den ich bei einem Mann erwarte, der meine Schwester ernsthaft fesseln könnte. Seinem Blick fehlt das Geistvolle, das Feurige, das gleichzeitig von Tugend und Intelligenz zeugt. Außerdem hat er leider keinen guten Geschmack, Mama. Musik scheint ihn kaum zu reizen, und obwohl er Elinors Zeichnungen sehr bewundert, ist es nicht die Bewunderung eines Menschen, der ihren Wert begreift. Obwohl er häufig aufmerksam zusieht, wenn sie zeichnet, wird deutlich, dass er in Wirklichkeit nichts von der Sache versteht. Es ist die Bewunderung des Verliebten, nicht des Kenners. Ich bin erst zufrieden, wenn sich beide Rollen in einer Person vereinen. Ich könnte mit einem Mann, dessen Geschmack nicht in allen Punkten mit dem meinen übereinstimmt, nicht glücklich werden. Er muss auf all meine Gefühle eingehen, uns müssen dieselben Bücher, dieselben Musikstücke gefallen. Ach, Mama, wie geistlos, wie fade hat Edward uns gestern Abend vorgelesen! Ich hatte tiefes Mitleid mit meiner Schwester. Aber sie nahm es sehr gefasst, sie schien es kaum zu merken. Mich hingegen hielt es fast nicht mehr auf meinem Stuhl. Diese schönen Zeilen, an denen ich mich oft geradezu berauscht habe, so unerschütterlich ruhig, so fürchterlich gleichgültig vorgetragen zu hören!»

«Ja, schlichte, elegante Prosa hätte er bestimmt besser gemeistert. Das fiel mir gestern auch auf, aber du musstest ihm ja Cowper[2] geben!»

«Ach, Mama, wenn er sich von Cowper nicht hinreißen lässt...! Aber die Geschmäcker sind eben verschieden. Elinor hat nicht meine Empfindsamkeit, und deshalb sieht sie vielleicht darüber hinweg und wird glücklich mit ihm. Mir bräche das Herz, wenn ich ihn liebte und er dann so leidenschaftslos vorläse. Mama, je mehr ich von der Welt weiß, desto fester bin ich überzeugt, dass ich niemals einem Mann begegnen werde, den ich wirklich lieben kann. Ich verlange zu viel. Er müsste Edwards Tugenden besitzen und diese Vorzüge noch mit einer anziehenden Erscheinung und charmanten Umgangsformen krönen.»

«Denk daran, Liebchen, du bist noch keine siebzehn. Das ist zu früh, um an solcher Seligkeit zu zweifeln. Warum solltest du weniger Glück haben als deine Mutter? Nur in einem Punkt, meine Marianne, möge dein Schicksal anders verlaufen als das ihre!»

Kapitel 4

«Wie schade, Elinor», sagte Marianne, «dass Edward keinen Sinn fürs Zeichnen hat.»

«Keinen Sinn fürs Zeichnen?», erwiderte Elinor. «Wie kommst du darauf? Er selbst zeichnet nicht, das stimmt, aber er sieht sich mit großem Vergnügen die Arbeiten anderer an, und es fehlt ihm keineswegs an natürlichem Geschmack, auch wenn er keine Gelegenheit gehabt hat, ihn zu schulen. Ich glaube, er würde recht gut zeichnen, wenn er es jemals gelernt hätte. Er misstraut seinem eigenen Urteil, deshalb scheut er sich immer, seine Meinung zu einem Bild zu äußern, dabei hat er einen angeborenen Sinn für das Angemessene und Schlichte, der ihn im Allgemeinen durchaus in die richtige Richtung führt.»

Marianne fürchtete Elinor zu kränken, deshalb sagte sie nichts mehr zu diesem Thema, auch wenn Edwards Art von Beifall, den er nach Elinors Worten den Zeichnungen anderer Leute zollte, weit entfernt war von jenem hingerissenen Entzücken, das ihrer eigenen Meinung nach einzig als künstlerischer Geschmack gelten durfte. Die blinde Voreingenommenheit gegenüber Edward ehrte ihre Schwester, selbst wenn sie diese Schwäche insgeheim belächelte.

«Ich hoffe, Marianne», fuhr Elinor fort, «du findest nicht, dass es ihm grundsätzlich an gutem Geschmack fehlt. Nein, das kann nicht sein, denn du bist sehr herzlich zu ihm, und wenn du so dächtest, könntest du sicher niemals derart höflich sein.»

Marianne wusste nicht recht, was sie sagen sollte. Sie wollte die Gefühle ihrer Schwester auf keinen Fall verletzen, konnte jedoch unmöglich etwas behaupten, wovon sie nicht überzeugt war. Schließlich antwortete sie: «Nimm es mir nicht übel, Elinor, wenn mein Lob für ihn nicht in allen Belangen deiner Wahrnehmung seiner Vorzüge entspricht. Ich hatte nicht so häufig Gelegenheit wie du, mir ein Bild von seinen verborgenen Interessen, Vorlieben und Neigungen zu machen, aber ich habe eine hohe Meinung von seiner Güte und seinem Verstand. Ich halte ihn für äußerst achtbar und liebenswert.»

«Mit einem solchen Lob wären bestimmt auch seine besten Freunde einverstanden», erwiderte Elinor lächelnd. «Ich wüsste nicht, wie du es herzlicher hättest ausdrücken können.»

Marianne war froh, dass ihre Schwester so leicht zufriedenzustellen war.

«An seinem Verstand und seiner Güte kann wohl niemand zweifeln, der öfter mit ihm zusammen ist und ihn in freimütigen Gesprächen erlebt», fuhr Elinor fort. «Nur verstecken sich seine Intelligenz und seine edlen Grundsätze manchmal hinter der Schüchternheit, die ihn meist schweigen lässt. Du kennst ihn gut genug, um seinen wahren Wert zu würdigen. Aber von seinen verborgenen Interessen, wie du sie nennst, weißt du aus bestimmten Gründen weniger als ich. Er und ich sind bisweilen für längere Zeit miteinander allein gewesen, wenn du – fürsorglich, wie du bist – ganz von unserer Mutter in Anspruch genommen wurdest. Ich habe ihn aus der Nähe erlebt, habe seine Empfindungen erforscht und gehört, wie er über Literatur und guten Geschmack denkt, und im großen Ganzen wage ich zu behaupten, dass er vielseitig gebildet ist, außerordentlich große Freude an Büchern hat und eine lebhafte Fantasie, eine scharfe, genaue Beobachtungsgabe, einen feinen, gediegenen Geschmack. Er gewinnt bei näherer Bekanntschaft sowohl hinsichtlich seiner Fähigkeiten als auch seiner äußeren Erscheinung und seines Auftretens. Auf den ersten Blick wirkt er nicht besonders gewandt, und man wird ihn kaum als gut aussehend bezeichnen, erst wenn man seine außergewöhnlich ausdrucksvollen Augen und die allumfassende Liebenswürdigkeit in seiner Miene wahrnimmt. Inzwischen kenne ich ihn so gut, dass ich ihn wirklich hübsch finde – jedenfalls fast. Was meinst du, Marianne?»

«Jetzt vielleicht noch nicht, aber gewiss bald, Elinor. Wenn du mir befiehlst, ihn wie einen Bruder zu lieben, wird mir sein Gesicht ebenso makellos erscheinen wie sein Herz.»

Bei diesem Versprechen zuckte Elinor zusammen und bereute, dass sie mit so viel Wärme über ihn gesprochen hatte. Sie empfand enorme Hochachtung vor Edward. Sie glaubte auch, dass diese Achtung wechselseitig war, aber sie brauchte noch größere Gewissheit, um wie Marianne von ihrer beider Liebe überzeugt sein zu können. Was Marianne und ihre Mutter im einen Moment vermuteten, das vermochten sie im nächsten bekanntlich schon zu glauben; Wünschen bedeutete für sie Hoffen, und Hoffen bedeutete Erwarten. Sie versuchte ihrer Schwester den wahren Stand der Dinge zu erklären.

«Ich will nicht leugnen», sagte sie, «dass ich viel von ihm halte, dass ich ihn sehr schätze, dass ich ihn gernhabe.»

Empört brach es aus Marianne hervor: «Schätzen, gernhaben! Du bist eiskalt, Elinor! Ach, schlimmer als eiskalt! Du würdest dich schämen, wenn es anders wäre. Noch einmal solche Worte, und ich verlasse augenblicklich den Raum.»

Elinor musste lachen. «Entschuldige, ich wollte dich bestimmt nicht vor den Kopf stoßen, indem ich so gelassen über meine Gefühle spreche. Glaub mir, sie sind stärker, als ich es eingestanden habe; sie sind so stark, wie seine Vorzüge und meine Vermutung, nein, meine Hoffnung, dass er mich liebt, es mir gestatten, ohne dass ich gleich leichtsinnig oder töricht werde. Aber mehr solltest du nicht annehmen. Ich bin mir seiner Zuneigung keineswegs sicher. Es gibt Augenblicke, in denen ich im Unklaren bin, wie weit sie geht, und solange ich seine Gefühle nicht wirklich kenne, darfst du dich nicht wundern, wenn ich jede Ermutigung von mir weise, die mir einzureden versucht, ich empfände mehr. In meinem Innern zweifle ich wenig, ja kaum an seiner Sympathie. Aber neben seiner Neigung gibt es auch andere Dinge zu bedenken. Er ist alles andere als unabhängig. Wir kennen seine Mutter nicht, aber Fannys gelegentliche Bemerkungen über ihr Verhalten und ihre Ansichten lassen nicht gerade auf ein liebenswürdiges Wesen schließen. Und wenn ich mich nicht irre, ist sich Edward sehr wohl bewusst, dass er große Schwierigkeiten bekäme, falls er eine Frau heiraten wollte, die weder ein großes Vermögen besitzt noch von hohem Stand ist.»

Marianne staunte, wie weit sich ihre eigene Einbildungskraft und die ihrer Mutter von der Wahrheit entfernt hatten.

«Du bist also nicht verlobt!», sagte sie. «Aber bestimmt ist es bald so weit. Immerhin hat dieser Aufschub zwei Vorteile: Ich werde dich nicht so schnell verlieren, und Edward hat die Möglichkeit, sein noch ungeschultes Verständnis für deine Lieblingsbeschäftigung weiterzuentwickeln, was für dein künftiges Glück unverzichtbar sein dürfte. Ach, wenn er sich durch dein Talent bewegen ließe, selbst zeichnen zu lernen, das wäre wunderbar!»

Elinor hatte ihrer Schwester die Wahrheit gesagt. Sie versprach sich für ihre Zuneigung zu Edward nicht so viel Erfolg, wie Marianne geglaubt hatte. Manchmal hatte er etwas Mutloses an sich, das nicht gerade auf Gleichgültigkeit hinwies, aber ähnlich wenig verheißungsvoll wirkte. Falls er an ihrer Neigung zweifelte, mochte ihn das vielleicht beunruhigen; doch es war unwahrscheinlich, dass dies solche Niedergeschlagenheit hervorrief, wie sie ihn häufig heimsuchte. Der Grund war wohl eher in seiner finanziellen Abhängigkeit zu suchen, die es ihm verbot, sich zu seiner Liebe zu bekennen. Sie wusste, dass seine Mutter ihm einerseits sein Zuhause verleidete, ihm aber andererseits zu verstehen gab, er dürfe nur dann einen eigenen Hausstand gründen, wenn er sich ihren Vorstellungen von seinem gesellschaftlichen Aufstieg fügte. Angesichts dessen konnte Elinor bei diesem Thema unmöglich ein gutes Gefühl haben. Sie rechnete keineswegs fest damit, dass seine Aufmerksamkeit zu dem Ergebnis führte, das Mutter und Schwester noch immer für ausgemacht hielten. Nein, je länger sie zusammen waren, desto mehr zweifelte sie an seiner Neigung, und in manchen schmerzlichen Minuten sah sie darin einfach nur Freundschaft.

Aber welche Grenzen seine Neigung auch haben mochte, sie war auffallend genug, dass seine Schwester sie bemerkte, sich Sorgen machte und taktlos wurde (was nicht gerade ungewöhnlich war). Sie nutzte die erste Gelegenheit, ihre Schwiegermutter zu brüskieren, und sprach eindringlich von den grandiosen Aussichten ihres Bruders, von Mrs. Ferrars' entschiedenem Willen, beide Söhne gut zu verheiraten, und von der Gefahr, dass eine junge Frau ihn *köderte*. Mrs. Dashwood konnte nicht mehr so tun, als merke sie nichts, bemühte sich auch nicht mehr, gelassen zu bleiben. Sie gab ihr eine Antwort, in die sie ihre ganze Verachtung legte, verließ augenblicklich das Zimmer und beschloss, dass ihre geliebte

Elinor keine Woche länger solchen Anspielungen ausgesetzt sein dürfe, egal, welche Unannehmlichkeiten und Kosten ein so plötzlicher Auszug mit sich brachte.

In dieser Gemütsverfassung erhielt sie per Post einen Vorschlag, der gerade zur rechten Zeit kam. Ihr wurde zu sehr günstigen Bedingungen ein kleines Haus angeboten, das einem Verwandten gehörte, einem vornehmen, wohlhabenden Gentleman in Devonshire. Der Herr hatte den Brief persönlich und in einem aufrichtigen Ton freundlichen Entgegenkommens geschrieben. Er wisse, dass sie eine Bleibe suche, und obwohl das angebotene Haus nur ein Cottage sei, werde alles, was sie für nötig halte, daran getan werden, falls ihr die Lage zusage. Nachdem er ihr Haus und Garten näher geschildert hatte, bat er sie eindringlich, mit ihren Töchtern seinen Landsitz Barton Park zu besuchen und sich dort selbst ein Urteil zu bilden, ob Barton Cottage (die Häuser lagen im selben Sprengel) so umgestaltet werden könne, dass sie sich darin wohlfühle. Ihm schien wirklich daran zu liegen, ihnen gefällig zu sein, und der ganze Brief war so freundlich geschrieben, dass er seiner Cousine einfach Freude machen musste, ganz besonders in einem Augenblick, in dem sie unter der Kälte und Gefühllosigkeit ihrer näheren

Verwandten litt. Sie brauchte nicht lange zu überlegen oder zu fragen. Schon während des Lesens stand ihr Entschluss fest. Die Lage von Barton in der Grafschaft Devonshire, weit weg von Sussex, wäre noch vor wenigen Stunden ein Hinderungsgrund gewesen, der sämtliche möglichen Vorteile des Hauses überwogen hätte, war aber jetzt seine beste Empfehlung. Es war nicht mehr schlimm, die Gegend von Norland zu verlassen, es war wünschenswert, ein Segen, verglichen mit dem Elend, weiterhin Gast ihrer Schwiegertochter zu sein; und für immer aus dem geliebten Haus auszuziehen schmerzte sie weniger, als es zu bewohnen oder zu besuchen, solange eine solche Frau dort Hausherrin war. Sie schrieb Sir John Middleton umgehend, dass sie seine Freundlichkeit zu schätzen wisse und seinen Vorschlag annehme, und dann zeigte sie beide Briefe eilends ihren Töchtern, um deren Einwilligung einzuholen, bevor sie die Antwort abschickte.

Elinor war immer der Ansicht gewesen, es sei vernünftiger, sich in einer gewissen Entfernung von Norland niederzulassen, nicht inmitten ihres jetzigen Bekanntenkreises. Diesbezüglich gab es für sie also keinen Grund, sich der Absicht ihrer Mutter, nach Devonshire zu ziehen, zu widersetzen. Zudem war das Haus, wie es Sir John beschrieb, so schlicht und die Miete so ungewöhnlich niedrig, dass es ihr nicht zustand, Einwände zu erheben. Und wiewohl dieser Plan für sie nichts Reizvolles hatte und sie sich mit diesem Umzug viel weiter als gewünscht von Norland entfernten, versuchte sie nicht, ihrer Mutter die Zusage auszureden.

Kapitel 5

Kaum war die Antwort abgeschickt, verkündete Mrs. Dashwood ihrem Stiefsohn und seiner Frau genüsslich, dass sie ein Haus gefunden habe und ihnen nur noch so lange zur Last fallen werde, bis alles für ihren Einzug hergerichtet sei. Sie vernahmen es mit Erstaunen. Mrs. John Dashwood sagte nichts, aber ihr Mann verlieh höflich seiner Hoffnung Ausdruck, sie würden sich nicht weit von Norland niederlassen. Mit großer Genugtuung erwiderte sie, sie zögen nach Devonshire. Als Edward das hörte, wandte er sich hastig zu ihr um und wiederholte verblüfft und beunruhigt, was sie nicht weiter verwunderte: «Devonshire! Tatsächlich? So weit von hier! Und in welchen Teil?» Sie beschrieb die Lage des Hauses. Es war etwa vier Meilen von Exeter entfernt.

«Es ist nur ein Cottage», fuhr sie fort, «aber ich hoffe, dass mich dort viele Freunde besuchen kommen. Man kann leicht einen oder zwei Räume anbauen, und wenn meine Freunde die Mühe der weiten Reise zu mir nicht scheuen, werde ich keine Mühe scheuen, sie zu beherbergen.»

Sie schloss mit einer sehr freundlichen Einladung an Mr. und Mrs. John Dashwood, sie in Barton zu besuchen, und mit einer noch liebevolleren an Edward. Obwohl das jüngste Gespräch mit ihrer Schwiegertochter ausschlaggebend für ihren Entschluss gewesen war, nicht länger als unvermeidlich auf Norland zu bleiben, hatte es sie doch in der Frage, um die es eigentlich ging, nicht im Mindesten beeinflusst. Edward und Elinor zu trennen lag ihr so fern wie eh und je, und mit dieser demonstrativen Einladung an Mrs. John Dashwoods Bruder wollte sie dieser zeigen, dass sie deren Missbilligung einer solchen Verbindung nicht die geringste Beachtung schenkte.

Mr. John Dashwood beteuerte wieder und wieder, wie außerordentlich leid es ihm tue, dass seine Mutter ein Haus so weit weg von Norland gemietet habe, hindere ihn dies doch daran, ihr beim Umzug irgendwie dienlich zu sein. Er hatte tatsächlich ein schlechtes Gewissen, denn durch diese Regelung ließ sich nun nicht einmal mehr die Hilfe leisten, auf die er sein dem Vater gegebenes Versprechen reduziert hatte. Die gesamte Einrichtung wurde per Schiff verfrachtet. Sie bestand hauptsächlich aus Bettwäsche, Besteck, Porzellan und Büchern, dazu noch ein schönes Klavier von Marianne. Mrs. John Dashwood sah mit einem Seufzer die Kisten verschwinden; irgendwie fand sie es schwer erträglich, dass Mrs. Dashwood, deren Einkommen im Vergleich zu dem ihren doch recht dürftig war, überhaupt hübsche Einrichtungsgegenstände besaß.

Mrs. Dashwood mietete das Haus für ein Jahr; es war voll möbliert, und sie konnte es sofort in Besitz nehmen. Es gab von beiden Seiten keine Schwierigkeiten, und so wartete sie nur, bis ihre persönliche Habe verschickt und hinsichtlich ihres künftigen Haushalts alles entschieden war, um dann sofort Richtung Westen aufzubrechen. All das war bald erledigt, da sie in Dingen, die ihr am Herzen lagen, rasch zu handeln pflegte. Die Pferde, die ihr Mann hinterlassen hatte, waren kurz nach seinem Tod verkauft worden, und als sich nun eine Gelegenheit bot, ihre Kutsche abzustoßen, willigte sie auf Anraten ihrer ältesten Tochter ein, diese ebenfalls zu veräußern. Wäre es nach ihren eigenen Wünschen gegangen, hätte sie den Wagen um der Bequemlichkeit ihrer

Kinder willen behalten, doch Elinors Umsicht siegte. Sie war es auch, die in ihrer Klugheit die Zahl der Dienstboten auf drei begrenzte: zwei Mädchen und ein Diener, die sie unter dem Personal auswählten, das schon auf Norland für sie gearbeitet hatte.

Der Diener und eines der Mädchen wurden sofort nach Devonshire geschickt, um das Haus für die Ankunft ihrer Herrin vorzubereiten. Denn da Mrs. Dashwood Lady Middleton nicht kannte, wollte sie gar nicht erst als Gast auf Barton Park wohnen, sondern lieber gleich in ihr Cottage ziehen. Sie verließ sich so vertrauensvoll auf Sir Johns Beschreibung des Hauses, dass sie kein Verlangen verspürte, es zu besichtigen, bevor sie es als ihr eigenes betrat. Die offenkundige Genugtuung ihrer Schwiegertochter über den bevorstehenden Umzug, eine Genugtuung, die sich hinter der frostigen Aufforderung, ihre Abreise doch noch etwas zu verschieben, nur unzureichend verbarg, trug nicht gerade dazu bei, die Ungeduld zu dämpfen, mit der sie sich aus Norland fortwünschte. Jetzt war der Moment gekommen, da ihr Stiefsohn das dem Vater gegebene Versprechen besonders sinnvoll würde erfüllen können. Da er nichts dergleichen getan hatte, als er auf seinem Besitz eintraf, würde er ihren Abschied aus seinem Haus nun gewiss als den rechten Zeitpunkt betrachten. Doch bald ließ Mrs. Dashwood alle Hoffnung fahren; sie erkannte an seinen Äußerungen, dass seine Hilfe niemals mehr umfassen würde als die sechs Monate Beherbergung auf Norland. Er sprach so oft von den steigenden Kosten der Haushaltsführung und den ständigen, übermäßigen Anforderungen an den Geldbeutel, denen ein vornehmer Mann in dieser Welt ausgesetzt sei, dass der Eindruck entstand, eher brauche er selbst Geld, als dass er welches zu verschenken habe.

Wenige Wochen nachdem Sir John Middletons erster Brief auf Norland eingetroffen war, war in ihrem künftigen Heim alles so weit geregelt, dass Mrs. Dashwood und ihre Töchter sich auf die Reise machen konnten.

Sie vergossen viele Tränen beim Abschied aus ihrem geliebten Heim. «Liebes, liebes Norland!», sagte Marianne, als sie am letzten Abend allein vor dem Haus spazieren ging. «Wann werde ich aufhören, um dich zu trauern, wann werde ich lernen, mich woanders zu Hause zu fühlen? Ach, du glückliches Haus, wenn du wüsstest, wie es mich schmerzt, dich von dieser Stelle aus anzuschauen, von der ich dich vielleicht nie mehr anschauen kann. Und ihr, ihr altbekannten Bäume! – Aber ihr werdet dieselben bleiben. Kein Blatt wird welken, weil wir fortziehen, kein Zweig absterben, weil wir ihn nicht mehr betrachten. Nein, ihr werdet dieselben bleiben, werdet von der Freude oder dem Kummer, die ihr verursacht, nichts ahnen und nicht spüren, dass nun andere in eurem Schatten wandeln. Aber wer wird sich noch an euch freuen?»

Kapitel 6

Der erste Teil der Reise verlief in tief schwermütiger Stimmung, was zwangsläufig zu Langeweile und Freudlosigkeit führte. Erst als sie sich ihrem Ziel näherten, wich ihre Trübsal der Neugier auf die Landschaft, in der sie künftig leben würden, und bereits ihr erster Blick auf Barton Valley stimmte sie fröhlich. Es war ein freundlicher, fruchtbarer Erdenfleck mit Waldstücken und üppigen Weiden. Mehr als eine Meile schlängelte sich das Tal dahin, dann gelangten sie an ihr Haus. An der Vorderseite gehörte lediglich eine kleine Grünfläche zu ihrem Grund, und diese betraten sie nun durch ein hübsches Gartentörchen.

Als Wohnhaus genommen, war Barton Cottage zwar klein, aber bequem und kompakt, als

Cottage hingegen ließ es zu wünschen übrig, denn es war symmetrisch gebaut und mit Ziegeln gedeckt, die Fensterläden waren mitnichten grün gestrichen und die Wände nicht mit Geißblatt bewachsen.³ Ein schmaler Flur führte geradewegs durchs Haus in den Garten dahinter. Zu beiden Seiten des Eingangs lagen die Wohnzimmer, jeweils etwa sechzehn Fuß im Quadrat, dann folgten die Wirtschaftsräume und die Treppe. Außerdem gab es im Haus noch vier Schlafzimmer und zwei Dachstuben. Es war erst vor einigen Jahren erbaut worden und befand sich in gutem Zustand. Verglichen mit Norland war es armselig und klein, und doch trockneten die Tränen rasch, die ihnen die Erinnerung beim Eintreten entlockte. Die Dienstboten freuten sich über ihre Ankunft, das heiterte sie auf, und jede der Frauen beschloss, um der anderen willen so zu tun, als sei sie glücklich. Es war Anfang September, eine schöne Jahreszeit, und da sie den ersten Eindruck vom Haus bei gutem Wetter empfingen, präsentierte es sich vorteilhaft, und das half ihnen bei der Vorstellung, es auch auf Dauer schätzen zu können.

Das Gebäude war gut gelegen. Unmittelbar hinter ihm sowie seitlich in mäßiger Entfernung stieg das Land bergig an, zu teils offenen und graswachsenen, teils bewirtschafteten und bewaldeten Hügeln. Auf einem solchen Hügel zog sich auch das Dorf Barton entlang, ein hübscher Anblick, wenn man aus den Cottagefenstern sah. Nach vorn hatte man eine noch bessere Aussicht: über das ganze Tal und auch in das Gebiet jenseits davon. Die Hügel, die das Cottage umgaben, riegelten das Tal in dieser Richtung ab; zwischen den beiden steilsten führte ein Weg weiter, doch hatte dieses Seitental einen anderen Namen.

Mit der Größe und Möblierung des Hauses war Mrs. Dashwood weitgehend zufrieden; ihr früherer Lebensstil machte zwar viele Ergänzungen unumgänglich, aber zu ergänzen und zu verbessern war ihr ein Vergnügen, und sie hatte momentan genug Geld, um hinzuzufügen, was den Zimmern an Eleganz fehlte. «Das Haus ist natürlich zu klein für unsere Familie», sagte sie, «aber fürs Erste werden wir es uns schon einigermaßen bequem machen, jetzt ist es für Veränderungen zu spät im Jahr. Bis zum Frühling habe ich sicher viel Geld gespart, dann können wir vielleicht über einen Umbau nachdenken. Die beiden Wohnstuben sind zu eng für den Freundeskreis, den ich hier häufig zu sehen hoffe. Ich trage mich mit dem Gedanken, die eine um den Flur sowie einen Teil der zweiten zu erweitern und den Rest der zweiten zum Eingangsbereich zu machen. Zusammen mit einem neuen Salon, der sich leicht anbauen lässt, einem Schlafzimmer darüber und einer Dachkammer ergibt das ein sehr gemütliches Landhäuschen. Ich wünschte nur, die Treppen wären bequemer. Aber man kann nicht alles haben – obwohl es vermutlich nicht schwer wäre, sie zu verbreitern. Wir werden sehen, wie viel ich im Frühling beiseitegelegt habe, und unsere Verbesserungen dementsprechend planen.»

Bis dahin, bis sich all diese Änderungen von den Rücklagen aus jährlich fünfhundert Pfund, gespart von einer Frau, die nie im Leben hatte sparen müssen, verwirklichen ließen, waren sie klug genug, sich mit dem Haus zufriedenzugeben, so wie es jetzt war. Jede begann eifrig mit dem Einrichten und bemühte sich, mit Büchern und anderen Habseligkeiten ein Zuhause zu schaffen. Mariannes Klavier wurde ausgepackt und an einen passenden Platz geschoben, und Elinors Zeichnungen kamen an die Wohnzimmerwände.

Tags darauf wurden sie bei diesen Tätigkeiten gleich nach dem Frühstück durch die Ankunft ihres Vermieters unterbrochen; er schaute kurz vorbei, um sie in Barton willkommen zu heißen und ihnen aus seinem eigenen Haus und Garten anzubieten, was in dem ihren zurzeit noch fehlen mochte. Sir John Middleton war ein gut aussehender Mann um die vierzig. Er hatte sie früher einmal in Stanhill besucht, aber das war zu lange her, als dass seine jungen Verwandten sich noch an ihn hätten erinnern können. Er hatte eine heitere Ausstrahlung, und sein Benehmen war so liebenswürdig wie der Stil seiner Briefe. Ihre Ankunft schien ihn wirklich zu erfreuen, ihr Behagen ihm wirklich ein Anliegen zu sein. Er sprach viel darüber, wie aufrichtig er sich einen geselligen Umgang der beiden Familien wünsche, und lud sie derart herzlich ein, so lange jeden Tag bei ihnen auf Barton Park zu speisen, bis sie sich besser eingerichtet hätten, dass sie ihm sein hartnäckiges, fast schon unhöfliches Drängen nicht übel nehmen konnten. Seine Freundlichkeit beschränkte sich nicht auf Worte. Keine Stunde nachdem er sie verlassen hatte, traf ein großer Korb mit Gemüse und Obst aus dem Garten von Barton Park ein, noch vor Tagesabschluss gefolgt von einer Wildbretspende. Zudem bestand er darauf, all ihre Briefe von der Post abzuholen und dort hinzubringen, und ließ es sich nicht nehmen, ihnen täglich seine Zeitung zu schicken.

Lady Middleton hatte ihm ein überaus höfliches Billett mitgegeben, des Inhalts, sie gedenke

Mrs. Dashwood ihre Aufwartung zu machen, sobald sie sicher sein könne, dass ihr Besuch keine Störung darstelle, und da die Dashwoods diese Nachricht mit einer ebenso höflichen Einladung beantworteten, machten sie am nächsten Tag Bekanntschaft mit Lady Middleton.

Sie waren natürlich sehr neugierig auf diesen Menschen, von dem ihr Wohlergehen in Barton in hohem Maße abhing, und Lady Middletons elegante Erscheinung entsprach ganz dem, was sie sich versprochen hatten. Sie war nicht älter als sechs- oder siebenundzwanzig, ihr Gesicht war hübsch, ihre Gestalt hochgewachsen und beeindruckend und ihr Benehmen würdevoll. Ihre Manieren zeugten von all der Vornehmheit, die ihrem Mann fehlte. Allerdings hätte ihr ein wenig von seiner Offenheit und Warmherzigkeit gutgetan, und der Besuch dauerte lang genug, um die anfängliche Bewunderung ein wenig zu dämpfen, denn es zeigte sich, dass sie zwar wohlerzogen war, aber zurückhaltend und kühl und außer platten Fragen oder Bemerkungen von sich aus nichts zu sagen wusste.

Die Unterhaltung kam dennoch nie zum Erliegen, denn Sir John war äußerst gesprächig, und Lady Middleton hatte in weiser Voraussicht ihr ältestes Kind mitgebracht, einen hübschen kleinen Jungen von etwa sechs Jahren, wodurch sich ein Thema ergab, auf das man im Notfall immer wieder zurückgreifen konnte, schließlich mussten sich die Damen nach seinem Namen und Alter erkundigen, seine Schönheit bewundern und ihm Fragen stellen, die seine Mutter für ihn beantwortete, während er mit gesenktem Kopf neben ihr stand, natürlich zum großen Erstaunen der Lady, die sich über seine Schüchternheit in Gesellschaft wunderte, da er zu Hause ordentlich lärmen konnte. Überhaupt sollte bei jedem Höflichkeitsbesuch ein Kind mit von der Partie sein, denn es versorgt die Anwesenden mit Gesprächsstoff. Im vorliegenden Fall brauchte man allein zehn Minuten, um herauszufinden, ob der Junge mehr seinem Vater oder seiner Mutter glich und worin im Besonderen er jeweils dem einen oder der anderen glich, denn natürlich war jeder anderer Ansicht, und jeder wunderte sich über die Meinung der Übrigen.

Bald sollte sich für die Dashwoods auch die Gelegenheit bieten, über alle weiteren Kinder zu diskutieren, denn Sir John wollte das Haus nicht verlassen, ohne die Zusage erhalten zu haben, dass sie morgen nach Barton Park zum Dinner kommen würden.

Kapitel 7

Barton Park lag etwa eine halbe Meile vom Cottage entfernt. Die Damen waren auf ihrer Fahrt durch das Tal in der Nähe vorbeigekommen, aber vom Cottage aus war es ihren Blicken durch einen Hügelvorsprung verborgen. Das Haus war groß und schön, und die Middletons führten ein ebenso gastfreies wie vornehmes Leben. Ersteres diente der Befriedigung von Sir John, Letzteres der Befriedigung seiner Gattin. Fast immer beherbergten sie Gäste, und sie verkehrten mit mehr Leuten als jede andere Familie in der Nachbarschaft. Dies war nötig für ihrer beider Glück, denn wie unterschiedlich sie in Naturell und Auftreten auch sein mochten, so glichen sie einander doch sehr in ihrem vollständigen Mangel an Talent und künstlerischem Geschmack, wodurch sich ihre Tätigkeiten, sofern sie nicht gesellschaftlich bedingt waren, auf einen sehr engen Bereich beschränkten. Sir John war Jäger, Lady Middleton Mutter. Er schoss das Wild, sie hätschelte die Kinder, darin bestand ihre ganze Unterhaltung. Lady Middleton war insofern im Vorteil, als sie ihre Kinder das ganze Jahr über verwöhnen konnte, während Sir Johns Liebhaberei ihm nur die Hälfte dieser Zeit zur Verfügung stand. Ständige

Einladungen bei ihnen zu Hause und anderswo entschädigten jedoch für alle Unzulänglichkeiten hinsichtlich Gemütsart und Benehmen, retteten die gute Laune von Sir John und verschafften der guten Erziehung seiner Frau ein Betätigungsfeld.

Lady Middleton bildete sich auf ihre kultivierte Tafel und die Einrichtung ihres Hauses einiges ein, und ihre diesbezügliche Eitelkeit war der Hauptgrund für ihre große Freude an Empfängen. Sir Johns Vergnügen an Gesellschaft ging tiefer, er genoss es, mehr junge Leute um sich zu versammeln, als das Haus fasste, und je lauter sie waren, desto besser gefiel es ihm. Er war ein Segen für die Jugend in der Nachbarschaft, denn im Sommer veranstaltete er ständig Picknicks mit kaltem Schinken und Hähnchen, und im Winter gab er so viele Privatbälle, dass selbst die jungen Damen genug bekamen, sofern sie nicht unter dem unersättlichen Appetit von Fünfzehnjährigen litten.

Die Ankunft einer neuen Familie in der Gegend fand er immer erfreulich, und von den Mietern, die er nun für sein Cottage in Barton aufgetrieben hatte, war er in jeder Hinsicht entzückt. Die Misses Dashwood waren jung, hübsch und natürlich. Das genügte, um ihnen seine Wertschätzung zu sichern, denn alles, was ein hübsches

Mädchen brauchte, um andere geistig ebenso zu entzücken wie körperlich, war Natürlichkeit. Galant, wie er war, machte es ihn glücklich, wenn er Menschen gefällig sein konnte, deren Lage sich im Vergleich zu früher verschlechtert hatte. Seine Liebenswürdigkeit gegenüber den Verwandten befriedigte den herzensguten Menschen in ihm, und dass er in seinem Cottage eine Familie angesiedelt hatte, die nur aus Frauen bestand, befriedigte den Jäger in ihm, denn dieser schätzt zwar nur solche Geschlechtsgenossen, die ebenfalls Jäger sind, will sie aber nicht innerhalb seines eigenen Reviers wohnen lassen, weil es ihre Jagdlust wecken könnte.

Sir John kam Mrs. Dashwood und ihren Töchtern schon an der Haustür entgegen und hieß sie mit ungekünstelter Herzlichkeit auf Barton Park willkommen. Während er sie in den Salon geleitete, äußerte er den jungen Damen gegenüber dieselbe Sorge, die ihn schon tags zuvor umgetrieben hatte, dass es nämlich bei ihm keine eleganten jungen Männer gebe, mit denen er sie bekannt machen könne. Außer ihm träfen sie hier nur einen einzigen Herrn an, einen engen Freund, der als Gast auf Barton Park weile, aber weder sehr jung noch sehr lebenslustig sei. Sie würden hoffentlich den kleinen Kreis entschuldigen, und er verspreche, so etwas werde nicht wieder vorkommen. Er habe am Vormittag mehrere Familien aufgesucht, in der Hoffnung, die Runde noch erweitern zu können, aber der Mond scheine,[4] und alle Welt habe bereits Verabredungen getroffen. Zum Glück sei vor einer Stunde Lady Middletons Mutter auf Barton eingetroffen, und da sie eine sehr heitere, liebenswürdige Frau sei, würden es die jungen Damen am Ende nicht so langweilig finden, wie sie vielleicht befürchteten.

Den jungen Damen wie auch ihrer Mutter genügte es freilich, zusammen mit zwei gänzlich fremden Menschen eingeladen zu sein, sie hatten kein Verlangen nach mehr.

Mrs. Jennings, Lady Middletons Mutter, war eine gut gelaunte, fröhliche, beleibte ältere Frau, die viel redete, völlig unbeschwert und ziemlich gewöhnlich wirkte. Sie hatte jede Menge Scherze parat und lachte viel, und das Dinner war noch nicht vorüber, da witzelte sie schon ausgiebig über Verehrer und Ehemänner. Sie verlieh ihrer Hoffnung Ausdruck, die jungen Damen hätten ihr Herz nicht in Sussex zurückgelassen, und behauptete, sie wären errötet, ob das nun zutraf oder nicht. Marianne ärgerte sich um ihrer Schwester willen und warf Elinor einen Blick zu, um zu sehen, wie sie diese Angriffe aufnahm, doch Mariannes ernste Miene machte Elinor viel mehr zu schaffen als solch platte Scherze wie die von Mrs. Jennings.

Colonel Brandon, Sir Johns Freund, schien, was die Wesensgleichheit anging, ein ebenso wenig passender Freund zu sein wie Lady Middleton eine passende Ehefrau und Mrs. Jennings eine passende Mutter für Lady Middleton. Er war schweigsam und gesetzt. Seine äußere Erscheinung war nicht unangenehm, obwohl er in den Augen von Marianne und Margaret ein typischer Hagestolz war, gewiss schon jenseits der fünfunddreißig. Er sah nicht eigentlich gut aus, aber sein Gesicht verriet Empfindsamkeit, und er benahm sich wie ein vollendeter Gentleman.

Keiner in der Runde hatte etwas an sich, was ihn den Dashwoods als Gefährten empfohlen hätte, aber die kalte Fadheit von Lady Middleton war besonders abstoßend; im Vergleich dazu wirkten der Ernst von Colonel Brandon und sogar die stürmische Heiterkeit Sir Johns und seiner Schwiegermutter noch anziehend. Lady Middleton ließ sich erst zu freudigen Gefühlen hinreißen, als nach dem Dinner ihre vier lärmenden Kinder hereinkamen, sie herumzogen, an ihrer Kleidung zerrten und jedem Gespräch, das sich nicht um sie drehte, ein Ende bereiteten.

Als man am Abend entdeckte, dass Marianne gern musizierte, wurde sie gebeten zu spielen. Das Instrument wurde aufgesperrt, alle waren willens, sich bezaubern zu lassen, und Marianne, die sehr gut sang, arbeitete sich auf Bitten der Zuhörer durch fast alle Notenblätter, die Lady Middleton bei ihrer Eheschließung mit in die Familie gebracht hatte und die seither vermutlich unverrückt auf dem Klavier lagen, denn ihre Ladyschaft hatte dieses Ereignis dadurch gefeiert, dass sie das Musizieren aufgab, obwohl sie nach Aussage ihrer Mutter ungewöhnlich gut und nach ihrer eigenen sehr gern gespielt hatte.

Mariannes Darbietung wurde mit viel Applaus bedacht. Am Ende eines jeden Liedes äußerte Sir John lautstark seine Bewunderung, unterhielt sich aber während der Lieder ebenso laut. Lady Middleton rief ihn mehrmals zur Ordnung, äußerte Verwunderung darüber, wie man sich auch nur einen Moment von der Musik ablenken lassen könne, und bat Marianne, ein spezielles Lied zu singen, das diese gerade beendet hatte. Von der ganzen Gesellschaft hörte ihr einzig Colonel Brandon zu, ohne in Verzückung zu geraten. Er machte ihr nur das Kompliment seiner Aufmerksamkeit, und das erfüllte sie mit Respekt, den die anderen durch ihre unverschämte Taktlosigkeit verwirkt hatten. Wenn sein Gefallen an der Musik auch nicht jenes begeisterte Entzücken erreichte, das einzig mit dem ihren Schritt halten konnte, so war es doch achtenswert, verglichen mit der abscheulichen Gleichgültigkeit der anderen, und sie war verständig genug einzuräumen, dass ein Mann von fünfunddreißig Jahren bestimmt schon alle heftigen Gefühle und jede Fähigkeit zu intensiver Freude hinter sich gelassen hatte. Sie war durchaus bereit, das fortgeschrittene Lebensalter des Colonels zu bedenken, das erforderte schon die Menschlichkeit.

Kapitel 8

Mrs. Jennings war eine Witwe mit reichem Witwengut. Sie hatte lediglich zwei Töchter, und es war ihr gelungen, beide solide zu verheiraten, deshalb blieb ihr nun nichts anderes mehr zu tun, als auch den Rest der Welt zu verheiraten. Dieses Ziel verfolgte sie gemäß ihren Fähigkeiten eifrig und emsig, und sie ließ keine Gelegenheit aus, unter den jungen Leuten ihrer Bekanntschaft Ehen anzubahnen. Bemerkenswert rasch entdeckte sie wechselseitige Neigungen und genoss das Gefühl der Überlegenheit, wenn sie eine junge Dame zum Erröten brachte und ihrer Eitelkeit schmeichelte, indem sie andeutete, sie besäße Macht über einen gewissen jungen Mann. Diese Art von Scharfblick war es auch, der sie befähigte, bald nach ihrer Ankunft auf Barton mit Bestimmtheit zu verkünden, Colonel Brandon sei in Marianne Dashwood verliebt. Sie hatte das schon an ihrem ersten gemeinsamen Abend vermutet, weil er ihr so aufmerksam beim Singen zugehört hatte; und als die Middletons den Besuch erwiderten und im Cottage speisten, wurde die Vermutung zur Gewissheit, weil er ihr erneut zuhörte. Es musste so sein, davon war sie fest überzeugt. Sie passten ausgezeichnet zusammen, denn er war reich, und sie war schön. Seit Mrs. Jennings über Sir John Colonel Brandon kennengelernt hatte, war es ihr ein Anliegen, ihn glücklich zu verheiraten, und für jedes attraktive Mädchen einen guten Ehemann zu finden war ohnehin seit jeher ihr Bestreben.

Auch sie selbst hatte beträchtlichen Nutzen davon, denn das Ganze lieferte ihr Stoff für endlose Scherze über die beiden. Auf Barton Park lachte sie über den Colonel und im Cottage über Marianne. Ersterem war ihr Gespöttel, soweit es nur ihn betraf, wahrscheinlich völlig gleichgültig, und Letztere verstand es anfangs gar nicht. Als sie aber schließlich begriff, worum es ging, wusste sie kaum, ob sie mehr die Unsinnigkeit belächeln oder die Unverschämtheit tadeln sollte, denn sie deutete den Spott als herzlose, abfällige Anspielung auf das fortgeschrittene Alter des Colonels und auf seine traurige Situation als ewiger Junggeselle.

Mrs. Dashwood konnte einen Mann, der fünf Jahre jünger war als sie selbst, nicht so greisenhaft finden, wie er ihrer Tochter mit ihren jugendlichen Vorstellungen erschien, und so erlaubte sie sich, Mrs. Jennings von dem Verdacht freizusprechen, sie wolle sein Alter ins Lächerliche ziehen.

«Zumindest kannst du die Absurdität dieser Anschuldigung nicht leugnen, selbst wenn du sie nicht für böswillig hältst. Colonel Brandon ist bestimmt jünger als Mrs. Jennings, aber er ist alt genug, um mein Vater sein; und wenn er überhaupt jemals das Temperament besaß, sich zu verlieben, dürfte er inzwischen alle derartigen Gefühle längst hinter sich gelassen haben. Es ist zu lächerlich! Wann ist ein Mann vor solchen Scherzen sicher, wenn ihn nicht einmal Alter und Gebrechlichkeit davor schützen?»

«Gebrechlichkeit!», rief Elinor. «Bezeichnest du Colonel Brandon als gebrechlich? Ich kann mir gut vorstellen, dass er dir viel älter vorkommt als unserer Mutter, aber du wirst doch nicht glauben, dass er sich nicht mehr bewegen kann!»

«Hast du nicht gehört, wie er über Rheumatismus geklagt hat? Und ist das nicht das klassische Leiden alter Leute?»

«Mein liebes Kind», sagte ihre Mutter lachend, «wenn du so denkst, musst du ja in ständiger Furcht vor meinem Verfall leben, und es muss dir wie ein Wunder erscheinen, dass ich das hohe Alter von vierzig Jahren erreicht habe.»

«Mama, du willst mich nicht verstehen. Natürlich ist Colonel Brandon nicht so alt, dass seine Freunde fürchten müssten, er werde bald eines natürlichen Todes sterben. Er kann noch zwanzig Jahre leben. Aber fünfunddreißig und Heiraten gehen nicht zusammen.»

«Vielleicht sollten tatsächlich fünfunddreißig und siebzehn beim Heiraten nicht zusammengehen», erwiderte Elinor. «Aber wenn es zufällig irgendwo eine ledige Frau von siebenundzwanzig Jahren gäbe, wären Colonel Brandons fünfunddreißig sicher kein Hinderungsgrund für eine Ehe.»

«Eine Frau mit siebenundzwanzig kann nicht mehr hoffen, Liebe zu empfinden oder zu wecken», sagte Marianne nach einer kleinen Pause, «und wenn sie in ärmlichen Verhältnissen lebt oder ihr Vermögen klein ist, wird sie sich wohl in die Aufgabe einer Krankenschwester schicken, sofern sie versorgt und sicher in einer Ehe leben will. Würde er also eine solche Frau heiraten, wäre das nicht ungehörig. Es wäre eine Zweckgemeinschaft, und alle Leute wären zufrieden. In meinen Augen ist so etwas zwar keine Ehe, aber das sagt ja nichts. Für mich wäre es nur ein Handel, bei dem sich beide Seiten auf Kosten des anderen bereichern wollen.»

«Ich weiß», erwiderte Elinor, «es würde mir nie gelingen, dich zu überzeugen, dass eine Frau von siebenundzwanzig für einen Mann von fünfunddreißig durchaus etwas empfinden könnte, was an Liebe grenzt und ihn somit zu einem erstrebenswerten Gefährten für sie macht. Aber ich verwehre mich dagegen, dass du Colonel Brandon und seine Frau zur Dauerhaft in einem Krankenzimmer verurteilst, nur weil er gestern – an einem ausgesprochen feuchtkalten Tag – zufällig über ein leichtes rheumatisches Ziehen in der Schulter geklagt hat.»

«Aber er hat von Flanellwesten gesprochen», sagte Marianne, «und Flanellwesten sind für mich untrennbar verbunden mit Schmerzen, Krämpfen, Rheumatismus und jeder Art von Leiden, die Alte und Hinfällige quälen.»

«Hätte er nur hohes Fieber gehabt, würdest du ihn nicht halb so sehr verachten. Gib zu, Marianne, du findest gerötete Wangen, tiefliegende Augen und einen erhöhten Puls aufregend!»

Kurz darauf verließ Elinor das Zimmer. «Mama», begann Marianne, «da wir schon von Krankheit sprechen: Mich beunruhigt etwas, was ich dir nicht verschweigen möchte. Ich bin überzeugt, dass es Edward Ferrars nicht gut geht. Wir sind jetzt schon fast vierzehn Tage hier, und er war noch immer nicht bei uns. Nur ernsthafte Unpässlichkeit kann der Grund für eine solch merkwürdige Saumseligkeit sein. Was sonst sollte ihn auf Norland festhalten?»

«Hast du denn geglaubt, er kommt so bald?», fragte Mrs. Dashwood. «Ich nicht. Im Gegenteil, wenn mir diesbezüglich überhaupt etwas Sorgen macht, dann der Gedanke an seine mäßige Lust und Bereitschaft, meine Einladung anzunehmen, als ich sagte, er müsse uns in Barton besuchen. Erwartet Elinor ihn schon?»

«Ich habe es ihr gegenüber nicht angesprochen, aber natürlich wird sie ihn erwarten.»

«Ich glaube, da irrst du dich, denn als ich gestern erwähnte, dass wir für das Gästezimmer einen neuen Kaminrost brauchten, antwortete sie, das eile nicht, denn so bald werde das Zimmer wahrscheinlich nicht benötigt.»

«Wie seltsam! Was soll denn das bedeuten? Aber

ihr ganzer Umgang miteinander war rätselhaft. Wie kühl, wie gefasst haben sie sich verabschiedet! Wie schleppend zog sich ihre Unterhaltung am letzten Abend hin! Beim Lebewohlsagen hat Edward keinen Unterschied gemacht zwischen Elinor und mir, er hat uns beiden nur wie ein liebevoller Bruder alles Gute gewünscht. Am letzten Vormittag wollte ich sie zweimal miteinander allein lassen, und merkwürdigerweise folgte er mir beide Male aus dem Zimmer. Und als wir Norland und Edward verließen, hat Elinor nicht geweint, so wie ich. Auch jetzt zeigt sie sich immer beherrscht. Wann ist sie jemals niedergeschlagen oder schwermütig? Wann versucht sie, anderen Leuten aus dem Weg zu gehen, wann wirkt sie in Gesellschaft ruhelos oder unzufrieden?»

Kapitel 9

Mittlerweile hatten sich die Dashwoods in Barton ganz behaglich eingerichtet. Haus und Garten und alles Umliegende wurden ihnen immer vertrauter, sie nahmen ihre Alltagstätigkeiten wieder auf, die einen großen Teil von Norlands Reiz ausgemacht hatten, und empfanden sogar mehr Freude daran, als ihnen Norland nach dem Tod des Vaters hatte bieten können. Sir John Middleton, der sie in den ersten zwei Wochen täglich besuchte und zu Hause nichts mit sich anzufangen wusste, konnte sein Erstaunen nicht verhehlen, dass er sie immer beschäftigt antraf.

Außer den Bewohnern von Barton Park kam kaum jemand zu ihnen, denn ungeachtet Sir Johns dringender Bitte, sie sollten mehr mit den Nachbarn verkehren, und trotz seiner wiederholten Versicherung, seine Kutsche stehe ihnen immer zur Verfügung, siegte Mrs. Dashwoods Unabhängigkeitssinn über den Wunsch ihrer Kinder nach Gesellschaft; sie lehnte es entschieden ab, Familien zu besuchen, die nicht mit einem Spaziergang zu erreichen waren. Von dieser Sorte gab es jedoch nur wenige, und nicht alle von ihnen traf man zu Hause an.

Etwa anderthalb Meilen vom Cottage entfernt, in dem engen, gewundenen Tal von Allenham, das wie oben beschrieben von Barton Valley abzweigte, hatten die Mädchen bei einem ihrer ersten Ausflüge ein altes, ehrwürdig aussehendes Herrenhaus entdeckt, das sie ein wenig an Norland erinnerte, ihre Fantasie beflügelte und den Wunsch in ihnen weckte, es näher kennenzulernen. Als sie sich erkundigten, erfuhren sie allerdings, dass die Besitzerin, eine hochgeachtete ältere Dame, leider zu gebrechlich war, um sich in Gesellschaft zu begeben, und das Haus nie verließ.

Es gab zahlreiche schöne Spazierwege in dieser Gegend. Die höheren Hügel, die beim Blick durch fast jedes Fenster einluden, die köstliche frische Luft auf ihren Gipfeln zu genießen, waren eine willkommene Abwechslung, wenn der Schlamm unten in den Tälern deren erlesene Schönheiten unzugänglich machte, und auf einen dieser Hügel lenkten Marianne und Margaret eines denkwürdigen Morgens ihre Schritte, verlockt von der hie und da zwischen den Regenwolken hervorlugenden Sonne, denn sie ertrugen die Gefangenschaft nicht länger, die ihnen der Dauerregen der letzten zwei Tage aufgezwungen hatte. Das Wetter war nicht verführerisch genug, um auch die beiden anderen Bewohnerinnen von Stift und Buch wegzulocken, und das, obwohl Marianne beteuert hatte, es werde ein schöner Tag, und die drohenden Wolken über den Bergen würden gewiss vertrieben. Also brachen die beiden Mädchen allein auf.

Munter stiegen sie den Hang hinauf und freuten sich bei jedem Fleckchen blauen Himmels über ihre Unternehmungslust, und als sie im Gesicht die belebenden Böen eines starken Südwestwinds spürten, bemitleideten sie die Mutter und

Elinor, die dieses köstliche Erlebnis aus Ängstlichkeit versäumten.

«Gibt es ein größeres Glück auf Erden als das hier?», fragte Marianne. «Wir wollen mindestens zwei Stunden wandern, Margaret.»

Margaret war einverstanden, und so setzten sie ihren Weg fort und kämpften lachend und vergnügt etwa zwanzig Minuten gegen den Wind an, als sich plötzlich die Wolken über ihren Köpfen schlossen und ihnen ein stürmischer Regen ins Gesicht schlug. Gekränkt und empört mussten sie gegen ihren Willen umkehren, denn es gab keinen näheren Unterschlupf als ihr Haus. Ein Trost blieb ihnen immerhin, denn die misslichen Umstände erlaubten ihnen etwas, was sonst nicht schicklich gewesen wäre: Sie wollten den steilen Abhang, der direkt zu ihrem Gartentörchen führte, so schnell wie möglich hinunterrennen.

Sie liefen los. Anfangs hatte Marianne die Nase vorn, aber ein falscher Tritt ließ sie plötzlich stürzen. Margaret konnte nicht mehr anhalten, um ihr zu helfen, sauste wohl oder übel weiter und erreichte unbeschadet den Talgrund.

Ein Herr mit einem Gewehr und zwei um ihn herumtollenden Vorstehhunden stieg gerade den Hang hinauf und war nur wenige Schritte von

Marianne entfernt, als sie verunglückte. Er legte das Gewehr ab und eilte ihr zu Hilfe. Sie hatte sich schon wieder erhoben, aber ihr Fuß hatte sich beim Sturz verdreht, und sie konnte kaum auftreten. Der Herr bot ihr seine Dienste an, und als er merkte, dass sie aus Schüchternheit die nötige Hilfe ablehnte, nahm er sie ohne langes Zögern auf die Arme und trug sie den Hang hinunter. Er ging durch den Garten, dessen Törchen Margaret offen gelassen hatte, brachte sie direkt ins Haus, wo Margaret gerade angekommen war, und ließ sie erst los, als er sie im Wohnzimmer auf einem Stuhl abgesetzt hatte.

Elinor und ihre Mutter erhoben sich verblüfft bei diesem Auftritt, und während ihre Blicke sichtlich erstaunt und voll heimlicher Bewunderung auf ihn gerichtet waren, beides ausgelöst durch seine Erscheinung, entschuldigte er sich für sein Eindringen und erklärte den Grund hierfür so freimütig und taktvoll, dass sein ungewöhnlich gutes Aussehen durch seine Stimme und Ausdrucksweise noch zusätzlich gewann. Jeder Akt der Hilfsbereitschaft ihrem Kind gegenüber hätte ihm zwangsläufig Mrs. Dashwoods Dankbarkeit und Liebenswürdigkeit eingebracht, selbst wenn er alt, hässlich und ungehobelt gewesen wäre; doch Jugend, Schönheit und Vornehmheit verliehen der Tat etwas Bedeutsames, was ganz ihren Gefühlen entsprach.

Sie dankte ihm wieder und wieder und bat ihn mit der ihr eigenen Freundlichkeit, Platz zu nehmen. Das lehnte er ab; er sei schmutzig und nass. Daraufhin wollte Mrs. Dashwood wissen, wem sie zu Dank verpflichtet sei. Sein Name sei Willoughby, antwortete er, und er wohne zurzeit in Allenham. Von dort aus werde er ihnen morgen, so sie ihm diese Gunst gewähre, einen Besuch abstatten und sich nach Miss Dashwoods Befinden erkundigen. Sie gestattete es gern, und er brach auf, mitten im schlimmsten Regen, und machte sich dadurch noch interessanter.

Seine männliche Schönheit und ungewöhnliche Gewandtheit wurden sogleich Gegenstand allgemeiner Bewunderung, und das Gelächter über seine Ritterlichkeit gegenüber Marianne wurde durch seine Attraktivität noch befeuert. Marianne selbst hatte von ihm weniger mitbekommen als die anderen, denn da sie aus Verlegenheit über das ganze Gesicht errötet war, als er sie hochhob, war es ihr unmöglich gewesen, ihn später im Haus in Augenschein zu nehmen. Immerhin hatte sie genug gesehen, um sich überschwänglich wie immer, wenn sie jemanden lobte, der allgemeinen Bewunderung anzuschließen.

Seine Erscheinung und sein Auftreten waren genau so, wie sie sich die Helden ihrer Lieblingsgeschichten stets ausgemalt hatte, und dass er sie ohne viel Umstände einfach ins Haus getragen hatte, bewies eine Geistesgegenwart, die seine Tat besonders sympathisch machte. Alles an ihm war interessant. Sein Name klang gut, er wohnte in ihrem Lieblingsdorf, und sie erkannte bald, dass von sämtlichen Herrengewändern der Jagdrock das kleidsamste war. Ihre Fantasie geriet in Bewegung, angenehme Gedanken gingen ihr durch den Kopf, und den schmerzenden verstauchten Knöchel beachtete sie einfach nicht.

Sir John kam zu Besuch, sobald ihm die nächste Wetterbesserung an diesem Vormittag erlaubte, das Haus zu verlassen; man erzählte ihm von Mariannes Unfall und fragte ihn gespannt, ob er in Allenham einen Herrn namens Willoughby kenne.

«Willoughby!», rief Sir John. «Was, der ist im Lande? Das ist ja eine gute Nachricht. Ich reite morgen hinüber und lade ihn für Donnerstag zum Dinner ein.»

«Sie kennen ihn also?», fragte Mrs. Dashwood.

«Kennen? Aber natürlich. Er ist doch jedes Jahr hier.»

«Und was ist das für ein junger Mann?»

«Der netteste Kerl auf Erden, das versichere ich Ihnen. Ein hervorragender Schütze, und in ganz England gibt es keinen kühneren Reiter.»

«Ist das alles, was Sie über ihn zu sagen wissen?», rief Marianne empört. «Wie ist er denn, wenn man ihn näher kennt? Welche Lieblingsbeschäftigungen hat er, welche Begabungen, welche Eigenheiten?»

Sir John war etwas ratlos. «Meine Güte», sagte er, «was das angeht, weiß ich nicht viel über ihn. Aber er ist ein angenehmer, gutmütiger Kerl und hat die hübscheste kleine schwarze Vorstehhündin, die ich je gesehen habe. War sie heute mit ihm draußen?»

Doch Marianne wusste zur Farbe von Mr. Willoughbys Hund ebenso wenig zu sagen wie er zu den Details seiner Persönlichkeit.

«Wer ist er denn?», fragte Elinor. «Wo kommt er her? Hat er ein Haus in Allenham?»

Zu diesem Punkt konnte Sir John ihnen genauer Auskunft geben, und er berichtete, dass Mr. Willoughby keinen eigenen Besitz in dieser Gegend habe, dass er hier nur wohne, weil er die alte Dame in Allenham Court besuche, mit der er verwandt sei und die er beerben werde, und er fügte hinzu: «Jaja, das wäre ein guter Fang, Miss Dashwood, das kann ich Ihnen sagen, er hat auch noch ein hübsches kleines Anwesen in Somersetshire. Wenn ich Sie wäre, würde ich ihn nicht meiner jüngeren Schwester überlassen, auch wenn sie noch so gekonnt den Hang hinuntergestolpert ist. Miss Marianne soll nicht glauben, dass sie alle Männer für sich behalten darf. Brandon wird eifersüchtig werden, wenn sie nicht aufpasst.»

«Ich glaube nicht», erwiderte Mrs. Dashwood gutmütig lächelnd, «dass eine meiner Töchter Mr. Willoughby dadurch belästigen wird, dass sie ihn einzufangen versucht, wie Sie das nennen. Zu derlei sind sie nicht erzogen worden. Die Männer sind sicher vor uns, mögen sie noch so reich sein. Ich freue mich jedoch, Ihren Worten zu entnehmen, dass er ein ehrbarer junger Mann ist, dessen Bekanntschaft man sich nicht zu schämen braucht.»

«Er ist wirklich der famoseste Bursche auf Erden», wiederholte Sir John. «Ich erinnere mich an letzte Weihnachten, da hat er bei einem kleinen Schwof auf Barton Park von acht Uhr abends bis vier Uhr früh getanzt, ohne sich auch nur einmal zu setzen.»

«Tatsächlich?», rief Marianne mit blitzenden Augen. «Und elegant und schwungvoll?»

«Ja, und um acht Uhr war er schon wieder auf den Beinen, um zur Fuchsjagd zu reiten.»

«Das gefällt mir, so muss ein junger Mann sein. Was auch immer er gern tut, sein Eifer sollte keine Grenzen kennen, und er darf keine Müdigkeit spüren.»

«Jaja, ich sehe schon, wie es laufen wird», sagte Sir John, «ich sehe schon, wie es laufen wird. Sie werden sich ihn zu angeln suchen und nicht mehr an den armen Brandon denken.»

«Das ist eine Ausdrucksweise, die ich gar nicht mag, Sir John», erwiderte Marianne erregt. «Ich verabscheue abgedroschene Redewendungen, die witzig sein wollen, und ‹sich einen Mann angeln› oder ‹eine Eroberung machen› sind die abscheulichsten überhaupt. Sie sind vulgär und engstirnig, und wenn diese Formulierungen jemals als geistreich betrachtet werden konnten, so ist ihre Brillanz im Lauf der Zeit längst erloschen.»

Sir John verstand diesen Tadel nicht recht, lachte aber so herzlich, als hätte er ihn verstanden, und erwiderte: «Ach, Sie werden wohl noch einige Eroberungen machen, so oder so! Der arme Brandon! Er ist richtig verknallt, und der ist es wert, dass Sie sich ihn angeln, das sage ich Ihnen, den Hang abwärtsstolpern hin und verstauchter Knöchel her.»

Kapitel 10

Mariannes Retter, wie Margaret Willoughby mehr hochtrabend als zutreffend nannte, erschien früh am nächsten Morgen im Cottage, um sich persönlich nach Mariannes Befinden zu erkundigen. Mrs. Dashwood, bewegt von Sir Johns Schilderung und ihrer eigenen Dankbarkeit, empfing ihn überaus höflich und liebenswürdig; und alles, was während des Besuchs geschah, war dazu angetan, ihn der Intelligenz, Vornehmheit, gegenseitigen Zuneigung und häuslichen Behaglichkeit innerhalb jener Familie zu versichern, zu der ein Zufall ihn geführt hatte. Von ihren persönlichen Reizen war er auch schon vor diesem zweiten Gespräch überzeugt.

Miss Dashwood hatte einen zarten Teint, regelmäßige Gesichtszüge und eine bemerkenswert gute Figur. Und Marianne war sogar noch hübscher. Ihre Gestalt kam dem Idealbild nicht so nahe wie die Gestalt ihrer Schwester, machte aber mehr Eindruck, da sie größer war; auch hatte sie ein entzückendes Gesicht. Wer sie in den üblichen hohen Tönen als schönes Mädchen bezeichnete, tat der Wahrheit weniger Gewalt an als sonst. Ihre Haut war deutlich gebräunt, schimmerte aber, und dadurch hatte ihr Teint etwas ungewöhnlich Strahlendes. Das Gesicht war gut geschnitten, das Lächeln lieblich und anziehend, und aus ihren tiefdunklen Augen sprachen ein Leben, ein Feuer und eine Hingabe, die niemanden unberührt ließen. Willoughby blieb dieser Gesichtsausdruck erst einmal vorenthalten, die Erinnerung an seine Hilfe machte Marianne zu verlegen. Aber das ging vorbei, sie fasste sich wieder, und als sie sah, dass er nicht nur ein Gentleman mit perfektem Benehmen war, sondern auch noch offen und lebhaft, und als sie vor allem hörte, dass er Musik und Tanz leidenschaftlich liebte, schenkte sie ihm einen so verständnisinnigen Blick, dass er sich für den Rest seines Besuchs fast ausschließlich mit ihr unterhielt.

Er musste nur die Rede auf einen Zeitvertreib bringen, der ihr besonders am Herzen lag, um sie in eine Unterhaltung zu verwickeln. Bei solchen Themen konnte sie nicht schweigen, und sie zeigte im Gespräch weder Schüchternheit noch Zurückhaltung. Rasch entdeckten sie, dass Tanz und Musik ihnen beiden gleichermaßen Vergnügen bereiteten und sie beim einen wie beim andern im Urteil völlig übereinstimmten. Dies ermutigte Marianne zu einer weiteren Erforschung seiner Ansichten, und sie begann ihn nach Büchern zu fragen. Sie nannte ihm ihre Lieblingsautoren und ließ sich hingerissen und begeistert darüber aus; jeder junge Mann von fünfundzwanzig Jahren, der kein Holzklotz war, musste sofort einsehen, wie überragend diese Werke waren, selbst wenn er sie bisher keines Blickes gewürdigt hatte. Ihrer beider Geschmack ähnelte sich verblüffend. Beide vergötterten dieselben Bücher und dieselben Passagen, und falls sie wirklich einmal anderer Meinung waren oder einer der beiden einen Einwand erhob, hielt dies nur so lange an, bis Marianne die Macht ihrer Argumente und das Strahlen ihrer Augen ins Spiel brachte. Er gab ihr in allem recht und verstand ihre Begeisterung, und sein Besuch war noch lange nicht beendet, da unterhielten sie sich schon vertraulich wie alte Bekannte.

«So, Marianne», sagte Elinor, als er gegangen war, «für einen einzigen Vormittag hast du ganz schön viel erreicht. Du hast Mr. Willoughbys Meinung zu fast jedem wichtigen Thema in Erfahrung gebracht. Du weißt, wie er über Cowper und Scott[5] denkt, du hast dich vergewissert, dass er deren Schönheit gebührend schätzt, und hast seine Zusicherung, dass er Pope[6] nicht mehr bewundert als angemessen. Aber wie willst du eure Bekanntschaft länger aufrechterhalten, wenn jeder Gesprächsstoff so blitzschnell abgehandelt wird? Du wirst bald all deine Lieblingsthemen erschöpft haben. Es genügt ein zweites Treffen, bei dem er seine Einstellung zur Ästhetik des Pittoresken und zu Zweitehen äußert, und dann gibt es nichts mehr zu fragen.»

«Elinor!», rief Marianne. «Ist das angebracht? Ist das gerecht? Ist meine Gedankenwelt so dürftig? Aber ich verstehe, was du meinst. Ich war viel zu unbefangen, zu glücklich, zu freimütig. Ich habe gegen alle Regeln des Anstands verstoßen: Ich war offen und aufrichtig, wo ich zurückhaltend, geistlos, langweilig und falsch hätte sein müssen; wenn ich nur vom Wetter und den Straßen gesprochen und nur alle zehn Minuten einmal den Mund aufgemacht hätte, wäre mir dieser Tadel erspart geblieben.»

«Liebchen», sagte die Mutter, «du brauchst nicht beleidigt zu sein, Elinor hat es nur scherzhaft gemeint. Ich selbst würde sie zurechtweisen, wenn sie deine Freude an dem Gespräch mit unserem neuen Freund dämpfen wollte.» Augenblicklich war Marianne besänftigt.

Willoughby seinerseits lieferte mit seinem deutlichen Wunsch nach Vertiefung ihrer Bekanntschaft ausreichend Beweise für sein Vergnügen an diesem Gespräch. Er kam jeden Tag. Anfangs gab er vor, er wolle sich nach Mariannes Befinden erkundigen, aber ermutigt durch den

Tag für Tag freundlicheren Empfang, hielt er eine solche Entschuldigung schon für unnötig, ehe sie durch Mariannes vollständige Genesung unbrauchbar wurde. Sie war für einige Tage ans Haus gefesselt, aber so wenig lästig war noch selten eine Gefangenschaft gewesen. Willoughby war ein junger Mann mit beachtlichen Fähigkeiten, lebhafter Fantasie, sprühender Laune und einer offenen, liebenswürdigen Art. So einer musste einfach Mariannes Herz erobern, denn zu alledem kam nicht nur ein einnehmendes Äußeres, sondern auch eine natürliche Leidenschaftlichkeit, die durch ihre eigene entflammt und geschürt wurde und ihn besonders anziehend machte.

Seine Gesellschaft wurde allmählich ihre größte Freude. Sie lasen, sprachen und sangen zusammen, er war bemerkenswert musikalisch und rezitierte mit ebenjener Empfindsamkeit und Seele, die Edward leider hatte vermissen lassen.

In Mrs. Dashwoods Augen war er ebenso fehlerlos wie in den Augen von Marianne, und Elinor kritisierte einzig, dass er bei jeder Gelegenheit und ohne Rücksicht auf Personen oder Umstände aussprach, was er dachte – eine Neigung, die er mit ihrer Schwester zu deren großer Freude teilte. Wenn er sich vorschnell eine Meinung über andere Leute bildete und diese auch äußerte, wenn er die allgemein übliche Höflichkeit dem Vergnügen opferte, sich nur dem zu widmen, woran sein Herz hing, und die Formen des gesellschaftlichen Anstands allzu sorglos verletzte, zeigte er einen Mangel an Achtsamkeit, den Elinor nicht billigen konnte, ganz gleich, was er und Marianne zur Begründung vorbringen mochten.

Marianne erkannte allmählich, wie übereilt und ungerechtfertigt die Verzweiflung gewesen war, die sie mit sechzehneinhalb Jahren gepackt und ihr alle Hoffnung auf einen Mann genommen hatte, der ihrem Ideal von Vollkommenheit entsprach. Willoughby war genau so, wie ihre Fantasie sich in jener verzagten Stunde und auch in fröhlicheren Zeiten den Mann ausgemalt hatte, der sie zu fesseln vermochte, und sein Verhalten bewies, dass sein Sinnen und Trachten in dieser Hinsicht ebenso ernst waren wie seine Fähigkeiten groß.

Auch ihre Mutter, der anfangs wegen seines künftigen Reichtums gar nicht der Gedanke an eine Eheschließung gekommen war, fühlte sich bereits nach einer knappen Woche versucht, auf eine solche zu hoffen und damit zu rechnen, und im Stillen beglückwünschte sie sich dazu, zwei solche Schwiegersöhne wie Edward und Willoughby gewonnen zu haben.

Colonel Brandons Sympathie für Marianne, die seine Freunde schon so früh bemerkt hatten, wurde auch für Elinor spürbar, sobald die Freunde ihr keine Beachtung mehr schenkten. Die Aufmerksamkeit und Scharfzüngigkeit der anderen richteten sich nun auf seinen glücklicheren Rivalen, und die Neckereien, die Brandon auf sich gezogen hatte, verstummten in dem Augenblick, in dem seine Gefühle den verdienten Spott eigentlich herausgefordert hätten. Elinor erkannte, wenn auch widerstrebend, dass ihre Schwester nun tatsächlich jene Empfindungen in Colonel Brandon weckte, die Mrs. Jennings ihm angedichtet hatte, um sich wichtigzumachen. In Mr. Willoughbys Fall mochte die Wesensähnlichkeit der Beteiligten der Liebe förderlich sein, doch ließ sich andererseits Colonel Brandon trotz aller auffälligen Wesensunterschiede nicht in seiner Zuneigung beirren. Elinor sah dies mit Sorge, denn was durfte ein schweigsamer fünfunddreißigjähriger Mann hoffen, verglichen mit einem überaus lebhaften fünfundzwanzigjährigen? Da sie ihm keinen Erfolg wünschen konnte, wünschte sie ihm von Herzen Gleichgültigkeit. Sie hatte ihn gern und fand ihn bei aller Ernsthaftigkeit und Zurückhaltung interessant. Er wirkte gesetzt, aber freundlich, und seine Zurückhaltung schien eher auf irgendwelchen Sorgen als auf angeborener Schwermut zu gründen. Sir John hatte etwas von Unrecht und Enttäuschungen in der Vergangenheit angedeutet, was ihre Überzeugung, dass er ein unglücklicher Mann sei, zu bestätigen schien, und sie betrachtete ihn mit Respekt und Mitleid.

Vielleicht bedauerte und achtete sie ihn umso mehr, weil Willoughby und Marianne ihn so geringschätzig behandelten. Sie waren gegen ihn eingenommen, da er weder temperamentvoll noch jung war, und schienen entschlossen, seine Vorzüge zu übersehen.

«Brandon gehört zu der Sorte von Männern», erklärte Willoughby eines Tages, als das Gespräch auf ihn kam, «über die jeder nur Gutes sagt und für die sich niemand interessiert; jeder begrüßt ihn erfreut, aber keiner kommt auf die Idee, sich mit ihm zu unterhalten.»

«Genau das finde ich auch», rief Marianne.

«Darauf brauchst du aber nicht stolz zu sein», sagte Elinor, «denn das ist ungerecht von euch beiden. Die ganze Familie auf Barton Park schätzt ihn sehr, und wenn ich ihn sehe, bemühe ich mich immer, mit ihm zu reden.»

«Dass Sie ihn in Schutz nehmen», erwiderte Willoughby, «spricht sicher zu seinen Gunsten, aber dass die anderen ihn schätzen, wirkt eher belastend. Wer würde sich die Demütigung gefallen lassen, von Frauen wie Lady Middleton und Mrs. Jennings empfohlen zu werden, was ja bei jedem anderen eher Gleichgültigkeit hervorrufen muss?»

«Aber vielleicht machen die Schmähungen von Menschen wie Ihnen und Marianne die Hochachtung von Lady Middleton und ihrer Mutter wett. Wenn deren Lob ein Tadel ist, dann ist Ihr Tadel vielleicht ein Lob, denn Sie sind ebenso voreingenommen und ungerecht wie die anderen beiden unkritisch.»

«Sie werden ja richtig draufgängerisch, wenn Sie Ihren Schützling verteidigen.»

«Mein Schützling, wie Sie ihn nennen, ist ein verständiger Mann, und Verstand finde ich immer anziehend. Ja, Marianne, selbst bei einem Mann zwischen dreißig und vierzig. Er hat viel von der Welt gesehen, er war im Ausland, hat viel gelesen und macht sich Gedanken. Ich habe festgestellt, dass er mir zu den unterschiedlichsten Themen Auskunft geben kann, und er hat meine Fragen immer bereitwillig, zuvorkommend und geduldig beantwortet.»

«Das heißt», rief Marianne verächtlich, «er hat dir erzählt, dass es in Südostasien heiß ist und die Moskitos eine Plage sind.»

«Das hätte er mir zweifelsohne erzählt, wenn ich ihm entsprechende Fragen gestellt hätte, aber das wusste ich zufällig vorher schon.»

«Vielleicht erstreckten sich seine Auslassungen auch auf Nabobs, Goldmohure und Palankins[7]», sagte Willoughby.

«Ich wage zu behaupten, dass seine Auslassungen umfassender waren als Ihr Wohlwollen. Warum mögen Sie ihn denn nicht?»

«Es ist nicht so, dass ich ihn nicht mag. Im Gegenteil, ich halte ihn für einen ehrbaren Mann, der jedermanns Achtung genießt, aber niemandes Beachtung, der mehr Geld hat, als er ausgeben, mehr Zeit, als er totschlagen kann und zweimal im Jahr einen neuen Rock in Auftrag gibt.»

«Außerdem», rief Marianne, «besitzt er weder Talent noch Geschmack noch Geist. Sein Verstand ist nüchtern, seine Gefühle sind lau, und seine Stimme klingt ausdruckslos.»

«Ihr verurteilt seine Schwächen in Bausch und Bogen», antwortete Elinor, «und messt ihn so sehr an eurer eigenen Einbildungskraft, dass das Lob, das ich vorbringen kann, vergleichsweise spröde und geistlos ausfallen muss. Ich kann ihn nur als klugen Mann bezeichnen, als wohlerzogen, gebildet und freundlich, und ich glaube, er hat ein gutes Herz.»

«Miss Dashwood», rief Willoughby, «das ist nicht nett, wie Sie mit mir umgehen! Sie versuchen mich mit Hilfe von Argumenten zu entwaffnen und mich gegen meinen Willen zu überzeugen. Aber das wird Ihnen nicht gelingen. Sie werden merken, dass ich genauso stur sein kann wie Sie raffiniert. Ich habe drei unwiderlegbare Gründe, Colonel Brandon nicht zu mögen: Er hat mir Regen angedroht, als ich schönes Wetter brauchte, er hat an der Federung meines Zweispänners herumgenörgelt, und ich kann ihn nicht dazu bewegen, meine braune Stute zu kaufen. Wenn es Sie beruhigt, räume ich jedoch gern ein, dass ich ihn ansonsten untadelig finde. Als Gegenleistung für diese lobende Anerkennung, die mir ziemlich schwerfällt, sollten Sie mir aber das Recht zugestehen, ihn so wenig leiden zu können wie eh und je.»

Kapitel 11

Als Mrs. Dashwood und ihre Töchter nach Devonshire kamen, ahnten sie nicht, wie bald ihre Zeit von vielen Verabredungen in Anspruch genommen werden würde, wie häufig sie eingeladen werden und auch selbst treue Besucher haben würden, sodass ihnen kaum Muße für ernsthafte Beschäftigungen blieb. Doch so war es. Kaum hatte Marianne sich erholt, setzte Sir John seine vorsorglich geschmiedeten Pläne bezüglich vergnüglichen Zeitvertreibs zu Hause und im Freien in die Tat um. Auf Barton Park wurden die ersten Privatbälle veranstaltet, man begab sich auf Bootsausflüge und brachte sie trocken zu Ende, sooft es der regnerische Oktober gestattete. An allen derartigen Treffen nahm auch Willoughby teil; die unbefangene und zwanglos vertrauliche Atmosphäre dieser Runden war wohlkalkuliert. Er sollte seine Bekanntschaft mit den Dashwoods vertiefen können und Gelegenheit erhalten, Marianne von ihrer besten Seite zu erleben, seiner leidenschaftlichen Bewunderung Ausdruck zu verleihen und aus ihrem Verhalten ihm gegenüber deutlich ihre Zuneigung abzulesen.

Elinor wunderte sich nicht über diese Verliebtheit. Sie wünschte sich nur, die beiden würden sie weniger offen zeigen, und ein- oder zweimal wagte sie Marianne darauf hinzuweisen, dass etwas mehr Selbstbeherrschung schicklicher wäre. Aber Marianne verabscheute jegliche Geheimhaltung, sofern mit der Freimütigkeit nichts wirklich Schändliches verbunden war. Gefühle zu unterdrücken, die an sich nicht tadelnswert waren, empfand sie nicht nur als unnötige Anstrengung, sondern als geradezu schimpfliche Unterwerfung der Vernunft unter platte, verfehlte Ansichten. Willoughby dachte wie sie, und beide brachten ihre Meinung durch ihr Verhalten deutlich zum Ausdruck.

Sobald er anwesend war, hatte sie nur noch für ihn Augen. Alles, was er tat, war richtig. Alles, was er sagte, war klug. Wenn die Abende auf Barton Park mit einem Kartenspiel endeten, beschwindelte er sich und die anderen Spieler, um ihr ein gutes Blatt zuzuschanzen. An Abenden, an denen getanzt wurde, verbrachten sie die Hälfte der Zeit gemeinsam auf der Tanzfläche, und wenn sie bei manchen Tänzen genötigt wurden, sich zu trennen, achteten sie darauf, dass sie nahe beieinanderstanden, und sprachen mit anderen kaum ein Wort. Natürlich sorgte ein solches Benehmen für viel Gelächter, doch der Spott war ihnen weder peinlich, noch schien er sie besonders zu verärgern.

Da Mrs. Dashwood tiefstes Verständnis für ihre Gefühle aufbrachte, verspürte sie keinerlei Bedürfnis, diese übertriebene Zurschaustellung zu zügeln. Für sie war dies nur die natürliche Folge einer innigen Liebe zwischen jungen, glutvollen Gemütern.

Es war eine Zeit des Glücks für Marianne. Ihr Herz gehörte Willoughby, und das aus Sussex mitgebrachte Heimweh nach Norland wurde durch den Zauber, den seine Anwesenheit ihrem jetzigen Zuhause verlieh, rascher in den Hintergrund gedrängt, als sie es für möglich gehalten hatte.

Elinor war weniger glücklich. Ihr Herz war nicht ganz so gelassen, ihre Freude über all den Zeitvertreib nicht ganz so ungetrübt. Sie hatte keinen Gefährten, der sie für das entschädigt hätte, was sie hinter sich gelassen hatte, oder sie hätte lehren können, mit weniger Bedauern an Norland zu denken. Weder Lady Middleton noch Mrs. Jennings konnten ihr die Gespräche bieten, die sie vermisste, auch wenn Letztere unablässig redete und dabei Elinor, der sie vom ersten Moment an freundlich gesinnt war, zum bevorzugten Ziel ihrer Äußerungen machte. Sie hatte ihr schon drei- oder viermal ihr Leben erzählt, und wäre Elinors Erinnerungsvermögen ebenso groß gewesen wie ihre Aufgeschlossenheit, hätte sie gleich zu Beginn ihrer Bekanntschaft haarklein alles über Mr. Jennings' letzte Krankheit gewusst sowie jedes Wort, das er in den Minuten vor seinem Tod zu seiner Frau gesagt hatte. Lady Middleton war nur insofern angenehmer als ihre Mutter, als sie häufiger schwieg. Doch es dauerte nicht lang, da erkannte Elinor, dass Lady Middletons Zurückhaltung lediglich mit einer ruhigen Wesensart zusammenhing und nichts über ihren Verstand aussagte. Auch gegenüber ihrem Mann und ihrer Mutter verhielt sie sich ähnlich; Vertraulichkeit wurde also weder erwartet noch gewünscht. Sie hatte an keinem Tag etwas zu sagen, was sie nicht schon am Tag zuvor gesagt hatte. Sie war immer gleich fade, denn sogar ihre Stimmung war stets dieselbe, und obwohl sie gegen die Einladungen ihres Mannes keinen Einspruch erhob, vorausgesetzt, alles lief vornehm ab und sie wurde von ihren beiden älteren Kinder begleitet, schien sie diesen Geselligkeiten nicht mehr Reiz abzugewinnen als einem Abend, an dem sie allein zu Hause saß. Sie beteiligte sich kaum am Gespräch, und ihre Anwesenheit trug so wenig zur Unterhaltung der Gäste bei, dass diese manchmal nur aufgrund ihres fürsorglichen Getues um ihre lästigen Söhne auf sie aufmerksam wurden.

Unter all ihren neuen Bekannten fand Elinor einzig in Colonel Brandon einen Menschen, der ihr überhaupt Respekt vor seinen geistigen Anlagen abnötigte, ein Verlangen nach Freundschaft weckte oder als Gegenüber unterhaltsam war. Willoughby kam hierfür nicht in Frage. Zwar gehörte ihm ihre rückhaltlose Bewunderung und

Zuneigung – ihre schwesterliche Zuneigung –, doch er war verliebt, seine Aufmerksamkeit galt allein Marianne, und vielleicht hätte sie an einem weniger liebenswürdigen Mann im Großen und Ganzen mehr Freude gehabt. Colonel Brandon war zu seinem eigenen Kummer nicht ermutigt worden, einzig an Marianne zu denken, und wenn er mit Elinor sprach, tröstete ihn das noch am ehesten über die Gleichgültigkeit ihrer Schwester hinweg.

Elinors Mitleid mit ihm wuchs, als sie Grund zu der Annahme fand, dass ihm das Leid enttäuschter Liebe nicht unbekannt war. Dieser Verdacht wurde durch einige Worte geweckt, die ihm eines Abends auf Barton Park entschlüpften, als sie sich in beiderseitigem Einvernehmen einen Platz suchten, während die anderen tanzten. Sein Blick ruhte auf Marianne, und nach einigen Minuten des Schweigens sagte er matt lächelnd: «Wie ich höre, hält Ihre Schwester nichts davon, wenn sich jemand ein zweites Mal verliebt.»

«Ja», erwiderte Elinor, «sie denkt da sehr romantisch.»

«Ich glaube eher, sie hält so etwas für unmöglich.»

«Das glaube ich auch. Ich weiß nur nicht, wie sie das mit der Geschichte ihres Vaters in Einklang bringt, der ja zweimal verheiratet war. Aber in einigen Jahren werden ihre Ansichten auf einem vernünftigen Fundament aus gesundem Menschenverstand und Erfahrung zur Ruhe kommen, und dann werden sie vielleicht auch für andere Menschen, nicht nur für sie selbst, verständlich und einleuchtend.»

«Wahrscheinlich», antwortete er. «Dennoch haben die Vorurteile eines jungen Menschen etwas Liebenswertes, und es tut einem leid, wenn sie den gängigen Ansichten geopfert werden.»

«Da kann ich Ihnen nicht beipflichten», sagte Elinor. «Gefühle wie die von Marianne sind verbunden mit Unannehmlichkeiten, und selbst Schwärmerei und Naivität, mögen sie noch so reizend sein, können dafür nicht entschädigen. Ihre Denkweise hat die unselige Tendenz, Anstandsregeln in den Wind zu schlagen, und ich meine, es würde ihr sehr guttun, wenn sie einmal mehr von der Welt zu sehen bekäme.»

Nach einer kurzen Pause griff Colonel Brandon das Thema wieder auf. «Macht Ihre Schwester keine Unterschiede in ihrer Ablehnung einer zweiten Liebe? Findet sie diese bei jedem gleich verwerflich? Müssen auch Menschen, die beim ersten Mal wegen der Treulosigkeit der geliebten Person oder der Launen des Schicksals enttäuscht worden sind, für den Rest ihres Lebens leidenschaftslos bleiben?»

«Offen gestanden bin ich nicht mit den Details ihrer Prinzipien vertraut. Ich weiß nur, dass sie in meiner Gegenwart eine zweite Liebe noch nie als verzeihlich bezeichnet hat.»

«Das wird nicht so bleiben», sagte er, «aber ein Wandel, ein völliger Gefühlsumschwung... Nein, nein, den darf man sich nicht wünschen, denn wenn die romantischen Spintisiereien eines jungen Menschen abdanken müssen, wie oft folgen ihnen dann Meinungen, die nur zu gewöhnlich und zu gefährlich sind! Ich spreche aus Erfahrung. Ich kannte einmal eine Dame, die in Temperament und Gemüt ihrer Schwester sehr ähnlich war, die wie sie dachte und urteilte, aber durch eine aufgezwungene Veränderung, durch eine Reihe unglücklicher Umstände...» Er verstummte plötzlich, als würde er sich bewusst, dass er zu weit gegangen war, und seine Miene gab Anlass zu Vermutungen, die Elinor normalerweise nicht in den Sinn gekommen wären. Die erwähnte Dame hätte wahrscheinlich gar nicht Miss Dashwoods Verdacht erregt, doch sein Stutzen hatte bei ihr den Eindruck erweckt, Aussagen, die sie beträfen, dürften ihm nicht über die Lippen kommen. So brauchte es nun nicht viel

Einbildungskraft, um seine Gemütsbewegung mit der zärtlichen Erinnerung an eine einstige Liebe in Verbindung zu bringen. Elinor fragte nicht weiter nach. Marianne hätte sich an ihrer Stelle freilich nicht so zurückgehalten. In deren lebhafter Fantasie hätte sich die ganze Geschichte in Windeseile entfaltet, und alles hätte sich unter dem schwermütigen Begriff «unglückliche Liebe» einordnen lassen.

Kapitel 12

Als Elinor und Marianne am nächsten Vormittag spazieren gingen, teilte Letztere ihrer Schwester eine Neuigkeit mit, die diese, obwohl ihr Mariannes Unvernunft und Achtlosigkeit sattsam bekannt waren, doch erstaunte, weil sie ein so überdeutlicher Beleg für beides war. Marianne erzählte ihr hocherfreut, Willoughby habe ihr ein Pferd aus seiner eigenen Zucht in Somersetshire geschenkt, das speziell dazu ausgebildet sei, eine Frau zu tragen. Ohne zu bedenken, dass ihre Mutter gar nicht vorhatte, ein Pferd zu halten, und dass sie, falls sie ihren Entschluss wegen dieses Geschenks doch umstoßen würde, ein zweites für einen Diener kaufen, dazu erst einmal einen Diener einstellen und obendrein einen Stall bauen müsste, hatte Marianne das Geschenk ohne zu zögern angenommen und erzählte nun verzückt ihrer Schwester davon.

«Er will seinen Reitknecht sofort nach Somersetshire schicken, um es zu holen», fügte sie hinzu, «und wenn es erst da ist, wollen wir jeden Tag ausreiten. Du sollst es auch reiten dürfen. Stell dir nur vor, liebe Elinor, wie herrlich das wird, über diese Hügel zu galoppieren.»

Nur ungern ließ sie sich aus diesem glücklichen Traum wecken, um den mit diesem Geschenk verbundenen betrüblichen Tatsachen ins Gesicht zu sehen, und eine Weile weigerte sie sich, sie anzuerkennen. Ein zusätzlicher Diener würde doch nicht viel kosten, Mama hätte bestimmt nichts dagegen, für ihn wäre jedes Pferd gut genug, er könnte auch jederzeit eins von Barton Park ausleihen, und als Stall würde ein simpler Schuppen reichen. Daraufhin wagte Elinor zu fragen, ob es sich denn gehöre, von einem Mann, den sie so wenig oder zumindest erst so kurz kenne, ein derartiges Geschenk anzunehmen? Das war zu viel.

«Du irrst dich, Elinor», sagte sie erregt, «wenn du glaubst, dass ich Willoughby kaum kenne. Ich kenne ihn freilich noch nicht lange, aber er ist mir vertrauter als jedes andere Geschöpf auf Erden, abgesehen von dir und Mama. Nicht Zeit oder Gelegenheit entscheiden, ob dir jemand nahe ist, sondern einzig die Wesensart. Bei manchen Menschen würden sieben Jahre nicht ausreichen, sie miteinander vertraut zu machen, und bei anderen sind sieben Tage mehr als genug. Es käme mir ungehöriger vor, von meinem Bruder ein Pferd anzunehmen als von Willoughby. Über John weiß ich kaum etwas, obwohl wir Jahre zusammengelebt haben, aber meine Einschätzung von Willoughby steht seit Langem fest.»

Elinor hielt es für klüger, an diesen Punkt nicht weiter zu rühren. Sie kannte das Naturell ihrer Schwester. Wenn man ihr bei einem so heiklen Thema widersprach, würde sie umso hartnäckiger auf ihrer Meinung beharren. Doch als Elinor an die Liebe zu ihrer Mutter appellierte und ihr vor Augen führte, welche Einschränkungen diese langmütige Mutter auf sich nehmen müsste, falls sie (was wahrscheinlich war) in diese Erweiterung ihres Hausstandes einwilligte, ließ sich Marianne rasch umstimmen und versprach, der Mutter erst gar nicht von dem Angebot zu erzählen, um sie nicht zu einer solch unklugen Gefälligkeit zu verleiten. Willoughby wollte sie bei seinem nächsten Besuch klarmachen, dass sie es ausschlagen müsse.

Sie hielt Wort. Als Willoughby noch am selben Tag vorbeikam, hörte Elinor, wie sie ihm leise mitteilte, sie müsse zu ihrem Bedauern darauf verzichten, sein Geschenk anzunehmen. Sie nannte ihm auch die Gründe für diese Sinnesänderung, und es waren Gründe, die ihm ein weiteres Beharren unmöglich machten. Er war sichtlich betroffen und äußerte dies nachdrücklich, dann fügte er ebenso leise hinzu: «Aber das Pferd gehört trotzdem Ihnen, Marianne, auch wenn Sie jetzt keine Verwendung dafür haben. Ich werde es nur behalten, bis Sie es brauchen können. Wenn Sie Barton eines Tages endgültig verlassen, um Ihren eigenen Hausstand zu gründen, wird Queen Mab Sie erwarten.»

Miss Dashwood bekam dies alles zufällig mit und erkannte in dem ganzen Satz, in der Art, wie er sprach, und daran, dass er ihre Schwester nur mit dem Vornamen anredete, sofort jene rückhaltlose Vertrautheit und Eindeutigkeit, die auf ein tiefes Einverständnis hinwies. Von diesem Augenblick an zweifelte sie nicht mehr daran, dass die beiden verlobt waren. Verwunderlich nur, dass zwei so freimütige Menschen es dem Zufall überließen, ob sie, Elinor, oder andere Freunde oder Angehörige diese Tatsache entdeckten.

Tags darauf berichtete Margaret ihr etwas, was die ganze Sache in ein noch helleres Licht rückte. Willoughby hatte den gestrigen Abend bei ihnen verbracht, und Margaret, die eine Weile nur mit ihm und Marianne im Wohnzimmer gewesen war, hatte Gelegenheit zu Beobachtungen gehabt, die sie ihrer älteren Schwester mit bedeutungsschwangerer Miene schilderte, als sie das nächste Mal mit ihr allein war.

«O Elinor», rief sie, «ich muss dir ein Geheimnis verraten, es geht um Marianne. Ich bin mir sicher, dass sie Mr. Willoughby bald heiratet.»

«Das sagst du jetzt schon beinahe jeden Tag, seit sie sich auf dem High-Church Down begegnet sind, und sie kannten sich, glaube ich, noch keine Woche, da warst du schon sicher, dass Marianne sein Porträt um den Hals trägt, bis sich herausstellte, dass es nur eine Miniatur von unserem Großonkel war.»

«Aber das ist nun wirklich etwas anderes. Ich bin überzeugt, dass sie bald heiraten, denn er besitzt eine Locke von ihr.»

«Vorsicht, Margaret. Vielleicht ist es nur eine Locke von seinem Großonkel.»

«Nein, Elinor, sie ist von Marianne. Ich bin mir so gut wie sicher, weil ich gesehen habe, wie er sie abgeschnitten hat. Gestern Abend, nach dem Tee, als du mit Mama aus dem Zimmer gingst, flüsterten sie rasch miteinander, er schien etwas von ihr zu erbitten, und dann griff er nach ihrer Schere und schnitt ihr eine lange Locke ab, das Haar fiel ihr nämlich ziemlich zerzaust über den Rücken. Er küsste die Locke, faltete sie in ein weißes Blatt Papier und steckte es in seine Brieftasche.»

Solchen Einzelheiten aus solch glaubwürdiger Quelle konnte Elinor die Anerkennung nicht verweigern; sie hatte auch nicht die Absicht, denn die Umstände stimmten genau mit dem überein, was sie gehört und gesehen hatte.

Margaret demonstrierte ihren Scharfsinn nicht immer auf eine für ihre Schwester so befriedigende Weise. Als Mrs. Jennings sie eines Abends auf Barton Park bedrängte, ihr den Namen des jungen Mannes zu verraten, der bei Elinor in besonderer Gunst stand und auf den sie schon lange neugierig war, antwortete Margaret mit einem Blick zu ihrer Schwester: «Den darf ich bestimmt nicht verraten, nicht wahr, Elinor?»

Das brachte natürlich alle zum Lachen, und auch Elinor versuchte zu lachen. Aber es fiel ihr schwer und tat weh. Bestimmt hatte Margaret den Mann im Sinn, bei dem sie es kaum ertragen hätte, wenn sein Name für Mrs. Jennings zu einem Quell ständigen Witzelns würde.

Marianne empfand aufrichtiges Mitgefühl mit ihr, machte aber die Sache eher noch schlimmer, als sie knallrot wurde und verärgert zu Margaret sagte: «Merk dir: Was du auch vermuten magst – du hast kein Recht, darüber zu reden.»

«Ich habe nie etwas vermutet», erwiderte Margaret, «du selbst hast mir davon erzählt.»

Das erheiterte die Gesellschaft noch mehr, und Margaret wurde von allen Seiten gedrängt, ausführlicher zu werden.

«Ach bitte, Miss Margaret, sagen Sie uns, was Sie wissen», bat Mrs. Jennings. «Wie heißt der Gentleman?»

«Das darf ich nicht verraten, Madam. Aber ich kenne seinen Namen sehr wohl und weiß auch, wo er sich aufhält.»

«Jaja, wir können uns schon vorstellen, wo er wohnt, sicherlich auf Norland in seinem eigenen Haus. Es ist wahrscheinlich der dortige Vikar.»

«Nein, der ist es nicht. Er hat gar keinen Beruf.»

«Margaret», sagte Marianne zornig, «du weißt genau, dass du das alles nur erfindest und eine solche Person gar nicht existiert.»

«Gut, dann ist er vor Kurzem gestorben, Marianne, denn ich bin mir sicher, dass es einmal einen solchen Mann gegeben hat und sein Name mit F anfängt.»

Elinor war Lady Middleton zutiefst dankbar, dass sie in diesem Augenblick feststellte, es regne draußen heftig, auch wenn die Unterbrechung wohl weniger von irgendwelchen Rücksichten auf sie herrührte als von dem ausgeprägten Abscheu ihrer Ladyschaft vor so plumpen Sticheleien, wie sie ihrem Mann und ihrer Mutter gefielen. Der von ihr angesprochene Gedanke wurde jedoch von dem allzeit mitfühlenden Colonel Brandon sofort aufgegriffen, und beide wussten zu dem Thema Regen viel zu sagen. Willoughby öffnete das Piano und bat Marianne zu spielen, und damit war das Thema, dem die einzelnen Personen auf die unterschiedlichste Weise ausweichen wollten, endgültig begraben. Elinor jedoch erholte sich nicht so schnell von ihrer Bestürzung.

Noch am selben Abend bildete sich ein Grüppchen, das am nächsten Tag ein prächtiges, etwa zwölf Meilen von Barton Park entferntes Herrenhaus besichtigen wollte, das einem Schwager von Colonel Brandon gehörte. Es konnte nur in dessen Begleitung besichtigt werden, da der Eigentümer, der zurzeit im Ausland weilte, diesbezüglich strikte Anweisungen hinterlassen hatte. Der Park sollte wunderschön sein, und Sir John, der ihn besonders glühend pries, durfte wohl als Kenner gelten, denn er hatte in den letzten zehn

Jahren jeden Sommer mindestens zwei Ausflüge dorthin veranstaltet. Es gab einen herrlichen See mit einem Segelboot, auf dem man sich den Großteil des Vormittags vergnügen konnte; sie würden einen kalten Imbiss mitnehmen und in offenen Kutschen fahren, und überhaupt sollte alles so ablaufen, wie es bei einer vergnüglichen Landpartie üblich war.

Einigen wenigen erschien dies angesichts der Jahreszeit und der Tatsache, dass es die letzten zwei Wochen täglich geregnet hatte, als ein ziemlich kühnes Unterfangen, und Mrs. Dashwood, die bereits erkältet war, ließ sich von Elinor überreden, zu Hause zu bleiben.

Kapitel 13

Der geplante Ausflug nach Whitwell fiel ganz anders aus, als Elinor erwartet hatte. Sie war darauf gefasst gewesen, durchnässt, müde und verzagt zurückzukommen, aber die Sache entwickelte sich noch unglücklicher: Sie fuhren erst gar nicht los.

Um zehn Uhr war die ganze Gesellschaft zum Frühstück auf Barton Park versammelt. Der Tag begann vielversprechend, denn obwohl es nachts geregnet hatte, verzogen sich nun die Wolken, und häufig zeigte sich die Sonne. Alle waren munter und guter Dinge, erpicht auf Vergnügungen und durchaus bereit, sich größeren Unannehmlichkeiten und Nöten auszusetzen.

Während des Frühstücks wurde die Post hereingebracht, darunter auch ein Brief für Colonel Brandon. Er nahm ihn entgegen, warf einen Blick auf die Adresse, erbleichte und ging sofort aus dem Zimmer.

«Was ist denn nur mit Brandon los?», fragte Sir John.

Niemand wusste es.

«Hoffentlich hat er keine schlechten Nachrichten erhalten», sagte Lady Middleton. «Es muss schon etwas Außergewöhnliches sein, was Colonel Brandon veranlasst, so plötzlich von meinem Frühstückstisch aufzustehen.»

Fünf Minuten später erschien er wieder.

«Hoffentlich nichts Schlimmes, Colonel», sagte Mrs. Jennings, kaum dass er das Zimmer betreten hatte.

«Keineswegs, Ma'am, danke.»

«Ist der Brief aus Avignon? Hoffentlich heißt das nicht, dass es Ihrer Schwester schlechter geht.»

«Nein, Ma'am. Er kommt aus London, es ist nur ein Geschäftsbrief.»

«Aber wieso hat die Handschrift Sie so durcheinandergebracht, wenn es nur ein Geschäftsbrief war? Na, na, Colonel, da stimmt doch was nicht. Sagen Sie uns lieber die Wahrheit.»

«Madam, meine Liebe», warf Lady Middleton ein, «achten Sie auf Ihre Worte.»

«Vielleicht steht drin, dass Ihre Cousine Fanny geheiratet hat?», schlug Mrs. Jennings vor, ohne sich um den Tadel ihrer Tochter zu kümmern.

«Nein, keineswegs.»

«Dann weiß ich, von wem er ist. Und ich hoffe, es geht ihr gut.»

«Wen meinen Sie, Ma'am?», fragte er leicht errötend.

«Oh, Sie wissen schon, wen ich meine.»

«Es tut mir über die Maßen leid, Ma'am», sagte er, an Lady Middleton gewandt, «dass ich diesen Brief ausgerechnet heute erhalten habe, denn es geht um eine geschäftliche Angelegenheit, die mein sofortiges Erscheinen in London erforderlich macht.»

«In London!», rief Mrs. Jennings. «Was haben Sie denn um diese Jahreszeit in London zu suchen?»

«Es ist schon für mich selbst ein großer Verlust», fuhr er fort, «dass ich gezwungen bin, eine so angenehme Gesellschaft zu verlassen, aber noch mehr bekümmert mich, dass Sie leider nur dann in Whitwell Einlass erhalten, wenn ich mit von der Partie bin.»

Welch ein Schlag für alle!

«Und wenn Sie der Haushälterin ein Briefchen schreiben, Mr. Brandon», sagte Marianne eifrig, «würde das nicht genügen?»

Er schüttelte den Kopf.

«Wir müssen aber fahren», sagte Sir John. «Jetzt, kurz vor dem Aufbruch, sollten wir es nicht mehr verschieben. Dann können Sie eben erst morgen nach London aufbrechen, Brandon.»

«Ich wollte, das ließe sich so einfach regeln. Doch es steht nicht in meiner Macht, die Reise auch nur um einen Tag hinauszuzögern.»

«Wenn Sie uns verraten würden, worum sich's handelt», meinte Mrs. Jennings, «wüssten wir, ob man es verschieben kann oder nicht.»

«Es wären keine sechs Stunden, die Sie später loskämen», sagte Willoughby, «wenn Sie Ihre Reise erst nach unserer Rückkehr antreten würden.»

«Ich kann es mir nicht leisten, auch nur eine Stunde zu verlieren.»

Elinor hörte, wie Willoughby daraufhin leise zu Marianne sagte: «Es gibt Menschen, die es nicht ertragen, wenn andere sich amüsieren. Brandon ist so einer. Wahrscheinlich hat er Angst, sich zu erkälten, und hat sich diese List ausgedacht, um sich herauswinden zu können. Ich wette fünfzig Guineen, dass er den Brief selbst geschrieben hat.»

«Zweifellos», antwortete Marianne.

«Wenn Sie sich einmal zu etwas entschlossen haben, Brandon», sagte Sir John, «bringt Sie niemand dazu, Ihre Meinung zu ändern, das weiß ich längst. Trotzdem hoffe ich, dass Sie sich eines Besseren besinnen. Bedenken Sie, die beiden Misses Carey hier sind extra aus Newton gekommen, die drei Misses Dashwood sind vom Cottage herüberspaziert, und Mr. Willoughby ist zwei Stunden früher als sonst aufgestanden, um nach Whitwell mitfahren zu können.»

Ein weiteres Mal äußerte Colonel Brandon sein Bedauern, dass er die Runde enttäuschen müsse, erklärte aber gleichzeitig, dies sei unvermeidlich.

«Na gut. Wann kommen Sie denn dann zurück?»

«Ich hoffe, wir können Sie gleich nach Ihrer Abreise aus London wieder auf Barton Park begrüßen», fügte Lady Middleton hinzu. «Den Ausflug nach Whitwell müssen wir eben bis zu Ihrer Rückkehr verschieben.»

«Das ist sehr freundlich von Ihnen. Aber es ist gänzlich ungewiss, wann es in meiner Macht liegt, zurückzukehren, sodass ich mich überhaupt nicht festzulegen wage.»

«Oh! Er muss und soll zurückkommen», rief Sir John. «Wenn er Ende der Woche nicht hier ist, fahre ich los und hole ihn.»

«Ja, machen Sie das, Sir John», rief Mrs. Jennings, «und vielleicht kriegen Sie dann auch raus, worum es bei der ganzen Geschichte geht.»

«Ich will meine Nase nicht in die Angelegenheiten anderer Männer stecken. Wahrscheinlich ist es etwas, dessen er sich schämt.»

Es wurde gemeldet, Colonel Brandons Pferde stünden vor der Tür.[8]

«Sie werden doch nicht bis London reiten?», fragte Sir John.

«Nein, nur bis Honiton. Ab da fahre ich per Eilpost[9].»

«Nun ja. Da Sie so fest entschlossen sind, wünsche ich Ihnen eine gute Reise. Aber besser wär's, Sie würden es sich noch einmal überlegen.»

«Ich versichere Ihnen, das liegt nicht in meiner Hand.»

Dann verabschiedete er sich von allen.

«Besteht keine Aussicht, dass ich Sie und Ihre Schwestern diesen Winter in London sehe, Miss Dashwood?»

«Leider nicht die geringste.»

«Dann muss ich Ihnen für längere Zeit Lebewohl sagen, als mir lieb ist.»

Vor Marianne verbeugte er sich nur und sagte nichts.

«Nun kommen Sie schon, Colonel», rief Mrs. Jennings, «verraten Sie uns doch, was Sie vorhaben, ehe Sie gehen.»

Er wünschte ihr einen guten Tag, und begleitet von Sir John verließ er den Raum.

Nun brachen sich alle Klagen und Beschwerden Bahn, die die Anwesenden bisher aus Höflichkeit zurückgehalten hatten, und wieder und wieder versicherte man sich gegenseitig, wie empörend es sei, dermaßen enttäuscht zu werden.

«Aber ich kann mir schon vorstellen, was das für eine geschäftliche Angelegenheit ist», sagte Mrs. Jennings frohlockend.

«Tatsächlich, Ma'am?», fragten fast alle.

«Ja. Es geht bestimmt um Miss Williams.»

«Und wer ist Miss Williams?», erkundigte sich Marianne.

«Was? Sie wissen nicht, wer Miss Williams ist? Sie müssen doch schon einmal von ihr gehört haben. Sie ist eine Verwandte des Colonels, meine Liebe, eine sehr nahe Verwandte. Wir wollen nicht verraten, wie nah, um die jungen Damen nicht zu schockieren.» Dann dämpfte sie ihre

Stimme ein wenig und sagte zu Elinor: «Sie ist seine natürliche Tochter.»

«Tatsächlich?»

«O ja, und sie sieht ihm so ähnlich wie nur was. Ich vermute, der Colonel wird ihr sein ganzes Vermögen vermachen.»

Als Sir John zurückkehrte, stimmte er lauthals in das allgemeine Bedauern über ein solches Pech ein, schloss jedoch mit der Bemerkung, da sie nun schon alle beisammen seien, müssten sie irgendetwas unternehmen, um wieder glücklich zu werden, und nach einiger Beratung kamen sie überein, dass wahres Glück zwar nur Whitwell zu bieten gehabt hätte, eine Landpartie ihre Gemütsruhe jedoch auch halbwegs wiederherstellen könne. Also wurden die Kutschen befohlen. Willoughbys kam als erste, und Marianne hatte noch nie so glücklich ausgesehen wie in dem Augenblick, als sie bei ihm einstieg. Er fuhr sehr schnell durch den Park, und bald waren die beiden außer Sicht. Man sah nichts mehr von ihnen bis zu ihrer Rückkehr, und die erfolgte erst, als alle anderen bereits zurückgekehrt waren. Beide wirkten entzückt über ihren Ausflug, berichteten aber nur ganz allgemein, sie hätten sich an die Wege gehalten, während die anderen über die Hügel gefahren waren.

Für den Abend wurde eine Tanzveranstaltung anberaumt, wie schon für den ganzen Tag allgemeine Fröhlichkeitspflicht ausgerufen worden war. Zum Dinner erschienen noch einige weitere Careys, und schließlich waren es bei Tisch erfreulicherweise fast zwanzig Personen, was Sir John mit großer Zufriedenheit vermerkte. Willoughby nahm wie immer zwischen den beiden älteren Misses Dashwood Platz. Rechts von Elinor fand sich Mrs. Jennings ein, und kaum saßen alle, lehnte diese sich zurück und sagte, hinterrücks an Elinor und Willoughby vorbei, doch so laut, dass beide es hören mussten, zu Marianne: «Ich habe Sie aufgespürt, trotz Ihrer Heimlichtuerei. Ich weiß, wo Sie heute Vormittag waren.»

Marianne errötete und erwiderte hastig: «Und wo, bitte?»

«Wussten Sie denn nicht», sagte Willoughby, «dass wir in meinem Zweispänner ausgefahren sind?»

«Doch, doch, Mr. Unverfroren, das weiß ich sehr wohl, aber ich wollte unbedingt herausbekommen, *wo* Sie hingefahren sind. Hoffentlich gefällt Ihnen Ihr Haus, Miss Marianne. Es ist sehr weitläufig, nicht wahr, und wenn ich Sie dann einmal besuche, haben Sie es hoffentlich neu eingerichtet, denn schon als ich vor sechs Jahren dort war, hatte es das bitter nötig.»

Marianne wandte sich in größter Verlegenheit ab. Mrs. Jennings lachte gut gelaunt und ließ Elinor wissen, sie habe, um herauszufinden, wo die beiden gewesen seien, Mr. Willoughbys Diener von ihrem Dienstmädchen aushorchen lassen und auf diese Weise zu hören bekommen, die beiden seien nach Allenham gefahren, dort geraume Zeit durch den Garten spaziert und durchs ganze Haus gegangen.

Elinor konnte das kaum glauben. Es erschien ihr höchst unwahrscheinlich, dass Willoughby vorgeschlagen und Marianne eingewilligt haben sollte, das Haus zu betreten, während Mrs. Smith sich dort aufhielt, die Marianne überhaupt nicht kannte.

Als sie das Speisezimmer verließen, fragte Elinor nach und erfuhr verblüfft, dass Mrs. Jennings' Bericht in allen Einzelheiten stimmte. Marianne war sehr verärgert, dass sie überhaupt daran gezweifelt hatte.

«Wie kommst du darauf, Elinor, dass wir nicht dort gewesen sein könnten oder das Haus nicht besichtigt hätten? Hast du dir das nicht selbst oft gewünscht?»

«Doch, Marianne, aber ich würde nie hingehen,

während Mrs. Smith sich dort aufhält, und obendrein ganz allein mit Mr. Willoughby.»

«Aber Mr. Willoughby ist der Einzige, der das Recht hat, einem dieses Haus zu zeigen, und da er in einem offenen Zweispänner fuhr, konnten wir niemand anderen mitnehmen. Ich habe in meinem ganzen Leben noch keine so vergnüglichen Stunden erlebt.»

«Dass eine Unternehmung Vergnügen bereitet, heißt leider nicht immer, dass sie auch schicklich ist.»

«Im Gegenteil, es gibt keinen besseren Beweis dafür, Elinor. Wenn an dem, was ich getan habe, etwas wirklich Unschickliches gewesen wäre, hätte ich das sofort gespürt, denn wir wissen immer genau, wann wir etwas Unrechtes tun, und mit einem solchen Wissen hätte es mir keinen Spaß gemacht.»

«Aber dein Verhalten hat bereits einige höchst taktlose Bemerkungen ausgelöst, liebe Marianne. Kommen dir da keine Zweifel, ob es wirklich klug war?»

«Wenn Mrs. Jennings' taktlose Bemerkungen ein Hinweis auf Unschicklichkeit sein sollen, dann verhalten wir uns alle ununterbrochen anstößig. Ihre Kritik bedeutet mir ebenso wenig wie ihr Lob. Ich bin mir nicht bewusst, dass ich etwas

Unrechtes getan hätte, als ich durch Mrs. Smiths Park spaziert bin oder ihr Haus besichtigt habe. Das alles wird eines Tages Mr. Willoughby gehören, und...»

«Selbst wenn es eines Tages auch dir gehören sollte, Marianne, rechtfertigt das nicht dein Tun.»

Marianne errötete bei dieser Andeutung, freute sich jedoch sichtlich darüber, und nach zehn Minuten ernsthaften Abwägens kam sie wieder zu ihrer Schwester und verkündete frohgemut: «Vielleicht war es tatsächlich unklug von mir, nach Allenham zu fahren, aber Mr. Willoughby wollte mir das Haus unbedingt zeigen, und ich sage dir, es ist wirklich ein bezauberndes Haus. Im ersten Stock gibt es ein ausnehmend hübsches Wohnzimmer, es hat genau die richtige Größe für den alltäglichen Gebrauch, und modern möbliert wäre es entzückend. Es ist ein Eckzimmer mit Fenstern auf zwei Seiten. Von der einen sieht man über den Rasen hinter dem Haus auf einen hübschen bewaldeten Hang, und von der anderen geht der Blick auf Kirche und Dorf und dahinter auf die schönen steilen Hügel, die wir schon so oft bewundert haben. Das Zimmer hat sich zwar nicht gerade vorteilhaft präsentiert, denn die Möblierung ist erbärmlich, aber wenn es neu eingerichtet würde... Willoughby meint, mit ein paar hundert Pfund könnte man es zu einem der freundlichsten Sommerwohnzimmer in England machen.»

Hätte Elinor ihr zuhören können, und wären sie nicht immer von den anderen gestört worden, hätte Marianne ihr mit der nämlichen Begeisterung jedes einzelne Zimmer im Haus beschrieben.

Kapitel 14

Das jähe Ende von Colonel Brandons Besuch auf Barton Park sowie die Tatsache, dass er den Grund hierfür beharrlich verschwieg, beschäftigten Mrs. Jennings' Gedanken tagelang und kitzelten ihre Neugier. Sie war geradezu leidenschaftlich neugierig, wie zwangsläufig jeder Mensch, der lebhaften Anteil am gesamten Tun und Treiben seiner gesamten Bekanntschaft nimmt. Fast ununterbrochen fragte sie sich, was wohl der Anlass gewesen sein mochte, denn sie war fest überzeugt, dass der Colonel schlechte Nachrichten erhalten habe, und malte sich alle erdenklichen Heimsuchungen aus, wusste sie doch mit Bestimmtheit, dass ihm keine einzige erspart bleiben würde.

«Sicherlich ist etwas sehr Trauriges passiert», sagte sie. «Ich habe es ihm angesehen. Der arme Mann! Ich fürchte, mit seinen wirtschaftlichen Verhältnissen steht es nicht zum Besten. Das Gut in Delaford hat noch nie mehr als zweitausend im Jahr abgeworfen, und sein Bruder hat alles in einem arg desolaten Zustand hinterlassen. Wahrscheinlich hat man ihn wegen irgendwelcher Geldgeschichten geholt, wegen was denn auch sonst? Aber ob das wirklich stimmt? Ich würde etwas darum geben, wenn ich es wüsste. Vielleicht geht es auch um Miss Williams – ja, wenn ich es recht bedenke, ist es wohl so, er hat nämlich so schuldbewusst dreingeschaut, als ich sie erwähnte. Vielleicht liegt sie krank in London – ja, nichts ist wahrscheinlicher, mir ist so, als hätte sie schon immer gekränkelt. Ich gehe jede Wette ein, dass es sich um Miss Williams handelt. Es ist eher unwahrscheinlich, dass er jetzt noch wirtschaftliche Sorgen hat, er ist ja ein ausgesprochen umsichtiger Mann und hat inzwischen bestimmt alle Schulden längst abbezahlt. Was wohl dahintersteckt? Vielleicht geht es seiner Schwester in Avignon schlechter, und sie hat nach ihm geschickt? Eigentlich sieht es ganz danach aus, weil er doch so überstürzt aufgebrochen ist. Nun ja, ich wünsche ihm von Herzen, dass er alle Schwierigkeiten meistert und obendrein eine gute Frau bekommt.»

So dachte Mrs. Jennings, und das tat sie laut. Doch mit jeder neuen Vermutung änderte sich ihre Meinung, und jede Vermutung schien, während sie entstand, gleichermaßen wahrscheinlich. Elinor hingegen konnte sich, obwohl sie an Colonel Brandons Wohlergehen aufrichtig Anteil nahm, nicht in dem Ausmaß über seinen plötzlichen Aufbruch wundern, wie Mrs. Jennings sich das von ihr wünschte. Erstens rechtfertigte dieser Umstand ihrer Ansicht nach kein so anhaltendes Erstaunen und mannigfaches Spekulieren, und zweitens war ihre Neugier von anderem in Anspruch genommen. Sie kreiste um das auffällige Schweigen ihrer Schwester und Willoughbys zu jenem Thema, das, wie sie doch wissen mussten, alle brennend interessierte. Doch das Schweigen hielt an, wirkte mit jedem Tag befremdlicher und passte so gar nicht zur Wesensart dieser beiden. Warum sie ihr und ihrer Mutter nicht offen gestanden, wozu es – nach ihrem Umgang miteinander zu schließen – bereits gekommen war, begriff Elinor nicht.

Freilich war es gut denkbar, dass sie nicht auf der Stelle heiraten konnten. Willoughby war zwar finanziell unabhängig, aber es gab keinen

Grund, ihn für reich zu halten. Nach Sir Johns Schätzung brachte ihm sein Besitz etwa sechs- oder siebenhundert im Jahr, doch für seinen aufwendigen Lebensstil reichte dies wohl kaum; er selbst beklagte des Öfteren seine Armut. Das seltsame Verschweigen ihrer Verlobung, das genau genommen gar nichts verschwieg, konnte Elinor sich nicht erklären. Es widersprach so sehr dem sonstigen Tun und Denken der beiden, dass Elinor manchmal ein Zweifel beschlich, ob sie tatsächlich verlobt waren, und schon dieser Zweifel hinderte sie daran, Marianne irgendwelche Fragen zu stellen.

Willoughby verriet durch sein Verhalten seine Zuneigung zu ihnen allen überdeutlich. Marianne erwies er alle Auszeichnung und Zärtlichkeit, zu der das Herz eines Liebenden imstande ist, und dem Rest der Familie schenkte er die herzliche Aufmerksamkeit eines Sohnes und Bruders. Er schien das Cottage als sein Zuhause zu betrachten und zu lieben. Er hielt sich dort viel häufiger auf als in Allenham, und wenn sie nicht alle zusammen auf Barton Park eingeladen waren, führte ihn sein morgendlicher Ritt fast unweigerlich zu den Dashwoods, wo er für den Rest des Tages an Mariannes Seite saß und sein Lieblingsjagdhund ihr zu Füßen lag.

Eines Abends, etwa eine Woche nachdem Colonel Brandon abgereist war, schien ihn seine Umgebung noch gefühlvoller zu stimmen als sonst, und als Mrs. Dashwood zufällig erwähnte, sie plane das Cottage im Frühjahr umzubauen, verwehrte er sich heftig gegen jede Veränderung an einem Haus, das ihm ans Herz gewachsen sei und das er als ideal empfinde.

«Was!», rief er. «Dieses liebe Cottage umbauen? Nein. Damit bin ich überhaupt nicht einverstanden. Kein Stein darf diesen Mauern hinzugefügt, kein Zoll am Grundriss verändert werden, wenn es nach mir geht.»

«Keine Angst», erwiderte Miss Dashwood, «es wird nichts dergleichen geschehen. Für solche Unternehmungen wird meine Mutter niemals genug Geld haben.»

«Da bin ich von Herzen froh», rief er. «Möge sie immer arm bleiben, wenn sie ihren Reichtum nicht besser zu nutzen versteht.»

«Danke, Willoughby. Aber Sie dürfen versichert sein, dass ich weder Ihre häuslich-heimatlichen Gefühle noch die eines anderen guten Freundes für irgendwelche Verschönerungen opfern würde. Verlassen Sie sich darauf: Falls bei meiner Abrechnung im Frühjahr überhaupt etwas übrig bleibt, lege ich diese Summe eher als totes Kapital beiseite, als sie für etwas auszugeben, was Ihnen so zuwider ist. Aber haben Sie dieses Haus wirklich so gern, dass Sie seine Mängel nicht erkennen?»

«Ja», sagte er. «Für mich ist es makellos. Mehr noch, ich halte es für die einzige Art von Gebäude, in der man glücklich sein kann, und wenn ich reich genug wäre, würde ich Combe sofort abreißen und genau nach dem Vorbild dieses Cottages wieder aufbauen lassen.»

«Mit einer dunklen, engen Treppe und einer qualmenden Küche, vermute ich», sagte Elinor.

«Ja», rief er unvermindert begeistert, «mit allem und jedem, was dazugehört. Ob zweckmäßig oder unzweckmäßig – es dürfte sich in nichts unterscheiden. Dann und nur dann, unter einem solchen Dach, könnte ich vielleicht auch in Combe so glücklich sein, wie ich es in Barton Cottage war.»

«Ich könnte mir aber vorstellen», erwiderte Elinor, «dass Sie Ihr künftiges Haus auch dann so makellos fänden wie dieses hier, wenn Sie sich mit größeren Zimmern und einer breiteren Treppe abfinden müssten.»

«Es gibt sicher Umstände», sagte Willoughby, «die mich dazu bringen könnten, es mehr zu schätzen als jetzt; aber dieses Haus hier wird immer ein besonderes Recht auf meine Zuneigung haben, wie sie kein anderes beanspruchen kann.»

Mrs. Dashwood blickte voll Freude auf Marianne, deren schöne Augen vielsagend auf Willoughby gerichtet waren und deutlich verrieten, wie gut sie ihn verstand.

«Wie oft habe ich mir, als ich um diese Zeit vor einem Jahr in Allenham war, gewünscht, dass Barton Cottage bewohnt wäre!», fuhr er fort. «Immer wenn ich in Sichtweite vorbeikam, bewunderte ich seine schöne Lage und fand es bedauerlich, dass niemand darin wohnte. Bei meinem nächsten Besuch auf dem Land hörte ich als Erstes von Mrs. Smith, dass Barton Cottage vermietet sei, was ich nie vermutet hätte, und sofort empfand ich Befriedigung und Neugier, was nur so zu erklären ist, dass ich bereits ahnte, welches Glück ich dort erleben würde. So wird es wohl gewesen sein, nicht wahr, Marianne?», setzte er, an sie gewandt, als leise Frage hinzu. Dann fuhr er im vorigen Ton fort: «Und dieses Haus wollen Sie ruinieren, Mrs. Dashwood? Sie würden es mit dem, was Sie für eine Verbesserung halten, nur seiner Schlichtheit berauben! Dieses freundliche Wohnzimmer, in dem wir uns kennenlernten und seither so viele glückliche Stunden miteinander verbracht haben, würden Sie zu einem gewöhnlichen Hausflur degradieren, und damit würde jedermann den Raum, der bisher bequemer und behaglicher war als das großzügigste Zimmer auf Erden, nur möglichst rasch durchqueren.»

Wieder versicherte ihm Mrs. Dashwood, dass keine solche Veränderung geplant sei.

«Sie sind eine gute Frau», erwiderte er herzlich. «Diese Zusage erleichtert mich. Tun Sie noch ein Übriges, und Sie werden mich glücklich machen: Versprechen Sie mir, dass nicht nur Ihr Haus dasselbe bleiben wird, sondern dass ich auch Sie und die Ihren so unverändert vorfinden werde wie Ihr Heim und Sie mich immer mit dem Wohlwollen betrachten, das mir alles in Ihrer Umgebung so lieb und teuer gemacht hat.»

Das versprach sie gern, und Willoughbys Verhalten an diesem Abend kündete von seiner Gemütsbewegung und seinem Glück.

«Sehen wir Sie morgen zum Dinner?», fragte Mrs. Dashwood, als er sich verabschiedete. «Für den Vormittag kann ich Sie nicht einladen, denn da müssen wir nach Barton Park, Lady Middleton besuchen.»

Er versprach, um vier Uhr bei ihnen zu sein.

Kapitel 15

Begleitet von zwei ihrer Töchter besuchte Mrs. Dashwood am nächsten Tag Lady Middleton. Nur Marianne wollte nicht mitkommen und entschuldigte sich unter dem fadenscheinigen Vorwand, sie habe zu tun; und ihre Mutter, die daraus folgerte, dass Willoughby ihr am Abend zuvor versprochen hatte, sie aufzusuchen, während die anderen fort waren, war völlig einverstanden, dass sie zu Hause blieb.

Als sie aus Barton Park zurückkehrten, warteten Willoughbys Zweispänner und sein Kammerdiener vor dem Cottage, und Mrs. Dashwood war überzeugt, dass sie richtig vermutet hatte. Im ersten Moment war auch wirklich alles so, wie sie es vorausgesehen hatte, doch als sie das Haus betrat, sah sie, was ihr kein Blick in die Zukunft verraten hatte. Kaum waren sie im Flur, als Marianne aus dem Wohnzimmer geeilt kam, offenbar todunglücklich, das Taschentuch an die Augen gedrückt, und ohne auf sie zu achten die Treppe hinauflief. Verblüfft und erschrocken gingen sie sofort in das Zimmer, das Marianne soeben verlassen hatte, fanden aber nur Willoughby vor, der, auf den Kaminsims gestützt, mit dem Rücken zu ihnen dastand. Als sie eintraten, drehte er sich um, und sein Gesicht verriet, dass die Gefühle, die Marianne überwältigt hatten, auch ihn heftig bewegten.

«Ist ihr etwas passiert?», rief Mrs. Dashwood noch beim Eintreten. «Ist sie krank?»

«Ich hoffe nicht», erwiderte er, bemühte sich um eine heitere Miene und fügte mit einem gezwungenen Lächeln hinzu: «Wenn hier jemand krank wird, dann wohl eher ich, denn ich habe eine schwere Enttäuschung erlitten!»

«Eine Enttäuschung?»

«Ja, ich kann meine Verabredung mit Ihnen nicht einhalten. Mrs. Smith hat mich heute Morgen spüren lassen, welche Macht reiche Leute über arme Verwandte haben, und mich in einer geschäftlichen Angelegenheit nach London geschickt. Soeben habe ich meine Aufträge entgegengenommen und mich aus Allenham verabschiedet, und weil ich noch etwas Erfreuliches erleben wollte, bin ich hierhergekommen, um mich von Ihnen zu verabschieden.»

«Nach London! Und Sie fahren noch heute Vormittag?»

«Jetzt gleich.»

«Das ist höchst bedauerlich. Aber Mrs. Smith muss man gehorchen, und allzu lang wird ihr Auftrag Sie hoffentlich nicht von uns fernhalten.»

Er errötete, als er antwortete: «Das ist sehr freundlich von Ihnen, aber ich kann mir nicht vorstellen, dass ich bald nach Devonshire zurückkehre. Ich statte Mrs. Smith nur einmal im Jahr einen Besuch ab.»

«Aber ist Mrs. Smith denn Ihre einzige Freundin? Ist Allenham das einzige Haus hier in der Gegend, in dem Sie willkommen sind? Schämen Sie sich, Willoughby, dass Sie überhaupt auf eine Einladung warten!»

Er wurde noch röter, schlug die Augen nieder und erwiderte knapp: «Sie sind zu gütig.»

Mrs. Dashwood warf Elinor einen bestürzten Blick zu. Auch Elinor war verblüfft. Eine Weile schwiegen alle drei.

Mrs. Dashwood war die Erste, die wieder sprach: «Ich kann nur sagen, mein lieber Willoughby, dass Sie in Barton Cottage immer willkommen sind. Ich möchte Sie nicht zu sofortiger Rückkehr drängen; nur Sie können beurteilen, wie weit dies Mrs. Smith genehm ist, und in diesem Punkt werde ich weder Ihr Urteilsvermögen in Frage stellen noch an Ihrer Neigung zweifeln.»

«Meine derzeitigen Verpflichtungen», erwiderte Willoughby verlegen, «sind so geartet, dass... ich mir nicht vorgaukeln darf...»

Er stockte. Mrs. Dashwood war zu verdutzt, um zu sprechen, und wieder folgte eine Pause. Diesmal wurde sie von Willoughby beendet, der mit einem matten Lächeln sagte: «Es ist sinnlos, weiter so herumzutrödeln. Was soll ich mich quälen und noch lange bei Freunden verweilen, deren Gesellschaft ich künftig nicht mehr genießen darf.»

Damit verabschiedete er sich hastig von allen und ging hinaus. Sie sahen, wie er in seine Kutsche stieg, und eine Minute später war er außer Sichtweite.

Mrs. Dashwood war zu aufgewühlt, um etwas zu sagen, und eilte aus dem Zimmer, um sich einsam und allein der Sorge und dem Schrecken hinzugeben, die dieser jähe Aufbruch verursacht hatte.

Elinor war mindestens ebenso beunruhigt wie ihre Mutter. Was da soeben geschehen war, erfüllte sie mit Angst und Misstrauen. Willoughbys Verhalten beim Abschied, seine Verlegenheit und gespielte Heiterkeit und vor allem sein Widerstreben, die Einladung ihrer Mutter anzunehmen, ein Sträuben, das so gar nicht zu einem Verliebten, so gar nicht zu ihm passte, verstörten sie über die Maßen. Erst fürchtete sie, dass er überhaupt nie ernste Absichten gehabt, dann wieder, dass er sich mit ihrer Schwester heftig gestritten hatte. Mariannes unglücklicher Zustand, als sie aus dem Zimmer gelaufen war, ließ sich sehr wohl mit einem ernsthaften Streit erklären, doch wenn sie bedachte, wie sehr Marianne ihn liebte, war ein Streit eigentlich unvorstellbar.

Wie auch immer ihr Scheiden sich im Einzelnen abgespielt haben mochte – am Kummer ihrer Schwester bestand kein Zweifel, und sie dachte zärtlich und mitleidig an das tiefe Weh, dem sich Marianne nun zu ihrer Erleichterung hingeben und das sie wahrscheinlich immer aufs Neue nähren und schüren würde, als hätte sie die Pflicht dazu.

Nach etwa einer halben Stunde kehrte ihre Mutter zurück, mit geröteten Augen, doch nicht eigentlich bekümmert.

«Unser lieber Willoughby ist jetzt schon einige Meilen weit weg von Barton, Elinor», sagte sie, als sie sich an ihre Handarbeit setzte. «Wie schwer ihm wohl ums Herz ist auf dieser Reise?»

«Es ist alles sehr merkwürdig. So plötzlich aufzubrechen! Das war offenbar eine ziemlich spontane Entscheidung. Dabei war er gestern Abend noch so glücklich bei uns, so fröhlich, so herzlich! Und jetzt – eine zehnminütige Erklärung, und dann war er auch schon weg, ohne die Absicht zu äußern, er werde wiederkommen. Es muss mehr geschehen sein als das, was er uns mitgeteilt hat. Er hat nicht gesprochen, hat sich nicht verhalten wie sonst. Diesen Unterschied wirst du genauso bemerkt haben wie ich. Was könnte es sein? Ob sie gestritten haben? Warum hätte er sich sonst so gesträubt, deine Einladung anzunehmen?»

«Es fehlte ihm nicht am Willen, Elinor, das habe ich deutlich gesehen. Es stand nicht in seiner Macht, sie anzunehmen. Weißt du, ich habe darüber nachgedacht und kann alles, was mir anfangs ebenso merkwürdig vorkam wie dir, genau erklären.»

«So, tatsächlich?»

«O ja. Mir erscheint meine Deutung äußerst schlüssig, aber dich, Elinor, wird sie nicht zufriedenstellen, weil du immer gern an allem zweifelst. Doch ich lasse mir meine Sicht der Dinge von dir nicht ausreden. Ich bin überzeugt, dass Mrs. Smith Verdacht geschöpft hat, seine Liebe zu Marianne missbilligt – vielleicht weil sie anderes mit ihm vorhat – und ihn deshalb unbedingt aus dem Weg schaffen will, und dass die geschäftlichen Angelegenheiten, die er für sie erledigen soll, als Vorwand dienten, ihn fortzuschicken. Das, glaube ich, ist passiert. Außerdem weiß er genau, dass sie die Verbindung missbilligt, und wagt deshalb fürs Erste nicht, ihr seine Verlobung mit Marianne zu gestehen. Wegen seiner finanziellen Abhängigkeit ist er gezwungen, sich ihren Plänen zu fügen und Devonshire eine Weile zu meiden. Ich weiß, du wirst jetzt sagen: ‹Vielleicht war es so, vielleicht auch nicht›, aber ich will kein Genörgel hören, es sei denn, du hast eine ähnlich schlüssige Erklärung zu bieten. Also, Elinor, was meinst du dazu?»

«Nichts, denn du hast meine Antwort ja schon kommen sehen.»

«Du willst mir also sagen, dass es vielleicht so war, vielleicht aber auch nicht. Ach Elinor, deine Gefühle sind mir unbegreiflich! Immer nimmst du eher das Schlimme an als das Gute. Lieber rechnest du mit Kummer für Marianne und mit der Schuld des armen Willoughby, als dass du nach einer Rechtfertigung für ihn suchst. Du bist entschlossen, ihm Vorwürfe zu machen, weil er sich weniger liebevoll von uns verabschiedet hat, als es sonst seine Art war. Muss man nicht auch in Betracht ziehen, dass er womöglich einfach unaufmerksam oder aus Enttäuschung niedergeschlagen war? Darf man an etwas Wahrscheinliches nicht glauben, nur weil es nicht gewiss ist? Spricht nichts für den Mann, den zu lieben wir allen Grund haben und gar keinen Grund, schlecht von ihm zu denken? Was, wenn es Motive sind, gegen die sich nichts sagen lässt, die aber eine Weile unbedingt geheim bleiben müssen? Welcher Untat verdächtigst du ihn denn überhaupt?»

«Das weiß ich selbst nicht recht. Aber eine Veränderung, wie wir sie gerade an ihm erlebt haben, legt doch zwangsläufig den Verdacht nahe, dass es sich um etwas Unerfreuliches handeln muss. Dennoch ist viel Wahres an dem, was du anführst, dass nämlich einiges für ihn spricht, und ich möchte unvoreingenommen über die Menschen urteilen. Willoughby mag zweifellos gute Gründe für sein Verhalten haben; ich hoffe wirklich, dass er sie hat. Aber es hätte besser zu ihm gepasst, wenn er sich gleich zu ihnen bekannt hätte. Geheimhaltung mag ratsam sein, aber mich wundert es, dass ausgerechnet er sie wahrt.»

«Mach ihm bitte keine Vorwürfe, weil er anders handelt, als es seine Art ist, wenn dieses Abweichen doch nötig ist. Aber du gibst mir immerhin recht in dem, was ich zu seiner Verteidigung gesagt habe? Das freut mich sehr – und spricht ihn frei.»

«Nicht ganz. Es mag zweckmäßig sein, ihre Verlobung – wenn sie denn verlobt sind – vor Mrs. Smith geheim zu halten, und sollte dies der Fall sein, ist es nur angebracht, wenn sich Willoughby momentan möglichst selten in Devonshire aufhält. Aber dies entschuldigt nicht, dass sie es vor uns verheimlichen.»

«Verheimlichen! Liebes Kind, bezichtigst du Willoughby und Marianne etwa der Heimlichtuerei? Das finde ich wirklich seltsam, wo du sie doch tagtäglich wegen ihrer Unvorsichtigkeit mit Blicken getadelt hast.»

«Ich brauche keinen Beweis für ihre Zuneigung», sagte Elinor, «sondern für ihre Verlobung.»

«Ich bin vom einen wie vom andern fest überzeugt.»

«Dennoch hat keiner der beiden das Thema dir gegenüber auch nur mit einer Silbe erwähnt.»

«Ich brauche keine Silben, wo Taten so deutlich sprechen. Hat er nicht seit mindestens vierzehn Tagen mit seinem Verhalten gegenüber Marianne und uns allen deutlich gemacht, dass er sie liebt und als seine künftige Frau betrachtet und dass er uns gernhat wie nahe Verwandte? Haben wir uns nicht bestens verstanden? Hat er nicht täglich mit seinen Blicken, seinem Benehmen und seiner aufmerksamen, liebevollen Ehrerbietung um meine Einwilligung gebeten? Kannst du tatsächlich daran zweifeln, dass sie verlobt sind, Elinor? Wie kommst du darauf? Ist es vorstellbar, dass Willoughby, der sich doch der Liebe deiner

Schwester sicher sein muss, sie verlässt, vielleicht für Monate, ohne ihr seine Neigung zu offenbaren – dass sie sich ohne ein gegenseitiges Geständnis getrennt haben?»

«Ich gebe zu», erwiderte Elinor, «dass sämtliche Umstände bis auf einen für ihre Verlobung sprechen. Dieser eine ist das absolute Stillschweigen beider zu diesem Thema, und für mich wiegt er schwerer als alle anderen.»

«Merkwürdig. Du musst Willoughby für einen Schuft halten, wenn du nach allem, was offenkundig zwischen ihnen vor sich ging, daran zweifeln kannst, in welcher Beziehung sie zueinander stehen. Hat er deiner Schwester die ganze Zeit etwas vorgespielt? Glaubst du wirklich, sie ist ihm gleichgültig?»

«Nein, das denke ich nicht. Er muss sie lieben, liebt sie bestimmt.»

«Aber mit einer fragwürdigen Zärtlichkeit, wenn er sie so ungerührt verlassen kann, so unbekümmert um die Zukunft, wie du es ihm unterstellst.»

«Vergiss nicht, liebe Mutter, dass ich die Sache nie als sicher angesehen habe. Ich hatte meine Zweifel, das gebe ich zu, aber sie sind schwächer geworden und werden sich vielleicht bald ganz verflüchtigen. Wenn wir feststellen, dass sie sich

Briefe schreiben, werden all meine Befürchtungen verschwinden.»

«Das ist ja ein gewaltiges Zugeständnis! Und wenn sie vor dem Altar stehen, folgerst du daraus, dass sie heiraten. Ein ungnädiges Fräulein bist du! Ich brauche keine solchen Beweise. Meiner Meinung nach ist nichts geschehen, was einen Zweifel rechtfertigt, es gab keinerlei Geheimniskrämerei, alles lief gleichermaßen offen und freimütig ab. An den Wünschen deiner Schwester kannst du nicht zweifeln. Also musst du Willoughby verdächtigen. Aber warum? Ist er nicht ein Mann von Ehre und Feingefühl? Hat er jemals mit etwas wie Wankelmut für Unruhe gesorgt? Kann er hinterlistig sein?»

«Ich hoffe nicht, ich glaube nicht», rief Elinor. «Ich habe Willoughby gern, habe ihn aufrichtig gern, und die Zweifel an seiner Rechtschaffenheit sind mir nicht minder unangenehm als dir. Sie sind unwillkürlich entstanden, und ich will sie nicht schüren. Ich gebe zu, über sein verändertes Verhalten heute Vormittag war ich erschrocken; wie er sprach, das sah ihm gar nicht ähnlich, und auf dein freundliches Angebot ging er nicht gerade herzlich ein. Aber all das lässt sich vielleicht, genau wie du gesagt hast, mit seiner Situation erklären. Er hatte sich gerade von meiner Schwester verabschiedet und gesehen, wie sie ihn tief unglücklich verließ; wenn er sich nun aus Furcht, Mrs. Smith zu brüskieren, gezwungen fühlte, der Versuchung einer baldigen Rückkehr zu widerstehen, ihm gleichzeitig aber klar war, dass unsere Familie ihn für undankbar und verdächtig hielt, weil er deine Einladung ausschlug und sagte, er werde für längere Zeit weggehen, könnte er schon deswegen verlegen und beunruhigt gewesen sein. In diesem Fall hätte ihm ein schlichtes, offenes Geständnis seiner Schwierigkeiten mehr Ehre gemacht und besser zu seinem Wesen gepasst. Aber ich will nicht so engherzig sein, jemanden wegen seines Verhaltens zu rügen, nur weil er anders denkt als ich oder von dem abweicht, was ich für richtig und schlüssig halte.»

«So ist es recht. Willoughby verdient es nicht, verdächtigt zu werden. Auch wenn wir ihn noch nicht lange kennen, ist er in diesem Teil der Welt kein Unbekannter, und wer hätte sich jemals unvorteilhaft über ihn geäußert? Wäre er in der Lage, unabhängig zu handeln und bald zu heiraten, dann wäre es seltsam gewesen, dass er uns verlässt, ohne mir gleich alles zu gestehen, aber das ist nicht der Fall. In mancher Hinsicht steht diese Verlobung unter einem ungünstigen Stern, denn die Hochzeit muss auf unbestimmte Zeit verschoben werden, und selbst Geheimhaltung mag jetzt, soweit möglich, ratsam sein.»

Sie wurden unterbrochen, weil Margaret hereinkam, und Elinor konnte nun ungestört über die Ausführungen ihrer Mutter nachdenken: konnte zugeben, dass vieles durchaus wahrscheinlich klang, und hoffen, dass sie mit allem recht hatte.

Marianne sahen sie erst beim Dinner wieder. Sie trat ins Zimmer und setzte sich wortlos an den Tisch. Ihre Augen waren rot und verschwollen, anscheinend hielt sie ihre Tränen selbst jetzt nur mit Mühe zurück. Sie mied den Blick der anderen und vermochte weder zu essen noch zu sprechen, und als die Mutter ihr nach einer Weile stumm und in zärtlichem Mitleid die Hand drückte, fiel ihr bisschen Tapferkeit in sich zusammen; sie brach in Tränen aus und lief aus dem Zimmer.

Den ganzen Abend blieb sie so tief niedergeschlagen. Sie konnte sich nicht beherrschen, denn sie wollte es nicht. Erwähnte jemand etwas, was im Geringsten mit Willoughby zu tun hatte, verlor sie sofort die Fassung, und obwohl Mutter und Schwestern sich hingebungsvoll um ihr Wohlergehen bemühten, war es ihnen, sofern überhaupt gesprochen wurde, nicht möglich, alle Themen zu vermeiden, die Marianne in ihrem Innern mit ihm in Verbindung brachte.

Kapitel 16

Marianne hätte es sich nie verziehen, wenn sie die erste Nacht nach dem Abschied von Willoughby überhaupt hätte schlafen können. Sie hätte ihrer Familie vor Scham nicht in die Augen sehen können, wenn sie nicht erholungsbedürftiger aufgestanden wäre, als sie zu Bett gegangen war. Aber die Gefühle, derentwegen eine solche Gemütsruhe schimpflich erschienen wäre, ließen eine solche Gefahr erst gar nicht aufkommen. Sie lag die ganze Nacht wach und weinte die meiste Zeit. Mit Kopfweh wachte sie auf, konnte nicht sprechen, wollte nichts zu sich nehmen, machte Mutter und Schwestern unausgesetzt Kummer und verbat sich alle Tröstungsversuche. Ihr genüge die eigene Empfindsamkeit!

Nach dem Frühstück ging sie allein spazieren und wanderte durch das Dorf Allenham, überließ sich der Erinnerung an vergangene Freuden und weinte den Großteil des Vormittags darüber, wie sich alles ins Gegenteil verkehrt hatte.

Den ganzen Abend gab sie sich unverändert ihren Gefühlen hin. Sie spielte die Lieblingslieder, die sie immer für Willoughby gespielt hatte, sang die Melodien, zu denen sich ihre Stimmen am häufigsten vereinigt hatten, und saß vor dem

Instrument, auf jede Note starrend, die er für sie kopiert hatte, bis ihr das Herz derart schwer war, dass sich die Trauer nicht mehr steigern ließ. So hätschelte sie ihren Kummer Tag um Tag. Ganze Stunden verbrachte sie am Klavier, abwechselnd singend und weinend; oft wurde ihre Stimme von Tränen erstickt. Und nicht nur in der Musik, auch in Büchern suchte sie nach dem Leid, das die Kluft zwischen Vergangenheit und Gegenwart unfehlbar hervorrief: Sie las nur, was sie auch schon zu zweit gelesen hatten.

Solch leidenschaftliche Trübsal konnte freilich nicht für alle Zeit aufrechterhalten werden, sie verebbte innerhalb weniger Tage zu einer etwas ruhigeren Schwermut, doch noch immer riefen die täglichen Beschäftigungen, ihre einsamen Spaziergänge und stummen Grübeleien, mitunter leidvolle Gefühlsausbrüche hervor, so heftig wie eh und je.

Von Willoughby kam kein Brief, und Marianne schien auch keinen zu erwarten. Ihre Mutter wunderte sich, und Elinor wurde erneut unbehaglich zumute. Doch wenn Mrs. Dashwood Erklärungen brauchte, fand sie stets welche, die zumindest sie selbst zufriedenstellten.

«Überleg einmal, Elinor», sagte sie, «wie oft Sir John unsere Briefe persönlich von der Post abholt oder sie hinbringt. Wir sind uns ja einig, dass die Sache vielleicht geheim bleiben sollte, und müssen zugeben, dass dies niemals gesichert wäre, wenn ihre Korrespondenz durch Sir Johns Hände ginge.»

Das ließ sich nicht leugnen, und Elinor versuchte, darin ein ausreichendes Motiv für das Schweigen der beiden zu sehen. Darüber hinaus gab es jedoch eine Möglichkeit, eine so direkte, einfache und ihrer Ansicht nach geeignete Möglichkeit, um den wahren Stand der Dinge zu erfahren und alle Geheimnisse mit einem Schlag aufzudecken, dass sie sie ihrer Mutter einfach nahelegen musste.

«Warum fragst du Marianne nicht gleich», sagte sie, «ob sie mit Willoughby verlobt ist? Dir, ihrer Mutter, einer so gütigen und nachsichtigen Mutter, wird sie die Frage, die bei deiner Liebe zu ihr doch nur natürlich ist, nicht verübeln. Marianne war immer offenherzig, und besonders dir gegenüber.»

«Nicht um alles in der Welt würde ich sie das fragen. Angenommen, sie wären tatsächlich nicht verlobt, welchen Kummer würde ihr eine solche Frage bereiten! Auf jeden Fall wäre es höchst indiskret. Ich hätte ihr Vertrauen für immer verloren, wenn ich sie zwingen würde, zu gestehen, was vorläufig verborgen bleiben soll. Ich kenne Mariannes Herz. Ich weiß, dass sie mich innig liebt und dass ich es nicht als Letzte erfahren werde, wenn die Umstände eine Enthüllung wünschenswert machen. Ich würde nie versuchen, jemanden zu einem Geständnis zu zwingen, am wenigsten ein Kind, das aus Gehorsam nicht leugnen würde, was es doch gern leugnen wollte.»

Elinor fand diesen Edelmut angesichts der Jugend ihrer Schwester übertrieben und drängte weiterhin darauf, doch vergebens. Gegen Mrs. Dashwoods romantisches Zartgefühl kam ein normales Maß an Vernunft, Fürsorge und Klugheit nicht an.

Es dauerte Tage, bis innerhalb der Familie jemand in Mariannes Gegenwart Willoughbys Namen nannte. Nur Sir John und Mrs. Jennings waren nicht so heikel, durch ihr Gewitzel wurde manche quälende Stunde noch quälender. Eines Abends allerdings geriet Mrs. Dashwood zufällig ein Shakespeare-Band in die Hände, und sie rief: «Wir haben ‹Hamlet› gar nicht zu Ende gelesen, Marianne. Unser lieber Willoughby ist abgereist, bevor wir fertig waren. Wir wollen das Buch zur Seite legen, dann können wir, wenn er wiederkommt... Doch das dauert ja vielleicht noch Monate.»

«Monate!», rief Marianne zutiefst erschrocken. «Nein – noch nicht mal ein paar Wochen.»

Mrs. Dashwood bedauerte ihre Bemerkung, doch Elinor war froh darüber, denn sie hatte Marianne eine Antwort entlockt, die verriet, dass sie Willoughby vertraute und seine Absichten kannte.

Eines Morgens, etwa eine Woche nachdem er abgereist war, ließ sich Marianne herbei, ihre Schwestern auf ihrem täglichen Spaziergang zu begleiten, anstatt allein auszugehen. Bisher hatte sie jede Gesellschaft auf ihren Streifzügen vermieden. Wenn die Schwestern über die Hügel wandern wollten, stahl sie sich gleich auf die Straßen davon, sobald sie vom Tal sprachen, erklomm sie schleunigst die Hänge und war nicht aufzufinden, wenn die anderen aufbrachen. Doch schließlich gelang es Elinor, die solch ständige Eigenbrötelei höchlich missbilligte, sie in ihrer Mitte zu halten. Sie wanderten auf der Landstraße durchs Tal, meist schweigend, denn Mariannes Gedanken ließen sich nicht kontrollieren, und Elinor, zufrieden, immerhin diesen kleinen Fortschritt erzielt zu haben, strebte vorerst nicht nach mehr. Jenseits des Zugangs zum Tal, wo die Landschaft zwar noch üppig war, aber weniger wild und offener, erstreckte sich ein langer Straßenabschnitt, den sie bei ihrer ersten Reise nach Barton entlanggefahren waren. An diesem Punkt angekommen, blieben sie stehen, blickten sich um und betrachteten die Szenerie, die von ihrem Cottage aus gesehen immer in weiter Ferne lag, nun von einer Stelle, zu der sie bisher auf keinem Spaziergang vorgedrungen waren.

Neben anderen Sehenswürdigkeiten entdeckten sie in dieser Landschaft auch eine lebendige, einen Mann auf einem Pferd, der in ihre Richtung geritten kam. Innerhalb kurzer Zeit erkannten sie, dass es sich um einen Gentleman handelte, und Sekunden später rief Marianne entzückt: «Das ist er! Ja, er! Ich weiß es!» Sie wollte ihm schon entgegenlaufen, als Elinor widersprach: «Nein, Marianne, ich glaube, du täuschst dich. Das ist nicht Willoughby. Der Mann ist nicht groß genug und hat nicht seine Haltung.»

«Doch, doch», rief Marianne, «ganz sicher. Seine Haltung, sein Mantel, sein Pferd. Ich wusste doch, dass er bald wiederkommen würde!»

Mit diesen Worten lief sie erwartungsvoll voraus, und da Elinor zu wissen glaubte, dass es nicht Willoughby war, beschleunigte sie ihren Schritt und folgte Marianne, um sie vor einem peinlichen Auftritt zu bewahren.

Bald waren sie keine dreißig Meter mehr von

dem Herrn entfernt. Marianne sah wieder auf, wurde plötzlich ganz kleinlaut, machte kehrt und lief zurück, während die Stimmen ihrer Schwestern sie aufzuhalten versuchten. Eine dritte, fast ebenso vertraut wie die von Willoughby, schloss sich ihnen an und bat sie stehen zu bleiben; sie wandte sich überrascht um, erkannte Edward Ferrars und begrüßte ihn.

Er war der einzige Mensch auf Erden, dem sie in diesem Augenblick verzeihen konnte, dass er nicht Willoughby war. Eigentlich hätte ihr nur Willoughby ein Lächeln entlockt. Doch nun schluckte sie die Tränen hinunter und lächelte stattdessen Edward an, und über dem Glück ihrer Schwester vergaß sie für eine Weile ihre eigene Enttäuschung.

Er stieg ab, übergab das Pferd seinem Diener und ging zu Fuß mit ihnen zurück nach Barton, wo er sie ohnehin hatte besuchen wollen.

Er wurde von allen aufs Herzlichste willkommen geheißen, besonders aber von Marianne, die bei der Begrüßung sogar mehr Wärme und Aufmerksamkeit zeigte als Elinor. Überhaupt, fand Marianne, herrschte bei der Begegnung von Edward und ihrer Schwester erneut jene unerklärliche Kühle im Umgang, die ihr schon auf Norland aufgefallen war. Vor allem Edward ließ gänzlich vermissen, was ein Verehrer bei einem solchen Anlass durch Blicke und Worte ausdrücken musste. Er war verlegen, schien sich über das Wiedersehen kaum zu freuen, wirkte weder hingerissen noch fröhlich, äußerte fast nur, was man ihm durch Fragen entlockte, und gab durch nichts zu erkennen, dass er Elinor favorisierte. Mit wachsender Verwunderung sah und hörte Marianne zu. Sie fasste geradezu eine Abneigung gegen ihn; und wie fast alle ihre Gefühle führte auch dieses dazu, dass ihre Gedanken zu Willoughby zurückwanderten, dessen Benehmen zu dem seines zukünftigen Schwagers in recht auffälligem Gegensatz stand.

Nach dem kurzen Schweigen, das auf die erste Verblüffung und die Fragen nach dem Grund für diese Begegnung folgte, erkundigte sich Marianne, ob Edward direkt aus London komme. Nein, er war schon seit vierzehn Tagen in Devonshire.

«Seit vierzehn Tagen!», wiederholte sie, verwundert darüber, dass er sich so lang in derselben Grafschaft wie Elinor aufgehalten hatte, ohne sie zu besuchen.

Etwas gequält fügte er da hinzu, er habe bei Freunden in der Nähe von Plymouth gewohnt.

«Waren Sie in letzter Zeit in Sussex?», fragte Elinor.

«Vor ungefähr einem Monat war ich auf Norland.»

«Und wie sieht das liebe, liebe Norland aus?», rief Marianne.

«Das liebe, liebe Norland», antwortete Elinor, «sieht wahrscheinlich genauso aus, wie es um diese Jahreszeit immer ausgesehen hat. Wälder und Wege über und über mit welkem Laub bedeckt.»

«Ach», rief Marianne, «wie begeistert habe ich früher zugeschaut, wie die Blätter von den Bäumen fielen! Wie entzückt habe ich beim Spazierengehen beobachtet, wie der Wind sie um mich herum massenhaft aufwirbelte! Was für Gefühle haben das Laub, die Jahreszeit, das Wetter überhaupt in mir geweckt! Jetzt gibt es niemanden mehr, der die Blätter schätzt. Sie gelten nur als lästig, werden hastig beiseitegefegt und so schnell wie möglich fortgekarrt.»

«Nicht jeder hat so eine Leidenschaft für welkes Laub wie du», sagte Elinor.

«Nein, meine Gefühle werden nicht oft geteilt, nicht oft verstanden. Nur *manchmal*...» Bei diesem Wort versank sie für eine Weile in träumerischen Gedanken, raffte sich aber bald wieder auf. «So, Edward», sagte sie und lenkte seine Aufmerksamkeit auf die Aussicht, «hier haben wir das Tal von Barton. Werfen Sie einen Blick darauf und bleiben Sie ungerührt, wenn Sie können. Schauen Sie, diese Hügel! Haben Sie jemals so etwas gesehen? Links, zwischen den Waldflecken und Schonungen, liegt Barton Park. Man sieht das eine Ende des Hauses. Und dort, am Fuß des letzten Berges, der da so großartig aufragt, liegt unser Cottage.»

«Es ist eine schöne Gegend», erwiderte er, «aber die Talsohle wird im Winter ziemlich schlammig sein.»

«Wie können Sie nur an Schlamm denken, wenn Sie so eine Landschaft vor sich haben?»

«Weil ich in dieser Landschaft unter anderem auch eine sehr staubige Straße sehe», erwiderte er lächelnd.

«Sehr seltsam», dachte Marianne, als sie weiterging.

«Haben Sie angenehme Nachbarn? Sind die Middletons nette Leute?»

«Nein, überhaupt nicht», antwortete Marianne. «Wir könnten es nicht schlimmer getroffen haben.»

«Marianne», rief ihre Schwester, «wie kannst du so etwas sagen? Wie kannst du so ungerecht sein? Es ist eine sehr ehrbare Familie, Mr. Ferrars, und sie waren sehr freundlich zu uns. Hast du vergessen, Marianne, wie viele schöne Tage wir ihnen verdanken?»

«Nein», sagte Marianne leise, «aber auch nicht, wie viele schmerzliche Momente.»

Elinor nahm keine Notiz hiervon, sie hatte sich ganz ihrem Gast zugewandt und bemühte sich, so etwas wie ein Gespräch in Gang zu halten, indem sie von ihrem derzeitigen Zuhause berichtete, von seinen Annehmlichkeiten und dergleichen, und von Zeit zu Zeit entlockte sie Edward eine Frage oder Bemerkung. Seine Kühle und Zurückhaltung kränkten sie zutiefst, sie war verärgert, fast schon erzürnt, beschloss aber, sich in ihrem Verhalten ihm gegenüber von der Vergangenheit leiten zu lassen, nicht von der Gegenwart, vermied jeden Anschein von Unmut oder Missfallen und behandelte ihn, wie es einem Familienmitglied in ihren Augen zustand.

Kapitel 17

Mrs. Dashwood war über sein Erscheinen nur einen Augenblick verwundert; ihrer Meinung nach war es die natürlichste Sache der Welt, dass er nach Barton kam. Ihre Freude und ihre Freundschaftsbekundungen hielten sich viel länger als ihr Erstaunen. Sie hieß ihn aufs Liebevollste willkommen, und gegen einen solchen Empfang waren seine Schüchternheit, Kühle und Zurückhaltung machtlos. Diese hatten ihn schon im Stich gelassen, ehe er ins Haus trat, und wurden nun von Mrs. Dashwoods gewinnender Art restlos überwältigt. In der Tat hätte sich kein Mann in eine der Töchter verlieben können, ohne seine Begeisterung auch auf die Mutter auszudehnen, und so stellte Elinor zufrieden fest, dass er langsam wieder er selbst wurde. Seine Zuneigung zur ganzen Familie schien wieder zum Leben zu erwachen, und man merkte, dass er an ihrem Wohlergehen Anteil nahm. Doch richtig guter Laune war er nicht. Er lobte das Haus, bewunderte die Aussicht, war aufmerksam und freundlich – aber nicht gut gelaunt. Das spürten sie alle, und Mrs. Dashwood, die dies mangelnder Großzügigkeit seitens seiner Mutter zuschrieb, war, als sie sich zu Tisch begab, ungehalten über alle selbstsüchtigen Eltern dieser Welt.

«Welche Pläne hat Mrs. Ferrars derzeit mit Ihnen, Edward?», fragte sie, als das Dinner vorbei war und alle sich vor dem Kamin versammelt hatten. «Sollen Sie immer noch ein großer Redner werden, gegen Ihren Willen?»

«Nein. Ich hoffe, meine Mutter hat inzwischen eingesehen, dass ich zu einem Leben in der Öffentlichkeit weder Talent noch Neigung habe.»

«Aber wie wollen Sie dann berühmt werden? Denn berühmt müssen Sie werden, um Ihre Familie zufriedenzustellen, und da Sie weder zu einem aufwendigen Lebensstil neigen noch neugierig auf fremde Menschen sind, keinen Beruf haben und sich nicht vordrängeln, dürfte das schwierig werden.»

«Ich werde es gar nicht erst versuchen. Ich will nichts Besonderes sein und habe allen Grund zu der Hoffnung, dass es nie so weit kommt. Gott sei Dank! Genialität und Eloquenz kann man nicht erzwingen.»

«Sie haben keinen Ehrgeiz, das weiß ich wohl. Ihre Wünsche sind eher bescheiden.»

«Nicht bescheidener als die Wünsche der meisten anderen Menschen, wie ich glaube. Ich wünsche mir wie der Rest der Welt, rundum glücklich zu sein, aber, ebenfalls wie der Rest der Welt, glücklich auf meine Weise. Eine wichtige Rolle zu spielen würde mich nicht glücklich machen.»

«Das wäre ja auch seltsam!», rief Marianne. «Was hätten Wohlstand und Macht mit Glück zu tun?»

«Macht nur wenig», antwortete Elinor, «Wohlstand hingegen einiges.»

«Schäm dich, Elinor!», sagte Marianne. «Geld schenkt nur dort Glück, wo es sonst keinen Quell des Glücks gibt. Es sorgt zwar für das nötige Auskommen, bringt aber keine wahre innere Befriedigung.»

«Vielleicht läuft es bei uns beiden aufs Gleiche hinaus», sagte Elinor lächelnd. «Dein Auskommen und mein Wohlstand sind sich wahrscheinlich recht ähnlich, und so wie die Welt heutzutage beschaffen ist, kann man ohne nicht behaglich und sorgenfrei leben, darin sind wir uns sicher einig. Deine Gedanken klingen nur edler als meine. Sag doch mal, was verstehst du unter Auskommen?»

«Ungefähr achtzehnhundert oder zweitausend im Jahr, mehr nicht.»

Elinor lachte. «Zweitausend im Jahr! Für mich heißt eintausend Wohlstand. Ich habe mir schon so etwas gedacht.»

«Dabei sind zweitausend im Jahr ein ziemlich bescheidenes Einkommen», sagte Marianne. «Mit einem noch kleineren kann man keine Familie versorgen. Ich bin bestimmt nicht unmäßig in meinen Forderungen. Aber ein anständiger Haushalt mit Dienstboten, ein oder zwei Kutschen und Jagdpferden lässt sich mit weniger nicht führen.»

Elinor musste wieder lächeln, beschrieb ihre Schwester doch ganz genau ihre künftigen Lebenshaltungskosten in Combe Magna.

«Jagdpferde!», wiederholte Edward. «Wozu brauchen Sie denn unbedingt Jagdpferde? Es geht doch nicht jeder auf die Jagd!»

Marianne errötete. «Aber die meisten Leute.»

«Ich würde mir wünschen», sagte Margaret und schnitt damit ein neues Thema an, «dass jede von uns von irgendwem ein großes Vermögen geschenkt bekäme!»

«O ja!», rief Marianne mit blitzenden Augen, und ihre Wangen glühten vor Entzücken über ein solches erträumtes Glück.

«Bei diesem Wunsch sind wir uns wohl alle einig», sagte Elinor, «selbst wenn Wohlstand eigentlich untragbar ist.»

«Meine Güte», rief Margaret, «wäre das wunderbar! Ich weiß gar nicht, was ich damit anfangen würde!»

Marianne machte ein Gesicht, als bereite ihr diese Frage keine Probleme.

«Mich würde es verwirren, wenn ich ein so großes Vermögen für mich allein ausgeben sollte», sagte Mrs. Dashwood, «denn meine Kinder wären dann ja schon ohne meine Hilfe reich.»

«Du müsstest nur mit den Umbauten an diesem Haus beginnen», bemerkte Elinor, «dann hätten deine Schwierigkeiten gleich ein Ende.»

«Was für fürstliche Aufträge in einem solchen

Fall von hier nach London ergehen würden!», sagte Edward. «Paradiesische Verhältnisse für Buchhändler, Musikalienhändler und Druckereien! Sie, Miss Dashwood, gäben eine Dauerbestellung für sämtliche nennenswerten Kupferstiche auf, und was Marianne anlangt – ich kenne ja ihre unersättliche Seele –, so gäbe es in ganz London nicht genügend Noten, um sie zufriedenzustellen. Und Bücher! Thomson, Cowper, Scott – sie würde sie alle aufkaufen, jedes einzelne Exemplar, um zu verhindern, dass sie in falsche Hände geraten, und sie besäße jedes Buch, in dem steht, was an einem alten verkrüppelten Baum bewundernswert ist. Nicht wahr, Marianne? Verzeihen Sie, ich bin unverschämt. Aber ich wollte Ihnen beweisen, dass ich unsere einstigen Gespräche nicht vergessen habe.»

«Ich lasse mich gern an die Vergangenheit erinnern, Edward, ich denke gern daran zurück, ob an traurige oder heitere Zeiten, und Sie treten mir nie zu nahe, wenn Sie von früher erzählen. Sie haben ganz richtig geraten, wie ich mein Geld ausgeben würde – zumindest einen Teil davon. Das Kleingeld würde ich sicher dazu verwenden, meine Noten- und Büchersammlung zu erweitern.»

«Und der Großteil Ihres Vermögens flösse in Jahresrenten für die Urheber oder ihre Erben.»

«Nein, Edward, damit hätte ich etwas anderes vor.»

«Dann würden Sie vielleicht einen Preis aussetzen für den trefflichsten Aufsatz über Ihre Lieblingsmaxime: dass man sich nur einmal im Leben verlieben kann. Ihre Ansicht zu dieser Frage ist vermutlich unverändert?»

«Selbstverständlich. In meinem Alter sind die Ansichten weitgehend gefestigt. Es ist unwahrscheinlich, dass ich jetzt noch etwas erlebe, was mich anders darüber denken lässt.»

«Wie Sie sehen, ist Marianne so unerschütterlich wie eh und je», sagte Elinor, «sie hat sich überhaupt nicht verändert.»

«Sie ist nur ein wenig ernster geworden.»

«Nein, Edward, von Ihnen will ich keine Vorwürfe hören!», sagte Marianne. «Sie sind selbst nicht gerade fröhlich.»

«Wie kommen Sie denn darauf?», erwiderte er mit einem Seufzer. «Aber Fröhlichkeit war noch nie ein typischer Wesenszug von mir.»

«Von Marianne auch nicht» sagte Elinor. «Ich würde sie nicht unbedingt als munteres junges Mädchen bezeichnen. Sie ist sehr ernst, sehr eifrig in allem, was sie tut, manchmal redet sie viel und immer voller Leidenschaft, aber wirklich fröhlich ist sie selten.»

«Ich glaube, Sie haben recht», erwiderte er, «auch wenn ich sie immer als munter empfunden habe.»

«Ich ertappe mich oft bei solchen Irrtümern», sagte Elinor, «wenn ich den einen oder anderen Wesenszug völlig falsch deute, wenn ich mir einbilde, manche Menschen seien viel fröhlicher oder ernster, viel klüger oder dümmer, als sie in Wirklichkeit sind, und ich weiß nicht, warum oder woher diese Fehleinschätzung kommt. Manchmal lässt man sich von dem leiten, was jemand über sich selbst sagt, und häufig von dem, was andere über ihn sagen, ohne sich die Zeit zu nehmen, abzuwägen und selbst zu urteilen.»

«Aber ich dachte, es sei richtig, Elinor», sagte Marianne, «sich gänzlich von der Meinung anderer Leute leiten zu lassen. Ich dachte, unser Urteilsvermögen sei uns nur gegeben, damit wir uns dem unserer Mitmenschen unterordnen. Das hast du doch immer gepredigt.»

«Nein, Marianne, niemals! Ich habe niemals die Unterwerfung des Verstandes gepredigt. Wenn ich versucht habe, etwas zu beeinflussen, dann das Verhalten. Das solltest du nicht verwechseln. Zugegeben, ich habe mir oft gewünscht, du mögest zu unseren Bekannten im Allgemeinen freundlicher sein, aber wann hätte ich dir geraten, dir ihre Gefühle zu eigen zu machen oder dich in ernsten Fragen nach ihrem Urteil zu richten?»

«Sie haben es also nicht geschafft, Ihre Schwester zu Ihrer Vorstellung von grundsätzlicher Höflichkeit zu bekehren», sagte Edward zu Elinor. «Haben Sie gar keine Fortschritte erzielt?»

«Aber ganz im Gegenteil», erwiderte Elinor darauf mit einem vielsagenden Blick Richtung Marianne.

«Theoretisch bin ich in dieser Frage vollkommen auf Ihrer Seite», versetzte er, «aber in der Praxis verhalte ich mich leider eher wie Ihre Schwester. Ich will niemanden kränken, aber ich bin so närrisch schüchtern, dass ich oft unachtsam wirke, wo ich nur durch mein linkisches Wesen behindert werde. Ich denke oft, dass mich die Natur wahrscheinlich eher für ein Zusammensein mit einfachen Menschen vorgesehen hat, so unwohl fühle ich mich in Gegenwart mir unbekannter Leute aus besseren Kreisen.»

«Marianne kann ihre Unachtsamkeit nicht mit Schüchternheit entschuldigen», sagte Elinor.

«Sie weiß eben zu genau um ihren eigenen Wert, als dass sie sich genieren würde», erwiderte Edward. «Schüchternheit ist nur die Folge eines Gefühls unbestimmter Unterlegenheit. Wenn ich mir einreden könnte, ich wüsste mich ungezwungen und mit Anstand zu benehmen, wäre ich nicht schüchtern.»

«Aber Sie wären immer noch verschlossen», sagte Marianne, «und das ist schlimmer.»

Edward erschrak. «Verschlossen? Bin ich verschlossen, Marianne?»

«Ja, sehr.»

«Ich verstehe Sie nicht», erwiderte er errötend. «Verschlossen! Wie denn, auf welche Weise? Was soll ich Ihnen sagen? Was stellen Sie sich vor?»

Elinor wunderte sich über seinen Gefühlsausbruch, versuchte aber, mit einem Lachen über das Thema hinwegzugehen, und sagte: «Kennen Sie meine Schwester nicht gut genug, um zu verstehen, was sie meint? Wissen Sie nicht, dass sie jeden Menschen verschlossen nennt, der nicht ebenso schnell redet wie sie und nicht alles, was sie bewundert, ebenso verzückt bewundert?»

Edward gab keine Antwort. Wieder ergriffen Ernst und Nachdenklichkeit in vollem Maße von ihm Besitz, und eine Weile saß er nur stumm und teilnahmslos da.

Kapitel 18

Elinor war von der gedrückten Stimmung ihres Freundes beunruhigt. Sein Besuch wollte sie nicht recht befriedigen, solange er selbst sich nicht wirklich daran zu freuen schien. Er war offenkundig unglücklich. Sie wünschte, er hätte ihr ebenso offenkundig jene besondere Zuneigung gezeigt, die sie einst ohne jeden Zweifel in ihm geweckt hatte, doch vorläufig schien es sehr ungewiss, ob sie diesen bevorzugten Platz in seinem Herzen noch einnahm, und in manchen Momenten stand seine Zurückhaltung ihr gegenüber in krassem Widerspruch zu dem, was noch Sekunden vorher ein beseelter Blick angedeutet hatte.

Am nächsten Morgen traf er im Frühstückszimmer mit Elinor und Marianne zusammen; die anderen waren noch nicht aufgestanden. Marianne, immer bestrebt, ihrer beider Glück nach Kräften zu fördern, ließ sie kurz darauf allein. Doch sie war noch nicht einmal auf der Hälfte der Treppe, da hörte sie, wie sich die Wohnzimmertür öffnete, und als sie sich umwandte, sah sie zu ihrem Erstaunen Edward herauskommen.

«Da Sie noch nicht zum Frühstück bereit sind, gehe ich eben ins Dorf und kümmere mich um meine Pferde», sagte er. «Ich bin bald wieder da.»

***

Edward kehrte zurück, erneut voller Bewunderung für die Umgebung. Auf dem Weg ins Dorf hatte er manchen schönen Blick ins Tal erhascht, und vom Dorf selbst, das wesentlich höher lag als das Cottage, bot sich ihm ein Panorama, das ihm ausnehmend gut gefallen hatte. Dieses Thema sicherte ihm Mariannes Aufmerksamkeit, und sie begann zu schildern, was sie selbst an dieser Szenerie bewunderte, und sich genauer zu erkundigen, was ihn besonders beeindruckt hatte, als er sie plötzlich unterbrach. «Sie dürfen mich nicht zu viel fragen, Marianne – bedenken Sie, dass ich von allem Pittoresken nichts verstehe, und wenn wir ins Detail gehen, würde ich Sie mit meiner Unkenntnis und Stillosigkeit nur vor den Kopf stoßen. Ich würde Berge steil nennen, die doch kühn sein sollen, würde ein Gelände absonderlich und öde finden, das wild und zerklüftet zu sein hat, und würde von weit entfernten Objekten, die nur undeutlich sind, weil sie ein feiner, weicher Dunst umhüllt, einfach behaupten, man kann sie nicht sehen. Sie müssen sich eben mit der Art von Bewunderung zufriedengeben, die ich Ihnen guten Gewissens bieten kann. Ich nenne es eine sehr schöne Landschaft – die Berge sind steil, die Wälder offenbar voller Bauholz, und das Tal wirkt einladend und anheimelnd, mit üppigen Wiesen und hie und da einem schmucken Bauernhaus. Das entspricht genau meiner Vorstellung von einer schönen Gegend, weil sich hier Schönheit mit Nützlichkeit verbindet, und da Sie die Landschaft bewundern, ist sie wohl auch malerisch. Ich glaube gern, dass es dort auch Felsen und Vorgebirge gibt, graues Moos und Gestrüpp, aber dafür habe ich keinen Sinn. Ich verstehe nichts vom Pittoresken.»

«Das ist leider nur zu wahr», sagte Marianne. «Aber warum rühmen Sie sich dessen?»

«Ich habe den Verdacht», sagte Elinor, «dass Edward, um die eine Affektiertheit zu vermeiden, in eine andere verfällt. Weil er glaubt, viele Leute tun nur so, als schwärmten sie für die Schönheiten der Natur, und weil er solches Getue verabschieut, gibt er sich bei ihrem Anblick nüchterner und ahnungsloser, als er ist. Er ist anspruchsvoll, er besteht auf seiner eigenen Affektiertheit.»

«Es stimmt schon», sagte Marianne, «die Schwärmerei für schöne Landschaften ist zum bloßen Geschwätz verkommen. Jeder heuchelt irgendwelche Gefühle und versucht, sie so geschmackvoll und elegant zu beschreiben wie der Mensch, der den Begriff der pittoresken Schönheit erfunden hat. Ich verabscheue Geschwätz jeder Art, und manchmal behalte ich meine Gefühle lieber für mich, weil ich nur abgenutzte, abgedroschene Worte ohne Sinn und Bedeutung dafür finde.»

«Ich bin überzeugt», sagte Edward, «dass Sie das Entzücken, das Sie über eine schöne Aussicht bekunden, auch wirklich empfinden. Aber im Gegenzug muss Ihre Schwester mir zubilligen, dass ich nicht mehr empfinde, als ich bekunde. Ich mag einen schönen Ausblick, aber nicht das sogenannte Pittoreske. Ich mag keine verkrüppelten, verdrehten, vom Blitz gespaltenen Bäume; mir gefallen sie hochgewachsen, aufrecht und gesund viel besser. Ich mag auch keine verfallenen, verwahrlosten Cottages. Nesseln, Disteln und Heidekraut kann ich nicht ausstehen. Ein behagliches Bauernhaus sagt mir viel mehr zu als ein Bergfried, und ein Grüppchen properer, glücklicher Dorfbewohner gefällt mir besser als die prächtigsten Banditen der Welt.»

Marianne schenkte Edward einen verwunderten und ihrer Schwester einen mitleidigen Blick.

Sie verfolgten das Thema nicht weiter, und

Marianne schwieg nachdenklich, bis plötzlich ein neuer Gegenstand ihre Aufmerksamkeit auf sich zog. Sie saß neben Edward, und als dieser von Mrs. Dashwood seine Teetasse entgegennahm, bewegte er seine Hand so nah vor ihrem Gesicht, dass der Ring mit der gefassten Locke darin unübersehbar wurde.

«Ich habe Sie noch nie mit einem Ring gesehen, Edward», rief sie. «Ist das Fannys Haar? Ich erinnere mich, dass sie Ihnen eine Strähne versprochen hat. Aber ich hätte gedacht, ihr Haar sei dunkler.»

Marianne sprach unbedacht aus, was sie wirklich empfand, doch als sie merkte, wie peinlich dies Edward war, ärgerte sie sich über ihre Gedankenlosigkeit nicht weniger als er. Er wurde rot, warf Elinor einen kurzen Blick zu und erwiderte: «Ja, es ist das Haar meiner Schwester. Die Fassung lässt es immer in einem anderen Licht erscheinen, wissen Sie.»

Elinor hatte seinen Blick aufgefangen und wirkte gleichfalls verlegen. Sie war, genau wie ihre Schwester, sofort überzeugt, dass es sich um eine Locke von ihr handelte, nur zog sie daraus einen anderen Schluss. Elinor wusste, dass Edward sich das, was Marianne als freiwilliges Geschenk ihrer Schwester ansah, nur durch eine

Dieberei oder sonstige ihr unbekannte Machenschaften besorgt haben konnte. Doch stand ihr der Sinn eben jetzt nicht danach, dies als Affront aufzufassen; sie tat, als hätte sie nichts bemerkt, sprach sofort von etwas anderem und beschloss insgeheim, bei der nächsten sich bietenden Gelegenheit einen Blick auf die Locke zu werfen, sich zu vergewissern, dass es ihre eigene Haarfarbe war, und damit jeden Zweifel auszuräumen.

Edwards Verlegenheit hielt eine geraume Weile an und mündete in eine noch zähere Geistesabwesenheit. Er war den ganzen Vormittag außerordentlich ernst. Marianne machte sich wegen ihrer Bemerkung schwere Vorwürfe; allerdings hätte sie sich rascher verziehen, wenn sie gewusst hätte, wie wenig sie ihre Schwester damit gekränkt hatte.

Noch am Vormittag kamen Sir John und Mrs. Jennings, die von der Ankunft eines Gentlemans im Cottage gehört hatten, zu Besuch, um den Gast in Augenschein zu nehmen. Mit Hilfe seiner Schwiegermutter entdeckte Sir John binnen Kurzem, dass der Name Ferrars mit F begann – ein Quell für weitere Sticheleien gegen die anhängliche Elinor, der nur deshalb nicht sofort losprudelte, weil die Bekanntschaft mit Edward noch so frisch war. Nur an den vielsagenden Blicken las Elinor ab, wie weit ihr durch Margarets Andeutungen geschulter Scharfsinn reichte.

Sir John kam nie zu den Dashwoods, ohne sie entweder für den nächsten Tag nach Barton Park zum Essen zu bitten oder mit ihnen noch am selben Abend Tee zu trinken. Diesmal wollte er sie zu beidem einladen, auf dass der Gast, für dessen Unterhaltung auch er sich verantwortlich fühlte, möglichst gut bewirtet wurde.

«Heute Abend müssen Sie mit uns Tee trinken», sagte er, «denn wir sind ganz allein – und morgen müssen Sie unbedingt bei uns dinieren, denn dann sind wir eine große Gesellschaft.»

Mrs. Jennings bestätigte die Dringlichkeit seines Ansinnens. «Wer weiß, vielleicht wird ja auch getanzt», sagte sie. «Das dürfte Sie doch reizen, Miss Marianne.»

«Getanzt?», rief Marianne. «Unmöglich. Wer soll denn tanzen?»

«Wer? Na, Sie und die Careys und ganz sicher auch die Whitakers. Sie dachten wohl, niemand würde tanzen, nur weil eine bestimmte Person – wir wollen keine Namen nennen – nicht mehr hier ist!»

«Ich wünschte von Herzen», rief Sir John, «Willoughby wäre wieder unter uns.»

Dieser Satz und Mariannes Erröten weckten

in Edward einen neuen Verdacht. «Wer ist denn Willoughby?», fragte er leise die neben ihm sitzende Miss Dashwood.

Sie gab ihm nur eine kurze Antwort. Mariannes Miene war da schon mitteilsamer. Edward hatte genug gesehen, um nicht nur die Anspielungen der anderen zu verstehen, sondern auch gewisse Äußerungen von Marianne, die ihm bisher rätselhaft gewesen waren, und als die Besucher sich wieder auf den Weg gemacht hatten, ging er sofort zu ihr und flüsterte: «Ich habe ein paar Vermutungen angestellt. Soll ich Ihnen sagen, was ich vermute?»

«Was meinen Sie damit?»

«Soll ich es Ihnen sagen?»

«Natürlich.»

«Also gut. Ich vermute, dass Mr. Willoughby auf die Jagd geht.»

Marianne war verblüfft und verwirrt, dennoch musste sie über seine leise Schalkhaftigkeit lächeln, und nach kurzem Schweigen antwortete sie: «O Edward, wie können Sie nur! Aber es kommt hoffentlich eine Zeit... Er wird Ihnen bestimmt gefallen.»

«Ohne Zweifel», erwiderte er, etwas erstaunt über ihren Ernst und ihre Heftigkeit. Denn wenn er es nicht für einen Scherz gehalten hätte, mit dem sich der Freundeskreis über ein bedeutungsloses Schäkern zwischen ihr und Mr. Willoughby lustig machte, hätte er nie gewagt, etwas zu sagen.

Kapitel 19

Edward blieb eine Woche im Cottage. Mrs. Dashwood nötigte ihn eindringlich, seinen Aufenthalt zu verlängern, aber er schien entschlossen, dann aufzubrechen, wenn es im Kreis seiner Freunde am schönsten war, als sei er auf Selbstkasteiung erpicht. Seine Stimmung hatte sich in den letzten zwei, drei Tagen wesentlich gebessert, auch wenn sie noch immer recht wechselhaft war. Er entwickelte eine besondere Vorliebe für das Haus und die Umgebung, sprach – nie ohne ein Seufzen – davon, dass er weggehen müsse, behauptete, zeitlich völlig ungebunden zu sein, wusste zugleich nicht recht, wohin er gehen sollte, wenn er abreiste – und musste doch gehen. Noch nie sei eine Woche so rasch verflogen, kaum zu glauben, dass sie schon vorbei sei. Das sagte er mehrfach, und er sagte noch andere Dinge, die den Wandel seiner Gefühle verrieten und sein Tun Lügen straften. Auf Norland gefalle es ihm gar nicht, und London sei ihm zuwider – des ungeachtet müsse er entweder nach Norland oder nach London. Er schätze ihre Freundlichkeit über alles, nichts mache ihn so glücklich, wie bei ihnen zu sein. Dennoch müsse er sie nun nach einer Woche verlassen, ihren und seinen Wünschen zum Trotz, und obwohl er keine terminlichen Verpflichtungen hatte.

Nach Elinors Ansicht ging alles, was an seiner Handlungsweise verwunderlich war, auf Rechnung seiner Mutter. Ein Glück für sie, dass sie den Charakter seiner Mutter kaum kannte, sodass diese für jede Absonderlichkeit seitens des Sohnes als Entschuldigung dienen konnte. Obwohl sie enttäuscht war, beunruhigt und manchmal verstimmt über sein unstetes Verhalten, war sie im Großen und Ganzen gewillt, sein Tun mit all der unvoreingenommenen Nachsicht und Großzügigkeit zu betrachten, die ihre eigene Mutter ihr selbst nur sehr viel mühsamer hatte entlocken können, als es um Willoughby ging. Edwards Mangel an Temperament, Offenheit und Beharrlichkeit führte sie vor allem auf seine fehlende finanzielle Unabhängigkeit und seine genauere Kenntnis von Mrs. Ferrars' Wesensart und Plänen zurück. Die Kürze seines Besuchs und der unerschütterliche Vorsatz, abzureisen, wurzelten in demselben unfreiwilligen Wunsch, derselben unvermeidlichen Notwendigkeit, seine Mutter hinzuhalten. All dem lag die alte, wohlbekannte Gegnerschaft zwischen Pflicht und Wollen, zwischen Eltern und Kindern zugrunde. Elinor hätte gern gewusst, wann diese Schwierigkeiten beseitigt wären und der Gegner weichen würde, wann sich Mrs. Ferrars wohl besserte und ihr Sohn glücklich sein durfte. Um sich von solch fruchtlosen Wünschen abzulenken, tröstete sie sich mit dem wiedergewonnenen Vertrauen in Edwards Zuneigung und suchte sich an alle Zeichen der Wertschätzung zu erinnern, seien es Blicke oder Worte, die ihm während der Zeit in Barton jemals entschlüpft waren, vor allem aber an jenen schmeichelhaften Beweis, den er ständig am Finger trug.

«Ich glaube, Edward», sagte Mrs. Dashwood, als sie am letzten Morgen beim Frühstück saßen, «Sie wären ein glücklicherer Mensch, wenn Sie einen Beruf hätten, der Ihre Zeit in Anspruch nähme und Ihren Plänen und Taten ein Gewicht gäbe. Das wäre zwar für Ihre Freunde mitunter unbequem – Sie könnten ihnen nicht mehr so viel Zeit widmen. Aber», und hier lächelte sie, «zumindest in einem Punkt wären Sie auf jeden Fall wesentlich besser dran: Sie wüssten, wo Sie hingehen müssen, wenn Sie sich von ihnen verabschieden.»

«Ich versichere Ihnen», erwiderte er, «dass ich, so wie Sie jetzt, seit Langem über dieses Thema

nachdenke. Es war und ist mein großes Pech –
und wird es wohl immer bleiben –, dass ich nicht
unbedingt einen Beruf ergreifen musste, keine
Arbeit, die meinen Erwerb sichert oder mir so
etwas wie ein Auskommen verschafft. Dass ich
und meine Lieben zu wählerisch sind, hat mich
zu dem gemacht, der ich nun bin: ein müßiggän-
gerisches, hilfloses Wesen. Wir konnten uns nie
auf die Wahl eines Berufs für mich einigen. Mir
wäre die Kirche am liebsten gewesen – bis heute.
Aber das war meiner Familie nicht flott genug.
Sie rieten mir zur Armee, was wiederum mir viel
zu flott war. Das Rechtswesen galt schließlich als
hinlänglich vornehm; viele junge Männer, die im
Temple[10] ein Anwaltsbüro hatten, konnten sich
in den besten Kreisen sehen lassen und fuhren
in schicken Gigs durch die Stadt. Aber das Recht
lag mir nicht, nicht einmal jene weniger sibyllini-
sche Variante des Studiums, die meine Familie ge-
nehmigte. Für die Marine sprach ihre Noblesse,
doch als das Thema zum ersten Mal aufs Tapet
kam, war ich zu alt, um noch aufgenommen zu
werden, und da ich nicht gezwungen war, einen
Beruf zu ergreifen, da ich auch ohne roten Rock
auf dem Leib ein elegantes, kostspieliges Leben
führen konnte, wurde schließlich der Müßiggang
als die im Grunde vorteilhafteste und ehrbarste

Lösung angesehen, und ein Achtzehnjähriger ist in der Regel nicht so erpicht auf Arbeit, dass er den Bitten seiner Angehörigen, nichts zu tun, widerstehen könnte. Ich wurde also in Oxford immatrikuliert und habe mich seither ordnungsgemäß dem Müßiggang hingegeben.»

«Da Ihnen das Nichtstun kein Glück gebracht hat», sagte Mrs. Dashwood, «werden vermutlich Ihre Söhne dereinst zu so vielen Studien, Beschäftigungen, Berufen und Gewerben angehalten werden wie Columellas Sohn[II].»

«Sie werden dazu angehalten werden», sagte er ernst, «möglichst anders zu sein als ich. Im Fühlen, im Handeln, in den Lebensumständen, in allem.»

«Na, na, das sind alles nur Auswirkungen einer momentanen Missstimmung, Edward. Sie sind in einer melancholischen Verfassung und bilden sich ein, jeder, der anders ist als Sie, müsse glücklich sein. Aber bedenken Sie, dass beim Abschied von Freunden irgendwann jeder Mensch Schmerz empfindet, ganz gleich, wie seine Bildung oder Stellung sein mag. Begreifen Sie doch, welches Glück Sie haben. Sie brauchen nur Geduld – oder nehmen wir ein verheißungsvolleres Wort, sagen wir Hoffnung. Ihre Mutter wird Ihnen mit der Zeit jene finanzielle Unabhängigkeit verschaffen, an der Ihnen so viel liegt; es ist ihre Pflicht und wird... ja *muss* auch ihr Glück bedeuten, wenn sie Sie davor bewahrt, Ihre ganze Jugend in Unzufriedenheit zu vergeuden. Wie viel können doch ein paar Monate bewirken!»

«Ich muss vermutlich viele Monate durchhalten», erwiderte Edward, «bis sich die Sache für mich zum Guten wendet.»

Auch wenn sich diese Verzagtheit nicht auf Mrs. Dashwood übertrug, machte sie den Abschied, der bald darauf erfolgte, für alle noch schmerzlicher und ließ insbesondere Elinor mit einem quälenden Eindruck zurück, den zu bewältigen sie einige Mühe und Zeit kostete. Doch da sie entschlossen war, diesen Eindruck zu vergessen, und es nicht so aussehen sollte, als leide sie unter Edwards Weggang mehr als der Rest der Familie, entschied sie sich für eine andere Methode als jene, die Marianne bei dem entsprechenden Anlass so geschickt angewandt hatte, nämlich ihren Kummer zu mehren und zu festigen, indem sie nach Stille, Einsamkeit und Nichtstun strebte. Ihrer beider Mittel waren so unterschiedlich wie die Gegenstände ihres Grams und jeweils gleichermaßen förderlich.

Sobald Edward aus dem Haus war, setzte sich Elinor an ihren Zeichentisch, arbeitete den ganzen Tag fleißig, suchte seinen Namen weder zu erwähnen noch zu vermeiden und interessierte sich scheinbar wie immer für die üblichen Haushaltsangelegenheiten; und wenn sie auf diese Weise ihren eigenen Kummer auch nicht linderte, so vergrößert sie ihn wenigstens nicht unnötig, und der Mutter und den Schwestern blieb viel Sorge erspart.

Ein solches Verhalten, das dem ihren genau entgegengesetzt war, erschien Marianne ebenso wenig lobenswert, wie ihr das eigene fehlerhaft erschienen war. Das Thema Selbstbeherrschung klärte sie für sich rasch: Einem leidenschaftlich fühlenden Menschen war sie nicht möglich und ein kühler, gelassener verdiente dafür kein Lob. Dass ihre Schwester kühl war, war wohl nicht zu leugnen, obwohl Marianne bei diesem Eingeständnis errötete, und für die Heftigkeit ihrer eigenen Gefühle gab es einen sehr stichhaltigen Beweis, dass sie nämlich ihre Schwester trotz dieser ernüchternden Erkenntnis immer noch liebte und achtete.

Auch wenn Elinor sich nicht von ihrer Familie abschottete oder das Haus absichtlich allein verließ, um den anderen aus dem Weg zu gehen, auch nicht die ganze Nacht wach lag und ihren Grübeleien freien Lauf ließ, bot ihr jeder Tag hinreichend Gelegenheit, um an Edward und

Edwards Verhalten zu denken, und auf welche Weise sie an ihn dachte, änderte sich je nach Gemütsverfassung und Zeitpunkt: zärtlich, mitleidig, verständnisvoll, tadelnd oder zweifelnd. Es gab zahlreiche Momente, in denen Mutter und Schwestern zwar nicht abwesend waren, eine Unterhaltung jedoch aufgrund der jeweiligen Beschäftigung unmöglich war, und das fühlte sich für sie an, als sei sie allein. Dann schweifte ihr Geist unweigerlich ab, nichts anderes vermochte mehr ihre Gedanken zu fesseln, und vor ihrem inneren Auge erstanden Vergangenheit und Zukunft dieses faszinierenden Themas, erzwangen ihre Aufmerksamkeit und beschäftigten ihre Erinnerung, ihren Verstand und ihre Fantasie.

Aus einer solchen Träumerei wurde sie eines Morgens, wenige Tage nach Edwards Abreise, als sie gerade an ihrem Zeichentisch saß, durch einen Besuch aufgeschreckt. Zufällig war sie ganz allein. Das Eingangstörchen zu der kleinen Grünfläche vor dem Haus fiel ins Schloss, was ihren Blick zum Fenster schweifen ließ, und sie sah eine größere Gruppe auf die Haustür zugehen. Sir John, Lady Middleton und Mrs. Jennings waren darunter, aber auch noch zwei andere Personen, ein Herr und eine Dame, die sie nicht kannte. Sie saß am Fenster, und als Sir John sie bemerkte, überließ er das förmliche Klopfen an der Tür dem Rest der Gruppe, stapfte über den Rasen und nötigte sie, den Fensterflügel zu öffnen und mit ihm zu sprechen, obwohl der Abstand zwischen Tür und Fenster so gering war, dass man kaum aus diesem etwas sagen konnte, ohne an jener gehört zu werden.

«So», sagte er, «wir haben Ihnen neue Leute mitgebracht. Wie gefallen sie Ihnen?»

«Pst! Man kann Sie hören.»

«Das macht nichts. Es sind nur die Palmers. Charlotte ist bildhübsch, ich sag's Ihnen. Schauen Sie, dort, das ist sie.»

Da Elinor wusste, dass sie die Dame binnen Kurzem ohnehin zu Gesicht bekommen würde, auch ohne eine solche Dreistigkeit, musste sie dies leider ablehnen.

«Wo ist denn Marianne? Ist sie vor uns davongelaufen? Der Klavierdeckel steht ja offen.»

«Ich glaube, sie ist spazieren gegangen.»

Nun kam auch Mrs. Jennings herbei, die in ihrer Ungeduld nicht abwarten konnte, bis die Tür aufging und sie ihrerseits losreden durfte. Unter lauten Begrüßungsrufen trat sie vors Fenster. «Guten Tag, meine Liebe! Wie geht es Mrs. Dashwood? Und wo sind Ihre Schwestern? Was? Ganz allein? Da werden Sie sich über ein bisschen Gesellschaft freuen. Ich habe meine andere Tochter und meinen Schwiegersohn mitgebracht. Stellen Sie sich vor, mit einem Mal standen sie vor der Tür! Gestern Abend, als wir Tee tranken, dachte ich: ‹Ich höre doch eine Kutsche›, aber es wäre mir nie in den Sinn gekommen, dass das die beiden sein könnten. Ich habe höchstens gedacht: ‹Colonel Brandon ist vielleicht wieder da›, deshalb habe ich zu Sir John gesagt: ‹Ich glaube, ich höre eine Kutsche, vielleicht ist Colonel Brandon wieder da› …»

Elinor musste sich mitten in dieser Schilderung abwenden, um den Rest der Gruppe zu empfangen. Lady Middleton stellte die beiden Fremden vor. In diesem Augenblick kamen auch Mrs. Dashwood und Margaret die Treppe herunter, und alle setzten sich, um einander in Augenschein zu nehmen, während Mrs. Jennings, begleitet von Sir John, auf dem Weg durch den Flur bis ins Wohnzimmer weiterplapperte.

Mrs. Palmer war einige Jahre jünger als Lady Middleton und in jeder Hinsicht völlig anders als sie. Sie war klein und rundlich, hatte ein sehr hübsches Gesicht und strahlte eine denkbar gute Laune aus. Ihre Umgangsformen waren bei Weitem nicht so vornehm wie die ihrer Schwester, aber wesentlich gewinnender. Sie kam mit einem

Lächeln, lächelte während des ganzen Besuchs – wenn sie nicht gerade lachte – und lächelte auch noch, als sie ging. Ihr Gatte, ein ernst dreinblickender junger Mann von fünf- oder sechsundzwanzig Jahren, hatte bessere Manieren und mehr Verstand als seine Frau, war aber weniger gewillt, zu gefallen oder an etwas Gefallen zu finden. Er trat ins Zimmer mit der Miene eines Menschen, der um seine Bedeutung weiß, verbeugte sich knapp und ohne ein Wort zu sagen vor den Damen, und nachdem er diese sowie die Räumlichkeiten kurz beäugt hatte, nahm er sich eine Zeitung vom Tisch und las darin für die Dauer seines Aufenthalts.

Mrs. Palmer hingegen, die von der Natur mit einer Begabung zu allumfassender Höflichkeit und Glückseligkeit ausgestattet worden war, hatte sich kaum hingesetzt, als sich schon ihre Begeisterung über den Salon und alles andere Bahn brach.

«Ach, was für ein entzückendes Zimmer! So etwas Reizendes habe ich noch nie gesehen! Überleg nur, Mama, wie viel schöner es geworden ist, seit wir das letzte Mal hier waren! Ich habe es schon immer für ein goldiges Haus gehalten, Ma'am» – jetzt wandte sie sich an Mrs. Dashwood –, «aber Sie haben es wirklich reizend gestaltet! Schau nur, Schwester, wie entzückend alles ist! So ein Haus hätte ich auch gern! Sie nicht auch, Mr. Palmer?»

Mr. Palmer gab keine Antwort; er hob nicht einmal den Blick von der Zeitung.

«Mr. Palmer hört mich nicht», sagte sie lachend, «das ist manchmal so, dass er mich überhaupt nicht hört. Zu komisch!»

Diese Sichtweise war neu für Mrs. Dashwood. Sie war es nicht gewohnt, Unaufmerksamkeit witzig zu finden, und konnte nicht umhin, die beiden verwundert zu betrachten.

Unterdessen sprach Mrs. Jennings so laut wie möglich weiter, schilderte immerzu, wie überrascht sie am Abend zuvor über die Ankunft ihrer Angehörigen gewesen war, und hörte erst auf, als alles gesagt war. Mrs. Palmer musste bei der Erinnerung an ihre Verblüffung herzlich lachen, und alle beteuerten zwei-, dreimal hintereinander, dies sei eine äußerst angenehme Überraschung gewesen.

«Sie können sich vorstellen, wie sehr wir uns alle freuten, als wir sie sahen», fuhr Mrs. Jennings, zu Elinor vorgebeugt, nun mit gedämpfter Stimme fort, als solle sie niemand anderer hören, dabei saßen sie an zwei verschieden Wänden. «Trotzdem würde ich mir wünschen, sie wären nicht ganz so schnell gefahren und hätten sich nicht auf eine so lange Reise begeben – sie sind nämlich wegen einer geschäftlichen Angelegenheit aus London gekommen. Sie wissen ja», sie nickte vielsagend zu ihrer Tochter hinüber und deutete mit dem Finger auf sie, «in ihrem Zustand war das verkehrt. Ich fand, sie hätte heute Morgen daheimbleiben und sich ausruhen sollen, aber sie wollte unbedingt mitgehen und Sie alle besuchen!»

Mrs. Palmer lachte und sagte, es schade ihr nicht.

«Sie rechnet im Februar mit der Niederkunft», fuhr Mrs. Jennings fort.

Lady Middleton fand ein solches Gespräch unerträglich, daher überwand sie sich, Mr. Palmer zu fragen, ob irgendwelche Neuigkeiten in der Zeitung stünden.

«Nein, gar keine», erwiderte er und las weiter.

«Da kommt ja Marianne», rief Sir John. «So, Palmer, jetzt werden Sie gleich ein ungeheuer hübsches Mädchen sehen.»

Damit ging er in den Flur, öffnete die Haustür und führte sie persönlich herein. Kaum war sie erschienen, fragte Mrs. Jennings sie schon, ob sie in Allenham gewesen sei, und Mrs. Palmer lachte von Herzen bei dieser Frage, um zu zeigen, dass sie die Anspielung verstanden hatte. Mr. Palmer sah auf, als sie ins Zimmer trat, starrte sie minutenlang an und wandte sich dann wieder seiner Zeitung zu. Jetzt fiel Mrs. Palmers Blick auf die im Raum hängenden Zeichnungen. Sie erhob sich, um sie näher zu betrachten.

«Ach du liebe Zeit, was sind die schön! Oh, wie entzückend! Schau nur, Mama, wie hinreißend! Ich muss schon sagen, die sind ganz reizend, man kann sich gar nicht sattsehen!» Und damit setzte sie sich wieder und vergaß umgehend, dass es überhaupt etwas Derartiges in diesem Zimmer gab.

Als Lady Middleton sich erhob, um aufzubrechen, erhob sich auch Mr. Palmer, legte die Zeitung hin, streckte sich und sah sich in der Runde um.

«Sind Sie eingeschlafen, Liebster?», fragte seine Frau lachend.

Er gab ihr keine Antwort, und nachdem er das Zimmer noch einmal begutachtet hatte, bemerkte er nur, dass es sehr niedrig und die Decke schief sei. Dann verbeugte er sich und verschwand mit den anderen.

Sir John hatte sie alle gedrängt, den nächsten Tag auf Barton Park zu verbringen. Mrs. Dashwood, der daran lag, nicht öfter bei ihnen zu dinieren, als sie im Cottage dinierten, lehnte für ihren Teil entschieden ab; die Töchter sollten es halten, wie sie wollten. Aber die hatten kein Interesse daran, Mr. und Mrs. Palmer beim Abendessen zuzusehen, und versprachen sich auch sonst nichts Erfreuliches von ihnen. Daher versuchten sie gleichfalls, sich zu entschuldigen. Das Wetter sei unsicher, wahrscheinlich werde es nicht schön sein. Doch damit ließ sich Sir John nicht abspeisen – er werde ihnen die Kutsche schicken, und sie müssten kommen. Lady Middleton nötigte die Töchter ebenfalls, wenn auch nicht die Mutter. Mrs. Jennings und Mrs. Palmer schlossen sich diesen Bitten an, alle schienen gleichermaßen erpicht darauf, einen Abend im Familienkreis zu vermeiden, und so mussten die jungen Damen nachgeben.

«Warum laden sie uns ein?», fragte Marianne, kaum waren sie fort. «Die Miete für dieses Cottage ist angeblich niedrig, aber das ist teuer erkauft, wenn wir immer auf Barton Park essen müssen, sobald jemand bei ihnen oder bei uns zu Besuch ist.»

«Dass sie uns so häufig einladen, ist jetzt nicht weniger höflich und freundlich gemeint als bei den Einladungen vor ein paar Wochen», sagte Elinor. «Sie selbst haben sich nicht verändert, nur ihre Gäste sind langweilig und stumpfsinnig geworden. Wir müssen uns anderswo nach Abwechslung umsehen.»

Kapitel 20

Als die Misses Dashwood am nächsten Tag den Salon von Barton Park betraten, kam Mrs. Palmer unverändert gut gelaunt und fröhlich schon von der anderen Seite hereingestürmt. Sie ergriff aufs Herzlichste ihre Hände und äußerte höchstes Entzücken darüber, sie wiederzusehen.

«Was bin ich froh, dass Sie gekommen sind!», sagte sie und nahm zwischen Elinor und Marianne Platz. «Das Wetter ist heute so schlecht, dass ich schon fürchtete, Sie würden vielleicht nicht auftauchen, was entsetzlich gewesen wäre, da wir morgen wieder abreisen. Das müssen wir nämlich, weil uns nächste Woche die Westons besuchen. Das war ja ein ganz spontaner Besuch, ich wusste vorher nichts davon, bis die Kutsche vor der Tür stand und Mr. Palmer mich fragte, ob ich ihn nach Barton begleiten wolle. Er ist wirklich spaßig! Nie sagt er mir irgendwas! Es tut mir leid, dass wir nicht länger bleiben können, aber wir werden uns ja hoffentlich bald in London sehen.»

Diese Hoffnung mussten sie ihr leider nehmen.

«Nicht nach London!», rief Mrs. Palmer mit einem Lachen. «Da wäre ich aber sehr enttäuscht, wenn Sie nicht kämen. Ich könnte Ihnen das hübscheste Haus auf Erden vermitteln, gleich neben uns am Hanover Square. Sie müssen einfach kommen! Es wäre mir eine große Freude, Sie bis zu meiner Niederkunft jederzeit auf Gesellschaften zu begleiten, falls Mrs. Dashwood nicht gern unter Leute geht.»

Sie bedankten sich, mussten aber all ihre Bitten zurückweisen.

«Ach, Liebster», rief Mrs. Palmer ihrem Mann zu, kaum war dieser ins Zimmer getreten, «Sie müssen mir helfen, die Misses Dashwood zu überreden, dass sie im Winter nach London kommen.»

Ihr Liebster antwortete nicht; er verbeugte sich nur leicht vor den Damen und begann über das Wetter zu klagen. «Wie schrecklich das alles ist!», sagte er. «Bei solchem Wetter widert einen alles und jeder an. Regen erzeugt Öde, drinnen wie draußen. Da findet man alle Bekannten abscheulich. Was denkt sich Sir John eigentlich, dass er kein Billardzimmer im Haus hat? Die meisten Leute haben einfach keine Ahnung von Komfort. Sir John ist genauso blöd wie das Wetter.»

Kurz darauf erschien auch der Rest der Gesellschaft.

«Ich fürchte, Miss Marianne», sagte Sir John, «Sie haben heute nicht den gewohnten Spaziergang nach Allenham unternehmen können.»

Marianne machte ein tiefernstes Gesicht und erwiderte nichts.

«Oh, tun Sie vor uns nicht so heimlich», sagte Mrs. Palmer, «wir wissen nämlich genau Bescheid, und ich begrüße Ihre Wahl, denn ich finde, er sieht außerordentlich gut aus. Auf dem Land wohnen wir nicht weit weg von ihm, wissen Sie. Nicht mehr als zehn Meilen, schätze ich.»

«Eher an die dreißig», sagte ihr Mann.

«Na gut, das ist kein großer Unterschied. Ich habe das Haus nie gesehen, aber es soll ganz reizend und hübsch sein.»

«Der scheußlichste Erdenfleck, den ich in meinem ganzen Leben zu Gesicht bekommen habe», sagte Mr. Palmer.

Marianne schwieg beharrlich, verriet aber durch ihre Miene, wie sehr sie dieses Gespräch interessierte.

«So hässlich ist es?», fuhr Mrs. Palmer fort. «Dann habe ich wohl ein anderes hübsches Haus gemeint.»

Als sie im Esszimmer Platz genommen hatten, stellte Sir John mit Bedauern fest, dass sie alles in allem nur acht Personen waren.

«Meine Liebe», sagte er zu seiner Gattin, «ich finde es unerträglich, dass wir so wenige sind.

Warum haben Sie nicht auch die Gilberts für heute eingeladen?»

«Habe ich Ihnen, als Sie mich vorher darauf ansprachen, Sir John, nicht bereits erklärt, dass das nicht geht? Die Gilberts waren schon letztes Mal bei uns zu Gast.»

«Sie und ich, Sir John», sagte Mrs. Jennings, «wir würden uns nicht an solche Förmlichkeiten halten.»

«Das wäre aber sehr unhöflich», rief Mr. Palmer.

«Liebster, Sie widersprechen aber auch jedem», sagte seine Frau, wie immer lachend. «Sind Sie sich bewusst, dass das ziemlich ungehobelt ist?»

«Ich wusste nicht, dass ich jemandem widerspreche, wenn ich Ihre Mutter unhöflich nenne.»

«Ja, ziehen Sie ruhig über mich her», sagte die gutmütige alte Dame, «Sie haben mir Charlotte abgenommen und können Sie jetzt nicht mehr zurückgeben. Deshalb sitze ich am längeren Hebel.»

Charlotte lachte herzlich bei dem Gedanken, dass ihr Mann sie nicht mehr loswurde, und sagte triumphierend, ihr sei es egal, wie mürrisch er sie behandle, sie müssten ja so oder so zusammenleben. Kein Mensch auf Erden war derart von Grund auf gut gelaunt und zur Fröhlichkeit entschlossen wie Mrs. Palmer. Die betonte Gleichgültigkeit, Überheblichkeit und Unzufriedenheit ihres Mannes tat ihr nicht weh, und wenn er sie schalt oder schmähte, fand sie es höchst unterhaltsam.

«Mr. Palmer ist so spaßig!», flüsterte sie Elinor zu. «Immer ist er schlecht gelaunt.»

Elinor, die ihn ein wenig beobachtet hatte, traute ihm nicht zu, dass er wirklich und wahrhaftig so boshaft oder unhöflich war, wie er wirken wollte. Vielleicht hatte sich seine Stimmung etwas eingetrübt, als er feststellen musste, dass er – wie so viele seines Geschlechts – durch ein unerklärliches Faible für weibliche Schönheit zum Ehemann einer strohdummen Frau geworden war, aber sie wusste, ein solcher Missgriff war zu alltäglich, als dass er einen Mann von Verstand auf Dauer schmerzen würde. Es war wohl eher sein Wunsch nach Vornehmheit, weswegen er alles und jeden in seiner Umgebung verächtlich behandelte und schlechtmachte. Es war das Verlangen nach Überlegenheit. Ein alltägliches Motiv, nicht weiter absonderlich, doch war seine Methode, die ihm zumindest eine Überlegenheit auf dem Gebiet der Unhöflichkeit verschaffte, nicht dazu angetan, andere Menschen für ihn einzunehmen – wenn man einmal von seiner Frau absah.

«O meine liebe Miss Dashwood», sagte Mrs. Palmer kurz darauf, «ich muss Sie und Ihre Schwester um einen großen Gefallen bitten. Wollen Sie nicht diese Weihnachten nach Cleveland kommen? Bitte, bitte – und kommen Sie, solange die Westons noch bei uns sind. Sie können sich nicht vorstellen, wie sehr mich das freuen würde! Es wäre ganz entzückend. – Liebster», sie wandte sich an ihren Mann, «wünschen Sie sich nicht auch sehnlich, dass die Misses Dashwood uns auf Cleveland besuchen?»

«Natürlich», erwiderte er feixend, «nur zu diesem Zweck bin ich nach Devonshire gekommen.»

«Na bitte», sagte seine Gattin, «Sie sehen, Mr. Palmer rechnet mit Ihnen, Sie können sich also nicht weigern.»

Beide lehnten die Einladung nachdrücklich und entschieden ab.

«Aber Sie müssen einfach kommen! Es wird Ihnen bestimmt ausnehmend gut gefallen. Die Westons sind auch da, das wird ganz entzückend. Sie können sich nicht vorstellen, was für ein reizendes Haus Cleveland ist, und bei uns geht es zurzeit so lustig zu, denn Mr. Palmer ist immer unterwegs und macht Wahlpropaganda[12]. Es kommen so viele Leute zu uns zum Essen, die ich noch nie gesehen habe, es ist ganz herrlich!

Aber für ihn ist es sehr anstrengend – der arme Kerl! Er ist ja gezwungen, sich bei allen Leuten beliebt zu machen.»

Elinor musste sehr an sich halten, als sie ihr beipflichtete, ja, eine solche Aufgabe sei wirklich eine Qual.

«Das wird herrlich», sagte Charlotte, «wenn er im Parlament ist, meinen Sie nicht? Das gibt was zum Lachen! Das wird riesig komisch, wenn alle Briefe an ihn mit ‹M.P.›¹³ adressiert sind. Aber wissen Sie was? Er sagt, dass er keine Adressen für mich schreibt.¹⁴ Er weigert sich einfach. Nicht wahr, Mr. Palmer?»

Mr. Palmer nahm keine Notiz von ihr.

«Er hasst die Schreiberei, wissen Sie», fuhr sie fort, «die findet er ganz entsetzlich.»

«Nein», antwortete er, «etwas so Unsinniges habe ich nie behauptet. Schieben Sie mir nicht dauernd Ihre Sprachschnitzer in die Schuhe.»

«Na bitte, da sehen Sie, wie spaßig er ist. So ist das immer bei ihm! Manchmal redet er den halben Tag nicht mit mir, und dann kommt er mit so etwas Spaßigem daher – irgendeinem weit hergeholten Zeug.»

Als sie in den Salon zurückgingen, verblüffte Charlotte Elinor mit der Frage, ob sie Mr. Palmer nicht ausnehmend nett finde.

«Doch, doch», antwortete Elinor, «er ist sehr liebenswürdig.»

«Schön – das freut mich! Ich wusste es ja; er hat auch wirklich ein umgängliches Wesen. Und ich kann Ihnen sagen, Sie und Ihre Schwestern gefallen Mr. Palmer ausnehmend gut; Sie können sich nicht vorstellen, wie enttäuscht er wäre, wenn Sie nicht nach Cleveland kämen. Ich begreife auch wirklich nicht, was dagegensprechen sollte.»

Erneut musste Elinor ihre Einladung ablehnen; dann machte sie diesen Bitten ein Ende, indem sie das Thema wechselte. Sie hielt es für wahrscheinlich, dass Mrs. Palmer, die ja in derselben Grafschaft wie Willoughby lebte, Genaueres über sein gesellschaftliches Ansehen zu berichten wusste, als dies von den Middletons mit ihrer oberflächlichen Bekanntschaft zu erwarten war, denn ihr lag sehr daran, sich von allen Seiten seine Verdienste bestätigen zu lassen und auf diese Weise möglichen Bedenken Mariannes vorzubeugen. Sie begann mit der Frage, ob sie Mr. Willoughby in Cleveland häufig zu sehen bekämen und gut mit ihm bekannt seien.

«Meine Güte, ja, ich kenne ihn sehr gut», antwortete Mrs. Palmer. «Nicht dass ich jemals mit ihm gesprochen hätte, das freilich nicht, aber in London habe ich ihn ständig gesehen. Irgendwie wollte es der Zufall, dass ich nie auf Barton Park zu Besuch war, wenn er in Allenham war. Mama hat ihn hier einmal kennengelernt, aber da war ich bei meinem Onkel in Weymouth. Doch in Somersetshire hätten wir ihn bestimmt ganz oft gesehen, wenn es sich nicht zufällig und unglücklicherweise so ergeben hätte, dass wir nie gleichzeitig auf dem Land waren. Er ist, glaube ich, sehr selten auf Combe, aber auch wenn er noch so oft da wäre, würde Mr. Palmer ihn wohl kaum besuchen, denn er gehört zur Opposition, verstehen Sie, und außerdem ist es so abgelegen. Ich weiß sehr wohl, warum Sie nach ihm fragen. Ihre Schwester wird ihn heiraten. Das freut mich ungeheuer, dann wird sie nämlich meine Nachbarin.»

«Wenn Sie Gründe haben, mit einer solchen Heirat zu rechnen», versetzte Elinor, «dann wissen Sie mehr als ich, das sage ich Ihnen.»

«Tun Sie bloß nicht so, als würden Sie es abstreiten, Sie wissen doch, dass alle Welt darüber spricht. Ich schwöre Ihnen, ich habe davon gehört, als ich neulich in der Stadt unterwegs war.»

«Aber liebe Mrs. Palmer!»

«Ehrenwort. Am Montagmorgen, kurz bevor wir London verließen, bin ich in der Bond Street Colonel Brandon begegnet, und er hat es mir sofort erzählt.»

«Das wundert mich aber sehr. Colonel Brandon soll so etwas gesagt haben? Das haben Sie bestimmt missverstanden. Dass Colonel Brandon einen Menschen, den das gar nicht interessieren wird, so etwas erzählt – selbst wenn es wahr wäre –, das traue ich ihm einfach nicht zu.»

«Aber trotzdem war es so, ich versichere es Ihnen, und ich werde Ihnen sagen, wie es ablief. Als wir ihm begegneten, machte er kehrt und spazierte mit uns weiter; wir fingen an, von meinem Schwager und meiner Schwester zu reden, eins gab das andere, und ich sagte zu ihm: ‹Colonel, ich habe gehört, dass in Barton Cottage eine neue Familie eingezogen ist, Mama hat geschrieben, sie sind sehr nett, und eine von ihnen wird Mr. Willoughby von Combe Magna heiraten. Was meinen Sie, stimmt das? Sie müssen es doch wissen, Sie waren in letzter Zeit in Devonshire.›»

«Und was hat der Colonel gesagt?»

«Oh… gesagt hat er eigentlich nicht viel, aber er machte ein Gesicht, als wüsste er, dass es stimmt, deshalb galt es für mich von diesem Moment an als sicher. Das wird sicher ganz herrlich! Wann ist es denn so weit?»

«Mr. Brandon ging es hoffentlich gut?»

«O ja, sehr gut, und er war voll des Lobes, er sagte lauter nette Sachen über Sie.»

«Nun, seine Anerkennung schmeichelt mir. Er scheint mir ein vortrefflicher Mensch zu sein. Ich finde ihn äußerst angenehm.»

«Ich auch. Er ist wirklich reizend, nur schade, dass er so ernst und teilnahmslos ist. Mama sagt, er wäre ebenfalls in Ihre Schwester verliebt. Das wäre ein großes Kompliment, denn er verliebt sich nur sehr selten.»

«Hat Mr. Willoughby in Ihrem Teil von Somersetshire viele Bekannte?»

«O ja, jede Menge. Das heißt, viele Leute verkehren wohl nicht mit ihm, Combe Magna ist ja so abgelegen, aber sie finden ihn sicher alle höchst liebenswürdig. Wohin er auch geht – niemand ist beliebter als Mr. Willoughby, das können Sie Ihrer Schwester sagen. Sie hat ein Riesenglück, dass sie ihn bekommt, Ehrenwort! Freilich hat *er* noch viel mehr Glück, dass er *sie* bekommt, schließlich ist sie so bildhübsch und liebenswürdig, dass für sie nichts gut genug ist. Allerdings finde ich Ihre Schwester keinen Deut hübscher als Sie, das sag ich Ihnen; ich finde Sie beide ausnehmend hübsch, und Mr. Palmer findet das sicher auch, obwohl wir ihn gestern Abend nicht dazu gebracht haben, es zuzugeben.»

Mrs. Palmers Auskünfte über Mr. Willoughby waren nicht besonders ergiebig, aber jedes Zeugnis zu seinen Gunsten, mochte es noch so unbedeutend sein, freute Elinor.

«Ich bin so froh, dass wir uns endlich kennengelernt haben», fuhr Charlotte fort. «Und ich hoffe, wir bleiben immer dicke Freundinnen. Sie können sich nicht vorstellen, wie sehr ich mir gewünscht habe, Sie kennenzulernen! Es ist so herrlich, dass Sie im Cottage wohnen! Das ist wirklich unvergleichlich! Und ich freue mich sehr, dass Ihre Schwester sich so gut verheiratet! Ich hoffe, Sie sind oft in Combe Magna zu Besuch. Nach allem, was man hört, ist es ein entzückendes Haus.»

«Sie kennen Colonel Brandon schon länger, nicht wahr?»

«Ja, schon eine ganze Weile, seit meine Schwester verheiratet ist. Er ist ein enger Freund von Sir John. Ich glaube», fügte sie leiser hinzu, «er hätte mich zu gern genommen, wenn er mich bekommen hätte. Sir John und Lady Middleton hätten sich das sehr gewünscht. Aber Mama fand, es sei keine gute Partie für mich, sonst hätte Sir John dem Colonel einen Wink gegeben, und wir hätten auf der Stelle geheiratet.»

«Wusste Colonel Brandon gar nicht, dass Sir John Ihrer Mutter diesen Vorschlag gemacht hatte? Hat er Ihnen selbst seine Zuneigung nie gestanden?»

«O nein! Aber wenn Mama nichts dagegen gehabt hätte, wäre ihm das sicher am liebsten gewesen. Er hatte mich damals erst zweimal gesehen, denn ich war noch auf der Schule. Doch so, wie es jetzt ist, bin ich viel glücklicher. Mr. Palmer ist genau die Art von Mann, die mir liegt.»

Kapitel 21

Die Palmers kehrten am nächsten Tag nach Cleveland zurück, und die beiden Familien in Barton waren, was die Unterhaltung anlangte, nun wieder auf sich gestellt. Doch das sollte nicht lang so bleiben. Elinor musste noch immer über den letzten Besuch nachdenken, kam noch immer kaum aus dem Staunen heraus, dass Charlotte so grundlos glücklich sein konnte, Mr. Palmer sich bei all seinen Fähigkeiten so dumm stellte und Eheleute oft so bemerkenswert schlecht zusammenpassten, als der Übereifer von Sir John und Mrs. Jennings in Sachen Gesellschaft ihr schon wieder neue Bekannte bescherte, die sie aufsuchen und beobachten konnte.

Auf einem morgendlichen Ausflug nach Exeter waren die beiden auf zwei junge Damen gestoßen, die sich zu Mrs. Jennings' Genugtuung als Verwandte entpuppten, und dies genügte Sir John, um sie stehenden Fußes nach Barton Park einzuladen, sobald sie ihre derzeitigen Verpflichtungen in Exeter erfüllt hätten. Angesichts einer solchen Einladung rückten die Verpflichtungen in Exeter jedoch sofort in den Hintergrund, und Lady Middleton erschrak nicht wenig, als sie bei Sir Johns Rückkehr vernahm, sie werde in Kürze Besuch von zwei Mädchen erhalten, die sie noch nie im Leben gesehen hatte und deren Vornehmheit oder auch nur leidliche Eleganz nicht belegt waren, denn die Beteuerungen ihres Mannes und ihrer Mutter waren diesbezüglich nichts wert. Dass sie obendrein Verwandte waren, machte die Sache noch schlimmer; wenig vielversprechend waren auch Mrs. Jennings' Beruhigungsversuche, denn sie riet ihrer Tochter, sie solle sich um ihre Eleganz keine Sorgen machen, sie seien ja verwandt und müssten sich so oder so miteinander abfinden. Da ihr Kommen jedoch nicht mehr zu verhindern war, schickte sich Lady Middleton mit der philosophischen Gelassenheit einer wohlerzogenen Frau in den Gedanken an den Besuch der Mädchen und begnügte sich damit, ihren Gemahl fünf- bis sechsmal am Tag sanft zu tadeln.

Die jungen Damen trafen ein. Sie wirkten keineswegs unelegant oder provinziell. Ihre Kleidung war hochmodisch, ihr Benehmen überaus höflich, sie waren entzückt vom Haus und begeistert von den Möbeln, und wie es der Zufall wollte, waren sie dermaßen kindernärrisch, dass sie, noch ehe sie eine Stunde auf Barton Park waren, bereits Lady Middletons Wohlwollen erlangt hatten. Sie befand, es seien tatsächlich sehr erfreuliche Mädchen, was bei dieser Dame mit glühender Bewunderung gleichzusetzen war. Angesichts ihres lebhaften Lobes wuchs Sir Johns Vertrauen in sein eigenes Urteil, und er brach sofort Richtung Cottage auf, um die drei Misses Dashwood von der Ankunft der beiden Misses Steele zu unterrichten und ihnen zu versichern, es handle sich um die reizendsten Mädchen der Welt. Eine solche Empfehlung besagte freilich nicht viel; Elinor wusste genau, dass in jedem Winkel Englands die reizendsten Mädchen der Welt anzutreffen waren, in allen erdenklichen Varianten bezüglich Figur, Gesicht, Temperament und Verstand. Sir John wollte, dass die ganze Familie sofort nach Barton Park spazierte und sich die Gäste besah. Was für ein Wohltäter und Menschenfreund! Eine Cousine selbst dritten Grades für sich zu behalten wäre ihm schmerzlich gegen den Strich gegangen.

«Kommen Sie gleich», sagte er, «bitte kommen Sie! Sie müssen kommen, Sie sind förmlich dazu verpflichtet! Sie ahnen ja nicht, wie gut Ihnen die beiden gefallen werden. Lucy ist ungeheuer hübsch und so gutmütig und umgänglich! Die Kinder springen schon jetzt dauernd um sie herum, als wäre sie eine alte Bekannte. Und beide möchten Sie unbedingt kennenlernen, denn sie haben in Exeter gehört, dass Sie die schönsten Geschöpfe auf Erden sind, und ich habe ihnen gesagt, dass das stimmt und eher untertrieben ist. Sie werden sicher von ihnen entzückt sein. Ihre ganze Kutsche war voller Spielsachen für die Kinder. Wie können Sie sich nur sträuben? Es sind doch Ihre Cousinen – gewissermaßen. Sie drei sind meine Nichten, die beiden sind Nichten meiner Frau, also sind Sie zwangsläufig verwandt.»

Aber Sir John hatte keinen Erfolg. Sie versprachen lediglich, in ein oder zwei Tagen auf einen kurzen Besuch nach Barton Park zu kommen, dann verließ er sie, verwundert über ihre Gleichgültigkeit, um anschließend zu Hause aufs Neue den Misses Steele von ihren Reizen vorzuschwärmen, so wie er vorher ihnen von den Reizen der Misses Steele vorgeschwärmt hatte.

Als sie endlich wie versprochen ihren Besuch auf Barton Park absolvierten und folglich auch den jungen Damen vorgestellt wurden, fanden sie an der Älteren, fast Dreißigjährigen mit ihrem unscheinbaren, dümmlichen Gesicht nichts Bewundernswertes; der anderen jedoch, die nicht älter als zwei- oder dreiundzwanzig war, mussten sie eine beachtliche Schönheit zugestehen. Sie hatte hübsche Gesichtszüge, einen wachen, aufmerksamen Blick und ein gewandtes Auftreten, was ihr zwar keine wahre Kultiviertheit oder Anmut verlieh, sie in ihrer Erscheinung aber doch vornehm wirken ließ. Beide waren sehr höflich, und Elinor konnte ihnen einen gewissen Verstand nicht absprechen, als sie merkte, wie beharrlich, geschickt und zuvorkommend sie sich bei Lady Middleton beliebt machten. Sie waren ständig entzückt von den Kindern, rühmten ihre Schönheit, warben um ihre Aufmerksamkeit und ertrugen geduldig ihre Launen, und das bisschen Zeit, das ihnen die lästigen Pflichten einer solchen Höflichkeit noch ließ, widmeten sie der Bewunderung dessen, was Ihre Ladyschaft gerade tat – wenn sie denn zufällig etwas tat –, oder sie zeichneten den Schnitt eines eleganten neuen Kleides ab, in dem die Dame am Vorabend erschienen war und mit dem sie ihr grenzenloses Entzücken geweckt hatte. Zum Glück für jene Menschen, die sich auf dem Umweg über solche kleinen Schwächen einschmeicheln, ist eine liebende Mutter auf der Jagd nach Lob für ihre Kinder zwar das gierigste aller Menschenwesen, aber auch das leichtgläubigste, ihre Forderungen sind maßlos, aber sie schluckt auch alles, und so betrachtete Lady Middleton die Langmut der beiden Misses Steele und ihre übertriebene Zuneigung zu ihren Sprösslingen ohne jede Verwunderung und ohne alles Misstrauen. Mit mütterlicher Zufriedenheit beobachtete sie all die unverschämten Übergriffe und boshaften Streiche, die ihre Nichten geduldig hinnahmen. Sie sah zu, wie ihnen die Schleifen aufgebunden, die Haare über den Ohren zerzaust, ihre Handarbeitsbeutel durchwühlt und Messer und Scheren stibitzt wurden, und war überzeugt, dass das Vergnügen auf beiden Seiten war. Sie wunderte sich einzig darüber, dass Elinor und Marianne so ruhig danebensitzen konnten, ohne an dem, was da vor sich ging, teilhaben zu wollen.

«John ist heute allerbester Laune», sagte sie, als er Miss Steeles Taschentuch nahm und aus dem Fenster warf. «Er hat nur Albereien im Kopf.» Und als kurz darauf der zweite Junge dieselbe Dame heftig in den Finger zwickte, bemerkte sie liebevoll: «William ist immer so übermütig!»

«Und meine süße, kleine Annamaria», fuhr sie fort und liebkoste zärtlich ein kleines Mädchen von drei Jahren, das in den letzten zwei Minuten keinen Laut von sich gegeben hatte. «Immer ist sie so sanft und friedlich! So ein friedliches kleines Ding gibt es kein zweites Mal!»

Das Unglück wollte es, dass beim Umarmen eine Nadel im Kopfputz Ihrer Ladyschaft einen leichten Kratzer am Hals des Kindes verursachte, was bei diesem Muster an Sanftheit ein heftiges Gebrüll hervorrief, wie es auch ein erklärtermaßen geräuschvolles Lebewesen nicht lauter hätte erzeugen können. Die Bestürzung der Mutter war gewaltig, übertraf aber nicht den Schrecken der Misses Steele, und alle drei unternahmen in einer so kritischen Lage alles, was ihnen die Liebe eingab, um die Qualen des kleinen Opfers zu lindern. Sie durfte auf dem Schoß der Mutter sitzen und wurde mit Küssen überhäuft, eine der beiden Misses Steele lag auf den Knien vor ihr und badete die Wunde mit Lavendelwasser, und die andere stopfte ihr Bonbons in den Mund. Die Kleine war zu gewitzt, um bei einer solchen Belohnung für ihre Tränen mit dem Weinen aufzuhören. Sie schrie und schluchzte aus voller Brust, trat nach den Brüdern, die Anstalten machten, sie zu streicheln, und sämtliche Besänftigungsversuche waren erfolglos, bis Lady Middleton, die sich glücklicherweise erinnerte, dass letzte Woche in einer ähnlichen Notlage bei einem blauen

Fleck an der Schläfe etwas Aprikosenmarmelade zum Einsatz gekommen war, für diesen unseligen Kratzer dringlich das nämliche Heilmittel vorschlug, und eine kleine Pause im Gebrüll der jungen Dame gab Anlass zu der Hoffnung, dass sie diesen Vorschlag nicht zurückweisen werde. Also wurde sie, auf dass man ihr diese Medizin verabreiche, auf den Armen ihrer Mutter aus dem Zimmer getragen, und da die beiden Jungen ihr zu folgen beliebten (obwohl die Mutter sie ausdrücklich gebeten hatte, hierzubleiben), fanden sich die vier jungen Damen plötzlich in einer Stille wieder, wie dieses Zimmer sie seit Stunden nicht erlebt hatte.

«Die armen kleinen Geschöpfe!», sagte Miss Steele, kaum waren sie draußen. «Das hätte sehr böse ausgehen können.»

«Ich wüsste nicht, wieso», rief Marianne, «da hätten schon ganz andere Umstände zusammentreffen müssen. Aber so ist das immer: Wenn man in Wirklichkeit keinen Grund zur Angst hat, wird die Angst übertrieben.»

«Was für eine bezaubernde Frau, diese Lady Middleton!», sagte Lucy Steele.

Marianne schwieg; es war ihr unmöglich, etwas zu behaupten, was sie nicht empfand, mochte der Anlass auch noch so unbedeutend sein, und demnach fiel die Aufgabe, nötigenfalls aus Höflichkeit zu lügen, immer Elinor zu. Derart gefordert, tat sie nun ihr Bestes und sprach euphorischer über Lady Middleton, als sie über sie dachte, freilich immer noch weit weniger als Miss Lucy.

«Und dann Sir John!», rief die ältere Schwester, «so ein reizender Mann!»

Auch hier äußerte Miss Dashwood nur ein schlichtes, angemessenes Lob ohne jede Überschwänglichkeit. Sie bemerkte lediglich, er sei überaus gutmütig und freundlich.

«So eine reizende kleine Familie! Noch nie im Leben habe ich so prächtige Kinder gesehen. Ich bin schon ganz vernarrt in sie. Überhaupt habe ich ja Kinder wahnsinnig gern.»

«Das habe ich mir fast gedacht», erwiderte Elinor mit einem Lächeln, «nach dem, was ich heute Morgen mitbekommen habe.»

«Ich habe den Eindruck», sagte Lucy, «dass Sie die kleinen Middletons für ziemlich verwöhnt halten. Vielleicht übertreiben sie es ein wenig, aber bei Lady Middleton ist das nur natürlich, und ich für mein Teil liebe es, wenn Kinder lebhaft und übermütig sind, folgsam und still ertrage ich sie nicht.»

«Ich gestehe», antwortete Elinor, «dass ich bei meinen Besuchen auf Barton Park die Vorstellung von folgsamen und stillen Kinder noch nie abstoßend fand.»

Auf diese Worte folgte eine kleine Pause, in die hinein Miss Steele, die offenbar einen Hang zur Konversation hatte, etwas unvermittelt fragte: «Und wie gefällt Ihnen Devonshire, Miss Dashwood? Sie haben Sussex doch bestimmt nur ungern hinter sich gelassen.»

Etwas verwundert über diese vertrauliche Frage oder zumindest über die Art und Weise, wie sie gestellt wurde, erwiderte Elinor, ja, der Abschied sei ihr schwergefallen.

«Norland ist ein enorm schönes Haus, nicht wahr?», fuhr Miss Steele fort.

«Wir haben gehört, mit welch grenzenloser Bewunderung Sir John es beschrieben hat», sagte Lucy, anscheinend auf der Suche nach einer Entschuldigung für die plumpe Vertraulichkeit ihrer Schwester.

«Ich glaube, jeder, der das Haus einmal gesehen hat, muss es einfach bewundern», erwiderte Elinor, «obwohl bestimmt niemand seine Schönheiten so zu schätzen weiß wie wir.»

«Hatten Sie denn dort eine Menge fescher Kavaliere? In dieser Ecke der Welt gibt es ja wohl nicht so viele. Ich für mein Teil empfinde jeden einzelnen immer als gewaltige Bereicherung.»

«Aber warum glaubst du», fragte Lucy mit einem Gesicht, als schäme sie sich für ihre Schwester, «dass es in Devonshire nicht so viele elegante junge Herren gibt wie in Sussex?»

«Nein, Liebes, ich wollte bestimmt nicht behaupten, dass es gar keine gibt. Bestimmt hat Exeter sogar gewaltig viele fesche Kavaliere zu bieten, aber verstehst du, woher soll ich wissen, was für fesche Kavaliere in der Gegend von Norland gewesen sind, und ich habe ja nur befürchtet, dass die Misses Dashwood es in Barton langweilig finden könnten, wenn sie nicht so viele um sich haben, wie sie es gewohnt waren. Aber vielleicht gehören Sie beide ja zu jenen jungen Damen, die sich nicht um Kavaliere scheren und ebenso gut ohne auskommen. Ich für mein Teil finde sie ungeheuer liebenswürdig, vorausgesetzt, sie ziehen sich schick an und benehmen sich anständig. Wenn sie ungepflegt und widerwärtig sind, ertrage ich sie nicht. Nehmen wir Mr. Rose in Exeter, ein enorm fescher junger Mann, ein richtiger Kavalier, Sekretär bei Mr. Simpson, wissen Sie, aber wenn einem der am Vormittag über den Weg läuft, ist er nicht vorzeigbar. – Ihr Bruder, Miss Dashwood, der ja so reich ist, war sicher ein richtiger Kavalier, bevor er geheiratet hat?»

«Ehrlich gesagt», erwiderte Elinor, «ich weiß es nicht, denn ich kenne die Bedeutung dieses Wortes nicht genau. Aber eins kann ich sagen: Wenn er vor der Heirat ein Kavalier war, dann ist er jetzt auch noch einer, denn er hat sich nicht im Geringsten verändert.»

«Ach du liebe Zeit, verheiratete Männer bezeichnet man nie als Kavaliere – die haben Besseres zu tun.»

«Herr im Himmel, Anne», rief ihre Schwester, «du redest ständig nur von Kavalieren! Miss Dashwood wird glauben, dass du sonst nichts im Kopf hast!» Und um das Gespräch in andere Bahnen zu lenken, begann sie, das Haus und die Einrichtung zu bewundern.

Diese Kostprobe vom Wesen der beiden Misses Steele war genug. Die ordinäre Vertraulichkeit und Dummheit der Älteren waren keine Empfehlung für sie, und da Elinor trotz der Schönheit und Schläue der Jüngeren ihren Mangel an wahrer Kultiviertheit oder Natürlichkeit nicht ignorieren konnte, verließ sie das Haus ohne den Wunsch, sie näher kennenzulernen.

Nicht so die Misses Steele. Sie waren aus Exeter mit einem reichlichen Vorrat an Bewunderung für Sir John Middleton, seine Familie und all seine Verwandten angereist, und keineswegs der schäbigste Teil davon fiel für die hübschen Cousinen ab, die sie als die schönsten, elegantesten, gebildetsten und liebenswürdigsten Mädchen bezeichneten, die sie je gesehen hätten und mit denen sie unbedingt näher bekannt werden wollten. Und so bemerkte Elinor bald, dass es ihr unentrinnbares Schicksal war, näher mit ihnen bekannt zu werden, denn da Sir John ganz und gar auf Seiten der Misses Steele stand, war deren Partei zu mächtig, als dass man sich ihr hätte widersetzen können, und sie mussten sich in diese Form der Vertraulichkeit fügen, die so aussah, dass man fast täglich ein oder zwei Stunden im selben Raum beieinandersaß. Mehr wusste Sir John nicht zu tun, aber er hatte auch keine Ahnung, dass mehr erforderlich gewesen wäre. Befreundet zu sein hieß seiner Ansicht nach beieinanderzusitzen, und weil er solche Zusammenkünfte beständig erfolgreich ins Werk setzte, kamen ihm gar keine Zweifel daran, dass sie feste Freundinnen waren.

Um ihm Gerechtigkeit widerfahren zu lassen: Er tat alles in seiner Macht Stehende, um ihre Freimütigkeit zu fördern, indem er den Misses Steele bis in die feinsten Einzelheiten anvertraute, was er über die Lebensumstände seiner Cousinen wusste oder vermutete, und so hatte Elinor sie noch keine dreimal gesehen, als die Ältere ihr schon dazu gratulierte, dass ihre Schwester derart viel Glück gehabt und einen solch feschen Kavalier erobert habe, nachdem sie nach Barton gezogen sei.

«Das ist großartig, wenn sie so jung verheiratet wird», sagte sie, «außerdem habe ich gehört, dass er ein richtiger Kavalier ist und enorm gut aussieht. Hoffentlich haben Sie bald ebenso viel Glück – aber vielleicht haben Sie auch schon irgendwo einen Freund parat.»

Es war nicht zu erwarten, dass Sir John seinen Verdacht, dass Elinor Interesse an Edward habe, weniger zimperlich hinausposaunen würde, als er dies im Falle Mariannes getan hatte; vielmehr witzelte er darüber noch lieber, da die Angelegenheit jüngeren Datums war und sich noch mehr auf Vermutungen gründete, und seit Edwards Besuch hatte er bei jedem gemeinsamen Dinner bedeutungsschwanger nickend und zwinkernd auf ihre innigsten Gefühle angestoßen, bis alle sie anblickten. Ebenso unweigerlich kam der Buchstabe F ins Spiel, der zu zahllosen Scherzen führte und bei Elinor längst den Ruf genoss, der originellste Buchstabe im Alphabet zu sein.

Wie zu erwarten gewesen war, kamen nun auch die Misses Steele in den Genuss all dieser Scherze, und die Ältere wurde neugierig auf den

Namen des erwähnten Herrn. Diese Neugier passte bestens zu ihrem grundsätzlichen Wunsch, alles über sämtliche Familienangelegenheiten zu wissen. Doch Sir John ließ ihre Neugier, die er so gern weckte, nicht lange unbefriedigt, denn es machte ihm mindestens ebenso viel Spaß, den Namen zu verraten, wie Miss Steele, ihn zu hören.

«Er heißt Ferrars», flüsterte er weithin hörbar, «aber bitte sagen Sie es nicht weiter, denn es ist ein großes Geheimnis.»

«Ferrars!», wiederholte Miss Steele. «Also Mr. Ferrars ist der Glückliche? Na, so was! Der Bruder Ihrer Schwägerin, Miss Dashwood? Wirklich ein sehr liebenswürdiger Mann, ich kenne ihn sehr gut.»

«Wie kannst du so etwas sagen, Anne?», rief Lucy, die jede einzelne Äußerung ihrer Schwester korrigierte. «Wir haben ihn zwar ein- oder zweimal bei meinem Onkel gesehen, aber zu behaupten, wir würden ihn gut kennen, geht doch etwas zu weit.»

Elinor hörte sich all das aufmerksam und verwundert an. Wer war dieser Onkel? Wo wohnte er? Wie hatten sie sich kennengelernt? Sie hätte sich dringend gewünscht, dass weiter über dieses Thema gesprochen würde, auch wenn sie selbst sich lieber nicht am Gespräch beteiligte, aber niemand äußerte sich mehr dazu, und zum ersten Mal im Leben hatte sie den Eindruck, dass Mrs. Jennings es an Neugier auf Banalitäten oder an dem Wunsch, solche weiterzuverbreiten, fehlen ließ. Der Ton, in dem Miss Steele von Edward gesprochen hatte, steigerte ihre Wissbegier noch, er war ihr ziemlich unfreundlich vorgekommen und legte den Verdacht nahe, dass diese Dame etwas für ihn Unvorteilhaftes wusste oder zu wissen glaubte. Aber ihre Neugier wurde nicht gestillt, denn Miss Steele schenkte Mr. Ferrars keine Beachtung mehr, wenn Sir John auf ihn anspielte oder seinen Namen sogar offen aussprach.

Kapitel 22

Marianne, die Unverschämtheit, Pöbelhaftigkeit, Geistlosigkeit und sogar einem anderen Geschmack als dem eigenen gegenüber noch nie viel Geduld aufgebracht hatte, war zurzeit wegen ihrer Gemütsverfassung besonders wenig geneigt, an den Misses Steele Gefallen zu finden oder sie in ihren Annäherungsversuchen zu bestärken, und Elinor führte es vor allem auf diese gleichbleibende Kühle zurück, die jedes Bemühen um Nähe im Keim erstickte, dass sie selbst so bevorzugt wurde, wie es das Verhalten der beiden jungen Damen sehr bald erkennen ließ, besonders das von Lucy, die keine Gelegenheit ausließ, Elinor in ein Gespräch zu verwickeln und ihre Bekanntschaft durch eine unbefangene, freimütige Schilderung ihrer Gefühle zu vertiefen.

Lucy war von Natur aus gewitzt, ihre Bemerkungen waren oft zutreffend und unterhaltsam, und für eine halbe Stunde fand Elinor sie als Gesprächspartnerin oft ganz angenehm, aber Lucys Fähigkeiten waren niemals durch eine Ausbildung gefördert worden, sie war ahnungslos und ungebildet, und ihr Mangel an geistigem Niveau, ihr fehlendes Wissen über die elementarsten Dinge ließen sich vor Miss Dashwood nicht verheimlichen, selbst wenn sie sich noch so sehr bemühte, vorteilhaft zu wirken. Elinor bemerkte, wie sie Talente vernachlässigte, die mit einer Ausbildung gesellschaftsfähig geworden wären, und das tat ihr leid, aber sie bemerkte auch (mit weniger Mitgefühl) einen grundlegenden Mangel an Takt, Geradheit und Redlichkeit, den ihre Beflissenheit, ihre Artigkeiten und Schmeicheleien auf Barton Park verrieten, und auf Dauer hätte sie keine Freude gehabt an der Gesellschaft einer Person, die Unaufrichtigkeit mit Ahnungslosigkeit paarte, deren fehlende Erziehung eine ebenbürtige Unterhaltung verhinderte und deren Benehmen gegenüber anderen jedes Zeichen der Aufmerksamkeit und Verehrung ihr selbst gegenüber entwertete.

«Sie werden meine Frage vielleicht seltsam finden», sagte Lucy eines Tages, als sie zusammen von Barton Park zum Cottage spazierten, «aber sagen Sie mir bitte: Kennen Sie Mrs. Ferrars, die Mutter Ihrer Schwägerin, persönlich?»

Elinor fand die Frage tatsächlich sehr seltsam, und ihre Miene verriet dies auch, als sie antwortete, sie sei Mrs. Ferrars noch nie begegnet.

«Was Sie nicht sagen!», erwiderte Lucy. «Das wundert mich, Sie müssten ihr doch auf Norland öfter begegnet sein. Dann können Sie mir wahrscheinlich auch nicht verraten, was für eine Art von Frau sie ist?»

«Nein», versetzte Elinor und hütete sich, ihre wahre Meinung von Edwards Mutter preiszugeben; außerdem verspürte sie wenig Neigung, eine offensichtlich unverschämte Neugier zu befriedigen. «Ich weiß nichts über sie.»

«Sie finden es bestimmt sehr sonderbar, dass ich mich so nach ihr erkundige», sagte Lucy und ließ Elinor dabei nicht aus den Augen, «aber vielleicht gibt es Gründe dafür... ich wollte, ich dürfte mir erlauben... trotzdem hoffe ich, Sie verstehen mich recht und glauben mir, dass ich nicht unverschämt sein will.»

Elinor gab ihr eine höfliche Antwort, und eine Weile gingen sie schweigend weiter. Lucy unterbrach dieses Schweigen, indem sie das Thema erneut aufgriff und mit einigem Zögern sagte: «Ich kann unmöglich zulassen, dass Sie mich für unverschämt neugierig halten. Um nichts in der Welt möchte ich, dass ein Mensch, dessen gute Meinung mir dermaßen wichtig ist, so von mir denkt. Aber ich hätte wirklich nicht die geringste Scheu, Ihnen zu vertrauen; ich wäre vielmehr sehr froh, wenn Sie mir raten könnten, wie ich mit einer so heiklen Situation wie der meinen zurande kommen soll. Aber es gibt ja keinen Grund, Sie in dieser Sache zu belästigen. Schade, dass Sie Mrs. Ferrars nicht zufällig kennen.»

«Nein, tut mir leid», sagte Elinor höchst verwundert, «auch wenn es für Sie vielleicht hilfreich wäre, meine Einschätzung von ihr zu kennen. Ich wusste ja gar nicht, dass Sie überhaupt mit dieser Familie in Verbindung stehen, deshalb bin ich offen gestanden ein wenig überrascht, dass Sie sich so eingehend nach ihr erkundigen.»

«Das glaube ich wohl, und ich wundere mich auch keineswegs darüber. Aber wenn ich es wagen würde, Ihnen alles zu erzählen, wären Sie nicht mehr so erstaunt. Zurzeit bedeutet mir Mrs. Ferrars natürlich nichts, aber die Zeit könnte kommen – wie bald sie kommt, hängt ganz von ihr ab –, wo wir sehr eng miteinander verbunden wären.» Dabei sah sie reizend verschämt zu Boden und warf nur einen Seitenblick auf ihre Begleiterin, um zu beobachten, wie ihre Worte auf sie wirkten.

«Lieber Himmel!», rief Elinor. «Was meinen Sie damit? Sind Sie etwa mit Mr. Robert Ferrars bekannt? Kann das sein?» Sie war nicht sehr entzückt bei der Vorstellung von einer solchen Schwägerin.

«Nein», erwiderte Lucy, «nicht mit Mr. Robert Ferrars – den habe ich noch nie gesehen, sondern», und sie richtete ihren Blick unverwandt auf Elinor, «mit seinem älteren Bruder.»

Was empfand Elinor in diesem Augenblick? Ihre Verblüffung war grenzenlos und wäre ebenso schmerzlich gewesen, hätte sie nicht sofort an der Wahrheit dieser Behauptung gezweifelt. Stumm und verwundert wandte sie sich Lucy zu, unfähig, Sinn und Zweck einer solchen Erklärung zu erraten, und obwohl sie erbleichte, glaubte sie einfach kein Wort und musste folglich nicht befürchten, einen hysterischen Anfall zu bekommen oder ohnmächtig zu werden.

«Sie wundern sich bestimmt», fuhr Lucy fort, «Sie konnten das ja nicht ahnen. Wahrscheinlich hat er Ihnen oder Ihrer Familie gegenüber niemals auch nur die kleinste Andeutung gemacht; es sollte nämlich ein großes Geheimnis bleiben, ich habe ja auch bis zu dieser Stunde treu Stillschweigen bewahrt. Keiner meiner Angehörigen weiß davon außer Anne, und ich hätte es auch Ihnen gegenüber nicht erwähnt, wenn ich nicht felsenfest an Ihre Verschwiegenheit glauben würde. Ich dachte eben, dass mein Benehmen und meine vielen Fragen nach Mrs. Ferrars Ihnen komisch vorkommen mussten und einer Erklärung bedurften. Und Mr. Ferrars ist bestimmt nicht böse, wenn er erfährt, dass ich mich Ihnen anvertraut habe, ich weiß ja, dass er von Ihrer ganzen Familie viel hält und Sie und die beiden anderen Misses Dashwood wie Schwestern schätzt.» Sie hielt inne.

Elinor schwieg ein paar Sekunden. Ihre Verblüffung über das Gehörte war anfangs zu groß, als dass sie sich in Worte hätte fassen lassen, doch schließlich zwang sie sich zum Reden. Sie sprach sehr vorsichtig und mit einer äußeren Ruhe, die ihre Verwunderung und Besorgtheit einigermaßen verbarg: «Darf ich fragen, wie lange Sie schon verlobt sind?»

«Es ist jetzt vier Jahre her, dass wir uns verlobt haben.»

«Vier Jahre!»

«Ja.»

Elinor war zutiefst erschrocken, konnte es aber noch immer nicht glauben. «Ich wusste bis vor Kurzem nicht einmal, dass Sie sich kannten.»

«Kennen tun wir uns schon viele Jahre. Er war längere Zeit das Mündel meines Onkels, wissen Sie.»

«Ihres Onkels!»

«Ja, Mr. Pratt. Haben Sie ihn nie über Mr. Pratt sprechen hören?»

«Ich glaube schon», antwortete Elinor, um Fassung bemüht, was ihr immer schwerer fiel, je mehr ihre Erregung wuchs.

«Er lebte vier Jahre bei meinem Onkel in Longstaple bei Plymouth. Dort haben wir uns kennengelernt, denn meine Schwester und ich waren oft bei meinem Onkel zu Besuch, und dort haben wir uns auch verlobt, allerdings erst ein Jahr nach Beendigung der Vormundschaft. Aber auch danach war er fast ständig bei uns. Wie Sie sich vorstellen können, war mir diese Verlobung gar nicht recht, so ohne Wissen und Billigung seiner Mutter, aber ich war zu jung und zu verliebt, um klug zu sein. Obwohl Sie ihn nicht so gut kennen wie ich, Miss Dashwood, dürften Sie genug von ihm mitbekommen haben, um zu merken, dass es ihm leichtfällt, eine Frau vollständig für sich zu gewinnen.»

«Natürlich», antwortete Elinor, ohne zu wissen, was sie sagte, aber da sie nach kurzem Nachdenken wieder zu der festen Überzeugung gelangte, dass Edward ein Ehrenmann war und sie liebte und dass ihre Begleiterin log, fügte sie hinzu: «Verlobt mit Mr. Ferrars! Was Sie da sagen, verblüfft mich offen gestanden sehr, da muss wirklich... Verzeihung, aber da muss hinsichtlich der Person oder des Namens ein Missverständnis vorliegen. Wir können unmöglich denselben Mr. Ferrars meinen.»

«Wir können unmöglich zwei unterschiedliche meinen», rief Lucy lächelnd. «Ich rede von Mr. Edward Ferrars, dem älteren Sohn von Mrs. Ferrars aus der Park Street und Bruder Ihrer Schwägerin Mrs. John Dashwood. Sie müssen zugeben, dass ich mich beim Namen des Mannes, von dem all mein Glück abhängt, wohl kaum irren werde.»

«Merkwürdig», versetzte Elinor qualvoll verwirrt, «ich habe nie gehört, dass er auch nur Ihren Namen erwähnt hätte.»

«Nein, wenn man unsere Situation bedenkt,

war das nicht merkwürdig. Unser wichtigstes Anliegen war, die Sache geheim zu halten. Sie wussten nichts von mir oder meiner Familie, und deshalb gab es gar keinen Anlass, meinen Namen jemals vor Ihnen zu erwähnen; und da er immer fürchtete, seine Schwester könne Verdacht schöpfen, war schon das Grund genug, ihn nicht zu erwähnen.»

Sie schwieg. Elinors Überzeugung geriet ins Wanken, nicht aber ihre Selbstbeherrschung.

«Sie sind also seit vier Jahren verlobt», sagte sie mit fester Stimme.

«Ja, und der Himmel weiß, wie lange wir noch warten müssen. Der arme Edward! Es macht ihn ganz verzagt.» Dann zog sie eine kleine Miniatur aus ihrer Tasche und fuhr fort: «Um jeden Irrtum auszuschließen: Seien Sie so gut und werfen Sie einen Blick auf dieses Porträt. Er ist freilich nicht besonders gut getroffen, aber es gibt wohl keinen Zweifel, welche Person hier dargestellt ist. Ich besitze es seit mehr als drei Jahren.»

Mit diesen Worten drückte sie es Elinor in die Hand, und wenn deren Angst vor einem überstürzten Urteil oder der Wunsch, einer Lüge auf die Spur zu kommen, bisher noch insgeheime Zweifel zugelassen hatten – als sie das Bild sah, stand außer Frage, dass dies Edwards Gesicht war.

Sie gab es unverzüglich zurück und bestätigte die Ähnlichkeit.

«Es war mir nie möglich», fuhr Lucy fort, «ihm dafür ein Bild von mir zu schenken, was mich bedrückt, denn er wollte immer so gern eins haben. Aber ich möchte mich unbedingt porträtieren lassen, sobald sich eine Gelegenheit bietet.»

«Da haben Sie völlig recht», erwiderte Elinor ruhig. Schweigend gingen sie einige Schritte weiter.

Lucy sprach als Erste wieder. «Ich bin überzeugt», sagte sie, «und habe nicht den geringsten Zweifel, dass Sie dieses Geheimnis zuverlässig bewahren werden, weil Sie ja wissen, wie wichtig es für uns ist, dass es nicht zu seiner Mutter durchdringt; sie würde nämlich nie ihr Einverständnis geben. Ich werde kein Vermögen erben, und ich glaube, sie ist eine äußerst hochmütige Frau.»

«Ich habe mich zwar nicht um Ihr Vertrauen bemüht», sagte Elinor, «aber Sie vermuten dennoch zu Recht, dass Sie sich auf mich verlassen können. Ihr Geheimnis ist bei mir gut aufgehoben. Aber entschuldigen Sie, wenn ich mich über eine so unnötige Mitteilung ein wenig wundere. Indem ich davon weiß, wird es ja nicht unbedingt sicherer, das musste Ihnen doch klar sein.»

Bei diesen Worten blickte sie Lucy eindringlich an, denn sie hoffte, in ihrer Miene etwas zu lesen, vielleicht dass ihre Behauptungen größtenteils erlogen waren, aber Lucys Miene war völlig unverändert.

«Ich habe schon befürchtet, Sie würden finden, dass ich mir allzu große Freiheiten herausnehme, wenn ich Ihnen all das erzähle», sagte sie. «Es stimmt, ich kenne Sie noch nicht lange, zumindest nicht persönlich, doch durch Beschreibungen kenne ich Sie und Ihre Familie schon eine ganze Weile, und sobald ich Sie sah, war mir, als seien Sie eine alte Bekannte. Im Übrigen hatte ich im vorliegenden Fall das Gefühl, dass ich Ihnen eine Erklärung schulde, weil ich mich so eingehend nach Edwards Mutter erkundigt hatte, und es macht mich so unglücklich, dass ich keinen Menschen habe, den ich um Rat fragen kann. Anne ist die Einzige, die davon weiß, und sie besitzt überhaupt kein Urteilsvermögen; sie schadet mir mehr, als sie mir nutzt, denn ich muss andauernd befürchten, dass sie mich verrät. Sie kann ihre Zunge nicht im Zaum halten, wie Sie schon gemerkt haben, und als Sir John neulich Edwards Namen nannte, habe ich die größten Ängste ausgestanden, dass es ihr herausrutscht. Sie können sich nicht vorstellen, was ich wegen alledem durchmache. Mich wundert's, dass ich noch am Leben bin, nach dem, was ich wegen Edward die letzten vier Jahre gelitten habe. Alles in der Schwebe und im Ungewissen, und dann sehe ich ihn so selten – wir treffen uns kaum öfter als zweimal im Jahr. Mich wundert's wirklich, dass mir das Herz noch nicht gebrochen ist.»

Damit zog sie ihr Taschentuch heraus, aber Elinor empfand kein großes Mitleid.

«Manchmal denke ich», sagte Lucy und trocknete sich die Augen, «ob es nicht für uns beide besser wäre, die Sache ganz abzubrechen.» Bei diesen Worten sah sie ihre Begleiterin unverwandt an. «Aber dann fehlt es mir wieder an Entschlossenheit. Ich ertrage den Gedanken nicht, ihn so unglücklich zu machen, wie es bestimmt schon bei der bloßen Erwähnung eines solchen Schritts der Fall wäre. Und auch wegen mir selbst... wo ich ihn doch so liebe... ich glaube, ich wäre dem nicht gewachsen. Was würden Sie mir in einem solchen Fall raten, Miss Dashwood? Was würden Sie selbst tun?»

«Verzeihung», erwiderte Elinor, erschrocken über diese Frage, «aber ich kann Ihnen für einen solchen Fall keinen Rat geben. Sie müssen sich von Ihrem eigenen Urteil leiten lassen.»

«Natürlich», fuhr Lucy nach einigem Schweigen auf beiden Seiten fort, «irgendwann einmal muss seine Mutter für seinen Lebensunterhalt sorgen, aber der arme Edward ist so niedergeschlagen! Fanden Sie nicht, dass er furchtbar bedrückt wirkte, als er in Barton war? Er war so unglücklich, als er uns in Longstaple verließ, um zu Ihnen zu fahren; ich hatte schon Angst, Sie würden ihn für krank halten.»

«Er kam also von Ihrem Onkel, als er uns besuchte?»

«Jaja, er war vierzehn Tage bei uns. Hatten Sie angenommen, er sei direkt aus London gekommen?»

«Nein», erwiderte Elinor, die empfindlich jeden neuen Umstand vermerkte, der Lucys Glaubwürdigkeit festigte. «Ich erinnere mich: Er erzählte uns, er sei vierzehn Tage bei Freunden in der Nähe von Plymouth gewesen.» Sie erinnerte sich auch, wie erstaunt sie damals gewesen war, dass er weiter nichts über diese Freunde berichtet und sogar ihre Namen verschwiegen hatte.

«Hatten Sie nicht den Eindruck, dass er arg deprimiert war?», wiederholte Lucy.

«Doch, schon, besonders bei seinem ersten Besuch.»

«Ich bat ihn, er solle sich zusammenreißen, damit Sie keinen Verdacht schöpfen, aber er wurde ganz schwermütig, weil er nicht länger als vierzehn Tage bei uns bleiben konnte und weil mich die Sache so mitnahm. Der Arme! Ich fürchte, es geht ihm noch immer nicht besser, sein Brief klingt ziemlich trübselig. Kurz bevor ich aus Exeter weggefahren bin, habe ich von ihm gehört.» Sie zog einen Brief aus der Tasche und zeigte Elinor unbekümmert die Adresse. «Sie kennen seine Handschrift bestimmt, sie ist sehr gefällig, aber dies hier ist nicht so schön geschrieben wie sonst. Er war wohl müde, denn er hat die Seite einfach nur vollgeschrieben.»

Elinor sah, dass es seine Handschrift war, und so gab es keinen Zweifel mehr. In den Besitz eines Bildes gelangte man unter Umständen auch durch Zufall, so hatte sie sich eingeredet, es musste kein Geschenk von Edward sein, aber ein Briefwechsel zwischen den beiden konnte nur nach einer festen Verlobung bestehen, er ließ sich durch nichts anderes rechtfertigen. Ein paar Augenblicke lang gab sie sich beinahe geschlagen, es verließ sie aller Mut, und sie vermochte sich kaum aufrechtzuhalten. Doch hier war unbedingte Selbstbeherrschung gefordert, und sie kämpfte so entschlossen gegen ihre Niedergeschlagenheit an, dass sie sie bald und fürs Erste vollständig bezwang.

«Dass wir uns schreiben können», sagte Lucy und schob den Brief wieder in die Tasche, «ist unser einziger Trost in den langen Trennungszeiten. Gut, ich finde noch Trost in seinem Bild, aber der arme Edward hat nicht einmal das. Er sagt, wenn er wenigstens ein Bild von mir hätte, würde er alles leichter nehmen. Wie er letztes Mal in Longstaple war, habe ich ihm eine Locke geschenkt, in einen Ring gefasst, und die ist ihm ein gewisser Trost, hat er gesagt, aber nicht zu vergleichen mit einem Bild. Vielleicht ist Ihnen der Ring aufgefallen, wie er hier zu Besuch war?»

«Ja», sagte Elinor mit ruhiger Stimme, hinter der sich eine Erregung und Verzweiflung verbarg, wie sie sie noch nie empfunden hatte. Sie war gedemütigt, erschüttert, fassungslos.

Zum Glück waren sie jetzt am Cottage angekommen und konnten das Gespräch nicht fortsetzen. Die Misses Steele setzten sich noch ein paar Minuten zu ihnen und kehrten dann nach Barton Park zurück, und jetzt endlich durfte Elinor nachdenken und unglücklich sein.

Kapitel 23

Wie gering Elinors Vertrauen in Lucys Wahrheitsliebe ganz allgemein auch sein mochte – im vorliegenden Fall war selbst bei ernsthaftem Nachdenken nicht vorstellbar, was sie zu einer solch törichten Lüge hätte verführen sollen, deshalb erübrigte sich hier jedes Misstrauen. Elinor vermochte und wagte den Wahrheitsgehalt von Lucys Behauptungen nicht mehr in Frage zu stellen, zumal diese Behauptungen von allen Seiten durch Wahrscheinlichkeiten und Beweise gestützt und nur von ihren eigenen Sehnsüchten angezweifelt wurden. Sie hatten im Haus von Mr. Pratt die Gelegenheit gehabt, einander kennenzulernen, das war die ebenso unstrittige wie beunruhigende Grundlage für alles Weitere, und Edwards Besuch in der Nähe von Plymouth, sein Trübsinn, seine Unzufriedenheit mit den eigenen Zukunftsaussichten, sein wankelmütiges Verhalten Elinor gegenüber, die verwunderliche Tatsache, dass die beiden Misses Steele so viel über Norland und ihre Verwandten wussten, das Bild, der Brief, der Ring, all das zusammen ergab ein Beweismaterial, das jede Befürchtung, ihn zu Unrecht zu verurteilen, entkräften musste und zur Tatsache werden ließ, was auch ein voreingenommener Betrachter nicht mehr übersehen konnte, dass er nämlich ihr, Elinor, übel mitgespielt hatte.

Ihr Groll über ein solches Verhalten, ihre Entrüstung, dass sie die Betrogene war, führte anfangs nur zu Selbstmitleid, doch bald regten sich auch andere Gedanken, andere Überlegungen. Hatte Edward sie absichtlich getäuscht? Hatte er ihr Gefühle vorgespiegelt, die er nicht empfand? War seine Verlobung mit Lucy eine Liebesverbindung? Nein, was immer es einst gewesen sein mochte, Elinor konnte nicht glauben, dass es jetzt noch Bestand hatte. Seine Zuneigung gehörte nur ihr. Hierin konnte sie sich nicht täuschen. Ihre Mutter, ihre Schwestern, Fanny, alle auf Norland hatten seine Gefühle für sie bemerkt, das hatte sie sich nicht aus Eitelkeit eingebildet. Er liebte sie, ganz bestimmt. Wie wohl tat ihrem Herzen dieses sichere Wissen! Wie leicht fiel es ihr daher, ihm zu verzeihen! Freilich war es verwerflich, sehr verwerflich, dass er auf Norland geblieben war, nachdem er gespürt hatte, dass sie ihn mehr in ihren Bann zog, als dies hätte geschehen dürfen. In dieser Hinsicht gab es keine Entschuldigung. Aber wenn er ihr wehgetan hatte, wie viel mehr hatte er sich selbst wehgetan! Wenn ihre Situation beklagenswert war, so war die seine hoffnungslos. Elinor würde wegen seines Leichtsinns eine Weile unglücklich sein, aber sich selbst hatte er doch aller Chancen beraubt, überhaupt jemals wieder etwas anderes als unglücklich zu sein. Sie würde vielleicht mit der Zeit ihre innere Ruhe wiedererlangen, aber er, worauf sollte er hoffen? Konnte er mit Lucy Steele jemals halbwegs glücklich werden? Konnte er, wo seine Liebe zu Elinor doch außer Frage stand, bei seiner Rechtschaffenheit, Feinfühligkeit und vielseitigen Bildung mit einer ungebildeten, verschlagenen und selbstsüchtigen Frau wie Lucy zufrieden sein?

Der Neunzehnjährige in seiner jugendlichen Verliebtheit war natürlich blind gewesen für alles andere als ihre Schönheit und ihre Freundlichkeit, doch die vier folgenden Jahre – Jahre, die bei einer vernünftigen Lebensweise den Verstand schulen – dürften ihm die Augen für die Mängel ihrer Erziehung geöffnet haben, während Lucy in der gleichen Zeitspanne, die sie in minderwertiger Gesellschaft und mit oberflächlichen Beschäftigungen zubrachte, jene Naivität verlor, die ihre Schönheit früher vielleicht interessant hatte wirken lassen.

Wenn seine Mutter ihm schon aufgrund der Vermutung, dass er eine Heirat mit Elinor anstrebte, große Schwierigkeiten gemacht hatte, wie viel größere würde er wohl jetzt bekommen, wo der Gegenstand seiner Verlobung in familiärer Hinsicht zweifellos und in finanzieller sehr wahrscheinlich minderwertiger war? Allerdings stellten diese Schwierigkeiten seine Geduld wohl nicht allzu sehr auf die Probe, wenn sich sein Herz derart von Lucy abgewandt hatte. Ein Mensch, der auf den Widerstand und die Zurückweisung der Familie hoffte, weil ihn das erlösen würde, musste schließlich schwermütig werden.

Während ihr diese schmerzlichen Gedanken einer nach dem andern durch den Kopf gingen, weinte sie um ihn noch mehr als um sich selbst. Gestützt von dem Wissen, dass sie nichts getan hatte, was ihr jetziges Leid rechtfertigte, und getröstet von der Überzeugung, dass Edward nichts getan hatte, was ihn ihre Achtung kostete, glaubte sie, sich selbst jetzt, in der ersten Pein des schweren Schlags, so weit beherrschen zu können, dass ihre Mutter und die Schwestern keinen Verdacht schöpften. Und sie wurde ihren eigenen Erwartungen gerecht. Als sie sich beim Essen zu ihnen gesellte, nur zwei Stunden nachdem sich ihre kostbarsten Hoffnungen in Rauch aufgelöst hatten, hätte niemand den Schwestern angesehen, dass Elinor sich insgeheim wegen Hindernissen grämte, die sie für immer vom Objekt ihrer Liebe trennen sollten, und Marianne in Gedanken bei den vortrefflichen Eigenschaften jenes Mannes weilte, dessen Herz sie uneingeschränkt zu besitzen glaubte und den sie in jeder Kutsche erwartete, die am Haus vorfuhr.

Dass Elinor vor ihrer Mutter und Marianne verheimlichen musste, was ihr unter dem Siegel der Verschwiegenheit anvertraut worden war, zwang sie zwar zu ständiger Beherrschung, mehrte ihre Verzweiflung aber nicht. Im Gegenteil, sie war erleichtert, dass sie ihnen nicht zu erzählen brauchte, was sie derart betrüben würde; so blieb ihr auch erspart, sich anzuhören, wie die beiden in ihrem maßlosen Mitleid mit ihr den Stab über Edward brachen. Das wäre mehr gewesen, als sie hätte ertragen können.

Von ihrem Rat und dem Gespräch mit ihnen durfte sie sich keine Hilfe erhoffen, das wusste sie; Zärtlichkeit und Sorge von Mutter und Schwester würden ihre eigene Verzweiflung nur noch vertiefen, und für ihre Selbstbeherrschung waren die beiden weder ein Vorbild noch würden sie sie gutheißen. Allein war sie stärker, und ihr gesunder Menschenverstand leistete ihr dabei so gute Dienste, dass sie unerschütterlich gefasst und scheinbar heiter blieb, soweit ein dermaßen quälender, frischer Schmerz dies überhaupt zuließ.

Das erste Gespräch mit Lucy über dieses Thema hatte ihr sehr wehgetan, dennoch verspürte sie schon wenig später den dringenden Wunsch, weiter darüber zu reden, und dies aus mehr als nur einem Grund. Sie wollte noch einmal alle Einzelheiten dieser Verlobung erfahren, wollte genauer wissen, was Lucy wirklich für Edward empfand, ob sie es überhaupt ernst meinte, wenn sie von zärtlicher Liebe sprach, und vor allem wollte sie durch ihre Bereitschaft, das Thema erneut anzusprechen, und durch ihre gelassene Erörterung Lucy überzeugen, dass sie nur als Freundin an der Sache interessiert war, denn sie fürchtete, ihre unwillkürliche Erregung bei dem Gespräch am Vormittag habe dies zumindest zweifelhaft erscheinen lassen.

Höchstwahrscheinlich war Lucy eifersüchtig auf sie. Dass Edward Elinor immer in den höchsten Tönen gelobt hatte, war offensichtlich, nicht nur weil Lucy das selbst behauptet hatte, sondern auch weil sie gewagt hatte, ihr nach so kurzer Bekanntschaft ein erklärtermaßen und offenkundig wichtiges Geheimnis anzuvertrauen. Die witzelnde Auskunft von Sir John hatte bestimmt zusätzlichen Eindruck hinterlassen. Und in der Tat: Solange Elinor in der Gewissheit lebte, dass sie von Edward wirklich geliebt wurde, brauchte sie nicht weiter über Wahrscheinlichkeiten nachzugrübeln, da schien es nur natürlich, dass Lucy eifersüchtig war, und dass sie es wirklich war, bewies schon ihre Vertrauensseligkeit. Welchen anderen Grund konnte es für ihre Enthüllung geben, als dass Elinor auf diese Weise von Lucys älteren Ansprüchen auf Edward erfahren und angewiesen werden sollte, ihm in Zukunft aus dem Weg zu gehen? So weit waren die Absichten ihrer Rivalin unschwer zu durchschauen, und obwohl sie fest entschlossen war, sie zu behandeln, wie Ehre und Anstand dies geboten, gegen ihre eigene Liebe zu Edward anzukämpfen und ihn so selten wie möglich zu sehen, konnte sie sich die Tröstung nicht versagen, Lucy möglichst davon zu überzeugen, dass ihr Herz nicht in Mitleidenschaft gezogen war. Und da es zu diesem Thema nichts mehr zu hören gab, was noch schmerzlicher gewesen wäre als alles, was sie sowieso schon erfahren hatte, bezweifelte sie nicht, dass sie einer Wiederholung der Details gefasst begegnen konnte.

Aber eine solche Gelegenheit ließ sich nicht so rasch herbeiführen, obwohl auch Lucy sie bereitwillig genutzt hätte. Oft war das Wetter nicht gut genug für einen gemeinsamen Spaziergang, bei dem sie sich am leichtesten von den anderen hätten absondern können. Auch wenn man sich mindestens jeden zweiten Abend auf Barton Park oder im Cottage sah (meistens Ersteres), bildete sich niemand ein, er treffe sich hier zum Zwecke einer Unterhaltung. Solch ein Gedanke wäre weder Sir John noch Lady Middleton in den Sinn gekommen, und daher blieb wenig Muße für einen unverbindlichen Plausch und schon gar nicht für ein ausführliches Gespräch. Man traf sich, um miteinander zu essen, zu trinken und zu lachen, um Karten zu spielen und Knickspiele[15] oder dergleichen zu veranstalten, Hauptsache, alles ging recht laut über die Bühne.

Einige Treffen dieser Art hatten schon stattgefunden, ohne dass sich für Elinor die Möglichkeit ergeben hätte, Lucy unter vier Augen zu sprechen, als Sir John eines Morgens im Cottage vorbeikam und sie bat, ein gutes Werk zu tun: Sie möchten doch heute bitte alle bei Lady Middleton speisen, da er selbst nach Exeter in seinen Club müsse, sonst säße sie – abgesehen von ihrer Mutter und den beiden Misses Steele – ganz allein zu Hause. Elinor, die in einer solchen Runde eine aussichtsreichere Gelegenheit witterte, ihr Anliegen vorzubringen, da sie unter der ruhigen, wohlerzogenen Leitung von Lady Middleton wahrscheinlich mehr unter sich sein würden, als wenn ihr Gatte alle zu irgendeinem lärmigen Zweck um sich scharte, nahm die Einladung sofort an. Auch Margaret willigte mit Erlaubnis ihrer Mutter ein, und Marianne, die nie Lust auf diese geselligen Treffen hatte, wurde von der Mutter ebenfalls überredet zuzusagen, da diese den Gedanken nicht ertrug, Marianne von einem solchen Zeitvertreib ausgeschlossen zu sehen.

Die jungen Damen kamen, und so wurde Lady Middleton glücklich vor der drohenden entsetzlichen Einsamkeit bewahrt. Die Zusammenkunft war genauso fade, wie Elinor erwartet hatte, niemand äußerte einen einzigen originellen Gedanken, und die Gespräche im Speisezimmer verliefen ebenso belanglos wie die im Salon.

Dort fanden sich nun auch die Kinder ein, und solange diese anwesend waren, würde Elinor Lucys Aufmerksamkeit niemals auf sich ziehen können, das wusste sie zu gut, um es überhaupt zu versuchen. Die Kinder verschwanden erst, als man das Teegeschirr abräumte. Der Kartentisch wurde aufgestellt, und Elinor fragte sich allmählich, wie sie jemals hatte hoffen können, auf Barton Park Zeit für ein Gespräch zu finden. Alle erhoben sich, denn nun stand ein Gesellschaftsspiel an.

«Ich bin froh», sagte Lady Middleton zu Lucy, «dass Sie heute Abend das Körbchen für die arme kleine Annamaria nicht mehr fertigmachen; mit der Filigranarbeit bei Kerzenlicht würden Sie sich ja die Augen verderben. Und morgen früh werden wir schon irgendeine Entschädigung für die liebe Kleine finden, damit es sie nicht so sehr bekümmert.»

Dieser Wink genügte. Lucy erinnerte sich sofort und erwiderte: «Sie irren sich, Lady Middleton. Ich habe nur damit gewartet, weil ich Sie fragen wollte, ob Ihre Spielrunde auch ohne mich auskommt, sonst säße ich jetzt schon an meiner Arbeit. Um nichts in der Welt möchte ich den kleinen Engel enttäuschen, und wenn Sie mich jetzt am Kartentisch brauchen, bastle ich das Körbchen auf jeden Fall nach dem Abendimbiss zu Ende.»

«Das ist sehr lieb, ich hoffe, Sie verderben sich nicht die Augen – möchten Sie nach Arbeitskerzen klingeln? Ich weiß, mein armes kleines Mädchen wäre arg enttäuscht, wenn der Korb morgen nicht da wäre. Ich habe ihr zwar gesagt, dass er sicher nicht fertig wird, aber sie rechnet bestimmt damit.»

Sofort zog Lucy den Arbeitstisch heran und nahm wieder Platz, so eifrig und freudig, als kenne sie kein größeres Vergnügen, als für ein verwöhntes Kind ein Filigrankörbchen zu basteln.

Den anderen schlug Lady Middleton eine Runde Casino[16] vor. Niemand hatte etwas dagegen, nur Marianne rief, wie immer ohne Rücksicht auf Anstand und gute Manieren: «Ihre Ladyschaft werden die Güte haben, mich zu entschuldigen, Sie wissen ja, ich hasse Kartenspiele. Ich werde mich ans Klavier setzen, ich habe noch nicht darauf gespielt, seit es gestimmt worden ist.» Und ohne weitere Förmlichkeiten wandte sie sich ab und dem Instrument zu.

Lady Middleton machte ein Gesicht, als danke sie dem Himmel, dass sie selbst niemals solch ungehobelte Äußerungen von sich gab.

«Sie wissen ja, Ma'am, Marianne kann sich nie lange von dem Instrument fernhalten», sagte Elinor in dem Bemühen, diesen Schnitzer auszubügeln. «Und das wundert mich auch nicht, denn ich kenne kein Piano mit einem so guten Klang.»

Die verbleibenden fünf mussten nun ihre Karten ziehen.

«Falls ich ausscheide», fuhr Elinor fort, «könnte ich ja Miss Lucy Steele behilflich sein, indem ich ihr die Papierchen rolle, es gibt nämlich noch ziemlich viel an dem Korb zu tun. Allein bekommt sie ihn unmöglich noch heute Abend fertig. Es wäre mir ein großes Vergnügen, wenn Miss Steele mich mitarbeiten ließe.»

«Ich wäre Ihnen tatsächlich sehr verbunden, wenn Sie mir helfen würden», rief Lucy, «denn es gibt noch mehr zu erledigen, als ich dachte, und es wäre mir ganz entsetzlich, wenn ich die liebe Annamaria am Ende doch enttäuschen müsste.»

«Oh, das wäre wirklich schrecklich», sagte Miss Steele, «das liebe kleine Herzchen, ich hab sie so gern!»

«Sehr nett von Ihnen», sagte Lady Middleton zu Elinor. «Und da Ihnen diese Arbeit wirklich gefällt, haben Sie vielleicht die Güte, erst wieder bei der nächsten Runde mitzuspielen – oder wollen Sie doch jetzt gleich Ihr Glück versuchen?»

Elinor ging nur zu gern auf den ersten Vorschlag ein und erreichte auf diese Weise mit ein wenig Höflichkeit, für die Marianne sich immer zu schade war, genau das, was sie wollte, während sie gleichzeitig auch noch Lady Middleton zufriedenstellte. Lucy machte ihr bereitwillig und freundlich Platz, und so saßen die beiden schönen Rivalinnen Seite an Seite am selben Tisch, einträchtig in dieselbe Arbeit vertieft. Das Klavier, an dem Marianne, in ihre Musik und ihre Gedanken gehüllt, bereits alle anderen im Raum vergessen hatte, stand glücklicherweise so nahe, dass Miss Dashwood glaubte, im Schutz seiner lauten Töne das fesselnde Thema gefahrlos anschneiden zu können, ohne am Kartentisch gehört zu werden.

Kapitel 24

Mit fester Stimme, wenn auch nur halblaut, begann Elinor: «Ich wäre des Vertrauens unwürdig, das Sie in mich gesetzt haben, wenn ich mir nicht eine Fortführung unseres Gesprächs wünschte, nicht immer noch neugierig auf dieses Thema wäre. Und so will ich mich gar nicht erst entschuldigen, wenn ich es nochmals anspreche.»

«Danke, dass Sie das Eis brechen», rief Lucy eifrig. «Jetzt ist mir leichter ums Herz, denn irgendwie habe ich schon befürchtet, ich hätte Sie mit dem, was ich Ihnen am Montag erzählt habe, gekränkt.»

«Mich gekränkt? Wie kommen Sie denn darauf? Glauben Sie mir», und Elinor sprach mit der größten Aufrichtigkeit, «nichts liegt mir ferner, als Ihnen einen solchen Eindruck zu vermitteln. Wüssten Sie einen Beweggrund für Ihr Vertrauen, der nicht ehrenvoll und schmeichelhaft für mich wäre?»

«Trotzdem muss ich sagen», erwiderte Lucy mit einem bedeutungsvollen Blick aus ihren kleinen, wachsamen Augen, «dass mir in Ihrem Verhalten eine Kühle und ein Missfallen zu liegen schienen, die mich beunruhigt haben. Ich war überzeugt, Sie sind mir böse, und ich habe mit mir gehadert, weil ich mir die Freiheit genommen hatte, Ihnen meine Probleme aufzuhalsen. Nun bin ich sehr froh, dass ich mir das nur eingebildet habe und Sie mir in Wirklichkeit keine Vorwürfe machen. Wenn Sie wüssten, wie trostreich es für mich war, dass ich Ihnen mein Herz ausschütten und über das sprechen konnte, woran ich tagaus, tagein denke, dann würden Sie aus Mitleid gewiss über alles andere hinwegsehen.»

«Natürlich, ich kann mir gut vorstellen, dass es für Sie eine große Erleichterung war, mir Ihre Situation so offen zu schildern, und seien Sie versichert, Sie sollen nie einen Grund haben, dies zu bereuen. Ihre Lage ist äußerst unselig, Sie scheinen mir von Schwierigkeiten eingekreist, angesichts derer Sie beide all Ihre Liebe brauchen werden, um einander zu stärken. Mr. Ferrars ist finanziell, glaube ich, gänzlich von seiner Mutter abhängig.»

«Er selbst besitzt nur zweitausend Pfund, es wäre Wahnsinn, bei einer solchen Finanzlage zu heiraten, auch wenn ich für mein Teil auf mehr Geld auch in Zukunft klaglos verzichten könnte.

Ich bin seit jeher an ein winziges Budget gewöhnt und könnte es ihm zuliebe mit jeder Form von Armut aufnehmen, aber ich liebe ihn zu sehr, um mich zu dem selbstsüchtigen Werkzeug zu machen, das ihm alles wegnimmt, was ihm seine Mutter vielleicht gibt, wenn er nach ihren Wünschen heiratet. Wir müssen warten, vielleicht noch viele Jahre. Bei jedem anderen Mann auf Erden wäre das eine besorgniserregende Aussicht, aber Edwards Liebe und Treue können mir durch nichts geraubt werden, davon bin ich überzeugt.»

«Das zu wissen ist die Hauptsache, und er wird zweifellos von demselben Vertrauen in Sie getragen. Wenn Ihre gegenseitige Zuneigung abgenommen hätte – was im Fall vieler Menschen und unter vielen Umständen bei einer vierjährigen Verlobungszeit nur natürlich wäre –, dann wären Sie tatsächlich in einer bemitleidenswerten Lage.»

Hier blickte Lucy auf, doch Elinor hütete sich vor jedem Gesichtsausdruck, der ihren Worten eine argwöhnische Bedeutung hätte unterlegen können.

«Edwards Liebe zu mir», sagte Lucy, «ist durch unsere lange, sehr lange Trennung gleich nach der Verlobung einer harten Prüfung unterzogen worden, und sie hat diese Probezeit so gut bestanden, dass es unverzeihlich wäre, jetzt an seiner Liebe zu zweifeln. Ich kann getrost sagen, dass er mir diesbezüglich von Anfang an keine Sekunde lang Grund zur Besorgnis gegeben hat.»

Elinor wusste nicht recht, ob sie bei dieser Behauptung lächeln oder seufzen sollte.

Lucy fuhr fort. «Außerdem bin ich von Natur aus ziemlich eifersüchtig, und durch unsere unterschiedliche Lebensweise – er ist viel mehr in der Welt unterwegs als ich, und wir sind ständig getrennt – war ich immer so argwöhnisch, dass ich ihm bei einem erneuten Zusammentreffen sofort auf die Schliche gekommen wäre, wenn es in seinem Verhalten mir gegenüber auch nur die leiseste Änderung gegeben hätte oder eine Niedergeschlagenheit, die ich mir nicht erklären konnte, oder wenn er über eine Dame mehr gesprochen hätte als über eine andere oder in Longstaple in irgendeiner Hinsicht weniger glücklich gewirkt hätte als früher. Ich möchte nicht behaupten, dass ich ganz allgemein besonders wachsam oder scharfsichtig bin, aber in einem solchen Fall hätte ich mich sicher nicht täuschen lassen.»

«Das ist alles schön und gut», dachte Elinor, «aber mir kannst du das nicht weismachen, und dir selbst auch nicht.»

«Was haben Sie denn nun vor?», fragte sie nach kurzem Schweigen. «Beabsichtigen Sie einfach zu warten, bis Mrs. Ferrars stirbt, was ein trübsinniger und schlimmer Ausweg aus der ganzen Angelegenheit wäre? Ist ihr Sohn entschlossen, sich all dem zu fügen und lieber die vielen öden Jahre der Ungewissheit, die Ihnen vielleicht beschieden sind, auf sich zu nehmen, als für einige Zeit den Unwillen seiner Mutter zu riskieren, indem er ihr die Wahrheit gesteht?»

«Wenn wir uns sicher sein könnten, dass es nur einige Zeit wäre! Aber Mrs. Ferrars ist eine sehr eigensinnige, stolze Frau, höchstwahrscheinlich würde sie in der ersten Wut alles auf Robert überschreiben, und bei diesem Gedanken vergeht mir um Edwards willen alle Lust an überstürzten Maßnahmen.»

«Auch um Ihrer selbst willen, denn das wäre ja eine bis zur Unvernunft übertriebene Uneigennützigkeit.»

Wieder blickte Lucy Elinor an und schwieg.

«Kennen Sie Mr. Robert Ferrars?», fragte Elinor.

«Überhaupt nicht, ich habe ihn nie gesehen. Aber ich glaube, dass er ganz anders ist als sein Bruder – dumm und ein rechter Geck.»

«Ein rechter Geck!», wiederholte Miss Steele, die diese Worte aufschnappte, weil Marianne beim Musizieren plötzlich eine Pause eingelegt hatte. «Aha, die beiden plaudern wohl über ihre Lieblingskavaliere.»

«Nein, Schwester», rief Lucy, «da irrst du dich, unsere Lieblingskavaliere sind keineswegs rechte Gecken.»

«Ich kann mich dafür verbürgen, dass der von Miss Dashwood keiner ist», sagte Mrs. Jennings herzlich lachend, «er ist nämlich einer der anständigsten, wohlerzogensten jungen Männer, die ich je erlebt habe; aber was Lucy angeht, die ist ein listiges kleines Geschöpf, aus der kriegt man nie raus, wen sie mag.»

«Oh», rief Miss Steele mit einem bedeutungsvollen Blick in die Runde, «ich wage zu behaupten, dass Lucys Kavalier genauso anständig und wohlerzogen ist wie der von Miss Dashwood.»

Elinor errötete unwillkürlich. Lucy biss sich auf die Lippen und warf ihrer Schwester einen zornigen Blick zu. Eine Weile herrschte Schweigen auf beiden Seiten. Lucy beendete es, indem sie etwas leiser weitersprach, obwohl Marianne ihnen nun mit einem herrlichen Solokonzert mächtigen Schutz bot.

«Ich will Ihnen gestehen, welcher Plan mir seit einiger Zeit durch den Kopf geht, um die Sache in Gang zu bringen. Im Grunde bin ich sogar gezwungen, Sie einzuweihen, denn Sie sind mit von der Partie. Sie haben Edward sicher häufig genug gesehen, um zu wissen, dass ihm von allen Berufen die kirchliche Laufbahn am liebsten wäre. Nun ist mein Plan, dass er so rasch wie möglich die Weihen empfängt und dass Sie dann aus alter Freundschaft zu ihm und hoffentlich auch aus Sympathie für mich so nett sind, Ihren Einfluss bei Ihrem Bruder geltend zu machen, und ihn überreden, Edward die Pfarrstelle von Norland zu geben. Es soll eine sehr gute Pfründe sein, und der gegenwärtige Inhaber wird wahrscheinlich nicht mehr lange leben. Das würde uns zum Heiraten reichen, und für alles andere würden wir auf die Zeit und unser Glück vertrauen.»

«Es wäre mir immer eine Freude», erwiderte Elinor, «Mr. Ferrars meine Wertschätzung und Freundschaft auf jede erdenkliche Art zu beweisen, aber merken Sie nicht, dass meine Einflussnahme in dieser Sache völlig unnötig ist? Er ist Mrs. Dashwoods Bruder, das müsste für ihren Mann Empfehlung genug sein.»

«Aber Mrs. John Dashwood wird es nicht gerade gutheißen, wenn Edward die Weihen empfängt.»

«Dann würde meine Vermittlung vermutlich auch wenig ausrichten.»

Wieder schwiegen sie eine Weile. Schließlich

rief Lucy mit einem tiefen Seufzer: «Ich glaube, es wäre wohl das Gescheiteste, der ganzen Sache gleich ein Ende zu machen, indem ich die Verlobung löse. Die Schwierigkeiten von allen Seiten setzen uns dermaßen zu, dass wir auf diese Weise am Ende vielleicht glücklicher werden, auch wenn wir vorher eine Zeit lang leiden müssen. Wollen Sie mir keinen Rat geben, Miss Dashwood?»

«Nein», antwortete Elinor mit einem Lächeln, das ihre Erregung verbarg, «in einer solchen Sache bestimmt nicht. Sie wissen genau, dass meine Meinung bei Ihnen nichts gilt, wenn sie nicht Ihren Wünschen entspricht.»

«Da tun Sie mir unrecht», erwiderte Lucy würdevoll, «ich kenne niemanden, dessen Urteil ich so hoch schätze wie das Ihre, und wenn Sie sagen sollten: ‹Ich rate Ihnen unbedingt, die Verlobung mit Edward Ferrars zu beenden, das würde Sie beide glücklicher machen›, würde ich das, glaube ich, auf der Stelle befolgen.»

Elinor errötete, weil Edwards künftige Frau so unaufrichtig war, und erwiderte: «Ein solches Kompliment würde mich erst recht davon abhalten, eine Meinung zu diesem Thema zu äußern, wenn ich mir denn eine gebildet hätte. Das verkennt die Größe meines Einflusses völlig.

Die Macht, zwei so zärtlich Liebende zu trennen, steht einer unbeteiligten Person nicht zu.»

«Gerade weil Sie unbeteiligt sind», sagte Lucy etwas pikiert und hob dieses Wort besonders hervor, «zählt Ihr Urteil für mich, und zwar zu Recht. Nur wenn man unterstellen könnte, Sie wären in Ihren Gefühlen in irgendeiner Weise voreingenommen, wäre Ihre Meinung nichts wert.»

Elinor hielt es für geraten, hierauf nichts zu antworten, um nicht Unbefangenheit und Freimütigkeit ihres Gesprächs zu gefährden. Sie war sogar entschlossen, das Thema niemals mehr anzusprechen. Deshalb folgte auf diese Worte erneut eine minutenlange Pause, die auch diesmal von Lucy beendet wurde.

«Sind Sie in diesem Winter in London, Miss Dashwood?», fragte sie, heiter gelassen wie immer.

«Sicher nicht.»

«Wie bedauerlich», versetzte ihr Gegenüber, dabei strahlten ihre Augen bei dieser Mitteilung, «es hätte mich sehr gefreut, wenn wir uns dort getroffen hätten. Aber wahrscheinlich werden Sie trotzdem fahren. Gewiss werden Ihr Bruder und Ihre Schwägerin Sie einladen.»

«Selbst wenn, steht es nicht in meiner Macht, ihre Einladung anzunehmen.»

«So ein Pech! Ich hatte fest damit gerechnet, Sie dort zu treffen. Anne und ich sind in der zweiten Januarhälfte bei Verwandten, die wir schon seit Jahren besuchen sollen. Ich fahre allerdings nur hin, um Edward zu sehen. Er ist im Februar dort, andernfalls hätte London keinen Reiz für mich, ich bin nicht in der Stimmung für diese Stadt.»

Bald darauf wurde Elinor wieder an den Kartentisch gerufen, denn die erste Spielrunde war abgeschlossen, und somit war das vertrauliche Gespräch zwischen den zwei Damen beendet, was diese ohne Bedauern hinnahmen, war doch auf beiden Seiten kein Wort gefallen, das die gegenseitige Abneigung gemildert hätte. Elinor setzte sich mit der betrüblichen Gewissheit an den Kartentisch, dass Edward nicht nur keine Liebe für die Person empfand, die seine Frau werden sollte, sondern auch keinerlei Aussicht hatte, in seiner Ehe einigermaßen glücklich zu werden, was eine aufrichtige Liebe zumindest von ihrer Seite ja ermöglicht hätte, denn nur schiere Selbstsucht konnte eine Frau dazu bringen, an einer Verlobung festzuhalten, deren der Mann schon überdrüssig war – was sie offenbar sehr wohl spürte.

Von da an griff Elinor das Thema nicht mehr auf, und wenn Lucy es bei jeder Gelegenheit anschnitt und ihre Mitwisserin, sobald sie einen Brief von Edward erhalten hatte, besonders ausführlich von ihrem Glück in Kenntnis setzte, äußerte diese sich ruhig und vorsichtig und wechselte das Thema, sobald es die Höflichkeit erlaubte, denn sie empfand solche Gespräche als ein Entgegenkommen, das Lucy nicht verdiente und das für sie selbst gefährlich war.

Der Besuch der Misses Steele auf Barton Park zog sich viel länger hin als bei der ersten Einladung geplant. Sie erfreuten sich zunehmender Beliebtheit, man konnte nicht mehr auf sie verzichten, Sir John wollte nichts von einer Abreise hören, und trotz der zahlreichen, seit Langem getroffenen Verabredungen in Exeter, trotz der unbedingten, jeweils gegen Ende der Woche besonders zwingenden Notwendigkeit, dorthin zurückzukehren, um selbige Verabredungen einzuhalten, ließen sie sich überreden, fast zwei Monate auf Barton Park zu bleiben und schließlich jenes Fest mitzufeiern, das ob seiner Bedeutung eine überdurchschnittlich hohe Anzahl an Privatbällen und großen Dinners erforderte.

Kapitel 25

Auch wenn Mrs. Jennings einen Großteil des Jahres in den Häusern ihrer Kinder und Freunde zu verbringen pflegte, besaß sie selbst sehr wohl einen festen Wohnsitz. Seit dem Tod ihres Mannes, der in einem weniger vornehmen Stadtteil erfolgreich Handel getrieben hatte, residierte sie jeden Winter in einem Haus in der Nähe des Portman Square. Diesem Heim wandten sich Anfang Januar ihre Gedanken zu, und unvermittelt und für diese völlig unerwartet lud sie eines Tages die beiden älteren Misses Dashwood ein, sie dorthin zu begleiten. Elinor bemerkte weder das sich verfärbende Antlitz noch den lebhaften Blick ihrer Schwester, die dem Plan offenbar nicht abgeneigt war, und lehnte auf der Stelle für sich und Marianne dankend, aber entschieden ab, in dem Glauben, sie spreche in ihrer beider Namen. Als Grund gab sie an, sie seien fest entschlossen, ihre Mutter um diese Jahreszeit auf keinen Fall allein zu lassen. Mrs. Jennings vernahm die Absage einigermaßen erstaunt und konnte ihre Einladung nur wiederholen.

«Ach du lieber Gott! Ich bin sicher, Ihre Mutter kann Sie ganz gut entbehren; ich flehe Sie an, tun Sie mir den Gefallen und kommen Sie mit, es liegt mir sehr am Herzen. Glauben Sie ja nicht, Sie würden mir Unannehmlichkeiten verursachen, ich werde Ihretwegen keineswegs von meinen Gewohnheiten abweichen. Ich müsste nur Betty mit der Postkutsche heimschicken, und das kann ich mir hoffentlich noch leisten! Wir drei reisen ganz bequem in meiner eigenen Kutsche, und wenn Sie in London nicht hinwollen, wo ich hingehe, na gut, dann können Sie immer noch mit einer meiner Töchter ausgehen. Ihre Mutter hat bestimmt nichts dagegen. Ich habe mich meiner Kinder mit so viel Glück entledigt, dass sie mir bestimmt zutraut, auch Sie unter meine Fittiche zu nehmen, und wenn ich nicht wenigstens eine von Ihnen gut verheiratet habe, bevor wir uns trennen, so wird das nicht meine Schuld sein. Ich werde bei allen jungen Männern ein gutes Wort für Sie einlegen, verlassen Sie sich drauf.»

«Ich habe den Eindruck», sagte Sir John, «Miss Marianne hätte gegen einen solchen Plan nichts einzuwenden, wenn ihre ältere Schwester mitziehen würde. Es ist wirklich bitter, dass sie sich nicht ein wenig vergnügen soll, nur weil Miss Dashwood das nicht wünscht. Ich rate also Ihnen beiden, nach London aufzubrechen, sobald Sie Barton Park satthaben, und Miss Dashwood einfach nichts davon zu sagen.»

«Ich würde mich natürlich ungeheuer über Miss Mariannes Gesellschaft freuen», rief Mrs. Jennings, «ob Miss Dashwood nun mitkommt oder nicht, aber ich sag halt immer, je mehr, desto lustiger, und ich dachte, es wäre für die beiden angenehmer, wenn sie zusammen sind, denn wenn sie mich satthaben, können sie wenigstens miteinander reden und sich hinter meinem Rücken über meine altmodischen Sitten und Gebräuche lustig machen. Aber eine brauche ich auf jeden Fall, wenn ich schon nicht beide haben kann. Meine Güte, was glauben Sie denn, was das für ein Leben wäre, wenn ich so allein vor mich hin wursteln müsste, wo ich doch bis zum letzten Winter immer Charlotte bei mir hatte. Kommen Sie, Miss Marianne, schlagen Sie ein, besiegeln wir den Handel, und wenn Miss Dashwood ihre Meinung mit der Zeit noch ändert, umso besser.»

«Ich danke Ihnen, Ma'am, ich danke Ihnen ganz herzlich», sagte Marianne erregt, «diese Einladung verpflichtet mich zu ewiger Dankbarkeit, und es würde mich sehr glücklich machen, geradezu überglücklich, wenn ich sie annehmen könnte. Aber meine Mutter, meine liebe, gute Mutter... ich habe das Gefühl, dass Elinors Bedenken gerechtfertigt sind, und wenn sie durch unsere Abwesenheit weniger glücklich wäre, es weniger bequem hätte... Nein, nein, nichts soll mich dazu verleiten, sie allein zu lassen. Das soll, das darf mich keine Überwindung kosten.»

Mrs. Jennings äußerte erneut ihre Zuversicht, dass Mrs. Dashwood sie sehr gut entbehren könne, und Elinor, die ihre Schwester jetzt durchschaute und merkte, dass ihr vor lauter Begierde, wieder bei Willoughby zu sein, fast alles andere gleichgültig wurde, widersetzte sich dem Plan nicht länger offen, sondern überließ die Entscheidung ihrer Mutter, von der sie sich allerdings kaum Hilfe für ihr Bemühen erwartete, einen Besuch zu verhindern, den sie für Marianne nicht gutheißen konnte und den sie um ihrer selbst willen aus gewissen Gründen vermeiden wollte. Was immer Marianne sich wünschen würde, die Mutter würde es eifrig unterstützen. Elinor konnte nicht damit rechnen, sie zu einem vorsichtigeren Verhalten zu bewegen; es war ihr auch bisher nie gelungen, in dieser Sache ihren Argwohn zu schüren, und warum sie selbst nicht nach London wollte, wagte sie ihr nicht zu erklären. Dass die sonst so heikle Marianne, die doch mit Mrs. Jennings' Manieren wohlvertraut war und diese nach wie vor abstoßend fand, alle einschlägigen Unannehmlichkeiten außer Acht ließ und in Verfolgung ihres einen Ziels alles übersah, was ihr reizbares Gemüt kränken musste, bewies offensichtlich und untrüglich, wie wichtig ihr dieses Ziel war, und damit hatte Elinor trotz allem, was geschehen war, nicht gerechnet.

Als Mrs. Dashwood von der Einladung erfuhr, fand sie sofort, ein solcher Ausflug würde beiden Töchtern großes Vergnügen bereiten, und da sie trotz Mariannes zärtlicher Rücksichtnahme genau merkte, wie sehr es ihr am Herzen lag, wollte sie nicht dulden, dass sie das Angebot ihretwegen ausschlugen, sondern bestand darauf, dass sie es beide umgehend annahmen. Frohgemut wie immer begann sie sich auszumalen, welche Vorteile ihnen allen aus dieser Trennung erwachsen würden.

«Ich bin entzückt von diesem Plan», rief sie, «es ist genau das, was ich mir gewünscht habe. Margaret und ich werden ebenso sehr davon profitieren wie ihr. Wenn ihr und die Middletons fort seid, machen wir es uns mit unseren Büchern und der Musik gemütlich. Ihr werdet schon sehen, was für Fortschritte Margaret erzielt hat, bis ihr wiederkommt! Außerdem plane ich ein paar kleine Änderungen in euren Schlafzimmern, die kann ich jetzt vornehmen, ohne dass jemand gestört wird. London ist genau das Richtige für euch. Jeder jungen Frau in eurer Situation ist zu wünschen, dass sie die Sitten und Gebräuche und Vergnügungen dieser Stadt kennenlernt. Ihr werdet unter der Obhut einer mütterlichen, lieben Frau stehen, an deren Güte nicht zu zweifeln ist. Und aller Wahrscheinlichkeit nach werdet ihr euren Bruder sehen, und was immer er oder seine Frau für Fehler haben mögen – wenn ich bedenke, wessen Sohn er ist, finde ich es unerträglich, dass ihr einander so völlig fremd werdet.»

«Obwohl du, wie immer um unser Glück besorgt, jedes dir erdenkliche Hindernis für dieses Vorhaben aus dem Weg geräumt hast», sagte Elinor, «gibt es meiner Ansicht nach immer noch einen Einwand, der sich nicht so leicht widerlegen lässt.»

Marianne machte ein langes Gesicht.

«Und worauf spielt meine liebe, kluge Elinor an? Welchen gewaltigen Hemmschuh schleppt sie jetzt an? Komm mir bloß nicht mit den Kosten.»

«Mein Einwand ist folgender: Ich glaube zwar, dass Mrs. Jennings ein gutes Herz hat, aber sie ist keine Frau, mit der wir gern zusammen sind oder die als Anstandsdame unser gesellschaftliches Ansehen hebt.»

«Das stimmt», erwiderte ihre Mutter, «aber ihr werdet nur selten mit ihr allein sein und in der

Öffentlichkeit fast immer mit Lady Middleton erscheinen.»

«Wenn Elinor sich von ihrer Abneigung gegen Mrs. Jennings ins Bockshorn jagen lässt», sagte Marianne, «muss mich das nicht hindern, die Einladung anzunehmen. Ich habe keine solchen Bedenken und kann mich mit derartigen Widrigkeiten bestimmt leicht abfinden.»

Elinor konnte sich ein Lächeln nicht verkneifen, als Marianne gegenüber den Manieren einer Person, zu der sie oft nur nach mühseligem Überreden einigermaßen höflich gewesen war, solche Gleichgültigkeit an den Tag legte, und beschloss bei sich, mitzufahren, wenn ihre Schwester auf der Reise nach London bestand, denn sie hielt es für nicht richtig, wenn Marianne sich nur von ihrem eigenen Urteil leiten ließ und Mrs. Jennings für die gemütlichen Stunden zu Hause einzig auf die Gnade Mariannes angewiesen war. Sie freundete sich umso leichter mit dieser Entscheidung an, als sie sich erinnerte, dass Edward Ferrars laut Lucys Aussage erst im Februar nach London käme und sie ihren Besuch, ohne ihn ungebührlich zu verkürzen, vorher beenden konnten.

«Ich möchte, dass ihr beide fahrt», verfügte Mrs. Dashwood, «diese Einwände sind unsinnig. London wird euch großen Spaß machen, vor allem wenn ihr zusammen seid, und wenn Elinor sich jemals dazu herabließe, etwas Erfreuliches zu erwarten, würde sie vorhersehen, dass ihr solches aus den verschiedensten Quellen zufließen könnte; unter anderem würde sie vielleicht darauf hoffen, die Bekanntschaft mit der Familie ihrer Schwägerin zu vertiefen.»

Elinor wartete schon des Längeren auf eine Gelegenheit, den festen Glauben ihrer Mutter an die Liebesgeschichte zwischen Edward und ihr etwas zu erschüttern, damit der Schock geringer wäre, wenn die ganze Wahrheit ans Tageslicht käme, und nun zwang sie sich bei dieser Attacke – auch wenn sie sich wenig Erfolg versprach –, ihren Plan in die Tat umzusetzen, indem sie so ruhig wie möglich sagte: «Ich habe Edward Ferrars sehr gern und freue mich immer, wenn ich ihn sehe, aber was die übrige Familie angeht, so ist es mir vollkommen gleichgültig, ob wir uns kennen oder nicht.»

Mrs. Dashwood lächelte und sagte nichts. Marianne riss erstaunt die Augen auf, und Elinor hatte den Eindruck, dass sie ebenso gut den Mund hätte halten können.

Es bedurfte nur noch sehr weniger Erörterungen, dann wurde beschlossen, die Einladung uneingeschränkt anzunehmen. Mrs. Jennings hörte dies mit größter Freude und versicherte sie wiederholt ihrer Freundschaft und Fürsorge. Aber nicht nur sie freute sich. Auch Sir John war entzückt, denn für einen Mann, dessen größte Angst die Furcht vor dem Alleinsein war, bedeutete es einiges, wenn sich die Einwohnerzahl Londons um zwei erhöhte. Selbst Lady Middleton machte sich die Mühe, entzückt zu sein, obwohl ihr das gar nicht ähnlich sah, und was die Misses Steele betraf, insbesondere Lucy, so hatten sie sich noch nie im Leben über eine Nachricht so sehr gefreut.

Elinor fand sich mit dieser Regelung, die ihren Wünschen ja eigentlich entgegenstand, weniger widerwillig ab als erwartet. Ihr selbst war es gleichgültig, ob sie nach London fuhr oder nicht, doch wenn sie sah, wie hocherfreut ihre Mutter über den Plan war, wie frisch Blick, Stimme und Verhalten ihrer Schwester plötzlich wirkten, wie sie ihre frühere Lebhaftigkeit wiedererlangte und ihre frühere Fröhlichkeit noch überbot, vermochte sie mit dem Grund für all dies nicht zu hadern und gestattete sich kaum, wegen der Folgen Bedenken zu hegen.

Mariannes Freude war kaum noch als Glück zu bezeichnen, so aufgewühlt war ihr Gemüt, so groß ihre Ungeduld. Nur der unliebsame Gedanke, ihre Mutter verlassen zu müssen, ernüchterte sie, und im Augenblick des Abschieds überstieg ihr Kummer jedes Maß. Die Mutter war kaum weniger betrübt, einzig Elinor schien sich bewusst zu machen, dass diese Trennung alles andere als ewig dauern würde.

Sie fuhren in der ersten Januarwoche. Die Middletons sollten etwa eine Woche später folgen. Die beiden Misses Steele behaupteten ihren Posten auf Barton Park und gedachten ihn erst zu räumen, wenn auch die übrige Familie abreiste.

Kapitel 26

Als Elinor in der Kutsche neben Mrs. Jennings saß und unter deren Obhut und als ihr Gast zu einer Fahrt nach London aufbrach, wurde ihr unweigerlich bewusst, wie sonderbar ihre Lage war: So kurz erst kannten sie die Dame, so wenig passten sie in Alter und Wesensart zusammen, und so heftig hatte sie selbst noch vor wenigen Tagen gegen eine solche Unternehmung protestiert. Aber ihre Einwände waren mit dem fröhlichen, jugendlichen Eifer, den Marianne wie auch ihre Mutter an den Tag legten, samt und sonders entkräftet oder ignoriert worden. Elinor zweifelte zwar von Zeit zu Zeit an Willoughbys Treue, aber wenn sie sah, welch rauschhafte, köstliche Erwartung Mariannes Herz erfüllte und aus ihren Augen strahlte, spürte sie unwillkürlich, wie öde im Vergleich dazu ihre eigenen Aussichten waren, wie freudlos ihre Gemütsverfassung und wie gern sie sich um Mariannes Verlobung kümmern würde, um dasselbe belebende Ziel vor Augen zu haben, dieselbe Möglichkeit einer Hoffnung. In kurzer, sehr kurzer Zeit musste sich nun entscheiden, welche Absichten Willoughby hatte; aller Wahrscheinlichkeit nach war er bereits in der Stadt. Dass Marianne so unbedingt hatte fahren wollen, verriet, wie sehr sie darauf vertraute, ihn dort anzutreffen, und Elinor war nicht nur entschlossen, durch eigene Beobachtung oder anhand der Mitteilungen anderer alles in Erfahrung zu bringen, was ein neues Licht auf seinen Charakter werfen konnte, sondern gedachte sich auch sein Verhalten gegenüber ihrer Schwester genauestens anzusehen, um schon nach wenigen Begegnungen herauszubekommen, was er war und was er wollte. Sollte das Ergebnis ihrer Beobachtungen ungünstig ausfallen, wollte sie ihrer Schwester unbedingt die Augen öffnen; im anderen Fall aber würden sich auch ihre Bemühungen ändern – dann musste sie lernen, alle selbstsüchtigen Vergleiche zu meiden und sich jedes

Bedauern zu verkneifen, das ihre Freude über Mariannes Glück schmälern könnte.

Die Reise dauerte drei Tage, und Mariannes Benehmen unterwegs war ein gelungenes Beispiel dafür, was Mrs. Jennings künftig an Höflichkeit und Umgänglichkeit erwarten durfte. Sie saß fast ständig schweigend und in Gedanken versunken da und sprach kaum ein Wort aus freien Stücken, es sei denn, ein malerisches Objekt kam in Sichtweite und entlockte ihr einen Ausruf des Entzückens, der dann allerdings ausschließlich an ihre Schwester gerichtet war. Um dies wiedergutzumachen, übernahm Elinor umgehend die Rolle der höflichen Schwester und ließ Mrs. Jennings größte Aufmerksamkeit zuteilwerden, redete mit ihr, lachte mit ihr und hörte ihr zu, wann immer sie konnte, und Mrs. Jennings ihrerseits behandelte beide mit aller erdenklichen Freundlichkeit, kümmerte sich bei jeder Gelegenheit um ihr Wohlbehagen und Vergnügen und war nur irritiert, dass sie nicht zu bewegen waren, beim Dinner in den Gasthäusern ihre Speisen selbst auszuwählen, dass sie ihnen kein Geständnis abringen konnte, ob sie nun lieber Lachs oder Kabeljau mochten, lieber gekochtes Geflügel oder Kalbskoteletts. Am dritten Tag gegen drei Uhr kamen sie in London an, froh, nach einer solchen

Reise aus der engen Kutsche entlassen zu werden, und voller Vorfreude auf den Luxus eines freundlichen Kaminfeuers.

Das Haus war schön und auch schön eingerichtet; die jungen Damen bekamen sofort ein äußerst behagliches Zimmer zur Verfügung gestellt. Es war früher das von Charlotte gewesen, und über dem Kaminsims hing noch immer eine von ihr gestickte Landschaft aus farbiger Seide, zum Beweis dafür, dass sie nicht ohne Erfolg sieben Jahre lang in London auf eine berühmte Schule gegangen war.

Da das Dinner frühestens zwei Stunden nach ihrer Ankunft fertig sein sollte, beschloss Elinor, in der Zwischenzeit an ihre Mutter zu schreiben, und setzte sich zu diesem Zweck an den Tisch. Wenige Sekunden später tat Marianne es ihr gleich. «Ich schreibe gerade nach Hause, Marianne», sagte Elinor, «wäre es nicht besser, du wartest mit deinem Brief noch ein, zwei Tage?»

«Ich will ja gar nicht an Mutter schreiben», erwiderte Marianne hastig, als bemühe sie sich, weiteren Fragen auszuweichen. Elinor sagte nichts mehr, denn sie vermutete sogleich, dass sie dann wohl an Willoughby schrieb, und genauso rasch kam sie zu dem Schluss, dass die beiden einfach verlobt sein *mussten*, mochten sie ihre Liebesgeschichte noch so sehr geheim halten. Diese – freilich nicht ganz befriedigende – Lösung munterte sie auf, und sie schrieb um einiges schwungvoller weiter. Mariannes Brief war in kürzester Zeit fertig, er konnte nicht länger als ein Billett sein. Nun wurde er gefaltet, versiegelt und geschwind und eifrig adressiert. Elinor meinte in der Anschrift ein großes W zu erkennen. Kaum war dies erledigt, läutete Marianne und bat den eintretenden Diener, den Brief für sie mit der Zwei-Penny-Post[17] verschicken zu lassen. Damit war die Sache klar.

Marianne war immer noch bester Laune, hatte aber etwas Hektisches an sich, weswegen ihre Schwester sich nicht so recht darüber freuen konnte, und ihre Erregung nahm im Laufe des Abends noch zu. Beim Dinner brachte sie kaum etwas hinunter, und als sie sich danach in den Salon zurückzogen, schien sie unruhig auf die Geräusche der Kutschen zu horchen.

Zu Elinors großer Erleichterung bekam Mrs. Jennings von dem, was geschah, nur wenig mit, da sie viel in ihrem eigenen Zimmer zu tun hatte. Der Tee wurde serviert, und ab und zu klopfte es, zu Mariannes Enttäuschung jedoch immer nur an den Türen der Nachbarhäuser. Mit einem Mal ließ sich allerdings unmissverständlich auch an der eigenen Haustür ein lautes Klopfen hören. Elinor war überzeugt, dass es Willoughbys Kommen ankündigte, und Marianne sprang auf und lief Richtung Tür. Alles blieb still. Es war nicht auszuhalten. Nach ein paar Sekunden öffnete Marianne die Tür, tat ein paar Schritte in Richtung Treppe, horchte kurz und kehrte in größter Aufregung ins Zimmer zurück – was nur zu verständlich war, da sie der festen Meinung war, ihn gehört zu haben. In ihrer Begeisterung rief sie noch im selben Moment: «O Elinor, es ist Willoughby, er ist es wirklich!», und war offenbar drauf und dran, sich in seine Arme zu werfen – als Colonel Brandon erschien.

Der Schock war zu groß, als dass sie ihn gefasst hätte ertragen können, und sie verließ sofort das Zimmer. Auch Elinor war enttäuscht, aber sie schätzte Colonel Brandon viel zu sehr, um ihn nicht freundlich zu begrüßen. Es schmerzte sie, dass ein Mann, der ihrer Schwester so zugetan war, merken musste, wie unglücklich und enttäuscht sie über sein Kommen war. Sie sah, dass es ihm keineswegs entging, dass er Marianne, als sie das Zimmer verließ, erstaunt und besorgt hinterherblickte und sich kaum mehr bewusst machte, was die Höflichkeit ihr, Elinor, gegenüber gebot.

«Ist Ihre Schwester krank?»

Elinor antwortete in ihrer Not, ja, sie sei krank, und erzählte etwas von Kopfweh, Niedergeschlagenheit, Übermüdung und allem Möglichen, womit sich das Benehmen ihrer Schwester anständigerweise erklären ließ.

Er hörte sich das sehr ernst und aufmerksam an, schien sich dann wieder gefasst zu haben und sprach nicht weiter über das Thema, sondern sagte, wie sehr er sich freue, sie in London zu sehen, und erkundigte sich wie üblich nach der Reise und den zurückgebliebenen Freunden.

So ruhig und beiderseits ziemlich teilnahmslos unterhielten sie sich eine Weile, er wie sie niedergeschlagen und mit den Gedanken ganz woanders. Elinor hätte zu gern gewusst, ob Willoughby schon in der Stadt war, aber sie fürchtete, ihm mit der Frage nach seinem Rivalen Kummer zu machen, und um überhaupt etwas zu sagen, erkundigte sie sich schließlich, ob er, seit sie ihn das letzte Mal gesehen hatte, die ganze Zeit in London gewesen sei. «Ja», erwiderte er etwas verlegen, «fast immer. Ein- oder zweimal war ich für ein paar Tage in Delaford, aber es war mir nicht möglich, nach Barton zurückzukehren.»

Dieser Satz und die Art, wie er ausgesprochen wurde, riefen ihr sofort die Umstände seines Abschieds in Erinnerung, auch das Unbehagen und die Verdächtigungen, die das alles in Mrs. Jennings ausgelöst hatte, und sie fürchtete, ihre Frage hätte mehr Neugier angedeutet, als sie empfand.

Kurz darauf trat Mrs. Jennings ins Zimmer. «Oh, Colonel!», rief sie, wie üblich mit lärmender Fröhlichkeit. «Freut mich ungeheuer, Sie zu sehen, tut mir leid, dass ich nicht früher kommen konnte, entschuldigen Sie bitte, aber ich musste mich ein bisschen kümmern und allerlei regeln, es ist ja lang her, dass ich zu Hause war, und Sie wissen, man hat immer jede Menge Kleinkram zu erledigen, wenn man längere Zeit weg war, und dann musste ich noch mit Cartwright abrechnen... Herr im Himmel, seit dem Dinner bin ich ununterbrochen auf den Beinen! Aber sagen Sie, Colonel, woher wussten Sie, dass ich heute in London eintreffen würde, Sie Hellseher?»

«Ich habe zu meiner Freude bei Mr. Palmer davon erfahren, ich war dort zum Essen eingeladen.»

«Aha, gut, und wie geht es ihnen allen? Wie geht es Charlotte? Ich wette, sie hat mittlerweile einen ganz schönen Umfang.»

«Mrs. Palmer geht es offenbar gut, und ich bin beauftragt, Ihnen mitzuteilen, dass sie Sie morgen auf jeden Fall besuchen wird.»

«Aha, soso, das habe ich mir schon gedacht.

Gut, Colonel, wie Sie sehen, habe ich zwei junge Damen mitgebracht – das heißt, Sie sehen jetzt nur eine, aber irgendwo gibt es noch eine zweite, Ihre Freundin Miss Marianne –, was Sie bestimmt nicht ungern hören. Ich weiß nicht, wie Sie und Mr. Willoughby sich wegen ihr einigen. Ach, es ist schön, wenn man jung und hübsch ist. Tja, jung war ich auch einmal, aber ich war nie besonders hübsch – mein Pech. Trotzdem habe ich einen sehr guten Mann bekommen, und mehr kann auch die größte Schönheit nicht verlangen. Ach, der Arme! Jetzt ist er schon acht Jahre tot... oder länger. Und was haben Sie so alles getrieben, Colonel, seit wir uns getrennt haben? Wie laufen Ihre Angelegenheiten? Na, na, keine Geheimnisse unter Freunden!»

Er antwortete mit der gewohnten Sanftheit auf all ihre Fragen, ohne ihr zu einer einzigen erschöpfend Auskunft zu geben. Elinor begann den Tee auszuschenken, und Marianne war gezwungen, sich wieder zu ihnen zu gesellen.

Nachdem sie eingetreten war, wurde Colonel Brandon noch nachdenklicher und schweigsamer, und Mrs. Jennings konnte ihn nicht dazu bewegen, lange zu bleiben. An diesem Abend kam kein weiterer Besucher, und die Damen beschlossen einstimmig, früh zu Bett zu gehen.

Als Marianne am nächsten Morgen aufstand, war sie wieder guter Laune und wirkte fröhlich. Die Enttäuschung vom Vorabend schien über der Erwartung dessen, was der heutige Tag bringen würde, völlig vergessen. Kaum waren sie mit dem Frühstück fertig, als schon Mrs. Palmers Barouche vor der Tür hielt, und Minuten später trat sie lachend ins Zimmer, so entzückt, sie alle zu sehen, dass kaum auszumachen war, ob sie sich mehr über die Begegnung mit ihrer Mutter freute oder über die mit den Misses Dashwood. Sie sei höchst überrascht, dass sie nach London gekommen seien – obwohl sie eigentlich die ganze Zeit damit gerechnet habe, und sie sei ihnen sehr böse, weil sie die Einladung ihrer Mutter angenommen hätten, nachdem sie die ihre abgelehnt hätten – obwohl sie es ihnen nie verziehen hätte, wenn sie nicht gekommen wären!

«Mr. Palmer wird sich sehr freuen, Sie zu sehen», sagte sie. «Was meinen Sie, was er gesagt hat, als er hörte, dass Sie mit Mama kommen? Ich hab es vergessen, aber es war etwas sehr Komisches!»

Nachdem sie ein oder zwei Stunden mit dem zugebracht hatten, was die Mutter als traulichen Plausch bezeichnete, also mit allen möglichen Fragen nach der gesamten Bekanntschaft von Seiten Mrs. Jennings' und mit grundlosem Gelächter von Seiten Mrs. Palmers, schlug Letztere vor, die anderen sollten sie zu einigen Geschäften begleiten, in denen sie heute Vormittag etwas zu erledigen habe. Mrs. Jennings und Elinor waren gleich einverstanden, da sie ebenfalls Einkäufe zu tätigen hatten, und Marianne, die anfangs abgelehnt hatte, wurde überredet mitzukommen.

Doch wohin sie auch gingen, Marianne hielt offensichtlich ständig nach etwas Ausschau. Vor allem in der Bond Street, wo sie am meisten zu besorgen hatten, waren ihre Blicke unablässig auf der Suche; gleichgültig, in welchem Laden das Grüppchen sich aufhielt, sie war immer geistesabwesend, fern von allem, was sie unmittelbar erlebten, fern von allem, was die anderen interessierte und beschäftigte. Da Marianne ruhelos und unzufrieden war, egal, wo sie sich aufhielten, konnte ihre Schwester sie bei einem Kauf nie nach ihrer Meinung fragen, selbst wenn dieser Kauf sie beide betraf. Nichts gefiel ihr, sie wollte möglichst rasch wieder nach Hause und konnte nur mit Mühe ihren Ärger über das Schneckentempo von Mrs. Palmer bezähmen, der jeder hübsche, teure oder neuartige Artikel ins Auge stach, die auf alles gleichzeitig versessen war, sich für nichts entscheiden konnte und ihre Zeit mit Entzücken und Unschlüssigkeit vertrödelte.

Es war schon später Vormittag, als sie heimkehrten, und kaum hatten sie das Haus betreten, hastete Marianne erwartungsvoll die Treppe hinauf. Elinor folgte ihr und sah, wie sich Marianne mit bekümmerter Miene vom Tisch abwandte, was bedeutete, dass kein Willoughby da gewesen war.

«Ist kein Brief für mich abgegeben worden, seit wir ausgegangen sind?», fragte sie den Diener, der mit den Paketen eintrat. Sie wurde abschlägig beschieden. «Sind Sie ganz sicher?», erwiderte sie. «Sind Sie sicher, dass kein Dienstbote, kein Laufbursche einen Brief oder ein Billett abgegeben hat?»

Nein, antwortete der Mann, niemand.

«Sehr seltsam!», sagte Marianne leise und enttäuscht und wandte sich zum Fenster.

«Tatsächlich, sehr seltsam!», dachte auch Elinor und betrachtete ihre Schwester besorgt. «Wenn sie nicht gewusst hätte, dass er in London ist, hätte sie ihm nicht mit der Zwei-Penny-Post geschrieben, dann hätte sie nach Combe Magna geschrieben, und wenn er in der Stadt ist, dann ist es doch seltsam, dass er weder kommt noch schreibt! Ach, liebste Mutter, es ist nicht recht, dass du eine so zweifelhafte, mysteriöse Verlobung zwischen einer so jungen Tochter und einem dir so wenig bekannten Mann erlaubst! *Ich* würde mich zu gern erkundigen, aber wie wird man eine Einmischung von *mir* wohl aufnehmen!»

Sie dachte eine Weile nach und beschloss, falls sich die Angelegenheit noch einige Tage länger so unerfreulich darstellen sollte wie jetzt, ihrer Mutter dringend zu empfehlen, der Sache ernsthaft auf den Grund zu gehen.

Mrs. Palmer und zwei ältere Damen aus Mrs. Jennings' engerem Bekanntenkreis, die sie am Morgen getroffen und eingeladen hatten, speisten mit ihnen. Erstere verabschiedete sich bald nach dem Tee, um ihren abendlichen Verpflichtungen nachzukommen, und Elinor musste als vierte Whist[18]-Spielerin einspringen. Marianne war bei solchen Anlässen unbrauchbar, da sie das Spiel nie lernen würde, aber auch wenn sie auf diese Weise Zeit für sich hatte, verlief der Abend für sie keineswegs erfreulicher als für Elinor, denn sie verbrachte ihn zwischen banger Erwartung und schmerzlicher Enttäuschung. Manchmal versuchte sie ein paar Minuten zu lesen, legte aber das Buch bald zur Seite und kehrte zu einer interessanteren Tätigkeit zurück: Sie ging im Zimmer auf und ab, und immer, wenn sie ans Fenster kam, blieb sie einen Augenblick stehen, in der Hoffnung, das langersehnte Klopfen zu hören.

Kapitel 27

«Wenn es noch länger frostfrei bleibt», sagte Mrs. Jennings, als sie sich am nächsten Morgen beim Frühstück trafen, «wird Sir John nächste Woche nicht aus Barton abreisen wollen; ein Jäger verzichtet nicht gern auf einen vergnüglichen Tag. Die Armen! Sie tun mir dann immer leid, sie nehmen es sich so zu Herzen!»

«Das stimmt», rief Marianne freudig und ging zum Fenster, um die Wetterlage zu prüfen. «Daran hatte ich nicht gedacht. Diese Temperaturen werden so manchen Jäger auf dem Land festhalten.»

Es war ein segensreicher Fingerzeig, der ihre gute Laune wiederherstellte. «Für solche Leute ist das tatsächlich ein hinreißendes Wetter», fuhr sie fort, während sie sich glückstrahlend an den Frühstückstisch setzte. «Wie schön muss das für sie sein! Allerdings» – wieder ein wenig besorgter – «kann es doch nicht mehr lang dauern! Um diese Jahreszeit und nach solchen Regenfällen ist es sicher bald aus damit. Dann setzt Frost ein, und wahrscheinlich ein strenger. In ein oder zwei Tagen. Länger werden diese extrem milden Temperaturen kaum anhalten – ja, vielleicht friert es sogar schon heute Nacht!»

«Unabhängig davon», sagte Elinor, die verhindern wollte, dass Mrs. Jennings ihre Schwester ebenso klar durchschaute wie sie selbst, «werden wir Sir John und Lady Middleton wohl Ende nächster Woche hier in der Stadt haben.»

«Ja, meine Liebe, garantiert. Mary setzt immer ihren Kopf durch.»

«Und Marianne», folgerte Elinor stillschweigend, «wird wohl noch mit der heutigen Post nach Combe schreiben.»

Falls sie das tat, wurde der Brief so heimlich geschrieben und abgeschickt, dass Elinor trotz aller Wachsamkeit nichts darüber in Erfahrung brachte. Was auch immer nun zutreffen mochte, Elinor war zwar beileibe nicht gänzlich zufrieden damit, aber auch nicht allzu beunruhigt, da Marianne so guter Laune war. Und Marianne war nun wirklich sehr gut gelaunt: glücklich über das milde Wetter und noch glücklicher über die Aussicht auf Frost.

Den Morgen brachten sie hauptsächlich damit zu, dass sie in den Häusern sämtlicher Bekannten von Mrs. Jennings Karten abgaben, um ihnen mitzuteilen, dass sie wieder in London sei; Marianne prüfte unterdessen ständig die Windrichtung, beobachtete die Veränderungen am Himmel und bildete sich ein, die Luft rieche schon ganz anders.

«Meinst du nicht auch, dass es kälter ist als heute Morgen, Elinor? Ich spüre einen deutlichen Unterschied. Ich kann meine Hände nicht einmal im Muff warm halten. Gestern war das anders, glaube ich. Außerdem reißen die Wolken auf, gleich kommt die Sonne heraus, und am Nachmittag wird es klar.»

Elinor fand das abwechselnd amüsant und peinlich, aber Marianne machte weiterhin beharrlich sichere Symptome bevorstehenden Frostes aus: jeden Abend im hell lodernden Feuer und jeden Morgen in der Luft und am Himmel.

Es gab wirklich keinen Grund, weshalb die Misses Dashwood mit Mrs. Jennings' Lebensweise und Bekanntenkreis hätten unzufrieden sein sollen, ebenso wenig wie mit ihrem Verhalten ihnen selbst gegenüber, das unverändert freundlich war. Der gesamte Haushalt wurde planvoll und äußerst großzügig geführt, und abgesehen von ein paar alten Freunden in der Innenstadt, von denen sie sich zu Lady Middletons Bedauern nie losgesagt hatte, besuchte sie niemanden, den kennenzulernen die Gefühle ihrer jungen Gäste hätte irritieren können. Elinor war froh, es in diesem Punkt besser getroffen zu haben als erwartet, und fand sich deshalb bereitwillig damit ab, dass ihr die Abendgesellschaften kein rechtes

Vergnügen machten. Sowohl zu Hause als auch bei anderen Leuten setzte man sich nur zum Kartenspielen zusammen, was sie wenig begeisterte.

Colonel Brandon, der als Dauergast betrachtet wurde, ließ sich fast täglich blicken; er kam, um Marianne zu sehen und mit Elinor zu reden, für die das Gespräch mit ihm oft der befriedigendste Teil des Tages war. Gleichzeitig verfolgte sie besorgt seine anhaltende Neigung zu ihrer Schwester – eine wachsende Neigung, wie zu befürchten stand. Es bekümmerte sie, mit welchem Ernst er Marianne oft beobachtete, und ganz sicher war seine Gemütsverfassung trübseliger als damals in Barton.

Etwa eine Woche nach ihrer Ankunft stellte sich heraus, dass auch Willoughby in der Stadt eingetroffen war. Als sie von ihrer morgendlichen Ausfahrt zurückkehrten, lag seine Karte auf dem Tisch.

«Lieber Gott!», rief Marianne. «Er war hier, während wir weg waren!» Nun wusste Elinor mit Bestimmtheit, dass er in London war, darüber war sie froh, und so wagte sie die Bemerkung: «Er kommt gewiss morgen noch einmal.» Doch Marianne schien sie kaum zu hören, und als Mrs. Jennings eintrat, entfloh sie mit der kostbaren Karte.

Während sich Elinors Stimmung durch dieses

Ereignis hob, versetzte es ihre Schwester wie gewohnt in Aufregung – vielleicht noch schlimmer als je zuvor. Von diesem Augenblick an hatte sie keine Ruhe mehr, bei der Aussicht, ihm womöglich jeden Moment zu begegnen, war sie unfähig, sich mit irgendetwas zu beschäftigen. Als die anderen am nächsten Morgen ausgingen, bestand sie darauf, zu Hause zu bleiben.

Elinors Gedanken kreisten um das, was während ihrer Abwesenheit in der Berkeley Street passieren mochte, aber als sie heimkam, genügte ein kurzer Blick auf ihre Schwester, um zu wissen, dass Willoughby nicht noch einmal da gewesen war. In diesem Moment wurde ein Billett abgegeben und auf den Tisch gelegt.

«Für mich!», rief Marianne und trat hastig vor.

«Nein, Ma'am, für die gnädige Frau.»

Marianne, die das nicht glauben wollte, nahm das Billett gleich an sich. «Es ist in der Tat für Mrs. Jennings, wie ärgerlich!»

«Erwartest du denn einen Brief?», fragte Elinor, außerstande, länger zu schweigen.

«Ja, irgendwie schon... aber eigentlich nicht.»

Kurze Pause. «Marianne, du hast kein Vertrauen zu mir.»

«Nein, Elinor – dass ausgerechnet du mir das vorwirfst, die niemandem etwas anvertraut!»

«Ich?», erwiderte Elinor etwas verblüfft. «Aber Marianne, ich habe doch gar nichts zu erzählen.»

«Ich auch nicht», versetzte Marianne mit Nachdruck, «dann sind wir ja in der gleichen Lage. Wir haben beide nichts zu erzählen, du, weil du nichts mitzuteilen hast, und ich, weil ich nichts zu verheimlichen habe.»

Elinor bekümmerte dieser Vorwurf der Verschlossenheit, den sie nicht ohne Weiteres widerlegen konnte, und sie wusste nicht, wie sie Marianne unter solchen Umständen zu größerer Offenheit drängen sollte.

Kurz darauf erschien Mrs. Jennings, das Billett wurde ihr ausgehändigt, und sie las es laut vor. Es stammte von Lady Middleton, welche vermeldete, sie seien am Abend zuvor in der Conduit Street eingetroffen und erbäten für den folgenden Abend den Besuch ihrer Mutter und ihrer Cousinen. Berufliche Verpflichtungen auf Seiten Sir Johns und ihre eigene heftige Erkältung würden es ihnen verwehren, persönlich in der Berkeley Street vorzusprechen. Die Einladung wurde angenommen, doch als die vereinbarte Stunde nahte, kostete es Elinor – auch wenn die Höflichkeit gebot, dass sie Mrs. Jennings beide auf einem solchen Besuch begleiteten – große Mühe, ihre Schwester zum Mitkommen zu überreden, da

Willoughby sich bisher nicht hatte blicken lassen. Marianne war folglich weder geneigt, sich aushäusig zu amüsieren, noch wollte sie Gefahr laufen, dass er ein zweites Mal in ihrer Abwesenheit auftauchte.

Am Ende des Abends stellte Elinor fest, dass ein Ortswechsel den Charakter eines Menschen nicht wesentlich verändert, denn obwohl sie eigentlich noch gar nicht richtig angekommen waren, hatte Sir John es bereits fertiggebracht, knapp zwanzig junge Leute um sich zu scharen und für Tanzmusik zu sorgen. Ein Tun, welches Lady Middleton keineswegs billigte. Auf dem Land mochte solch eine spontane Tanzerei angehen, doch in London, wo ein vornehmer Ruf essenziell und weniger leicht zu erlangen war, bedeutete es ein zu großes Risiko, wenn bekannt wurde, dass Lady Middleton um des bloßen Vergnügens einiger Mädchen willen einen kleinen Privatball für acht oder neun Paare gegeben habe, mit zwei Violinen und lediglich einem leichten Imbiss.

Auch Mr. und Mrs. Palmer waren eingeladen. Von Ersterem, dem sie seit ihrer Ankunft in London noch nicht begegnet waren, da er sorgfältig jeglichen Anschein von Aufmerksamkeit gegenüber seiner Schwiegermutter vermied und sich deshalb stets von ihr fernhielt, kam nicht das geringste Zeichen des Wiedererkennens. Er warf ihnen einen Blick zu, offenbar ohne zu wissen, wer sie waren, und nickte Mrs. Jennings vom anderen Ende des Zimmers lediglich zu. Marianne sah sich kurz um, als sie ins Zimmer trat, das genügte: Er war nicht da. Und so nahm sie Platz, nicht willens, sich über irgendetwas zu freuen oder einem anderen eine Freude zu machen. Sie waren bereits eine Stunde versammelt, da schlenderte Mr. Palmer zu den Misses Dashwood hinüber und äußerte sein Erstaunen, sie in London zu sehen. Dabei hatte Colonel Brandon in Mr. Palmers Haus von ihrer Ankunft erfahren, und Mr. Palmer selbst hatte etwas sehr Spaßiges gesagt, als er hörte, sie würden kommen.

«Ich dachte, Sie wären in Devonshire», sagte er.

«Ach ja?», erwiderte Elinor.

«Wann fahren Sie wieder?»

«Ich weiß es nicht.» Und damit war das Gespräch beendet.

Noch nie im Leben hatte Marianne so wenig Lust zum Tanzen verspürt wie an diesem Abend, und noch nie hatten Tanzschritte sie dermaßen ermüdet. Sie klagte darüber, als sie in die Berkeley Street zurückfuhren.

«Jaja», sagte Mrs. Jennings, «wir kennen den Grund für all das sehr gut. Wenn ein gewisser

Jemand anwesend gewesen wäre – wir wollen den Namen nicht nennen –, wären Sie kein bisschen müde gewesen, und offen gestanden war es nicht sehr nett von ihm, Ihnen diese Zusammenkunft nicht zu gewähren, wo er doch eingeladen war.»

«Eingeladen!», rief Marianne.

«Das hat mir meine Tochter Lady Middleton erzählt; anscheinend hat Sir John ihn heute Vormittag auf der Straße getroffen.»

Marianne sagte nichts mehr, wirkte aber zutiefst verletzt. Elinor wollte in dieser Situation unbedingt etwas tun, um ihrer Schwester zu helfen, und beschloss, gleich am nächsten Morgen an die Mutter zu schreiben, denn sie hoffte, diese möge aus Sorge um Mariannes Wohlergehen endlich die lange hinausgezögerten Nachforschungen anstellen. Sie wurde in diesem Entschluss noch bestärkt, als sie anderntags nach dem Frühstück merkte, dass Marianne wieder an Willoughby schrieb – denn an wen sonst sollte sie schon schreiben?

Gegen Mittag ging Mrs. Jennings aus, um Besorgungen zu machen, und Elinor begann sogleich mit ihrem Brief, während Marianne, zu ruhelos, um etwas zu unternehmen, zu beklommen, um sich zu unterhalten, von einem Fenster zum andern wanderte und sich dann schwermütig sinnend vor den Kamin setzte. Elinor brachte ihr Anliegen an die Mutter sehr eindringlich vor, sie berichtete, was geschehen war, schrieb, dass sie Willoughby der Wankelmütigkeit verdächtige, und drängte sie unter Berufung auf ihr Pflichtbewusstsein und ihre Liebe, von Marianne eine ehrliche Auskunft über den Stand der Dinge zu fordern.

Der Brief war kaum fertig, als ein Klopfen Besuch ankündigte und Colonel Brandon gemeldet wurde. Marianne, die ihn vom Fenster aus gesehen hatte und der alle Gesellschaft zuwider war, verließ den Raum, ehe er eintrat. Er blickte noch ernster drein als sonst, und obwohl er zufrieden schien, Miss Dashwood allein anzutreffen, als habe er ihr etwas Besonderes mitzuteilen, blieb er eine Weile wortlos sitzen. Elinor war überzeugt, dass er etwas zu sagen hatte, was ihre Schwester betraf, und wartete ungeduldig auf die Einleitung. Sie hatte diese deutliche Ahnung nicht zum ersten Mal, schon öfter hatte er Bemerkungen wie «Ihre Schwester sieht heute nicht wohl aus» oder «Ihre Schwester wirkt niedergeschlagen» fallen lassen und war offenbar drauf und dran gewesen, etwas zu enthüllen oder anzusprechen, was ausdrücklich mit ihr zu tun hatte. Endlich brach er das lange Schweigen und erkundigte sich leicht angespannt, wann er ihr zu ihrem neuen Schwager gratulieren dürfe? Elinor war auf eine solche Frage nicht vorbereitet, und da sie keine Antwort parat hatte, musste sie zu dem schlichten, aber bewährten Mittel der Gegenfrage greifen: Was er damit meine? Er versuchte zu lächeln, als er sagte: «Alle Welt weiß von der Verlobung Ihrer Schwester mit Mr. Willoughby.»

«Es kann nicht alle Welt davon wissen», erwiderte Elinor, «wenn ihre Familie nichts davon weiß.»

Er wirkte verblüfft und sagte: «Verzeihung, ich fürchte, meine Frage war unverschämt. Aber ich hatte nicht angenommen, dass es geheim bleiben sollte, wo sie doch offen miteinander korrespondieren und ihre Hochzeit allgemeiner Gesprächsstoff ist.»

«Wie kann das sein? Von wem wollen Sie das gehört haben?»

«Von vielen Leuten – manchen, die Sie nicht kennen, und anderen, mit denen Sie gut befreundet sind, von Mrs. Jennings, Mrs. Palmer und den Middletons. Trotzdem hätte ich es vielleicht nicht geglaubt – denn wo das Herz sich nicht gern überzeugen lässt, findet es immer Gründe zum Zweifeln –, wenn ich nicht heute, als mich der Diener einließ, zufällig in seiner Hand einen Brief gesehen hätte, der in der Schrift Ihrer

Schwester an Mr. Willoughby adressiert war. Ich war gekommen, um mich zu erkundigen, wurde aber schon aufgeklärt, bevor ich meine Frage stellen konnte. Ist alles unwiderruflich geregelt? Ist es unmöglich, noch zu...? Aber ich habe kein Recht und hätte nie eine Chance, der Nachfolger zu werden. Entschuldigen Sie, Miss Dashwood. Es war wohl falsch, so offen zu sein, aber ich weiß nicht recht, was ich tun soll, ich vertraue ganz auf Ihre Klugheit. Sagen Sie mir, dass alles beschlossene Sache ist, dass jeder Versuch... kurzum, dass es nur noch geheim gehalten wird – wenn man das so nennen kann.»

Diese Worte, die für Elinor ein unverblümtes Liebesgeständnis an ihre Schwester enthielten, gingen ihr sehr nahe. Sie konnte nicht sofort antworten, und selbst als sie sich wieder gefasst hatte, überlegte sie kurz, welche Antwort am passendsten wäre. Sie hatte keine Ahnung, wie es um Willoughby und ihre Schwester wirklich stand, wenn sie es also zu erklären versuchte, konnte sie ebenso leicht zu viel sagen wie zu wenig. Da sie aber überzeugt war, dass Mariannes Liebe zu Willoughby, wohin auch immer sie führen mochte, Colonel Brandon keine Hoffnung auf Erfolg ließ, und da sie gleichzeitig Mariannes Verhalten vor Kritik schützen wollte, hielt sie es nach einiger Überlegung für das Klügste und Freundlichste, mehr zu verraten, als sie mit Bestimmtheit wusste oder auch nur glaubte. Sie gab also zu, sie habe zwar nie von ihnen selbst erfahren, welcher Art ihre Beziehung zueinander sei, zweifle aber nicht an ihrer gegenseitigen Zuneigung und wundere sich keineswegs, von einem Briefwechsel zu hören.

Er lauschte schweigend und aufmerksam, und als sie geendet hatte, erhob er sich sofort, sagte mit bewegter Stimme: «Ihrer Schwester wünsche ich alles erdenkliche Glück, und Willoughby wünsche ich, dass er nach Kräften versucht, sich ihrer würdig zu erweisen», verabschiedete sich und ging.

Dieses Gespräch hatte nichts Tröstliches an sich, womit sich Elinors Unbehagen in anderen Punkten hätte beschwichtigen lassen; im Gegenteil, was ihr blieb, war das betrübliche Bild vom Unglück Colonel Brandons, das abzuwenden sie sich nicht wünschen konnte, fand sie doch just jenes Ereignis erstrebenswert, das sein Unglück festschreiben musste.

Kapitel 28

In den nächsten drei, vier Tagen geschah nichts, weswegen Elinor bereut hätte, sich an ihre Mutter gewandt zu haben; weder kam Willoughby, noch schrieb er. Nach einiger Zeit waren sie als Begleiterinnen von Lady Middleton zu einem Empfang geladen, dem Mrs. Jennings wegen der Unpässlichkeit ihrer jüngeren Tochter fernbleiben musste, und tief deprimiert, ohne einen erwartungsvollen Blick oder ein Wort der Vorfreude, machte Marianne sich für diese Einladung zurecht; es schien ihr gleichgültig zu sein, wie sie aussah und ob sie nun hinging oder nicht. Nach dem Tee saß sie bis zu dem Moment, da Lady Middleton sie abholen würde, im Salon am Kamin, ohne sich ein einziges Mal von ihrem Stuhl zu rühren oder ihre Haltung zu verändern, in Gedanken versunken und ohne die Anwesenheit ihrer Schwester wahrzunehmen, und als es schließlich hieß, Lady Middleton warte an der Tür auf sie, schrak sie hoch, als hätte sie vergessen, dass jemand kommen sollte.

Sie erreichten ihren Bestimmungsort rechtzeitig, und sobald sie in der Schlange der Kutschen weit genug vorgerückt waren, stiegen sie aus, gingen die Treppe hinauf, hörten, wie ihre Namen lautstark von einem Treppenabsatz zum nächsten gemeldet wurden, und betraten endlich einen prächtig beleuchteten, überfüllten und unerträglich heißen Raum. Als sie die Dame des Hauses gebührend höflich mit einem Knicks begrüßt hatten, durften sie sich unter die Menge mischen und an der Hitze und dem Gedränge teilhaben, zu dem auch ihre eigene Ankunft unweigerlich beitrug. Nachdem Lady Middleton eine Weile lang wenig gesagt und noch weniger getan hatte, setzte sie sich an den Kartentisch zum Casinospielen, und da Marianne nicht in der Stimmung war herumzuschlendern, suchten sie und Elinor nach freien Stühlen, waren glücklicherweise erfolgreich und nahmen nicht weit vom Tisch Platz.

Sie saßen noch nicht lange, als Elinor in ein paar Schritt Entfernung Willoughby bemerkte, ins Gespräch mit einer sehr eleganten jungen Frau vertieft. Sie fing seinen Blick auf, und er verbeugte sich sofort, machte aber keine Anstalten, mit ihr zu sprechen oder sich Marianne zu nähern, obwohl er sie ebenfalls erkannt haben musste, sondern setzte sein Gespräch mit der Dame fort. Elinor drehte sich unwillkürlich zu Marianne um, sie wollte sehen, ob ihr das vielleicht entgangen war. Doch in ebendiesem Moment nahm sie ihn wahr, und ihr Gesicht leuchtete in jäher Freude auf; sie wäre sofort auf ihn zugelaufen, wenn ihre Schwester sie nicht festgehalten hätte.

«Lieber Himmel!», rief sie. «Er ist da... er ist da... oh, warum schaut er nicht her? Warum kann ich nicht mit ihm sprechen?»

«Ich bitte dich, bleib ruhig», sagte Elinor, «zeig doch nicht allen Anwesenden, was du fühlst. Vielleicht hat er dich noch nicht entdeckt.»

Das glaubte sie allerdings selbst nicht. In einem solchen Moment ruhig zu bleiben war Marianne nicht nur unmöglich, sie wollte es auch gar nicht. Sie litt Höllenqualen vor Ungeduld, was ihr Gesicht mit jedem Muskel verriet.

Endlich drehte er sich wieder um und blickte sie beide an; Marianne sprang auf, nannte bewegt seinen Namen und streckte ihm die Hand entgegen. Er kam heran, sprach aber eher zu Elinor als zu Marianne, als wollte er deren Blick ausweichen und habe beschlossen, ihre ausgestreckte Hand zu ignorieren; er erkundigte sich hastig nach Mrs. Dashwood und fragte, seit wann sie schon in London seien. Ob eines solchen Benehmens verlor Elinor all ihre sonstige Schlagfertigkeit und brachte kein Wort heraus. Ihre Schwester hingegen ließ ihren Gefühlen freien Lauf. Sie wurde über und über rot und rief aufs Äußerste erregt: «Lieber Gott, Willoughby, was soll das heißen? Haben Sie meine Briefe nicht bekommen? Wollen Sie mir nicht die Hand geben?»

Das konnte er also nicht mehr vermeiden, aber die Berührung schien ihm peinlich zu sein, und er behielt ihre Hand nur ganz kurz in der seinen. Dabei rang er sichtlich um Fassung. Elinor beobachtete sein Gesicht und merkte, wie es sich allmählich entspannte. Nach kurzem Schweigen sagte er ruhig: «Ich habe mir erlaubt, letzten Dienstag in der Berkeley Street vorzusprechen, hatte aber zu meinem Bedauern nicht das Glück, Sie und Mrs. Jennings zu Hause anzutreffen. Ich hoffe, meine Karte ist nicht verloren gegangen.»

«Aber haben Sie denn meine Billetts nicht erhalten?», rief Marianne völlig verstört. «Da liegt ein Missverständnis vor, ein schreckliches Missverständnis. Was soll das bedeuten? Sagen Sie doch, Willoughby, sagen Sie mir um Himmels willen, was los ist?»

Er gab keine Antwort, sondern wurde blass und verlegen wie zuvor. Erst als ihm die junge Dame, mit der er sich vorher unterhalten hatte, einen Blick zuwarf, schien ihm klar zu werden, dass er sich mehr Mühe geben musste, und zwar sofort. Er fasste sich wieder, sagte: «Ja, ich hatte das Vergnügen, die Nachricht von Ihrer Ankunft in London zu erhalten, die Sie mir gütigerweise zukommen ließen», verbeugte sich leicht, wandte sich hastig ab und gesellte sich wieder zu seiner Freundin.

Marianne, kalkweiß im Gesicht und unfähig, sich auf den Beinen zu halten, sank auf ihren Stuhl, und Elinor, die befürchtete, sie werde jeden Moment ohnmächtig, versuchte sie vor den Blicken der Umstehenden abzuschirmen und erfrischte sie mit Lavendelwasser.

«Geh zu ihm, Elinor», rief Marianne, kaum dass sie wieder sprechen konnte, «und zwinge ihn, zu mir zu kommen. Sag, ich muss ihn noch einmal sehen, muss sofort mit ihm sprechen. Ich finde keine Ruhe, habe keinen Frieden, bis das geklärt ist... irgendein schreckliches Missverständnis. Oh, geh sofort zu ihm!»

«Wie soll ich das denn machen? Nein, liebste Marianne, du musst warten. Hier ist nicht der Ort für Erklärungen. Warte wenigstens bis morgen.»

Doch sie konnte Marianne nur mit Mühe daran hindern, ihm selbst zu folgen; vergeblich suchte sie ihr zuzureden, sie möge ihre Aufregung zügeln oder zumindest warten, bis sie nach außen hin gelassener mit ihm sprechen könne, mit mehr Ruhe und Aussicht auf Erfolg; Marianne gab vielmehr beharrlich ihren schmerzlichen Gefühlen nach, ihr Elend leise beklagend. Es dauerte nicht lang, da sah Elinor, wie Willoughby den Raum durch die Tür zum Treppenhaus verließ, berichtete ihrer Schwester, er sei gegangen, und hielt ihr vor Augen, dass ein Gespräch an diesem Abend nicht mehr möglich sei – ein weiterer Grund, sich zu beruhigen. Daraufhin bat Marianne, ihre Schwester möge Lady Middleton dringend bitten, sie heimzubringen, da sie zu elend sei, um auch nur eine Minute länger zu bleiben.

Lady Middleton spielte zwar gerade einen Rubber[19], doch als sie hörte, Marianne sei unwohl, zögerte sie aus Höflichkeit nicht einen Moment, ihr diesen Wunsch zu erfüllen; sie übergab ihre Karten einer Freundin, und sobald man die Kutsche ausfindig gemacht hatte, verabschiedeten sie sich. Auf der Heimfahrt in die Berkeley Street wurde kaum ein Wort gesprochen. Marianne litt schweigend, zu gramerfüllt, um zu weinen. Da Mrs. Jennings glücklicherweise noch nicht zurück war, konnten sie gleich auf ihr Zimmer gehen, wo Marianne mit Hilfe von Hirschhornsalz wieder ein wenig zu sich kam. Bald lag sie ausgezogen im Bett, und da sie offenbar allein sein wollte, verließ ihre Schwester sie und hatte nun, während sie auf die Rückkehr von Mrs. Jennings wartete, hinreichend Zeit, über das Geschehene nachzudenken.

Dass es zwischen Willoughby und Marianne

eine Absprache gegeben hatte, stand außer Zweifel, und ebenso klar schien es, dass Willoughby dessen überdrüssig geworden war, denn selbst wenn Marianne noch immer ihren Träumen nachhing, konnte Elinor ein derartiges Benehmen unmöglich auf einen Irrtum oder ein Missverständnis zurückführen. Das alles ließ sich nur mit einem grundlegenden Gefühlswandel erklären. Ihre Empörung wäre noch größer gewesen, als sie es ohnehin schon war, hätte sie nicht seine Verlegenheit bemerkt, die anzudeuten schien, dass er sehr wohl um sein ungebührliches Betragen wusste; dies ersparte ihr zu glauben, dass er völlig charakterlos war und von Anfang an mit den Gefühlen ihrer Schwester gespielt hatte, ohne ernsthafte Absichten, die einer näheren Prüfung standgehalten hätten. Die Trennung mochte seine Zuneigung abgeschwächt, die Bequemlichkeit sie vielleicht ganz ausgelöscht haben, aber für Elinor bestand nicht der geringste Zweifel, dass eine solche Zuneigung einmal existiert hatte.

Was Marianne anging, so dachte Elinor tief besorgt an die Qualen, die ihr eine solch unglückliche Begegnung bereits zugefügt haben musste, und an die weit schlimmeren, die ihr wahrscheinlich noch daraus erwachsen würden. Verglichen hiermit war ihre eigene Situation freilich besser, denn solange sie Edward wie eh und je achten konnte, würde ihr dies einen inneren Halt geben, selbst wenn sie künftig getrennt wären. Doch wie es aussah, hatten sich alle Umstände, die ein solches Unglück noch weiter verschlimmern konnten, verschworen, um Marianne durch eine endgültige Trennung von Willoughby, durch einen sofortigen, unversöhnlichen Bruch in tiefstes Elend zu stürzen.

Kapitel 29

Das Hausmädchen hatte am nächsten Morgen noch kein Feuer angeschürt und die Sonne noch keine Macht über den kalten, düsteren Januarmorgen errungen, da kniete Marianne im ersten spärlichen Licht schon halb angezogen vor einem der Fenstersitze und schrieb so schnell, wie es ihre unablässig strömenden Tränen zuließen. Elinor, aus dem Schlaf gerissen von Mariannes Unruhe und Schluchzen, fand sie in dieser Haltung vor, und nachdem sie ihr ein Weilchen schweigend und besorgt zugesehen hatte, sagte sie vorsichtig und behutsam: «Marianne, darf ich fragen...»

«Nein, Elinor», erwiderte sie, «frag nicht, du wirst bald alles erfahren.»

Die verzweifelte Gefasstheit, mit der diese Worte gesprochen wurden, hielt sich nur für die Dauer dieses einen Satzes und wich sofort erneut dem ewig gleichen, maßlosen Kummer. Es dauerte Minuten, bis Marianne ihren Brief fortsetzen konnte, und die wiederholten Verzweiflungsausbrüche, die sie immer noch zwangen, von Zeit zu Zeit die Feder sinken zu lassen, genügten Elinor als Bestätigung für ihre Vermutung, dass sie höchstwahrscheinlich ein letztes Mal an Willoughby schrieb.

Elinor behielt sie so leise und unaufdringlich wie möglich im Auge und hätte ihr auch besänftigend zuzureden versucht, wenn Marianne nicht voller Ungeduld und nervöser Reizbarkeit gebeten hätte, sie auf keinen Fall anzusprechen. Unter diesen Umständen war es für beide besser, wenn sie nicht lange beisammensaßen. Ohnehin hielt es Marianne, nachdem sie sich angezogen hatte, in ihrer Rastlosigkeit nicht mehr im Zimmer aus, und da sie gleichzeitig Einsamkeit und ständigen Ortswechsel suchte, wanderte sie durchs Haus, bis es Zeit zum Frühstück war, und ging allen anderen aus dem Weg.

Beim Frühstück aß sie nichts, machte nicht einmal Anstalten, etwas zu essen, und so bemühte sich Elinor gar nicht erst, sie zu nötigen, zu bemitleiden oder auch nur erkennbar zu beobachten, sondern tat ihr Bestes, Mrs. Jennings' Aufmerksamkeit gänzlich auf sich zu ziehen.

Da Mrs. Jennings diese Mahlzeit liebte, dauerte alles ziemlich lang, und danach hatten sich alle drei gerade erst an den gemeinsamen Handarbeitstisch gesetzt, als ein Brief für Marianne abgegeben wurde, den sie dem Diener begierig aus der Hand riss. Sie wurde totenbleich und lief sofort aus dem Zimmer. Elinor erkannte daran so deutlich, dass er von Willoughby stammte, als hätte sie den Absender gelesen, und ihr wurde dermaßen weh ums Herz, dass sie kaum noch den Kopf aufrecht halten konnte; sie saß am ganzen Körper zitternd da und befürchtete, dies werde Mrs. Jennings' Aufmerksamkeit nun bestimmt nicht mehr entgehen. Doch die gute Dame merkte nur, dass Marianne einen Brief von Willoughby erhalten hatte, was sie sehr erheiternd fand und entsprechend kommentierte, indem sie lachend ihrer Hoffnung Ausdruck gab, er möge nach Mariannes Geschmack ausfallen. Sie war zu sehr damit beschäftigt, Wollfäden für ihren Teppich abzumessen, um von Elinors Verzweiflung etwas mitzubekommen, und kaum war Marianne verschwunden, fuhr sie in ruhigem Plauderton fort: «Ich muss schon sagen, ich habe noch nie im

Leben eine junge Frau gesehen, die so verzweifelt verliebt war! Mit ihr verglichen waren meine jungen Mädchen gar nichts, dabei waren die auch schon reichlich verdreht; aber Miss Marianne hat sich ja völlig verändert. Ich hoffe aus ganzem Herzen, dass er sie nicht länger warten lässt, es ist ja richtig schlimm, wenn man mitanschauen muss, wie krank und elend sie aussieht. Wann heiraten sie denn nun, bitte sehr?»

Auch wenn Elinor noch nie so wenig der Sinn nach Reden gestanden hatte, zwang sie sich, diesen Angriff zu parieren; sie versuchte zu lächeln und erwiderte: «Sie haben sich also tatsächlich eingeredet, Ma'am, dass meine Schwester mit Willoughby verlobt ist? Ich dachte zunächst, Sie scherzen, aber eine so ernsthafte Frage lässt doch auf anderes schließen, deshalb muss ich Sie bitten, sich nicht länger etwas vorzumachen. Ich versichere Ihnen, nichts würde mich mehr erstaunen, als wenn ich erführe, dass sie heiraten wollen.»

«Pfui, Miss Dashwood, schämen Sie sich! Wie können Sie so etwas sagen? Wissen wir nicht alle, dass es eine Heirat geben *muss*, dass sie vom ersten Moment an bis über beide Ohren verliebt waren? Habe ich sie in Devonshire nicht tagtäglich und von morgens bis abends zusammen erlebt? Glauben Sie, ich wusste nicht, dass Ihre Schwester mit mir nach London wollte, um ihr Hochzeitskleid zu kaufen? Kommen Sie, das verfängt bei mir nicht. Nur weil Sie selbst so heimlich tun, meinen Sie, alle anderen hätten keinen Verstand, aber nichts dergleichen trifft zu, das sag ich Ihnen, die ganze Stadt weiß schon Bescheid. Ich erzähle jedem davon, und Charlotte auch.»

«Nein, Ma'am, wirklich», antwortete Elinor sehr ernst, «Sie täuschen sich. Wenn Sie so etwas verbreiten, ist das sehr herzlos, das werden Sie schon merken, auch wenn Sie mir jetzt noch nicht glauben.»

Mrs. Jennings lachte wieder, doch Elinor hatte keine Lust mehr, weiterzureden, und da sie vor allem unbedingt wissen wollte, was Willoughby geschrieben hatte, eilte sie in ihr Zimmer. Sie öffnete die Tür, sah Marianne ausgestreckt auf dem Bett liegen, fast betäubt vor Kummer, einen Brief in der Hand und zwei oder drei weitere neben sich. Elinor trat näher, sagte aber nichts, setzte sich aufs Bett, ergriff ihre Hand, küsste sie mehrmals liebevoll und brach dann in Tränen aus, anfangs kaum weniger heftig als Marianne. Diese war zwar unfähig zu sprechen, schien aber Elinors Zärtlichkeit zu spüren, und nach einer Weile geteilten Leids drückte sie Elinor die Briefe in die Hand. Dann zog sie sich das Halstuch übers

Gesicht und schrie fast vor Verzweiflung. Elinor wusste, dass man solchem Kummer, so entsetzlich er mitanzusehen war, seinen Lauf lassen musste, und wachte neben ihr, bis sich die Qual ein wenig gelegt hatte, dann machte sie sich mit angehaltenem Atem über Willoughbys Brief her und las:

«Bond Street, Januar
Liebe Madam,
soeben hatte ich die Ehre, Ihren Brief zu erhalten, für welchen ich Ihnen meinen aufrichtigen Dank aussprechen möchte. Ich bin sehr betrübt, dass mein Verhalten am gestrigen Abend nicht in jedem Punkt Ihre Billigung fand, und obwohl ich keine Ahnung habe, womit ich Sie unglücklicherweise beleidigt haben könnte, erbitte ich Ihre Verzeihung für etwas, was gänzlich unbeabsichtigt geschehen ist, das versichere ich Ihnen. Ich werde mich an meine Bekanntschaft mit Ihrer Familie in Devonshire stets nur mit Dankbarkeit und Freude erinnern und bilde mir ein, dass sie an einem Irrtum oder missverstandenen Verhalten meinerseits nicht zerbrechen wird. Ich schätze Ihre ganze Familie aufrichtig, doch wenn ich das Pech gehabt haben sollte, den Glauben zu erwecken, ich fühlte mehr, als dies der Fall war oder als ich

auszudrücken gedachte, bin ich dafür zu tadeln, dass ich mich bei meinen Geständnissen dieser Wertschätzung nicht besser in Acht genommen habe. Sie werden zugeben, dass ich unmöglich jemals mehr beabsichtigt haben kann, wenn Sie erfahren, dass ich längst anderweitig versprochen bin, und dieses Versprechen wird wohl in wenigen Wochen eingelöst werden. Mit großem Bedauern gehorche ich Ihrem Befehl, Ihnen die Briefe zurückzusenden, mit denen Sie mich beehrten, sowie die Locke, die Sie mir freundlicherweise geschenkt haben.
Ich bin, teure Madam,
stets Ihr gehorsamer, ergebener Diener

John Willoughby»

Mit welcher Empörung Miss Dashwood einen solchen Brief las, kann man sich vorstellen. Sie hatte schon vor der Lektüre gewusst, dass er das Geständnis seines Wankelmuts enthalten und die endgültige Trennung bestätigen würde, aber sie hatte nicht gewusst, dass man sich das mit solchen Worten sagen lassen musste, und sie hätte Willoughby nie zugetraut, dass er so offenkundig alles ehrbare, taktvolle Empfinden, alle Anstandsregeln eines Gentlemans vergessen und einen solch unverschämt grausamen Brief schreiben könnte, einen Brief, der seinen Wunsch nach Freigabe durch keinerlei Bedauern milderte, der nicht einmal einräumte, dass er ein Versprechen brach, und jegliche besondere Zuneigung leugnete, einen Brief, in dem jede Zeile eine Beleidigung war und der seinen Verfasser als absolut abgebrühten Schurken auswies.

Eine Weile saß sie empört und fassungslos davor, dann las sie ihn wieder und wieder, doch mit jedem Mal, da sie ihn überflog, wuchs nur ihr Abscheu gegen den Mann, und sie war so wütend auf ihn, dass sie nicht zu sprechen wagte, um Marianne nicht noch tiefer zu verletzen, denn sonst hätte sie die Auflösung ihrer Verlobung nicht als Verlust von etwas potenziell Gutem dargestellt, sondern als ein Entrinnen – und damit als wahre Erlösung, als reinen Segen, war sie doch dem schlimmsten unabänderlichen Unglück entkommen, der lebenslangen Verbindung mit einem charakterlosen Mann.

Im sorgenvollen Grübeln über den Inhalt des Briefs, über die Schlechtigkeit der Gesinnung, die ihn diktiert hatte, und vermutlich darüber hinaus auch über die ganz andere Gesinnung eines ganz anderen Menschen, der in dieser Angelegenheit weiter keine Rolle spielte als die, die Elinors Herz ihm bei allen Vorkommnissen zuwies, vergaß sie das momentane Leid ihrer Schwester, vergaß, dass sie drei noch ungelesene Briefe auf dem Schoß liegen hatte, und vergaß völlig, wie lange sie schon in diesem Zimmer saß, sodass sie, als sie eine Kutsche vorfahren hörte, ans Fenster trat, um zu sehen, wer so unsinnig früh am Tag zu Besuch kam, und höchst verwundert Mrs. Jennings' Kalesche bemerkte, die, wie sie wusste, für ein Uhr bestellt war. Da sie entschlossen war, Marianne nicht allein zu lassen, auch wenn sie derzeit vermutlich nicht viel zu ihrer Beruhigung beitragen konnte, eilte sie hinaus, um Mrs. Jennings zu sagen, sie könne sie leider nicht begleiten, weil es ihrer Schwester nicht gut gehe. Mrs. Jennings, voll freundlicher Teilnahme, nahm die Entschuldigung bereitwillig an. Nachdem Elinor die Dame verabschiedet hatte, kehrte sie zu Marianne zurück, die gerade versuchte, vom Bett aufzustehen, und kam eben noch rechtzeitig, um zu verhindern, dass ihre Schwester, vor Schlafmangel und Hunger schwach und schwindlig, zu Boden sank. Seit Tagen hatte sie kaum Appetit gehabt und nächtelang nicht richtig geschlafen, und jetzt, da sie nicht mehr von fiebriger Erwartung aufrecht gehalten wurde, spürte sie die Auswirkung all dessen: Kopfschmerzen, ein geschwächter Magen und eine allgemeine nervöse Schwäche. Ein Glas Wein, das Elinor ihr umgehend besorgte, stärkte sie ein wenig, und so vermochte Marianne schließlich zu signalisieren, dass sie von Elinors liebevoller Fürsorglichkeit Notiz nahm.

«Arme Elinor! Was mache ich dir für Kummer!»

«Ich wünschte nur», erwiderte ihre Schwester, «es gäbe etwas, was ich für dich tun könnte und was dich vielleicht trösten würde.»

Dies war – wie es jeder andere Besänftigungsversuch auch gewesen wäre – zu viel für Marianne, die in ihrer Herzenspein nur aufschreien konnte: «O Elinor, ich bin so unglücklich!», bevor ihre Stimme wieder von Schluchzern erstickt wurde.

Elinor konnte diesen Sturzbach ungezähmten Leids nicht länger schweigend mitansehen.

«Nimm dich ein wenig zusammen, liebe Marianne», rief sie, «wenn du nicht dich und alle, die dich gernhaben, umbringen willst. Denk an Mutter, denk an ihren Jammer, wenn du so leidest. Um ihretwillen solltest du dich zusammennehmen.»

«Ich kann nicht, ich kann nicht», rief Marianne, «geh weg, geh weg, wenn ich dir Kummer bereite; geh weg, hasse mich, vergiss mich, aber quäl mich nicht so! Ach, wer selbst keine Sorgen hat, hat leicht reden, dass man sich zusammennehmen soll. Glückliche, glückliche Elinor, du ahnst ja nicht, was ich leide!»

«Mich nennst du glücklich, Marianne? Ach, wenn du wüsstest...! Und wie kannst du mich für glücklich halten, solange ich dich so unglücklich sehe?»

«Verzeih mir, verzeih mir!» Sie schlang die Arme um den Hals ihrer Schwester. «Ich weiß, du fühlst mit mir, ich weiß, welch gutes Herz du hast... aber dennoch bist du... *musst* du glücklich sein; Edward liebt dich... ach, was könnte ein solches Glück zerstören?»

«Viele Umstände», sagte Elinor ernst, «viele.»

«Nein, nein, nein», rief Marianne ungestüm, «er liebt dich und nur dich. Du kannst unmöglich traurig sein.»

«Mich freut nichts, solange ich dich in diesem Zustand sehe.»

«Und anders wirst du mich nie mehr erleben. Mein Elend ist so groß, dass es nie mehr vergehen wird.»

«Sag das nicht, Marianne. Hast du niemanden, der dir beisteht? Keine Freunde? Lässt dein Verlust keinen Trost zu? Auch wenn du jetzt noch so sehr leidest, bedenke, was du gelitten hättest, wenn sein wahres Wesen zu einem späteren Zeitpunkt offenbar geworden wäre, wenn eure Verlobung sich noch Monate hingezogen hätte – was gut möglich gewesen wäre –, bis er schließlich geruht hätte, das Ganze zu beenden. Jeder weitere Tag voll unseligen Vertrauens deinerseits hätte die Heftigkeit des Schlags nur noch vergrößert!»

«Verlobung!», rief Marianne. «Es hat keine Verlobung gegeben.»

«Keine Verlobung!»

«Nein, so nichtswürdig, wie du glaubst, ist er gar nicht. Er hat kein Versprechen gebrochen.»

«Aber er hat dir gesagt, dass er dich liebt.»

«Ja... nein... nicht wirklich. Er hat es Tag für Tag durchblicken lassen, aber mir niemals ausdrücklich seine Liebe erklärt. Manchmal glaubte ich das, aber so war es nie.»

«Und dennoch hast du ihm geschrieben?»

«Ja. Konnte das unrecht sein, nach all dem, was geschehen war...? Aber ich kann jetzt nicht reden.»

Elinor sagte nichts mehr, sondern wandte sich wieder den drei Briefen zu, auf die sie nun viel neugieriger war als zuvor, und überflog ihren Inhalt. Der erste – es war der, den ihre Schwester ihm nach ihrer Ankunft in London geschrieben hatte – lautete folgendermaßen:

«Berkeley Street, Januar

Sie werden bestimmt überrascht sein, Willoughby, wenn Sie dieses Schreiben erhalten, und ich glaube, Sie werden sogar noch ein wenig mehr empfinden als nur Überraschung, wenn Sie erfahren, dass ich in London bin. Die Gelegenheit, hierherzukommen, wenn auch mit Mrs. Jennings, war eine Versuchung, der wir nicht widerstehen konnten. Ich wünschte, Sie würden diese Nachricht rechtzeitig erhalten, um uns noch heute Abend zu besuchen, aber darauf verlasse ich mich nicht. Morgen rechne ich auf jeden Fall mit Ihnen. Für jetzt adieu,

M.D.»

Die zweite Nachricht hatte sie am Morgen nach dem Tanzabend bei den Middletons geschrieben:

«Ich kann Ihnen gar nicht sagen, wie enttäuscht ich bin, dass ich Sie vorgestern verpasst habe, und wie verwundert, dass ich keine Antwort auf den Brief erhielt, den ich Ihnen vor mehr als einer Woche schrieb. Stündlich habe ich damit gerechnet, von Ihnen zu hören und mehr noch, Sie zu sehen. Bitte besuchen Sie uns sobald wie möglich wieder und erklären Sie mir, warum ich vergeblich gewartet habe. Es wäre besser, Sie kämen nächstes Mal früher am Tag, denn ab ein Uhr sind wir gewöhnlich außer Haus. Gestern Abend waren wir bei Lady Middleton, wo auch getanzt wurde. Man hat mir erzählt, Sie seien ebenfalls eingeladen gewesen. Aber kann das sein? Wenn dies zutrifft und Sie dennoch nicht dort waren, müssen Sie sich seit unserem Abschied sehr verändert haben. Ich halte dies jedoch für unmöglich und hoffe, Sie können mir sehr bald versichern, dass dem nicht so war.

M.D.»

In ihrem letzten Briefchen stand Folgendes:

«Willoughby, wie habe ich Ihr Benehmen gestern Abend zu verstehen? Noch einmal fordere ich eine Erklärung. Ich war auf ein freudiges Wiedersehen eingestellt, wie es nach unserer Trennung nur natürlich gewesen wäre, ein vertrautes Wiedersehen, wie es mir nach unserem engen Umgang in Barton nur gerechtfertigt erschien. Doch wie wurde ich zurückgewiesen! Ich habe eine qualvolle Nacht mit dem Versuch verbracht, ein Benehmen zu entschuldigen, das man kaum anders als beleidigend nennen kann; aber obwohl mir bisher keine vernünftige Begründung für Ihr Verhalten einfällt, bin ich durchaus bereit, mir Ihre Rechtfertigung anzuhören. Vielleicht sind Sie, mich betreffend, falsch unterrichtet oder absichtlich getäuscht worden, wodurch ich in Ihrer Achtung gesunken bin. Sagen Sie mir, was es ist, erklären Sie mir Ihre Beweggründe, und ich werde beruhigt sein, da ich Sie werde beruhigen können. Ich wäre todtraurig, wenn ich gezwungen wäre, schlecht von Ihnen zu denken, doch wenn ich es muss, wenn ich hören muss, dass Sie nicht sind, wofür wir Sie bisher gehalten haben, dass Ihre Wertschätzung für uns alle unaufrichtig war und Sie mich mit Ihrem Auftreten nur täuschen wollten, dann lassen Sie es mich so bald wie möglich wissen. Momentan bin ich in meinen Gefühlen entsetzlich hin- und hergerissen, ich würde Sie gern freisprechen, doch ist Gewissheit, ob so oder so, immer noch besser als das, was ich zurzeit leide. Wenn Sie nicht mehr empfinden, was Sie früher empfunden haben, erstatten Sie mir bitte meine Briefe zurück und auch meine Locke, die Sie noch besitzen.

M. D.»

Elinor hätte es zugunsten Willoughbys gern für unmöglich gehalten, dass jemand solche Briefe, so voller Zuneigung und Vertrauen, auf diese Weise beantworten konnte. Doch auch wenn sie ihn verurteilte, war sie nicht blind für die ungeheuerliche Tatsache, dass die Briefe überhaupt geschrieben worden waren. Während sie noch im Stillen mit dem Leichtsinn haderte, der solch unverlangte, durch nichts abgesicherte und später aufs Schlimmste ins Unrecht gesetzte Beweise der Zärtlichkeit gewagt hatte, bemerkte Marianne, dass sie die Briefe zu Ende gelesen hatte, und sagte, sie enthielten nichts, was nicht jeder andere Mensch in derselben Situation auch geschrieben hätte.

«Ich fühlte mich so feierlich mit ihm verlobt», fügte sie hinzu, «als wären wir durch den strengsten gesetzlichen Vertrag miteinander verbunden.»

«Das glaube ich dir», sagte Elinor, «aber leider fühlte er nicht dasselbe.»

«Doch, er fühlte dasselbe, Elinor, wochenlang. Das weiß ich. Wodurch auch immer er sich jetzt verändert hat – und nur die schwärzeste Magie gegen mich kann das bewirkt haben –, einst war ich ihm so teuer, wie ich es mir nur wünschen konnte. Diese Locke, die er nun so bereitwillig zurückgibt, hat er flehentlich von mir erbettelt.

Hättest du seinen Blick und sein Gebaren gesehen, seine Stimme in diesem Moment gehört! Hast du den letzten Abend vergessen, an dem wir in Barton zusammen waren? Und den Morgen, an dem wir auseinandergingen? Als er sagte, es könne Wochen dauern, bis wir uns wieder träfen... seine Verzweiflung... kann ich diese Verzweiflung je vergessen?»

Für einen kurzen Moment konnte sie nicht weitersprechen, doch als die Gefühlsaufwallung vorüber war, fuhr sie mit festerer Stimme fort: «Elinor, ich bin grausam behandelt worden, aber nicht von Willoughby.»

«Von wem denn, liebste Marianne, wenn nicht von ihm? Wer sollte ihn dazu angestiftet haben?»

«Jedermann eher als sein eigenes Herz. Eher glaube ich, dass sich alle Menschen in meinem Bekanntenkreis verschworen haben, um mich bei ihm schlechtzumachen, als dass ich ihn einer solchen Grausamkeit für fähig halte. Diese Frau, von der er schreibt – wer immer sie ist –, oder jede andere Person, kurz, alle außer dir, du Liebe, außer Mama und Edward, könnten mich so unmenschlich verleumdet haben. Gibt es außer euch dreien ein einziges Geschöpf auf Erden, dem ich *nicht* mehr Bosheit zutrauen würde als Willoughby, dessen Herz ich so gut kenne?»

Elinor wollte nicht streiten und erwiderte nur: «Wer immer dieser verabscheuungswürdige Feind gewesen sein mag – bring ihn um seinen schadenfrohen Triumph, liebe Schwester, er soll sehen, dass dich das Wissen um deine Unschuld und deine guten Absichten aufs Beste vor seelischen Erschütterungen bewahrt. Ein Stolz, der solcher Missgunst Widerstand leistet, ist vernünftig und lobenswert.»

«Nein, nein», rief Marianne, «ein Elend wie das meine kennt keinen Stolz. Es ist mir gleichgültig, wer erfährt, dass ich unglücklich bin. Soll doch die ganze Welt triumphieren, wenn sie mich so sieht. Elinor, Elinor, wer nur wenig leidet, darf nach Herzenslust stolz und unabhängig sein, darf sich gegen Beleidigungen wehren und Kränkungen heimzahlen – ich kann es nicht. Ich muss Gefühle haben, ich muss unglücklich sein, und von mir aus soll sich daran ergötzen, wer will.»

«Aber für Mutter und mich...»

«Würde ich mehr tun als für mich selbst. Aber glücklich zu wirken, wenn ich so elend bin – ach, wer kann das verlangen?»

Wieder schwiegen sie beide. Elinor war damit beschäftigt, nachdenklich vom Kamin zum Fenster zu gehen und vom Fenster wieder zum Kamin, ohne sich bewusst an dem einen zu wärmen oder durch das andere einen Blick nach draußen zu werfen, und Marianne, die am Fußende des Bettes saß, den Kopf gegen einen Pfosten gelehnt, nahm erneut Willoughbys Brief zur Hand, erschauerte über jeden einzelnen Satz und rief: «Es ist zu viel! O Willoughby, Willoughby, kann das von dir stammen? Grausam, grausam... nichts kann dich entlasten. Nichts, Elinor. Was er auch Schlechtes über mich gehört haben mag – hätte er nicht abwarten müssen, bis er dem Glauben schenkt? Hätte er mir nicht davon erzählen und mir die Möglichkeit geben müssen, mich reinzuwaschen? ‹Die Locke›», sie zitierte aus dem Brief, «‹die Sie mir freundlicherweise geschenkt haben› – das ist unverzeihlich. Willoughby, wo war dein Herz, als du diese Worte geschrieben hast? Oh, das ist unmenschlich und unverschämt...! Elinor, kann man das entschuldigen?»

«Nein, Marianne, das ist unmöglich.»

«Und dann noch diese Frau – wer weiß, was für Kniffe sie angewandt hat? Wie lange sie das schon geplant, wie hinterlistig sie das ausgeheckt hat? Wer ist sie? Wer könnte es sein? Habe ich ihn jemals von einer jungen, reizvollen Frau in seiner Bekanntschaft reden hören? Oh, niemals, niemals, er hat mit mir immer nur über mich gesprochen.»

Wieder folgte eine Pause, Marianne war aufs Äußerste aufgewühlt, und schließlich sagte sie: «Elinor, ich muss nach Hause. Ich muss heimfahren und Mama trösten. Können wir nicht morgen abreisen?»

«Morgen, Marianne!»

«Ja, warum sollte ich hierbleiben? Ich bin nur wegen Willoughby gekommen, und wer schert sich jetzt noch um mich? Wer beachtet mich?»

«Morgen abzureisen ist unmöglich. Schon nach den primitivsten Regeln der Höflichkeit verbietet sich ein solch überstürzter Aufbruch, und wir sind Mrs. Jennings weit mehr als Höflichkeit schuldig.»

«Gut, dann vielleicht noch ein, zwei Tage, aber ich kann nicht mehr lange hierbleiben, ich kann nicht bleiben und die Fragen und Bemerkungen all dieser Leute über mich ergehen lassen. Die Middletons und die Palmers – wie soll ich deren Mitleid ertragen? Das Mitleid einer Frau wie Lady Middleton! Ach, was würde *er* dazu sagen!»

Elinor riet ihr, sich wieder hinzulegen, und fürs Erste gehorchte Marianne, doch keine Lage brachte ihr Erleichterung. In der rastlosen Qual ihres Herzens und Leibes drehte sie sich ständig von einer Seite auf die andere, bis sie immer hysterischer wurde und ihre Schwester sie nur noch mit Mühe überhaupt im Bett halten konnte; einen Moment lang fürchtete Elinor, sie werde genötigt sein, sich Unterstützung zu holen. Doch ein paar Lavendeltropfen, zu denen Marianne sich schließlich überreden ließ, schafften Abhilfe, und von da an blieb sie ruhig und reglos im Bett liegen, bis Mrs. Jennings heimkam.

Kapitel 30

Mrs. Jennings begab sich sofort nach ihrer Rückkehr zum Zimmer der beiden Mädchen, öffnete die Tür, ohne die Reaktion auf ihr Klopfen abzuwarten, und trat mit ehrlich besorgter Miene ein. «Wie geht es Ihnen, meine Liebe?», fragte sie Marianne mitfühlend, doch diese drehte nur ihr Gesicht zur Seite und versuchte gar nicht erst zu antworten.

«Wie fühlt sie sich, Miss Dashwood? Die Arme, sie sieht sehr schlecht aus. Kein Wunder. Ja, es ist nur zu wahr. Er heiratet in Kürze – so ein Windhund! Ich kann ihn nicht ausstehen. Mrs. Taylor hat es mir vor einer halben Stunde erzählt, und sie wiederum hat es von einer engen Freundin von Miss Grey persönlich, sonst hätte ich es bestimmt nicht geglaubt; ich wäre beinahe in Ohnmacht gefallen, als ich es gehört habe. ‹Na›, hab ich gesagt, ‹da kann ich nur sagen, wenn das stimmt, dann ist er mit einer jungen Dame aus meiner Bekanntschaft ganz abscheulich umgesprungen, und ich wünsche ihm von ganzem Herzen, dass er einen rechten Drachen zur Frau bekommt.› Und dabei bleibe ich, meine Liebe, verlassen Sie sich drauf. Ich kann es nicht leiden, wenn Männer sich so aufführen, und wenn ich ihm jemals wieder begegne, werde ich ihm eine Standpauke halten, wie er lange keine erhalten hat. Aber einen Trost gibt es, meine liebe Miss Marianne: Er ist nicht der einzige erstrebenswerte junge Mann auf Erden, und mit Ihrem hübschen Gesicht wird es Ihnen nie an Verehrern fehlen. Ach, das arme Ding! Ich will sie nicht länger stören, besser, sie weint sich aus und fertig. Zum Glück kommen ja heute Abend die Parrys und die Sandersons, das wird sie aufheitern.»

Daraufhin schlich sie auf Zehenspitzen aus dem Zimmer, als dächte sie, Lärm werde den Kummer ihrer jungen Freundin noch verschlimmern.

Zum Erstaunen ihrer Schwester entschied sich Marianne, mit den anderen zu speisen. Elinor riet ihr sogar davon ab. Aber nein, sagte sie, sie wolle hinuntergehen, sie könne es durchaus ertragen, und dann werde weniger Aufhebens von ihr gemacht. Elinor war froh, dass sie sich aus solchen Beweggründen ein Weilchen beherrschte, obwohl sie es für unwahrscheinlich hielt, dass ihre Schwester das ganze Dinner über bleiben würde, und sagte nichts mehr. Sie glättete ihr soweit möglich das Kleid, während Marianne noch auf dem Bett lag, und war bereit, sie ins Esszimmer zu begleiten, sobald sie gerufen wurden.

Dort sah Marianne dann zwar sehr elend aus, aß aber mehr und war ruhiger, als ihre Schwester erwartet hatte. Hätte sie zu reden versucht oder auch nur die Hälfte von Mrs. Jennings' gut gemeinten, aber unbedachten Nettigkeiten wahrgenommen, wäre es mit der Gelassenheit wohl bald vorbei gewesen. Aber keine Silbe kam ihr über die Lippen, und ihre Versunkenheit bewahrte sie davor, zu verfolgen, was rings um sie geschah.

Elinor wusste Mrs. Jennings' Freundlichkeit zu würdigen, auch wenn ihr Überschwang oft anstrengend und manchmal fast lächerlich wirkte, und ließ ihr den Dank und die Artigkeiten zuteilwerden, zu denen ihre Schwester nicht fähig war. Die gute Freundin sah, dass Marianne unglücklich war, fand, sie habe ein Anrecht auf alle erdenkliche Linderung, und verwöhnte sie zärtlich wie eine Mutter ihr Lieblingskind am letzten

Ferientag. Marianne bekam den besten Platz am Kamin, wurde mit sämtlichen Köstlichkeiten des Hauses zum Essen verführt und mit dem neuesten Klatsch unterhalten. Wenn die traurige Miene ihrer Schwester nicht jeglicher Heiterkeit einen Dämpfer aufgesetzt hätte, wären Mrs. Jennings' Versuche, Liebeskummer mit einer Mischung aus Bonbons, Oliven und prasselndem Feuer zu kurieren, für Elinor sogar sehr amüsant gewesen. Sobald sich allerdings Marianne dieser fortwährenden Nötigung bewusst wurde, konnte sie nicht mehr bleiben. Sie stieß einen kurzen Jammerlaut aus, bedeutete ihrer Schwester, ihr nicht zu folgen, stand auf und eilte aus dem Zimmer.

«Das arme Herzchen!», rief Mrs. Jennings, sobald sie fort war. «Es tut mir richtig weh, wenn ich sie so sehe! Und jetzt ist sie doch wahrhaft hinausgegangen, ohne den Wein auszutrinken! Und die gedörrten Kirschen! Lieber Gott! Nichts scheint ihr zu helfen. Wenn ich nur wüsste, was sie mag, ich würde die ganze Stadt danach absuchen lassen. Also es ist schon sehr seltsam, dass ein junger Mann ein so hübsches Mädchen dermaßen schlecht behandelt! Aber wenn die eine Seite viel Geld hat und die andere fast gar keins, meine Güte, dann schert man sich um so was nicht mehr!»

«Die Dame – ich glaube, Sie nannten sie Miss Grey – ist also sehr reich?»

«Fünfzigtausend Pfund, meine Liebe. Haben Sie sie mal gesehen? Ein adrettes, elegantes Mädchen, heißt es, aber nicht hübsch. Ich kann mich noch sehr gut an ihre Tante erinnern, Biddy Henshawe, die hat einen steinreichen Mann geheiratet. Aber in dieser Familie sind alle reich. Fünfzigtausend Pfund! Und was man so hört, kommt es gerade rechtzeitig, denn er soll restlos abgebrannt sein. Kein Wunder! Wo er ständig mit seinem Zweispänner und den Jagdpferden durch die Gegend flitzt! Na ja, das Gerede hat nichts zu bedeuten, aber wenn ein junger Mann, sei's wer es sei, daherkommt, einer hübschen jungen Frau seine Liebe erklärt und ihr die Ehe verspricht, hat er kein Recht, sie mir nichts, dir nichts sitzen zu lassen, nur weil er verarmt ist und ein reicheres Mädchen ihn nehmen will. Wieso verkauft er in einem solchen Fall nicht seine Pferde, vermietet sein Haus, schafft die Dienstboten ab und krempelt gleich alles von Grund auf um? Ich wette, Miss Marianne wäre bereit gewesen zu warten, bis alles wieder im Lot ist. Aber in unseren Tagen geht so etwas nicht. Auf ihr Vergnügen wollen die jungen Männer von heute auf keinen Fall verzichten.»

«Wissen Sie, was für ein Mädchen Miss Grey ist? Soll sie liebenswert sein?»

«Ich habe nichts Schlechtes über sie gehört. Genau genommen habe ich überhaupt wenig über sie gehört, außer dass Mrs. Taylor heute früh sagte, Miss Walker habe mal angedeutet, sie glaube, dass Mr. und Mrs. Ellison nichts dagegen hätten, wenn Miss Grey heiratet, weil sie und Mrs. Ellison sich nicht vertragen.»

«Und wer sind die Ellisons?»

«Ihre Vormünder, meine Liebe. Aber inzwischen ist sie erwachsen und darf selbst entscheiden. Da hat sie wahrhaftig eine reizende Wahl getroffen!» Sie schwieg kurz.

«Und was jetzt? Ihre arme Schwester ist wahrscheinlich auf ihr Zimmer gegangen, um ungestört zu weinen. Gibt es nichts, womit man sie trösten könnte? Das arme Herzchen! Es kommt mir grausam vor, sie allein zu lassen. Na ja, nachher schauen noch ein paar Freunde vorbei, das wird sie ein wenig aufheitern. Was sollen wir spielen? Whist kann sie nicht ausstehen, das weiß ich, aber gibt es kein anderes Gesellschaftsspiel, das sie mag?»

«Liebe Madam, diese freundlichen Überlegungen sind ganz unnötig. Marianne wird ihr Zimmer heute bestimmt nicht mehr verlassen. Wenn möglich werde ich sie dazu überreden, früh zu Bett zu gehen, sie braucht Ruhe.»

«Ja, ich glaube, das wird das Beste sein. Sie soll selbst vorschlagen, was sie zu Abend essen will, und dann ins Bett gehen. Lieber Gott! Kein Wunder, dass sie die letzten ein, zwei Wochen so schlecht und niedergeschlagen ausgesehen hat, wahrscheinlich quält sie das schon die ganze Zeit. Und nun hat der Brief heute Morgen die Geschichte beendet! Das arme Herzchen! Ich hatte wirklich keine Ahnung, sonst hätte ich um nichts in der Welt noch darüber gewitzelt. Aber woher sollte ich das auch wissen? Ich glaubte fest, es sei nur ein normaler Liebesbrief, und junge Leute mögen es doch, wenn man sie damit aufzieht. Lieber Gott! Wie bekümmert werden Sir John und meine Töchter sein, wenn sie das hören! Wenn ich meinen Verstand beisammengehabt hätte, wäre ich auf dem Heimweg in der Conduit Street vorbeigefahren und hätte ihnen davon erzählt. Aber ich sehe sie ja morgen.»

«Sie müssen Mrs. Palmer und Sir John gewiss nicht eigens bitten, Mr. Willoughby vor meiner Schwester nie mehr zu erwähnen oder auch nur die geringste Anspielung auf das Geschehene zu machen. Sie sind ja beide gutmütig und werden selbst erkennen, wie grausam es wäre, in Mariannes Gegenwart zu zeigen, dass sie davon wissen. Und je weniger sie auch mich auf das Thema ansprechen, desto mehr werden auch meine Gefühle geschont, das können Sie sich ja vorstellen, liebe Madam.»

«O lieber Gott, ja, natürlich! Es muss schrecklich für Sie sein, wenn man darüber redet, und was Ihre Schwester angeht, so werde ich ihr gegenüber sicher um nichts in der Welt ein Wort verlieren. Das haben Sie ja beim Dinner gemerkt. Und auch Sir John und meine Töchter werden nichts sagen, denn sie sind sehr rücksichtsvoll und aufmerksam, besonders wenn ich ihnen einen Wink gebe, was ich auf jeden Fall machen werde. Ich für mein Teil finde, je weniger über solche Sachen geredet wird, desto besser, desto eher ist es vorbei und vergessen. Und was kann das ganze Gerede schon ausrichten?»

«In diesem Fall kann es nur Schaden anrichten, vielleicht mehr als in manch ähnlichem Fall, denn die Sache war von Umständen begleitet, die sich aus Rücksicht auf die Beteiligten nicht als öffentlicher Gesprächsstoff eignen. Und in einer Hinsicht muss ich Mr. Willoughby Gerechtigkeit widerfahren lassen – er hat meiner Schwester gegenüber kein formales Eheversprechen gebrochen.»

«Ach, das Gesetz, meine Liebe! Spielen Sie nicht seinen Verteidiger. Kein formales Eheversprechen! Nachdem er sie in Allenham House überall herumgeführt und schon die Zimmer ausgesucht hat, in denen sie später wohnen würden!»

Um ihrer Schwester willen durfte Elinor das Thema nicht weiter vertiefen, und sie hoffte, man würde dies auch um Willoughbys willen nicht von ihr verlangen. Er mochte zwar ein wenig gewinnen, wenn die ganze Wahrheit ans Licht käme, Marianne jedoch würde sehr viel verlieren. Nach kurzem Schweigen auf beiden Seiten brach es erneut aus der munteren Mrs. Jennings heraus: «Tja, meine Liebe, das Sprichwort, es sei kein Wind so bös, dass er nicht irgendwem etwas Gutes herbeiblase, ist schon richtig, denn für Colonel Brandon steht es nun umso besser. Am Ende wird er sie bekommen – doch, bestimmt! Bis es Mittsommer ist, sind die beiden verheiratet, glauben Sie mir. Lieber Gott, da wird er sich aber freuen über diese Nachricht! Hoffentlich besucht er uns heute Abend. Er wäre ohnehin eine bessere Partie für Ihre Schwester. Zweitausend im Jahr ohne Schulden oder sonst einen Pferdefuß – außer freilich das kleine Kind der Liebe, ja, das habe ich vergessen, aber das kann man gegen ein geringes Entgelt auch woanders aufziehen lassen, und was hat das schon zu bedeuten? Delaford ist ein schönes Haus, das sag ich Ihnen, ein richtig schönes, altmodisches Haus, komfortabel und behaglich, eingeschlossen von hohen Gartenmauern, an denen die besten Obstspaliere im ganzen Land wachsen – und dann der Maulbeerbaum in der einen Ecke! Lieber Gott! Wie Charlotte und ich uns den Bauch vollgeschlagen haben, das eine Mal, als wir dort waren! Dann gibt es noch einen Taubenschlag, ein paar wunderbare Fischteiche und einen sehr hübschen künstlichen Bach, kurz alles, was das Herz begehrt. Außerdem liegt es in der Nähe der Kirche und ist nur eine Viertelmeile von der Mautstraße entfernt, es wird einem also nie langweilig, man braucht sich nur neben die alte Eibe hinter dem Haus zu setzen, dann sieht man alle Kutschen, die vorbeifahren. Oh, es ist ein schönes Haus! Der Fleischer gleich in der Nähe im Dorf, und nur einen Steinwurf entfernt das Pfarrhaus. Für meinen Geschmack tausendmal hübscher als Barton Park, wo sie sich das Fleisch aus drei Meilen Entfernung schicken lassen müssen und kein Nachbar näher wohnt als Ihre Mutter. Na, ich werde den Colonel so bald wie möglich ermutigen. Der Appetit kommt beim Essen, das wissen wir doch. Wenn wir ihr bloß den Gedanken an Willoughby austreiben könnten!»

«Ja, wenn wir das könnten, Ma'am», sagte Elinor, «dann wären wir besser dran, mit oder ohne Colonel Brandon.» Damit erhob sie sich und ging zu Marianne, die sie wie erwartet in ihrem Zimmer vorfand, in stummem Elend über die Reste eines Feuers gebeugt, das bis zu Elinors Eintreten die einzige Beleuchtung gewesen war.

«Du lässt mich besser allein» war alles, was ihre Schwester von Marianne zu hören bekam.

«Ich lasse dich allein», sagte Elinor, «wenn du zu Bett gehst.» Anfangs weigerte sie sich, unduldsam und in ihr Leid verbohrt. Doch die ernsten, wenn auch sanften Überredungsversuche ihrer Schwester beschwichtigten sie, sie gab nach, und Elinor sorgte dafür, dass sie den schmerzenden Kopf aufs Kissen bettete, sodass zu hoffen stand, sie werde ruhig schlafen. Erst dann ließ sie sie allein.

Sie ging in den Salon, und kurz darauf gesellte sich Mrs. Jennings zu ihr, ein gefülltes Weinglas in der Hand.

«Meine Liebe», sagte sie beim Eintreten, «mir ist gerade eingefallen, dass ich den allerfeinsten Constantia-Dessertwein im Haus habe, und so habe ich ein Glas für Ihre Schwester mitgebracht. Mein armer Mann! Wie gern er den getrunken hat! Er sagte immer, nichts auf der Welt würde ihm so gut gegen seine Gichtanfälle helfen! Tragen Sie den zu Ihrer Schwester nach oben.»

«Liebe Ma'am», erwiderte Elinor und musste lächeln, weil Mrs. Jennings den Wein gegen so unterschiedliche Beschwerden empfahl, «wie gütig von Ihnen! Aber ich habe Marianne gerade zu Bett gebracht und hoffe, sie schläft jetzt schon, und da ich glaube, nichts tut ihr so gut wie Ruhe, würde ich, wenn Sie gestatten, den Wein gern selbst trinken.»

Mrs. Jennings bedauerte, dass sie nicht fünf Minuten eher gekommen war, gab sich aber mit diesem Kompromiss zufrieden, und während Elinor einen kräftigen Schluck nahm, dachte sie, dass die Wirksamkeit bei Gichtanfällen vorerst wenig Bedeutung für sie haben mochte, dass jedoch die Heilkräfte des Weins im Falle von Liebeskummer bei ihr nicht weniger vonnöten waren als bei ihrer Schwester.

Colonel Brandon traf ein, als die Gesellschaft beim Tee saß, und aus der Art und Weise, wie er im Zimmer nach Marianne Ausschau hielt, schloss Elinor sofort, dass er weder erwartete noch wünschte, sie hier zu sehen, kurz dass er den Grund für ihre Abwesenheit bereits kannte. Mrs. Jennings kam nicht auf diesen Gedanken, denn kaum war er da, ging sie quer durchs Zimmer zu dem Teetisch, an dem Elinor den Vorsitz führte, und flüsterte: «Der Colonel schaut genauso ernst drein wie sonst auch. Er weiß noch nichts. Erzählen Sie es ihm, meine Liebe.»

Wenig später schob er einen Stuhl neben den ihren, und mit einem Blick, der ihr eindeutig verriet, dass er Bescheid wusste, fragte er nach ihrer Schwester. «Marianne geht es nicht gut», sagte sie. «Sie war den ganzen Tag unwohl, und wir haben sie überredet, sich schlafen zu legen.»

«Dann...», erwiderte er zögernd, «dann ist womöglich das, was ich heute Morgen gehört habe... dann ist vielleicht mehr Wahres daran, als ich anfangs glauben mochte.»

«Was haben Sie denn gehört?»

«Dass ein Herr, bei dem ich Grund zu der Annahme hatte... dass ein Mann, von dem ich *wusste*, dass er verlobt war... wie soll ich es Ihnen nur sagen? Wenn Sie es bereits wissen, was bestimmt der Fall ist, können Sie es mir doch ersparen.»

«Sie meinen Mr. Willoughbys Heirat mit Miss Grey», antwortete Elinor mit erzwungener Ruhe. «Ja, wir wissen alles. Dies scheint ein Tag allseitiger Aufklärung zu sein, uns wurde es heute Morgen kundgetan. Mr. Willoughby ist unergründlich. Wo haben Sie es erfahren?»

«Bei einem Schreibwarenhändler in Pall Mall, wo ich etwas besorgen musste. Zwei Damen warteten gerade auf ihre Kutsche, und die eine erzählte der anderen von der bevorstehenden Hochzeit, in einer Lautstärke, die keine Heimlichkeit kannte, sodass ich notgedrungen alles mitbekam. Mehrmals fiel der Name Willoughby, John Willoughby, was mich hellhörig machte, dann folgte die felsenfeste Behauptung, hinsichtlich seiner Vermählung mit Miss Grey sei nun endgültig alles beschlossen, es sei kein Geheimnis mehr, sie werde schon in wenigen Wochen stattfinden, dazu allerlei Einzelheiten über die Vorbereitungen und dergleichen. Hauptsächlich an eines erinnere ich mich, weil es mir half, den Mann noch eindeutiger zu identifizieren: Sobald die Feier vorbei sei, würden sie nach Combe Magna fahren, auf seinen Landsitz in Somersetshire. Meine Verblüffung... nein, ich kann unmöglich beschreiben, was ich fühlte. Da ich noch im Laden blieb, nachdem sie gegangen waren, ließ ich mir erklären, dass die mitteilsame Dame eine Mrs. Ellison gewesen sei, und inzwischen habe ich erfahren, dass dies der Name von Miss Greys Vormund ist.»

«Das stimmt. Aber haben Sie auch gehört, dass Miss Grey fünfzigtausend Pfund besitzt? Wenn überhaupt, liegt darin vielleicht eine Erklärung.»

«Kann sein, doch Willoughby ist imstande... zumindest glaube ich...» Er hielt kurz inne, dann fuhr er fort, mit einer Stimme, die sich selbst zu misstrauen schien: «Und Ihre Schwester... wie hat sie...»

«Sie leidet entsetzlich. Ich kann nur hoffen, dass es nicht zu lange dauert. Es war... es ist ein grausamer Schlag. Ich glaube, bis gestern hat sie nie an seiner Liebe gezweifelt, und selbst jetzt... Ich bin mir allerdings fast sicher, dass er ihr niemals wirklich zugetan war. Ein hinterlistiger Betrüger ist das, und in mancher Hinsicht scheint er mir auch noch kaltherzig.»

«Ja, allerdings», sagte Colonel Brandon. «Aber Ihre Schwester denkt nicht... ich glaube, Sie sagten so etwas... sie urteilt nicht wie Sie?»

«Sie kennen Ihr Wesen und können sich vorstellen, wie bereitwillig sie ihn immer noch entschuldigen würde, wenn es möglich wäre.»

Er gab keine Antwort, und als kurz darauf das Teegeschirr abgeräumt und Kartenrunden gebildet wurden, mussten sie das Thema fallen lassen. Mrs. Jennings, die sie während des Gesprächs erfreut beobachtet hatte und damit rechnete, dass sich die Wirkung von Miss Dashwoods Mitteilung in einer jäh aufflammenden Fröhlichkeit auf Seiten Colonel Brandons zeigte, wie es einem

Mann in der Blüte seiner Jahre, am Ziel seiner Wünsche und auf dem Gipfel seines Glücks anstand, musste verblüfft zur Kenntnis nehmen, dass er den ganzen Abend über noch ernster und nachdenklicher war als sonst.

Kapitel 31

Nach einer Nacht, in der sie besser geschlafen hatte als erwartet, erwachte Marianne am nächsten Morgen in dem nämlichen Bewusstsein ihres Elends, über dem sie am Vorabend die Augen geschlossen hatte.

Elinor ermutigte sie nach Kräften, über das zu reden, was sie fühlte, und bis zum Frühstück hatten sie das Thema wieder und wieder durchgesprochen, wobei sich Elinor durch stets dieselbe unerschütterliche Sichtweise und liebevolle Ratschläge auszeichnete und Marianne durch stets dieselben ungestümen Gefühle und sprunghaften Ansichten. Manchmal bildete sie sich ein, Willoughby sei so unglücklich und unschuldig wie sie selbst, dann wieder war sie absolut untröstlich, weil sie ihn so gar nicht entlasten konnte. In der einen Sekunde ließen der Rest der Welt und dessen Aufmerksamkeit sie völlig gleichgültig, in der nächsten wollte sie sich für immer von ihnen abschotten und in der dritten allem energisch Widerpart bieten. In einem Punkt jedoch blieb sie sich treu, wenn es darauf ankam: Sie ging Mrs. Jennings möglichst aus dem Weg und schwieg hartnäckig, wenn sie gezwungen war, ihre Gegenwart zu ertragen. Ihr Herz verschloss sich Mrs. Jennings, die fest glaubte, sie könne sich durch Mitgefühl in ihr Leid hineinversetzen.

«Nein, nein, nein, das geht nicht», rief sie, «sie fühlt nichts. Ihre Freundlichkeit hat nichts mit Mitleid, ihre Gutmütigkeit nichts mit Zartgefühl zu tun. Alles, was sie sucht, ist Klatsch, und sie mag mich jetzt nur, weil ich ihr welchen liefere.»

Es hätte dieser Äußerung nicht bedurft, um Elinor zu bestätigen, wie ungerecht ihre Schwester in ihrem Urteil über andere oft sein konnte: aus übersensibler Kultiviertheit und weil sie einer erregbaren, leidenschaftlichen Empfindsamkeit und gepflegten, glänzenden Manieren zu viel Bedeutung beimaß. Wie die Hälfte der Menschheit – sofern die Menschheit überhaupt zur Hälfte klug und gütig sein sollte – war Marianne bei all ihrer vortrefflichen Begabung und Veranlagung weder vernünftig noch unvoreingenommen. Sie erwartete, dass andere das Gleiche dachten und fühlten wie sie, und beurteilte deren

Beweggründe nach der unmittelbaren Wirkung ihrer Taten auf sie selbst. So ereignete sich, während die Schwestern nach dem Frühstück zusammen in ihrem Zimmer saßen, ein Vorfall, durch den Mrs. Jennings in ihrer Wertschätzung noch tiefer sank. Mariannes eigene Haltlosigkeit war der Grund, warum Mrs. Jennings' Tun zum Anlass erneuter Verzweiflung wurde, obwohl sie es wirklich nur gut gemeint hatte.

Mit einem Brief in der ausgestreckten Hand und fröhlich lächelnd trat sie ins Zimmer, fest überzeugt, sie werde Trost spenden, und sagte: «So, meine Liebe, da bringe ich Ihnen etwas, was Sie aufrichten wird.»

Marianne hatte genug gehört. Blitzartig erschien vor ihrem inneren Auge ein Brief von Willoughby, voller Zärtlichkeit und Reue, in dem er alles Vorgefallene zufriedenstellend und überzeugend erklärte – und gleich im Anschluss Willoughby persönlich, der beflissen ins Zimmer stürzte, um zu ihren Füßen den Beteuerungen des Briefs durch seine beredte Miene Nachdruck zu verleihen. Doch das Werk eines Augenblicks wurde im nächsten zerstört. Sie erkannte die Handschrift ihrer Mutter, die ihr bisher nie unwillkommen gewesen war, und in der bitteren Enttäuschung, die auf diesen Höhenflug überschießender Hoffnung folgte, war ihr, als sei alles bisherige Leid belanglos gewesen.

Mrs. Jennings' Grausamkeit war mit Worten (die Marianne in glücklichen, beredsamen Augenblicken durchaus zur Verfügung standen) nicht zu beschreiben, sie konnte ihr nur mit Tränen Vorwürfe machen, die ihr hemmungslos und ungestüm aus den Augen stürzten. Freilich waren diese Vorwürfe an ihr Gegenüber verschwendet, Mrs. Jennings verwies weiterhin auf den tröstenden Brief und zog sich nach vielen Mitleidsbekundungen zurück.

Sonderlich viel Trost spendete der Brief, als sie sich endlich so weit beruhigt hatte, dass sie ihn lesen konnte, allerdings nicht. Aus jeder Seite sprach Willoughby. Die Mutter, die nach wie vor fest an eine Verlobung glaubte, hatte sich trotz Elinors Wunsch nur bemüßigt gefühlt, Marianne um größere Offenheit zu bitten, und das so zärtlich und, was Willoughby betraf, so liebevoll, so fest überzeugt von ihrer beider zukünftigem Glück, dass Marianne beim Lesen vor Verzweiflung unablässig weinte.

Ungeduldig verlangte es sie erneut danach, wieder zu Hause zu sein, die Mutter war ihr teurer denn je, teurer schon durch ihr uneingeschränktes, irrtümliches Vertrauen in Willoughby, und sie drängte heftig auf die Heimreise. Elinor sah sich außerstande zu entscheiden, ob Marianne in London oder in Barton besser aufgehoben war, sie riet ihr nur, sich zu gedulden, bis sie wüssten, was die Mutter wünsche, und schließlich willigte Marianne ein, bis zu dieser Auskunft zu warten.

Mrs. Jennings verließ sie früher als gewöhnlich, sie würde erst ruhen, wenn die Middletons und Palmers ebenso betrübt waren wie sie selbst. Elinors Angebot, sie zu begleiten, lehnte sie entschieden ab und ging für den Rest des Vormittags allein aus. Elinor war das Herz schwer bei dem Gedanken, welchen Kummer sie ihrer Mutter nun bereiten musste, sie erkannte an dem Brief an Marianne, wie wenig es ihr gelungen war, sie darauf vorzubereiten. Sie setzte sich, um der Mutter zu berichten, was vorgefallen war, und sie um Anweisungen für die Zukunft zu bitten, während Marianne, die nach Mrs. Jennings' Aufbruch in den Salon gekommen war, regungslos am Tisch sitzen blieb, wo Elinor schrieb, dem Fortschreiten des Federhalters zusah, die Schwester ob ihrer schweren Aufgabe bedauerte und noch hingebungsvoller die Mutter, die diesen Brief lesen musste.

Auf diese Weise war etwa eine Viertelstunde vergangen, als Marianne, deren Nerven gerade keine unvermittelten Geräusche ertragen, aufschrak, weil es an die Haustür klopfte.

«Wer kann das sein?», rief Elinor. «So früh! Ich dachte, man würde uns in Ruhe lassen.»

Marianne trat ans Fenster. «Es ist Colonel Brandon», sagte sie verärgert. «Der lässt uns wohl nie in Ruhe.»

«Er wird nicht hereinkommen, Mrs. Jennings ist ja ausgegangen.»

«Darauf würde ich mich nicht verlassen», sagte Marianne. «Ein Mann, der nichts zu tun hat, macht sich kein Gewissen daraus, anderen die Zeit zu stehlen.» Damit zog sie sich in ihr Zimmer zurück.

Ihre Vorahnung bestätigte sich, auch wenn sie auf Ungerechtigkeit und Irrtum gründete. Colonel Brandon kam tatsächlich ins Haus, und Elinor, die überzeugt war, dass ihn die Sorge um Marianne hergeführt hatte, und die genau diese Sorge aus seinem verstörten, schwermütigen Blick zu lesen und aus seiner ängstlichen, wenn auch kurzen Erkundigung nach ihr herauszuhören meinte, konnte ihrer Schwester nicht verzeihen, dass sie ihn so gering schätzte.

«Ich habe Mrs. Jennings in der Bond Street getroffen», erklärte er nach der ersten Begrüßung, «sie hat mich ermutigt, vorbeizukommen, und ich ließ mich umso leichter überreden, als ich es für wahrscheinlich hielt, Sie allein anzutreffen, und daran lag mir sehr viel. Meine Absicht... mein Wunsch... mein einziger Wunsch, weswegen mir daran lag... ist die Hoffnung... ist der Glaube, dazu beitragen zu können, dass Ihre Schwester Trost findet. Nein, Trost kann man nicht sagen, keinen Trost in der Gegenwart, aber Gewissheit, dauerhafte Gewissheit. Meine Zuneigung zu ihr, zu Ihnen und zu Ihrer Mutter... gestatten Sie mir, sie zu beweisen, indem ich von Umständen berichte, die nur die aufrichtigste Zuneigung, nur der dringliche Wunsch, mich nützlich zu machen... ich glaube, ich habe das Recht dazu... andererseits, wo ich so viele Stunden gebraucht habe, um mich zu vergewissern, dass ich recht habe, besteht da nicht auch Grund zu der Befürchtung, ich könnte unrecht haben?» Er hielt inne.

«Ich verstehe», sagte Elinor. «Sie können mir etwas über Mr. Willoughby erzählen, was seinen Charakter weiter offenlegt. Das wäre der größte Freundschaftsdienst, den Sie Marianne erweisen könnten. Meine Dankbarkeit für alle Informationen, die zu diesem Ziel führen, ist Ihnen sofort gewiss, die von Marianne wird sich dann mit der Zeit schon einstellen. Ach bitte, lassen Sie hören.»

«Gern. Und um es kurz zu machen: Als ich Barton Park im Oktober verließ... doch das vermittelt Ihnen keine Vorstellung... ich muss weiter ausholen. Sie merken bereits, ich bin ein recht ungeschickter Erzähler, Miss Dashwood, ich weiß nicht recht, wo ich anfangen soll. Es braucht wohl erst eine kurze Beschreibung meiner eigenen Geschichte, aber sie soll wirklich kurz ausfallen. Ein solches Thema», er seufzte tief, «verführt mich nicht zur Langatmigkeit.»

Er schwieg einen Augenblick, um sich zu besinnen, dann fuhr er mit einem weiteren Seufzer fort.

«Wahrscheinlich haben Sie jenes Gespräch zwischen uns vergessen – denn es ist nicht anzunehmen, dass es einen Eindruck bei Ihnen hinterlassen hat –, ein Gespräch, das wir eines Abends auf Barton Park geführt haben – es war ein Abend, an dem getanzt wurde –, bei dem ich eine Dame erwähnte, eine frühere Bekannte, die in gewisser Weise Ihrer Schwester Marianne ähnelte.»

«Allerdings!», antwortete Elinor. «Ich habe das Gespräch keineswegs vergessen.»

Er wirkte erfreut und fuhr fort: «Wenn mich die zärtliche Erinnerung trotz aller Unsicherheit und Voreingenommenheit nicht täuscht, besteht eine starke Ähnlichkeit zwischen den beiden, geistig wie körperlich. Die gleiche Begeisterungsfähigkeit, die gleiche Fantasie und Leidenschaft. Diese Dame war eine meiner nächsten Verwandten, verwaist von Kind auf, und stand unter der Vormundschaft meines Vaters. Wir waren fast gleich alt und von frühester Kindheit an Spielgefährten und Freunde. Ich kann mich an keine Zeit erinnern, in der ich Eliza nicht geliebt hätte, und als wir heranwuchsen, nahm meine Zuneigung ein Ausmaß an, das Sie mir, angesichts meiner jetzigen trübseligen, freudlosen Ernsthaftigkeit vielleicht gar nicht zutrauen. Ihre Liebe zu mir war wohl so glühend wie die Ihrer Schwester zu Mr. Willoughby und nicht weniger unglücklich, wenn auch aus einem anderen Grund. Mit siebzehn habe ich sie für immer verloren. Sie wurde verheiratet, wurde gegen ihren Willen mit meinem Bruder verheiratet. Ihr Vermögen war groß und unser Familienbesitz hoch belastet. Das ist leider alles, was man zur Entschuldigung des Mannes sagen kann, der gleichzeitig ihr Onkel und Vormund war. Mein Bruder verdiente sie nicht, er hat sie nicht einmal geliebt. Ich hatte gehofft, dass ihre Liebe zu mir ihr durch alle Schwierigkeiten hindurch Halt geben würde, und eine Weile war dem auch so. Doch schließlich scheiterte ihre Standhaftigkeit an ihrer elenden Lage, sie hatte immerhin große Lieblosigkeit erfahren, und obwohl sie mir versprochen hatte, dass nichts... aber wie konfus ich erzähle! Ich habe Ihnen noch gar nicht geschildert, wie es zu alldem kam. Wir hatten zusammen nach Schottland durchbrennen wollen,[20] es waren nur noch wenige Stunden bis zu unserem Aufbruch, da wurden wir durch die treulose oder auch nur törichte Zofe meiner Cousine verraten. Mich verbannte man in das Haus eines entfernten Verwandten, und sie wurde eingesperrt, fern von aller Gesellschaft, fern von Vergnügungen, bis mein Vater sein Ziel erreicht hatte. Ich hatte zu sehr auf ihre Tapferkeit vertraut, und der Schlag war heftig. Wäre ihre Ehe glücklich verlaufen, hätte ich mich, jung wie ich damals war, nach ein paar Monaten bestimmt damit abgefunden, zumindest müsste ich es jetzt nicht beklagen. Doch war dies nicht der Fall. Mein Bruder, dessen Vorlieben nicht so waren, wie sie hätten sein sollen, verspürte keine Zuneigung zu ihr, und er behandelte sie von Anfang an lieblos. Es folgte, was bei einem so jungen, lebhaften, unerfahrenen Gemüt wie Mrs. Brandon natürlicherweise folgen musste. Sie ergab sich zunächst in ihre elende Lage, und es wäre besser gewesen, sie hätte es nicht mehr gelernt, die schmerzliche Erinnerung an mich zu verwinden. Aber ist es verwunderlich, dass sie bei einem solchen Ehemann, der Untreue geradezu provozierte, und ohne einen Angehörigen an ihrer Seite, der ihr geraten oder Einhalt geboten hätte – denn mein Vater lebte nach ihrer Hochzeit nur noch wenige Monate und ich war mit meinem Regiment in Indien –, einen Fehltritt beging? Wäre ich in England geblieben, vielleicht... Doch um dem Glück der beiden nicht im Weg zu stehen, wollte ich mich für Jahre von ihr fernhalten und habe mich aus diesem Grund versetzen lassen. Meine Erschütterung über ihre Heirat», fuhr er mit bewegter Stimme fort, «war unbedeutend... war nichts gegen das, was ich empfand, als ich etwa zwei Jahre später von ihrer Scheidung erfuhr. Erst das hat diesen Schatten über mich geworfen... bis heute... die Erinnerung an das, was ich gelitten habe...»

Er konnte nicht weiterreden, erhob sich hastig und ging eine Weile im Zimmer auf und ab. Auch Elinor, berührt von seinem Bericht und mehr noch von seiner Verzweiflung, vermochte nicht zu sprechen. Er bemerkte ihre Anteilnahme, trat zu ihr, ergriff ihre Hand, drückte sie und küsste sie dankbar und ehrerbietig. Nach einigen Minuten des Schweigens und der Konzentration hatte er sich gefasst und konnte wieder fortfahren.

«Fast drei Jahre nach dieser unseligen Zeit kehrte ich nach England zurück. Bei meiner Ankunft galt meine erste Sorge natürlich der Suche nach ihr, aber diese Suche verlief ebenso ergebnislos wie traurig. Ich konnte ihre Spur nur bis zu ihrem ersten Verführer zurückverfolgen, und es gab allen Grund zu der Befürchtung, dass sie ihn verlassen hatte, um noch tiefer zu sinken und ein Leben in Sünde zu führen. Die ihr von Gesetz zustehende finanzielle Unterstützung war, gemessen an ihrem Vermögen, unzulänglich und reichte nicht aus, ihr eine sorgenfreie Existenz zu ermöglichen, und ich erfuhr von meinem Bruder, dass die Berechtigung, das Geld entgegenzunehmen, vor einigen Monaten auf eine andere Person übertragen worden war. Er mutmaßte mir gegenüber – und zwar in aller Gemütsruhe –, ihre Verschwendungssucht und die daraus resultierende Not hätten sie wohl gezwungen, dieses Anrecht um kurzfristiger Abhilfe willen zu veräußern. Ich war schon sechs Monate in England, da fand ich sie endlich doch. Aus alter Verbundenheit hatte ich einen ehemaligen Diener, der ins Unglück geraten war, in einem Schuldgefängnis besucht, und dort, in ebendiesem Haus und ebenso eingesperrt, war auch meine unglückliche Freundin. So verändert, so verwelkt, so entkräftet von allem möglichen bitteren Leid! Ich konnte kaum glauben, dass die traurige, blasse Gestalt vor mir alles war, was von jenem lieblichen, blühenden, gesunden Mädchen übrig geblieben war, das ich einst abgöttisch geliebt hatte. Was ich durchmachte, als ich sie so sah... aber ich habe nicht das Recht, Ihnen wehzutun, indem ich das zu beschreiben versuche – ich habe Sie schon genug gequält. Allem Anschein nach litt sie an fortgeschrittener Schwindsucht, und das war... ja, das war in einer solchen Situation mein größter Trost. Das Leben konnte ihr weiter nichts mehr bieten als noch ein wenig Zeit, um sich besser auf den Tod vorzubereiten, und die erhielt sie. Ich sorgte dafür, dass sie bequem untergebracht und richtig versorgt wurde, ich besuchte sie jeden Tag für den Rest ihres kurzen Lebens, und ich war auch in ihrer letzten Stunde bei ihr.»

Wieder hielt er inne, um sich zu fassen, und Elinor sprach ihm zum Schicksal seiner unglücklichen Freundin in sanften, besorgten Worten ihr Mitgefühl aus.

«Ich hoffe, ich habe Ihre Schwester nicht beleidigt, weil ich zwischen ihr und meiner armen, in Schande geratenen Verwandten eine Ähnlichkeit auszumachen glaubte. Ihre Schicksale, ihre Lebenswege können sich nicht gleichen, und wäre die natürliche, liebenswerte Veranlagung der einen von einer stärkeren Persönlichkeit behütet worden oder in einer glücklicheren Ehe aufgehoben gewesen, hätte sie vielleicht die gleiche Entwicklung nehmen können, die Sie bei der anderen noch erleben werden. Aber wozu erzähle ich das alles? Es sieht so aus, als hätte ich Ihnen umsonst Kummer bereitet. Ach, Miss Dashwood ... ein Thema wie dieses, an das ich seit vierzehn Jahren nicht gerührt habe ... es ist gefährlich, so etwas überhaupt anzusprechen. Ich werde mich kürzer fassen, knapper. Sie vertraute meiner Obhut ihr einziges Kind an, ein kleines Mädchen, die Frucht ihres ersten schuldigen Umgangs. Es war damals etwa drei Jahre alt. Sie liebte das Kind und hatte es immer bei sich behalten. Ich sah darin eine hochgeschätzte, kostbare Verpflichtung und wäre ihr gern im strengsten Sinne nachgekommen, indem ich ihre Erziehung selbst überwacht hätte, wenn unsere Situation es gestattet hätte, aber ich hatte keine Familie und kein Zuhause, und deshalb wurde meine kleine Eliza in einer Schule untergebracht. Ich besuchte sie dort, wann immer ich konnte, und nach dem Tod meines Bruders – der etwa fünf Jahre später starb, wodurch das Familienvermögen an mich fiel –, kam sie gelegentlich auch zu mir nach Delaford. Ich bezeichnete sie als entfernte Verwandte, weiß aber sehr wohl, dass mir allgemein eine viel engere Verbindung mit ihr unterstellt wird. Es ist jetzt drei Jahre her – sie hatte gerade ihr vierzehntes Lebensjahr vollendet –, dass ich sie aus der Schule genommen und in die Obhut einer hochachtbaren Dame gegeben habe, die in Dorsetshire wohnte und noch vier oder fünf andere etwa gleichaltrige Mädchen betreute. Zwei Jahre lang hatte ich allen Grund, mit den Umständen zufrieden zu sein. Doch im letzten Februar, vor fast zwölf Monaten, verschwand sie plötzlich. Auf ihren sehnlichen Wunsch hin hatte ich ihr erlaubt – unvorsichtigerweise, wie sich herausstellte –, mit einer jungen Freundin mitzufahren, die ihren Vater zur Kur nach Bath begleitete. Ihn kannte ich als einen äußerst redlichen Mann, und auch von seiner Tochter hatte ich eine gute Meinung – ganz unverdientermaßen, denn in ihrem Eigensinn und aus falsch verstandener Geheimhaltungspflicht hat sie mir nichts verraten, hat mir keinerlei Hinweis gegeben, obwohl sie bestimmt über alles Bescheid wusste. Ihr Vater, ein wohlmeinender, wenn auch nicht gerade scharfsichtiger Mann, konnte wohl wirklich keine Auskunft geben, denn er war meistens ans Haus gefesselt gewesen, während die Mädchen durch die Stadt streiften und nach Belieben Bekanntschaften schlossen, und er versuchte mir einzureden, wovon er selbst restlos überzeugt war, dass nämlich seine Tochter mit dem Ganzen überhaupt nichts zu tun habe. Mit einem Wort, ich erfuhr nur, dass sie fort war; alles andere blieb acht Monate lang bloßer Vermutung überlassen. Sie können sich vorstellen, was ich dachte, was ich fürchtete, und auch, was ich litt.»

«Lieber Himmel!», rief Elinor. «War es etwa – war es Willoughby?»

«Die erste Nachricht, die mich letzten Oktober erreichte», fuhr er fort, «war ein Brief von ihr selbst. Er wurde mir aus Delaford nachgesandt, ich erhielt ihn am Morgen unseres geplanten Ausflugs nach Whitwell, und das war auch der Grund, warum ich Barton so plötzlich verließ, was damals allen seltsam vorkommen musste und einige sicher verärgert hat. Als Mr. Willoughbys Blicke mir Unhöflichkeit vorwarfen, weil ich die Landpartie ruiniert hatte, ahnte er wohl kaum, dass ich fortgerufen wurde, um einem Menschen zu helfen, den er in Armut und Elend gestürzt hatte, und selbst wenn er es gewusst hätte – was hätte es genutzt? Wäre er weniger fröhlich gewesen, hätte er sich weniger im Lächeln Ihrer Schwester gesonnt? Nein, er hatte das, was kein Mann tun würde, der zu Mitgefühl imstande ist, bereits getan. Er hatte das Mädchen, dessen Jugend und Unschuld er verführt hatte, in einer äußerst verzweifelten Situation sitzen lassen, ohne ein ehrbares Zuhause, ohne Hilfe, ohne Freunde und ohne ihr seine Anschrift zu geben. Er hatte versprochen, wiederzukommen, als er sie verließ, doch er kam nicht wieder, er schrieb nicht, er half ihr nicht.»

«Das kann nicht wahr sein!», rief Elinor.

«Jetzt liegt sein Charakter offen vor Ihnen zutage: leichtsinnig, zügellos und schlimmer noch. Dies alles wusste ich, wusste es schon seit Wochen, und nun stellen Sie sich vor, was ich empfunden haben muss, als ich merkte, dass Ihre Schwester nach wie vor in ihn verliebt war, und als man mir versicherte, sie werde ihn heiraten. Stellen Sie sich vor, was ich um Ihrer ganzen Familie willen empfunden habe. Als ich Sie letzte Woche hier allein antraf, war ich mit dem festen Entschluss gekommen, die Wahrheit zu erfahren, auch wenn ich mich noch nicht entschieden hatte, was ich dann tun wollte. Mein Benehmen muss Ihnen seltsam erschienen sein, aber jetzt werden Sie es vielleicht verstehen. Zulassen, dass Sie alle getäuscht wurden, zusehen, wie Ihre Schwester... Doch was konnte ich tun? Erfolgreich einzugreifen durfte ich nicht hoffen, und manchmal glaubte ich, der gute Einfluss Ihrer Schwester werde ihn vielleicht zähmen. Aber wer weiß, was er nach einem solch ehrlosen Verhalten mit Ihrer Schwester vorgehabt hat. Nun, was immer es gewesen sein mag: Vielleicht ist sie jetzt – in Zukunft jedenfalls bestimmt – froh um ihr Los, wenn sie es mit dem meiner armen Eliza vergleicht, wenn sie die elende, hoffnungslose Lage dieses armen Mädchens bedenkt und sich ausmalt, wie innig Eliza ihn geliebt haben muss, genauso innig wie sie selbst, und wie sie von Selbstvorwürfen gequält wird, die sie ihr Leben lang verfolgen werden. Sicherlich wird ihr dieser Vergleich helfen. Sie wird spüren, dass ihr eigenes Leid dagegen nichts wiegt. Es erwächst nicht aus einem Fehlverhalten und kann keine Schande über sie bringen. Im Gegenteil, es bindet alle Freunde nur noch enger an sie. Anteilnahme an ihrem Unglück und Achtung vor ihrer Tapferkeit werden jede Zuneigung noch verstärken. Ich überlasse es nun Ihrem Ermessen, ihr mitzuteilen, was ich Ihnen erzählt habe. Sie werden am besten wissen, wie es auf sie wirkt. Doch wenn ich nicht ernstlich und aus tiefstem Herzensgrund glauben würde, es könne von Nutzen sein und ihren Schmerz lindern, hätte ich mir nicht erlaubt, Sie mit dieser Darstellung meiner familiären Nöte zu behelligen, mit einer Schilderung, die womöglich den Anschein erweckt, ich wollte mich auf Kosten anderer erhöhen.»

Auf diese Worte folgten ehrlich empfundene Dankesbezeugungen von Seiten Elinors, begleitet von der Beteuerung, es werde für Marianne gewiss sehr heilsam sein, wenn sie von diesen Geschehnissen erfahren werde.

«Mehr als alles andere», sagte sie, «schmerzen mich ihre ständigen Bemühungen, ihn zu entlasten; das bedeutet für sie eine schlimmere Qual, als wenn sie restlos von seiner Ruchlosigkeit überzeugt wäre. Jetzt wird sie zwar für Erste noch mehr leiden, doch ich bin sicher, sie wird sich bald erholen.» Nach kurzem Schweigen fuhr sie fort: «Haben Sie Mr. Willoughby seit Barton noch einmal getroffen?»

«Ja», erwiderte er ernst, «einmal. Eine solche Begegnung war unvermeidlich.»

Erschrocken über seinen Ton, sah Elinor ihn ängstlich an und sagte: «Was? Haben Sie ihn getroffen, um sich mit ihm…»

«Es ging nicht anders. Eliza hatte mir, wenn auch höchst widerstrebend, den Namen ihres Liebhabers genannt, und als er nach London zurückkehrte, keine zwei Wochen nach mir, verabredeten wir ein Treffen, er, um sich zu verteidigen, ich, um ihn zu bestrafen. Wir trennten uns unverletzt, und so wurde es nie ruchbar.»

Elinor seufzte angesichts der angeblichen Notwendigkeit einer solchen Begegnung, tat aber vor diesem Mann und Soldaten, als missbillige sie es nicht.

«So unselig glichen sich also die Schicksale von Mutter und Tochter, und so mangelhaft habe ich meine Treuhänderpflicht erfüllt!»

«Ist sie noch in London?»

«Nein. Sobald sie sich von der Entbindung erholt hatte – denn ich suchte sie kurz vor der Niederkunft auf –, brachte ich sie und das Kind aufs Land, und dort ist sie nun.»

Wenig später wurde ihm bewusst, dass Elinor wahrscheinlich zu ihrer Schwester wollte und er sie aufhielt, und so beendete er seinen Besuch, nahm noch einmal ihren Dank entgegen und ließ sie mit ihrem Mitgefühl und ihrer Hochachtung vor ihm allein.

Kapitel 32

Als Miss Dashwood die Einzelheiten dieses Gesprächs an ihre Schwester weitergab, was sehr bald geschah, hatten sie nicht ganz die Wirkung wie erhofft. Nicht dass es den Anschein hatte, Marianne zweifle irgendwie an der Wahrheit dieses Berichts; sie hörte sich alles mit gleichbleibender, gehorsamer Aufmerksamkeit an, erhob keinen Einwand, machte keine Bemerkung, versuchte Willoughby nicht zu verteidigen und schien mit ihren Tränen auch anzudeuten, dass sie spürte, dies war unmöglich geworden. Doch obwohl ihr Verhalten Elinor bewies, dass sie sich der Schuld Willoughbys nun tatsächlich bewusst war, obwohl sie zufrieden registrierte, was dies bewirkte, dass nämlich Marianne Colonel Brandon nicht mehr aus dem Weg ging, wenn er zu Besuch kam, sondern sich mitfühlend und respektvoll mit ihm unterhielt, ja ihn sogar von sich aus ansprach, und obwohl sie sah, dass ihre Schwester nicht mehr so maßlos überreizt war wie bisher, erschien sie ihr nicht weniger unglücklich. Sie kam wohl etwas zur Ruhe, aber es war dies eine Ruhe der düsteren Niedergeschlagenheit. Der Verlust von Willoughbys gutem Ruf setzte ihr noch mehr zu als der Verlust seiner Liebe. Die Verführung von Miss

Williams und sein Treubruch, das Elend dieses armen Mädchens und die bange Frage, was er dereinst mit ihr selbst vorgehabt haben mochte, nagten so sehr an ihr, dass sie sich nicht überwinden konnte, mit Elinor über ihre Empfindungen zu sprechen, und ihr stummes, kummervolles Brüten schmerzte die Schwester mehr, als wenn sie ihren Gram offen immerzu vor ihr ausgebreitet hätte.

Die Gefühle oder Worte von Mrs. Dashwood wiederzugeben, als sie Elinors Brief empfing und beantwortete, hieße nur wiederholen, was ihre Töchter bereits gefühlt und ausgesprochen hatten: ihre Enttäuschung war kaum weniger bitter als die von Marianne und ihre Empörung womöglich noch größer als die von Elinor. In rascher Folge trafen lange Briefe ein, in denen sie all ihre Leiden und Gedanken schilderte, ihrer bangen Sorge um Marianne Ausdruck verlieh und sie anflehte, diesen Schicksalsschlag tapfer zu ertragen. Wie schlimm musste Mariannes Kummer sein, wenn ihre Mutter von Tapferkeit sprach, wie verletzend und demütigend musste der Grund für ihren Schmerz sein, wenn sie ihr nicht einfach vorschlug, sich diesem Schmerz hinzugeben!

Ohne Rücksicht auf ihr eigenes Wohlbefinden hatte Mrs. Dashwood entschieden, Marianne sei derzeit überall besser aufgehoben als in Barton, wo die ganze Umgebung aufs Heftigste und Schmerzlichste die Vergangenheit wachriefe und ihr unablässig Willoughby vor Augen führte, so wie sie ihn dort immer erlebt hatte. Deshalb empfahl sie ihren Töchtern, den Besuch bei Mrs. Jennings auf keinen Fall abzukürzen; dessen Dauer sei zwar nie genau festgelegt worden, doch rechne man allseits mit mindestens fünf oder sechs Wochen. Dort gebe es zwangsläufig vielerlei Beschäftigungen, Sehenswürdigkeiten und Geselligkeiten, die Barton nicht zu bieten habe, und die, so hoffe sie, Marianne überlisten könnten, sich gelegentlich für etwas anderes als nur für sich selbst zu interessieren, vielleicht sogar für Vergnügungen, auch wenn sie das eine wie das andere jetzt noch verächtlich zurückweise.

Sie laufe in der Stadt mindestens ebenso wenig Gefahr, Willoughby noch einmal zu begegnen, wie auf dem Land, fand ihre Mutter, da alle, die sich als ihre Freunde bezeichneten, jetzt den Verkehr mit ihm abbrechen müssten. Absichtlich würden sie sich sowieso nicht begegnen, wenn es aus Unachtsamkeit geschähe, wären sie immerhin nicht überrascht, und ein zufälliges Zusammentreffen sei im Londoner Gedränge sogar weniger wahrscheinlich als in der Abgeschiedenheit von Barton, wo er vielleicht sogar genötigt sei, sich blicken zu lassen, sobald er nach seiner Hochzeit jenen Besuch in Allenham abstatten würde, den Mrs. Dashwood anfangs als mögliches Ereignis vorhergesehen hatte und nun schweren Herzens mit Bestimmtheit erwartete.

Doch sie hatte noch einen anderen Grund, weshalb sie wünschte, ihre Kinder möchten bleiben, wo sie waren. Ihr Stiefsohn hatte ihr brieflich mitgeteilt, er und seine Frau würden noch vor Mitte Februar in London eintreffen, und sie hielt es für richtig, dass die Mädchen ihren Bruder von Zeit zu Zeit zu Gesicht bekamen.

Marianne hatte versprochen, sich vom Urteil ihrer Mutter leiten zu lassen, daher fügte sie sich diesem widerstandslos, obgleich es ihrem eigenen Wünschen und Hoffen zuwiderlief, obgleich sie es, da auf Irrtümern begründet, als falsch empfand und die Forderung, sie solle weiterhin in London bleiben, ihr den einzig möglichen Trost in ihrem Unglück nahm, nämlich Nähe und Mitgefühl ihrer Mutter, und sie zu einer Gesellschaft und Umgebung verurteilte, die ihr keine Sekunde Ruhe gönnen würden.

Es tröstete sie jedoch, dass das, was sie selbst als schlimm empfand, ihrer Schwester guttun würde. Elinor wiederum, die befürchtete, es werde ihr nicht gelingen, Edward gänzlich zu meiden, tröstete sich mit dem Gedanken, dass ein längerer Aufenthalt zwar ihrem eigenen Glück entgegenstand, für Marianne aber besser sein werde als eine sofortige Rückkehr nach Devonshire.

Umsichtig suchte sie die Schwester davor zu bewahren, dass der Name Willoughby vor ihr genannt wurde, und mit Erfolg. Ohne es zu wissen, erntete Marianne die Früchte dieses Bemühens, denn weder Mrs. Jennings noch Sir John, nicht einmal Mrs. Palmer sprach in ihrer Gegenwart über ihn. Elinor hätte sich gewünscht, diese Rücksicht erstrecke sich auch auf sie, aber das war aussichtslos, und sie war gezwungen, sich Tag für Tag ihrer aller Empörung anzuhören.

Sir John hatte es nicht für möglich gehalten: Ein Mann, von dem er stets aus gutem Grund das Beste gedacht hatte! Ein so gutmütiger Kerl! Gewiss gab es in ganz England keinen so unerschrockenen Reiter! Nicht zu fassen, diese Geschichte. Er wünschte ihn von Herzen zum Teufel. Um nichts in der Welt würde er jemals wieder ein Wort mit ihm wechseln, egal, wo er ihm begegnete! Nein, nicht einmal wenn sie im Dickicht von Barton zwei Stunden lang auf der Lauer liegen müssten. So ein Schurke! So ein falscher Fuffziger! Erst neulich hatte er ihm einen von Follys Welpen angeboten, und jetzt das!

Mrs. Palmer war auf ihre Weise ebenso erzürnt. Sie war entschlossen, die Bekanntschaft mit ihm sofort aufzukündigen, und war nur froh, dass sie ihn überhaupt nie kennengelernt hatte. Sie wünschte sich aus tiefstem Herzen, Combe Magna würde nicht so nahe bei Cleveland liegen, aber so schlimm sei das auch nicht, denn für Besuche sei es im Grunde viel zu weit entfernt; sie verabscheue ihn so sehr, dass sie beschlossen habe, seinen Namen nie wieder zu erwähnen, und sie werde jedem, der ihr über den Weg laufe, erzählen, was für ein Tunichtgut er sei.

Ansonsten zeigte sich Mrs. Palmers Mitgefühl darin, dass sie nach Kräften sämtliche Einzelheiten der bevorstehenden Hochzeit in Erfahrung brachte und sie an Elinor weitergab. Sie wusste schon bald, bei welchem Stellmacher die neue Kutsche gebaut wurde, welcher Maler Mr. Willoughbys Porträt anfertigte und in welchem Kaufhaus Miss Greys Brautkleid zu besichtigen war.

Verglichen damit empfand Elinor, die sich durch die lärmende Freundlichkeit der anderen oft bedrängt fühlte, wohltuende Erleichterung über die ruhige und höfliche Gleichgültigkeit Lady Middletons. Welch großer Trost, zu wissen, dass sie bei wenigstens einer Person in ihrem Freundeskreis keine Anteilnahme weckte, welch großer Trost, dass es immerhin einen Menschen gab, der ihr ohne Neugier auf Einzelheiten und ohne Sorge um das Befinden ihrer Schwester gegenübertrat.

Jede Fähigkeit wird unter bestimmten Umständen gelegentlich höher bewertet, als ihr dies eigentlich zusteht, und manchmal war Elinor von den aufdringlichen Mitleidsbekundungen dermaßen zermürbt, dass sie zu dem Befund kam, gutes Benehmen sei für das Wohlergehen entscheidender als ein gutes Herz.

Lady Middleton äußerte ihre Ansicht zu der Geschichte etwa einmal am Tag – oder auch zweimal, wenn sehr viel über das Thema gesprochen wurde –, indem sie sagte: «Es ist wirklich unerhört!», und dank dieser wiederkehrenden, wenn auch verhaltenen Gefühlsentladung war sie imstande, die beiden Misses Dashwood nicht nur von Anfang an ohne die geringste Gemütsbewegung zu besuchen, sondern sie sehr bald auch zu besuchen, ohne die Angelegenheit auch nur mit einem einzigen Wort zu streifen. Nachdem sie dergestalt die Würde des eigenen Geschlechts gestärkt sowie deutlich kritisiert hatte, was am anderen falsch war, fühlte sie sich berechtigt, ihr Augenmerk wieder den eigenen gesellschaftlichen Verpflichtungen zuzuwenden, und daher beschloss sie – wenn auch nicht gerade im Einklang mit Sir John –, bei Mrs. Willoughby, die eine ebenso vornehme wie reiche Dame sein würde, ihre Karte abzugeben, sobald diese verheiratet war.

Colonel Brandons zartfühlende, unaufdringliche Fragen hingegen waren Miss Dashwood niemals unangenehm. Er hatte sich das Recht, unter vier Augen über die Enttäuschung ihrer Schwester zu sprechen, durch den wohlmeinenden Eifer, mit dem er sie zu mildern versucht hatte, mehr als verdient, und so plauderten sie stets vertraulich. Der wertvollste Lohn für seine schmerzlichen Bemühungen, seine vergangenen Kümmernisse und gegenwärtigen Demütigungen aufzudecken, bestand in dem mitleidigen Blick, mit dem Marianne ihn manchmal bedachte, und in ihrem sanften Tonfall, wenn sie – freilich nicht oft – gezwungen war oder sich selbst zwang, mit ihm zu sprechen. Dies alles zeigte ihm, dass durch sein Bemühen ihre Sympathie für ihn gewachsen war, und ließ Elinor hoffen, sie werde in Zukunft noch weiter wachsen. Mrs. Jennings allerdings, die von alledem keine Ahnung hatte, die nur sah, dass der Colonel so ernst war wie eh und je und dass sie ihn weder bewegen konnte, selbst einen Antrag zu machen, noch dazu, diese Aufgabe ihr zu übertragen, zog nach zwei Tagen den Schluss, sie würden wohl nicht schon um Mittsommer heiraten, sondern erst an Michaeli, und am Ende der Woche befand sie, dass es gar nicht zur Hochzeit kommen werde. Vielmehr schien ihr das gute Einvernehmen zwischen dem Colonel und Miss Dashwood nahezulegen, dass Maulbeerbaum, künstlicher Bach und Eibe mit all ihren Vorzügen auf Elinor übergehen würden, und so zog Mrs. Jennings Mr. Ferrars eine Zeit lang gar nicht mehr in Erwägung.

Anfang Februar, keine vierzehn Tage nach Willoughbys Brief, hatte Elinor die schwere Aufgabe, ihrer Schwester mitzuteilen, dass er geheiratet habe. Sie hatte dafür gesorgt, dass ihr persönlich gemeldet wurde, wann die Zeremonie vollzogen war, denn sie wollte auf keinen Fall, dass Marianne aus den Zeitungen davon erfuhr, die sie jeden Morgen eifrig durchforstete.

Sie nahm die Nachricht entschlossen und gefasst entgegen; sie äußerte sich nicht dazu und vergoss anfangs auch keine Tränen, aber es dauerte nicht lang, da brachen sie aus ihr heraus, und für den Rest des Tages war sie in einer kaum weniger beklagenswerten Verfassung als zu dem Zeitpunkt, da sie erfahren hatte, dass mit diesem Ereignis zu rechnen sei.

Die Willoughbys verließen London gleich nach der Hochzeit, und da jetzt keine Gefahr mehr bestand, einem der beiden zu begegnen, hoffte Elinor, dass sie ihre Schwester, die das Haus seit der ersten Hiobsbotschaft nicht mehr verlassen hatte, dazu bewegen könnte, allmählich wieder auszugehen, so wie zuvor.

Um diese Zeit tauchten auch die beiden Misses Steele, die sich vor Kurzem im Haus ihrer Cousine in Bartlett's Buildings eingefunden hatten, wieder bei ihren vornehmeren Verwandten in der Conduit und der Berkeley Street auf und wurden von allen herzlich willkommen geheißen.

Nur Elinor freute sich nicht über ihr Erscheinen. Ihre Anwesenheit quälte sie, und sie wusste kaum, wie sie das überwältigende Entzücken Lucys darüber, dass sie «nach wie vor» in London seien, angemessen freundlich erwidern sollte.

«Ich wäre sehr enttäuscht gewesen, wenn ich Sie nicht *nach wie vor* hier angetroffen hätte», wiederholte sie und hob die Worte deutlich hervor. «Aber ich habe mir das schon gedacht. Ich war mir fast sicher, dass Sie London nicht so schnell verlassen, obwohl Sie ja seinerzeit in Barton *geschworen* haben, höchstens *einen Monat* zu bleiben. Aber ich habe mir schon damals gedacht, dass Sie sich's wahrscheinlich anders überlegen, wenn es so weit ist. Es wäre ja auch zu schade gewesen, wenn Sie schon weg gewesen wären, bevor Ihr Bruder und Ihre Schwägerin kommen. Und jetzt haben Sie's bestimmt nicht mehr eilig. Ich bin ungeheuer froh, dass Sie *nicht* Wort gehalten haben.»

Elinor begriff sehr wohl und musste all ihre Selbstbeherrschung aufbieten, um den Anschein zu erwecken, sie begreife *eben nicht*.

«Und, meine Liebe», sagte Mrs. Jennings, «wie sind Sie gereist?»

«Nicht mit der gewöhnlichen Postkutsche, das kann ich Ihnen versichern», erwiderte Miss Steele frohlockend. «Wir sind die ganze Strecke mit der Eilpost gefahren und hatten einen sehr feschen Kavalier als Begleiter. Dr. Davies wollte nämlich auch nach London, und da dachten wir, wir könnten doch mit ihm zusammen in der Eilpost fahren. Er war sehr nobel, er hat zehn oder zwölf Shilling mehr gezahlt als wir.»

«Oho!», rief Mrs. Jennings. «Sehr nett, in der Tat! Ich wette, der Doktor ist Junggeselle.»

«Da haben wir's», sagte Miss Steele und lächelte geziert, «alle machen sich über mich lustig wegen dem Doktor, und ich hab keine Ahnung, warum. Meine Cousinen sind fest überzeugt, ich hätte eine Eroberung gemacht, aber ich für mein Teil kann nur sagen, ich denke nicht mal von zwölf bis Mittag an ihn. ‹Jesses, da kommt dein Kavalier, Nancy›, sagte meine Cousine neulich, als sie ihn über die Straße aufs Haus zugehen sah. ‹Mein Kavalier, also wirklich›, hab ich gesagt, ‹ich weiß gar nicht, was du meinst. Der Doktor ist doch nicht mein Kavalier.›»

«Jaja, das sagen Sie so – hilft aber nichts, der Doktor wird das Rennen machen, das seh ich schon.»

«Davon kann keine Rede sein», erwiderte ihre Cousine bemüht ernst, «und bitte widersprechen Sie, wenn Sie hören, dass jemand so was behauptet.»

Mrs. Jennings konnte sie beruhigen: Sie versicherte ihr umgehend, sie werde ganz bestimmt nicht widersprechen, und Miss Steele war restlos glücklich.

Nachdem Lucy eine kleine Pause im Austeilen feindseliger Seitenhiebe eingelegt hatte, legte sie nun noch einmal nach. «Miss Dashwood, Sie ziehen doch vermutlich zu Ihrem Bruder und Ihrer Schwägerin um, wenn sie nach London kommen?»

«Nein, ich glaube nicht.»

«Aber bestimmt doch.»

Elinor wollte ihr nicht den Gefallen tun, weiter zu widersprechen.

«Wie wunderbar, dass Mrs. Dashwood Sie beide so lange entbehren kann!»

«Lange, also wirklich!», protestierte Mrs. Jennings. «Sie sind doch gerade erst angekommen!»

Damit war Lucy zum Schweigen gebracht.

«Wie bedauerlich, dass Ihre Schwester nicht da ist, Miss Dashwood», sagte Miss Steele. «Wie bedauerlich, dass sie sich nicht wohlfühlt ...» Marianne war aus dem Zimmer gegangen, als die beiden kamen.

«Zu gütig. Auch meine Schwester bedauert es sehr, dass ihr das Vergnügen entgeht, Sie zu empfangen, aber in letzter Zeit wird sie von schlimmen nervösen Kopfschmerzen geplagt, und da fühlt sie sich irgendwelcher Gesellschaft oder Konversation nicht gewachsen.»

«Ach du liebe Zeit, das ist ja furchtbar schade! Aber so alte Freundinnen wie Lucy und mich – uns wird sie doch wohl sehen wollen, wir würden auch kein Wort sprechen.»

Überaus höflich lehnte Elinor diesen Vorschlag ab. Ihre Schwester habe sich vielleicht hingelegt oder sei im Morgenmantel und könne deshalb nicht zu ihnen herunterkommen.

«Ach, wenn das alles ist!», rief Miss Steele. «Wir können genauso gut zu ihr hinaufgehen.»

Diese Unverschämtheit war zu viel für Elinors

Langmut. Miss Steele in ihre Schranken zu weisen blieb ihr allerdings erspart, weil schon Lucy ihr einen scharfen Tadel erteilte, der zwar wie so oft die Umgangsformen der einen Schwester in wenig schmeichelhaftem Licht erscheinen ließ, aber immerhin dazu diente, die der andern zu mäßigen.

Kapitel 33

Nach einigem Widerstreben gab Marianne eines Morgens den Bitten ihrer Schwester nach und willigte ein, mit ihr und Mrs. Jennings für eine halbe Stunde auszugehen. Sie stellte aber ausdrücklich die Bedingung, keine Besuche abstatten zu müssen; sie werde sie nur zu «Gray's» in der Sackville Street begleiten, wo Elinor über den Umtausch einiger altmodischer Schmuckstücke ihrer Mutter verhandeln wollte.

Als sie vor der Ladentür hielten, fiel Mrs. Jennings ein, dass am anderen Ende der Straße eine Dame wohnte, die sie kurz aufsuchen wollte, und da sie bei «Gray's» nichts zu besorgen hatte, wurde beschlossen, sie würde, während ihre jungen Freundinnen einkauften, diesen Besuch machen und sie danach wieder abholen.

Die Misses Dashwood stiegen die Stufen zum Laden hinauf, fanden aber drinnen so viele Kunden vor, dass niemand zu ihrer Bedienung frei war und sie warten mussten. Es blieb ihnen nichts anderes übrig, als sich an dasjenige Ende der Theke zu setzen, an dem es voraussichtlich am schnellsten weitergehen würde. Dort stand ein einzelner Herr, und wahrscheinlich hegte Elinor die stille Hoffnung, er werde sich aus Höflichkeit herausgefordert mit seinem Anliegen beeilen. Doch sein kritischer Blick und erlesener Geschmack behielten die Oberhand über die Höflichkeit.

Er gab gerade eine Zahnstocherdose für sich in Auftrag, und bis deren Größe, Form und Verzierung festgelegt waren, die schließlich – nachdem er eine Viertelstunde lang sämtliche im Laden vorrätigen Zahnstocherdosen beäugt und erörtert hatte – nach seinen eigenen originellen, fantasievollen Vorschlägen gestaltet wurden, blieb ihm keine Zeit, den beiden Damen mehr Beachtung zu schenken, als sich in drei, vier dreisten Blicken unterbringen ließ, eine Art von Aufmerksamkeit, die dazu führte, dass sich seine Gestalt und sein Gesicht Elinor genau einprägten: Er war von eindrucksvoller, ungekünstelter, gediegener Bedeutungslosigkeit, wenn auch nach der neuesten Mode herausgeputzt.

Marianne blieben ungute Gefühle wie Geringschätzung und Missbilligung angesichts dieser unverschämten Musterung ihrer Gesichtszüge und seines schnöselhaften Benehmens bei der Entscheidung über die diversen Scheußlichkeiten der diversen ihm zur Begutachtung vorgelegten Zahnstocherdosen erspart, weil sie all das gar nicht wahrnahm. Sie vermochte sich in Mr. Grays Laden ebenso auf ihr Innenleben zu konzentrieren und alles zu ignorieren, was rings um sie geschah, als läge sie in ihrem Schlafzimmer.

Endlich hatte er sich entschieden. Das Elfenbein, das Gold, die Perlen, alles wurde bestellt, und nachdem der Herr den Tag genannt hatte, bis zu dem er äußerstenfalls ein zahnstocherdosenloses Dasein zu führen gewillt war, zog er gemächlich und sorgfältig seine Handschuhe an, warf den Misses Dashwood noch einmal einen Blick zu, der Bewunderung eher zu fordern als zu zollen schien, und schritt mit der selbstzufriedenen Miene echter Dünkelhaftigkeit und gespielter Gleichgültigkeit von dannen.

Elinor verlor keine Zeit, ihr Anliegen vorzubringen, und sie war schon fast fertig, als sich neben ihr ein weiterer Herr einfand. Sie drehte den Kopf, sah ihm ins Gesicht und stellte überrascht fest, dass es sich um ihren Bruder handelte.

Ihre gegenseitige Wertschätzung und die Freude über die Begegnung waren gerade groß genug, um in Mr. Grays Geschäft glaubwürdig zu wirken. John Dashwood war das Wiedersehen mit seinen Schwestern durchaus nicht unangenehm, sie ihrerseits fanden es sogar ganz erfreulich, und seine Fragen nach ihrer Mutter klangen respektvoll und aufmerksam.

Elinor erfuhr, dass er und Fanny seit zwei Tagen in der Stadt waren.

«Ich hätte euch gestern zu gern besucht», sagte er, «aber es war mir nicht möglich, denn wir mussten mit Harry die wilden Tiere in der Menagerie von Exeter Exchange[21] besichtigen, und den Rest des Tages verbrachten wir mit Mrs. Ferrars. Es hat Harry ungemein gefallen. Heute Vormittag hatte ich fest vor, euch zu besuchen, wenn ich ein halbes Stündchen Zeit hätte erübrigen können, aber es gibt immer so viel zu erledigen, wenn man wieder in der Stadt ist. Jetzt bin ich hier, um für Fanny ein Siegel zu bestellen. Aber morgen kann ich bestimmt in der Berkeley Street vorbeischauen und eure Freundin Mrs. Jennings kennenlernen. Sie soll eine sehr vermögende Frau sein. Und die Middletons auch, ihr müsst mich ihnen vorstellen. Sie sind ja mit meiner Stiefmutter verwandt, deshalb wird es mir ein Vergnügen sein, ihnen meine Aufwartung zu machen. Ich habe gehört, dass sie euch auf dem Land ganz vortreffliche Nachbarn sind.»

«Ja, wirklich vortrefflich. Es ist nicht zu sagen, wie aufmerksam und eingehend sie sich um unser Wohlergehen kümmern.»

«Das freut mich außerordentlich, muss ich sagen, wirklich außerordentlich. Aber so sollte es sein. Es sind sehr vermögende Leute, sie sind mit euch verwandt, da kann man mit Fug und Recht alle Höflichkeit und Gefälligkeit erwarten, die euer Dasein erfreulich gestalten. So seid ihr also in eurem kleinen Landhäuschen höchst behaglich untergebracht, und es fehlt euch an nichts! Edward hat uns das Haus aufs Reizendste geschildert: Es sei das perfekteste Cottage aller Zeiten, sagte er, und ihr scheint euch über die Maßen wohlzufühlen. Das zu hören war uns eine große Genugtuung, das versichere ich euch.»

Elinor schämte sich ein wenig für ihren Bruder und war froh, dass ihr eine Antwort erspart blieb, weil nun Mrs. Jennings' Diener erschien und meldete, seine Herrin warte vor der Tür auf sie.

Mr. Dashwood begleitete sie noch die Stufen hinunter, wurde Mrs. Jennings am Kutschenschlag vorgestellt, verlieh erneut seiner Hoffnung

Ausdruck, er werde morgen gewiss imstande sein, bei ihnen vorbeizuschauen, und verabschiedete sich.

Er absolvierte seinen Besuch, wie es sich gehörte. Dass ihre Schwägerin nicht mitgekommen war, entschuldigte er mit einer Ausrede. Sie sei dermaßen mit ihrer Mutter beschäftigt, dass sie einfach keine Zeit habe, irgendwo anders hinzugehen. Mrs. Jennings versicherte ihm indes sogleich, sie gebe nichts auf Förmlichkeiten, schließlich seien sie alle Cousinen oder so etwas Ähnliches, sie werde Mrs. John Dashwood auf jeden Fall sehr bald besuchen und ihre Schwägerinnen gleich mitbringen. Er gab sich seinen Schwestern gegenüber ruhig, aber durchaus freundlich, zu Mrs. Jennings war er aufmerksam und höflich, und als kurz nach ihm Colonel Brandon auftauchte, beäugte er ihn mit einer Neugier, die zu besagen schien, jetzt brauche er nur noch zu wissen, ob er reich sei, dann könne er auch ihm mit entsprechender Höflichkeit begegnen.

Nach einer halben Stunde bat er Elinor, mit ihm in die Conduit Street zu gehen und ihn Sir John und Lady Middleton vorzustellen. Das Wetter war ungewöhnlich gut, und sie willigte gern ein. Kaum waren sie außer Haus, begann er mit seinen Fragen.

«Wer ist Colonel Brandon? Ist er ein vermögender Mann?»

«Ja, er hat einen sehr ansehnlichen Landsitz in Dorsetshire.»

«Das freut mich. Er scheint mir ein Gentleman zu sein, und ich glaube, ich darf dir zu der Aussicht auf einen höchst respektablen Hausstand gratulieren, Elinor.»

«Mir, Bruder? Was meinst du damit?»

«Er mag dich. Ich habe ihn genau beobachtet und bin überzeugt davon. Wie groß ist sein Vermögen?»

«Ich glaube, etwa zweitausend im Jahr.»

«Zweitausend im Jahr.» Er schraubte sich zu den höchsten Höhen der Großzügigkeit empor und fügte hinzu: «Elinor, ich wünschte um deinetwillen von ganzem Herzen, es wäre doppelt so viel.»

«Das glaube ich dir gern», erwiderte Elinor, «aber ich bin mir ganz sicher, dass Colonel Brandon nicht den leisesten Wunsch verspürt, mich zu heiraten.»

«Da irrst du dich, Elinor, da irrst du dich ganz gewaltig. Gib dir nur ein bisschen Mühe, und er ist dir sicher. Noch mag er unentschieden sein, er zögert vielleicht, weil dein Vermögen gar so gering ist, und seine Freunde werden ihm alle abraten. Aber ein paar kleine Artigkeiten und Ermutigungen, wie sie den Damen so leichtfallen, werden ihn festnageln, ob er will oder nicht. Und es gibt keinen Grund, warum du dich nicht um ihn bemühen solltest. Wir wollen nicht annehmen, dass eine ältere Neigung deinerseits ... kurzum, du weißt ja, dass eine solche Verbindung nicht in Frage kommt, die Hindernisse sind unüberwindlich, und du bist zu vernünftig, um das nicht einzusehen. Colonel Brandon ist genau der Richtige, und von meiner Seite soll es nicht an Höflichkeit fehlen, damit er an dir und deiner Familie Gefallen findet. Es ist eine Heirat, die alle zufriedenstellen wird. Kurzum, es ist genau das», er dämpfte seine Stimme zu einem bedeutungsvollen Flüstern, «was alle Beteiligten ganz außerordentlich begrüßen werden.» Er fasste sich wieder und fügte hinzu: «Das heißt, ich will sagen ... all deine Angehörigen sind aufrichtig daran interessiert, dich gut versorgt zu wissen, vor allem Fanny, ihr liegt dein Wohl sehr am Herzen, das versichere ich dir. Und auch ihre Mutter, Mrs. Ferrars, eine äußerst gutmütige Frau, wäre gewiss sehr erbaut; sie hat sich erst kürzlich dahingehend geäußert.»

Elinor würdigte ihn keiner Antwort.

«Es wäre ja bemerkenswert», fuhr er fort, «regelrecht kurios, wenn Fannys Bruder und meine

Schwester gleichzeitig in den Stand der Ehe treten würden. Dabei ist es keineswegs unwahrscheinlich.»

«Hat denn Mr. Edward Ferrars vor zu heiraten?», fragte Elinor mit fester Stimme.

«Im Augenblick ist noch nichts vereinbart, aber die Dinge geraten in Bewegung. Er hat eine vortreffliche Mutter. Mrs. Ferrars wird ihm höchst großzügig tausend Pfund im Jahr aussetzen, wenn die Heirat stattfindet. Die Dame ist die Ehrenwerte Miss Morton, einzige Tochter des verstorbenen Lord Morton, ausgestattet mit dreißigtausend Pfund. Eine von beiden Seiten höchst wünschenswerte Verbindung, und ich zweifle nicht daran, dass mit ein wenig Geduld etwas daraus wird. Tausend Pfund im Jahr zu opfern, und das für alle Zeiten, ist eine Menge Geld für eine Mutter, aber Mrs. Ferrars ist eben ein nobler Charakter. Noch ein Beispiel für ihre Großzügigkeit: Neulich – wir waren kaum in der Stadt eingetroffen – drückte sie Fanny Banknoten im Wert von zweihundert Pfund in die Hand; sie hatte mit sicherem Blick erkannt, dass wir zurzeit nicht gerade in Geld schwimmen. Und das war uns sehr willkommen, denn solange wir hier wohnen, müssen wir ein großes Haus führen, was mit hohen Kosten verbunden ist.»

Er schwieg, damit sie ihm recht geben und ihn bemitleiden konnte, und sie zwang sich zu sagen: «Eure Kosten sind sicher beträchtlich, in der Stadt wie auf dem Land, aber ihr habt auch ein großes Einkommen.»

«Nicht so groß, wie manche Leute vermuten. Doch ich will mich nicht beklagen, es ist zweifelsohne ein gutes Einkommen und wird mit der Zeit hoffentlich noch besser werden. Die Einhegung der Allmendefelder von Norland, die gerade im Gange ist, bedeutet eine schwere Belastung.[22] Und dann habe ich vor einem halben Jahr einen kleinen Kauf getätigt, East Kingham Farm, du erinnerst dich sicher an das Gut, wo der alte Gibson gelebt hat. Der Besitz war für mich in jeder Hinsicht höchst erstrebenswert, er grenzt unmittelbar an mein Land, und ich fühlte mich geradezu verpflichtet, ihn zu kaufen. Ich hätte es nicht mit meinem Gewissen vereinbaren können, wenn er in andere Hände gefallen wäre. Und für seinen Vorteil muss man nun einmal zahlen, es hat mich tatsächlich eine stattliche Summe gekostet.»

«Mehr, als es bei näherer Betrachtung wirklich wert ist?»

«Nun, ich hoffe nicht. Ich hätte es schon am nächsten Tag für mehr Geld wieder losschlagen können, als ich bezahlt habe. Aber was den Kaufpreis betrifft: Da hätte ich auch großes Pech haben können, denn die Staatspapiere standen zu diesem Zeitpunkt so niedrig, dass ich mit großem Verlust hätte verkaufen müssen, wenn ich die benötigte Summe nicht zufällig auf der Bank gehabt hätte.»

Elinor konnte nur lächeln.

«Wir hatten auch noch andere große, unvermeidliche Ausgaben, als wir nach Norland zogen. Unser verehrter Vater hat, wie du wohl weißt, den gesamten Stanhill-Sachbesitz, der sich noch auf Norland befand – und der sehr wertvoll war! –, deiner Mutter vermacht. Es liegt mir fern, darüber zu murren; er hatte zweifellos das Recht, nach Belieben über seinen Besitz zu verfügen, doch das hatte zur Folge, dass wir große Mengen von Bettwäsche, Porzellan und so weiter kaufen mussten, um das Haus mit dem auszustatten, was weggeschafft worden war. Du kannst dir vorstellen, dass wir nach all diesen Ausgaben alles andere als reich sind und Mrs. Ferrars' Güte sehr zu schätzen wissen.»

«Natürlich», sagte Elinor, «und unterstützt von ihrer Großzügigkeit, werdet ihr hoffentlich trotz alledem im Wohlstand leben.»

«In ein oder zwei Jahren werden wir um einiges weiter sein», erwiderte er ernst, «doch es gibt noch viel zu tun. Vorläufig ist noch kein einziger

Stein von Fannys Gewächshaus gesetzt, und der Blumengarten existiert bisher auch nur auf dem Papier.»

«Wo soll das Gewächshaus stehen?»

«Auf der Anhöhe hinter dem Haus. Die alten Nussbäume mussten alle weg, um Platz zu schaffen. Es wird ein recht hübscher Blickfang, von vielen Stellen im Park aus zu sehen, und der Blumengarten zieht sich dann unmittelbar davor den Hang hinunter, das wird ausnehmend schön. Die alten Weißdorne, die stellenweise auf der Kuppe wuchsen, haben wir alle entfernt.»

Elinor behielt ihre Skepsis und Kritik für sich und war dankbar, dass Marianne dieses Ärgernis nicht miterleben musste.

Da er nun seine Armut ausreichend herausgestrichen hatte und nicht mehr Gefahr lief, für seine Schwestern ein Paar Ohrringe kaufen zu müssen, wenn er das nächste Mal bei «Gray's» vorbeikam, lenkte er seine Gedanken in eine erfreulichere Richtung und beglückwünschte Elinor zu ihrer Freundin Mrs. Jennings.

«Sie scheint mir eine höchst schätzenswerte Frau zu sein: Ihr Haus, ihr Lebensstil, alles zeugt von einem äußerst guten Einkommen. Und diese Bekanntschaft ist nicht nur jetzt sehr hilfreich für euch, sondern könnte sich am Ende auch als materiell vorteilhaft erweisen. Dass sie euch nach London eingeladen hat, zeigt auf jeden Fall, dass sie euch mag, ja es verrät in der Tat eine so große Sympathie, dass ihr wahrscheinlich, wenn sie einmal stirbt, nicht vergessen werdet. Sie dürfte viel zu vererben haben.»

«Eher gar nichts, vermute ich, denn sie hat nur den Nießbrauch am Grundbesitz, der auf die Kinder übergeht.»

«Aber es ist nicht anzunehmen, dass sie ihr Einkommen restlos ausgibt. Kaum jemand mit gesundem Menschenverstand würde das tun, und über ihre Ersparnisse darf sie frei verfügen.»

«Meinst du nicht, sie wird sie eher ihren Töchtern vermachen statt uns?»

«Beide Töchter sind hervorragend verheiratet, deshalb erkenne ich keinerlei Notwendigkeit, sie darüber hinaus noch zu bedenken. Euch hingegen erwächst, da sie euch so begünstigt und bei sich aufnimmt, meines Erachtens eine Art Anspruch auf künftige Berücksichtigung, den eine gewissenhafte Frau nicht ignorieren wird. Liebenswürdiger kann man unmöglich sein, und sie wird sich kaum so verhalten, ohne sich bewusst zu machen, welche Erwartungen sie damit weckt.»

«Aber in denen, um die es eigentlich geht, erweckt sie doch gar keine. Nein, Bruder, du treibst es wirklich zu weit in deiner Sorge um unser Wohlergehen und Gedeihen.»

«Nun ja», sagte er und schien sich wieder zu besinnen, «es steht freilich nicht in unserer Macht, steht überhaupt nicht in unserer Macht... Aber was ist eigentlich mit Marianne los, liebe Elinor? Sie sieht unpässlich aus, ist blass und ganz dünn geworden. Ist sie krank?»

«Es geht ihr nicht gut, die Nerven sind schwach, schon seit einigen Wochen.»

«Das tut mir leid. In ihrem Alter zerstört jede Art von Krankheit die jugendliche Frische für immer. Bei ihr hat sie sich nicht lange gehalten! Letzten September war sie noch ausnehmend hübsch, und es sah ganz danach aus, als würden ihr die Männer zufliegen. Ihre Schönheit war von der Art, die ihnen besonders gefällt. Ich weiß noch, dass Fanny immer sagte, sie würde wohl eher heiraten und eine bessere Partie machen als du – nicht dass sie dich nicht furchtbar gern hat, aber es kam ihr eben so vor. Doch da dürfte sie sich geirrt haben. Ich frage mich, ob Marianne jetzt noch einen Mann mit mehr als fünf- oder bestenfalls sechshundert im Jahr findet, und ich müsste mich schon sehr täuschen, wenn du es nicht besser triffst. Dorsetshire! Ich kenne Dorsetshire kaum, liebe Elinor, wäre aber außerordentlich erfreut, wenn ich es besser kennenlernen würde, und ich kann mich, glaube ich, dafür verbürgen, dass du Fanny und mich zu deinen ersten und zufriedensten Gästen zählen darfst.»

Elinor versuchte ihm mit großem Ernst klarzumachen, dass von einer Eheschließung mit Colonel Brandon nicht die Rede sein konnte. Doch diese Vorstellung behagte ihm allzu sehr, als dass er sich davon verabschieden wollte, und er war fest entschlossen, sich mit diesem Herrn enger anzufreunden und einer Heirat durch alle erdenkliche Freundlichkeit Vorschub zu leisten. Er selbst hatte nichts für seine Schwestern getan, hatte aber immerhin genug Gewissensbisse, um bestrebt zu sein, dass alle andern eine Menge für sie taten, und ein Antrag von Colonel Brandon oder ein Vermächtnis von Mrs. Jennings waren der einfachste Weg, sein eigenes Versäumnis wettzumachen.

Sie hatten Glück und trafen Lady Middleton zu Hause an, und auch Sir John kam heim, bevor ihr Besuch beendet war. Beide Seiten tauschten überschwängliche Höflichkeiten aus. Sir John war ohnehin bereit, jedermann gernzuhaben, und obwohl Mr. Dashwood anscheinend nicht viel von Pferden verstand, betrachtete er ihn bald als einen recht gutmütigen Burschen. Lady Middleton fand sein Auftreten hinreichend weltmännisch, um ihn ihrer Bekanntschaft würdig zu erachten, und Mr. Dashwood seinerseits war, als er sich verabschiedete, von beiden entzückt.

«Nun habe ich Fanny Vielversprechendes zu berichten!», sagte er, als er mit seiner Schwester zurückging. «Lady Middleton ist wirklich eine äußerst vornehme Frau! Eine solche Frau wird Fanny sicher gern kennenlernen wollen. Und auch Mrs. Jennings: eine grundanständige Frau, wenn auch nicht so vornehm wie ihre Tochter. Nicht einmal bei ihr muss deine Schwägerin Bedenken haben, sie zu besuchen – was, ehrlich gesagt, ein wenig der Fall war und nur natürlich ist. Wir wussten nämlich bloß, dass Mrs. Jennings die Witwe eines Mannes ist, der auf ziemlich primitive Weise zu seinem Geld kam; Fanny und Mrs. Ferrars hatten starke Vorbehalte und befürchteten, Mrs. Jennings und ihre Töchter zählten nicht zu der Art von Frauen, mit denen Fanny verkehren will. Aber was ich ihr jetzt berichten kann, ist in höchstem Grade zufriedenstellend.»

Kapitel 34

Mrs. John Dashwood hatte so viel Vertrauen in das Urteil ihres Mannes, dass sie schon am nächsten Tag sowohl Mrs. Jennings als auch deren Tochter einen kurzen Besuch abstattete, und ihr Vertrauen wurde belohnt, als sie erkannte, dass selbst Erstere, also sogar die Frau, bei der ihre Schwägerinnen wohnten, einer gewissen Beachtung keineswegs unwürdig war, und was Lady Middleton betraf, so schien sie ihr gar eine der charmantesten Frauen auf Erden zu sein!

Lady Middleton war von Mrs. Dashwood ebenfalls angetan. In beiden regierte eine kaltherzige Selbstsucht, von der sie sich gegenseitig angezogen fühlten; mit ihren langweiligen guten Manieren und ihrem umfassenden Mangel an Verstand waren sie gewissermaßen Gleichgesinnte.

Doch ebendiese Umgangsformen, derentwegen Lady Middleton eine so hohe Meinung von Mrs. John Dashwood hegte, waren nun gar nicht nach dem Geschmack von Mrs. Jennings. Sie sah in ihr nur eine kleine, hochnäsige Frau mit herzlosem Gebaren, die den Schwestern ihres Mannes lieblos und fast wortlos entgegentrat, denn in dem Viertelstündchen, das sie für die Berkeley Street erübrigte, saß sie mindestens siebeneinhalb Minuten lang schweigend da.

Elinor hätte zu gern gewusst, ob Edward mittlerweile in London war, fragte aber lieber nicht, und nichts hätte Fanny bewogen, seinen Namen freiwillig vor ihr zu nennen, solange sie noch nicht berichten konnte, dass seine Heirat mit Miss Morton beschlossene Sache sei oder die Hoffnungen ihres Gatten bezüglich Colonel Brandons sich noch nicht erfüllt hatten. Sie glaubte, dass die beiden immer noch sehr aneinander hingen, sodass man nicht vorsichtig genug sein konnte und sie bei allen Anlässen getrennt halten musste, damit es zwischen ihnen weder zu einem Wort noch zu einer Berührung kam. Doch die Auskunft, die *sie* nicht geben wollte, wurde bald von anderer Seite erteilt. Wenig später tauchte nämlich Lucy auf, um Elinors Mitleid einzufordern: Obwohl Edward zusammen mit Mr. und Mrs. Dashwood in London eingetroffen sei, habe sie noch nichts von ihm gesehen. Er wage es nicht, sie in Bartlett's Buildings zu besuchen, aus Angst, man könne ihnen auf die Schliche kommen. Ihrer beider Ungeduld sei zwar unsagbar, doch im Augenblick bleibe ihnen nichts anderes übrig, als einander zu schreiben.

Edward machte kurz darauf selbst deutlich,

dass er in der Stadt war, denn er sprach zweimal in der Berkeley Street vor. Zweimal fand sich seine Karte auf dem Tisch, als sie von ihren vormittäglichen Erledigungen zurückkehrten. Elinor war froh, dass er vorbeigeschaut, und noch froher, dass sie ihn verpasst hatte.

Die Dashwoods waren so ungeheuer entzückt von den Middletons, dass sie, die sonst selten etwas zu geben pflegten, beschlossen, ihnen zu Ehren nun doch etwas zu geben, nämlich eine Essenseinladung, und bereits kurz nach dem ersten Kennenlernen luden sie sie zum Dinner in die Harley Street ein, wo sie für drei Monate ein sehr stattliches Haus gemietet hatten. Die beiden Schwestern und Mrs. Jennings wurden ebenfalls eingeladen, und Mr. Dashwood sorgte dafür, dass zu den Gästen auch Colonel Brandon zählte, der sich immer gern dort aufhielt, wo die Misses Dashwood waren, und Mr. Dashwoods bemühte Artigkeiten leicht erstaunt, aber doch erfreut entgegennahm. Die Mädchen sollten Mrs. Ferrars kennenlernen; allerdings brachte Elinor nicht in Erfahrung, ob ihre Söhne ebenfalls anwesend sein würden. Schon die Aussicht, diese Dame zu sehen, genügte, um die Einladung für sie interessant zu machen, denn obwohl sie Edwards Mutter nun ohne jene Beklommenheit gegenübertreten konnte, die früher ein solches Kennenlernen sicher begleitet hätte, obwohl es ihr nun völlig gleichgültig sein konnte, was die Dame von ihr hielt, waren ihr Wunsch, in Gesellschaft mit Mrs. Ferrars zusammenzutreffen, und ihre Neugier auf sie so lebhaft wie eh und je.

Die Spannung, mit der sie diese Einladung also erwartete, steigerte sich noch (wenngleich nicht zur Vorfreude), als sie kurz darauf erfuhr, die Misses Steele würden ebenfalls anwesend sein.

Die beiden hatten sich Lady Middleton so sehr empfohlen, hatten sich durch ihre Beflissenheit dermaßen angenehm gemacht, dass die Lady sie ebenso bereitwillig wie Sir John für ein, zwei Wochen in die Conduit Street einlud, auch wenn Lucy nicht unbedingt vornehm war und ihre Schwester nicht einmal vornehm tat. Und als die Misses Steele von der Einladung der Dashwoods erfuhren, begrüßten sie es sehr, dass ihr Besuch schon ein paar Tage vor diesem Dinner begann.

Als Nichten des Gentlemans, der sich jahrelang um Mrs. John Dashwoods Bruder gekümmert hatte, konnten sie deren wohlwollende Aufmerksamkeit beanspruchen, aber dies hätte nicht ausgereicht, ihnen einen Platz an ihrer Tafel zu verschaffen. Als Lady Middletons Gäste jedoch mussten auch sie eingeladen werden, und Lucy, die sich schon lange wünschte, die Familie persönlich kennenzulernen, um ihre Wesensarten und die daraus für sie erwachsenden Schwierigkeiten zu studieren, hatte immer auf eine Gelegenheit gehofft, sich nach Möglichkeit anzubiedern, und war noch selten im Leben so glücklich gewesen wie in dem Moment, als sie Mrs. John Dashwoods Karte erhielt.

Die Wirkung auf Elinor war eine ganz andere. Sie kam sofort zu dem Schluss, dass Edward, der bei seiner Mutter wohnte, zu einer Geselligkeit, die seine Schwester gab, einfach eingeladen sein musste, wo doch auch seine Mutter eingeladen war; und ihn nach allem, was geschehen war, zum ersten Mal zu sehen, obendrein in Gesellschaft von Lucy – sie wusste nicht, wie sie das ertragen sollte.

Diese Befürchtungen beruhten vielleicht nicht unbedingt auf vernünftigen Überlegungen und ganz sicher nicht auf genauen Kenntnissen. Und sie schwanden auch wieder, allerdings nicht etwa weil Elinor sich zusammennahm, sondern aufgrund von Lucys liebenswürdiger Mitteilsamkeit. Sie meinte Elinor eine schwere Enttäuschung zu bereiten, als sie ihr erzählte, Edward werde am Dienstag mit Sicherheit nicht in der Harley Street sein, und hoffte, ihren Schmerz noch zu vergrößern, indem sie ihr einredete, er halte sich wegen seiner übergroßen Liebe zu ihr, Lucy, fern, die er nicht verbergen könne, wenn sie zusammen seien.

Es kam der bedeutungsschwere Dienstag, an dem die beiden jungen Damen dieser furchterregenden Schwiegermutter vorgestellt werden sollten.

«Haben Sie Mitleid mit mir, liebe Miss Dashwood!», sagte Lucy, als sie zusammen die Treppe hinaufgingen, denn die Middletons waren unmittelbar nach Mrs. Jennings eingetroffen, sodass sie alle gleichzeitig dem Diener nach oben folgten. «Hier ist niemand außer Ihnen, der mit mir fühlt. Ich sage Ihnen, ich kann mich kaum aufrecht halten. Lieber Himmel, in ein paar Sekunden sehe ich die Person, von der all mein Glück abhängt und die meine Schwiegermutter werden soll.»

Elinor hätte sie umgehend trösten können mit dem Hinweis, es werde sich bei der Dame, die sie gleich zu Gesicht bekämen, wahrscheinlich eher um Miss Mortons Schwiegermutter handeln als um die ihre, doch stattdessen versicherte sie ihr vollkommen aufrichtig, sie habe Mitleid mit ihr – zu Lucys großer Verblüffung, die sich zwar tatsächlich unbehaglich fühlte, aber immerhin gehofft hatte, für Elinor ein Gegenstand unbezähmbaren Neids zu sein.

Mrs. Ferrars war eine kleine, dünne Frau, die sich sehr gerade, fast steif hielt und ernst, fast säuerlich dreinblickte. Ihr Teint war blass und ihr Gesicht schmal geschnitten, ohne Anmut und von Natur aus ohne jeden Ausdruck. Zum Glück bewahrte eine gerunzelte Stirn ihre Miene davor, blamabel langweilig zu wirken, indem sie ihr die markanten Merkmale von Stolz und Boshaftigkeit verlieh. Sie war keine Frau vieler Worte, denn anders als die meisten Menschen passte sie die Anzahl ihrer Worte der Anzahl ihrer Gedanken an, und von den wenigen Silben, die ihr entschlüpften, war keine einzige an Miss Dashwood gerichtet. Sie musterte sie nur, wild entschlossen, sie auf keinen Fall zu mögen.

Mittlerweile konnte man Elinor mit einem solchen Verhalten nicht mehr unglücklich machen. Noch vor ein paar Monaten hätte es sie schwer gekränkt, aber jetzt hatte Mrs. Ferrars die Macht, sie damit zu verstören, gänzlich verloren, und dass sie sich den Misses Steele gegenüber ganz anders verhielt – offenbar absichtlich anders, um sie noch tiefer zu demütigen –, amüsierte sie nur. Sie belächelte das huldvolle Benehmen, mit dem Mutter und Tochter just die Person auszeichneten – nämlich Lucy –, der sie am schroffsten begegnet wären, wenn sie gewusst hätten, was Elinor wusste. Elinor selbst hingegen, die verhältnismäßig wenig Möglichkeiten hatte, ihnen wehzutun, wurde von beiden demonstrativ geschnitten. Doch obwohl sie diese irregeleitete Huld belächelte, konnte sie nicht anders, als angesichts der schäbigen Torheit, der sie entsprang, und der bemühten Artigkeiten, mit denen die Misses Steele um anhaltende Gunst buhlten, alle vier von Herzen zu verachten.

Lucy frohlockte, dass sie so ehrenvoll ausgezeichnet wurde, und Miss Steele brauchte man nur mit Dr. Davies aufzuziehen, um sie restlos glücklich zu machen.

Das Dinner war eindrucksvoll, die Diener zahlreich, und alles zeugte vom Hang der Hausherrin zum großen Auftritt und von der Fähigkeit des Hausherrn, dies zu finanzieren. Trotz der Verschönerungen und Neubauten in Norland, und obwohl sein Besitzer einmal wegen rund tausend Pfund beinahe Staatspapiere mit Verlust hätte verkaufen müssen, wies nichts auf die Mittellosigkeit hin, die er daraus abzuleiten versucht hatte. Von Armut war – außer in den Gesprächen – nichts zu spüren. Genau dort allerdings fehlte es an allem. John Dashwood selbst hatte nicht viel Hörenswertes zu vermelden und seine Frau noch weniger. Das war jedoch keine besondere Schande, denn es traf auf die meisten Gäste zu, die fast alle wenig Erfreuliches zu bieten hatten, da sie an dem einen oder anderen Ungenügen krankten: einem Mangel an Verstand (angeboren oder erworben), an Kultiviertheit, an Geist oder an Gelassenheit.

Als sich die Damen nach dem Dinner in den Salon zurückzogen, wurde diese Armseligkeit besonders deutlich, denn die Herren hatten in den Gesprächen immerhin für eine gewisse Vielfalt gesorgt – es ging um Politik, um das Einhegen von Land und das Zureiten von Pferden, aber das war nun vorbei, und bis der Kaffee gereicht wurde, beschäftigte die Damen nur ein einziges Thema, nämlich welches ihrer beiden fast gleichaltrigen Kinder größer sei, Harry Dashwood oder Lady Middletons zweiter Sohn William.

Wären die Kinder an Ort und Stelle gewesen, hätte sich die Frage mittels sofortiger Vermessung ganz leicht klären lassen, aber da nur Harry anwesend war, konnten beide Seiten lediglich unbewiesene Behauptungen aufstellen, und jede hatte das Recht, ihre Meinung gleichermaßen nachdrücklich zu vertreten und sie wieder und wieder zu äußern, sooft sie wollte.

Folgende Parteien hatten sich herausgebildet:

Die beiden Mütter, wiewohl jeweils fest überzeugt, dass der eigene Sohn größer war, plädierten aus Höflichkeit für den anderen.

Die beiden Großmütter, nicht weniger parteiisch, aber aufrichtiger, äußerten sich ebenso dringend zugunsten des eigenen Nachfahren.

Lucy, die der einen Mutter kaum weniger nach dem Mund reden wollte als der anderen, fand beide Jungen bemerkenswert groß für ihr Alter und konnte sich nicht vorstellen, dass auch nur der winzigste Unterschied bestehe; und auch Miss Steele äußerte sich, noch geschmeidiger und so rasch dies überhaupt möglich war, zugunsten beider.

Elinor, die sich mit ihrer Stellungnahme bereits auf Williams Seite geschlagen und Mrs. Ferrars und Fanny dadurch noch mehr beleidigt hatte, sah keinen Grund, dies durch weitere Äußerungen zu bekräftigen, und als Marianne nach ihrer Meinung gefragt wurde, stieß sie alle vor den Kopf, indem sie erklärte, sie habe zu dieser Sache keine Meinung, denn sie habe noch nie darüber nachgedacht.

Bevor Elinor aus Norland fortgezogen war, hatte sie für ihre Schwägerin zwei sehr hübsche Kaminfächer bemalt, die soeben aufgezogen und geliefert worden waren und nun deren Londoner

Salon zierten, und als John Dashwood hinter den anderen Herren ins Zimmer trat, fiel sein Blick darauf, und er reichte sie übereifrig Colonel Brandon, auf dass dieser sie bewundere.

«Die hat meine ältere Schwester gemacht», sagte er, «ich könnte mir vorstellen, dass sie Ihnen gefallen, Sie sind doch ein Mann von Geschmack. Ich weiß nicht, ob Sie schon einmal ein Werk aus ihrer Hand gesehen haben; sie gilt ganz allgemein als exzellente Zeichnerin.»

Der Colonel wies jeglichen Anspruch auf Kennerschaft weit von sich, bewunderte die Kaminfächer aber hingebungsvoll, wie er alles von Miss Dashwood Bemalte bewundert hätte, und nachdem dies natürlich die Neugier der anderen erregt hatte, wurden sie zur allgemeinen Begutachtung herumgereicht. Vor allem Mrs. Ferrars, die nicht mitbekommen hatte, dass sie Elinors Werk waren, bat darum, sie ansehen zu dürfen, und nachdem Lady Middleton ihnen durch ihren Beifall ein befriedigendes Zeugnis ausgestellt hatte, zeigte Fanny sie ihrer Mutter und teilte ihr vorsorglich mit, sie seien von Miss Dashwood angefertigt worden.

«Hm», sagte Mrs. Ferrars, «sehr hübsch», und ohne sie auch nur eines Blickes zu würdigen, gab sie sie ihrer Tochter zurück.

Fanny dachte möglicherweise einen Moment

lang, dies sei nun doch etwas rüde von ihrer Mutter gewesen, denn sie errötete leicht und sagte: «Sind sie nicht hübsch, Ma'am?» Aber dann übermannte sie offenbar die Angst, zu höflich, zu ermutigend gewesen zu sein, und sie fügte sofort hinzu: «Finden Sie nicht, dass sie ein wenig an Miss Mortons Malstil erinnern, Ma'am? Denn die malt ja ganz bezaubernd! Wie wunderschön ihre letzte Landschaft geworden ist!»

«Wirklich wunderschön! Aber ihr gelingt auch alles.»

Das konnte Marianne nicht hinnehmen. Sie war ohnehin bereits reichlich ungehalten über Mrs. Ferrars, und ein derart unpassendes Lob einer anderen Frau auf Kosten Elinors erzürnte sie, auch wenn sie nicht ahnte, was in Wirklichkeit dahintersteckte, und so sagte sie erregt: «Das ist aber eine seltsame Art der Bewunderung! Was bedeutet uns denn Miss Morton? Wer kennt sie schon, wen kümmert sie schon? Wir beschäftigen uns hier mit Elinor und reden von ihr.» Und mit diesen Worten nahm sie ihrer Schwägerin die Fächer aus der Hand und lobte diese so, wie sie gelobt werden mussten.

Mrs. Ferrars wirkte äußerst verärgert, versteifte sich noch mehr als sonst und belehrte sie streng: «Miss Morton ist die Tochter von Lord Morton.»

Auch Fanny blickte sehr verärgert drein, und ihr Mann war völlig entsetzt über die Kühnheit seiner Schwester. Elinor schmerzte Mariannes Eifer weit mehr als das, was ihn ausgelöst hatte; einzig Colonel Brandons auf Marianne gerichteter Blick besagte, dass er wahrnahm, was daran liebenswert war: das zärtliche Herz, das es nicht ertrug, wenn die Schwester auch nur im Mindesten gekränkt wurde.

Doch Mariannes Gefühle kannten kein Halten. Mrs. Ferrars' grundsätzlich kühles, überhebliches Benehmen gegenüber ihrer Schwester ließen sie Missliches und Leidvolles für Elinor erahnen, woran ihr wundes Herz nur mit Entsetzen denken konnte, und getrieben von heftig aufwallenden zärtlichen Gefühlen ging sie zum Platz ihrer Schwester, legte ihr die Arme um den Hals, schmiegte ihre Wange an die ihre und sagte leise, aber eindringlich: «Liebe, liebe Elinor, achte nicht auf sie. Lass nicht zu, dass sie auch noch dich unglücklich machen.»

Übermannt von ihren Empfindungen, vermochte sie nicht weiterzusprechen, barg ihr Gesicht an Elinors Schulter und brach in Tränen aus. Alle bemerkten es, und fast alle waren betroffen. Colonel Brandon stand auf und ging zu ihnen, ohne sich bewusst zu sein, was er da tat. Mrs. Jennings reichte ihr mit einem wissenden «Ach, das arme Liebchen!» sofort ihr Riechsalz, und Sir John war so schrecklich wütend auf den Urheber dieser Seelenqual, dass er sofort auf den Stuhl neben Lucy Steele wechselte, um ihr flüsternd einen kurzen Bericht der ganzen empörenden Geschichte zu geben.

Nach ein paar Minuten hatte Marianne sich so weit erholt, dass sie der Aufregung ein Ende bereiten und sich wieder zu den anderen setzen konnte; allerdings blieb ihre Gemütsverfassung den ganzen Abend von dem Geschehenen geprägt.

«Arme Marianne!», sagte ihr Bruder leise zu Colonel Brandon, sobald er sich dessen Aufmerksamkeit gesichert hatte. «Sie ist nicht so gesund wie ihre Schwester, sie ist sehr nervös, sie hat nicht Elinors robuste Natur, und zugegebenermaßen ist es schon schwierig für eine junge Frau, die einmal eine Schönheit war, wenn sie ihre körperlichen Reize verliert. Sie werden es vielleicht nicht glauben, aber vor ein paar Monaten war Marianne bemerkenswert hübsch, fast so hübsch wie Elinor. Und schauen Sie nur, wie jetzt alles dahin ist.»

Kapitel 35

Elinors Neugier auf Mrs. Ferrars war gestillt. Sie hatte gemerkt, dass alles an ihr eine engere Verbindung zwischen den beiden Familien wenig wünschenswert erscheinen ließ. Sie hatte genug von ihrem Stolz gesehen, genug von ihrer Bosheit und unerschütterlichen Voreingenommenheit, um zu ahnen, welche Schwierigkeiten ihre Verlobung mit Edward verkompliziert und ihre Hochzeit hinausgezögert hätten, selbst wenn er ein grundsätzlich freier Mann gewesen wäre – und fast schon genug, um für die eine große Hürde dankbar zu sein, die sie davor bewahrte, an allen möglichen anderen von Mrs. Ferrars aufgestellten Hürden zu scheitern, von ihrer Laune abhängig zu sein oder um ihre gute Meinung buhlen zu müssen. Nun ja, wirklich freuen konnte sie sich nicht, dass Edward an Lucy gekettet war, aber zumindest kam sie zu dem Schluss, dass sie sich hätte freuen müssen, wäre Lucy nur liebenswürdiger gewesen.

Sie wunderte sich, wie sehr Lucy von Mrs. Ferrars' Höflichkeit beflügelt wurde, wunderte sich, dass sie, blind vor Eigennutz und Eitelkeit, die Aufmerksamkeit, die ihr einzig gezollt wurde, weil sie eben nicht Elinor war, als Kompliment für sich selbst wertete, und wie sehr eine Bevorzugung sie ermutigte, die ihr lediglich zuteilwurde, weil Mrs. Ferrars von der wirklichen Lage keine Ahnung hatte. Dass es sich genau so verhielt, hatten nicht nur Lucys Blicke am Abend verraten, sondern zeigte sich noch deutlicher am nächsten Morgen, denn Lady Middleton setzte Lucy auf deren ausdrücklichen Wunsch hin in der Berkeley Street ab, wo sie hoffte, Elinor allein anzutreffen, um ihr zu schildern, wie selig sie war.

Sie hatte Glück, denn kaum war sie dort, trieb eine Nachricht von Mrs. Palmer Mrs. Jennings aus dem Haus.

«Meine liebe Freundin», rief Lucy, sobald sie unter sich waren, «ich bin gekommen, um mit Ihnen über mein Glück zu reden. Lässt sich etwas Schmeichelhafteres denken als die Art, wie Mrs. Ferrars mich gestern behandelt hat? So ungemein leutselig! Sie wissen ja, wie sehr mich der Gedanke, sie zu treffen, geängstigt hat. Aber schon als ich ihr vorgestellt wurde, benahm sie sich höchst liebenswürdig, es sah ganz so aus, als wäre ich ihr sympathisch. War doch so, oder? Sie haben es doch miterlebt, fanden Sie das nicht auch verblüffend?»

«Sie war wirklich sehr höflich zu Ihnen.»

«Höflich! Haben Sie weiter nichts bemerkt als nur Höflichkeit? Ich habe sehr viel mehr gesehen. Eine Freundlichkeit, wie sie sonst niemandem zuteilwurde! Kein Stolz, kein Hochmut, und Ihre Schwägerin genauso – die schiere Liebenswürdigkeit und Leutseligkeit!»

Elinor wollte von etwas anderem reden, aber Lucy drängte sie, zuzugeben, dass sie allen Grund zum Glücklichsein habe, und Elinor musste darauf eingehen.

«Wenn sie von Ihrer Verlobung gewusst hätte», antwortete sie, «dann wäre ihr Verhalten zweifellos sehr schmeichelhaft gewesen, aber da dies nicht der Fall war...»

«Ich habe mir schon gedacht, dass Sie das sagen», erwiderte Lucy rasch, «aber es gibt keinen Grund auf Erden, warum Mrs. Ferrars so tun sollte, als ob sie mich mag, wenn sie mich in Wirklichkeit nicht mag, und dass sie mich mag, ist die Hauptsache. Sie werden mir meine Zufriedenheit nicht ausreden. Ich bin überzeugt, alles geht gut aus, und es gibt überhaupt keine Schwierigkeiten, wie ich immer geglaubt habe. Mrs. Ferrars ist eine reizende Frau und Ihre Schwägerin auch. Beide sind wirklich entzückende Frauen! Ich frage mich, warum Sie mir nie erzählt haben, wie liebenswürdig Mrs. Dashwood ist!»

Darauf wusste Elinor nichts zu antworten, und sie versuchte es auch gar nicht.

«Sind Sie krank, Miss Dashwood? Sie wirken bedrückt, Sie sagen nichts, bestimmt geht es Ihnen nicht gut.»

«Ich war noch nie gesünder.»

«Das freut mich von ganzem Herzen, aber Sie sehen nicht danach aus. Es täte mir leid, wenn ausgerechnet Sie krank würden, Sie, die mein größter Trost auf Erden gewesen sind! Der Himmel weiß, was ich ohne Ihre Freundschaft angefangen hätte!» Elinor bemühte sich um eine höfliche Antwort, bezweifelte aber, dass ihr das gelungen war. Lucy schien jedoch zufrieden, denn sie antwortete sofort: «Ja, ich bin fest überzeugt, dass Sie mich gernhaben, und nach Edwards Liebe ist dies mein größter Trost! Der arme Edward! Aber ein Gutes hat die Sache jetzt: Wir können uns treffen, und zwar ziemlich oft, denn Lady Middleton ist entzückt von Mrs. Dashwood, deshalb werden wir vermutlich häufig in der Harley Street sein, und Edward verbringt ja die Hälfte der Zeit bei seiner Schwester. Außerdem werden Lady Middleton und Mrs. Ferrars sich gegenseitig besuchen, und Mrs. Ferrars und Ihre Schwägerin waren beide so freundlich, mir wiederholt zu versichern, sie würden sich immer freuen, mich zu sehen. So reizende Frauen! Also wenn Sie Ihrer Schwägerin jemals sagen, was ich von ihr denke, können Sie sie gar nicht genug loben.»

Elinor machte ihr jedoch keinerlei Hoffnung auf eine solche Mitteilung.

Lucy fuhr fort: «Ich hätte es bestimmt sofort gemerkt, wenn ich Mrs. Ferrars unsympathisch gewesen wäre. Wenn sie mich nur förmlich-verbindlich begrüßt hätte, kein Wort gesagt, mich danach nicht mehr beachtet und mich nicht wohlwollend angesehen hätte – Sie wissen schon, was ich meine –, wenn ich also so abschreckend behandelt worden wäre, dann hätte ich alle Hoffnung aufgegeben. Das hätte ich nicht ausgehalten. Ich weiß ja, wenn sie einmal eine Abneigung fasst, dann gründlich.»

Elinor konnte auf diesen höflichen Triumph nicht mehr reagieren, denn nun wurde die Tür aufgestoßen, der Diener meldete Mr. Ferrars, und gleich darauf trat Edward ins Zimmer.

Es war ein für alle sehr peinlicher Augenblick, das verrieten ihre Mienen. Alle drei machten ein höchst dümmliches Gesicht, und Edward schien gute Lust zu haben, umzukehren und wieder hinauszumarschieren. Sie waren in genau die Situation geraten, die sie um jeden Preis hatten vermeiden wollen – und dies auf die schlimmste

Weise. Sie waren nicht nur alle drei zusammen, sondern wurden nicht einmal durch eine vierte Person entlastet. Die Damen erholten sich als Erste. Es stand Lucy nicht zu, sich in den Vordergrund zu drängen, außerdem musste es ja auch so aussehen, als wäre nach wie vor alles geheim. Deshalb konnte sie ihre Zärtlichkeit nur durch Blicke ausdrücken und sagte nach den ersten wenigen Worten nichts mehr.

Für Elinor blieb mehr zu tun, und um seinet- und ihrer selbst willen wollte sie alles richtig machen. Sie sammelte sich kurz und zwang sich, ihn mit nahezu unbefangenem, offenem Blick und Gebaren zu begrüßen, und da sie sich anstrengte und ordentlich Mühe gab, wurde sie immer glaubwürdiger. Sie wollte sich von Lucys Anwesenheit oder ihrem persönlichen Gefühl, ungerecht behandelt worden zu sein, nicht von der Beteuerung abhalten lassen, dass sie sich freue, ihn zu sehen, und es bedaure, nicht zu Hause gewesen zu sein, als er in der Berkeley Street vorgesprochen habe. Sie wollte sich von den neugierigen Blicken Lucys nicht einschüchtern lassen und ihm jene Beachtung schenken, die ihm als Freund, ja eigentlich fast Verwandtem, zustand, obwohl sie bald merkte, dass sie sehr genau beobachtet wurde.

Ihr Verhalten beruhigte Edward etwas, und er fand den Mut, Platz zu nehmen. Aber immer noch überstieg seine Verlegenheit die der Damen in einem Ausmaß, das durch die Situation begründet sein mochte, bei seinem Geschlecht jedoch selten war. Sein Herz war nicht gleichgültig wie das von Lucy und sein Gewissen nicht ganz so rein wie das von Elinor.

Lucy gab sich sittsam und gesetzt und schien entschlossen, den anderen nicht zu Hilfe zu kommen; sie sagte kein Wort. Fast alles, was gesagt wurde, kam von Elinor, die gezwungen war, die Auskünfte über das Befinden ihrer Mutter, über ihre eigene Reise nach London und alles, wonach Edward eigentlich hätte fragen sollen, aber nicht zu fragen wagte, von sich aus zu erteilen.

Damit nicht genug der Bemühungen. Schon bald beschloss sie heldenmütig, unter dem Vorwand, Marianne zu holen, die beiden anderen allein zu lassen, und sie verfuhr bei diesem Vorhaben sogar ausgesprochen großzügig, denn sie vertrödelte hochgesinnt und tapfer mehrere Minuten auf dem Treppenabsatz, bevor sie zu ihrer Schwester ging. Doch dann wurde es höchste Zeit für Edward, seinen Begeisterungstaumel zu zügeln, denn Marianne lief in ihrem Entzücken sofort in den Salon. Ihre Freude, ihn zu sehen, war wie all ihre Gefühle überschwänglich und äußerte sich auch überschwänglich. Sie ging ihm mit ausgestreckter Hand entgegen, und ihre Stimme verriet die Zuneigung einer Schwester.

«Lieber Edward!», rief sie. «Welch ein glücklicher Augenblick! Das entschädigt mich für manches!»

Edward versuchte ihre Freundlichkeit so zu erwidern, wie sie es verdiente, aber vor diesen Zeuginnen wagte er nicht die Hälfte von dem auszusprechen, was er wirklich empfand. Wieder setzten sich alle, und für ein paar Sekunden blieben sie stumm, dabei blickte Marianne mit vielsagender Zärtlichkeit mal zu Edward, mal zu Elinor und bedauerte nur, dass ihrer Freude aneinander durch Lucys unwillkommene Gegenwart solche Fesseln angelegt waren. Edward sprach als Erster und äußerte seine Befürchtung, dass London ihr nicht zusage.

«Ach, machen Sie sich um mich keine Gedanken!», erwiderte sie ernst und beherzt, obwohl sich ihre Augen mit Tränen füllten. «Auch nicht um mein Wohlergehen. Elinor geht es gut, das sehen Sie ja. Das muss für uns beide reichen.»

Diese Bemerkung war weder geeignet, die Befangenheit Edwards oder Elinors zu dämpfen, noch, Lucys Wohlwollen zu gewinnen, die Marianne einen wenig freundlichen Blick zuwarf.

«Gefällt Ihnen London?», fragte Edward, um das Thema zu wechseln.

«Überhaupt nicht. Ich habe gehofft, mich hier zu vergnügen, aber dieser Wunsch erfüllte sich nicht. Ihr Anblick, Edward, ist der einzige Trost, den London zu bieten hat, und dem Himmel sei Dank, Sie sind, was Sie immer gewesen sind!»

Sie schwieg – niemand sagte etwas.

«Ich finde, Elinor», setzte sie gleich darauf hinzu, «wir sollten Edward beauftragen, sich auf der Rückreise nach Barton um uns zu kümmern. Ich schätze, dass wir in ein, zwei Wochen fahren, und ich glaube, dass Edward diese Aufgabe gar nicht so ungern übernehmen würde.»

Der arme Edward murmelte irgendetwas, aber was, das wusste niemand, nicht einmal er selbst. Marianne jedoch, die seine Aufregung sah und sie mühelos auf den für sie erfreulichsten Grund zurückführte, gab sich damit zufrieden und sprach rasch von etwas anderem.

«Wir waren gestern in der Harley Street eingeladen, Edward, und es war so langweilig, so entsetzlich langweilig! Es gäbe dazu viel zu sagen, aber jetzt kann ich nicht darüber sprechen.»

Und mit dieser bewundernswert taktvollen

Bemerkung verschob sie die Feststellung, dass sie ihrer beider Verwandten abscheulicher denn je gefunden habe und insbesondere über seine Mutter empört gewesen sei, auf einen Zeitpunkt, wo sie unter vier Augen reden konnten.

«Aber warum waren Sie nicht da, Edward? Warum sind Sie nicht gekommen?»

«Ich war anderweitig verpflichtet.»

«Verpflichtet! Was hat das schon zu sagen, wenn sich so gute Freunde treffen?»

«Sie meinen vielleicht, Marianne», rief Lucy, die sich unbedingt auf irgendeine Weise rächen wollte, «dass sich junge Männer, wenn sie keine Lust haben, nie an Verpflichtungen halten, an unbedeutende genauso wenig wie an schwerwiegende.»

Das ärgerte Elinor, doch Marianne schien den Seitenhieb gar nicht wahrgenommen zu haben, denn sie erwiderte ruhig: «Aber nein, im Ernst, ich bin fest überzeugt, dass nur Edwards Gewissenhaftigkeit ihn von der Harley Street ferngehalten hat. Ich glaube, er hat das empfindsamste Gewissen der Welt, äußerst verlässlich, wenn es darum geht, einer Verpflichtung nachzukommen, mag sie noch so unbedeutend sein und seinem Interesse oder Vergnügen noch so sehr zuwiderlaufen. Ich kenne niemanden, der ähnliche Skrupel hat, einem anderen Menschen wehzutun oder seine Erwartung zu enttäuschen, und niemanden, der so unfähig zur Selbstsucht ist wie er. Doch, doch, Edward, so ist es, und das muss auch gesagt werden. Was? Sie wollen Ihr Lob nicht hören? Dann können Sie nicht mit mir befreundet sein, denn wer meine Zuneigung und Wertschätzung annimmt, muss auch mein freimütiges Lob erdulden.»

Die Art ihres Lobes passte allerdings im vorliegenden Fall besonders schlecht zu den Gefühlen von zwei Dritteln der Zuhörerschaft, und Edward fand es so wenig aufmunternd, dass er sich kurze Zeit darauf unversehens erhob, um sich zu verabschieden.

«So bald schon!», sagte Marianne. «Lieber Edward, Sie dürfen noch nicht gehen.»

Sie zog ihn ein wenig beiseite und suchte ihn flüsternd zu überzeugen, dass Lucy wohl nicht mehr lange bleiben werde. Aber auch diese Ermutigung hatte keinen Erfolg, er wollte durchaus fort, und Lucy, die in jedem Fall länger geblieben wäre als er, selbst wenn sein Besuch zwei Stunden gedauert hätte, verabschiedete sich ebenfalls kurz darauf.

«Was führt sie nur so oft hierher?», fragte Marianne, nachdem sie gegangen war. «Hat sie nicht gemerkt, dass wir uns wünschten, sie wäre verschwunden? Wie ärgerlich für Edward!»

«Warum? Wir sind alle mit ihm befreundet, und Lucy kennt er am längsten. Es ist nur natürlich, dass er sie genauso gern trifft wie uns.»

Marianne blickte sie unverwandt an und sagte: «Du weißt, Elinor, dass ich solches Gerede nicht ertrage. Wenn du nur auf Widerspruch hoffst, was vermutlich der Fall ist, solltest du dir vor Augen halten, dass ich die Letzte bin, von der du ihn hören wirst. Ich gebe mich nicht dazu her, mir Beteuerungen entlocken zu lassen, die gar nicht erwünscht sind.»

Damit verließ sie das Zimmer, und Elinor wagte nicht, ihr zu folgen und auch nur ein Wort zu verraten, denn da sie Lucy Geheimhaltung versprochen hatte, konnte sie Marianne mit keinerlei Erklärung überzeugen. So schmerzlich die Konsequenzen aus diesem anhaltenden Irrtum auch sein mochten, sie war gezwungen, sich darein zu fügen. Sie konnte nur hoffen, dass Edward sie beide nicht allzu oft der Qual aussetzen würde, Mariannes unangebrachte Herzlichkeit und andere Unannehmlichkeiten zu erleben, wie ihre jüngste Begegnung sie mit sich gebracht hatte – und das durfte sie mit gutem Grund erwarten.

Kapitel 36

Wenige Tage nach dieser Begegnung taten die Zeitungen der Öffentlichkeit kund, dass die Gattin von Thomas Palmer, Esq., wohlbehalten von einem Sohn und Erben entbunden worden sei – eine äußerst interessante und befriedigende Nachricht, zumindest für den engen Bekanntenkreis, der schon darauf gewartet hatte.

Dieses Ereignis, von größter Bedeutung für Mrs. Jennings' Glück, führte zu zeitweiligen Änderungen in ihrem Tagesablauf und wirkte sich ähnlich stark auf die Verpflichtungen ihrer jungen Freundinnen aus; da sie so oft wie möglich bei Charlotte sein wollte, ging sie jeden Morgen gleich nach dem Ankleiden zu ihr und kehrte erst spätabends zurück, und die Misses Dashwood verbrachten auf besonderen Wunsch der Middletons jeden Tag von morgens bis abends in der Conduit Street. Sie selbst wären viel lieber in Mrs. Jennings' Haus geblieben, wenigstens vormittags, aber gegen den Wunsch aller anderen ließ sich so etwas nicht durchsetzen. Sie widmeten also ihre Stunden Lady Middleton und den beiden Misses Steele, die ihre Gesellschaft in Wirklichkeit ebenso wenig schätzten, wie sie sie angeblich suchten.

Um für Erstere wünschenswerte Gefährtinnen zu sein, besaßen Elinor und Marianne zu viel Verstand, und von den beiden Letzteren wurden sie eifersüchtig beäugt, da sie deren Terrain betraten und ein wenig von der Liebenswürdigkeit abbekamen, die die Misses Steele eigentlich ganz allein für sich haben wollten. Lady Middleton hätte nicht höflicher sein können, auch wenn sie Elinor und Marianne in Wirklichkeit nicht leiden mochte. Da die beiden weder ihr noch ihren Kindern schmeichelten, hielt sie sie für unfreundlich, und weil sie gern lasen, für satirisch – freilich ohne recht zu wissen, was «satirisch» eigentlich bedeutete, aber das war unwichtig. Es war ein geläufiger Tadel, und er wurde gern erteilt.

Für sie wie für Lucy bedeutete die Anwesenheit der Schwestern eine Einschränkung. Die eine wurde in ihrem Nichtstun behindert, die andere in ihrem Tun. Lady Middleton genierte sich, wenn sie sich in ihrer Gegenwart nicht mit irgendetwas beschäftigte, und Lucy fürchtete, die beiden könnten sie wegen der Schmeicheleien, auf die sie sonst so stolz war, verachten. Am wenigsten fühlte sich Miss Steele durch ihre Anwesenheit gestört, und sie hätten es in der Hand gehabt, sie gänzlich damit auszusöhnen. Hätte eine der Schwestern ihr einen vollständigen, detaillierten Bericht von der Affäre zwischen Marianne und Mr. Willoughby geliefert, hätte sie sich für das Opfer, nach Tisch den besten Platz am Kamin abtreten zu müssen – wie sich das durch die Ankunft der beiden ergeben hatte –, sogar reichlich entschädigt gefühlt. Aber diesen Schadenersatz gestand man ihr nicht zu. Obwohl sie Elinor gegenüber häufig Mitleid mit ihrer Schwester äußerte und vor Marianne mehrmals abfällige Bemerkungen über die Wankelmütigkeit von Kavalieren fallen ließ, blieb beides wirkungslos, abgesehen von einem gleichgültigen Blick der einen oder einem entrüsteten der anderen. Dabei hätten sie sich Miss Steele leicht zur Freundin machen können. Wenn sie sie nur mit dem Doktor aufgezogen hätten! Aber sie wollten ihr einfach nicht den Gefallen tun, noch weniger als alle anderen, und wenn Sir John außer Haus speiste, konnte ein ganzer Tag vergehen, ohne dass jemand sie zu diesem Thema neckte – es sei denn, sie schnitt es freundlicherweise selbst an.

Da Mrs. Jennings von all der Eifersüchtelei und Unzufriedenheit nichts ahnte, dachte sie, die Mädchen genössen das Zusammensein, und beglückwünschte ihre jungen Freundinnen allabendlich, dass sie der Gesellschaft einer dummen alten Frau so lange entkommen seien. Gelegentlich schloss sie sich ihnen an, mal bei Sir John, mal in ihrem eigenen Haus, doch wo auch immer, sie erschien stets bestens gelaunt, hocherfreut und im Bewusstsein ihrer Bedeutung, führte Charlottes gutes Befinden auf ihre Pflege zurück und schilderte bereitwillig und so genau und minutiös ihre Verfassung, dass einzig Miss Steele aus Neugier bis zum Ende zuhörte. Nur eines störte sie, und das beklagte sie jeden Tag. Mr. Palmer vertrat die bei seinem Geschlecht weitverbreitete, jedoch unväterliche Meinung, alle Säuglinge seien gleich, und obwohl sie mehrmals und deutlich eine auffallende Ähnlichkeit zwischen diesem Baby und seinen sämtlichen Verwandten auf beiden Seiten festgestellt hatte, ließ sich der Vater nicht überzeugen. Nichts vermochte ihm klarzumachen, dass dieser Säugling nicht genauso war wie alle anderen seines Alters, ja er konnte nicht einmal zu der simplen Aussage bewogen werden, dass es sich um das schönste Kind der Welt handelte.

Ich komme nun zum Bericht eines Unglücks, welches um diese Zeit über Mrs. John Dashwood hereinbrach. Als ihre beiden Schwägerinnen und Mrs. Jennings sie zum ersten Mal in der Harley Street besuchten, war zufällig auch eine andere Bekannte anwesend, ein Umstand, der für sich genommen noch nicht so aussah, als würde er Schlimmes nach sich ziehen. Aber weil andere Leute sich von ihrer Fantasie dazu hinreißen lassen, unser Verhalten falsch zu beurteilen und es nach dem bloßen Schein zu bewerten, ist unser Glück stets bis zu einem gewissen Grad vom Zufall abhängig. Im vorliegenden Fall gestattete die später dazugestoßene Dame ihrer Fantasie, sich so weit von Wahrheit und Wahrscheinlichkeit zu entfernen, dass sie, sobald sie den Namen der beiden Misses Dashwood hörte und erfuhr, sie seien Mr. Dashwoods Schwestern, sofort folgerte, sie würden in der Harley Street wohnen, und dieser Trugschluss zeitigte ein, zwei Tage später eine Einladung zu einem kleinen Empfang mit Musik, nicht nur für den Bruder und die Schwägerin, sondern auch für die beiden Mädchen. Dies hatte wiederum zur Folge, dass Mrs. John Dashwood erstens höchst lästigerweise gezwungen war, die Misses Dashwood mit ihrer Kutsche abholen zu lassen, und zweitens, schlimmer noch, der Unannehmlichkeit ausgesetzt war, sie scheinbar freundlich behandeln zu müssen. Und wer wusste schon, ob sie dann nicht erwarteten, häufiger mit ihr auszugehen? Natürlich stand es ihr jederzeit frei, sie zu enttäuschen, aber das genügte ihr nicht. Denn wenn sich jemand erst einmal bewusst zu einer falschen Verhaltensweise entschlossen hat, ist er gekränkt, wenn man Besseres von ihm erwartet.

Marianne war inzwischen nach und nach so weit daran gewöhnt worden, jeden Tag auszugehen, dass es ihr egal war, ob sie es tat oder nicht; sie machte sich ruhig und mechanisch für die abendlichen Verabredungen zurecht, ohne sich freilich das geringste Vergnügen davon zu versprechen, und wusste oft bis zum letzten Moment nicht, was sie eigentlich unternahmen.

Kleidung und Aussehen waren ihr so völlig gleichgültig geworden, dass sie auf die gesamte Toilette nicht halb so viele Gedanken verschwendete wie Miss Steele in den ersten fünf Minuten ihres Zusammenseins auf das Endergebnis. Nichts entging deren peinlich genauer Beobachtung und umfassender Neugier, sie sah alles, fragte nach allem, war erst zufrieden, wenn sie den Preis eines jeden Kleidungsstücks kannte, wusste besser als diese selbst, wie viele Kleider Marianne besaß, und hoffte bis zuletzt, noch bevor sie aufbrachen herauszufinden, was sie pro Woche fürs Waschen zahlte und wie viel sie jährlich für ihren persönlichen Bedarf zur Verfügung hatte. Diese dreisten Überprüfungen schlossen meist mit einem Kompliment, das, als schmeichelnde Zugabe gedacht, von Marianne als die größte Dreistigkeit überhaupt empfunden wurde, denn nachdem sie die detaillierte Untersuchung von Wert und Machart ihres Kleides, von der Farbe ihrer Schuhe und von ihrer Frisur hatte über sich ergehen lassen müssen, konnte sie fast sicher sein, dass sie zu hören bekam, sie sehe «ehrlich gesagt ungemein adrett aus», und werde bestimmt «ganz viele Eroberungen machen».

Mit ähnlichen Ermutigungen wurde sie auch diesmal entlassen, als sie in die Kutsche ihres Bruders stieg, fünf Minuten nachdem diese vor der Tür angelangt war. Ihrer Schwägerin war diese Pünktlichkeit gar nicht lieb, sie war bereits zum Haus ihrer Bekannten vorausgefahren und hoffte dort, die Mädchen würden sich verspäten, was dann ihr oder dem Kutscher Unannehmlichkeiten bereitet hätte.

Die Ereignisse dieses Abends waren nicht weiter bemerkenswert. Wie auf allen Musikempfängen umfasste die Gästeschar viele Leute, die an der Darbietung echten Gefallen fanden, und noch viel mehr, die damit gar nichts anfangen konnten, und wie immer waren die Musiker nach ihrer eigenen Einschätzung und der ihrer engsten Freunde die besten Amateurmusiker in ganz England.

Da Elinor weder musikalisch war noch vorgab, es zu sein, ließ sie ihren Blick völlig bedenkenlos vom großen Flügel abschweifen, wenn ihr danach war, und richtete ihn, nicht einmal von der Harfe oder vom Cello eingeschüchtert, nach Belieben auf jeden anderen Gegenstand im Raum. Bei einem dieser Seitenblicke bemerkte sie in einer Gruppe junger Männer jenen Herrn, der ihnen bei «Gray's» eine Vorlesung über Zahnstocherdosen gehalten hatte. Kurz darauf bemerkte sie, dass er sie ebenfalls ansah und vertraulich mit ihrem Bruder sprach, und als sie sich gerade vorgenommen hatte, sich bei diesem nach seinem Namen zu erkundigen, kamen beide auf sie zu, und Mr. Dashwood stellte ihn ihr als Mr. Robert Ferrars vor.

Er begrüßte sie mit lässiger Höflichkeit und schraubte sich in eine Verbeugung hinein, die ihr ebenso deutlich wie gesprochene Worte klarmachte, dass er ein Schnösel war, genau wie Lucy ihn beschrieben hatte. Welch ein Glück wäre es gewesen, hätte ihre Zuneigung zu Edward nicht so sehr auf seinen eigenen Vorzügen beruht als vielmehr auf denen seiner nächsten Verwandten. Die Verbeugung seines Bruders hätte der ganzen Angelegenheit, die mit dem Missmut von Mutter und Schwester begonnen hatte, die Krone aufgesetzt. Obwohl sie sich wunderte, wie unterschiedlich die beiden jungen Männer waren, ließ sie sich durch die dünkelhafte Hohlköpfigkeit des einen nicht in ihrer Sympathie für die Bescheidenheit und inneren Werte des anderen irremachen.

Warum sie so unterschiedlich waren, erklärte Robert ihr im Lauf der nächsten Viertelstunde selbst, denn er sprach über seinen Bruder, beklagte seine ausnehmend linkische Art, die ihn seiner Meinung nach daran hinderte, mit den richtigen Leuten zu verkehren, und führte dies freimütig und vollmundig nicht so sehr auf eine angeborene Schwäche zurück als auf die unheilvolle Erziehung durch einen Privatlehrer. Er hingegen, obgleich wahrscheinlich weder bedeutend noch von Natur aus überlegen, sei nur deshalb so gewandt und weltmännisch, weil man ihn auf ein Internat geschickt habe.

«Es liegt nur daran, das schwöre ich Ihnen», fuhr er fort, «und das sage ich auch immer meiner Mutter, wenn sie sich deshalb grämt. ‹Liebe Madam›, sage ich immer, ‹regen Sie sich nicht auf. Jetzt kann man nichts mehr ändern, und schuld an diesem Elend sind Sie selbst. Warum haben Sie sich auch von meinem Onkel Sir Robert wider besseres Wissen überreden lassen, Edward zu einem Privatlehrer zu geben, und das im entscheidenden Alter? Wenn Sie ihn so wie mich nach Westminster geschickt hätten statt zu Mr. Pratt, hätte man all das verhindern können.› So denke ich über die Sache, und meine Mutter hat ihren Fehler voll und ganz eingesehen.»

Elinor wollte ihm nicht widersprechen, denn wie auch immer sie die Vorteile eines Internats im Allgemeinen einschätzte, an Edwards Aufenthalt bei Mr. Pratt vermochte sie sich nicht mit Freude zu denken.

«Sie wohnen, glaube ich, in Devonshire», bemerkte er als Nächstes, «in einem Cottage in der Nähe von Dawlish.»

Elinor klärte ihn über die genaue Lage auf, und es schien ihn zu erstaunen, dass jemand in Devonshire leben konnte, ohne in der Nähe von Dawlish zu wohnen. Doch ihre Art von Haus fand ganz seinen Beifall.

«Ich für mein Teil», sagte er, «bin ganz vernarrt in Cottages. Sie sind immer so behaglich, so geschmackvoll. Und ich versichere Ihnen, wenn ich Geld übrig hätte, würde ich mir ein wenig Land kaufen und mir eins bauen, nicht weit weg von London, wo ich jederzeit hinfahren, ein paar Leute um mich scharen und glücklich sein könnte. Ich rate jedem, der bauen will, sich ein Cottage zu bauen. Mein Freund Lord Courtland kam neulich zu mir, um sich von mir beraten zu lassen, und legte mir drei verschiedene Pläne von Bonomi[23] vor. Ich sollte entscheiden, welcher am besten sei. ‹Lieber Courtland›, habe ich gesagt und sie gleich alle drei ins Feuer geworfen, ‹nimm keinen davon, sondern bau dir unbedingt ein Cottage.› Und damit dürfte sich die Sache erledigt haben. Manche Leute denken ja, ein Cottage böte nicht genug Räumlichkeiten, nicht genug Platz, aber das ist ein Irrtum. Letzten Monat war ich bei Freunden, den Elliotts in der Nähe von Dartford. Lady Elliott wollte einen Tanzabend veranstalten. ‹Aber wie soll das gehen?›, sagte sie. ‹Lieber Ferrars, sagen Sie mir doch, wie wir das bewerkstelligen sollen. Kein Raum in diesem Cottage fasst zehn Leute, und wo sollen wir das Essen servieren?› Ich erkannte sofort, dass es überhaupt keine Schwierigkeiten geben würde, deshalb sagte ich: ‹Liebe Lady Elliott, machen Sie sich keine Gedanken. Das Speisezimmer fasst leicht achtzehn Paare, Kartentische lassen sich im Wohnzimmer aufstellen, die Bibliothek öffnen Sie für Tee und andere Erfrischungen, und das Essen kann im Salon serviert werden.› Lady Elliott war entzückt von dem Vorschlag. Wir haben das Speisezimmer ausgemessen und stellten fest, es würde exakt achtzehn Paare fassen, und die ganze Sache wurde genau nach meinem Plan geregelt. Im Grunde ist es doch so: Wenn man sich nur zu helfen weiß, bietet ein Cottage genauso viel Bequemlichkeit wie das größte Wohnhaus.»

Elinor sagte zu allem Ja, denn sie fand, er verdiente es nicht, mit einem ernsthaften Widerspruch beehrt zu werden.

Da John Dashwood wie seine ältere Schwester kein großer Musikliebhaber war, stand es seinem Geist frei, sich mit anderem zu beschäftigen, und im Lauf des Abends kam ihm ein Einfall, den er, als sie wieder zu Hause waren, seiner Gattin vortrug, um ihre Billigung einzuholen. Beim Nachsinnen über Mrs. Dennisons Irrtum, seine Schwestern seien ihre Gäste, habe sich ihm der Gedanke aufgedrängt, es gehöre sich vielleicht, sie tatsächlich zu sich einzuladen, solange Mrs. Jennings außer Haus verpflichtet sei. Die Kosten seien gleich null, ebenso die Unannehmlichkeiten, und überhaupt sage ihm sein empfindsames Gewissen, dass eine solche Aufmerksamkeit nötig sei, um das Versprechen gegenüber seinem Vater endgültig einzulösen. Fanny war bestürzt über diesen Vorschlag.

«Ich wüsste nicht, wie das durchführbar sein sollte, ohne dass wir Lady Middleton beleidigen», sagte sie, «sie sind doch jeden Tag bei ihr. Andernfalls natürlich nur zu gern! Sie wissen ja, dass ich immer bereit bin, ihnen jeden Gefallen zu tun, der in meiner Macht steht, was man ja auch daran sieht, dass ich sie heute Abend mitgenommen habe. Aber sie sind Lady Middletons Gäste. Ich kann sie ihr doch nicht einfach abspenstig machen!»

Ihr Gatte wies, wenngleich sehr unterwürfig, ihre Bedenken als nicht zwingend zurück. «Sie haben auf diese Weise schon eine Woche in der Conduit Street verbracht, und Lady Middleton wird es ihnen nicht verübeln, wenn sie dieselbe Anzahl von Tagen ihren nahen Verwandten widmen.»

Fanny schwieg einen Augenblick, dann begann sie erneut mit Nachdruck: «Mein Lieber, ich würde sie von Herzen gern einladen, wenn es in meiner Macht stünde. Aber ich hatte gerade im Stillen beschlossen, die Misses Steele für ein paar Tage zu uns einzuladen. Es sind wohlerzogene, angenehme Mädchen, und ich finde, wir sind ihnen diese Freundlichkeit schuldig, wo ihr Onkel sich so gut um Edward gekümmert hat. Ihre Schwestern können wir auch in einem anderen Jahr einladen, aber die Misses Steele sind dann vielleicht gar nicht mehr in London. Ich bin überzeugt, sie werden Ihnen gefallen – Sie haben sie doch jetzt schon sehr gern, meine Mutter mag sie auch, und außerdem sind sie Harrys erklärte Lieblinge!»

Mr. Dashwood ließ sich überzeugen. Er sah ein, dass man die Misses Steele umgehend einladen musste, und sein Gewissen beruhigte er mit dem Vorsatz, seine Schwestern im nächsten Jahr einzuladen. Allerdings rechnete er insgeheim ein wenig damit, dass eine solche Einladung im nächsten Jahr nicht mehr nötig sein würde, da Elinor dann als Colonel Brandons Frau und Marianne als deren Gast nach London kämen.

Fanny, froh, dem entronnen zu sein, und stolz auf die Schlagfertigkeit, mit der ihr dies gelungen war, schrieb gleich am folgenden Morgen an Lucy und fragte, ob sie und ihre Schwester ihr nicht für ein paar Tage in der Harley Street Gesellschaft leisten wollten, sobald Lady Middleton sie entbehren könne. Mehr brauchte es nicht, um Lucy wirklich und wahrhaftig glücklich zu machen. Mrs. Dashwood legte sich offenbar persönlich für sie ins Zeug, nährte ihre Hoffnungen und unterstützte ihr Ansinnen! Erst einmal war diese Möglichkeit, bei Edward und seiner Familie zu wohnen, von allergrößter Bedeutung für ihr Vorhaben, aber auch darüber hinaus empfand sie die Einladung als äußerst befriedigend. Eine so günstige Gelegenheit konnte man nicht dankbar genug ergreifen und nicht rasch genug nutzen, und so zeigte sich plötzlich, dass der Besuch bei Lady Middleton, dessen Dauer bisher keineswegs festgestanden hatte, von Anfang an so gedacht gewesen war, dass er in den nächsten zwei Tagen zu Ende ging.

Als Elinor das Briefchen zu sehen bekam, keine zehn Minuten nachdem es abgegeben worden war, konnte sie sich zum ersten Mal vorstellen, dass Lucys Erwartungen sich erfüllen würden, denn ein solch deutliches Zeichen ungewöhnlicher Freundlichkeit, gewährt nach so kurzer Bekanntschaft, schien kundzutun, dass Mrs. John Dashwoods Wohlwollen sich nicht allein dem Hass auf Elinor verdankte und mit der Zeit und bei entsprechender Huldigung dazu führen mochte, dass alles geschah, was Lucy sich wünschte. Ihre Schmeichelei hatte schließlich schon Lady Middletons Stolz besiegt und Lucy den Weg in Mrs. John Dashwoods enges Herz gebahnt; das waren Erfolge, die einen noch viel größeren Erfolg wahrscheinlich werden ließen.

Die Misses Steele zogen also in die Harley Street, und alles, was Elinor über ihren dortigen Einfluss zu hören bekam, bestärkte ihre Erwartungen. Sir John, der sie häufig besuchte, schilderte, in welch hoher Gunst sie standen, es sei wirklich verblüffend. Mrs. Dashwood sei noch nie im Leben von jungen Frauen so angetan gewesen, sie habe jeder ein Nadelbuch geschenkt, das eine Emigrantin angefertigt habe,[24] sie duze Lucy und könne sich nicht vorstellen, sich jemals wieder von ihnen zu trennen.

Kapitel 37

Nach vierzehn Tagen ging es Mrs. Palmer so gut, dass ihre Mutter es nicht mehr für nötig hielt, ihr all ihre Zeit zu widmen; sie begnügte sich nun damit, sie ein- oder zweimal am Tag zu besuchen, und kehrte in ihr Zuhause und zu ihrem gewohnten Tagesablauf zurück, in den sich die Misses Dashwood offenbar sehr gern wie früher einfügten.

Sie hatten sich bereits seit drei oder vier Tagen wieder in der Berkeley Street eingerichtet, da betrat Mrs. Jennings, zurückgekehrt von ihrem üblichen Vormittagsbesuch bei Mrs. Palmer, dermaßen eilig und bedeutungsschwanger das Wohnzimmer, dass Elinor, die sich allein dort aufhielt, allerlei Erstaunliches zu hören erwartete, und ihr blieb gerade noch Zeit genug für diesen Gedanken, da legte Mrs. Jennings auch schon los (und gab ihr damit recht): «Herr im Himmel, liebe Miss Dashwood, haben Sie schon das Neueste gehört?»

«Nein, Ma'am. Was ist denn passiert?»

«Etwas ganz Sonderbares! Aber Sie sollen alles erfahren. Als ich zu den Palmers kam, fand ich Charlotte dort völlig aufgelöst, wegen des Kindes. Sie war überzeugt, es wäre krank – es würde schreien und quengeln und hätte lauter so rote Pünktchen. Ich habe es mir sofort angeschaut und gesagt: ‹Meine Güte›, sag ich, ‹das ist weiter nichts als ein Soor, meine Liebe›, und das sagte die Kinderschwester auch. Aber Charlotte gab sich damit nicht zufrieden, also wurde nach Mr. Donavan geschickt. Zum Glück war der gerade in der Harley Street gewesen, also kam er sofort herüber, und wie er das Kind sieht, sagt er gleich dasselbe wie wir, es wäre weiter nichts als ein Soor, und erst da war Charlotte beruhigt. Und gerade wie er wieder gehen will, fällt mir ein, ich weiß wirklich nicht, wie ich draufkam, aber mir fällt ein, ich könnte ihn fragen, ob es was Neues gäbe. Daraufhin grinst er, lächelt komisch, schaut wieder ernst und schien irgendwas zu wissen, und schließlich flüsterte er: ‹Damit die jungen Damen in Ihrer

Obhut nicht von unerfreulichen Nachrichten bezüglich ihrer Schwägerin überrascht werden, halte ich es für ratsam zu sagen, dass meines Erachtens kein Grund zu echter Sorge besteht. Ich hoffe, dass Mrs. Dashwood sich wieder erholt.›»

«Was! Ist Fanny krank?»

«Genau das hab ich auch gesagt, meine Liebe. ‹Herr im Himmel›, hab ich gesagt, ‹ist Mrs. Dashwood krank?› Da kam alles raus. Nach dem, was ich gehört habe, sieht es anscheinend folgendermaßen aus: Mr. Edward Ferrars, justament der junge Mann, mit dem ich Sie immer aufgezogen habe – aber wie sich zu meiner ungeheuren Erleichterung herausstellt, war nie was dran –, nun, Mr. Edward Ferrars ist offenbar schon über ein Jahr mit meiner Nichte Lucy verlobt! So steht es also, meine Liebe! Und kein Mensch hat auch nur den Schimmer einer Ahnung gehabt, außer Nancy[25]! Hätten Sie so was für möglich gehalten? Es ist ja weiter kein Wunder, dass sie sich gernhaben, aber dass es schon so weit gediehen ist und niemand Verdacht geschöpft hat, das ist doch höchst verwunderlich! Wie's der Zufall will, hab ich sie nie zusammen gesehen, sonst hätte ich es bestimmt sofort gemerkt. Nun gut, aus Angst vor Mrs. Ferrars musste alles streng geheim bleiben, weder sie noch Ihr Bruder oder Ihre Schwägerin haben irgendwas gewittert – bis heute früh, als die arme Nancy, die ja ein gutmütiges Geschöpf ist, aber nicht gerade das Pulver erfunden hat, mit allem rausgeplatzt ist. ‹Mein Gott›, hat sie sich gedacht, ‹alle haben Lucy so gern, da werden sie wohl keine großen Schwierigkeiten machen›, und so ging sie zu Ihrer Schwägerin, die gerade allein an ihrer Teppichstickerei saß und der nichts Böses schwante – denn noch fünf Minuten vorher hatte sie zu Ihrem Bruder gesagt, sie hätte vor, Edward mit der Tochter von irgendeinem Lord zu verheiraten, ich hab vergessen, von welchem. Sie können sich also vorstellen, was das für ein Schlag für sie war – bei ihrer Eitelkeit und ihrem Stolz. Sie bekam sofort einen furchtbaren hysterischen Anfall und schrie so laut, dass Ihr Bruder es hörte, der unten in seinem Ankleidezimmer saß und überlegte, ob er seinem Verwalter auf dem Land einen Brief schreiben soll. Er stürmte sofort nach oben, und es kam zu einer entsetzlichen Szene, denn im selben Moment erschien auch Lucy, die keine Ahnung hatte, was los war. Die Arme! Sie tut mir wirklich leid. Sie wurde wohl ganz schön abgekanzelt, denn Ihre Schwägerin zeterte wie eine Furie, bis Lucy ohnmächtig wurde. Nancy fiel auf die Knie und heulte erbärmlich, und Ihr Bruder lief im Zimmer auf und ab und wusste nicht, was er tun soll. Mrs. Dashwood erklärte, sie dürften keine Minute länger im Haus bleiben, und nun war Ihr Bruder gezwungen, seinerseits auf die Knie zu fallen und sie zu bereden, dass sie wenigstens bleiben durften, bis sie ihre Kleider zusammengepackt hatten. Daraufhin bekam wieder sie einen hysterischen Anfall, und ihm wurde so angst und bang, dass er Mr. Donavan holen ließ, und als Mr. Donavan eintraf, war das ganze Haus in Aufruhr. Die Kutsche stand schon vor der Tür, um meine armen Nichten fortzubringen, und sie stiegen gerade ein, als er wieder verschwand, die arme Lucy in einer Verfassung, dass sie kaum gehen konnte, hat er erzählt, und Nancy fast genauso schlimm dran. Ich muss sagen, mit Ihrer Schwägerin habe ich kein Mitleid, ich hoffe vielmehr aus ganzem Herzen, dass die beiden trotz ihrem Gezeter heiraten können. Herr im Himmel, wie wird sich der arme Mr. Edward aufregen, wenn er das erfährt! Dass seine Liebste so abgekanzelt worden ist! Er soll nämlich ungeheuer verliebt sein, was ja nur recht ist. Ich würde mich nicht wundern, wenn er einen riesigen Wutanfall bekäme – und Mr. Donavan findet das auch. Wir beide haben alles ausführlich besprochen, und das Beste ist, dass er gleich wieder in die Harley Street gefahren ist, um in

Rufweite zu sein, wenn Mrs. Ferrars es erfährt, denn sie wurde geholt, sobald meine Nichten das Haus verlassen hatten, weil Ihre Schwägerin überzeugt war, sie würde ebenfalls einen hysterischen Anfall kriegen. Von mir aus: gern! Ich habe mit beiden kein Mitleid. Ich habe keine Lust auf Leute, die so ein Gewese um Geld und Stand machen. Es gibt keinen Grund auf Erden, warum Mr. Edward und Lucy nicht heiraten sollten, ich bin nämlich sicher, dass Mrs. Ferrars es sich leisten kann, sehr gut für ihren Sohn zu sorgen, und obwohl Lucy selbst fast nichts besitzt, versteht sie es besser als viele andere, aus allem das Beste zu machen. Ich glaube, wenn Mrs. Ferrars ihm nur fünfhundert im Jahr bewilligt, könnte Lucy sich damit genauso gut sehen lassen wie andere mit achthundert. Herr im Himmel, wie gemütlich könnten sie leben in einem Cottage wie dem Ihren – oder vielleicht ein bisschen größer, mit zwei Dienstmädchen und zwei Dienern, und ich glaube, ich könnte ihnen ein Mädchen verschaffen, meine Betty hat nämlich eine Schwester, die gerade auf Stellensuche ist und genau zu ihnen passen würde.»

Hier hielt Mrs. Jennings inne, und da Elinor Zeit genug gehabt hatte, ihre Gedanken zu sammeln, war sie fähig, Antworten zu geben und Bemerkungen zu machen, wie sie bei einem solchen Thema naturgemäß erwartet wurden. Sie war froh, dass sie nicht im Verdacht stand, übermäßig interessiert zu sein, dass Mrs. Jennings (wie sie es in letzter Zeit häufig gehofft hatte) gar nicht mehr auf die Idee kam, sie fühle sich zu Edward hingezogen, und vor allem war sie froh, dass Marianne nicht dabei war, denn so konnte sie ohne Verlegenheit über die Sache sprechen und, wie sie glaubte, unparteiisch ihr Urteil über alle Beteiligten abgeben.

Sie wusste selbst nicht recht, mit welchem Ausgang sie nun eigentlich rechnete, obwohl sie ehrlich versuchte, die Vorstellung von sich zu schieben, das Ganze könne möglicherweise auch anders enden als mit der Hochzeit von Edward und Lucy. Sie wollte unbedingt hören, was Mrs. Ferrars sagen und tun würde, obwohl es an der Art ihrer Stellungnahme keinerlei Zweifel geben konnte, und noch dringender wollte sie wissen, wie Edward sich verhielt. Mit ihm hatte sie großes Mitleid, mit Lucy nur ein bisschen (und es kostete sie schon einige Mühe, dieses bisschen zu empfinden) und mit allen anderen gar keins.

Da Mrs. Jennings kein anderes Thema mehr kannte, sah Elinor sich bald genötigt, Marianne auf diese Gespräche vorzubereiten. Sie durfte keine Zeit verlieren, musste sie aufklären, mit der Wahrheit vertraut machen und möglichst so weit bringen, dass sie zuhören konnte, wenn andere darüber sprachen, ohne Sorge um ihre Schwester oder Unwillen gegen Edward zu zeigen.

Es war eine qualvolle Aufgabe für Elinor. Sie würde ihrer Schwester wegnehmen, was wahrscheinlich ihr wichtigster Trost war, würde Einzelheiten über Edward berichten, die ihre gute Meinung von ihm womöglich für immer zerstörten, und würde Marianne, die sich bestimmt in einer sehr ähnlichen Situation wähnte, nötigen, die eigene Enttäuschung aufs Neue zu fühlen. Aber so unangenehm eine solche Pflicht war, sie musste erfüllt werden, und deshalb machte sich Elinor eilends ans Werk.

Es lag ihr fern, näher auf ihre eigenen Gefühle einzugehen oder sich als Leidtragende darzustellen, und wenn, dann allenfalls um mit der Selbstbeherrschung, zu der sie sich gezwungen hatte, seit sie von Edwards Verlobung wusste, Marianne möglicherweise einen Wink zu geben, wie man sich verhalten konnte. Sie sprach in klaren, einfachen Worten, und obwohl sie nicht ohne innere Bewegung berichtete, war ihre Erzählung nicht von heftiger Erregung oder wildem Kummer begleitet. Diese waren eher Sache ihrer Zuhörerin, denn Marianne lauschte entsetzt und weinte hemmungslos. Elinor musste andere nicht nur in *deren* Leid trösten, sondern auch wenn es um ihr eigenes ging, und sie spendete bereitwillig allen erdenklichen Trost, indem sie versicherte, sie selbst trage es mit Fassung, und Edward gegen jeglichen Vorwurf des Leichtsinns verteidigte.

Marianne wollte jedoch beides eine Weile nicht gelten lassen. Edward schien ihr ein zweiter Willoughby zu sein, und wie konnte Elinor, die doch zugab, dass sie ihn wahrhaft geliebt hatte, weniger darunter leiden als sie selbst? Was Lucy Steele anbetraf, so erachtete sie diese für dermaßen unsympathisch und absolut unfähig, einen klugen Mann zu fesseln, dass sie Edwards frühere Zuneigung zu ihr erst nicht glauben und dann nicht verzeihen mochte. Sie konnte nicht einmal den Gedanken zulassen, dass so etwas natürlich sei, und Elinor ließ sie in ihrem Glauben, denn das Einzige, was sie irgendwann eines Besseren belehren würde, wäre eine größere Menschenkenntnis.

Mit den ersten Sätzen war sie nur bis zu der nüchternen Meldung von der Verlobung und ihrer Dauer gekommen. Da brach Marianne bereits zusammen und bereitete jeglicher geordneten Schilderung der Einzelheiten ein Ende; eine Weile konnte Elinor nichts weiter tun, als ihren

Schmerz lindern, ihre Bestürzung dämpfen und ihren Groll besänftigen. Die erste Frage von Mariannes Seite, die zu weiteren Details führte, lautete: «Wie lange weißt du das schon, Elinor? Hat er dir geschrieben?»

«Ich weiß es seit vier Monaten. Als Lucy letzten November zum ersten Mal nach Barton Park kam, hat sie mir im Vertrauen von ihrer Verlobung erzählt.»

Bei diesen Worten sprach aus Mariannes Augen eine Verblüffung, die ihre Lippen nicht mehr zu äußern vermochten. Nach kurzem, fassungslosem Schweigen rief sie: «Vier Monate! Du weißt es seit vier Monaten?»

Elinor bestätigte das.

«Was! Während du mir in meinem Elend beigestanden hast, lag dir das die ganze Zeit auf der Seele? Und ich habe dir Vorwürfe gemacht, weil du glücklich bist!»

«Es wäre nicht ratsam gewesen, dich damals wissen zu lassen, dass ich alles andere als glücklich war.»

«Vier Monate! Und so gefasst! So heiter! Wie hast du das ausgehalten?»

«Ich hatte das Gefühl, es war meine Pflicht. Mein Lucy gegebenes Versprechen zwang mich zum Schweigen. Ihr war ich es schuldig, jede Andeutung der Wahrheit zu vermeiden, und meiner Familie und meinen Freunden war ich es schuldig, keine Besorgnis in ihnen zu wecken, die zu zerstreuen nicht in meiner Macht stand.»

Marianne wirkte sehr beeindruckt.

«Ich habe mir oft gewünscht, ich dürfte dich und Mutter aufklären», fuhr Elinor fort, «und ein- oder zweimal habe ich es versucht, aber ich hätte euch niemals überzeugen können, ohne das in mich gesetzte Vertrauen zu missbrauchen.»

«Vier Monate! Und dennoch hast du ihn geliebt!»

«Ja. Aber meine Liebe galt nicht nur ihm. Und obwohl ich mich gern hätte trösten lassen, war ich froh, dass ich anderen das Wissen ersparen konnte, wie sehr ich litt. Mittlerweile kann ich ohne große Erregung daran denken und darüber reden. Ich wollte nicht, dass du meinetwegen leidest, und ich versichere dir, auch ich leide nicht mehr besonders. Es gibt vieles, was mir hilft. Ich bin mir bewusst, dass ich diese Enttäuschung nicht durch eigene Unbesonnenheit provoziert habe, und ich habe sie ertragen, soweit es ging, ohne groß darüber zu reden. Ich spreche Edward von jeder echten Verfehlung frei. Ich wünsche ihm, er möge glücklich werden, und da ich überzeugt bin, dass er stets seine Pflicht tun wird, muss er es am Ende auch werden, selbst wenn er jetzt ein gewisses Bedauern verspürt. Lucy ist nicht ohne Verstand, und das ist die Grundlage, auf der sich alles Gute aufbauen lässt. Auch wenn die Vorstellung von einer einzigen, immerwährenden Liebe berückend ist, Marianne, auch wenn immer davon die Rede ist, dass das eigene Glück gänzlich von einem einzigen Menschen abhängt – es muss nicht so sein, es darf nicht, es kann nicht so sein. Edward wird Lucy heiraten, er wird eine Frau heiraten, die nach Aussehen und Verstand der Hälfte ihres Geschlechts überlegen ist, und Zeit und Gewohnheit werden ihn vergessen lassen, dass er jemals der Ansicht war, eine andere sei *ihr* überlegen.»

«Wenn du so denkst», sagte Marianne, «wenn sich der Verlust des Wertvollsten so leicht durch etwas anderes ersetzen lässt, dann sind deine Entschlossenheit und Selbstbeherrschung vielleicht weniger verwunderlich. Dann werden sie mir begreiflicher.»

«Ich verstehe. Du meinst, dass ich nie tief gefühlt habe. Seit vier Monaten, Marianne, liegt mir das auf der Seele, ohne dass ich die Möglichkeit gehabt habe, mit irgendjemandem darüber zu sprechen; ich wusste, wenn ihr es einmal erfahrt, wird es dich und Mutter sehr unglücklich machen, und dennoch konnte ich euch nicht im Geringsten darauf vorbereiten. Es wurde mir erzählt, wurde mir gewissermaßen aufgedrängt von ebender Person, deren frühere Verlobung all meine Aussichten zerstörte, und es wurde mir, so hatte ich den Eindruck, triumphierend erzählt. Deshalb musste ich den Verdacht dieser Person zerstreuen, indem ich mich bemühte, gleichgültig zu wirken, wo ich doch zutiefst betroffen war, und dies nicht nur einmal. Ich musste mir ihre Hoffnungen und ihren Jubel wieder und wieder anhören. Ich wusste, dass ich für immer von Edward getrennt war, dabei hatte sich nichts ereignet, was mir eine Verbindung mit ihm weniger wünschenswert gemacht hätte. Nichts schmälerte seine Achtbarkeit, nichts wies darauf hin, dass ich ihm gleichgültig war. Ich hatte mit der Lieblosigkeit seiner Schwester und der Überheblichkeit seiner Mutter zu kämpfen, ich habe die Strafen für eine Liebe erduldet, ohne ihre Freuden zu genießen. Und all dies zu einer Zeit, in der ich, wie du wohl weißt, nicht allein *darüber* unglücklich war. Wenn du mich überhaupt für fähig hältst, etwas zu fühlen, so darfst du als gewiss annehmen, dass ich diesmal gelitten habe. Die Gefasstheit, mit der ich die Sache jetzt betrachten, der Trost, den ich inzwischen zulassen kann, sind das Ergebnis beharrlicher, schmerzhafter Bemühungen, sie kamen nicht von selbst, anfangs gab es nichts, was mich beruhigt hätte. Nein, Marianne. Wenn ich damals nicht zur Verschwiegenheit verpflichtet gewesen wäre, hätte mich am Ende wahrscheinlich nichts, nicht einmal die Rücksicht auf meine engsten Angehörigen, daran gehindert, offen zu zeigen, wie tief unglücklich ich war.»

Marianne war völlig geknickt.

«O Elinor», schluchzte sie, «jetzt hast du mich so weit gebracht, dass ich mich für immer abscheulich finde. Wie grausam war ich zu dir! Zu dir, die mein einziger Trost war, die mit mir alles Leid getragen hat, die scheinbar nur meinetwegen litt! Sieht so mein Dank aus? Ist das die einzige Gegenleistung, zu der ich imstande bin? Weil deine Vortrefflichkeit wie ein ständiger Vorwurf gegen mich wirkte, habe ich versucht, sie für null und nichtig zu erklären.»

Auf dieses Geständnis folgten die zärtlichsten Liebkosungen. Bei Mariannes derzeitiger Gemütsverfassung fiel es Elinor nicht schwer, ihr jedes erdenkliche Versprechen abzunehmen, und auf ihre Bitte hin gelobte Marianne, niemals mit dem leisesten Anschein von Verbitterung über die Sache zu reden, Lucy bei einer Begegnung in keiner Weise zu verraten, dass ihr Widerwille gegen sie gewachsen war, und, falls der Zufall sie zusammenführte, sogar Edward gegenüberzutreten, ohne weniger herzlich zu sein als sonst. Das waren große Zugeständnisse, aber wenn Marianne das Gefühl hatte, unrecht gehandelt zu haben, war ihr keine Wiedergutmachung zu viel.

Sie erfüllte ihr Versprechen, sich zurückzuhalten, in bewundernswerter Weise. Sie folgte allem, was Mrs. Jennings zu dem Thema zu sagen hatte, ohne zu erröten oder zu erbleichen, widersprach ihr niemals und ließ dreimal ein «Ja, Ma'am» hören. Sie lauschte ihrem Lob auf Lucy und wechselte dabei nur von einem Stuhl auf den andern, und als Mrs. Jennings von Edwards Liebe sprach, verursachte das bei ihr lediglich einen Hustenanfall. Angesichts solch nahezu heroischer Leistungen ihrer Schwester fühlte Elinor selbst sich fast allem gewachsen.

Der nächste Tag bescherte ihnen dann eine weitere Prüfung in Gestalt eines Besuchs ihres Bruders, der mit todernster Miene erschien, um über die schreckliche Affäre zu sprechen und das Neueste von seiner Frau zu berichten.

«Ihr habt sicher gehört», begann er mit würdevollem Ernst, als er sich gesetzt hatte, «welche Ungeheuerlichkeit gestern unter unserem Dach aufgedeckt wurde.»

Alle blickten zustimmend, anscheinend sprachlos vor Erschütterung.

«Eure Schwägerin hat entsetzlich gelitten», fuhr er fort. «Und Mrs. Ferrars auch ... kurzum, es war eine höchst heikle, schmerzliche Szene ... doch ich hoffe, wir überstehen den Sturm, ohne dass einer von uns vollends zusammenbricht. Die arme Fanny! Sie taumelte gestern von einem hysterischen Anfall zum nächsten. Aber ich wollte euch nicht zu sehr erschrecken. Donavan sagt, es ist nichts Ernsthaftes zu befürchten, sie ist von Natur aus stabil und durch ihren starken Willen allem gewachsen. Sie hat es mit der Tapferkeit eines Engels getragen! Sie sagt, sie werde nie mehr an das Gute im Menschen glauben, und das ist nicht verwunderlich, wenn man so enttäuscht wurde! Wenn man solche Undankbarkeit erntet, wo man so viel Freundlichkeit gezeigt, so viel Vertrauen entgegengebracht hat! Sie hat diese beiden jungen Frauen aus schierer Gutmütigkeit in ihr Haus eingeladen, nur weil sie dachte, sie hätten ein wenig Aufmerksamkeit verdient, wären harmlose, wohlerzogene Mädchen und würden angenehme Gesellschafterinnen abgeben. Andernfalls hätten wir nämlich sehr gerne dich und Marianne gebeten, bei uns zu wohnen, solange eure liebe Freundin hier sich um ihre

Tochter kümmerte. Und das ist nun der Dank! ‹Ich wünschte von Herzen›, sagt die arme Fanny liebevoll, wie sie ist, ‹wir hätten stattdessen Ihre Schwestern eingeladen.›»

Er hielt inne, um die Dankesbezeigungen einzuheimsen, danach fuhr er fort.

«Was die arme Mrs. Ferrars litt, als Fanny es ihr beibrachte, ist nicht zu beschreiben. Während sie wahrhaft liebevoll eine höchst vorteilhafte Verbindung für ihn plante, war er die ganze Zeit heimlich mit einer anderen Person verlobt – kann man sich das vorstellen? Nie im Leben wäre ihr ein solcher Verdacht gekommen. Wenn sie überhaupt irgendeinen Verdacht gehegt hatte, dann nicht in diese Richtung. ‹Dort hatte ich mich in Sicherheit gewiegt›, sagte sie. Sie war völlig verzweifelt. Wir beratschlagten indes, was zu tun sei, und schließlich beschloss sie, Edward holen zu lassen. Er kam. Und ich berichte nur ungern, was nun folgte. Nichts von dem, was Mrs. Ferrars sagte – unterstützt von meinen Argumenten, wie ihr euch denken könnt, und von Fannys flehentlichen Bitten – vermochte ihn zu bewegen, die Verlobung aufzulösen. Pflicht, Liebe, alles war ihm gleichgültig. Nie hätte ich gedacht, dass Edward so stur, so gefühllos sein könnte. Seine Mutter legte ihm ihre großzügigen Pläne dar für den Fall, dass er Miss Morton heirate, sagte, sie würde ihm den Besitz in Norfolk überschreiben, der nach Abzug der Grundsteuer gute tausend Pfund im Jahr einbringt, erbot sich sogar, wenn es eng würde, diese auf zwölfhundert aufzustocken, und führte ihm andererseits vor Augen, dass er mit Sicherheit in Armut leben werde, wenn er auf dieser minderwertigen Verbindung bestehe. Sie betonte eindringlich, dass seine eigenen zweitausend Pfund dann alles seien, was ihm bliebe, sie wolle ihn nie mehr sehen und sie denke nicht daran, ihm auch nur im Geringsten zu helfen. Sollte er einen Beruf ergreifen, um besser versorgt zu sein, werde sie alles tun, um seinen Aufstieg zu verhindern.»

Überwältigt von Empörung, schlug Marianne die Hände zusammen und rief: «Gütiger Gott! Das gibt's doch nicht!»

«Ja, Marianne, allerdings», antwortete ihr Bruder, «man kann sich nur wundern über die Hartnäckigkeit, die solchen Argumenten standhält. Dein Protest ist nur natürlich.»

Marianne wollte aufbegehren, aber dann dachte sie an ihr Versprechen und ließ es sein.

«All dies Drängen war indes völlig vergebens», fuhr er fort. «Edward sagte kaum etwas, doch was er sagte, kam sehr entschieden. Nichts werde ihn dazu bringen, seine Verlobung zu lösen. Er werde dazu stehen, koste es, was es wolle.»

«Dann», rief Mrs. Jennings, die nicht länger zu schweigen vermochte, in schonungsloser Offenheit, «hat er wie ein Ehrenmann gehandelt. Ich bitte um Verzeihung, Mr. Dashwood, aber wenn er sich anders verhalten hätte, wäre er in meinen Augen ein Schurke. Die Sache betrifft mich auch ein wenig, genauso wie Sie, denn Lucy Steele ist meine Nichte, und ich glaube, es gibt kein besseres Mädchen auf Erden und keines, das einen guten Ehemann mehr verdient hätte.»

John Dashwood wirkte äußerst verblüfft, war aber ein von Natur aus gelassener Mensch, ließ sich nicht provozieren und wollte niemandem zu nahe treten, schon gar nicht jemandem mit einem großen Vermögen. Deshalb erwiderte er ohne jeden Groll: «Ich würde niemals respektlos über einen Ihrer Verwandten sprechen, Madam. Miss Lucy Steele ist gewiss eine sehr verdienstvolle junge Frau, doch im vorliegenden Fall ist eine Verbindung eben unmöglich. Und sich heimlich mit einem jungen Mann zu verloben, der unter der Obhut ihres Onkels stand und vor allem der Sohn einer äußerst vermögenden Frau wie Mrs. Ferrars ist, wird man wohl zumindest als ein wenig ungewöhnlich bezeichnen dürfen. Kurzum, ich möchte mich über das Benehmen einer von Ihnen geschätzten Person, Mrs. Jennings, keinesfalls abfällig äußern. Wir alle wünschen ihr nur das Allerbeste, und Mrs. Ferrars' Verhalten in der ganzen Geschichte war wie das einer jeden gewissenhaften, guten Mutter unter ähnlichen Umständen. Es war würdevoll und großzügig. Edward hat sein Los selbst gewählt, und ich fürchte, es ist ein schlimmes Los.»

Marianne antwortete seufzend, das fürchte sie auch, und Elinor tat das Herz weh um Edwards willen, der den Drohungen seiner Mutter widerstand für eine Frau, die es ihm nicht vergelten konnte.

«Gut, Sir», sagte Mrs. Jennings, «und wie endete das Ganze?»

«Bedauerlicherweise mit einem höchst unseligen Bruch, Madam. Seine Mutter hat ihn für immer verstoßen. Gestern hat er ihr Haus verlassen, aber wohin er gegangen ist und ob er noch in London ist, weiß ich nicht; wir können natürlich keine Erkundigungen einziehen.»

«Der arme junge Mann! Was wird nun aus ihm?»

«Tja, Madam... Das ist ein betrüblicher Gedanke. Wo er doch mit der Aussicht auf solchen Reichtum geboren wurde! Ich kann mir keine beklagenswertere Lage vorstellen. Die Zinsen von zweitausend Pfund – wie soll man davon leben? Und dann noch die Vorstellung, er hätte, wenn er nicht so dumm gewesen wäre, drei Monate später ein Einkommen von zweitausendfünfhundert im Jahr haben können – denn Miss Morton besitzt dreißigtausend Pfund –, ich kann mir keine elendere Lage ausmalen. Wir fühlen alle mit ihm, und dies umso mehr, als es überhaupt nicht in unserer Macht steht, ihm zu helfen.»

«Der arme junge Mann!», rief Mrs. Jennings. «In meinem Haus ist er bei Tag und bei Nacht immer willkommen, und das würde ich ihm auch sagen, wenn ich ihn träfe. Es darf nicht sein, dass er jetzt auf eigene Kosten in möblierten Zimmern und Gasthäusern lebt.»

Elinor dankte ihr innerlich für ihre Güte gegenüber Edward, auch wenn sie ein Lächeln über die Formulierung nicht unterdrücken konnte.

«Wenn er für sich selbst so gut gesorgt hätte, wie all seine Freunde und Angehörigen für ihn zu sorgen bereit waren, wäre er jetzt da, wo er hingehört, und es würde ihm an nichts fehlen. Aber so wie die Dinge liegen, ist kein Mensch imstande, ihm zu helfen. Und noch etwas wartet auf ihn, schlimmer als alles andere: Seine Mutter hat aus einer nur zu natürlichen Stimmung heraus beschlossen, den Gutsbesitz, der unter normalen Umständen Edward zugefallen wäre, umgehend Robert zu vermachen. Als ich heute früh das Haus verließ, besprach sie die Sache gerade mit ihrem Anwalt.»

«Na gut», sagte Mrs. Jennings, «das ist eben ihre Form der Rache. Jeder hat seine eigene. Meine sähe wohl nicht so aus, dass ich dem einen Sohn zur Unabhängigkeit verhelfe, weil mich der andere geärgert hat.»

Marianne stand auf und ging im Zimmer umher.

«Was kann bitterer sein», fuhr John fort, «als mitansehen zu müssen, wie der jüngere Bruder in den Besitz eines Landguts gelangt, das eigentlich einem selbst hätte gehören sollen? Der arme Edward! Er tut mir aufrichtig leid.»

Auf solche Weise verbreitete er sich noch einige Minuten, dann beendete er seinen Besuch, versicherte seinen Schwestern wiederholt, er glaube bestimmt, dass für Fanny keine ernste Gefahr bestehe und sie sich deshalb keine Sorgen zu machen brauchten, ging fort und hinterließ in allen drei Damen die nämlichen Gefühle hinsichtlich dieses Falls, zumindest was das Verhalten von Mrs. Ferrars, den Dashwoods und Edward betraf.

Kaum war er aus dem Zimmer, brach sich Mariannes Empörung Bahn, und da ihr Ungestüm jede Zurückhaltung für Elinor unmöglich und für Mrs. Jennings unnötig machte, übten sie bald gemeinsam und sehr leidenschaftlich Kritik an allen Beteiligten.

Kapitel 38

Mrs. Jennings lobte Edwards Verhalten in den höchsten Tönen, doch nur Elinor und Marianne erkannten, wie verdienstvoll das alles wirklich war. Nur sie wussten, wie gering für ihn die Versuchung des Ungehorsams und wie klein der Trost war, der ihm für den Verlust von Familie und Vermögen blieb – einmal abgesehen von dem Gefühl, korrekt gehandelt zu haben. Elinor pries seine Redlichkeit, und Marianne vergab ihm wegen seiner Strafe mitleidig alle Vergehen. Obwohl das Vertrauen zwischen ihnen durch diese Enthüllung nun wiederhergestellt war, verweilte keine der beiden, wenn sie allein waren, gern bei diesem Thema. Elinor vermied es aus Prinzip, da sich der Glaube an Edwards beständige Zuneigung, den sie lieber beiseiteschieben wollte, durch Mariannes allzu eifrige, allzu optimistische Versicherungen noch beharrlicher in ihrem Kopf hielt, und Marianne verließ rasch der Mut, sobald sie über ein Thema zu reden versuchte, das einen Vergleich zwischen Elinors Verhalten und ihrem eigenen nahelegte, da sie mit sich selbst immer höchst unzufrieden war.

Marianne spürte die ganze Wucht dieses Vergleichs, doch er spornte sie nicht an, sich mehr Mühe zu geben, wie ihre Schwester gehofft hatte; was sie spürte, war vielmehr der Schmerz ständiger Selbstvorwürfe, und sie bedauerte zutiefst, dass sie sich nie angestrengt hatte; der Vergleich bescherte ihr lediglich die Qual der Reue, nicht die Hoffnung auf Besserung. Ihr Gemüt war so geschwächt, dass sie jegliche Anstrengung wie bisher für ausgeschlossen hielt und infolgedessen nur noch mutloser wurde.

Die nächsten ein, zwei Tage hörten sie nichts Neues aus der Harley Street oder von Bartlett's Buildings. Und obwohl das, was sie bereits wussten, Mrs. Jennings genügend Stoff geboten hätte, um ihr Wissen ohne weitere Nachforschungen verbreiten zu können, hatte diese gleich beschlossen, ihren Nichten so bald wie möglich einen Trost- und Aushorchbesuch abzustatten, und nur die Tatsache, dass sie zurzeit mehr Besuch bekam als sonst, hatte sie bisher daran gehindert.

Der dritte Tag nach der Enthüllung war ein wunderbarer, schöner Sonntag, und so zog es, obwohl es noch nicht einmal Mitte März war, viele Menschen in die Kensington Gardens, unter ihnen auch Mrs. Jennings und Elinor. Einzig Marianne, die wusste, dass die Willoughbys wieder in London waren, und in der steten Furcht lebte, sie könnte ihnen begegnen, blieb lieber zu Hause, statt sich an einen so beliebten öffentlichen Platz zu wagen.

Kurz nachdem sie den Park betreten hatten, gesellte sich eine gute Bekannte von Mrs. Jennings zu ihnen, und Elinor bedauerte es nicht, dass sie sie begleitete und Mrs. Jennings ins Gespräch zog, denn so konnte sie selbst in Ruhe ihren Gedanken nachhängen. Sie sah keine Willoughbys, keinen Edward und geraume Zeit überhaupt niemanden, der sie vielleicht aus irgendwelchen Gründen, seien sie trauriger oder erfreulicher Natur, hätte interessieren können. Schließlich wurde sie zu ihrer Verblüffung von Miss Steele angesprochen, die zwar sehr schüchtern wirkte, aber recht froh über diese Begegnung schien, und da sie sich von Mrs. Jennings' ausnehmender Freundlichkeit ermutigt fühlte, verließ sie ihr eigenes Grüppchen für eine Weile und schloss sich ihnen an.

Mrs. Jennings flüsterte Elinor sofort zu: «Klopfen Sie bei ihr auf den Busch, meine Liebe. Sie wird Ihnen alles erzählen, wenn Sie sie fragen.

Sie sehen ja, ich kann Mrs. Clarke nicht allein lassen.»

Zum Glück erzählte sie jedoch auch ungefragt alles und befriedigte Mrs. Jennings' (und Elinors) Neugier; andernfalls hätten sie nämlich gar nichts erfahren.

«Es freut mich sehr, dass ich Sie sehe», sagte Miss Steele und hakte sich vertraulich bei ihr ein, «gerade Sie wollte ich unbedingt treffen.» Dann senkte sie die Stimme: «Mrs. Jennings weiß wahrscheinlich schon alles. Ist sie böse?»

«Auf Sie bestimmt nicht.»

«Das ist gut. Und Lady Middleton, ist die böse?»

«Das halte ich für unwahrscheinlich.»

«Da bin ich aber riesig froh! Meine Güte! Ich habe vielleicht was ausgestanden! Ich habe Lucy noch nie im Leben so wütend gesehen. Erst hat sie geschworen, dass sie mir ihrer Lebtag nie mehr eine Haube aufputzt oder sonst irgendwas für mich macht, aber jetzt hat sie sich wieder gefangen, und wir sind so gut Freund wie eh und je. Schauen Sie, diese Schleife hat sie mir an den Hut genäht und gestern Abend noch die Feder reingesteckt. So, jetzt lachen auch Sie mich aus! Aber warum soll ich keine rosa Bänder tragen? Ist mir doch egal, ob das die Lieblingsfarbe des Doktors ist. Ich für mein Teil würde ja gar nicht wissen, dass er diese Farbe am liebsten mag, wenn er's mir nicht zufällig selbst gesagt hätte. Meine Cousinen ärgern mich immer so! Wirklich, manchmal weiß ich nicht mehr, was für ein Gesicht ich bei ihnen aufsetzen soll.»

Sie war zu einem Thema abgeschweift, zu dem Elinor nichts zu sagen hatte, und hielt es deshalb für geraten, wieder auf den Anfang zurückzukommen.

«Also, Miss Dashwood», erklärte sie triumphierend, «die Leute mögen reden, was sie wollen, von wegen dass Mr. Ferrars nichts mehr von Lucy wissen will, denn das stimmt nicht, das sag ich Ihnen, und es ist eine Schande, wenn solch boshafte Gerüchte die Runde machen. Egal, wie Lucy darüber denken mag, anderen steht es nicht zu, so was zu behaupten.»

«Ich versichere Ihnen, ich habe keinerlei derartige Andeutungen gehört», sagte Elinor.

«Ach nein? Aber es wurde rumerzählt, das weiß ich genau, und mehr als einmal, denn Miss Godby hat zu Miss Sparks gesagt, dass kein Mensch, der bei Verstand ist, erwarten kann, dass Mr. Ferrars eine Frau wie Miss Morton, die dreißigtausend Pfund Vermögen hat, für Lucy Steele aufgibt, die gar nichts hat. Ich habe es von Miss Sparks persönlich. Abgesehen davon hat auch mein Cousin Richard gesagt, wenn es drauf ankommt, dann fürchtet er, dass Mr. Ferrars sich aus dem Staub macht, und als Edward drei Tage lang nicht zu uns kam, wusste ich auch nicht mehr, was ich davon halten sollte, und hab insgeheim geglaubt, dass Lucy alles verloren gegeben hat, weil am Mittwoch mussten wir von Ihrem Bruder weg, und dann haben wir den ganzen Donnerstag, Freitag und Samstag nichts von ihm gehört und wussten nicht, was aus ihm geworden ist. Einmal dachte Lucy, sie schreibt ihm, aber dann hat sie sich's wieder anders überlegt. Und heute Morgen kam er dann, als wir gerade aus der Kirche kamen, und da kam alles raus: Dass er am Mittwoch in die Harley Street gerufen worden ist und was seine Mutter und die anderen zu ihm gesagt haben, und dass er ihnen allen ins Gesicht gesagt hat, dass er nur Lucy liebt und keine andere als Lucy haben will. Und dass ihn das, was da passiert war, so aufgeregt hat, dass er sich, gleich wie er aus dem Haus seiner Mutter raus war, aufs Pferd gesetzt hat und aufs Land hinausgeritten ist, irgendwohin, und dass er den ganzen Donnerstag und Freitag in einem Gasthaus geblieben ist, um damit fertigzuwerden. Und nachdem er immer wieder über alles nachgedacht hat, kam es ihm so vor, hat er gesagt, als ob es jetzt, wo er kein Vermögen mehr hat und kein gar nichts, rücksichtslos wäre, an der Verlobung festzuhalten, denn das wäre ja zu Lucys Nachteil, weil er hätte bloß zweitausend Pfund und keine Aussicht auf irgendwas, und wenn er Pfarrer würde, was er sich schon überlegt hat, könnte er nur eine Kuratenstelle kriegen, und wovon sollen sie dann leben? Er würde den Gedanken nicht ertragen, dass sie nicht in besseren Verhältnissen lebt, und deshalb bittet er sie, wenn sie sich das irgendwie vorstellen könnte, die Sache schnellstmöglich zu beenden, dann würde er sich allein durchschlagen. Das hab ich ihn sagen hören, absolut deutlich. Er hat einzig und allein ihr zuliebe und wegen ihr gesagt, dass er weggehen will, nicht wegen ihm. Ich schwöre, dass er keine Silbe hat verlauten lassen von wegen er hätte sie satt oder er würde lieber Miss Morton heiraten oder so was in der Richtung. Aber natürlich wollte Lucy nichts davon hören, sie hat ihm gleich gesagt – mit jeder Menge Liebesgesäusel, verstehen Sie, lauter so Sachen... ach herrje, das kann man gar nicht wiederholen! –, also sie hat ihm gleich gesagt, dass sie sich das überhaupt nicht vorstellen könnte, auseinanderzugehen, mit ihm zusammen könnte sie auch von Luft und Liebe leben, und auch wenn er ganz wenig hat, wär sie froh, wenn sie das mit ihm teilen dürfte, solche Sachen, verstehen Sie. Da war er natürlich riesig froh und redete eine Zeit lang davon, was sie machen sollten, und sie einigten sich, dass er gleich die heiligen Weihen nehmen soll, und mit dem Heiraten müssten sie eben warten, bis er eine Pfründe kriegt. Danach hab ich nichts mehr verstanden, weil mein Cousin mich von unten gerufen hat, um mir zu sagen, dass Mrs. Richardson in ihrer Kutsche gekommen ist und eine von uns mitnimmt in die Kensington Gardens, deshalb musste ich ins Zimmer gehen und sie stören, um Lucy zu fragen, ob sie mitfahren will, aber sie wollte Edward nicht allein lassen, deshalb bin ich nach oben gelaufen, hab mir die Seidenstrümpfe angezogen und bin mit den Richardsons losgefahren.»

«Ich verstehe nicht, was Sie mit ‹stören› meinen», sagte Elinor, «Sie waren doch alle im selben Raum, oder?»

«Nein, nein. Hach, Miss Dashwood, glauben Sie, die Leute tun so verliebt, wenn jemand dabei ist? Pfui! Das müssten Sie doch besser wissen.» Sie lachte affektiert. «Nein, nein, sie waren allein im Salon, und ich habe sie nur gehört, weil ich an der Tür gelauscht habe.»

«Wie bitte?», rief Elinor. «Sie haben mir weitererzählt, was Sie nur erfahren haben, weil Sie an der Tür gelauscht haben? Es tut mir leid, dass ich das nicht vorher gewusst habe, ich hätte sonst nicht zugelassen, dass Sie mir Einzelheiten eines Gesprächs schildern, von dem Sie selbst nichts wissen durften. Wie konnten Sie sich nur so unredlich gegenüber Ihrer Schwester verhalten?»

«Ach herrje, da ist doch nichts dabei! Ich stand nur an der Tür und hab gehört, was zu hören war. Lucy hätte es bei mir bestimmt genauso gemacht. Vor ein, zwei Jahren, wie ich und Martha Sharpe so viele Geheimnisse miteinander hatten, da hat sie auch nicht lang gefackelt und sich in einem Kämmerchen oder hinter einer Kaminverkleidung versteckt, um mitzubekommen, was wir reden.»

Elinor versuchte das Thema zu wechseln, aber Miss Steele ließ sich von dem, was ihre Gedanken am meisten beschäftigte, nicht länger als ein paar Minuten ablenken.

«Edward sagt, dass er bald nach Oxford muss», erzählte sie, «aber jetzt wohnt er noch in Pall Mall Nummer... Was für eine boshafte Frau seine Mutter ist, nicht wahr? Und Ihr Bruder und Ihre Schwägerin waren auch nicht gerade freundlich. Trotzdem will ich mich bei Ihnen nicht über sie beklagen, immerhin haben sie uns in ihrer eigenen Kalesche nach Hause geschickt, das ist mehr, als ich erwartet habe. Ich für mein Teil hatte ja die größte Angst, Ihre Schwägerin würde uns nach den beiden Nadelbüchern fragen, die sie uns ein paar Tage zuvor geschenkt hat, aber davon war nicht die Rede, und ich habe dafür gesorgt, dass meins nicht zu sehen war. Edward hat in Oxford was zu erledigen, sagt er, deshalb muss er für eine Weile dorthin, und danach lässt er sich gleich weihen, sowie ihm ein Bischof über den Weg läuft. Ich bin gespannt, was er für eine Kuratenstelle kriegt! Lieber Himmel!» Sie kicherte. «Ich gehe jede Wette ein, dass ich weiß, was meine Cousinen sagen, wenn sie davon hören. Sie werden sagen, ich soll dem Doktor schreiben, damit er Edward die Kuratenstelle seiner neuen Pfründe gibt. Das weiß ich genau, aber so was mach ich nicht, nicht um alles in der Welt. ‹Hach›, werd ich sagen, ‹ich frag mich, wie ihr darauf kommt. Ich und an den Doktor schreiben, also wirklich!›»

«Jaja», sagte Elinor, «es ist beruhigend, wenn man gegen das Schlimmste gewappnet ist. Sie wissen Ihre Antwort schon jetzt.»

Miss Steele wollte darauf etwas erwidern, aber die Ankunft ihrer Freunde machte anderes dringlicher.

«Ach herrje, da kommen die Richardsons. Ich hätte Ihnen noch jede Menge zu erzählen, aber ich kann nicht länger wegbleiben. Das sind nämlich sehr feine Leute. Er verdient riesig viel Geld, und sie haben eine eigene Kutsche. Ich kann jetzt nicht mehr mit Mrs. Jennings reden, aber richten Sie ihr bitte aus, ich bin sehr froh, dass sie nicht böse auf uns ist und Lady Middleton auch nicht, und wenn Sie und Ihre Schwester aus irgendeinem Grund wegmüssen und Mrs. Jennings Gesellschaft braucht, kommen wir sehr gern und bleiben bei ihr, so lang sie will. Ich schätze, Lady Middleton wird uns in dieser Saison nicht mehr einladen. Auf Wiedersehen! Schade, dass Miss Marianne nicht dabei war. Empfehlen Sie mich ihr. Herrje, Sie haben ja Ihr Musselinkleid mit den Tupfen an! Haben Sie denn keine Angst, dass es zerreißen könnte?»

Das war ihre Sorge zum Abschluss, danach hatte sie gerade noch Zeit, sich von Mrs. Jennings zu verabschieden, bevor Mrs. Richardson wieder Anspruch auf ihre Gesellschaft erhob. Elinor blieb im Besitz eines Wissens zurück, das ihr Denkvermögen eine Weile zu beschäftigen vermochte, obwohl darunter eigentlich nur wenig war, was sie nicht schon selbst geahnt und sich ausgemalt hatte. Edwards Hochzeit mit Lucy war beschlossene Sache und der Zeitpunkt, da sie stattfinden sollte, völlig ungewiss, so wie sie es vermutet hatte. Wie erwartet hing alles davon ab, dass er ein Amt erhielt, worauf zurzeit nicht die geringste Aussicht bestand.

Kaum waren sie zur Kutsche zurückgekehrt, wollte Mrs. Jennings alles genauestens berichtet bekommen, doch da Elinor derart unlauter beschaffte Auskünfte lieber für sich behielt, beschränkte sie sich auf die kurze Wiederholung unverfänglicher Details, von denen Lucy sich bestimmt wünschte, dass sie bekannt würden, weil sie ihr Ansehen steigerten. Sie teilte also nur mit, dass die Verlobung nicht aufgelöst werde und welche Wege beschritten würden, um sie zum Ziel zu führen, was Mrs. Jennings zu folgender naheliegender Bemerkung veranlasste: «Abwarten, bis er eine Pfründe hat! Ha, wir wissen ja, wie das endet: Da warten sie ein Jahr lang, merken, dass nichts dabei rauskommt, und lassen sich auf eine Kuratenstelle mit fünfzig Pfund im Jahr ein, dazu die Zinsen aus seinen zweitausend Pfund und das bisschen, das Mr. Steele und Mr. Pratt ihr geben können. Dann kommt jedes Jahr ein Kind – und dann helf Gott! Sie werden bettelarm sein. Mal sehen, was ich ihnen für die Einrichtung geben kann. Zwei Mädchen und zwei Diener – tja, das habe ich neulich noch gedacht. Nein, nein, sie brauchen ein kräftiges Mädchen für alles.

Bettys Schwester kommt dafür jetzt nicht mehr in Frage.»

Am nächsten Morgen erhielt Elinor mit der Zwei-Penny-Post einen Brief von Lucy. Er lautete folgendermaßen:

«Bartlett's Building, im März

Ich hoffe, meine liebe Miss Dashwood wird entschuldigen, wenn ich mir die Freiheit nehme, ihr zu schreiben, aber ich weiß, aus Freundschaft zu mir werden Sie sich freuen, wenn Sie nach all den Unannehmlichkeiten, die wir kürzlich erfahren haben, solch gute Nachrichten von mir und meinem lieben Edward erhalten. Bringe daher keine langen Entschuldigungen vor, sondern fahre fort zu berichten, dass es uns Gott sei Dank beiden wieder recht gut geht, und obwohl wir schrecklich gelitten haben, sind wir so glücklich, wie man stets sein muss, wenn man einander liebt. Wir sind schwer geprüft und drangsaliert worden, aber gleichzeitig dankbar für die vielen Freunde, zu denen nicht zuletzt Sie zählen, deren große Güte ich immer dankbar im Gedächtnis behalten werde, wie auch Edward, welchem ich davon berichtet habe. Sicher freuen Sie sich, ebenso wie die liebe Mrs. Jennings, dass ich gestern Nachmittag zwei glückliche Stunden mit ihm verbracht habe und er nichts davon hören wollte, dass wir auseinandergehen, obwohl ich es ihm aus Vernunftgründen eindringlich nahegelegt habe, weil ich es für meine Pflicht hielt, und hätte ich mich auf der Stelle von ihm getrennt, wenn er eingewilligt hätte, aber er sagte, das darf nie sein. Er macht sich nichts aus dem Zorn seiner Mutter, solange er meine Liebe hat, unsere Zukunftsaussichten sind freilich nicht sehr rosig, wir müssen eben warten und das Beste hoffen. Er wird in Kürze die heiligen Weihen erhalten, und sollte es jemals in Ihrer Macht stehen, ihn jemandem zu empfehlen, der eine Pfründe zu vergeben hat, dann werden Sie uns gewiss nicht vergessen, und die liebe Mrs. Jennings auch nicht. Hoffe zuversichtlich, dass sie bei Sir John ein gutes Wort für uns einlegt, oder bei Mr. Palmer oder sonst einem Freund, der in der Lage ist, uns zu helfen. Es war schandbar, was die arme Anne getan hat, aber sie hat es in bester Absicht getan, deshalb sage ich nichts. Hoffe, Mrs. Jennings findet es nicht zu viel der Mühe, uns einen Besuch abzustatten, sollte sie einmal in diese Gegend kommen, es wäre zu gütig von ihr, und meine Cousinen würden sich sehr geehrt fühlen, wenn sie sie kennenlernen dürften.

Mein Briefbogen erinnert mich daran, dass ich nun schließen muss, und mit der Bitte, mich ihr zutiefst dankbar und respektvoll zu empfehlen und ebenso Sir John und Lady Middleton und den lieben Kindern, falls Sie sie zufällig sehen, und mit den besten Grüßen an Miss Marianne verbleibe ich hiermit usw.»

Sobald Elinor den Brief gelesen hatte, tat sie, was die Schreiberin wohl in Wirklichkeit gewünscht hatte, sie übergab ihn Mrs. Jennings, die ihn laut las und viele zufriedene und lobende Bemerkungen machte.

«Sehr gut, ja! – Wie hübsch sie schreibt! – Ja, das wäre anständig gewesen, ihn freizugeben, wenn er denn gewollt hätte. Das sieht Lucy ähnlich. – Die arme Seele! Ich wünschte mir von ganzem Herzen, ich könnte ihm eine Pfründe verschaffen. Sie nennt mich ‹liebe Mrs. Jennings›, sehen Sie. So ein gutherziges Mädchen! – Sehr schön, wirklich wahr. Dieser Satz ist sehr hübsch formuliert. Jaja, ich werde sie besuchen, natürlich. Wie aufmerksam sie ist, sie denkt an alle! – Danke, meine Liebe, dass Sie ihn mir gezeigt haben. Das ist der hübscheste Brief, den ich je gesehen

habe, und er gereicht Lucys Kopf und Herz zu
großer Ehre.»

Kapitel 39

Die Misses Dashwood waren nun schon etwas
mehr als zwei Monate in London, und Mariannes
Ungeduld wuchs mit jedem Tag. Sie wollte fort,
sie verzehrte sich nach der Luft, der Freiheit, der
Ruhe des Landlebens, sie meinte, wenn überhaupt irgendein Ort ihr Erleichterung verschaffen könne, so Barton. Elinor war kaum weniger
erpicht auf den Aufbruch und nur deshalb weniger geneigt, ihren Wunsch sofort in die Tat umzusetzen, weil sie sich der Schwierigkeiten einer
so langen Reise bewusst war, während Marianne
sie nicht wahrhaben wollte. Trotzdem beschäftigte sie sich in Gedanken ernsthaft mit der Ver-
wirklichung dieses Vorhabens und hatte bereits
mit ihrer liebenswürdigen Gastgeberin über ihre
Wünsche gesprochen – die diese mit denkbar
wohlwollender Beredsamkeit von sich wies –,
als Elinor ein Vorschlag gemacht wurde, der sie
zwar noch ein paar Wochen länger von zu Hause
fernhalten würde, ihr aber letzten Endes viel vor-
teilhafter erschien als alles andere. Die Palmers

wollten gegen Ende März für die Dauer der Osterferien nach Cleveland übersiedeln, und Charlotte hatte Mrs. Jennings und ihre beiden Freundinnen herzlich eingeladen, mitzukommen. Nur für sich genommen, hätte diese Einladung dem Taktgefühl Miss Dashwoods nicht genügt, sie wurde aber von Mr. Palmer, dessen Manieren sich auffällig gebessert hatten, seit er wusste, dass es ihrer Schwester nicht gut ging, persönlich so glaubhaft höflich bekräftigt, dass es sie bewog, mit Freuden anzunehmen.

Als sie Marianne davon erzählte, war deren erste Reaktion nicht gerade vielversprechend.

«Cleveland!», rief sie erregt. «Nein, nach Cleveland kann ich nicht fahren.»

«Du vergisst», sagte Elinor sanft, «es liegt nicht... es liegt nicht in der Nähe von...»

«Aber es liegt in Somersetshire. Ich kann nicht nach Somersetshire fahren. Dorthin, wo ich gehofft hatte... Nein, Elinor, das kannst du nicht von mir erwarten.»

Elinor wollte nicht einwenden, dass es allmählich angebracht sei, solche Gefühle zu überwinden; sie versuchte einfach, ihnen entgegenzuwirken, indem sie andere Gefühle schürte. Sie stellte die Reise als eine Maßnahme dar, mit der die Rückkehr zu der geliebten Mutter, die sie doch so gern wiedersehen wolle, auf günstigem, komfortablem Weg ermöglicht werde, besser als auf jede andere Weise und vielleicht ohne größere Verzögerung. Von Cleveland, das wenige Meilen von Bristol entfernt liege, sei es bis Barton nur eine Tagesreise, wenn auch eine lange; der Diener ihrer Mutter könne leicht kommen und sie auf der Fahrt nach Hause begleiten, und da es keinen Grund gebe, warum sie länger als eine Woche in Cleveland bleiben sollten, könnten sie nun in wenig mehr als drei Wochen wieder zu Hause sein. Marianne liebte ihre Mutter aufrichtig, und so siegte dieser Gedanke fast mühelos über die nur in ihrer Fantasie vorhandenen Beeinträchtigungen, die sie ins Feld geführt hatte.

Mrs. Jennings lag nichts ferner, als ihrer Gäste überdrüssig zu sein, und sie drängte sie deshalb, von Cleveland aus wieder mit ihr zurückzufahren. Elinor war ihr dankbar für diese Freundlichkeit, doch vermochte das ihren Plan nicht zu ändern, und nachdem ihre Mutter freudig zugestimmt hatte, wurde alles für die Rückkehr Nötige soweit möglich vorbereitet, und Marianne beruhigte sich, indem sie ausrechnete, wie viele Stunden sie noch von Barton trennten.

«Ach, Colonel, ich weiß nicht, was wir beide ohne die Misses Dashwood anfangen sollen», klagte Mrs. Jennings bei seinem ersten Besuch, nachdem die Heimreise beschlossen war, «sie haben fest vor, von den Palmers aus nach Hause zu fahren, und dann wird es so einsam sein, wenn ich wieder heimkomme! Meine Güte, wir beide werden dasitzen und uns vor Langeweile angähnen wie zwei Katzen.»

Vielleicht hegte Mrs. Jennings die Hoffnung, ihn durch diese drastische Schilderung künftiger Öde zu jenem Antrag zu bewegen, der zumindest ihn vor einer solchen bewahren würde – jedenfalls hatte sie kurz darauf allen Grund anzunehmen, dass sie ihr Ziel erreicht hatte. Als Elinor ans Fenster trat, um einen Kupferstich, den sie für ihre Freundin kopieren wollte, rascher ausmessen zu können, folgte er ihr, als habe er etwas Besonderes im Sinn, und sprach dort eine Weile mit ihr. Auch die Wirkung dieses Gesprächs auf die Dame entging Mrs. Jennings' Beobachtung nicht, und obwohl sie zu ehrlich war, um zu lauschen, und sogar den Platz gewechselt und sich neben das Klavier gesetzt hatte, auf dem Marianne gerade spielte, um nur ja nichts zu hören, konnte sie nicht umhin zu sehen, wie Elinor errötete, heftig bewegt zuhörte und seinen Worten so aufmerksam folgte, dass sie darüber das eigene Tun vergaß. Ihre Hoffnungen wurden noch weiter geschürt, als in einer Pause, während Marianne gerade von einem Übungsstück zum nächsten wechselte, unvermeidlich einige Worte des Colonels an ihr Ohr drangen, mit denen er sich offenbar für den schlechten Zustand seines Hauses entschuldigte. Nun gab es keinen Zweifel mehr. Sie wunderte sich zwar, dass er dies für nötig hielt, vermutete aber, dass es zum guten Ton gehörte. Was Elinor antwortete, verstand sie nicht, doch der Lippenbewegung nach zu urteilen fand sie, dies spiele keine wesentliche Rolle, und Mrs. Jennings lobte sie innerlich für ihre Redlichkeit. Sie unterhielten sich noch ein paar Minuten, ohne dass sie etwas mitbekam, dann bescherte ihr zum Glück eine weitere Pause in Mariannes Spiel folgende Worte in der sonoren Tonlage des Colonels: «... zumindest kann sie, so fürchte ich, nicht sehr bald stattfinden.»

Verblüfft und schockiert über diesen Satz, der so gänzlich unverliebt klang, hätte sie beinahe ausgerufen: «Herr im Himmel, was sollte Sie denn abhalten?», doch sie unterdrückte ihr Verlangen und begnügte sich mit dem stummen Kommentar: «Sehr seltsam! Er braucht nun wirklich nicht zu warten, bis er älter ist.»

Seine schöne Gesprächspartnerin schien durch diese Verzögerung von Seiten des Colonels jedenfalls nicht im Geringsten gekränkt oder gedemütigt, denn als sie das Gespräch kurz darauf beendeten und auseinandergingen, hörte Mrs. Jennings sehr deutlich, wie Elinor sagte: «Ich werde Ihnen immer zutiefst verbunden sein», und dies in einem Ton, der verriet, dass sie es ehrlich meinte.

Mrs. Jennings war hocherfreut über Elinors Dankbarkeit und wunderte sich lediglich, dass der Colonel unmittelbar nach einem solchen Satz imstande war, sich völlig ungerührt von ihnen zu verabschieden und ohne ein weiteres Wort aufzubrechen. Sie hätte nicht gedacht, dass ihr alter Freund ein dermaßen leidenschaftsloser Verehrer war.

In Wirklichkeit hatte sich Folgendes zwischen den beiden abgespielt: «Ich habe von der ungerechten Behandlung gehört», hatte der Colonel mitfühlend begonnen, «die Ihr Freund Mr. Ferrars von seiner Familie hat erdulden müssen. Wenn ich recht verstanden habe, ist er für alle Zeit verstoßen worden, weil er seine Verlobung mit einer sehr achtbaren jungen Frau aufrechterhalten will. Bin ich da richtig unterrichtet? Trifft das zu?»

Elinor bestätigte es.

«Es ist grausam», erwiderte er bewegt, «schrecklich grausam und unklug, zwei junge Menschen, die einander seit Langem verbunden sind, zu trennen oder dies auch nur zu versuchen. Mrs. Ferrars hat keine Ahnung, was sie da vielleicht anrichtet, wozu sie ihren Sohn womöglich treibt. Ich bin Mr. Ferrars zwei- oder dreimal in der Harley Street begegnet, und er ist mir sehr sympathisch. Er ist kein junger Mann, mit dem man gleich auf Anhieb vertraut werden kann, doch ich habe ihn oft genug erlebt, um ihm alles Gute zu wünschen, allein schon um seinetwillen, aber umso mehr, als er Ihr Freund ist. Ich habe gehört, dass er Pfarrer werden will. Wären Sie so gut, ihm auszurichten, dass die Pfründe von Delaford soeben frei geworden ist, wie ich heute per Post erfahren habe, und an ihn vergeben werden kann, wenn sie ihm zusagt – woran zu zweifeln angesichts seiner derzeitigen so unglücklichen Lebensumstände wahrscheinlich unsinnig wäre. Ich wünschte nur, sie wäre einträglicher. Es gibt dort ein Pfarrhaus, wenngleich ein kleines, der letzte Amtsinhaber hat, glaube ich, nicht mehr als zweihundert Pfund im Jahr verdient, und obwohl sich das sicherlich etwas aufbessern lässt, wird es, fürchte ich, nicht so viel werden, dass es ihm ein zufriedenstellendes Einkommen verschafft. Doch so wie die Dinge liegen, wäre es mir ein großes Vergnügen, sie ihm anzubieten. Bitte richten Sie ihm das aus.»

Elinors Verblüffung über diesen Auftrag hätte kaum größer sein können, wenn der Colonel tatsächlich um ihre Hand angehalten hätte. Das kirchliche Amt für Edward, noch vor zwei Tagen scheinbar unerreichbar, stand schon für ihn bereit und würde es ihm ermöglichen zu heiraten, und ausgerechnet sie war dazu bestimmt, es ihm anzubieten. Sie war aufgewühlt, was Mrs. Jennings einem ganz anderen Anlass zugeschrieben hatte, aber welche weniger reinen, weniger erfreulichen Gefühle auch immer Teil dieser Erregung sein mochten, vor allem empfand sie Achtung und Dankbarkeit angesichts der Güte im Allgemeinen und der Freundschaft im Besonderen, die Colonel Brandon zu dieser Tat bewogen hatten, und sie ließ ihn das auch voller Wärme spüren. Sie dankte ihm von ganzem Herzen, rühmte Edwards Grundsätze und Eigenschaften, wie sie es verdienten, und versprach, sie werde den Auftrag mit Vergnügen ausführen, wenn er eine so angenehme Aufgabe wirklich an jemand anderen delegieren wolle. Gleichzeitig konnte sie sich des Gedankens nicht erwehren, dass eigentlich niemand diese Angelegenheit so gut erledigen könnte wie der Colonel selbst. Mit anderen Worten, sie hätte es lieber gesehen, diese Aufgabe wäre ihr erspart geblieben, sie wollte Edward nicht in die unangenehme Lage bringen, ihr zu Dank verpflichtet zu sein, doch Colonel Brandon weigerte sich aus ähnlichem Zartgefühl ebenso und schien sich sehr zu wünschen, dass Elinor ihm die Nachricht vermittelte, und so wehrte sie sich nicht weiter dagegen. Edward sei wohl noch in London, sagte sie, zum Glück habe sie von Miss Steele seine Adresse erfahren. Sie könne sich daher erbieten, ihn im Lauf des Tages davon in Kenntnis zu setzen. Nachdem dies geregelt war, sprach Colonel Brandon darüber, wie ersprießlich es für ihn sei, einen so achtbaren und angenehmen Nachbarn zu bekommen, und bei dieser Gelegenheit fiel der Satz, er bedauere, dass das Haus klein und nicht besonders gut erhalten sei – ein Mangel, dem Elinor, wie Mrs. Jennings schon vermutet hatte, keine besondere Bedeutung beimaß, zumindest was die Größe betraf.

«Ich kann mir nicht vorstellen», sagte sie, «dass es die beiden stört, wenn das Haus klein ist; es steht dann nur im richtigen Verhältnis zu ihrer Familie und ihrem Einkommen.»

Erstaunt bemerkte der Colonel, dass Elinor glaubte, Mr. Ferrars werde nach der Berufung in dieses Amt selbstverständlich heiraten; er selbst hielt es nämlich für ausgeschlossen, dass die Pfründe von Delaford ein Einkommen abwarf, von dem ein Mensch mit seinen Lebensgewohnheiten einen Hausstand zu gründen wagte – und das sagte er auch.

«Diese kleine Pfarrstelle kann Mr. Ferrars allenfalls ein sorgenfreies Leben als Junggeselle bieten, sie ermöglicht ihm keine Heirat. Bedauerlicherweise endet hier mein Patronatsrecht, und mein Einfluss reicht kaum weiter. Falls ich jedoch durch einen unvorhersehbaren Zufall in der Lage sein sollte, ihm noch darüber hinaus behilflich zu sein, müsste sich mein Urteil über ihn schon sehr ändern, wenn ich mich dann nicht genauso bereitwillig für ihn einsetzte, wie ich es schon jetzt wahrhaft gern täte. Was ich im Augenblick tun kann, scheint mir so gut wie nichts zu sein, da es ihn seinem zentralen, seinem einzigen Glücksziel kaum näher bringt. Seine Heirat dürfte noch in weiter Ferne liegen, zumindest kann sie, so fürchte ich, nicht sehr bald stattfinden.»

Ebendieser Satz hatte, da missverstanden, Mrs. Jennings' Zartgefühl begreiflicherweise beleidigt. Doch nachdem hier geschildert wurde, was sich zwischen Colonel Brandon und Elinor tatsächlich abgespielt hatte, als sie am Fenster standen, mag Elinors Erregung nicht weniger verständlich, die Wahl der Worte, mit denen sie ihm beim Abschied dankte, nicht weniger passend erscheinen, als wenn sie auf einen Heiratsantrag reagiert hätte.

Kapitel 40

«So, Miss Dashwood», sagte Mrs. Jennings scharfsinnig lächelnd, als der Herr gegangen war, «ich werde Sie jetzt nicht fragen, worüber der Colonel gesprochen hat, denn obwohl ich – Ehrenwort! – wirklich versucht habe, außer Hörweite zu bleiben, habe ich unfreiwillig doch genug mitbekommen, um zu wissen, was er wollte. Und ich versichere Ihnen, meiner Lebtag hat mich noch nie etwas so gefreut, und ich wünsche Ihnen von ganzem Herzen Glück.»

«Danke, Ma'am», sagte Elinor. «Es ist mir wirklich eine große Freude, und ich weiß Colonel Brandons Güte sehr zu schätzen. Es gibt nicht viele Menschen, die so gehandelt hätten. Nur wenige haben ein so mitfühlendes Herz. Es hat mich unglaublich überrascht.»

«Herr im Himmel, meine Liebe, Sie sind viel zu bescheiden! Mich wundert das überhaupt nicht, ich habe mir in letzter Zeit öfter gedacht, dass es höchstwahrscheinlich dazu kommen würde.»

«Diesen Schluss haben Sie gezogen, weil Sie genau wissen, welch ein Menschenfreund der Colonel im Grunde ist, aber Sie konnten doch nicht vorhersehen, dass sich so bald eine Gelegenheit bieten würde, dies zu zeigen.»

«Eine Gelegenheit!», wiederholte Mrs. Jennings. «Ha, was das betrifft: Wenn ein Mann sich erst mal zu so was entschlossen hat, findet er irgendwie immer eine Gelegenheit. Ach, meine Liebe, ich kann Ihnen nur wieder und wieder Glück wünschen, und wenn es überhaupt ein glückliches Paar auf Erden gibt, so weiß ich wohl demnächst, wo ich mich nach ihm umsehen muss.»

«Sie meinen, Sie wollen es in Delaford suchen?», fragte Elinor mit einem matten Lächeln.

«Ja, meine Liebe, genau das mach ich. Nur was das angeblich bescheidene Haus angeht, versteh ich nicht, was der Colonel meint, denn es ist so stattlich wie nur was.»

«Er meinte, es sei baufällig.»

«Soso, und wer ist daran schuld? Wieso richtet er es nicht her? Wer soll das machen, wenn nicht er?»

Sie wurden unterbrochen, weil der Diener an der Tür erschien und meldete, die Kutsche sei vorgefahren. Mrs. Jennings rüstete sich sofort zum Aufbruch und sagte: «Tja, meine Liebe, nun muss ich fort, bevor ich auch nur die Hälfte von dem losgeworden bin, was ich sagen wollte. Aber wir können ja am Abend reden, heute sind wir ganz allein. Ich frage nicht, ob Sie mich begleiten, denn Ihnen geht bestimmt zu viel im Kopf herum, da werden Sie sich nicht viel aus Gesellschaft machen, außerdem sehnen Sie sich bestimmt danach, Ihrer Schwester alles zu berichten.»

Marianne hatte noch vor diesem Gespräch das Zimmer verlassen.

«Natürlich werde ich Marianne gleich alles erzählen, Ma'am, aber sonst will ich fürs Erste mit niemand anderem darüber reden.»

«Oh! Na gut», antwortete Mrs. Jennings etwas enttäuscht. «Dann wollen Sie also nicht, dass ich Lucy davon erzähle, ich habe nämlich vor, heute nach Holborn zu fahren.»

«Nein, Ma'am, bitte auch nicht Lucy. Ein Tag hin oder her, das spielt keine Rolle, und bevor ich Mr. Ferrars geschrieben habe, sollten wir mit niemandem darüber sprechen. Ich werde ihm jetzt gleich schreiben. Bei ihm dürfen wir keine Zeit verlieren, denn er wird in Bezug auf seine Ordination natürlich viel zu erledigen haben.»

Diese Worte verwirrten Mrs. Jennings erst einmal gründlich. Sie verstand nicht sofort, warum man wegen dieser Sache so eilig an Mr. Ferrars schreiben müsse. Doch kaum hatte sie ein wenig nachgedacht, fand sie eine überaus beglückende Erklärung und rief: «Oho, ich verstehe! Mr. Ferrars ist also derjenige, welcher. Na, umso besser für ihn. Ja, natürlich muss er dann fertig geweiht sein, und es freut mich, dass die Dinge zwischen Ihnen schon so weit gediehen sind. Aber ist das nicht etwas unpassend, meine Liebe? Sollte ihm nicht der Colonel schreiben? Er wäre eigentlich der Richtige.»

Elinor hatte den Anfang von Mrs. Jennings' Ausführungen nicht recht verstanden, doch schien es ihr nicht wichtig genug, um nachzufragen, deshalb antwortete sie nur auf die letzte Bemerkung. «Colonel Brandon ist ein so feinfühliger Mann, dass es ihm lieber ist, jemand anderer teilt Mr. Ferrars seine Absichten mit.»

«Und damit sind Sie gezwungen, es zu tun. Das ist ja eine merkwürdige Art von Feinfühligkeit! Doch ich will Sie nicht stören.» Sie sah, dass sich Elinor ans Schreiben machte. «Das müssen Sie selbst am besten wissen. Auf Wiedersehen, meine Liebe. Seit Charlottes Niederkunft habe ich mich über nichts derart gefreut.»

Sie ging hinaus, kam aber einen Augenblick später schon wieder zurück.

«Ich habe gerade an Bettys Schwester gedacht, meine Liebe. Ich wäre sehr froh, wenn sie eine so gute Herrin bekäme. Ob sie sich allerdings als Zofe eignet, kann ich nicht mit Bestimmtheit sagen. Sie ist ein hervorragendes Dienstmädchen und eine geschickte Näherin. Doch überlegen Sie sich das alles in Ruhe.»

«Natürlich, Ma'am», antwortete Elinor, die kaum hörte, was Mrs. Jennings vorschlug. Sie wollte jetzt lieber allein sein, als diesem Thema nachzugehen.

Ihre ganze Sorge galt der Frage, wie sie beginnen, wie sie sich in ihrem Brief an Edward ausdrücken sollte. Ihr besonderes Verhältnis machte das, was bei jedem anderen Menschen kinderleicht gewesen wäre, zu einer schwierigen Aufgabe. Sie fürchtete sich ebenso davor, zu viel zu sagen, wie zu wenig, und saß grübelnd über ihrem Blatt Papier, die Feder in der Hand, als sie unterbrochen wurde, da plötzlich Edward persönlich ins Zimmer trat.

Er war Mrs. Jennings auf ihrem Weg zur Kutsche unter der Haustür begegnet, als er gerade seine Abschiedskarte abgeben wollte, und sie hatte sich zwar entschuldigt, dass sie nicht bleiben könne, ihn aber genötigt hereinzukommen, indem sie sagte, Miss Dashwood sei oben und wolle ihn in einer ganz besonderen Angelegenheit sprechen.

Elinor hatte sich bei aller Ratlosigkeit gerade dazu beglückwünscht, dass es zwar schwierig sein mochte, sich brieflich angemessen auszudrücken, aber immer noch besser war, als die Nachricht mündlich mitzuteilen, da trat der Besucher ein und zwang sie zu ebendieser allergrößten Kraftanstrengung. Ihre Verblüffung und Verwirrung war gewaltig, als er so plötzlich auftauchte. Sie hatte ihn nicht gesehen, seit seine Verlobung öffentlich geworden war, also nicht, seit er wusste, dass sie davon Kenntnis hatte; dies und die Einsicht, woran sie gerade gedacht und was sie ihm zu sagen hatte, bescherten ihr eine Weile ausgesprochen unbehagliche Gefühle. Auch er war sehr unruhig, und so nahmen beide in einem höchst verheißungsvollen Zustand größter Verlegenheit Platz. Er erinnerte sich nicht, ob er beim Hereinkommen schon um Verzeihung dafür gebeten hatte, dass er einfach so eindrang, beschloss aber sicherheitshalber, sobald er saß und fähig war, überhaupt etwas zu äußern, sich in aller Form zu entschuldigen.

«Mrs. Jennings hat mir gesagt», begann er, «Sie wollten mit mir sprechen, zumindest habe ich sie so verstanden, sonst wäre ich gewiss nicht einfach bei Ihnen eingedrungen – obwohl es mir gleichzeitig außerordentlich leidgetan hätte, London zu verlassen, ohne Sie und Ihre Schwester noch einmal getroffen zu haben, vor allem da es vermutlich eine Weile dauern wird, bis... wahrscheinlich werde ich nicht so bald das Vergnügen haben, Sie wiederzusehen. Ich fahre morgen nach Oxford.»

«Sie wären jedoch nicht aufgebrochen ohne unsere guten Wünsche, selbst wenn wir sie Ihnen nicht persönlich hätten übermitteln können», sagte Elinor, die sich wieder erholt hatte und beschloss, so rasch wie möglich hinter sich zu bringen, wovor sie sich so fürchtete. «Mrs. Jennings hatte ganz recht. Ich habe Ihnen etwas Wichtiges mitzuteilen, das ich eben niederschreiben wollte. Ich bin mit einer sehr angenehmen Aufgabe betraut worden.» Ihr Atem ging etwas rascher als gewöhnlich. «Colonel Brandon, der erst vor zehn Minuten hier war, lässt Ihnen durch mich ausrichten, er habe erfahren, Sie gedächten sich ordinieren zu lassen, und da sei es ihm eine große Freude, Ihnen die soeben frei gewordene Pfründe von Delaford anzubieten; er würde sich nur wünschen, sie wäre einträglicher. Erlauben Sie, dass ich Ihnen zu einem so angesehenen und urteilssicheren Freund gratuliere und mich seinem

Wunsch anschließe, die Pfarrstelle – sie bringt etwa zweihundert im Jahr – wäre bedeutender und würde Sie in die Lage versetzen, zu... wäre mehr als nur eine vorläufige Versorgung für Sie... kurzum, könnte all Ihre Hoffnungen auf Glück wahr werden lassen.»

Da nicht einmal Edward selbst sagen konnte, wie ihm zumute war, darf man nicht erwarten, dass jemand anderer es kann. Er legte alle Verblüffung, die eine solch unerwartete, unvorstellbare Mitteilung wecken musste, in seine Blicke und äußerte nur diese beiden Worte: «Colonel Brandon!»

«Ja», fuhr Elinor fort, nun immer entschlossener, da das Schlimmste hinter ihr lag. «Colonel Brandon versteht es als Zeichen seiner Besorgnis wegen der jüngsten Geschehnisse und der schrecklichen Lage, in die Sie das unverantwortliche Gebaren Ihrer Familie gebracht hat – eine Besorgnis, die Marianne, ich und alle Ihre Freunde selbstverständlich teilen –, und gleichzeitig als Beweis seiner Hochachtung vor Ihrer Charakterstärke im Allgemeinen und speziell seines Beifalls für Ihr Verhalten bei diesem Anlass.»

«Colonel Brandon gibt mir eine Pfründe! Ist das möglich?»

«Da Ihre Verwandten so lieblos waren, überrascht es Sie nun, wenn Sie irgendwo auf freundschaftliche Gesinnung stoßen.»

«Nein», erwiderte er, plötzlich befangen, «nicht bei Ihnen, denn es ist mir nicht entgangen, dass ich das alles Ihnen verdanke, Ihrer Güte. Ich spüre das... ich würde es zum Ausdruck bringen, wenn ich könnte... aber Sie wissen ja, ich bin kein Redner.»

«Sie irren sich. Ich versichere Ihnen, Sie verdanken es ausschließlich, zumindest fast ausschließlich, Ihren eigenen Verdiensten und Colonel Brandons Blick dafür. Ich hatte nichts damit zu tun. Bis ich von seinem Plan erfuhr, wusste ich nicht einmal, dass die Pfründe frei war, ja ich kam nicht einmal auf den Gedanken, er könnte eine solche Pfründe zu vergeben haben. Als Freund von mir und meiner Familie mag er vielleicht... nun ja, ich weiß, dass ihm dieses Angebot besonders viel Freude gemacht hat, aber Sie verdanken nichts meiner Fürbitte.»

Die Wahrheitsliebe zwang sie, eine winzige Beteiligung an der Tat zuzugeben, aber da sie nicht als Edwards Wohltäterin erscheinen mochte, gab sie es nur zögernd zu, und das trug wahrscheinlich noch dazu bei, den soeben in ihm entstandenen Verdacht zu bestätigen. Nachdem Elinor geendet hatte, saß er eine Weile tief in

Gedanken versunken da. Endlich sagte er, und er sprach, als koste es ihn große Anstrengung: «Colonel Brandon scheint ein höchst verdienstvoller, ehrbarer Mann zu sein. Überall wird er als solcher geschildert, und ich weiß, Ihr Bruder schätzt ihn sehr. Er ist zweifellos sehr klug und ein vollendeter Gentleman.»

«Und ob!», erwiderte Elinor. «Ich glaube, Sie werden bei näherer Bekanntschaft feststellen, dass er all das ist, was Sie von ihm gehört haben, und da Sie sehr enge Nachbarn sein werden – das Pfarrhaus soll fast unmittelbar neben dem Herrenhaus liegen –, ist es besonders wichtig, dass er all das ist.»

Edward gab keine Antwort, doch als sie den Kopf abgewandt hatte, warf er ihr einen ernsten, eindringlichen, freudlosen Blick zu, der zu sagen schien, er würde sich in Zukunft vielleicht wünschen, der Abstand zwischen Pfarrhaus und Herrenhaus wäre um einiges größer.

«Colonel Brandon wohnt, glaube ich, in der St. James Street», sagte er kurz darauf und erhob sich.

Elinor nannte ihm die Hausnummer.

«Dann will ich rasch losgehen, um ihm den Dank abzustatten, den Sie von mir nicht annehmen wollen, und um ihm zu versichern, dass er mich zu einem sehr... einem außerordentlich glücklichen Mann gemacht hat.»

Elinor nötigte ihn nicht zum Bleiben, und so trennten sie sich, sie mit der ernst gemeinten Versicherung, sie wünsche ihm für alle Zeiten, dass er glücklich werden möge, wie auch immer sich seine Lage gestalten werde, und er mit dem eher bemühten als gelungenen Versuch, die nämlichen guten Wünsche zu äußern.

«Wenn ich ihm das nächste Mal begegne», sagte sich Elinor, als sich die Tür hinter ihm schloss, «begegne ich Lucys Ehemann.»

Und mit diesem erfreulichen Bild vor Augen setzte sie sich, um über die Vergangenheit nachzusinnen, sich an Edwards Worte zu erinnern, um zu versuchen, seine Gefühle zu verstehen, und natürlich, um mit Missbehagen über ihre eigenen nachzudenken.

Dann kam Mrs. Jennings heim, und obwohl sie eine Stippvisite bei Leuten gemacht hatte, die sie noch nie besucht hatte und über die sie folglich eine Menge zu erzählen gehabt hätte, beschäftigte sie nichts so sehr wie ihr großes Geheimnis, und so griff sie es sofort wieder auf, als Elinor erschien.

«Ach, meine Liebe», rief sie, «ich habe Ihnen den jungen Mann hochgeschickt. Das war doch richtig? Vermutlich hatten Sie keine großen Schwierigkeiten – er hatte sicher nichts dagegen, Ihr Angebot anzunehmen?»

«Nein, Ma'am, das wäre auch sehr unwahrscheinlich gewesen.»

«Gut, und wann ist er so weit? Denn davon scheint ja alles abzuhängen.»

«Ich habe eigentlich wenig Ahnung von derlei Formalitäten», erwiderte Elinor, «ich kann nicht recht abschätzen, wie lange es dauern wird und welche Vorbereitungen nötig sind, aber ich vermute, in zwei oder drei Monaten wird er die Weihen wohl empfangen haben.»

«Zwei oder drei Monate!», rief Mrs. Jennings. «Herr im Himmel, meine Liebe, das sagen Sie so ruhig! Kann denn der Colonel noch zwei oder drei Monate warten? Lieber Himmel! Also ich würde ja die Geduld verlieren. Und auch wenn man dem armen Mr. Ferrars natürlich gern einen Gefallen tun würde, glaube ich nicht, dass es sich lohnt, deswegen noch zwei oder drei Monate auf ihn zu warten. Es findet sich bestimmt auch jemand anderer, der genauso taugt, jemand, der schon ordiniert ist.»

«Aber liebe Ma'am», sagte Elinor, «was meinen Sie damit? Colonel Brandon beabsichtigt doch nichts anderes, als Mr. Ferrars dienlich zu sein.»

«Na, so was, meine Teure! Sie werden mir doch nicht weismachen wollen, dass der Colonel Sie nur heiratet, um Mr. Ferrars zehn Guineen geben zu können!»

Damit hatte das Missverständnis ein Ende, und es folgte sofort eine Erklärung, die beide Seiten erst einmal höchlich amüsierte, ohne ihr Glück wesentlich zu mindern, denn Mrs. Jennings tauschte die Freude über das eine Ereignis einfach gegen die Freude über ein anderes aus, ohne dabei ihre ursprüngliche Hoffnung aufzugeben.

«Jaja, das Pfarrhaus ist nur klein», sagte sie, nachdem das erste überschwängliche Staunen und Freuen vorüber war, «und es mag sehr wohl baufällig sein, aber zu hören, dass sich ein Mann, wie ich dachte, für ein Haus entschuldigt, das meines Wissens im Erdgeschoss fünf Wohnräume hat und, wie mir – glaub ich – die Haushälterin gesagt hat, bis zu fünfzehn Betten zur Verfügung stellen kann…! Und das Ganze vor Ihnen, die an Barton Cottage gewohnt ist! Das kommt einem doch lachhaft vor. Wir müssen den Colonel nur dazu bringen, etwas für das Pfarrhaus zu tun und es komfortabler zu machen, bis Lucy einzieht.»

«Aber Colonel Brandon hat anscheinend nicht

den Eindruck, die Pfründe würde so viel abwerfen, dass sie heiraten können.»

«Der Colonel ist ein Einfaltspinsel, meine Liebe; nur weil er zweitausend im Jahr hat, meint er, mit weniger kann man nicht heiraten. Verlassen Sie sich drauf: Wenn ich so gesund und munter bin wie jetzt, werde ich dem Pfarrhaus von Delaford noch vor Michaeli einen Besuch abstatten, und ich fahre natürlich nur hin, wenn Lucy da ist!»

Dass die beiden auf ein noch besseres Angebot warten würden, fand Elinor ebenso unwahrscheinlich wie Mrs. Jennings.

Kapitel 41

Nachdem Edward Colonel Brandon seinen Dank abgestattet hatte, trug er sein Glück weiter zu Lucy, und als er in Bartlett's Buildings eintraf, hatte dieses bereits ein solches Übermaß erreicht, dass Lucy Mrs. Jennings, die am nächsten Tag zum Gratulieren kam, versichern konnte, sie habe ihn noch nie im Leben in einer derartigen Stimmung erlebt.

Wie es um ihr Glück und ihre Stimmung stand, war jedenfalls klar; gemeinsam mit Mrs. Jennings hoffte sie von ganzem Herzen, dass sie noch vor Michaeli alle miteinander gemütlich im Pfarrhaus von Delaford sitzen würden. Dabei lag ihr jede Zurückhaltung fern, wenn es galt, Elinor die verdienstvolle Mitwirkung zu unterstellen, die schon Edward ihr hatte unterstellen wollen. Sie sprach mit wärmster Dankbarkeit von Elinors freundschaftlichen Gefühlen für sie beide, erkannte gern an, dass sie ihr zutiefst verpflichtet seien, und erklärte unumwunden, sie werde sich niemals mehr über irgendwelche Bemühungen seitens Miss Dashwoods zu ihrem Wohle wundern, sei es jetzt oder künftig, denn sie sei überzeugt, dass Miss Dashwood für diejenigen, die sie wirklich schätze, stets alles Menschenmögliche unternehme. Was Colonel Brandon betraf, so war sie nicht nur bereit, ihn als Heiligen zu verehren, sondern darüber hinaus aufrichtig bestrebt, ihn auch in allen weltlichen Belangen als solchen zu behandeln – sie war höchlich daran interessiert, dass die Kirchenabgaben kräftig angehoben wurden, und sie war insgeheim fest entschlossen, sich in Delaford so weit wie möglich seines Personals, seiner Kutsche, seiner Kühe und seines Geflügels zu bedienen.

Es lag nun mehr als eine Woche zurück, dass John Dashwood in der Berkeley Street vorbeigeschaut hatte, und da sich Elinor seither nur ein einziges Mal mündlich erkundigt und ansonsten von der Unpässlichkeit seiner Frau keinerlei Notiz genommen hatte, bekam sie allmählich das Gefühl, man müsse Fanny einen Besuch abstatten. Diese Verpflichtung lief jedoch nicht allein ihrer eigenen Neigung zuwider, sondern erfuhr auch keine hilfreiche Ermutigung von Seiten ihrer Hausgenossinnen. Marianne ließ es bei der entschiedenen Weigerung, sie zu begleiten, nicht bewenden und versuchte nach Kräften zu verhindern, dass ihre Schwester überhaupt loszog, und Mrs. Jennings stellte Elinor zwar ihre Kutsche uneingeschränkt zur Verfügung, konnte Mrs. Dashwood aber so wenig leiden, dass weder die Neugier auf ihren Zustand nach der jüngsten Enthüllung noch ihr heftiger Wunsch, sie vor den Kopf zu stoßen, indem sie Edwards Partei ergriff, stärker war als der Widerwille gegen ihre Gesellschaft.

Elinor brach folglich allein zu einem Besuch auf, der wirklich niemandem unangenehmer sein konnte als gerade ihr, und riskierte dabei ein trauliches Zusammensein mit einer Frau, die zu verabscheuen keine der beiden andern so viel Grund hatte wie sie.

Mrs. Dashwood ließ sich verleugnen, noch ehe

jedoch die Kutsche gewendet hatte, trat zufällig ihr Mann aus dem Haus. Er äußerte große Freude, Elinor zu sehen, sagte, er habe gerade in die Berkeley Street aufbrechen wollen, versicherte ihr, Fanny werde sie sehr gern empfangen, und bat sie ins Haus.

Sie stiegen die Treppe hinauf in den Salon. Es war niemand da.

«Fanny ist vermutlich in ihrem Zimmer», sagte er. «Ich gehe sofort zu ihr, sie hat gewiss nichts dagegen, dich zu empfangen. Ganz im Gegenteil, wirklich. Zwar kann sie gerade jetzt nicht... aber wie auch immer, du und Marianne, ihr wart immer besonders gern gesehene Gäste. Warum ist Marianne nicht dabei?»

Elinor entschuldigte sie, so gut sie konnte.

«Es ist mir gar nicht unangenehm, dass du allein hier bist», erwiderte er, «ich habe dir nämlich eine Menge zu sagen. Diese Pfründe von Colonel Brandon – kann das stimmen? Hat er sie wirklich an Edward vergeben? Ich habe es gestern zufällig gehört und wollte gerade zu euch, um Näheres zu erfahren.»

«Es stimmt alles. Colonel Brandon hat die Pfründe von Delaford an Edward vergeben.»

«Tatsächlich! Das ist ja höchst erstaunlich! Keine Verwandtschaft, keinerlei Verbindung zwischen ihnen – und dabei erzielen diese Pfarrstellen solche Preise! Was bringt sie denn ein?»

«Ungefähr zweihundert im Jahr.»

«Sehr gut... und für die anstehende Vergabe einer Pfründe mit diesem Ertrag – vorausgesetzt, der derzeitige Inhaber ist alt und krank und wird sie bald räumen – hätte er sicher... sagen wir mal: vierzehnhundert Pfund bekommen können. Wieso hat er es versäumt, die Angelegenheit vor dem Tod dieses Mannes zu regeln? Jetzt ist es für einen Verkauf natürlich zu spät, aber ein vernünftiger Mensch wie Colonel Brandon! Ich wundere mich, dass er in einer so alltäglichen, selbstverständlichen und doch wichtigen Frage so wenig vorausschauend gewesen sein soll! Na ja, es schlummern bestimmt in den meisten Menschenwesen solch ungeheure Widersprüche. Andererseits, wenn ich's mir recht überlege, liegt der Fall wahrscheinlich so: Edward soll die Pfründe nur besetzen, bis der Mann, an den der Colonel die Nachfolge eigentlich verkauft hat, alt genug ist, um sie anzutreten. Jaja, so sieht es aus, verlass dich drauf.»

Doch Elinor widersprach ihm ganz entschieden, und als sie berichtete, sie selbst sei von Colonel Brandon beauftragt worden, Edward das Angebot zu unterbreiten, und müsse daher die

Bedingungen kennen, unter denen die Pfründe vergeben worden sei, war er gezwungen, dieser Quelle zu vertrauen.

«Wirklich erstaunlich!», rief er daraufhin. «Was kann der Colonel für einen Grund gehabt haben?»

«Einen ganz einfachen: Er wollte Mr. Ferrars behilflich sein.»

«Soso. Nun, was immer Colonel Brandon sein mag, Edward ist jedenfalls ein Glückspilz. Fanny gegenüber wirst du die Sache aber nicht erwähnen, denn ich habe sie ihr zwar mitgeteilt, und sie hat es ungeheuer tapfer aufgenommen, aber sie wird es nicht mögen, wenn viel darüber geredet wird.»

Hier konnte sich Elinor nur schwer die Bemerkung verkneifen, sie habe sich schon gedacht, dass Fanny es mit Fassung trage, wenn ihr Bruder Reichtümer erlange, durch die weder sie noch ihr Kind jemals in Armut gestürzt würden.

«Mrs. Ferrars», fuhr er fort und senkte die Stimme, wie es sich bei einem so gewichtigen Gesprächsgegenstand geziemte, «weiß vorläufig noch nichts davon, und ich glaube, es wird das Beste sein, man verheimlicht es ihr so lange wie möglich. Wenn die Hochzeit stattfindet, wird sie leider ohnehin alles erfahren.»

«Aber warum so vorsichtig? Selbst wenn nicht anzunehmen ist, dass Mrs. Ferrars bei der Nachricht, ihr Sohn habe nun genug Geld zum Leben, auch nur die geringste Freude verspürt – denn das steht wohl außer Frage –, warum kommt man nach ihrem jüngsten Gebaren überhaupt auf den Gedanken, sie könne etwas fühlen? Sie will nichts mehr mit ihrem Sohn zu tun haben, sie hat ihn für immer fallen lassen und hat alle, auf die sie Einfluss hat, dazu gebracht, ihn ebenso fallen zu lassen. Nach einem solchen Verhalten wird sie unmöglich Gefahr laufen, seinetwegen etwas wie Bedauern oder Entzücken zu empfinden, sie kann gar kein Interesse an dem haben, was ihm widerfährt. Sie wird doch nicht so charakterschwach sein, dass sie auf die Freuden an einem Kind verzichtet, an den Sorgen einer Mutter aber festhält!»

«Ach, Elinor», sagte John, «deine Beweisführung ist sehr gut, aber sie gründet auf Unkenntnis der menschlichen Natur. Wenn Edwards unselige Heirat stattfindet, wird dies seine Mutter genauso treffen, als hätte sie sich nie von ihm losgesagt, verlass dich drauf, deshalb muss jeder Umstand, der dieses schreckliche Ereignis beschleunigt, nach Möglichkeit vor ihr geheim gehalten werden. Mrs. Ferrars wird nie vergessen, dass Edward ihr Sohn ist.»

«Das wundert mich. Ich hätte gedacht, das wäre ihr mittlerweile entfallen.»

«Du tust ihr großes Unrecht. Mrs. Ferrars ist eine der liebevollsten Mütter auf Erden.»

Elinor schwieg.

«Wir überlegen jetzt», sagte Mr. Dashwood nach einer kurzen Pause, «ob nicht Robert Miss Morton heiraten könnte.»

Elinor musste lächeln über den feierlichen, entschlossenen und bedeutungsvollen Ton ihres Bruders und erwiderte ruhig: «Die Dame hat in dieser Sache offenbar keine Wahl.»

«Wahl! – Wie meinst du das?»

«Ich meine, deiner Redeweise zu entnehmen, dass es Miss Morton einerlei sein muss, ob sie Edward oder Robert heiratet.»

«Natürlich, da ist ja kein Unterschied, denn Robert gilt jetzt sozusagen als der älteste Sohn – und ansonsten sind sie beide sehr liebenswürdige junge Männer, ich wüsste nicht, warum der eine besser sein sollte als der andere.»

Elinor sagte nichts mehr, und auch John schwieg für ein Weilchen. Seine Gedanken mündeten in folgende Worte: «Eines kann ich dir versichern, meine liebe Schwester», er ergriff freundlich ihre Hand und sprach in Ehrfurcht gebietendem Flüsterton, «und ich tue es hiermit, weil ich weiß, dass es dich freuen wird. Ich habe guten Grund zu der Annahme... ich habe es tatsächlich aus sicherster Quelle, sonst würde ich es nicht weitersagen, denn dann wäre es unrecht, darüber zu reden, aber ich habe es aus allersicherster Quelle... nicht dass ich es Mrs. Ferrars persönlich hätte äußern hören, aber ihre Tochter hat es gesagt, und ich habe es von ihr... kurzum, welche Einwände es auch immer gegen eine gewisse... eine gewisse Verbindung gegeben haben mag... du verstehst... sie wäre ihr bei Weitem lieber gewesen, sie hätte ihr nicht halb so viel Verdruss bereitet wie diese jetzt. Ich war hocherfreut, dass Mrs. Ferrars es in diesem Licht betrachtet, ja, es war für uns alle eine höchst erfreuliche Tatsache. ‹Es wäre kein Vergleich gewesen›, sagte sie, ‹das geringere Übel›, und heute wäre sie froh, wenn sie sich nur damit abfinden müsste. Doch all das steht nicht mehr zur Debatte... kein Gedanke, keine Rede von irgendwelchen Neigungen, verstehst du... es war nie möglich, und jetzt ist das alles längst Vergangenheit. Aber ich dachte, ich erzähle es dir, weil ich weiß, wie sehr es dich freuen wird. Nicht dass du einen Grund zum Bedauern hättest, meine liebe Elinor. Es gibt keinen Zweifel, dass du es außerordentlich gut triffst – genauso gut oder vielleicht sogar besser, alles in allem. Hat dich Colonel Brandon in letzter Zeit aufgesucht?»

Elinor hatte genug gehört; zwar nichts, was ihrer Eitelkeit geschmeichelt oder ihre Selbstgefälligkeit geweckt hätte, aber doch genug, was ihre Nerven strapazierte und ihre Gedanken in Gang setzte, und so war sie froh, dass ihr die Antwort erspart blieb und sie auch nicht Gefahr lief, weiter ihrem Bruder lauschen zu müssen, da Mr. Robert Ferrars eintrat. Sie plauderten noch ein paar Minuten, dann fiel John Dashwood ein, dass Fanny noch immer nichts von der Anwesenheit ihrer Schwägerin wusste, und so verließ er das Zimmer und begab sich auf die Suche nach ihr. Elinor blieb zurück, um ihre Bekanntschaft mit Robert zu vertiefen, der sich munter sorglos und selig selbstzufrieden gab, sich in der ungerechten Zuwendung der mütterlichen Liebe und Großzügigkeit auf Kosten seines verbannten Bruder sonnte (was er allein seinem zügellosen Leben und der Redlichkeit dieses Bruders zu verdanken hatte) und somit Elinors höchst ungünstige Meinung über sein Herz und seinen Verstand bestätigte.

Sie waren kaum zwei Minuten allein, da begann er über Edward zu sprechen, denn auch er hatte von der Pfründe gehört und war sehr neugierig, was dieses Thema betraf. Elinor wiederholte in allen Einzelheiten, was sie auch John geschildert hatte, und die Wirkung auf Robert war zwar völlig anders, aber nicht weniger verblüffend. Er lachte laut und hemmungslos. Er fand die Vorstellung von Edward als Geistlichem, der in einem kleinen Pfarrhaus wohnte, über die Maßen unterhaltsam, und zusammen mit dem bizarren Bild von Edward im weißen Chorrock, der Gebete vorlas und das Aufgebot von John Smith und Mary Brown verkündete[26], ließ sich seiner Ansicht nach nichts Lächerlicheres denken.

Während Elinor schweigend, reglos und ernst auf das Ende dieser Tollheit wartete, konnte sie nicht umhin, ihn unverwandt mit einem Blick anzusehen, der all ihre Verachtung ausdrückte. Doch es war ein klug bemessener Blick, er schaffte ihr Erleichterung, gewährte aber keine Einsicht in ihre Gedanken. Er kehrte vom Ulk zur Urteilskraft zurück, nicht weil sie ihn getadelt hatte, sondern weil er es selbst gespürt hatte.

«Wir mögen so tun, als wäre es ein Scherz», sagte er schließlich, während er sich von seinem übertriebenen Gelächter erholte, das die anfänglich echte Heiterkeit beträchtlich in die Länge gezogen hatte, «dabei ist die Sache weiß Gott todernst. Der arme Edward! Er ist für immer ruiniert. Es tut mir außerordentlich leid, denn ich weiß, er ist ein herzensgutes Geschöpf, ein wohlmeinender Bursche, wie ich sonst vielleicht keinen kenne. Sie dürfen ihn nicht nach Ihrer kurzen Bekanntschaft beurteilen, Miss Dashwood. Der arme Edward! Sicher sind seine Manieren von Natur aus nicht gerade die besten. Aber wir werden ja nicht alle mit denselben Fähigkeiten, derselben Gewandtheit geboren. Der arme Kerl! Wenn er sich unter fremden Menschen befand, war das immer ein ausgesprochen bemitleidenswerter Anblick! Aber er hat weiß Gott ein gutes Herz wie sonst keiner im ganzen Königreich, und ich schwöre Ihnen, ich war noch nie im Leben so entsetzt wie in dem Augenblick, als das alles plötzlich ans Licht kam. Ich konnte es nicht fassen. Meine Mutter hat es mir als Erste erzählt, und da ich mich bemüßigt fühlte, entschlossen zu reagieren, sagte ich sofort: ‹Meine liebe Madam, ich weiß nicht, was Sie in diesem Fall zu tun gedenken, aber was mich betrifft, so muss ich sagen, wenn Edward diese junge Frau tatsächlich heiratet, will ich ihn nie wiedersehen.› Das waren meine ersten Worte. Ich war wirklich ganz außerordentlich entsetzt. Der arme Edward! Er ist restlos erledigt, er hat sich für immer aus allen ehrbaren Kreisen ausgeschlossen! Aber, wie ich gleich darauf zu meiner Mutter sagte, mich überraschte das nicht im Geringsten; nach dieser Art von Ausbildung und Erziehung war das zu erwarten. Meine arme Mutter war dem Wahnsinn nahe.»

«Haben Sie die Dame jemals getroffen?»

«Ja, einmal, da wohnte sie noch hier im Haus, ich kam zufällig für zehn Minuten vorbei und habe genug von ihr gesehen. Nichts als ein tölpelhaftes Landmädchen, ohne Stil, ohne Eleganz und nicht einmal besonders hübsch. Ich erinnere mich sehr gut. Genau die Art von Mädchen, von der zu befürchten war, dass sie den armen Edward ködert. Nachdem meine Mutter mir von der Affäre berichtet hatte, erbot ich mich sofort, mit ihm zu sprechen und ihm die Heirat auszureden, aber wie ich feststellte, war es schon zu spät, etwas zu unternehmen, denn unglücklicherweise war ich anfangs nicht hier und erlangte erst Kenntnis davon, als der Bruch schon stattgefunden hatte und es mir nicht mehr zustand, mich einzumischen. Hätte ich nur ein paar Stunden früher davon erfahren, dann hätte ich höchstwahrscheinlich noch etwas tun können. Ich hätte Edward die Sache im grellsten Licht dargestellt. ‹Mein lieber Junge›, hätte ich gesagt, ‹überlege, was du tust. Du gehst eine höchst schändliche Verbindung ein,

die obendrein deine Familie einhellig missbilligt.›
Kurzum, ich glaube einfach, dass sich Mittel und
Wege hätten finden lassen. Aber jetzt ist es zu
spät. Jetzt muss er eben darben, das ist gewiss, regelrecht
darben.»

Er hatte diesen Punkt gerade mit großer Gelassenheit
abgehandelt, da wurde das Thema durch
das Eintreten von Mrs. John Dashwood beendet.
Obwohl diese außerhalb der Familie nie darüber
sprach, erkannte Elinor an einer gewissen Verlegenheit
bei ihrem Eintreten und ihrem Versuch,
sich herzlich zu geben, wie sehr es ihr zusetzte.
Die Dame ging sogar so weit, betroffen zu sein,
als sich herausstellte, dass Elinor und ihre Schwester
London bald verlassen würden; sie habe doch
gehofft, sie noch besser kennenzulernen – eine
Kraftanstrengung, in der ihr Mann, der ihr ins
Zimmer gefolgt war und verzückt an ihren Lippen
hing, nur Zärtlichkeit und Anmut zu entdecken
schien.

Kapitel 42

Ein weiterer Kurzbesuch in der Harley Street, bei dem Elinor die Glückwünsche ihres Bruders entgegennahm, weil sie kostenlos so weit in Richtung Barton fahren und Colonel Brandon ihnen ein, zwei Tage später nach Cleveland folgen würde, beendete den Umgang von Bruder und Schwestern in London, und eine halbherzige Einladung Fannys, nach Norland zu kommen, wann immer sie zufällig in der Gegend seien – was von allen Möglichkeiten die allerunwahrscheinlichste war –, sowie eine etwas herzlichere, wenngleich weniger offizielle Zusicherung Johns, er werde Elinor unverzüglich in Delaford aufsuchen, war alles, was auf ein Treffen auf dem Lande hindeutete.

Es amüsierte sie, dass alle Freunde entschlossen schienen, sie nach Delaford zu schicken – in das Haus, das sie von allen Häusern zurzeit am allerwenigsten für einen Besuch ausgewählt oder sich als Wohnung gewünscht hätte: Ihr Bruder und Mrs. Jennings betrachteten es als ihr künftiges Heim, und auch Lucy hatte sie beim Abschied wärmstens gebeten, dort ihr Gast zu sein.

Schon ganz früh im April und ziemlich früh am Tag brachen die beiden Grüppchen von ihrem jeweiligen Zuhause am Hanover Square und in der Berkeley Street auf, um sich wie vereinbart auf der Straße zusammenzutun. Aus Rücksicht auf Charlotte und ihr Kind würden sie mehr als zwei Tage unterwegs sein, und Mr. Palmer, der mit Colonel Brandon schneller reiste, sollte kurz nach ihrer Ankunft ebenfalls in Cleveland eintreffen.

Auch wenn Marianne in London nur wenige behagliche Stunden erlebt hatte und es seit Langem unbedingt verlassen wollte, konnte sie nun, als es so weit war, dem Haus, in dem sie zum letzten Mal die jetzt für immer zerstörten Hoffnungen gehegt und Willoughby vertraut hatte, nicht ohne heftigen Schmerz Lebewohl sagen. Und sie vermochte den Ort, an dem Willoughby zurückblieb, beschäftigt mit neuen Verpflichtungen und neuen Plänen, an denen sie keinen Anteil haben durfte, nicht zu verlassen, ohne heftige Tränen zu vergießen.

Elinor war im Augenblick der Abreise wesentlich zufriedener. Es gab nichts, woran ihre Gedanken sich sehnsüchtig klammerten, sie hinterließ niemanden, bei dem sie eine endgültige Trennung auch nur eine Sekunde bedauerte. Sie war froh, weil sie von Lucys aufdringlicher Freundschaft befreit war, und dankbar, weil sie ihre Schwester hatte fortschaffen können, ohne dass Willoughby seit seiner Hochzeit ihren Weg gekreuzt hatte, und sie hoffte zuversichtlich, dass ein paar Monate friedliche Stille in Barton Mariannes Gemütsruhe wiederherstellen und ihre eigene festigen würden.

Die Reise verlief ohne Störungen. Der zweite Tag brachte sie in die «geliebte» beziehungsweise «verpönte» Grafschaft Somerset, denn als solche wurde sie in Mariannes Gedanken abwechselnd bezeichnet, und am Vormittag des dritten Tages fuhren sie in Cleveland vor.

Cleveland, gelegen auf einem Rasenhang, war ein geräumiges, modernes Haus. Es hatte keinen Park, aber die Rasenflächen waren recht weitläufig, und wie jedes andere Haus von solcher Bedeutung hatte es seinen eigenen lichten Strauchgarten und einen schmalen Waldpfad. Eine Straße mit feinem Kies führte um eine Schonung herum zum Eingang. Der Rasen war mit großen Bäumen bestanden, das Haus selbst wurde beschützt von Tannen, Ebereschen und Akazien, und eine dichte Wand aus ebensolchen Bäumen, durchsetzt mit hohen Pyramidenpappeln, verbarg die Wirtschaftsgebäude.

Marianne betrat das Haus, und als ihr bewusst wurde, dass sie nur achtzig Meilen von Barton und knapp dreißig von Combe Magna entfernt war, ging ihr das Herz auf; sie hatte sich noch keine fünf Minuten in seinen Mauern aufgehalten – die anderen halfen Charlotte unterdessen emsig, der Haushälterin das Kind vorzuführen –, da verließ sie es schon wieder und stahl sich auf dem gewundenen Weg zwischen dem Gesträuch, das soeben zu erster Schönheit erblühte, fort zu einer entfernten Anhöhe. Von dort wanderte ihr Blick aus einem griechischen Tempel über weites Land nach Südosten und ruhte liebevoll auf dem fernsten Hügelkamm am Horizont. Vielleicht, so stellte sie sich vor, war von diesen Gipfeln aus Combe Magna zu sehen.

In diesem Moment kostbarer, unschätzbarer Trauer war sie trotz der leidvollen Tränen froh, in Cleveland zu sein, und als sie auf einem anderen Rundweg zum Haus zurückkehrte, spürte sie das köstliche Privileg ländlicher Freiheit, des Wanderns von Ort zu Ort in ungehinderter, genüsslicher Einsamkeit, und sie beschloss, möglichst jede Stunde eines jeden Tages, den sie bei den Palmers weilte, schwelgerisch mit solch einsamen Spaziergängen zu verbringen.

Sie kam gerade rechtzeitig zurück, um sich den anderen anzuschließen, als diese das Haus zu einem Ausflug in das näher gelegene Gelände verließen, und so vertrieb man sich den Rest des Vormittags, indem man durch den Gemüsegarten schlenderte, die Blumen auf dessen Mauern bestaunte, den Klagen des Gärtners über Mehltau lauschte und durch das Gewächshaus bummelte, wo Charlotte über den Verlust ihrer Lieblingspflanzen lachen musste, die aus Versehen dem Frost ausgesetzt gewesen und eingegangen waren; außerdem besuchte man den Geflügelhof, wo Charlotte in den enttäuschten Hoffnungen der Stallmagd, deren Hennen ihr Nest im Stich gelassen hatten oder vom Fuchs geholt worden waren, oder in der jähen Dezimierung einer vielversprechenden jungen Brut neuen Grund zur Heiterkeit fand.

Der Vormittag war schön und trocken, und Marianne hatte beim Planen ihrer Beschäftigung im Freien nicht in Erwägung gezogen, dass sich das Wetter während ihrer Zeit in Cleveland ändern könnte. Sie war deshalb höchst überrascht, als sie nach dem Dinner von einem stetigen Regen daran gehindert wurde, aus dem Haus zu gehen. Sie hatte fest damit gerechnet, in der Dämmerung zu dem griechischen Tempel spazieren zu können, vielleicht sogar über das ganze Gelände, und ein nur kühler oder feuchter Abend hätte sie auch nicht abgeschreckt; aber nicht einmal sie brachte es fertig, diesen kräftigen, unablässigen Regen zu trockenem oder schönem Wanderwetter umzudeuten.

Die gesellige Runde war klein, und die Stunden verstrichen in aller Ruhe. Mrs. Palmer hatte ihr Kind und Mrs. Jennings ihren Knüpfteppich, sie unterhielten sich über die Freunde, die sie zurückgelassen hatten, arrangierten Lady Middletons Verabredungen und fragten sich, ob Mr. Palmer und Colonel Brandon heute Abend wohl noch weiter als bis Reading kämen. Elinor beteiligte sich an dem Gespräch, auch wenn es sie kaum interessierte, und Marianne, die die Gabe besaß, in jedem Haus den Weg zur Bibliothek zu finden, auch wenn diese von der Familie im Allgemeinen gemieden wurde, besorgte sich unverzüglich ein Buch.

Mrs. Palmer mit ihrem Wohlwollen und ihrer unablässig guten Laune ließ es an nichts fehlen, damit sie sich willkommen fühlten. Ihre Offenheit und Herzlichkeit entschädigten mehr als genug dafür, dass sie so vergesslich und nicht besonders kultiviert war und sich deshalb mitunter danebenbenahm; ihre Güte hatte, betont durch ihr hübsches Gesicht, etwas Gewinnendes, ihre Torheit war zwar offensichtlich, aber nicht abstoßend, weil sie nicht dünkelhaft daherkam, und

Elinor hätte ihr alles verziehen, wäre da nicht ihr Lachen gewesen.

Die beiden Herren trafen am nächsten Tag zu einem sehr späten Dinner ein und sorgten für eine erfreuliche Vergrößerung der Runde und höchst willkommene Abwechslung bei den Gesprächen, die im Lauf eines endlosen und völlig verregneten Vormittags ziemlich langweilig geworden waren.

Elinor hatte Mr. Palmer nur wenige Male gesehen, und er hatte bei diesen wenigen Malen ein so wechselhaftes Verhalten gegenüber ihr und ihrer Schwester an den Tag gelegt, dass sie nicht wusste, was sie jetzt zu Hause bei seiner Familie von ihm zu erwarten hatte. Sie stellte jedoch fest, dass er sich bei seinen Gästen wie ein vollendeter Gentleman benahm und nur zu seiner Frau und deren Mutter gelegentlich grob war. Er schien durchaus in der Lage, ein angenehmer Gesellschafter zu sein, und dass er dies nicht immer war, war einzig seiner übersteigerten Neigung geschuldet, sich anderen Menschen ebenso überlegen zu fühlen, wie er sich Mrs. Jennings und Charlotte überlegen fühlen musste. Ansonsten wiesen sein Charakter und seine Angewohnheiten, soweit Elinor das beobachten konnte, keinerlei für sein Geschlecht und sein Lebensalter ungewöhnliche

Züge auf. Er war heikel, was das Essen betraf, und unpünktlich, liebte sein Kind, auch wenn er so tat, als bedeute es ihm nicht viel, und vertrödelte seine Vormittage, die er eigentlich geschäftlichen Angelegenheiten hätte widmen müssen, beim Billard. Im Großen und Ganzen konnte sie ihn besser leiden als erwartet, wenngleich sie es zuinnerst keinesfalls bedauerte, dass er ihr nicht sympathischer war – es nicht bedauerte, weil sie angesichts seiner Genusssucht, seines Egoismus und seines Dünkels verleitet wurde, versonnen und mit Wohlgefallen an Edwards Großzügigkeit, schlichten Geschmack und scheue Gefühle zu denken.

Von Edward oder zumindest von einigen seiner Sorgen erhielt sie nun Nachricht durch Colonel Brandon, der vor Kurzem in Dorsetshire gewesen war. Da er sie gleichzeitig als selbstlose Freundin Mr. Ferrars' und als eine Art Vertraute betrachtete, sprach er häufig mit ihr über die Pfarre von Delaford, schilderte deren Mängel und erzählte ihr, was er zu tun gedenke, diese zu beheben. Sein Benehmen ihr gegenüber bei diesem wie bei allen anderen Themen, seine unverhohlene Freude über das Wiedersehen nach nur zehn Tagen, seine Bereitschaft, sich mit ihr zu unterhalten, und sein Respekt vor ihrer Meinung ließen Mrs. Jennings' Überzeugung, dass er sie liebte, durchaus verständlich erscheinen und hätten vielleicht sogar Elinor selbst Verdacht schöpfen lassen, wenn sie nicht von Anfang an fest daran geglaubt hätte, dass seine wahre Auserwählte Marianne war. Wie die Dinge standen, wäre ihr ein solcher Gedanke ohne Mrs. Jennings' Andeutungen schon gar nicht in den Sinn gekommen, und sie konnte nicht umhin, sich selbst für den scharfsichtigsten Beobachter der beiden zu halten. Sie betrachtete seine Augen, wohingegen Mrs. Jennings nur an sein Verhalten dachte, und während seine Blicke voll banger Sorge um Mariannes Kopf- und Halsweh, den Beginn einer schweren Erkältung, der Aufmerksamkeit dieser Dame gänzlich entgingen, da seine Sorge sich nicht in Worten ausdrückte, entdeckte Elinor darin das hellsichtige Feingefühl und die Überängstlichkeit des Verliebten.

Zwei herrliche Wanderungen in der Dämmerung am dritten und vierten Abend ihres Aufenthalts, die sie nicht nur über den trockenen Kiesweg des Strauchgartens, sondern über das ganze Grundstück führten und besonders in die fernsten Winkel, wo es etwas wilder war, wo die wirklich alten Bäume standen und das Gras am längsten und nassesten war, bescherten Marianne, die sich anschließend in ihrem Leichtsinn mit nassen Schuhen und Strümpfen zu den anderen setzte, eine heftige Erkältung. Zwar nahm sie dies ein oder zwei Tage auf die leichte Schulter und tat so, als wäre nichts, doch als schließlich die Schmerzen immer schlimmer wurden, geriet jedermann in Sorge, und auch Marianne selbst konnte nicht mehr darüber hinwegsehen. Von allen Seiten hagelte es Patentrezepte, und wie immer wurden alle abgelehnt. Obwohl sie benommen und fiebrig war und Gliederschmerzen, Husten und Halsweh hatte, meinte sie, eine Nacht, in der sie gut schlief, würde sie gänzlich kurieren, und nur mit Mühe bewog Elinor sie beim Zubettgehen, wenigstens ein oder zwei der einfachsten Hausmittel anzuwenden.

Kapitel 43

Marianne stand am nächsten Morgen zur üblichen Zeit auf, antwortete auf alle Fragen, sie fühle sich besser, und versuchte den Beweis anzutreten, indem sie ihren gewohnten Tätigkeiten nachging. Doch ein Tag, an dem sie abwechselnd mit einem Buch in der Hand, das sie nicht lesen konnte, zitternd vor dem Kamin saß oder müde und matt auf einem Sofa lag, zeugte nicht gerade von Genesung, und als sie immer kraftloser wurde und schließlich früh zu Bett ging, wunderte sich Colonel Brandon nur über die Gelassenheit ihrer Schwester, die sich zwar den ganzen Tag um Marianne gekümmert, sie gegen ihren Willen gepflegt und ihr am Abend die angezeigten Medikamente aufgedrängt hatte, aber wie Marianne auf den sicheren Schlaf und seine Wirkung vertraute und eigentlich keine Angst verspürte.

Eine sehr unruhige, fiebrige Nacht enttäuschte beider Erwartungen, und als Marianne, die erst unbedingt hatte aufstehen wollen, schließlich zugab, dass sie nicht einmal sitzen konnte, und freiwillig ins Bett zurückkehrte, erklärte sich Elinor nur zu gern bereit, Mrs. Jennings' Rat anzunehmen und den Apotheker der Palmers holen zu lassen.

Er traf ein, untersuchte die Patientin und machte Miss Dashwood Hoffnung, ihre Schwester werde in wenigen Tagen wieder gesund sein; als er allerdings meinte, ihre Erkrankung habe eine leichte Tendenz zum Faulfieber, und ihm das Word «Infektion» über die Lippen kam, geriet Mrs. Palmer sofort in Sorge um ihren Kleinen. Mrs. Jennings, die Mariannes Beschwerden von Anfang an ernster genommen hatte als Elinor, setzte bei

Mr. Harris' Bericht eine bedenkliche Miene auf, gab Charlotte mit ihrer Angst und Vorsicht recht und forderte sie auf, unbedingt sofort mit dem Kind auszuziehen. Mr. Palmer fand diese Besorgnis unsinnig, wollte sich aber den Befürchtungen und der Hartnäckigkeit seiner Frau nicht widersetzen. So wurde ihr Aufbruch beschlossen, und knapp eine Stunde nach Mr. Harris' Eintreffen fuhr sie mit ihrem kleinen Jungen und der Amme zum Haus eines nahen Verwandten von Mr. Palmer, der ein paar Meilen hinter Bath wohnte. Auf ihre dringlichen Bitten hin versprach ihr Mann, ihr in ein, zwei Tagen dorthin zu folgen, und fast ebenso flehentlich bat sie ihre Mutter, sie zu begleiten. Doch Mrs. Jennings erklärte mit einer Herzensgüte, die sie Elinor wahrhaft liebenswert machte, sie sei entschlossen, sich nicht aus Cleveland fortzurühren, solange Marianne krank sei, und werde sich bemühen, ihr durch aufmerksame Pflege die Mutter zu ersetzen, der sie sie weggenommen habe; und bei jeder Gelegenheit fand Elinor in ihr eine äußerst willige und tatkräftige Helferin, die sämtliche Strapazen gern teilte und ihr durch ihre größere Erfahrung am Krankenbett oft von echtem Nutzen war.

Die arme Marianne, matt und elend von ihrer Krankheit, fühlte sich am ganzen Leib unwohl und konnte nicht länger hoffen, schon morgen wieder gesund zu sein; dabei machte der Gedanke, was ihr der morgige Tag ohne diese unselige Krankheit gebracht hätte, alle Beschwerden nur noch schlimmer. An diesem Tag hätten sie nämlich die Heimreise antreten wollen und am Vormittag darauf ihre Mutter überraschen können, da ein Diener von Mrs. Jennings sie den ganzen Weg begleitet hätte. Marianne äußerte sich nur wenig, doch was sie äußerte, waren ausschließlich Klagen über diese unvermeidliche Verzögerung, auch wenn Elinor versuchte, sie aufzumuntern und glauben zu machen, was sie zu diesem Zeitpunkt selbst noch glaubte: dass es sich nur um einen ganz kurzen Aufschub handle.

Der nächste Tag brachte wenig oder keine Veränderung im Zustand der Patientin; sie fühlte sich beileibe nicht wohler, schien aber abgesehen davon, dass keine Besserung eingetreten war, auch nicht kränker geworden zu sein. Ihre Runde verkleinerte sich nun noch einmal, denn Mr. Palmer, der anfangs gar nicht fortwollte, einerseits aus echter Menschlichkeit und Gutmütigkeit, andererseits weil es nicht so aussehen sollte, als lasse er sich von seiner Frau verscheuchen, wurde schließlich von Colonel Brandon überredet, sein Versprechen zu halten und ihr nachzureisen, und während er seinen Aufbruch vorbereitete, äußerte auch Colonel Brandon, den dies weit größere Überwindung kostete, er müsse wohl gleichfalls gehen. Hier kam in schönster Weise Mrs. Jennings' Herzensgüte zum Zug, denn diese dachte, wenn man den Colonel fortschickte, während seine Liebste in so großer Sorge um ihre Schwester war, hieß das, beide jeglichen Trosts zu berauben, deshalb erklärte sie umgehend, es sei für sie unerlässlich, dass er in Cleveland bleibe, sie brauche ihn abends zum Piquetspielen, wenn Miss Dashwood oben bei ihrer Schwester sei, und in ähnlichen Situationen; sie setzte ihm derart heftig zu, dass er, der mit einer solchen Einwilligung nur seinen größten Herzenswunsch erfüllte, nicht länger den Zögerlichen spielen konnte, insbesondere da Mrs. Jennings' Bitte von Mr. Palmer ausdrücklich unterstützt wurde, der erleichtert schien, dass er einen Mann zurückließ, der Miss Dashwood in kritischen Fragen helfen oder beraten konnte.

Marianne durfte von all diesen Regelungen natürlich nichts erfahren. Sie wusste nicht, dass sie der Grund war, warum die Eigentümer von Cleveland sieben Tage nach ihrer Ankunft fortgeschickt wurden. Weder wunderte sie sich, dass sie nichts von Mrs. Palmer sah, noch machte ihr das Sorgen, und so fragte sie auch nicht nach ihr.

In den ersten zwei Tagen nach Mr. Palmers Abreise blieb ihr Zustand fast unverändert. Mr. Harris, der sie jeden Tag besuchte, sprach immer noch unerschrocken von baldiger Besserung, und Miss Dashwood war gleichermaßen zuversichtlich, die anderen beiden jedoch hegten keineswegs solch freudige Hoffnungen. Mrs. Jennings war schon sehr bald zu dem Schluss gekommen, dass Marianne diese Attacke niemals überleben werde, und Colonel Brandon, dessen Aufgabe vor allem darin bestand, Mrs. Jennings' bösen Ahnungen zu lauschen, war nicht in der Verfassung, ihrem Einfluss Widerstand zu leisten. Er versuchte seine Angst zu überwinden, die durch das anderslautende Urteil des Apothekers unsinnig erschien, doch die vielen Stunden, die er täglich allein gelassen wurde, begünstigten schwermütige Gedanken nur zu sehr, und so wurde er die Überzeugung nicht los, dass er Marianne nie wiedersehen würde.

Am Morgen des dritten Tages jedoch wurden die düsteren Befürchtungen der beiden nahezu zerstreut, denn als Mr. Harris kam, erklärte er, seiner Patientin gehe es wesentlich besser. Der Puls sei viel kräftiger, und alle Symptome hätten sich seit seinem letzten Besuch vorteilhaft entwickelt. Elinor, in ihren schönsten Hoffnungen bestärkt, war die Heiterkeit in Person, sie war froh, dass sie in den Briefen an ihre Mutter mehr dem eigenen Urteil gefolgt war als dem ihrer Freunde und die Unpässlichkeit, die sie in Cleveland festhielt, verharmlost hatte, und wollte schon beinahe den Zeitpunkt festlegen, zu dem Marianne wieder reisefähig sein würde.

Doch der Tag endete nicht so verheißungsvoll, wie er begonnen hatte. Gegen Abend fühlte sich Marianne wieder schlechter, sie wurde noch benommener, ruheloser und elender als zuvor. Ihre wie ehedem zuversichtliche Schwester wollte diese Veränderung nur einer Erschöpfung zuschreiben, denn sie hatte sich kurz aufsetzen müssen, damit ihr Bett gemacht werden konnte; gewissenhaft verabreichte sie ihr die vorgeschriebenen Stärkungsmittel und sah sie endlich zufrieden einschlummern, wovon sie sich die wohltuendsten Wirkungen versprach. Ihr Schlaf zog sich beträchtliche Zeit hin, auch wenn er nicht so ruhig war, wie Elinor sich das gewünscht hätte, und weil sie das Ergebnis unbedingt selbst sehen wollte, beschloss sie, die ganze Zeit neben ihr sitzen zu bleiben. Mrs. Jennings, die nichts von dem veränderten Zustand der Patientin mitbekommen hatte, ging ungewöhnlich früh zu Bett, ihr Mädchen, eine der wichtigsten Pflegerinnen, ruhte sich im Zimmer der Haushälterin aus, und Elinor blieb mit Marianne allein.

Deren Schlaf wurde immer unruhiger, und ihre Schwester, die mit nicht nachlassender Aufmerksamkeit beobachtete, wie sie sich ständig hin und her wälzte, und den häufigen, aber unverständlichen Klagelauten lauschte, die ihr über die Lippen kamen, hätte sie am liebsten aus einem so quälenden Schlaf aufgeweckt, als Marianne plötzlich von einem zufälligen Geräusch im Haus wach wurde, hastig auffuhr und fiebrig und verstört rief: «Kommt da Mama?»

«Noch nicht», rief ihre Schwester, verbarg ihren Schrecken und half Marianne, sich wieder hinzulegen, «aber sie wird hoffentlich bald eintreffen. Es ist ja ein weiter Weg von Barton bis hierher.»

«Aber sie darf nicht über London fahren», rief Marianne, hektisch wie zuvor, «ich werde sie nie mehr sehen, wenn sie über London fährt.»

Elinor erkannte entsetzt, dass sie nicht ganz bei Sinnen war, versuchte sie zu beruhigen und fühlte ihr angespannt den Puls. Er war schwächer und schneller denn je, und da Marianne immer noch verstört von «Mama» sprach, bekam sie solche Angst, dass sie beschloss, sofort Mr. Harris rufen zu lassen und einen Boten zu ihrer Mutter nach Barton zu schicken. Auf diese Entscheidung hin folgte die Überlegung, dass sie sich mit Colonel Brandon beratschlagen sollte, wie weiter vorzugehen war, und kaum hatte sie nach dem Dienstmädchen geklingelt, damit dieses sie bei ihrer Schwester vertrat, eilte sie hinunter in den Salon, wo er, wie sie wusste, selbst zu viel späterer Stunde meist noch anzutreffen war.

Er begriff auf der Stelle, welche Ängste und Schwierigkeiten sie umtrieben. Es fehlten ihm der Mut und die Zuversicht, um auch nur den Versuch zu unternehmen, ihre Ängste zu zerstreuen, daher hörte er ihr nur schweigend und verzagt zu; die Schwierigkeiten wurden sofort aus dem Weg geräumt, und mit einer Schnelligkeit, die verriet, dass er sich offenbar auf diese Situation und diese Gefälligkeit innerlich bereits vorbereitet hatte, erbot er sich, persönlich Mrs. Dashwood zu holen. Elinors Einwände waren rasch entkräftet. Sie dankte ihm kurz, aber innig, und während er hinausging, um seinen Diener eilends mit einer Nachricht zu Mr. Harris zu schicken und sofort Postpferde zu bestellen, schrieb sie ein paar Zeilen an ihre Mutter.

Wie dankbar war sie in diesem Augenblick für einen so hilfreichen Freund wie Colonel

Brandon, einen solchen Reisegefährten für ihre Mutter! Einen Gefährten, dessen Urteil sie leiten würde, dessen Gegenwart sie trösten musste und dessen Freundlichkeit sie vielleicht beruhigte. Soweit das Entsetzen über eine derartige Aufforderung überhaupt gemildert werden konnte, würden seine Nähe, sein Benehmen und seine Hilfe es mildern.

Er handelte unterdessen, wie auch immer ihm zumute sein mochte, mit der Entschlossenheit eines gefassten Geistes, erledigte rasch alles Nötige und rechnete genau aus, zu welcher Zeit sie seine Rückkehr erwarten durfte. Er verlor keine Sekunde Zeit. Die Pferde kamen früher als erwartet, und Colonel Brandon drückte Elinor nur die Hand, mit ernstem Blick und ein paar Worten, die zu leise waren, als dass sie ihr Ohr erreicht hätten, dann sprang er in die Kutsche. Es war nun etwa zwölf Uhr, und sie kehrte ins Zimmer ihrer Schwester zurück, um auf die Ankunft des Apothekers zu warten und für den Rest der Nacht neben ihr zu wachen. In dieser Nacht litten beide fast gleichermaßen. Stunde um Stunde verstrich, für Marianne in schlaflosem Schmerz und Fieberwahn und für Elinor in schrecklicher Angst, und Mr. Harris kam noch immer nicht. Nun, da ihre Befürchtungen einmal geweckt waren, büßte sie durch deren Ausmaß für ihre frühere Sorglosigkeit, und die Zofe, die mit ihr wachte – denn Mrs. Jennings wollte sie nicht rufen lassen –, vermehrte ihre Qualen noch, indem sie andeutete, was ihre Herrin sich bereits selbst gedacht hatte.

Dann und wann weilten Mariannes wirre Gedanken bei ihrer Mutter, und immer wenn sie ihren Namen aussprach, gab es der armen Elinor einen Stich; sie machte sich Vorwürfe, weil sie die Krankheit so viele Tage auf die leichte Schulter genommen hatte, hoffte verzweifelt auf rasche Hilfe, stellte sich vor, dass bald jede Hilfe vergeblich wäre, weil sie zu lange gewartet hatten, und malte sich das Leid ihrer Mutter aus, wenn sie zu spät eintraf, um ihr geliebtes Kind ein letztes Mal zu sehen, es bei Sinnen zu erleben.

Sie war gerade im Begriff, noch einmal nach Mr. Harris zu schicken oder, falls dieser nicht kommen konnte, nach einem anderen Ratgeber, als er – es war schon fünf Uhr vorbei – endlich erschien. Seine Diagnose entschädigte sie allerdings ein wenig für seine Verspätung, denn obwohl er eine höchst unerwartete und unerfreuliche Veränderung bei seiner Patientin einräumte, konnte er keine Lebensgefahr erkennen, und sprach mit einer Zuversicht, die sich leicht abgeschwächt auch Elinor mitteilte, von einer anderen Behandlungsmethode, die ihr bestimmt Erleichterung verschaffen werde. Er wollte im Lauf der nächsten drei oder vier Stunden noch einmal vorbeikommen und verließ die Patientin und ihre besorgte Betreuerin gefasster, als er sie angetroffen hatte.

Höchst beunruhigt und verärgert, weil man sie nicht zu Hilfe gerufen hatte, vernahm Mrs. Jennings am Morgen, was geschehen war. Da ihre früheren Befürchtungen jetzt mit noch größerem Recht erneut geweckt wurden, zweifelte sie nicht daran, wie alles ausgehen werde, und obwohl sie versuchte, Elinor zu trösten, verbot es ihre Überzeugung, dass die Schwester verloren war, ihr irgendwelche Hoffnungen zu machen. Sie war wirklich tief bekümmert. Der rasche Verfall und frühe Tod eines so jungen, so reizenden Mädchens wie Marianne hätte auch einer weniger teilnahmsvollen Person zugesetzt. Doch auf Mrs. Jennings' Mitgefühl durfte sie noch aus anderen Gründen zählen. Sie war drei Monate ihre Hausgenossin gewesen, stand immer noch unter ihrer Obhut, war bekanntlich zutiefst verletzt worden und lange Zeit unglücklich gewesen. Auch an die Verzweiflung ihrer Schwester, ihres besonderen Lieblings, musste sie denken, und was die Mutter anging – wenn Mrs. Jennings überlegte, dass Marianne ihrer Mutter wahrscheinlich das bedeutete, was ihr selbst Charlotte bedeutete, empfand sie auch mit ihr aufrichtiges Mitleid.

Bei seinem zweiten Besuch war Mr. Harris pünktlich, doch kam er nur, um in seinen Hoffnungen vom letzten Mal enttäuscht zu werden. Sein Medikament hatte nicht gewirkt, das Fieber war unvermindert hoch und Marianne zwar etwas ruhiger, aber noch immer nicht sie selbst und weiterhin wie betäubt. Elinor, die sofort all seine Befürchtungen erfasste und mehr als das, schlug vor, weiteren Rat einzuholen. Er hielt dies für unnötig, er wollte noch etwas anderes versuchen, wollte etwas Neues verabreichen, auf dessen Erfolg er genauso setzte wie beim letzten Mal, und sein Besuch endete mit ermutigenden Versicherungen, die Miss Dashwoods Ohr erreichten, nicht aber ihr Herz.

Sie war ruhig, außer wenn sie an ihre Mutter dachte. Sie hatte kaum mehr Hoffnung, und in diesem Zustand verharrte sie bis zum Mittag und rührte sich kaum fort vom Bett ihrer Schwester. Dabei wanderten ihre Gedanken von einem schmerzlichen Bild, einem leidenden geliebten Menschen zum andern, und die Gespräche mit Mrs. Jennings, die sich nicht scheute, die

Schwere und Gefährlichkeit dieser Krankheit auf die vielen Wochen vorangegangenen Unwohlseins zu schieben, die Mariannes Enttäuschung mit sich gebracht hatte, bedrückten sie zutiefst. Elinor spürte, wie einleuchtend dieser Gedanke war, und das machte ihre Betrachtungen noch trübsinniger.

Gegen Mittag jedoch begann sie Hoffnung zu schöpfen – wenn auch vorsichtig und, aus Angst vor Enttäuschung, ohne ihrer Freundin ein Wort zu sagen –, denn sie bildete sich ein, eine leichte Besserung im Puls ihrer Schwester zu bemerken. Sie wartete, beobachtete und kontrollierte ihn wieder und wieder, und schließlich wagte sie, ihre Hoffnungen laut zu äußern, wobei sich ihre Aufregung schwerer unter äußerlicher Ruhe verbergen ließ als alle vorherige Verzweiflung. Mrs. Jennings überprüfte ihren Bericht und war gezwungen, eine vorläufige Erholung zu bestätigen, versuchte ihre junge Freundin jedoch vor dem Gedanken zu bewahren, dies werde von Dauer sein, und Elinor, die jede Aufforderung zum Misstrauen ernst nahm, verbot sich zu hoffen. Aber es war zu spät. Die Hoffnung war da, Elinor spürte ihr banges Flattern. Sie beugte sich über ihre Schwester und wartete – sie wusste selbst kaum, worauf. Eine halbe Stunde verstrich, und noch immer hielt das beglückende, vielversprechende Anzeichen an. Dann tauchten zur Bekräftigung noch weitere auf. Der Atem, die Haut, die Lippen, alles verriet bestrickende Symptome einer Besserung, und erschöpft, aber durchaus bei Sinnen heftete Marianne ihren Blick auf Elinor. Dieser setzten nun Angst und Hoffnung gleichermaßen zu und ließen ihr keine Sekunde Ruhe, bis um vier Uhr Mr. Harris eintraf. Seine Beteuerungen, seine Glückwünsche zu dieser Kräftigung, die sogar seine Erwartungen überstieg, schenkten ihr Zuversicht, Trost und Tränen der Freude.

Marianne ging es in jeder Hinsicht wesentlich besser, und er erklärte, sie sei gänzlich außer Gefahr. Mrs. Jennings, vielleicht befriedigt, weil ihre Vorahnungen durch den letzten Schrecken immerhin teilweise gerechtfertigt gewesen waren, ließ sich herbei, seinem Urteil zu trauen, und gab mit ungeheuchelter Freude und bald schon regelrecht fröhlich zu, dass sie wahrscheinlich vollständig genesen werde.

Von Fröhlichkeit war Elinor nicht erfüllt. Ihre Freude war gänzlich anders geartet und führte zu allem anderen als Heiterkeit. Bei dem Gedanken, dass Marianne dem Leben, der Gesundheit, den Freunden und ihrer sie abgöttisch liebenden Mutter wiedergegeben war, weitete sich ihr Herz in köstlicher Erleichterung und inniger Dankbarkeit, doch das führte nicht zu sichtbaren Freudenbekundungen, irgendwelchen Äußerungen oder einem Lächeln. In Elinors Brust herrschte nichts als das stumme, tiefe Gefühl glücklicher Zufriedenheit.

Sie blieb mit wenigen Unterbrechungen den ganzen Nachmittag an der Seite ihrer Schwester, nahm ihr die Angst, ging auf jedes Schwanken ihrer geschwächten Lebensgeister ein, leistete ihr alle erdenkliche Hilfe und verfolgte fast jeden Blick und jeden Atemzug. Natürlich dachte sie in manchen Momenten an die Möglichkeit eines Rückfalls, dann wusste sie wieder, was Angst war – aber als sie durch ständiges, penibles Untersuchen erkannte, dass alle Symptome für eine stabile Gesundung sprachen, und als Marianne schließlich um sechs Uhr in einen ruhigen, gleichmäßigen und offensichtlich erholsamen Schlaf sank, verstummten ihre Zweifel.

Es näherte sich der Zeitpunkt, zu dem Colonel Brandon zurückerwartet werden durfte. Gegen zehn Uhr, so vermutete sie, oder jedenfalls nicht viel später würde ihre Mutter von der schrecklichen Anspannung erlöst werden, in der sie jetzt wohl anreiste. Und der Colonel ebenfalls – er war vielleicht kaum weniger zu bemitleiden. Ach, wie langsam verstrich die Zeit, in der sie noch im Ungewissen waren!

Um sieben Uhr verließ sie Marianne, die immer noch friedlich schlief, und nahm mit Mrs. Jennings im Salon den Tee ein. Beim Frühstück hatte sie vor lauter Angst nicht viel gegessen und beim Dinner aufgrund der plötzlich gegenteiligen Gefühle, deshalb war die jetzige Stärkung, an die sie sich mit großer Genugtuung setzte, besonders willkommen. Als sie fertig waren, wollte Mrs. Jennings sie überreden, sich ein wenig auszuruhen, bis ihre Mutter kam; sie würde mit Elinors Erlaubnis den Platz bei Marianne einnehmen. Aber Elinor verspürte keine Müdigkeit, glaubte jetzt nicht schlafen zu können und ließ sich nicht länger als unbedingt nötig von ihrer Schwester fernhalten. Also begleitete Mrs. Jennings sie nach oben ins Krankenzimmer, um sich zu vergewissern, dass alles noch immer in Ordnung war, überließ sie wieder ihrem Schützling und ihren Gedanken und kehrte in ihr Zimmer zurück, um Briefe zu schreiben und zu schlafen.

Die Nacht war kalt und stürmisch. Der Wind toste ums Haus, und der Regen schlug gegen die Fenster, doch Elinor in ihrem Glück beachtete das alles nicht. Marianne verschlief jeden Windstoß, und die Reisenden – auf die wartete reiche Belohnung für ihre momentanen Unannehmlichkeiten.

Es schlug acht Uhr. Wäre es zehn gewesen, hätte Elinor geglaubt, sie höre in diesem Moment eine Kutsche vorfahren. Der Eindruck, dass sie schon kamen, war entgegen aller Wahrscheinlichkeit so stark, dass sie in die angrenzende Ankleidekammer ging und einen Fensterladen öffnete, um sich zu vergewissern. Sofort wurde ihr klar, dass ihr Gehör sie nicht getäuscht hatte. Unmittelbar vor dem Haus waren die flackernden Laternen einer Kutsche zu sehen. Trotz des schwachen Lichtscheins glaubte sie erkennen zu können, dass das Gefährt von vier Pferden gezogen wurde, was einerseits das Ausmaß der Angst ihrer armen Mutter verriet und andererseits auch erklärte, warum es so unerwartet schnell gegangen war.

Noch nie in ihrem Leben war es Elinor derart schwergefallen, ruhig zu bleiben. Das Wissen darum, was ihre Mutter empfinden musste, als die Kutsche vor der Tür hielt – die Ungewissheit, ihre Angst, vielleicht Verzweiflung –, und was sie, Elinor, ihr berichten durfte! Mit einem solchen Wissen konnte man unmöglich ruhig bleiben. Da gab es nur eines: Sie musste schnell zu ihr, und deshalb wartete sie nur, bis Mrs. Jennings'

Mädchen sie bei ihrer Schwester ablöste, dann eilte sie nach unten.

Allerlei geschäftiges Treiben in der Halle verriet ihr, noch während sie den Korridor entlangging, dass sie bereits im Haus waren. Sie lief zum Salon, trat ein – und erblickte Willoughby.

Kapitel 44

Elinor schrak entsetzt zurück. Ihrer ersten Regung folgend, machte sie sofort kehrt, um das Zimmer zu verlassen, und ihre Hand lag schon auf dem Türknauf, als er hastig näher kam und sie in eher befehlendem als bittendem Ton aufhielt.

«Miss Dashwood, bleiben Sie eine halbe Stunde hier, ich flehe Sie an – bleiben Sie nur zehn Minuten.»

«Nein, Sir», erwiderte sie bestimmt, «ich bleibe nicht. Ihr Anliegen kann nicht mich betreffen. Die Diener haben wohl vergessen, Ihnen zu sagen, dass Mr. Palmer nicht zu Hause ist.»

«Auch wenn sie mir gesagt hätten, dass Mr. Palmer samt seiner ganzen Verwandtschaft zum Teufel gegangen sei», rief er ungestüm, «hätte mich das nicht abgehalten. Mein Anliegen betrifft Sie, und nur Sie.»

«Mich!» Sie war zutiefst verblüfft. «Gut, Sir, dann schnell – und wenn möglich weniger leidenschaftlich.»

«Setzen Sie sich, dann werde ich mich um beides bemühen.»

Sie zögerte; sie wusste nicht, was sie tun sollte. Ihr fiel ein, dass womöglich Colonel Brandon eintreffen und sie hier vorfinden würde. Aber sie hatte eingewilligt, ihn anzuhören, und damit ging es nicht mehr nur um ihre Neugier, sondern auch um ihr Ehrgefühl. Sie besann sich also einen Augenblick, kam zu dem Schluss, dass aus Vernunftgründen Eile geboten war und ihre Zustimmung diese am ehesten garantierte, trat schweigend zum Tisch und setzte sich. Er nahm auf dem Stuhl ihr gegenüber Platz, und eine Weile lang sprach keiner ein Wort.

«Bitte, machen Sie schnell, Sir», sagte Elinor ungeduldig, «ich habe nicht viel Zeit.»

Er saß in Gedanken versunken da und schien sie nicht zu hören.

«Ihre Schwester», sagte er einen Augenblick später unvermittelt, «ist außer Gefahr. Das habe ich von einem Diener erfahren. Gott sei gelobt! Aber stimmt das auch? Stimmt das wirklich?»

Elinor wollte nicht antworten.

Er wiederholte die Frage noch eindringlicher.

«Sagen Sie mir um Gottes willen, ist sie außer Gefahr oder nicht?»

«Wir hoffen es.»

Er stand auf und durchquerte das Zimmer.

«Hätte ich das vor einer halben Stunde gewusst... Aber wo ich nun einmal hier bin...» Er sprach mit erzwungener Munterkeit, während er zu seinem Stuhl zurückkehrte. «Was bedeutet das schon? Dies eine Mal, Miss Dashwood – und es wird vielleicht zum letzten Mal sein – wollen wir uns gemeinsam freuen. Ich bin in der richtigen Stimmung zum Fröhlichsein. Sagen Sie mir ehrlich», und ein tiefes Rot überzog seine Wangen, «halten Sie mich eher für einen Schurken oder für einen Narren?»

Elinor blickte ihn mit wachsender Verwunderung an. Allmählich glaubte sie, er müsse betrunken sein, anders war ein so seltsamer Besuch, ein solches Auftreten nicht zu erklären, und unter diesem Eindruck erhob sie sich unverzüglich und sagte: «Mr. Willoughby, ich rate Ihnen, jetzt nach Combe Magna zurückzukehren, ich habe nicht die Zeit, länger bei Ihnen zu bleiben. Welches Anliegen Sie auch zu mir geführt haben mag, Sie werden sich morgen besser daran erinnern und es besser erklären können.»

«Ich kann Sie verstehen», erwiderte er mit

einem vielsagenden Lächeln und in großer Gelassenheit. «Ja, ich bin schwer betrunken. Ein Glas Porter zum kalten Braten in Marlborough genügte, um mich zu Fall zu bringen.»

«In Marlborough!», rief Elinor, die allmählich gar nichts mehr begriff.

«Ja, ich bin heute Morgen um acht Uhr in London losgefahren und nur ein einziges Mal für zehn Minuten aus meiner Kutsche gestiegen, um einen kleinen Mittagsimbiss einzunehmen.»

Welch andere unverzeihliche Torheit auch immer ihn nach Cleveland geführt haben mochte – seine Selbstbeherrschung und sein verständiger Blick überzeugten Elinor, dass nicht Trunkenheit der Grund gewesen war, und so sagte sie nach kurzem Nachdenken: «Mr. Willoughby, Sie sollten eigentlich spüren – ich spüre es auf jeden Fall –, dass nach allem, was geschehen ist, die Tatsache, dass Sie auf diese Weise hierherkommen und mich zwingen, Sie anzuhören, einer ganz besonderen Entschuldigung bedarf. Was beabsichtigen Sie?»

«Ich beabsichtige, Sie nach Möglichkeit dazu zu bewegen, mich eine Spur weniger zu verabscheuen, als Sie dies jetzt tun», sagte er ernsthaft und mit Nachdruck. «Ich möchte Ihnen eine Art Erklärung anbieten, eine Art Entschuldigung für das Vergangene, möchte Ihnen mein Herz offen darlegen, und indem ich Sie überzeuge, dass ich zwar immer ein Dummkopf gewesen bin, aber nicht immer ein Schuft, möchte ich von Ma..., von Ihrer Schwester so etwas wie Verzeihung erlangen.»

«Ist dies der eigentliche Grund für Ihr Kommen?»

«Ja, so wahr ich hier stehe», lautete seine Antwort, gesprochen mit einer Inbrunst, die sie an den früheren Willoughby denken und unwillkürlich an seine Aufrichtigkeit glauben ließ.

«Wenn das alles ist, können Sie beruhigt sein, denn Marianne hat Ihnen bereits vergeben, schon seit Langem.»

«Wirklich?», rief er, noch immer heftig bewegt. «Dann hat sie mir allzu rasch vergeben. Aber sie soll mir noch einmal vergeben, diesmal aus vernünftigeren Gründen. Wollen Sie mich jetzt anhören?»

Elinor nickte.

«Ich weiß ja nicht», begann er nach einer ihrerseits erwartungsvollen, seinerseits nachdenklichen Pause, «wie Sie Ihrer Schwester mein Verhalten erklärt oder welches teuflische Motiv Sie mir unterstellt haben. Vielleicht werden Sie nur wenig besser von mir denken... doch einen Versuch ist es wert, und Sie sollen alles hören. Als ich Ihre Familie näher kennenlernte, verband ich mit dieser Bekanntschaft keine andere Absicht, kein anderes Ziel, als jene Zeit, die ich noch in Devonshire bleiben musste, angenehm zu verbringen, angenehmer als je zuvor. Die bezaubernde Erscheinung Ihrer Schwester und ihr gewinnendes Wesen mussten mir einfach gefallen, und ihr Verhalten mir gegenüber war fast von Anfang an... Wenn ich darüber nachdenke, wie sie sich verhielt und was für ein Mensch sie war, verblüfft es mich, dass mein Herz so unempfänglich gewesen ist. Aber zuerst, ich muss es gestehen, schmeichelte es nur meiner Eitelkeit. Unbekümmert um ihr Glück, nur auf mein eigenes Vergnügen bedacht, gab ich Gefühlen nach, denen ich seit jeher zu sehr gefrönt habe, und bemühte mich, ihr mit allen mir zur Verfügung stehenden Mitteln zu gefallen, ohne ihre Zuneigung erwidern zu wollen.»

An dieser Stelle warf ihm Miss Dashwood einen höchst zornigen, verächtlichen Blick zu und unterbrach ihn: «Es lohnt sich wohl kaum, Mr. Willoughby, dass Sie noch weitererzählen oder ich weiter zuhöre. Einem solchen Anfang kann nichts folgen. Ersparen Sie mir den Schmerz, noch mehr über dieses Thema zu erfahren.»

«Ich bestehe darauf, dass Sie alles hören», erwiderte er. «Mein Vermögen war nie groß, und ich habe immer aufwendig gelebt, hatte immer die Angewohnheit, mit Menschen zu verkehren, die ein besseres Einkommen hatten als ich. Seit ich mündig geworden bin – oder sogar schon früher – sind meine Schulden mit jedem Jahr gewachsen, und obwohl mir der Tod meiner alten Verwandten Mrs. Smith hätte zu Unabhängigkeit verhelfen sollen, war dieses Ereignis doch recht ungewiss und lag wohl noch in weiter Ferne, deshalb beabsichtigte ich schon seit einiger Zeit, meine Verhältnisse wieder zu stabilisieren, indem ich eine vermögende Frau heiratete. Es kam also nicht in Frage, mich an Ihre Schwester zu binden, und mit einer Gemeinheit, Selbstsucht und Grausamkeit, die kein empörter, verächtlicher Blick, nicht einmal der Ihre, jemals streng genug tadeln kann, handelte ich dementsprechend: Ich versuchte ihre Zuneigung zu gewinnen, ohne sie jemals erwidern zu wollen. Aber eines lässt sich immerhin zu meiner Entschuldigung sagen: Selbst in diesem entsetzlichen Zustand selbstsüchtiger Eitelkeit begriff ich nicht das Ausmaß der Verletzung, auf die ich sann, weil ich damals nicht wusste, was lieben heißt. Aber habe ich es je gewusst? Man darf es bezweifeln, denn hätte ich wirklich geliebt, hätte ich dann meine Gefühle der Eitelkeit und Habgier opfern können? Oder, was noch schwerer wiegt: Hätte ich die ihren opfern können? Aber ich habe es getan. Um ein Leben in relativer Armut zu vermeiden, die durch ihre Liebe und ihre Nähe allen Schrecken verloren hätte, habe ich auf dem Weg zum Reichtum alles verloren, was ihn zu einem Segen machen kann.»

«Sie fühlten sich also doch irgendwann zu ihr hingezogen?», fragte Elinor ein wenig besänftigt.

«Wie hätte ich solchen Reizen widerstehen, mich solcher Zärtlichkeit entziehen können! Welcher Mensch auf Erden wäre dazu imstande gewesen...? Ja, ich spürte ganz allmählich, fast unmerklich, dass ich sie aufrichtig lieb gewann, und die Stunden mit ihr, in denen meine Absichten wirklich ehrbar waren und meine Gefühle untadelig, waren die glücklichsten meines Lebens. Doch selbst damals, als ich fest entschlossen war, ihr einen Heiratsantrag zu machen, gestattete ich mir, den Zeitpunkt dafür auf höchst unanständige Weise von Tag zu Tag hinauszuschieben, denn ich wollte mich nicht verloben, solange meine Verhältnisse in einem so desolaten Zustand waren. Ich will hier nicht rechten und will auch nicht innehalten, damit Sie sich nicht über die Widersprüchlichkeit – ja, mehr als Widersprüchlichkeit – verbreiten können, wieso ich Bedenken hatte, jemandem Treue zu geloben, wo ich doch schon durch meine Ehre gebunden war. Der Ausgang des Ganzen hat gezeigt, dass ich ein durchtriebener Narr war, der mit größter Umsicht die Gelegenheit geschaffen hat, für immer verachtenswert und unglücklich zu werden. Doch endlich war mein Entschluss gefasst, ich hatte mir vorgenommen, sobald ich sie allein anträfe, zu begründen, warum ich ihr stets so viel Beachtung geschenkt hatte, und sie offen einer Liebe zu versichern, die zu zeigen ich mir schon so große Mühe gegeben hatte. Aber in der Zwischenzeit, in den wenigen Stunden, die noch vergehen mussten, bevor ich die Gelegenheit bekam, sie allein zu sprechen, geschah etwas... etwas Unseliges, das meine Entschlossenheit zunichtemachte und damit all mein Wohlergehen. Es kam etwas ans Licht...», er zögerte und blickte zu Boden. «Mrs. Smith hatte auf irgendeine Weise, ich vermute, durch eine entfernte Verwandte, die mich ihrer Gunst berauben wollte, von einer Affäre, einer Beziehung erfahren – aber ich brauche es wohl nicht näher zu erklären», sprach er weiter und blickte sie errötend und fragend an. «Ihre enge Freundschaft... wahrscheinlich kennen Sie die ganze Geschichte schon längst.»

«Ja», erwiderte Elinor, ebenfalls errötend, und versagte sich erneut irgendwelches Mitleid, «ich habe alles gehört. Und wie Sie eine einleuchtende Erklärung auch nur für einen Teil Ihrer Schuld finden wollen, kann ich mir offen gestanden nicht vorstellen.»

«Bedenken Sie», rief Willoughby, «vom wem Sie die Geschichte erfahren haben. Kann das ein unparteiischer Bericht gewesen sein? Ich gebe zu, dass ich auf ihre Umstände und ihren Ruf hätte achten müssen. Ich möchte mich nicht rechtfertigen, aber gleichzeitig kann ich Sie nicht in dem Glauben lassen, ich hätte nichts vorzubringen – sie sei, weil sie schlecht behandelt wurde, ohne Fehl gewesen, und sie müsse, weil ich ein Wüstling war, eine Heilige gewesen sein. Wenn ihre heftige Leidenschaft und ihr schwacher Verstand... doch ich möchte mich nicht verteidigen. Ihre Liebe zu mir hätte eine bessere Behandlung verdient gehabt, und ich denke oft voller Selbstvorwürfe an die Zärtlichkeit, die für ganz kurze Zeit ein Echo hervorzurufen vermochte. Ich wünschte, wünschte von ganzem Herzen, es wäre nie dazu gekommen. Aber ich habe nicht nur sie schlecht behandelt. Ich habe eine Frau schlecht behandelt, deren Liebe zu mir... darf ich es aussprechen?... kaum weniger glühend war als die ihre und deren Persönlichkeit der ihren... ach!, so unendlich überlegen war!»

«Doch Ihre Gleichgültigkeit gegenüber diesem unglücklichen Mädchen – ich muss es sagen, so unerfreulich mir das Gespräch über ein solches Thema sein mag –, Ihre Gleichgültigkeit rechtfertigt nicht, dass Sie sie so grausam vernachlässigt haben. Glauben Sie nur nicht, ein schwacher, von Natur aus geringer Verstand auf Seiten des Mädchens würde die offensichtliche, rücksichtslose Grausamkeit Ihrerseits entschuldigen. Während Sie sich in Devonshire amüsierten und immer fröhlich, immer glücklich neue Pläne schmiedeten, mussten Sie doch wissen, dass sie in äußerste Not geraten war.»

«Nein, so wahr ich hier stehe, das wusste ich nicht», erwiderte er heftig. «Mir war entfallen, dass ich ihr meine Adresse nicht gegeben hatte, und der gesunde Menschenverstand hätte ihr verraten können, wie sie sie herausfindet.»

«Aha, und was sagte Mrs. Smith, Sir?»

«Sie machte mir sofort Vorwürfe, und Sie können sich vorstellen, wie bestürzt ich war. Ihr mustergültiges Leben, ihre konventionellen Anschauungen, ihre Unkenntnis der Welt – alles sprach gegen mich. Die Sache selbst konnte ich nicht leugnen, und ich bemühte mich vergebens, sie zu beschönigen. Ich glaube, sie neigte immer schon dazu, meinem Lebenswandel zu misstrauen, zudem war sie unzufrieden, weil ich ihr bei meinem damaligen Besuch zu wenig Zeit und Aufmerksamkeit geschenkt hatte. Kurzum, es endete mit einem endgültigen Bruch. Nur durch eine einzige Tat hätte ich mich noch retten können. Die gute Frau – die Tugend in Person! – bot mir an, das Vorgefallene zu vergessen, wenn ich Eliza heiratete. Das war unmöglich – und so entzog sie mir in aller Form ihre Gunst und verbannte mich aus ihrem Haus. Die ganze folgende Nacht – ich sollte am nächsten Morgen abreisen – dachte ich über mein weiteres Verhalten nach. Der Kampf war heftig, aber nur zu bald beendet. Meine Liebe zu Marianne, meine feste Überzeugung, dass sie sich zu mir hingezogen fühlte, das alles genügte nicht, um meine Angst vor der Armut aufzuwiegen oder jene trügerischen Vorstellungen von der Notwendigkeit des Reichtums zu überwinden, zu denen ich von Natur aus neigte und die durch den Verkehr in Kreisen mit aufwendigem Lebensstil noch verstärkt worden waren. Ich hatte Grund zu der Annahme, dass mir meine jetzige Frau sicher wäre, wenn ich beschloss, ihr einen Antrag zu machen, und redete mir ein, mir bleibe kein anderer vernünftiger Ausweg. Doch wartete noch ein schwieriger Auftritt auf mich, bevor ich Devonshire verlassen konnte. Ich war an ebendiesem Tag bei Ihnen zum Dinner eingeladen. Es bedurfte also einer Entschuldigung, um diese Einladung abzusagen. Ich überlegte lange hin und her, ob ich diese Entschuldigung schriftlich oder persönlich vorbringen sollte. Marianne zu sehen würde furchtbar sein, ich bezweifelte sogar, ob ich ihr gegenübertreten und an meinem Entschluss festhalten konnte. Doch wie sich zeigte, unterschätzte ich in diesem Punkt die Robustheit meines Herzens, denn ich ging hin, sah sie, merkte, dass sie unglücklich war, ließ sie in ihrem Unglück sitzen und hoffte, ihr nie wieder zu begegnen.»

«Warum sind Sie persönlich gekommen, Mr. Willoughby?», fragte Elinor vorwurfsvoll. «Ein Briefchen hätte diesen Zweck auch erfüllt. Warum war es nötig, selbst zu kommen?»

«Es war nötig, um meinen Stolz zu befriedigen. Ich ertrug es nicht, auf eine Art und Weise zu verschwinden, die bei Ihnen oder den Nachbarn auch nur den leisesten Verdacht auf das hätte lenken können, was zwischen Mrs. Smith und mir wirklich vorgefallen war – und deshalb beschloss ich, auf dem Weg nach Honiton im Cottage vorzusprechen. Doch der Anblick Ihrer

Schwester war wirklich furchtbar für mich, und was es noch schlimmer machte: Ich traf sie allein an. Sie waren alle fortgegangen, ich weiß nicht, wohin. Noch am Abend zuvor, als ich mich verabschiedet hatte, war ich so unumstößlich, so fest entschlossen gewesen, das Rechte zu tun! Wenige Stunden später wollte ich mich mit ihr verloben, und ich weiß noch, wie glücklich, wie froh ich war, als ich vom Cottage nach Allenham spazierte, zufrieden mit mir und entzückt von aller Welt! Und nun näherte ich mich ihr bei diesem letzten freundschaftlichen Gespräch mit einem Schuldgefühl, das es mir fast unmöglich machte, mir nichts anmerken zu lassen. Ihr Kummer, ihre Enttäuschung, ihre tiefe Trauer, als ich ihr sagte, ich sei genötigt, umgehend aus Devonshire abzureisen... ich werde es nie vergessen... dazu ihr Vertrauen, ihr Glaube an mich... o Gott! Was war ich nur für ein hartherziger Schurke!»

Beide schwiegen eine Weile. Elinor sprach als Erste.

«Haben Sie ihr gesagt, Sie kämen bald zurück?»

«Ich weiß nicht mehr, was ich ihr gesagt habe», erwiderte er ungehalten, «zweifellos weniger, als sich nach allem, was geschehen war, gehört hätte, und wahrscheinlich viel mehr, als sich durch das, was geschehen sollte, verantworten ließ. Ich kann mich nicht erinnern. Es nutzt auch nichts. Dann kam Ihre liebe Mutter mit all ihrer Freundlichkeit und ihrem Vertrauen und steigerte meine Qualen noch. Doch dem Himmel sei Dank, dass ich überhaupt Qualen empfand! Ich fühlte mich elend. Sie können sich nicht vorstellen, Miss Dashwood, wie sehr es mich tröstet, auf mein Elend zurückzuschauen. Ich hege solchen Groll gegen mich selbst ob der dummen, niederträchtigen Torheit meines Herzens, dass alles, was ich früher darum gelitten habe, mich jetzt mit Genugtuung und Jubel erfüllt. Nun gut, ich ging, ließ hinter mir, was ich liebte, und ging zu denen, die mir bestenfalls gleichgültig waren. Meine Fahrt nach London... ich reiste mit den eigenen Pferden und deshalb sehr langsam[27]... kein Mensch, mit dem ich reden konnte... meine ach so heiteren Gedanken... jeder Blick nach vorn so einladend, jeder Blick zurück nach Barton so beruhigend! Oh, es war eine hinreißende Fahrt!»

Er hielt inne.

«Und, Sir», sagte Elinor, die ihn zwar bemitleidete, sich aber trotzdem ungeduldig wünschte, er möge aufbrechen, «ist das alles?»

«O nein! Haben Sie vergessen, was in London geschah? Dieser niederträchtige Brief? Hat sie Ihnen den gezeigt?»

«Ja, ich habe alle Briefe gesehen, die hin- und hergingen.»

«Als ihr erster mich erreichte – was sofort der Fall war, denn ich war die ganze Zeit in der Stadt –, fühlte ich mich... Es lässt sich mit den üblichen Worten nicht ausdrücken... Schlicht formuliert, zu schlicht vielleicht, um Gefühle zu wecken: Er tat mir sehr, sehr weh. Jede Zeile, jedes Wort drang – um eine abgedroschene Metapher zu verwenden, die die liebe Briefschreiberin, wäre sie hier, sich verbitten würde – wie ein Dolch in mein Herz. Zu erfahren, dass sich Marianne in der Stadt befand, traf mich – um in dieser Sprache zu bleiben – wie ein Blitz. Blitz und Dolch! Wie hätte sie das missbilligt! Ihr Geschmack, ihre Ansichten – ich glaube, ich kenne sie besser als meine eigenen, und ganz sicher sind sie mir teurer.»

Elinors Herz, das im Lauf dieses außergewöhnlichen Gesprächs schon viele verschiedene Zustände durchlebt hatte, war nun wieder gerührt, dennoch empfand sie es als ihre Pflicht, ihrem Gegenüber Überlegungen wie diese zu verbieten.

«Das ist nicht recht, Mr. Willoughby. Bedenken Sie, dass Sie verheiratet sind. Berichten Sie nur, wovon Sie nach Ihrem Gewissen glauben, ich müsse es unbedingt erfahren.»

«Mariannes Brief, in dem sie mir versicherte, ich sei ihr noch immer so teuer wie früher, ihre Gefühle seien unverändert, obwohl wir so viele, viele Wochen getrennt gewesen seien, und sie vertraue wie eh und je auf die Beständigkeit der meinen, weckte all meine Reue. Ich sage ‹weckte›, denn die Zeit und die Stadt, Geschäft und Zerstreuung hatten sie bis zu einem gewissen Grad einschlafen lassen; ich entwickelte mich zu einem ziemlich abgebrühten Schurken, bildete mir ein, sie sei mir gleichgültig, und zog es vor zu glauben, dass auch ich ihr gleichgültig geworden sei. Ich betrachtete unsere frühere Liebe als müßiges Getändel, zuckte zum Beweis abschätzig mit den Schultern und brachte jeden Vorwurf zum Schweigen, tat alle Bedenken ab, indem ich mir ab und zu insgeheim sagte: ‹Ich werde mich von Herzen freuen, wenn ich höre, dass sie gut verheiratet ist.› Aber durch diesen Brief lernte ich mich besser kennen. Ich fühlte, dass ich sie unendlich viel lieber hatte als jede andere Frau auf Erden und dass ich sie gemein behandelte. Doch gerade war zwischen Miss Grey und mir alles vereinbart worden. Es war unmöglich, sich zurückzuziehen. Ich konnte nichts anderes tun, als Ihnen beiden aus dem Weg gehen. Ich sandte Marianne keine Antwort, in der Hoffnung, dies werde mich vor ihrer künftigen Aufmerksamkeit bewahren, und eine Weile war ich sogar entschlossen, der Berkeley Street keinen Besuch mehr abzustatten, doch schließlich hielt ich es für klüger, die Rolle des gleichgültigen, neutralen Bekannten zu spielen. Eines Morgens habe ich abgewartet, bis Sie alle mit Sicherheit außer Haus waren, dann hinterließ ich meine Karte.»

«Sie haben gewartet, bis wir außer Haus waren!»

«Genau. Sie würden sich wundern, wenn Sie wüssten, wie oft ich Sie beobachtet habe, wie oft ich Ihnen beinahe über den Weg gelaufen wäre. Ich habe mich oft in Geschäfte gerettet, um Ihnen nicht begegnen zu müssen, wenn Ihre Kutsche vorbeifuhr. Da ich in der Bond Street wohnte, verging kaum ein Tag, an dem ich nicht die eine oder andere von Ihnen flüchtig zu Gesicht bekam, und nur unablässige Wachsamkeit meinerseits, der alles beherrschende Wunsch, außer Sichtweite zu bleiben, hat uns so lang voneinander fernhalten können. Ich mied auch die Middletons, soweit es mir möglich war, sowie alle Leute, die etwas von unserer Bekanntschaft hätten wissen können. Doch dann traf ich plötzlich Sir John, ich wusste nicht, dass die Familie sich schon in der Stadt befand, es war wohl sein erster

Tag, der Tag, nachdem ich bei Mrs. Jennings gewesen war. Er lud mich für den Abend zu einer Gesellschaft ein, zu einem Ball. Auch wenn er mich nicht mit dem Hinweis zu locken versucht hätte, Sie und Ihre Schwester kämen ebenfalls, hätte ich damit zu fest gerechnet, um mich in sein Haus zu wagen. Am nächsten Morgen kam ein weiteres Billett von Marianne – wie immer zärtlich, offen, natürlich und vertrauensvoll: alles, was mein Verhalten besonders abscheulich erscheinen ließ. Ich vermochte nicht zu antworten. Ich versuchte es, brachte aber keinen Satz zustande. Doch ich glaube, ich dachte jede einzelne Sekunde des Tages an sie. Wenn Sie überhaupt Mitleid mit mir empfinden können, Miss Dashwood, dann haben Sie Mitleid mit meinem damaligen Zustand. Während mein Kopf und mein Herz erfüllt waren von Ihrer Schwester, war ich gezwungen, den glücklichen Verehrer einer anderen Frau zu spielen. Diese drei oder vier Wochen waren die schlimmsten. Schließlich wurde mir, das muss ich Ihnen nicht erzählen, die Begegnung mit Ihnen aufgezwungen. Ich muss eine reizende Figur abgegeben haben! Was für ein entsetzlicher Abend! Auf der einen Seite Marianne, schön wie ein Engel, ruft ‹Willoughby!›, in einem Ton... o Gott!... streckt mir die Hand entgegen, bittet um eine Erklärung, den Blick aus jenen bezaubernden Augen in beredter Besorgtheit auf mein Gesicht geheftet!... und auf der anderen Seite Sophia, eifersüchtig wie der Teufel, mit einer Miene wie... Nun, es hat nichts zu sagen, es ist vorbei. Was für ein Abend! Ich lief davon, sobald ich konnte, doch zuvor hatte ich noch in Mariannes liebes Gesicht gesehen, das weiß war wie der Tod. Es war der letzte, allerletzte Blick, den sie mir schenkte, das letzte Bild, das ich von ihr hatte. Es war schrecklich! Doch als ich heute daran dachte, dass sie nun tatsächlich stirbt, tröstete mich irgendwie die Vorstellung, dass ich schon wusste, welcher Anblick sich denen bieten würde, die sie als Letzte in dieser Welt sahen. Ich hatte sie vor mir, ununterbrochen vor mir, während ich hierherfuhr, mit ebendiesem Blick, mit ebendiesem bleichen Antlitz.»

Es folgte eine kurze Pause des Nachdenkens auf beiden Seiten. Willoughby beendete sie, indem er sich als Erster erhob.

«Gut, ich sollte mich nun beeilen. Gleich bin ich weg. Ihrer Schwester geht es ganz bestimmt besser? Sie ist bestimmt außer Lebensgefahr?»

«Wir sind überzeugt davon.»

«Und Ihre arme Mutter... die doch Marianne so abgöttisch liebt!»

«Aber der Brief, Mr. Willoughby, Ihr Brief – haben Sie dazu etwas zu sagen?»

«O ja, dazu ganz besonders. Ihre Schwester hat mir ja am nächsten Morgen noch einmal geschrieben. Sie haben gelesen, was sie zu sagen hatte. Ich war bei den Ellisons zum Frühstück, und ihr Brief wurde mir mit einigen anderen aus meiner Wohnung gebracht. Zufällig fiel Sophias Blick darauf, bevor ich ihn sah, und das Format, das elegante Papier und die Handschrift weckten sofort ihren Verdacht. Schon früher hatte sie allerlei über meine Beziehung zu einer jungen Dame in Devonshire munkeln hören, und was am vergangenen Abend vor ihren Augen abgelaufen war, hatte deutlich gemacht, wer die junge Dame war, und sie eifersüchtiger werden lassen denn je. Mit jener neckischen Miene, die einen an einer Frau, die man liebt, so entzückt, öffnete sie ohne Weiteres den Brief und las ihn. Sie wurde für ihre Unverschämtheit angemessen belohnt. Was sie las, machte sie unglücklich. Ihr Unglück hätte ich ertragen, aber ihren Zorn, ihre Bosheit... Die mussten auf jeden Fall beschwichtigt werden. Nun ja, kurzum... was halten Sie vom Briefstil meiner Frau? Feinfühlig, zärtlich, wahrhaft weiblich... nicht wahr?»

«Ihre Frau!... Es war doch *Ihre* Handschrift.»

«Ja, aber ich hatte nur die Ehre, Sätze abzuschreiben, unter die meinen Namen zu setzen ich mich schämte. Das Original stammte von ihr – es waren ihre treffenden Gedanken und ihre liebenswürdige Ausdrucksweise. Doch was sollte ich machen? Wir waren verlobt, alles wurde bereits vorbereitet, fast war schon das Datum festgesetzt... Aber was rede ich da. Vorbereitet! Datum! Wenn ich ehrlich sein soll: Ich brauchte ihr Geld, und in einer Lage wie der meinen musste ich alles tun, um einen Bruch zu verhindern. Und was bedeutete es schließlich für mein Ansehen bei Marianne und ihren Angehörigen, in welche Worte meine Botschaft gekleidet war? Sie diente nur einem einzigen Zweck: Ich sollte mich als Schurken darstellen, und ob dies in wohlerzogenem oder barschem Ton erfolgte, war ganz unwichtig. ‹Ich habe ihre Achtung für immer verloren›, sagte ich mir, ‹habe mich für immer von ihrer Gesellschaft ausgeschlossen; für einen charakterlosen Kerl halten sie mich ohnehin schon, und nach diesem Brief werden sie mich für niederträchtig halten.› Das waren meine Gedanken, während ich in einer Art verzweifelter Stumpfheit die Worte meiner Frau abschrieb und mich von den letzten Erinnerungsstücken an Marianne trennte. Ihre drei Briefe – unseligerweise steckten sie alle in meiner Brieftasche, sonst hätte ich ihre Existenz geleugnet und sie auf ewig behalten – musste ich hergeben und konnte sie nicht einmal küssen. Und die Locke – auch die trug ich in dieser Brieftasche immer bei mir, die nun Madam mit schmeichlerischer Bösartigkeit durchsuchte –, die kostbare Locke, alles, jede Reliquie wurde mir entrissen.»

«Sie haben unrecht, Mr. Willoughby, und Ihr Verhalten ist verwerflich», sagte Elinor, während ihre Stimme wider Willen Mitleid und Rührung verriet. «So dürfen Sie weder über Mrs. Willoughby noch über meine Schwester sprechen. Sie haben Ihre Wahl getroffen. Niemand hat Sie gezwungen. Ihre Frau hat zumindest ein Anrecht auf Höflichkeit und Respekt. Sie muss Ihnen zugetan gewesen sein, sonst hätte sie Sie nicht geheiratet. Sie lieblos zu behandeln oder abschätzig von ihr zu sprechen bedeutet keine Entschädigung für Marianne – und Ihr Gewissen wird es wohl auch nicht erleichtern.»

«Kommen Sie mir nicht mit meiner Frau», sagte er tief aufseufzend. «Sie verdient Ihr Mitgefühl nicht. Sie wusste, dass ich sie nicht liebte, als wir heirateten. Nun gut, wir haben geheiratet, wir fuhren nach Combe Magna, um glücklich zu sein, und danach wieder in die Stadt, um uns zu amüsieren. Bemitleiden Sie mich jetzt, Miss Dashwood? Oder habe ich all das vergeblich erzählt? Bin ich in Ihren Augen weniger schuldbeladen als zuvor – und sei es nur eine Spur? Meine Absichten waren nicht immer unlauter. Habe ich eine einleuchtende Erklärung für einen Teil meiner Schuld bieten können?»

«Ja, Sie haben auf jeden Fall etwas zurechtgerückt – ein bisschen. Sie haben sich im großen Ganzen als nicht so schlecht erwiesen, wie ich geglaubt habe. Ihr Herz ist gar nicht so kalt, bei Weitem nicht. Aber ich weiß nicht... das Leid, das Sie verursacht haben... Schlimmeres hätten Sie kaum anrichten können.»

«Werden Sie Ihrer Schwester, wenn sie sich erholt hat, berichten, was ich Ihnen erzählt habe? Bitte lassen Sie zu, dass ich auch in Mariannes Augen ein wenig besser dastehe, so wie jetzt in Ihren. Sie sagen, sie habe mir bereits vergeben. Gönnen Sie mir die Vorstellung, dass eine bessere Kenntnis meines Herzens und meiner jetzigen Gefühle ihr eine ungezwungenere, natürlichere, freundlichere und weniger hoheitsvolle Verzeihung entlockt. Schildern Sie ihr mein Elend und meine Reue, sagen Sie ihr, dass ihr mein Herz nie untreu war und, wenn Sie wollen, dass sie mir in diesem Augenblick teurer ist denn je.»

«Ich werde ihr alles erzählen, was zu Ihrer... nennen wir es ‹Rechtfertigung› erforderlich ist. Aber Sie haben mir noch nicht den eigentlichen Grund Ihres heutigen Kommens erklärt und wie Sie von ihrer Krankheit erfahren haben.»

«Gestern Abend stieß ich im Foyer des Drury Lane Theatre mit Sir John Middleton zusammen, und als er mich erkannte, sprach er mich an – zum ersten Mal seit zwei Monaten. Dass er mich seit meiner Heirat schnitt, hatte ich ohne Erstaunen oder Groll zur Kenntnis genommen. Doch jetzt konnte dieser gutmütige, ehrliche, dumme Mensch in seiner Empörung über mich und aus Sorge um Ihre Schwester nicht der Versuchung widerstehen, mir etwas zu erzählen, was mich schrecklich aufwühlen sollte – auch wenn er wahrscheinlich nicht glaubte, dass es mich tatsächlich aufwühlen würde. Er erzählte mir so unverblümt, wie er nur konnte, dass Marianne Dashwood in Cleveland am Faulfieber erkrankt sei und im Sterben liege; in einem Brief, der am Morgen eingetroffen sei, habe Mrs. Jennings berichtet, sie befinde sich in akuter Lebensgefahr, die Palmers seien allesamt in Panik ausgezogen und so weiter. Ich war zu entsetzt, um mich gleichgültig zu geben, das merkte selbst der unbedarfte Sir John. Sein Herz wurde weich, als er sah, wie das meine litt, und sein Groll gegen mich schwand immerhin so weit, dass er mir beim Abschied fast die Hand schüttelte und mich an ein altes Versprechen bezüglich eines Pointer-Welpen erinnerte. Wie mir zumute war, als ich hörte, Ihre Schwester liege im Sterben, obendrein in dem Glauben, ich sei der schlimmste Schurke auf Erden, voll Hass und Verachtung für mich in ihren letzten Stunden... Denn woher sollte ich wissen, welch schreckliche Absichten mir womöglich unterstellt worden waren; eine bestimmte Person jedenfalls würde mich als jemanden schildern, dem alles zuzutrauen war... Mir war entsetzlich zumute. Mein Entschluss war bald gefasst, und heute Morgen um acht Uhr saß ich in meiner Kutsche. Jetzt wissen Sie alles.»

Elinor gab keine Antwort. Sie dachte stumm über den nicht wiedergutzumachenden Schaden nach, den allzu frühe Unabhängigkeit und daraus erwachsende Lebensgewohnheiten wie Müßiggang, Zerstreuung und Luxus dem Gemüt, Charakter und Glück eines Mannes zugefügt hatten, der doch neben einer vorteilhaften Erscheinung und Begabung auch eine von Natur aus offene und ehrliche Veranlagung besaß sowie ein gefühlvolles, liebevolles Wesen. Die Welt hatte ihn verschwenderisch und eitel gemacht, und Verschwendung und Eitelkeit hatten ihn hartherzig und selbstsüchtig werden lassen. Während die Eitelkeit schändlich auf einen Triumph zulasten anderer aus war, hatte sie ihn in echte Liebe verstrickt, die jedoch die Verschwendung oder zumindest ihr Abkömmling, das Bedürfnis, opfern zu müssen glaubte. Jede falsche Neigung, die ihn zu Unheil verführte, hatte ihn gleichermaßen seiner Bestrafung zugeführt. Die Liebe, von der er sich entgegen allem Ehrgefühl, Empfinden und besserem Wissen äußerlich losgerissen hatte, beherrschte jetzt, da sie nicht mehr zulässig war, jeden seiner Gedanken, und die Verbindung, für die er ihre Schwester nahezu anstandslos dem Elend preisgegeben hatte, erwies sich vermutlich als Quelle eines noch viel heilloseren Unglücks. – Aus derlei Träumereien wurde sie nach einigen Minuten durch Willoughby geweckt, der sich selbst von einem mindestens ebenso schmerzlichen Traum losriss, aufsprang, um zu gehen, und sagte: «Es hat keinen Sinn, hierzubleiben, ich muss fort.»

«Fahren Sie zurück nach London?»

«Nein, nach Combe Magna. Ich habe dort etwas zu erledigen, und von da geht es in ein oder zwei Tagen in die Stadt. Leben Sie wohl.»

Er streckte ihr die Hand entgegen. Sie konnte

ihm die ihre nicht verweigern, und er drückte sie voller Zuneigung.

«Und Sie denken jetzt etwas besser von mir als bisher?», fragte er, ließ ihre Hand los und lehnte sich gegen den Kaminsims, als hätte er vergessen, dass er gehen wollte.

Elinor versicherte ihm, so sei es, sie verzeihe ihm, bemitleide ihn, wünsche ihm alles Gute und sei sogar an seinem Glück interessiert, und sie fügte vorsichtig einen Ratschlag hinzu, wie er diesem Glück am ehesten auf die Sprünge helfen könne. Seine Antwort war nicht sehr ermutigend.

«Was das anbelangt», sagte er, «muss ich mich durchschlagen, so gut es eben geht. An häusliches Glück ist nicht zu denken. Wenn ich jedoch glauben darf, dass Sie und die Ihren an meinem Schicksal und Treiben Anteil nehmen, kann dies hilfreich sein... es kann mir eine Warnung sein... zumindest ist es etwas, wofür man leben kann. Natürlich habe ich Marianne für immer verloren. Selbst wenn ich durch einen unverhofften Zufall meine Freiheit wiedererlangen sollte...»

Elinor gebot ihm vorwurfsvoll Einhalt.

«Gut», antwortete er, «noch einmal: auf Wiedersehen. Ich gehe jetzt, und mein Leben wird bestimmt sein von der Furcht vor einem einzigen Ereignis.»

«Was meinen Sie?»

«Die Heirat Ihrer Schwester.»

«Das ist nicht recht. Sie können sie nicht noch mehr verlieren, als Sie sie schon verloren haben.»

«Aber ein anderer wird sie gewinnen. Und wenn dieser andere ebender Mann sein sollte, den ich von allen am wenigsten ertragen könnte... Aber ich will nicht länger bleiben und mich um Ihr Mitgefühl und Wohlwollen bringen, indem ich Ihnen vorführe, dass ich dem am wenigsten verzeihen kann, den ich selbst am tiefsten verletzt habe. Auf Wiedersehen, Gott schütze Sie!»

Und mit diesen Worten stürzte er aus dem Zimmer.

Kapitel 45

Nachdem er sie verlassen hatte – das Geräusch seiner Kutsche war längst erstorben –, wurde Elinor von einer Fülle von Eindrücken bedrängt, die sehr unterschiedlich waren, aber alle in dieselbe Traurigkeit mündeten und selbst die Gedanken an ihre Schwester in den Hintergrund schoben.

Willoughby, den sie noch vor einer halben Stunde als den nichtswürdigsten aller Männer verabscheut hatte, dieser Willoughby erregte trotz seiner Charakterfehler ihr Mitgefühl, da diese Fehler ihm so viel Leid beschert hatten, und sie dachte an den für immer von ihrer Familie Getrennten mit einer Zärtlichkeit und einem Bedauern, die weit mehr dem entsprachen, was er sich wünschte, als dem, was er verdiente, wie sie sich bald eingestehen musste. Sie spürte, dass sein Einfluss auf ihr Empfinden durch Umstände verstärkt wurde, denen sie eigentlich kein Gewicht beimessen durfte: durch sein ungewöhnlich attraktives Äußeres und das offene, liebevolle und lebhafte Wesen, was beides schließlich nicht sein Verdienst war, außerdem durch die immer noch glühende Liebe zu Marianne, die ja keineswegs unschuldig war. Doch dass dies alles Gewicht hatte, spürte sie lange, lange bevor sein Einfluss nachließ.

Als sie endlich zu der nichtsahnenden Marianne zurückkehrte, wachte diese soeben auf, erfrischt von einem langen, süßen Schlummer, ganz wie sie gehofft hatte. Elinors Herz war übervoll. Die Vergangenheit, die Gegenwart, die Zukunft, Willoughbys Besuch, Mariannes Rettung und die bevorstehende Ankunft ihrer Mutter versetzten sie in eine Aufregung, die jede Spur von Müdigkeit verscheuchte und sie nur fürchten ließ, sie könne sich ihrer Schwester gegenüber verraten.

Doch diese Furcht quälte sie nur kurze Zeit, denn schon eine halbe Stunde nachdem Willoughby das Haus verlassen hatte, wurde sie erneut vom Geräusch einer Kutsche nach unten gerufen. In ihrem Eifer, der Mutter jede unnötige Sekunde schrecklicher Anspannung zu ersparen, lief sie sofort in die Halle und erreichte die Haustür gerade rechtzeitig, um sie zu empfangen und beim Eintreten zu stützen.

Mrs. Dashwoods Angst war, als sie sich dem Haus näherten, fast zu der Überzeugung angewachsen, Marianne werde nicht mehr unter den Lebenden sein, und nun hatte sie keine Stimme mehr, um sich nach ihr zu erkundigen, hatte nicht einmal mehr genug Stimme für Elinor. Doch diese wartete weder ihre Begrüßung noch irgendeine Frage ab, sondern präsentierte ihr auf der Stelle die erfreuliche, erlösende Nachricht, und die Mutter, die sie mit der ihr eigenen Inbrunst entgegennahm, wurde augenblicklich vom Glück übermannt, so wie sie vorher von ihren Befürchtungen übermannt worden war. Gestützt von Tochter und Freund ging sie in den Salon, und dort umarmte sie unter Freudentränen, wenn auch noch immer unfähig zu sprechen, Elinor wieder und wieder und wandte sich nur von ihr ab, um Colonel Brandon ein übers andere Mal die Hand zu drücken, wobei sie ihm einen Blick zuwarf, der gleichermaßen ihre Dankbarkeit verriet wie ihre Überzeugung, dass er die Seligkeit dieses Moments teilte. Er teilte sie tatsächlich, jedoch mit einem Schweigen, das noch tiefer war als das ihre.

Kaum dass Mrs. Dashwood sich gefasst hatte, wünschte sie sich als Erstes, Marianne zu sehen, und zwei Minuten später saß sie bei ihrem geliebten Kind, das ihr durch Abwesenheit, Unglück und Lebensgefahr teurer geworden war denn je. Elinors Freude darüber, was die beiden bei dieser Begegnung empfanden, wurde nur durch die Befürchtung gedämpft, es werde Marianne womöglich den Schlaf rauben, doch Mrs. Dashwood konnte ruhig und gelassen sein, ja sogar umsichtig, wenn das Leben eines Kindes auf dem Spiel stand, und Marianne, die Wohlbehagen über den Besuch ihrer Mutter empfand und genau wusste, dass sie für Gespräche noch zu schwach war, unterwarf sich bereitwillig dem Schweigen und der Ruhe, die alle fürsorglichen Menschen um sie herum ihr verordneten. Mrs. Dashwood wollte unbedingt die ganze Nacht bei ihr wachen, und Elinor entsprach der Bitte ihrer Mutter und ging zu Bett. Aber obwohl sie nach einer schlaflosen Nacht und vielen Stunden zermürbender

Sorge dringend Erholung nötig hatte, hielt ihre innere Erregung an. Willoughby, «der arme Willoughby», wie sie ihn mittlerweile bei sich nannte, beherrschte ihre Gedanken; sie hatte seine Rechtfertigung um keinen Preis hören wollen, und nun schalt sie sich bald, weil sie ihn zuvor so streng verurteilt hatte, bald sprach sie sich frei. Nach wie vor quälte sie das Versprechen, ihrer Schwester alles zu erzählen. Sie fürchtete sich vor dem Bericht selbst, fürchtete sich vor dessen möglicher Wirkung auf Marianne, bezweifelte, dass sie nach einer solchen Enthüllung jemals mit einem anderen Mann glücklich werden konnte, und wünschte sich für einen kurzen Moment, Willoughby möge verwitwet sein. Dann musste sie an Colonel Brandon denken, machte sich Vorwürfe, fand, dass es ihm mit seinem Leid und seiner Beharrlichkeit weit mehr zustand als seinem Rivalen, von ihrer Schwester belohnt zu werden, und wünschte sich alles andere als Mrs. Willoughbys Tod.

Das Erschrecken über Colonel Brandons Auftauchen als Bote in Barton hatte sich in Grenzen gehalten, weil Mrs. Dashwood ohnehin sehr beunruhigt gewesen war. In ihrer Sorge um Marianne hatte sie bereits beschlossen, an ebendiesem Tag nach Cleveland zu fahren, ohne weitere

Nachrichten abzuwarten, und die Reisevorbereitungen waren schon vor seiner Ankunft so weit gediehen, dass man nur noch auf die Careys wartete, die Margaret abholen sollten, da die Mutter sie wegen der Ansteckungsgefahr nicht mitnehmen wollte.

Mariannes Befinden besserte sich mit jedem Tag, und Mrs. Dashwoods strahlende Heiterkeit und beschwingte Laune bezeugten, dass sie, wie sie selbst wiederholt beteuerte, eine der glücklichsten Frauen der Welt war. Wenn Elinor diese Behauptung hörte und sie erkennbar bestätigt bekam, fragte sie sich manchmal unwillkürlich, ob ihre Mutter jemals an Edward dachte. Doch Mrs. Dashwood, die Elinors gemäßigter Schilderung ihrer Enttäuschung Glauben schenkte, ließ sich von ihrer überschwänglichen Freude fortreißen und hatte nur im Sinn, was diese Freude noch steigerte. Marianne war ihr zurückgegeben und aus einer Gefahr errettet worden, an der auch sie selbst, das erkannte sie nun, schuld war, weil sie sich getäuscht und die Tochter in ihrer unseligen Neigung zu Willoughby bestärkt hatte; zudem bereitete ihr diese Genesung noch eine weitere Freude, von der Elinor nichts ahnte. Folglich musste sie davon erfahren, sobald sich Gelegenheit zu einem Gespräch unter vier Augen bot.

«Endlich sind wir zwei allein. Du weißt noch nicht von meinem ganzen Glück, Elinor. Colonel Brandon liebt Marianne. Er hat es mir selbst gesagt.»

Ihre Tochter, teils erfreut, teils schmerzlich berührt, einerseits überrascht, andererseits auch wieder nicht, war das Schweigen und die Aufmerksamkeit in Person.

«Du reagierst nie so wie ich, Elinor, sonst würde ich mich über deine Gelassenheit wundern. Hätte mir jemand gesagt, ich solle mir etwas wirklich Gutes für meine Familie wünschen – ich hätte meine Hoffnung darauf gesetzt, dass Colonel Brandon eine von euch heiratet. Und ich glaube, Marianne ist diejenige von euch beiden, die mit ihm am glücklichsten wird.»

Elinor war versucht, sich nach dem Grund für diese Meinung zu erkundigen, denn sie war überzeugt, dass sich bei objektiver Betrachtung ihres Alters, ihrer Wesenszüge und ihres Gefühlslebens keiner finden ließe; aber da ihre Mutter sich bei interessanten Themen immer von ihrer Einbildungskraft fortreißen ließ, fragte sie nicht nach, sondern ging mit einem Lächeln darüber hinweg.

«Er hat mir gestern auf der Fahrt sein Herz ausgeschüttet. Es kam ganz unerwartet, ganz unbeabsichtigt. Du kannst dir vorstellen, dass ich von nichts anderem als meinem Kind sprach. Er konnte seine Sorge nicht verhehlen, ich merkte, dass sie der meinen glich, und da er vielleicht dachte, dass bloße Freundschaft ein so glühendes Mitgefühl heutzutage nicht mehr rechtfertigt, oder vielleicht gar nicht mehr nachdachte, sondern nur seinen nicht zu unterdrückenden Gefühlen nachgab, gestand er mir seine ernste, zärtliche, beständige Neigung zu Marianne. Er hat sie vom ersten Augenblick ihrer Bekanntschaft an geliebt, Elinor.»

An diesem Punkt wurde Elinor alles klar – sie erkannte nicht etwa die Ausdrucksweise oder das Geständnis von Colonel Brandon, sondern die typisch beschönigende, lebhafte Fantasie ihrer Mutter, die sich alles für sie Erfreuliche nach Belieben zurechtbog.

«Seine Liebe zu ihr, die in ihrer Glut, Aufrichtigkeit und Treue – wie immer wir es nennen wollen – alles, was Willoughby fühlte oder zu fühlen vorgab, unendlich weit überstieg, hielt stand, obwohl er die ganze Zeit um die unselige Voreingenommenheit unserer lieben Marianne für diesen nichtswürdigen jungen Mann wusste, und er hat ohne alle Selbstsucht, ohne jede Aussicht auf Erfolg zugesehen, wie sie mit einem andern glücklich war. So ein nobler Charakter!

Solche Offenheit, solche Aufrichtigkeit! In ihm wird man sich nie täuschen!»

«Colonel Brandon steht allgemein im Ruf, ein vortrefflicher Mensch zu sein», sagte Elinor.

«Das weiß ich», entgegnete ihre Mutter ernst, «sonst wäre ich nach diesem warnenden Beispiel die Letzte, die eine solche Neigung unterstützen oder sich auch nur darüber freuen würde. Aber dass er mich abgeholt hat, so tatkräftig, bereitwillig und freundlich, genügt mir als Beleg, dass er ein höchst ehrenhafter Mann ist.»

«Sein guter Ruf gründet sich aber nicht nur auf eine einzelne gute Tat, zu der ihn, selbst wenn die Menschlichkeit keine Rolle spielte, schon seine Liebe zu Marianne bewogen hätte. Mrs. Jennings und die Middletons kennen ihn lange und genau, sie lieben ihn, und auch mir bedeutet er viel, obwohl ich ihn erst vor Kurzem kennengelernt habe. Ich schätze und achte ihn so sehr, dass ich, wenn Marianne mit ihm glücklich werden kann, eine Verbindung mit ihm für uns alle höchst gedeihlich fände. Was hast du ihm geantwortet? Hast du ihm Hoffnungen gemacht?»

«Ach, mein Schatz, ich konnte weder ihm noch mir Hoffnungen machen. Es war ja zu befürchten, dass Marianne im Sterben lag. Aber er bat nicht um ein Zeichen der Hoffnung oder Ermutigung. Er konnte nur seinen Überschwang nicht mehr zügeln und hat sich spontan einer tröstenden Freundin anvertraut, nicht bei einer Mutter um die Hand der Tochter angehalten. Trotzdem sagte ich nach einer Weile – denn zuerst war ich völlig überwältigt –, wenn sie am Leben bleibe, worauf ich fest vertrauen würde, sähe ich mein größtes Glück darin, diese Heirat zu befördern; und seit unserer Ankunft, seit wir uns in freudiger Sicherheit wiegen dürfen, habe ich dies aufs Eindringlichste wiederholt und ihm jede Ermutigung zuteilwerden lassen, die in meiner Macht steht. Zeit, ein kleines bisschen Zeit, sagte ich zu ihm, werde viel bewirken – Marianne könne ihr Herz unmöglich für immer und ewig an einen Mann wie Willoughby weggeworfen haben. Er, Colonel Brandon, werde es durch seine Verdienste bald für sich erobern.»

«Nach der Gemütslage des Colonels zu urteilen, hast du nicht erreicht, dass er deine Zuversicht teilt.»

«Nein. Er meint, Mariannes Liebe sei zu tief verwurzelt, als dass sich daran in absehbarer Zeit etwas ändern werde, und selbst angenommen, ihr Herz wäre wieder frei, sieht er vor lauter Schüchternheit keine Möglichkeit, sie angesichts ihres Alters- und Wesensunterschieds jemals für sich zu gewinnen. Hier irrt er sich allerdings gründlich. Er ist gerade um so viel älter, dass es sich vorteilhaft auswirkt, schließlich sind sein Charakter und seine Prinzipien bereits gefestigt; und sein Wesen, davon bin ich fest überzeugt, ist genau so beschaffen, dass es deine Schwester glücklich machen wird. Auch sein Äußeres und seine Umgangsformen – alles spricht zu seinen Gunsten. Meine Parteinahme macht mich keineswegs blind, er sieht sicher nicht so gut aus wie Willoughby, aber gleichzeitig hat sein Gesicht etwas viel Gefälligeres. In Willoughbys Blick lag immer so etwas... vielleicht erinnerst du dich... etwas, was ich bisweilen nicht mochte.»

Daran erinnerte sich Elinor mitnichten, aber ihre Mutter wartete nicht lange auf eine Bestätigung, sondern fuhr fort: «Und seine Umgangsformen, die Umgangsformen des Colonels, gefallen nicht nur mir viel besser als die von Willoughby, sondern werden in ihrer Art auch Marianne zuverlässiger für sich einnehmen, das weiß ich genau. Seine Freundlichkeit, seine ungeheuchelte Aufmerksamkeit für andere Menschen und seine männliche, natürliche Schlichtheit entsprechen weit mehr ihrer wahren Veranlagung als die oft gekünstelte, unpassende Lebhaftigkeit jenes jungen Mannes. Ich bin mir ganz sicher, selbst wenn Willoughby sich als wahrhaft liebenswert entpuppt hätte und nicht als das Gegenteil, wäre Marianne mit ihm trotzdem nie so glücklich geworden, wie sie es mit Colonel Brandon wird.»

Sie schwieg. Die Tochter konnte ihr nicht rückhaltlos beipflichten, aber ihre abweichende Meinung wurde gar nicht erst gehört und erregte deshalb auch keinen Anstoß.

«In Delaford ist sie für mich leicht zu erreichen, selbst wenn ich weiter in Barton lebe», fuhr Mrs. Dashwood fort, «aber aller Wahrscheinlichkeit nach – es soll ja ein großes Dorf sein –, nein, ganz bestimmt gibt es dort ein kleines Haus oder Cottage in der Nähe, das sich für uns genauso gut eignet wie unsere jetzige Bleibe.»

Arme Elinor! Schon wieder plante jemand, sie nach Delaford zu befördern! Aber ihr Kampfgeist blieb ungebrochen.

«Und dann sein Vermögen! Du weißt ja, in meinem Alter macht sich der Mensch darüber Gedanken. Und obwohl ich weder weiß noch wissen möchte, wie groß es tatsächlich ist, bin ich überzeugt, es ist ansehnlich.»

Hier wurden sie unterbrochen, weil jemand ins Zimmer trat, und Elinor zog sich zurück, um allein über all das nachzudenken, um ihrem Freund

Erfolg zu wünschen und zugleich wegen Willoughby einen kleinen Stich zu verspüren.

Kapitel 46

Die Krankheit hatte Marianne zwar geschwächt, war aber nicht von solcher Dauer gewesen, dass sich die Genesung nun lange hingezogen hätte; vielmehr erholte sie sich dank ihrer Jugend, ihrer natürlichen Lebenskraft und der mütterlichen Hilfe derart zügig, dass sie vier Tage nach Ankunft der Mutter schon in Mrs. Palmers Salon umziehen konnte. Kaum lag sie dort, wurde auf ihre ausdrückliche Bitte hin Colonel Brandon eingeladen, sie zu besuchen, denn sie wollte ihm unbedingt dafür danken, dass er ihre Mutter geholt hatte.

Seine Bewegtheit, als er ins Zimmer trat, die Veränderung in ihrem Aussehen gewahrte und die blasse Hand ergriff, die sie ihm sogleich entgegenstreckte, entsprang nach Elinors Dafürhalten nicht nur seiner Liebe zu Marianne oder dem Gefühl, dass andere darum wussten; und bald las sie in seinem melancholischen Blick und seinem Erröten, als er ihre Schwester ansah, dass ihm wahrscheinlich viele unglückliche Szenen aus der

Vergangenheit durch den Kopf gingen, wachgerufen durch die eingestandene Ähnlichkeit zwischen Marianne und Eliza und nun noch verstärkt durch die umschatteten Augen, die kränkliche Haut, die matte, halb liegende Haltung und die von Herzen kommende Anerkennung einer besonderen Dankesschuld.

Mrs. Dashwood beobachtete das Geschehen nicht weniger aufmerksam als ihre Tochter, aber da sie die Geschichte des Colonels nicht kannte, kam sie zu einem ganz anderen Schluss; sie sah in seinem Gebaren nur das Wirken schlichter, offensichtlicher Gefühle und bildete sich ein, in den Gesten und Worten von Marianne schon etwas mehr erwachen zu sehen als bloße Dankbarkeit.

Nachdem ein, zwei weitere Tage vergangen waren und Marianne sichtlich alle zwölf Stunden kräftiger wurde, begann Mrs. Dashwood, angespornt von ihren eigenen Wünschen wie von denen ihrer Töchter, über eine Rückkehr nach Barton zu sprechen. Von ihren Maßnahmen hingen auch die ihrer beiden Freunde ab: Mrs. Jennings konnte Cleveland nicht verlassen, solange die Dashwoods blieben, und auch Colonel Brandon vertrat dank ihres gemeinsamen Drängens sehr bald die Auffassung, sein eigener Aufenthalt dort sei ebenso selbstverständlich, wenn auch nicht ebenso unerlässlich. Er und Mrs. Jennings drängten nun ihrerseits Mrs. Dashwood, sich für die Rückreise seiner Kutsche zu bedienen, weil ihr krankes Kind es darin bequemer habe. Und als ihn nicht nur Mrs. Dashwood zu einem Besuch im Cottage einlud, sondern auch Mrs. Jennings (die in ihrer lebhaften Gutmütigkeit auch gern im Namen anderer Leute gastfreundlich war), verpflichtete sich der Colonel mit Vergnügen, die Kutsche im Lauf der nächsten Wochen dort abzuholen.

Es kam der Tag der Trennung und Abreise. Nachdem Marianne sich umständlich und lange von Mrs. Jennings verabschiedet hatte, aufrichtig dankbar, respektvoll und unter guten Wünschen, wie sie es ihr schuldig zu sein glaubte, weil sie sich insgeheim eingestand, sie früher zu wenig beachtet zu haben, und nachdem sie Colonel Brandon herzlich wie eine alte Freundin Lebewohl gesagt hatte, half er ihr behutsam in die Kutsche und schien sich vergewissern zu wollen, dass sie mindestens die Hälfte für sich beansprucht. Dann folgten Mrs. Dashwood und Elinor, und die beiden anderen blieben allein, sprachen über die Abgereisten und spürten, wie langweilig es ohne sie war, bis Mrs. Jennings zu ihrem Wagen gerufen wurde und sich dort mit dem Geplauder der

Zofe über den Verlust ihrer jungen Freundinnen hinwegtröstete; gleich darauf machte sich auch Colonel Brandon auf seinen einsamen Weg nach Delaford.

Die Dashwoods waren zwei Tage unterwegs, und Marianne überstand die Reise ohne nennenswerte Erschöpfung. Zu tun, was immer innige Liebe und eifrige Fürsorge für ihre Bequemlichkeit tun konnten, machten sich ihre aufmerksamen Reisegefährtinnen zur Aufgabe, und beide fühlten sich belohnt durch ihr körperliches Wohlbefinden und ihre Gemütsruhe. Für Letztere war Elinor besonders dankbar. Sie, die Marianne wochenlang unablässig hatte leiden sehen, bedrückt von einer Herzensqual, die auszusprechen sie nicht den Mut und zu verbergen nicht die Kraft hatte, bemerkte nun mit einer Freude, die niemand sonst in diesem Maß nachempfinden konnte, eine sichtbare Gelassenheit an ihr, die, so hoffte sie, das Ergebnis ernsthaften Nachdenkens war und sie schließlich zufrieden und heiter werden ließe.

Als sie sich allerdings Barton näherten und in eine Gegend kamen, in der jedes Feld und jeder Baum besondere und schmerzliche Erinnerungen weckte, wurde Marianne schweigsam und nachdenklich, wandte das Gesicht von den anderen ab und starrte nur ernst aus dem Fenster. Doch dies fand Elinor weder verwunderlich noch tadelnswert, und als sie Marianne aus der Kutsche half und merkte, dass sie geweint hatte, sah sie darin nur eine Gefühlsregung, die ganz natürlich war, nichts anderes als zärtliches Mitleid weckte und ob ihrer Unaufdringlichkeit Lob verdiente.

Auch in der Folge erkannte sie in ihrem Benehmen eine innere Haltung, die sich endlich um Einsicht bemühte, denn kaum hatten sie ihr gemeinsames Wohnzimmer betreten, ließ Marianne resolut und tapfer ihre Blicke schweifen, als sei sie entschlossen, sich jetzt gleich wieder an all die Gegenstände zu gewöhnen, die womöglich mit Erinnerungen an Willoughby verknüpft waren. Sie sprach wenig, versuchte sich aber bei jedem Satz heiter zu geben, und obwohl ihr manchmal ein Seufzer entfuhr, verklang er nicht, ohne dass ein Lächeln ihn wiedergutmachte. Nach dem Dinner wollte sie Klavier spielen. Sie ging zum Piano, doch ihr erster Blick fiel auf die Noten einer Oper, die ihr Willoughby besorgt hatte, mit Duetten, die sie gemeinsam besonders gern gesungen hatten, und einem Titelblatt, auf dem ihr Name in seiner Handschrift stand. Das war zu viel. Sie schüttelte den Kopf, legte die Noten beiseite, ließ ihre Hände eine Minute lang über die Tasten gleiten, klagte dann über Schwäche in den Fingern und schloss das Instrument wieder. Zugleich erklärte sie allerdings mit fester Stimme, sie werde in Zukunft viel üben.

Auch am nächsten Morgen waren diese erfreulichen Symptome keineswegs verschwunden. Im Gegenteil, nachdem Körper und Geist vom Schlaf gleichermaßen gestärkt waren, wirkte Marianne äußerlich und auch in ihrem Reden glaubhaft schwungvoller; voller Vorfreude auf Margarets Rückkehr sprach sie über die geliebte Familienrunde, die dann wieder vollzählig sei, und über ihre gemeinsamen Beschäftigungen und bezeichnete ihr fröhliches Zusammensein als das einzig wünschenswerte Glück.

«Wenn sich das Wetter beruhigt hat und ich wieder bei Kräften bin», sagte sie, «machen wir jeden Tag lange Spaziergänge. Wir besuchen den Bauernhof an der Hangkante und schauen, was die Kinder treiben, wir spazieren zu Sir Johns neuen Schonungen in Barton Cross und im Klosterholz, und wir gehen zu den alten Ruinen der Propstei und versuchen den Grundmauern dort nachzuspüren, wo sie angeblich einmal gestanden haben. Ich weiß, wir werden glücklich sein. Ich weiß, es wird ein glücklicher Sommer werden. Ich habe vor, nie später als sechs Uhr aufzustehen, und von da bis zum Dinner werde ich jede Minute entweder lesen oder musizieren. Ich habe mir einen Plan gemacht und mir vorgenommen, ernsthaft zu lernen. Unsere eigene Bibliothek kenne ich zu gut, als dass ich dort etwas anderes als bloße Unterhaltung finden würde, aber auf Barton Park gibt es viele lesenswerte Werke, und etwas modernere Bücher kann ich mir von Colonel Brandon ausleihen. Mit nur sechs Stunden Lektüre pro Tag erwerbe ich mir im Lauf eines Jahres eine Menge Wissen, das mir meinem Gefühl nach jetzt fehlt.»

Elinor lobte sie für einen so vortrefflich ausgearbeiteten Plan, auch wenn sie lächeln musste, da sie denselben hitzigen Wahn am Werk sah, der Marianne einst zu einem Übermaß an lähmender Trägheit und egoistischem Genörgel verleitet hatte und nun sogar bei ihrem Vorhaben, sich im Grunde vernünftig zu beschäftigen und vorbildlich zu beherrschen, wieder zur Übertreibung führte. Ihr Lächeln verwandelte sich jedoch in ein Seufzen, als ihr einfiel, dass sie das Willoughby gegebene Versprechen noch nicht erfüllt hatte; sie fürchtete, sie werde etwas erzählen müssen, was Mariannes Gemüt erneut erschüttern und die schöne Aussicht auf eine friedliche, fleißige Zeit zumindest für eine Weile zerstören würde.

Da sie die schwere Stunde hinausschieben wollte, beschloss sie zu warten, bis sich der Gesundheitszustand ihrer Schwester gefestigt hatte. Doch dieser Beschluss wurde nur gefasst, um über den Haufen geworfen zu werden.

Marianne war schon zwei oder drei Tage zu Hause, als das Wetter sich so besserte, dass eine Rekonvaleszentin wie sie sich ins Freie wagen konnte. Endlich brach ein lauer, freundlicher Morgen an, der das Verlangen der Tochter und die Zuversicht der Mutter hervorkitzelte, und Marianne erhielt die Erlaubnis, auf Elinors Arm gestützt die Straße vor dem Haus entlangzuspazieren, solange sie nicht müde wurde.

Die Schwestern zogen los, langsamen Schritts, wie es Mariannes Schwäche bei einer solchen Unternehmung, der ersten seit ihrer Krankheit, gebot. Sie hatten sich gerade so weit vom Haus entfernt, dass sie den dahinterliegenden Berg, jenen bedeutungsvollen Berg, vollständig sehen konnten, als Marianne innehielt und mit Blick auf den Hang ruhig erklärte: «Dort, genau dort», sie wies mit einer Hand in die Richtung, «über diesen Erdhügel bin ich gestürzt, und dort bin ich Willoughby zum ersten Mal begegnet.»

Die Stimme versagte ihr bei diesem Wort, aber sie fasste sich gleich wieder und fuhr fort: «Ich bin froh, dass ich dorthin schauen kann, ohne dass es sehr wehtut. Werden wir jemals über dieses Thema reden, Elinor?» Das kam zögernd. «Oder wäre es verkehrt? Ich kann jetzt, hoffe ich, so darüber sprechen, wie ich es sollte.»

Elinor forderte sie behutsam zur Offenheit auf.

«Was die Trauer angeht», sagte Marianne, «die habe ich, soweit es ihn betrifft, hinter mir. Ich will nicht mit dir darüber reden, wie meine Gefühle für ihn waren, sondern wie sie jetzt sind. Im Augenblick... Wenn ich doch nur in einem einzigen Punkt Gewissheit bekäme, wenn ich glauben dürfte, dass er mir nicht immer etwas vorgespielt hat, dass er mich nicht immer getäuscht hat... wenn ich vor allem sicher sein könnte, dass er nie so entsetzlich böse war, wie ihn mir meine Ängste seit der Geschichte mit diesem unseligen Mädchen manchmal ausgemalt haben...»

Sie hielt inne. Elinor griff ihre Worte freudig auf und antwortete: «Wenn du also hierin Gewissheit hättest, wärst du beruhigt, meinst du?»

«Ja. Meine Gemütsruhe ist zweifach betroffen, denn es ist nicht nur entsetzlich, einen Menschen, der das war, was er für mich war, solcher Ränke zu verdächtigen, sondern... was soll ich von mir selbst halten? In einer Lage wie der meinen konnte mich doch nur eine schandbar unbedachte Zuneigung so preisgeben...»

«Und wie würdest du dir sein Verhalten dann erklären?», fragte ihre Schwester.

«Ich würde ihm unterstellen... ach, wie gern würde ich ihm unterstellen, einfach nur wankelmütig gewesen zu sein, furchtbar wankelmütig.»

Elinor sagte nichts mehr. Sie überlegte hin und her, ob es vorteilhaft war, gleich mit ihrer Geschichte zu beginnen oder damit zu warten, bis Marianne wieder mehr bei Kräften war, und ein paar Minuten schlichen sie schweigend weiter.

«Ich wünsche ihm nichts übertrieben Gutes», sagte Marianne schließlich mit einem Seufzer, «wenn ich ihm wünsche, dass seine geheimsten Gedanken nicht unerfreulicher sind als die meinen. Daran hat er genug zu leiden.»

«Vergleichst du dein Verhalten mit dem seinen?»

«Nein. Ich vergleiche es mit dem, wie es hätte sein sollen. Ich vergleiche es mit deinem.»

«Deine und meine Lage ähneln sich kaum.»

«Sie ähneln sich mehr als dein und mein Verhalten. Lass nicht zu, Elinor, dass du aus Freundlichkeit verteidigst, was du deiner Überzeugung nach tadeln müsstest. Meine Krankheit hat mich ins Grübeln gebracht. Sie hat mir Muße und Ruhe verschafft, sodass ich ernsthaft zur Besinnung kam. Lange bevor ich mich so weit erholt hatte, dass ich reden konnte, war ich schon durchaus fähig zu denken. Und so habe ich über die Vergangenheit nachgedacht. Ich habe erkannt, dass ich mich seit Beginn unserer Bekanntschaft mit ihm im letzten Herbst unausgesetzt unvorsichtig gegenüber mir selbst und lieblos allen anderen gegenüber benommen habe. Ich habe erkannt, dass meine eigenen Gefühle den Boden für mein Leid bereitet haben und meine mangelnde Tapferkeit mich fast ins Grab gebracht hätte. Ich habe sehr wohl begriffen, dass ich mir meine Krankheit ganz und gar selbst eingebrockt habe, weil ich mich über meine Gesundheit in einer Weise hinweggesetzt habe, von der ich schon damals spürte, dass sie nicht richtig war. Wäre ich gestorben, es wäre Selbstmord gewesen. Ich habe die Gefahr erst erkannt, als sie vorüber war, und mich wundert, dass ich bei den Gefühlen, die dieses Nachdenken in mir weckte, überhaupt genesen konnte; mich wundert, dass mich die schiere Gier zu überleben, um noch Zeit für meine Abbitte vor Gott und euch allen zu haben, nicht auf der Stelle umgebracht hat. Wäre ich gestorben, in welch ausnehmendem Elend hätte ich dich, meine Pflegerin, meine Freundin, meine Schwester zurückgelassen! Dich, die du all meine gereizte Selbstsucht in letzter Zeit ertragen, all mein heimliches Murren gehört hast. Wie hätte ich in deiner Erinnerung weitergelebt! Und meine Mutter! Wie hättest du sie trösten können? Unsagbar war mein Abscheu vor mir selbst. Wann immer ich in die Vergangenheit blickte, sah ich eine Pflicht, die ich vernachlässigt, eine Schwäche, der ich nachgegeben hatte. Allen schien ich wehgetan zu haben. Mrs. Jennings habe ich ihre Freundlichkeit, ihre nie versiegende Freundlichkeit mit undankbarer Geringschätzung gelohnt. Gegenüber den Middletons, den Palmers, den Steeles, sogar gegenüber allen weniger nahen Bekannten war ich unverschämt und ungerecht, hatte mein Herz gegen ihre Verdienste verschlossen und fühlte mich schon durch ihre bloße Aufmerksamkeit gereizt. Selbst John und Fanny habe ich weniger gegeben, als ihnen zustand – ja, sogar ihnen, auch wenn sie kaum das wenige wert waren. Aber dir, vor allem dir, noch mehr als meiner Mutter, habe ich unrecht getan. Ich und nur ich wusste um dein Herz und deinen Kummer, aber wozu hat es mich bewogen? Nicht zu Mitleid, das dir und auch mir gutgetan hätte. Ich hatte dein Beispiel vor Augen, aber habe ich es genutzt? Habe ich Rücksicht genommen auf dich und dein Wohlergehen? Habe ich wie du Geduld bewiesen oder den Druck auf dich gelindert, indem ich einen Teil der allgemeinen Höflichkeiten oder besonderen Dankesbezeugungen, die du bisher allein geäußert hattest, übernommen hätte? Nein. Ob ich nun wusste, du bist unglücklich, oder glaubte, es gehe dir gut, immer habe ich mich vor allem gedrückt, vor Pflichtbesuchen ebenso wie vor Begegnungen mit Freunden, ich ließ kaum zu, dass jemand anderer als ich litt, trauerte nur um das eine Herz, das mich verletzt und mir unrecht getan hatte, und ließ zu, dass du, die ich doch angeblich grenzenlos lieb hatte, um meinetwillen unglücklich warst.»

Hier endete die Sturzflut ihrer kühnen Selbstvorwürfe, und Elinor, die es nicht erwarten konnte, sie zu besänftigen, auch wenn sie zu ehrlich war, um ihr zu schmeicheln, ließ ihr augenblicklich das Lob und den Rückhalt zukommen, die sie durch ihre Offenheit und Zerknirschung verdiente.

Marianne drückte ihr die Hand und erwiderte: «Das ist sehr lieb von dir. Die Zukunft wird mich auf die Probe stellen. Ich habe einen Plan gefasst, und wenn ich fähig bin, mich an ihn zu halten, werde ich meine Gefühle beherrschen und mein Temperament mäßigen. Sie sollen andere nicht mehr behelligen und mich nicht mehr quälen. Ich werde ab jetzt einzig und allein für meine Familie leben. Du, Mutter und Margaret, ihr werdet von nun an mein Ein und Alles sein und euch meine Zuneigung teilen müssen. Nichts soll mich mehr dazu bewegen, von euch, von meinem Zuhause fortzugehen, und wenn ich mit anderen Leuten verkehre, so nur, um zu beweisen, dass mein Naturell gezähmt ist, meine Seele dazugelernt hat und ich sanftmütig und geduldig Höflichkeiten austauschen und kleineren Aufgaben im Leben nachkommen kann. Was Willoughby betrifft... zu behaupten, ich würde ihn bald oder überhaupt jemals vergessen, wäre unsinnig. Die Erinnerung an ihn kann durch veränderte Umstände oder Ansichten nicht ausgelöscht werden. Aber sie soll gesteuert, soll gezügelt werden durch Glauben, Vernunft und stetige Beschäftigung.»

Sie schwieg und fügte leise hinzu: «Wenn ich nur wüsste, wie es in seinem Herzen aussieht, fiele mir all das leichter.»

Elinor überlegte schon seit geraumer Zeit, ob es angebracht sei oder nicht, sich nun zügig an ihren Bericht zu wagen, hatte aber nie das Gefühl gehabt, einer Entscheidung näher zu kommen; doch als sie dies hörte, wurde ihr klar, dass alles Nachdenken nichts half, sondern Entschlossenheit angebracht war, und kurz darauf merkte sie, dass sie bereits zu erzählen begonnen hatte. Sie ging ihre Schilderung geschickt an, wie sie hoffte, bereitete ihre ängstliche Zuhörerin vorsichtig vor, nannte offen und ehrlich die wichtigsten Punkte, auf die Willoughby seine Verteidigungsrede gegründet hatte, wurde seiner Reue gerecht und milderte nur seine Beteuerungen, dass er sie immer noch liebe. Marianne sagte kein Wort. Sie zitterte, den Blick zu Boden gerichtet, und ihre Lippen wurden noch blasser als zur Zeit der Krankheit. Tausend Fragen schossen aus ihrem Herzen empor, doch sie wagte keine davon zu äußern. Sie saugte jede Silbe lechzend und gierig auf, drückte, ohne es zu merken, ganz fest die Hand ihrer Schwester, und Tränen liefen ihr über die Wangen.

Da Elinor fürchtete, sie sei müde geworden, zog sie sie heimwärts, und weil sie ahnte, wie neugierig sie sein musste, obwohl sie sich keine einzige Frage gestattet hatte, sprach sie bis zur Tür des Cottages von nichts anderem als von Willoughby und ihrem Gespräch mit ihm und bemühte sich, jede Einzelheit in seinen Worten und Blicken peinlich genau wiederzugeben, wo sie sich Genauigkeit gefahrlos erlauben konnte.

Sobald sie im Haus waren, verabschiedete sich

Marianne mit einem dankbaren Kuss und den unter Tränen gesprochenen, kaum vernehmlichen Worten «Erzähl es Mama» von ihrer Schwester und ging langsam die Treppe hinauf. Diesem an sich vernünftigen Wunsch nach einem Rückzug wollte Elinor nicht in die Quere kommen, und während sie besorgt überlegte, wie sich wohl das Alleinsein auf ihre Schwester auswirken werde, und beschloss, das Thema wieder aufzugreifen, sollte Marianne selbst es nicht tun, begab sie sich ins Wohnzimmer, um zu erledigen, worum Marianne sie gebeten hatte.

Kapitel 47

Mrs. Dashwood vernahm die Verteidigung ihres früheren Lieblings nicht ohne Rührung. Sie freute sich, dass er von einem Teil der ihm angelasteten Schuld freizusprechen war, er tat ihr leid, und sie wünschte ihm alles Gute. Doch die einstigen Gefühle ließen sich nicht wieder wachrufen. Nichts konnte ihn treu und unbescholten Marianne zurückgeben. Nichts konnte das Wissen auslöschen, was ihre Tochter seinetwegen gelitten hatte, oder sein schuldhaftes Verhalten gegenüber Eliza ungeschehen machen. Er war unwiderruflich in ihrer Achtung gesunken, und daher konnte auch nichts Colonel Brandons Anwartschaft ins Wanken bringen.

Hätte Mrs. Dashwood wie ihre Tochter die Geschichte aus Willoughbys eigenem Mund vernommen und wäre sie unter dem Eindruck seiner Ausstrahlung und seines Auftretens Zeugin seiner Verzweiflung geworden, so wäre ihr Mitgefühl wahrscheinlich größer gewesen. Doch weder konnte noch wollte Elinor durch ausführliche Schilderungen in anderen solche Gefühle wecken, wie sie beim ersten Hören in ihr hervorgerufen worden waren. Sie hatte nachgedacht, und das hatte ihr Urteilsvermögen wachgerüttelt und ihre Ansicht zurechtgerückt, welche Strafe Willoughby wirklich verdient hatte, deshalb wollte sie ohne alle zärtlichen Beschönigungen, die die Fantasie auf Abwege führten, nur die schlichte Wahrheit sagen und die Tatsachen offenlegen, die seinem Wesen wirklich entsprachen.

Am Abend, als sie alle drei zusammensaßen, begann Marianne von sich aus wieder von ihm zu sprechen; dass sie dies Kraft kostete, zeigten deutlich die ruhelose, nervöse Nachdenklichkeit, mit der sie schon zuvor eine Weile dagesessen hatte, ihr Erröten, als sie schließlich sprach, und ihre zitternde Stimme.

«Ich möchte euch beiden versichern», sagte sie, «dass ich die ganze Sache so sehe... wie ihr es euch nur wünschen könnt.»

Mrs. Dashwood hätte sie sofort mit beschwichtigender Zärtlichkeit unterbrochen, wenn nicht Elinor, die sich dringend wünschte, die ehrliche Meinung ihrer Schwester zu hören, sie durch ein beschwörendes Zeichen zum Schweigen gebracht hätte.

Marianne fuhr leise fort: «Was mir Elinor heute Morgen erzählt hat... erleichtert mich sehr... Ich habe genau das gehört, was ich mir gewünscht habe.» Ein paar Augenblicke lang versagte ihr die Stimme, aber sie erholte sich und fügte etwas ruhiger hinzu: «Ich bin nun vollkommen zufrieden, ich wünsche mir nicht mehr, dass sich noch etwas ändert. Ich hätte nie mit ihm glücklich werden können, nachdem ich all das erfahren habe, und früher oder später hätte ich es erfahren müssen. Ich hätte ihm nicht mehr vertraut, ihn nicht mehr geachtet. Nichts hätte das in meinem Innern auslöschen können.»

«Ich weiß, ich weiß», rief die Mutter. «Glücklich mit einem Mann, der sich wie ein Wüstling aufführt? Mit einem, der den Seelenfrieden unseres teuersten Freundes und des besten Menschen auf Erden zerstört hat? Nein, meine Marianne hat nicht das Herz, das mit einem solchen Mann glücklich wird! Ihr Gewissen, ihr feines Gewissen hätte all das empfunden, was eigentlich ihr Ehemann hätte empfinden müssen.»

Marianne seufzte und wiederholte: «Ich wünsche mir nicht mehr, dass sich etwas ändert.»

«Du betrachtest die Angelegenheit genau so, wie eine starke Persönlichkeit und ein gesunder Verstand sie betrachten sollten», sagte Elinor. «Und so wie ich findest bestimmt auch du in diesen und vielen anderen Umständen Grund genug zu der Annahme, dass deine Heirat dir sicher eine Menge Schwierigkeiten und Enttäuschungen beschert hätte, bei denen dir seine wesentlich weniger sichere Zuneigung keine große Hilfe gewesen wäre. Hättet ihr geheiratet, wärt ihr für immer arm geblieben. Sein aufwendiger Lebensstil, den er ja selbst zugibt, und sein ganzes Verhalten beweisen, dass er das Wort Selbstverleugnung eigentlich nicht kennt. Seine Ansprüche, euer kleines, ja sehr kleines Einkommen und dazu deine Unerfahrenheit hätten euch Sorgen aufgebürdet, die davon, dass du sie bisher weder gekannt noch erwartet hast, nicht weniger drückend geworden wären. Ich weiß, sobald du dir der Lage bewusst geworden wärst, hätten dich dein Ehrgefühl und deine Ehrlichkeit bewogen, alle erdenkliche Sparsamkeit walten zu lassen, und vielleicht hättest du auch auf diese Weise haushalten dürfen, solange deine Genügsamkeit nur deinen eigenen Komfort eingeschränkt hätte, aber darüber hinaus – und wie hättest du ganz allein, selbst wenn du noch so gut wirtschaftest, einen Untergang aufhalten können, der schon vor deiner Heirat begonnen hatte? –, wenn du also darüber hinaus versucht hättest, seine Vergnügungen ebenfalls zu beschneiden, wie vernünftig das auch gewesen wäre, stünde dann nicht zu befürchten, dass du, statt eine so selbstsüchtige Haltung zu verändern, eher deinen Einfluss auf sein Herz verloren hättest und er die Verbindung bedauert hätte, die ihn in solche Schwierigkeiten brachte?»

Mariannes Lippen zitterten, und sie wiederholte das Wort «selbstsüchtig» in einem Ton, der zu sagen schien: «Hältst du ihn tatsächlich für selbstsüchtig?»

«Sein ganzes Verhalten vom Anfang bis zum Ende der Geschichte», erwiderte Elinor, «gründete auf Selbstsucht. Aus Selbstsucht hat er mit deiner Liebe gespielt, aus Selbstsucht hat er später, als er selbst verliebt war, sein Geständnis hinausgezögert, und aus Selbstsucht ist er schließlich aus Barton verschwunden. Jedes Mal war das eigene Vergnügen, die eigene Bequemlichkeit seine Richtlinie.»

«Das stimmt. Mein Glück hatte er niemals im Auge.»

«Jetzt bedauert er, was er getan hat», fuhr Elinor fort, «und warum bedauert er es? Weil er feststellt, dass seine Erwartungen nicht erfüllt wurden. Es hat ihn nicht glücklich gemacht. Er hat freilich keine Geldsorgen, diesbezüglich gibt es nichts, worunter er leidet, dafür denkt er jetzt ständig daran, dass er eine Frau geheiratet hat, die nicht so liebenswert ist wie du. Aber folgt daraus, dass er glücklich gewesen wäre, wenn er dich geheiratet hätte? Dann wären die Unannehmlichkeiten nur andere gewesen. Er hätte unter finanziellen Sorgen gelitten, die er jetzt, da es keine gibt, für nichts erachtet. Er hätte eine Frau gehabt, über deren Wesensart er nicht hätte klagen können, aber er wäre immer in Geldnot, immer arm gewesen und hätte wohl bald gelernt, den zahlreichen Freuden eines schuldenfreien Besitzes und guten Einkommens eine selbst für das häusliche Glück viel höhere Bedeutung beizumessen als dem Naturell einer Ehefrau.»

«Zweifellos», sagte Marianne, «und ich habe nichts zu bedauern, nichts als meine eigene Torheit.»

«Nennen wir es lieber die Unklugheit deiner Mutter, mein Kind», sagte Mrs. Dashwood. «Die Verantwortung liegt bei ihr.»

Marianne wollte sie nicht weitersprechen lassen, und Elinor, froh, dass beide ihre Fehler einsahen, suchte zu vermeiden, dass ein genauerer Blick auf die Vergangenheit die Stimmung ihrer Schwester trübte, deshalb griff sie das frühere Thema wieder auf und fuhr umgehend fort: «Eines lässt sich bei der ganzen Geschichte deutlich feststellen: dass Willoughbys sämtliche Schwierigkeiten aus seinem ersten Fehltritt entstanden sind, aus seinem Verhalten gegenüber Eliza Williams. Dieses schlimme Vergehen war der Ursprung aller weniger schlimmen und seiner ganzen derzeitigen Unzufriedenheit.»

Marianne pflichtete ihr lebhaft bei, und die Mutter verleitete diese Bemerkung zu einer leidenschaftlichen Aufzählung von Colonel Brandons Schicksalsschlägen und Verdiensten, wie ihre Freundschaft und ihr Anliegen sie ihr mit vereinten Kräften diktierten. Ihre Tochter sah jedoch nicht aus, als hätte sie viel davon wahrgenommen.

Wie Elinor erwartet hatte, bemerkte sie in den folgenden zwei, drei Tagen, dass Marianne sich nicht in dem Maß erholte wie bisher, aber da ihre

Entschlossenheit ungebrochen war und sie nach wie vor versuchte, heiter und gelassen zu wirken, vertraute ihre Schwester auf die heilende Kraft der Zeit.

Margaret kehrte zurück, und nun waren alle Familienmitglieder wieder vereint, waren friedlich aufs Neue im Cottage versammelt, und wenn sie den gewohnten Beschäftigungen auch nicht so eifrig nachgingen wie bei ihrer Ankunft in Barton, so hatten sie zumindest fest vor, es in Zukunft umso eifriger zu tun.

Elinor wartete ungeduldig auf eine Nachricht von Edward. Sie hatte nichts von ihm gehört, seit sie London verlassen hatte, wusste nichts von seinen Plänen und kannte nicht einmal seinen derzeitigen Aufenthaltsort. Sie hatte aufgrund von Mariannes Krankheit ein paar Briefe mit ihrem Bruder gewechselt, und in Johns erstem Schreiben fand sich der Satz:

«Von unserem unseligen Edward wissen wir nichts und können zu einem so verbotenen Thema auch keine Erkundigungen einholen, sondern nur den Schluss ziehen, dass er noch in Oxford ist.»

Mehr Auskünfte über Edward lieferte ihr diese Korrespondenz nicht, denn in den späteren Briefen wurde sein Name nicht einmal mehr erwähnt. Sie war jedoch nicht dazu verurteilt, allzu lange über seine Maßnahmen im Unklaren zu bleiben.

Der Diener war eines Vormittags für Besorgungen nach Exeter geschickt worden, und als er bei Tisch servierte und die Fragen seiner Herrin bezüglich der Ergebnisse seines Botengangs zufriedenstellend beantwortet hatte, meldete er von sich aus noch: «Das wissen Sie wahrscheinlich schon, Ma'am, dass Mr. Ferrars geheiratet hat.»

Marianne schreckte hoch, blickte zu Elinor hinüber, sah sie erbleichen und sank unter krampfhaftem Schluchzen in ihren Stuhl zurück. Mrs. Dashwoods Blick hatte, während sie die Frage des Dieners beantwortete, intuitiv dieselbe Richtung genommen, und an Elinors Gesichtsausdruck erkannte sie betroffen, wie sehr sie tatsächlich litt, und da Mariannes Zustand genauso besorgniserregend war, wusste sie einen Moment lang nicht mehr, welchem Kind sie ihr Hauptaugenmerk schenken sollte.

Der Diener, der nur sah, dass die Sache Miss Marianne mitgenommen hatte, besaß die Geistesgegenwart, eines der Mädchen zu rufen, und dieses brachte Marianne zusammen mit Mrs. Dashwood in das zweite Wohnzimmer. Es ging ihr schon ein wenig besser, und die Mutter überließ sie der Fürsorge von Margaret und dem Mädchen und kehrte zu Elinor zurück, die zwar noch immer verstört war, aber Verstand und Stimme so weit wieder unter Kontrolle hatte, dass sie gerade ansetzte, Thomas zu fragen, woher er das wisse. Diese schwere Aufgabe übernahm nun Mrs. Dashwood, und Elinor kam in den Genuss von Auskünften, ohne sich selbst um diese bemühen zu müssen.

«Wer hat Ihm erzählt, dass Mr. Ferrars verheiratet ist, Thomas?»

«Ich hab Mr. Ferrars selber gesehen, Ma'am, heut Morgen in Exeter, und seine Frau auch, Miss Steele ist das. Sie sind in einer Kalesche gesessen, die grad vor der Tür vom ‹New London Inn› stand, wie ich da hin bin, weil ich was ausrichten musste, von Sally aus Barton Park an ihren Bruder, der ist Postillion. Ich hab zufällig hochgeschaut, wie ich an der Kalesche vorbeikomm, und da hab ich gleich gesehen, es ist die jüngere Miss Steele, und natürlich hab ich meinen Hut gezogen. Sie hat mich erkannt und meinen Namen gerufen und nach Ihnen gefragt, Ma'am, und nach den jungen Damen, besonders Miss Marianne, und sie hat gesagt, ich soll Ihnen von ihr und Mr. Ferrars schöne Grüße ausrichten, die allerbesten Grüße und Wünsche, und es würd ihnen sehr leidtun, dass sie keine Zeit haben zum Besuchen, aber sie hätten es sehr eilig, weil sie fahren für eine Zeit lang weiter weg, aber dann, wenn sie wieder da sind, würden sie auf jeden Fall kommen und Sie besuchen.»

«Hat sie Ihm denn selbst gesagt, dass sie verheiratet sei, Thomas?»

«Ja, Ma'am. Sie hat gelächelt und gesagt, dass sie jetzt einen andern Namen hat, seit sie hier in der Gegend ist. Sie war ja immer eine recht nette und offene junge Dame und sehr höflich. Deswegen war ich so frei und hab ihr gratuliert.»

«Saß Mr. Ferrars bei ihr in der Kutsche?»

«Ja, Ma'am, ich hab ihn gesehn, er saß zurückgelehnt da, aber er hat nicht hochgeschaut – er war ja immer ein Gentleman, der es nicht so mit dem Reden hat.»

Elinors Herz konnte sich leicht erklären, warum er nicht ans Licht drängte, und Mrs. Dashwood kam wahrscheinlich zu derselben Begründung.

«War sonst niemand in der Kutsche?»

«Nein, Ma'am, nur die zwei.»

«Weiß Er, woher sie kamen?»

«Direkt aus London. Das hat mir Miss Lucy... Mrs. Ferrars gesagt.»

«Und reisen sie noch weiter westwärts?»

«Ja, Ma'am, aber sie bleiben nicht lang. Sie sind bald wieder zurück, und dann kommen sie bestimmt zu Besuch.»

Mrs. Dashwood warf Elinor einen Blick zu, doch Elinor wusste genau, dass sie nicht mit ihnen zu rechnen brauchte. In dieser Botschaft erkannte sie die ganze Lucy und war fest überzeugt, dass sie Edward nie in ihre Nähe lassen würde. Deshalb sagte sie leise zu ihrer Mutter, sie führen wahrscheinlich zu Mr. Pratt in der Nähe von Plymouth.

Thomas schien mit seinen Mitteilungen am Ende zu sein. Elinor machte ein Gesicht, als würde sie gern noch mehr hören.

«Hat Er sie abfahren sehen, bevor Er wegging?»

«Nein, Ma'am, die Pferde kamen grad aus dem Stall, aber ich konnt nicht länger bleiben, ich war sowieso schon spät dran.»

«Sah Mrs. Ferrars gut aus?»

«Ja, Ma'am, sie hat gesagt, es geht ihr sehr gut, und ich find, sie war ja immer eine hübsche junge Dame. Sie ist, scheint's, rundrum zufrieden.»

Mrs. Dashwood fiel keine Frage mehr ein, und so wurde Thomas entlassen und das Tischtuch abgeräumt, da man beide nicht mehr benötigte. Marianne hatte bereits ausrichten lassen, dass sie nichts mehr essen werde. Mrs. Dashwood und Elinor war ebenfalls der Appetit vergangen, und Margaret konnte sich glücklich schätzen, dass sie bei den vielen Misshelligkeiten, die ihre Schwestern in jüngster Zeit erlebt hatten, und den vielen Anlässen, die Lust am Essen zu verlieren, bisher nie gezwungen gewesen war, ohne Mahlzeit vom Tisch aufzustehen.

Als man Dessert und Wein serviert hatte und Mrs. Dashwood und Elinor endlich allein waren, saßen sie lange nachdenklich und schweigend beisammen. Mrs. Dashwood wagte keine Bemerkung zu machen und traute sich nicht, Elinor zu trösten. Sie erkannte, dass sie sich geirrt hatte, als sie sich auf Elinors Selbstdarstellung verlassen hatte, und folgerte ganz richtig, dass sie damals alles in milderem Licht dargestellt hatte, um der Mutter, die schon wegen Marianne so litt, weiteres Leid zu ersparen. Sie erkannte, dass die behutsame, fürsorgliche Rücksicht ihrer Tochter sie zu der Annahme verleitet hatte, die Zuneigung, für die sie einst so großes Verständnis gehabt hatte, sei in Wirklichkeit viel verhaltener, als sie immer geglaubt hatte – viel verhaltener auch, als sich jetzt herausstellte. Sie fürchtete, dass sie aufgrund dieser Überzeugung ungerecht, nachlässig, ja fast lieblos zu ihrer Elinor gewesen war, dass Mariannes Kummer, weil er deutlicher eingestanden und ihr unmittelbar vor Augen geführt worden war, ihre Zärtlichkeit allzu sehr beansprucht hatte und sie vergessen ließ, dass sie in Elinor eine Tochter hatte, die vielleicht genauso litt, nur viel tapferer und nicht so selbstquälerisch.

Kapitel 48

Elinor erkannte nun den Unterschied zwischen dem Erwarten eines unerfreulichen Ereignisses, wie gewiss man auch mit dessen Eintreffen rechnete, und der Gewissheit selbst. Sie erkannte, dass sie, solange Edward ledig war, sich wider besseres Wissen noch immer zu hoffen gestattet hatte, irgendeine plötzliche Begebenheit werde zu ihrer aller Glück verhindern, dass er Lucy heiratete – ein Entschluss von seiner Seite, die Vermittlung von Freunden oder eine Gelegenheit zu einer wünschenswerteren Verbindung für die Dame. Doch jetzt war er verheiratet, und sie verwünschte ihr Herz für dessen heimliche Schönrederei, die die endgültige Gewissheit nur umso schmerzhafter machte.

Dass er so bald geheiratet hatte, vermutlich noch ehe er die Weihen erhalten hatte und folglich auch ehe er im Besitz der Pfründe war, erstaunte sie anfangs etwas. Aber sie erkannte rasch, dass Lucy in ihrer selbstsüchtigen Sorge und dem Bestreben, ihn sich eilends zu sichern, wahrscheinlich nichts anderes mehr wahrnahm als die Gefahr einer Verzögerung. Sie hatten geheiratet, hatten in London geheiratet und fuhren nun auf dem schnellsten Weg zu ihrem Onkel. Was Edward wohl gefühlt haben mochte, als er sich keine vier Meilen von Barton entfernt aufhielt, als er den Diener ihrer Mutter erblickte und Lucys Mitteilung mitanhören musste?

Sie würden vermutlich bald in Delaford einziehen. Delaford – der Ort, der durch das Zusammenwirken von so vielem große Bedeutung für sie bekommen hatte, der Ort, den sie kennenlernen wollte und dennoch zu meiden suchte. Schon sah sie die beiden in ihrem Pfarrhaus; sah Lucy als tatkräftige, findige Wirtschafterin, die den Wunsch nach elegantem Auftreten mit äußerster Sparsamkeit verbinden und sich gleichzeitig schämen würde, wenn jemand auch nur die Hälfte ihrer Rechentricks erriete; die mit jedem

Gedanken ihre eigenen Interessen verfolgte und um die Gunst von Colonel Brandon, Mrs. Jennings und jedem anderen wohlhabenden Freund buhlte. Und Edward... sie wusste nicht, wie sie ihn sah oder sehen wollte, ob glücklich oder unglücklich, nichts gefiel ihr, keine dieser Vorstellungen behagte ihr.

Elinor redete sich ein, irgendeiner von den Londoner Bekannten müsse ihnen schreiben, das Ereignis melden und nähere Einzelheiten berichten – aber Tag um Tag verging, und es kam kein Brief, keine Nachricht. Obwohl sie nicht wusste, ob sie irgendjemandem die Schuld daran geben konnte, hatte sie an allen Freunden in der Ferne etwas auszusetzen. Sie waren alle gedankenlos und faul.

«Wann schreibst du an Colonel Brandon, Mutter?» Diese Frage entsprang ihrer Ungeduld, damit überhaupt etwas geschah.

«Ich habe ihm schon letzte Woche geschrieben, Liebes, und rechne eigentlich damit, dass wir ihn bald wiedersehen und nicht nur von ihm hören. Ich habe ihn dringend gebeten, uns zu besuchen, und würde mich nicht wundern, wenn er heute oder morgen oder demnächst hereinspaziert käme.»

Das war immerhin ein Gewinn, etwas, worauf

man sich freuen konnte. Colonel Brandon wusste bestimmt Näheres zu berichten.

Kaum war sie zu diesem Schluss gekommen, als die Gestalt eines Mannes zu Pferd ihren Blick Richtung Fenster lenkte. Er blieb am Gartentor stehen. Es war ein Gentleman, es war Colonel Brandon persönlich. Jetzt würde sie mehr erfahren, und sie zitterte vor Erwartung. Aber... dies war nicht Colonel Brandon, weder dem Aussehen noch der Größe nach. Wäre so etwas überhaupt möglich gewesen, hätte sie gesagt, es müsse Edward sein. Sie blickte wieder hinaus. Er war soeben abgestiegen. Nein, sie irrte sich nicht... es war Edward. Sie trat zurück und setzte sich. «Er kommt von Mr. Pratt, um uns zu besuchen. Ich werde ganz ruhig bleiben, ich werde mich beherrschen.»

Sie merkte sofort, dass die anderen sich ebenfalls getäuscht hatten und dies nun bemerkten. Sie sah ihre Mutter und Marianne erbleichen, sah, wie sie zu ihr herüberblickten und ein paar Sätze miteinander flüsterten. Sie hätte viel dafür gegeben, jetzt Worte zu finden, ihrer Hoffnung Ausdruck verleihen zu können, sie würden ihm nicht kühl und abweisend gegenübertreten – aber sie brachte keinen Laut über die Lippen und war gezwungen, alles ihrem Taktgefühl zu überlassen.

Keine Silbe wurde gesprochen. Sie warteten alle schweigend darauf, dass ihr Besucher erschien. Auf dem Kiesweg waren seine Schritte zu hören, kurz darauf war er im Flur, und Sekunden später stand er vor ihnen.

Als er ins Zimmer trat, wirkte er nicht allzu glücklich, nicht einmal auf Elinor. Sein Gesicht war bleich vor Aufregung, und er sah aus, als habe er Angst davor, wie man ihn empfangen werde, und als wisse er genau, dass ihm ein freundlicher Empfang nicht zustand. Mrs. Dashwood indes, im festen Glauben, nach den Wünschen ihrer Tochter zu handeln, von der sie sich in ihrer Herzensgüte jetzt in allem leiten lassen wollte, trat ihm mit einem Blick aufgesetzter Heiterkeit entgegen, gab ihm die Hand und beglückwünschte ihn.

Er errötete und stammelte irgendeine unverständliche Antwort. Elinors Lippen hatten sich gleichzeitig mit denen ihrer Mutter bewegt, und als der passende Augenblick vorüber war, wünschte sie sich, sie hätte ihm ebenfalls die Hand gereicht. Aber jetzt war es zu spät, und mit einem Gesichtsausdruck, der möglichst offen wirken sollte, setzte sie sich wieder hin und begann über das Wetter zu sprechen.

Marianne hatte sich aus seinem Blickfeld zurückgezogen, um ihre Betroffenheit zu verbergen, und Margaret, die einiges, aber nicht alles an dieser ganzen Sache begriff, empfand es als ihre Pflicht, sich würdevoll zu benehmen, setzte sich möglichst weit weg von ihm und bewahrte striktes Schweigen.

Als Elinor schließlich mit ihren Freudenbekundungen über die trockene Witterung fertig war, trat peinliche Stille ein. Mrs. Dashwood machte ihr ein Ende; sie fühlte sich verpflichtet, die Hoffnung zu äußern, er habe Mrs. Ferrars bei guter Gesundheit zurückgelassen. Eilends bejahte er.

Wieder Stille.

Elinor beschloss, ihr Bestes zu geben, und obwohl sie den Klang ihrer Stimme fürchtete, sagte sie: «Ist Mrs. Ferrars in Longstaple?»

«In Longstaple?», erwiderte er etwas erstaunt. «Nein, meine Mutter ist in London.»

«Ich meinte...», sagte Elinor und griff nach einer Handarbeit auf dem Tisch, «ich wollte mich nach Mrs. Edward Ferrars erkundigen.»

Sie wagte nicht aufzusehen, aber die Mutter und Marianne richteten ihre Blicke auf ihn. Er errötete, schien verwirrt, wirkte unschlüssig und sagte nach einigem Zögern: «Sie meinten womöglich... meinen Bruder... also Mrs.... Mrs. Robert Ferrars.»

«Mrs. Robert Ferrars!», wiederholten Marianne und ihre Mutter im Ton äußerster Verblüffung, und obwohl Elinor nicht zu sprechen vermochte, war auch ihr Blick mit der gleichen gespannten Verwunderung auf ihn gerichtet. Er erhob sich und ging zum Fenster, offenbar weil er nicht wusste, was er tun sollte; er nahm eine Schere, die dort lag, ruinierte diese und das Futteral, indem er Letzteres in Stücke schnitt, und erklärte hastig: «Vielleicht wissen Sie es noch nicht... vielleicht haben Sie noch nicht gehört, dass mein Bruder vor Kurzem geheiratet hat... die jüngere... Miss Lucy Steele.»

Wie ein Echo wiederholten alle diese Worte in unbeschreiblichem Erstaunen, nur Elinor nicht. Sie allein saß stumm da, den Kopf über die Handarbeit gebeugt, so aufgewühlt, dass sie kaum wusste, wo sie war.

«Ja», sagte er, «sie haben letzte Woche geheiratet und sind jetzt in Dawlish.»

Elinor konnte nicht mehr sitzen bleiben. Sie rannte beinahe aus dem Zimmer, und kaum war die Tür ins Schloss gefallen, brach sie in Tränen der Freude aus, die, so glaubte sie anfangs, gewiss nie ein Ende finden würden. Edward, der bisher seine Blicke überallhin gerichtet hatte, nur nicht auf sie, sah sie hinauslaufen, sah vielleicht auch (oder hörte sogar), wie erregt sie war, denn unmittelbar darauf verfiel er in ein Sinnen, das keine Bemerkung Mrs. Dashwoods, keine Frage, keine liebevolle Höflichkeit durchdringen konnte, und schließlich ging er wortlos aus dem Zimmer, hinaus Richtung Dorf, und ließ die anderen angesichts seiner so wunderbar und plötzlich veränderten Lage in größter Verwunderung und Verwirrung zurück – in einer Verwirrung, derer sie nur durch Vermutungen Herr werden konnten.

Kapitel 49

So unerklärlich die Umstände seiner Entlassung der ganzen Familie erscheinen mochten – sicher war, dass Edward frei war, und wozu er diese Freiheit nutzen würde, ließ sich leicht vorhersagen. Denn nachdem er die Segnungen eines unklugen, vor vier Jahren ohne Einwilligung seiner Mutter eingegangenen Verlöbnisses bereits erfahren hatte, war nach dessen Scheitern nichts anderes zu erwarten, als dass er sofort ein weiteres einging.

Für sein Erscheinen in Barton gab es in der Tat einen ganz einfachen Grund. Er war gekommen, Elinor zu fragen, ob sie seine Frau werden wolle – und in Anbetracht der Tatsache, dass er in solchen Fragen nicht ganz unerfahren war, konnte man sich nur wundern, dass er sich im vorliegenden Fall offenbar so unbehaglich fühlte und er so dringend der Ermutigung und frischen Luft bedurfte.

Wie lange es jedoch dauerte, bis er sich die gehörige Entschlossenheit anspaziert hatte, wann genau sich die Gelegenheit bot, diese unter Beweis zu stellen, welche Worte er wählte und wie man ihn empfing, das braucht hier nicht im Einzelnen ausgeführt zu werden. Nur eins muss festgehalten werden: Als sie sich um vier Uhr alle zu Tisch setzten, etwa drei Stunden nach seiner Ankunft, hatte er seine Herzensdame erobert, sich der Einwilligung ihrer Mutter versichert und war nicht nur seinen stürmischen Liebesbekenntnissen zufolge, sondern wirklich und wahrhaftig einer der glücklichsten Männer auf Erden. Und tatsächlich war seine Lage mehr als erfreulich. Der Triumph des erhörten Liebenden war nicht der einzige Grund, warum ihm das Herz aufging und seine Lebensgeister erwachten. Ohne sich selbst etwas vorwerfen zu müssen, war er einer Liaison entkommen, die ihn seit Langem unglücklich machte, war von einer Frau befreit worden, die er längst nicht mehr liebte, und umgehend in die sichere Verbindung mit einer anderen aufgerückt, an die er zumeist voll Verzweiflung hatte denken müssen, seit er überhaupt begonnen hatte, voll Sehnsucht an sie zu denken. Nicht aus dem Zweifel oder der Ungewissheit war er ins Glück versetzt worden, sondern aus dem Unglück – und über diese Wende sprach er so offen und freimütig, so beredt, dankbar und heiter, wie es seine Freunde bisher noch nie erlebt hatten.

Sein Herz lag jetzt offen vor Elinor; er bekannte all seine Schwächen, all seine Irrtümer und sprach über seine erste Jünglingsliebe zu Lucy mit der ganzen abgeklärten Würde eines Vierundzwanzigjährigen.

«Es war eine von meiner Seite törichte, unsinnige Neigung», sagte er, «die Folge meiner Unkenntnis der Welt und mangelnder Beschäftigung. Hätte meine Mutter mir einen richtigen Beruf verschafft, als ich mit achtzehn aus der Vormundschaft von Mr. Pratt entlassen wurde, ich glaube ... nein, ich bin sicher, es wäre nie dazu gekommen. Zwar verließ ich Longstaple mit einer, wie ich zu jener Zeit glaubte, unbezähmbaren Liebe zu seiner Nichte, doch hätte ich damals ein Ziel gehabt, ein Vorhaben, das meine Zeit beansprucht und mich für einige Monate von ihr ferngehalten hätte, wäre ich dieser eingebildeten Liebe bald entwachsen, schon weil ich mich mehr unter Menschen begeben hätte, was in einem solchen Fall vonnöten gewesen wäre. Aber statt einer Beschäftigung, statt dass jemand einen Beruf für mich gewählt oder ich selbst einen hätte wählen dürfen, kehrte ich nach Hause zurück, um mich dort ausschließlich dem Müßiggang zu überlassen, und in den ersten zwölf Monaten hatte ich nicht einmal dem Namen nach eine Aufgabe, wie sie mir durch die Einschreibung an der Universität zugefallen wäre, denn ich durfte erst mit neunzehn nach Oxford. Ich hatte also nichts anderes zu tun, als mir einzubilden, ich sei verliebt, und da es dank meiner Mutter zu Hause in keiner Weise gemütlich zuging und ich in meinem Bruder keinen Freund, keinen Gefährten fand und neue Bekanntschaften mied, lag es nahe, dass ich mich oft in Longstaple aufhielt, wo ich mich immer heimisch und auf jeden Fall willkommen fühlte; folglich verbrachte ich von achtzehn bis neunzehn dort den größten Teil meiner Zeit. Lucy erschien mir als der Inbegriff des Liebenswerten und Gefälligen, außerdem war sie hübsch – zumindest dachte ich das damals, und ich kannte kaum andere Frauen, sodass ich nicht vergleichen konnte und ihre Schwächen nicht sah. Aus diesem Blickwinkel betrachtet war unsere Verlobung, so töricht sie war und so töricht sie in jeder Hinsicht geblieben ist, damals doch hoffentlich keine unnatürliche oder unverzeihliche Dummheit.»

Der Wandel, den wenige Stunden in den Gemütern und im Glück der Dashwoods bewirkt hatten, war derart gewaltig, dass sie alle mit Sicherheit dem Vergnügen einer schlaflosen Nacht entgegensahen. Mrs. Dashwood, zu glücklich, um gelassen zu sein, wusste nicht, wie sie Edward genug lieben und Elinor genug loben sollte, wie sie sich für seine Befreiung dankbar zeigen sollte, ohne sein Taktgefühl zu verletzten, und wie sie den beiden einerseits ausreichend Zeit für ungezwungene Zwiegespräche gewähren und andererseits ihren Anblick und ihre Gegenwart genießen konnte, was sie sich eigentlich wünschte.

Marianne vermochte ihr Glück nur durch Tränen zu äußern. Vergleiche drängten sich auf, Trauer stieg in ihr hoch, und wenn ihre Freude auch ebenso aufrichtig war wie die Liebe zu ihrer Schwester, verlieh sie ihr doch keinen Schwung, und sie fand nicht die richtigen Worte.

Und Elinor – wie soll man ihre Gefühle beschreiben? Von dem Augenblick an, als sie erfuhr, dass Lucy einen anderen geheiratet hatte, dass Edward also frei war, bis zu dem Augenblick, da er die sofort in ihr geweckten Hoffnungen erfüllte, war sie abwechselnd alles – nur nicht ruhig. Und dann, als alle Zweifel, alle Sorgen zerstreut waren, als sie ihre jetzige Lage mit der in jüngster Vergangenheit verglich, als sie sah, wie er, aus der früheren Verlobung ehrenhaft entlassen, diese Entlassung sofort genutzt hatte, um ihr einen Antrag zu machen und ihr seine Liebe zu erklären, die so zärtlich und treu war, wie sie es immer vermutet hatte – da war ihr beklommen zumute, sie fühlte sich überwältigt von ihrem Glück. Und wiewohl der menschliche Geist erfreulicherweise so veranlagt ist, dass er sich an Veränderungen zum Besseren leicht gewöhnt, dauerte es doch mehrere Stunden, bis sich ihre Stimmung gefestigt und ihr Herz einigermaßen beruhigt hatte.

Edward saß nun für mindestens eine Woche im Cottage fest. Wer auch immer irgendwelche Ansprüche auf ihn erheben mochte, es war undenkbar, dass für das Vergnügen von Elinors Gesellschaft weniger als eine Woche anberaumt wurde oder dass eine solche Frist genügen würde, um auch nur die Hälfte von dem zu sagen, was zu Vergangenheit, Gegenwart und Zukunft gesagt werden musste. Denn obwohl schon wenige Stunden, die man der Schwerarbeit unablässigen Redens widmet, mehr Themen aufwerfen, als zwei vernunftbegabte Wesen ehrlicherweise gemein haben können, ist das bei Liebenden anders. Für sie ist ein Thema erst dann abgehandelt, hat ein Austausch erst dann stattgefunden, wenn das Thema mindestens zwanzigmal durchgesprochen worden ist.

Lucys Heirat, für sie alle ein Gegenstand unendlicher und berechtigter Verwunderung, war natürlich gleich zu Anfang Gesprächsstoff für das Liebespaar, und da Elinor beide beteiligten Parteien näher kannte, erschien ihr diese Eheschließung in jeder Hinsicht als ein höchst außergewöhnliches, unerklärliches Ereignis. Wie es die beiden zusammengewürfelt hatte und welche Reize Robert dazu verleitet hatten, ein Mädchen zu heiraten, dessen Schönheit ihm, wie sie selbst mitbekommen hatte, keinerlei Bewunderung entlockte – ein Mädchen, das obendrein bereits mit seinem Bruder verlobt und dessentwegen sein Bruder von der Familie verstoßen worden war –, das überstieg ihr Begriffsvermögen. Ihrem Herzen schien es wunderbar, ihrer Vorstellungskraft schien es zum Lachen, aber für ihren Verstand und ihre Einsicht blieb es ein völliges Rätsel.

Edward konnte nur versuchen, es zu erklären. Vielleicht war bei einer ersten zufälligen Begegnung die Eitelkeit des einen durch die Schmeicheleien der anderen dermaßen gekitzelt worden, dass sich alles Übrige nach und nach daraus ergab. Elinor fiel wieder ein, wie Robert ihr in der Harley Street erklärt hatte, was er seiner Ansicht nach als Vermittler in Sachen seines Bruders hätte ausrichten können, wäre er rechtzeitig eingeschaltet worden. Sie erzählte es Edward.

«Das sieht Robert ähnlich», bemerkte dieser sofort. «Vielleicht hatte er genau das im Sinn, als ihre Bekanntschaft begann. Und Lucy dachte vielleicht anfangs nur daran, sich zu meinen Gunsten seiner guten Beziehungen zu versichern. Später mögen dann andere Absichten daraus erwachsen sein.»

Doch wie lange die Sache zwischen ihnen schon gelaufen war, vermochte er ebenso wenig zu klären wie sie. In Oxford, wo er sich vorzugsweise aufgehalten hatte, seit er aus London abgereist war, gab es keine andere Möglichkeit, etwas über sie zu erfahren, als durch ihre eigenen Briefe, und diese waren bis zuletzt weder seltener eingetroffen noch im Ton weniger liebevoll als sonst. Er habe also, sagte er, nicht den geringsten Verdacht geschöpft, der ihn auf das Folgende vorbereitet hätte, und als sich schließlich durch Lucys letzten Brief alles über ihm entladen habe, sei er vor Verblüffung, Entsetzen und Glück über eine solche Erlösung wohl eine Weile wie gelähmt gewesen. Er reichte Elinor den Brief.

«Werter Sir,
ich weiß genau, dass ich Ihre Zuneigung schon längst verloren habe, deshalb fand ich, dass es mir freisteht, meine eigene einem anderen zuzuwenden, und ich habe keinen Zweifel, dass ich mit ihm so glücklich werde, wie ich mal gedacht habe, dass ich mit Ihnen werde, aber es ist unter meiner Würde, die Hand anzunehmen, wo das Herz einer anderen gehört. Ich wünsche Ihnen aufrichtig, dass Sie mit Ihrer Wahl glücklich werden, und an mir soll es nicht liegen, wenn wir nicht gute Freunde bleiben, wie es sich jetzt für unsere nahe Verwandtschaft gehört. Ich kann jedenfalls sagen, dass ich Ihnen nichts nachtrage, und bin mir sicher, dass Sie zu großzügig sind, um uns Prügel in den Rücken zu werfen. Ihr Bruder hat meine ganze Liebe errungen, und weil wir ohne den anderen nicht leben können, sind wir soeben vom Altar zurückgekehrt und jetzt auf dem Weg nach Dawlish für ein paar Wochen, wo Ihr lieber Bruder sehr neugierig drauf ist, aber ich fand, ich solle Sie zuerst mit diesen

paar Zeilen inkommodieren und verbleibe für immer
Ihre aufrichtig wohlmeinende Freundin
und Schwägerin

        Lucy Ferrars

PS. Ihre Briefe habe ich alle verbrannt und Ihr Bild werde ich bei erster Gelegenheit zurückerstatten. Bitte vernichten Sie auch mein Geschreibsel, bloß den Ring mit meiner Locke können Sie von mir aus behalten.»

Elinor las ihn und gab ihn ohne eine Bemerkung zurück.

«Ich frage dich nicht, was du stilistisch davon hältst. Nicht um alles in der Welt hätte ich dir früher einen Brief von ihr gezeigt. So etwas ist schlimm genug bei einer Schwägerin, aber bei einer Ehefrau! Wie peinlich waren mir diese Zeilen! Und ich kann wohl sagen, dass dies, abgesehen vom ersten halben Jahr unserer törichten... Angelegenheit, der einzige Brief von ihr ist, dessen Inhalt mich für die stilistischen Schwächen entschädigt.»

«Wie auch immer es dazu gekommen ist», sagte Elinor nach kurzem Schweigen, «sie sind auf jeden Fall verheiratet. Und deine Mutter hat sich damit eine höchst angemessene Strafe eingehandelt. Aus Ärger über dich hat sie Robert zur finanziellen Unabhängigkeit verholfen, was ihn in die Lage versetzte, seine eigene Wahl zu treffen; eigentlich hat sie den einen Sohn mit tausend Pfund im Jahr dazu verführt, genau das in die Tat umzusetzen, was der andere vorhatte und weswegen sie ihn enterbt hat. Dass Robert Lucy geheiratet hat, wird sie kaum weniger schmerzen, als wenn du sie geheiratet hättest.»

«Es wird sie noch mehr schmerzen, denn Robert war immer ihr Liebling. Es wird sie zwar mehr schmerzen, aber aus demselben Grund wird sie ihm auch eher verzeihen.»

Wie es momentan zwischen ihnen stand, wusste Edward nicht, denn bisher hatte er nicht versucht, Verbindung zu einem der Familienmitglieder aufzunehmen. Vierundzwanzig Stunden nachdem Lucys Brief eingetroffen war, hatte er Oxford verlassen, und da er nur ein Ziel vor Augen hatte, nämlich den kürzesten Weg nach Barton einzuschlagen, blieb ihm keine Zeit für Planungen, die mit diesem Weg nicht in engstem Zusammenhang standen. Er konnte nichts tun, bevor er Gewissheit über sein Schicksal und Miss Dashwood hatte, und nach der Geschwindigkeit zu schließen, mit der er diesem Schicksal entgegenstrebte, erwartete er trotz seiner einstigen Eifersucht auf Colonel Brandon, trotz der bescheidenen Einschätzung seiner eigenen Verdienste und der höflich vorgebrachten Zweifel im Großen und Ganzen keinen allzu grausamen Empfang. Doch hielt er es für seine Pflicht, das Gegenteil zu behaupten, und er formulierte die Behauptung in sehr netter Weise. Was er vielleicht ein Jahr später zu diesem Thema sagen würde, soll der Vorstellungskraft von Ehemännern und -frauen überlassen bleiben.

Elinor war vollkommen klar, dass Lucy sie mit ihrer durch Thomas vermittelten Nachricht absichtlich in die Irre geführt hatte, dass sie nicht ohne eine böswillige Spitze gegen Edward von der Bühne abtreten wollte, und Edward selbst, der mittlerweile über ihren Charakter vollständig im Bilde war, scheute sich nicht, ihr die äußerste Niedertracht und schamloseste Bosheit zuzutrauen. Obwohl ihm seit Langem, schon vor seiner Bekanntschaft mit Elinor, die Augen über ihre Unwissenheit und ihre mitunter wenig großzügigen Ansichten aufgegangen waren, hatte er dies ihrer mangelnden Bildung und Erziehung angelastet, und bevor jener letzte Brief bei ihm eintraf, hatte er sie immer für ein freundliches, gutmütiges Mädchen gehalten, das ihm innig zugetan war. Einzig diese Überzeugung hatte ihn daran gehindert, eine Verlobung zu lösen, die eine ständige Quelle der Unruhe und Reue für ihn gewesen war, und dies bereits lange bevor ihn die Enthüllung dem Zorn seiner Mutter ausgesetzt hatte.

«Als meine Mutter mich verstoßen hatte und ich allem Anschein nach ohne einen einzigen Freund dastand, der mir geholfen hätte», sagte er, «hielt ich es für meine Pflicht, ihr unabhängig von meinen Gefühlen die Wahl zu lassen, ob sie das Verlöbnis fortsetzen wollte oder nicht. Und als sie in einer solchen Situation, die für menschliche Habgier oder Eitelkeit so gar nichts Verlockendes mehr hatte, ernst und leidenschaftlich darauf bestand, mein Schicksal zu teilen, wie immer es ausfallen möge – wie hätte ich da annehmen sollen, dass etwas anderes sie bewog als selbstlose Liebe? Noch immer verstehe ich nicht, aus welchem Antrieb sie handelte oder welchen scheinbaren Vorteil sie sich davon versprach, an einen Mann gefesselt zu sein, für den sie nicht die geringste Zuneigung empfand und der nur zweitausend Pfund besaß. Sie konnte doch nicht ahnen, dass Colonel Brandon mir eine Pfarrstelle verschaffen würde.»

«Nein, aber sie hat vielleicht gehofft, dass sich etwas zu deinen Gunsten ändern würde, dass deine Familie sich mit der Zeit vielleicht erweichen ließe. Auf jeden Fall riskierte sie nichts, indem sie die Verlobung aufrechterhielt, denn sie hat ja bewiesen, dass sie weder ihren Gefühlen noch ihren Taten deshalb Zügel anlegte. Die Verbindung war zweifellos ehrbar und verhalf ihr wahrscheinlich zu Ansehen bei ihren Freundinnen, und wenn sich nichts Vorteilhafteres bot, war es immer noch besser, dich zu heiraten, als ledig zu bleiben.»

Edward war selbstverständlich sofort überzeugt, dass nichts natürlicher war als dieses Verhalten Lucys und nichts einleuchtender als dieser Beweggrund.

Elinor schalt ihn – streng, wie Damen stets jenen Leichtsinn schelten, der für sie selbst schmeichelhaft ist –, dass er so viel Zeit bei ihnen auf Norland verbracht habe, wo er doch seine eigene Wankelmütigkeit gespürt haben müsse.

«Das war auf jeden Fall ganz verkehrt», sagte sie, «denn – einmal abgesehen von meiner eigenen Einschätzung – auch all unsere Verwandten wurden dadurch verleitet, etwas zu erträumen und zu erwarten, was in deiner damaligen Situation unmöglich war.»

Er konnte als Entschuldigung nur seine eigene Ahnungslosigkeit und ein unangebrachtes Vertrauen in die Haltbarkeit seiner Verlobung anführen.

«Ich war naiv genug zu glauben, weil ich mich einer anderen versprochen hatte, sei es für mich ungefährlich, mit dir zusammen zu sein, und das Wissen um mein Verlöbnis werde mein Herz so heil und unversehrt erhalten wie meine Ehre. Ich fühlte, dass ich dich bewunderte, aber ich redete mir ein, es sei nur Freundschaft, und erst als ich dich und Lucy zu vergleichen begann, merkte ich, wie weit es mit mir gekommen war. Von da an war es wohl falsch, mich so häufig in Sussex aufzuhalten, und die Argumente, mit denen ich mich und meinen Eigennutz in Einklang brachte, lauteten bestenfalls so: Ich gefährde nur mich selbst, ich tue niemandem weh außer mir selbst.»

Elinor lächelte und schüttelte den Kopf.

Edward vernahm erfreut, dass Colonel Brandon im Cottage erwartet wurde, denn er wollte ihn nicht nur näher kennenlernen, sondern ihm bei dieser Gelegenheit auch erklären, dass er sich gegen das Angebot der Pfründe von Delaford nicht länger sträube. «Nachdem ich mich neulich so wenig höflich bedankt habe, wird er jetzt denken, ich nähme ihm übel, dass er sie mir verschafft hat.»

Mittlerweile wunderte er sich selbst, dass er bisher noch nie dort gewesen war. Doch er hatte sich so wenig dafür interessiert, dass er alles, was er über das Haus, den Garten, das Pfarrland[28], die Größe des Sprengels, die Beschaffenheit des Bodens und die Höhe der Kirchenabgaben wusste, Elinor verdankte, die von Colonel Brandon viel darüber erzählt bekommen und aufmerksam zugehört hatte, sodass sie mit allem bestens vertraut war.

Nun blieb nur noch eine Frage zu klären, musste nur noch eine Schwierigkeit überwunden werden. Gegenseitige Zuneigung hatte sie zusammengeführt, und ihre wahren Freunde billigten die Verbindung aus ganzem Herzen; sie kannten einander gut, und das schien eine glückliche Ehe zu garantieren – jetzt brauchten sie nur noch etwas, wovon sie leben konnten. Edward besaß zweitausend Pfund, Elinor eintausend, dies zusammen mit der Pfründe von Delaford war alles, was sie ihr Eigen nennen durften, denn Mrs. Dashwood konnte unmöglich etwas beisteuern, und beide waren nicht verliebt genug, um zu glauben, dass dreihundertfünfzig Pfund im Jahr ihnen ein sorgenfreies Leben ermöglichen würden.

Edward hatte die Hoffnung noch nicht ganz aufgegeben, seine Mutter werde sich zu seinen

Gunsten umstimmen lassen, und darauf stützten sich seine Berechnungen bezüglich ihrer restlichen Einnahmen. Elinor indes teilte diese Zuversicht nicht, denn da Edward nach wie vor außerstande war, Miss Morton zu ehelichen, und die Tatsache, dass er sie, Elinor, gewählt hatte, laut Mrs. Ferrars' schmeichelhaften Worten nur das geringere Übel im Vergleich zu Lucy Steele darstellte, fürchtete sie, Roberts Vergehen werde einzig zur Folge haben, dass Fanny noch reicher wurde.

Etwa vier Tage nach Edwards Ankunft erschien Colonel Brandon und machte Mrs. Dashwoods Glück vollkommen, da sie nun zum ersten Mal, seit sie in Barton wohnte, die Ehre hatte, mehr Gäste zu haben, als ihr Haus fassen konnte. Da Edward eher erschienen war, wurde ihm das Vorrecht zu übernachten eingeräumt, und so spazierte Colonel Brandon jeden Abend zu seiner alten Unterkunft auf Barton Park, von wo er morgens gewöhnlich früh genug zurückkehrte, um das erste Tête-à-Tête der beiden Liebenden vor dem Frühstück zu stören.

Nach drei Wochen in Delaford, wo er zumindest in den Abendstunden kaum etwas anderes zu tun gehabt hatte, als die Differenz von sechsunddreißig und siebzehn auszurechnen, befand er sich bei seiner Ankunft in Barton in einer Gemütsverfassung, die sich erst angesichts von Mariannes merklich gebessertem Befinden, ihrem freundlichen Empfang und den ermutigenden Worten ihrer Mutter aufhellte. Unter solchen Freunden und bei solchen Schmeicheleien erholte er sich rasch. Das Gerede über Lucys Heirat hatte ihn noch nicht erreicht, er wusste nicht, was geschehen war, und folglich vergingen die ersten Stunden seines Besuchs mit Zuhören und Staunen. Mrs. Dashwood erzählte ihm alles haarklein, und er fand neuen Grund zur Freude über das, was er für Mr. Ferrars getan hatte, weil es am Ende Elinor zugutekam.

Unnötig zu sagen, dass die Herren in ihrer gegenseitigen Wertschätzung große Fortschritte erzielten, als sie sich näher kennenlernten – wie hätte es auch anders sein sollen. Die Ähnlichkeit ihrer tugendhaften Grundsätze, ihres gesunden Menschenverstands und ihrer Denkweise hätte wahrscheinlich schon ohne weitere Anreize ausgereicht, sie zu Freunden zu machen, aber da sie in zwei Schwestern verliebt waren, die sich ihrerseits gernhatten, war es unvermeidlich, dass sie sich sehr bald schätzen lernten, was sonst vielleicht erst Zeit und Erkenntnis bewirkt hätten.

Die Briefe aus London, die noch vor wenigen Tagen jeden Nerv in Elinor vor Erregung zum Zittern gebracht hätten, trugen nun allenfalls zur Heiterkeit bei. Mrs. Jennings berichtete in ihrem Brief von der wundersamen Geschichte, verschaffte ihrer aufrichtigen Empörung über das treubrüchige Mädchen Luft und überschüttete den armen Mr. Edward, der dieses nichtswürdige Flittchen sicher abgöttisch geliebt habe und jetzt nach allem, was man höre, mit gebrochenem Herzen in Oxford sitze, mit Mitleid. «Etwas dermaßen Hinterlistiges war wohl noch nie da», schrieb sie weiter, «noch zwei Tage vorher hat Lucy mich besucht und blieb stundenlang da. Keine Menschenseele hat Verdacht geschöpft, nicht einmal Nancy, die arme Seele, die am Tag danach weinend bei mir auftauchte, weil sie furchtbare Angst vor Mrs. Ferrars hatte und außerdem nicht wusste, wie sie nach Plymouth kommen soll, denn Lucy hat sich anscheinend all ihr Geld geborgt, bevor sie durchbrannte, vermutlich um damit Eindruck zu schinden, und die arme Nancy hatte keine sieben Shilling mehr. Also habe ich ihr fünf Guineen gegeben, damit sie nach Exeter fahren kann, wo sie drei oder vier Wochen bei Mrs. Burgess bleiben will, in der Hoffnung (das habe ich ihr auf den Kopf zugesagt), dort dem

Doktor zu begegnen. Ich muss schon sagen, dass Lucy so widerwärtig war, sie nicht in ihrer Kutsche mitzunehmen, ist das Schlimmste von allem. Der arme Mr. Edward! Er will mir gar nicht mehr aus dem Kopf; ihr müsst ihn nach Barton einladen, und Miss Marianne muss versuchen, ihn zu trösten.»

Mr. Dashwood schlug einen ernsteren Tonfall an: Mrs. Ferrars sei die Unglücklichste aller Frauen, die arme, empfindsame Fanny habe Qualen gelitten, und er sei dankbar und gleichzeitig verwundert, dass die beiden nach einem solchen Schlag überhaupt noch am Leben seien. Roberts Vergehen sei unverzeihlich, aber Lucys noch unendlich schlimmer. Beide dürften vor Mrs. Ferrars nie mehr erwähnt werden, und selbst wenn sie sich später einmal dazu bewegen lassen sollte, ihrem Sohn zu vergeben, würde sie seine Frau niemals als Schwiegertochter anerkennen und in ihrer Gegenwart dulden. In der Heimlichkeit, mit der die beiden alles ausgeheckt hatten, sah er aus guten Gründen einen Umstand, der das kriminelle Gewicht der Straftat gewaltig erhöhte, denn wenn ihre Umgebung Verdacht geschöpft hätte, wären geeignete Maßnahmen ergriffen worden, um die Eheschließung zu verhindern. Ob Elinor nicht wie er der bedauerlichen Meinung sei, es wäre immer noch besser gewesen, Lucy hätte ihre Verlobung mit Edward in eine Ehe münden lassen, als auf solche Weise weiteres Elend in der Familie zu verbreiten?

Er fuhr fort: «Mrs. Ferrars hat Edward bisher nicht erwähnt, was uns nicht wundert, aber es ist doch höchst erstaunlich, dass wir auch von ihm keine einzige Zeile über dieses Vorkommnis erhalten haben. Vielleicht schweigt er aus Angst davor, jemandem zu nahe zu treten, deshalb werde ich ihm in ein paar Zeilen nach Oxford zu verstehen geben, seine Schwester und ich glaubten, ein angemessen zerknirschter Brief von ihm, vielleicht adressiert an Fanny, die ihn dann ihrer Mutter zeigen könnte, würde nicht übel genommen werden. Wir alle kennen ja Mrs. Ferrars' zärtliches Herz und wissen, dass sie nichts so sehr wünscht, wie mit ihren Kindern gut auszukommen.»

Dieser Absatz war von einiger Bedeutung, was Edwards Aussichten und Verhalten betraf. Er bewog ihn, sich um eine Versöhnung zu bemühen, allerdings nicht in der Weise, wie Schwager und Schwester es vorgeschlagen hatten.

«‹Ein angemessen zerknirschter Brief›!», wiederholte er. «Soll ich etwa meine Mutter um Verzeihung dafür bitten, dass Robert ihr gegenüber undankbar war und meine Ehre verletzt hat? Ich kann nicht zerknirscht sein – ich empfinde weder Demut noch Reue. Das, was vorgefallen ist, hat mich sehr glücklich gemacht, aber das kümmert ja niemanden. Ich wüsste nicht, welche Zerknirschung für mich angemessen wäre.»

«Du kannst immerhin um Verzeihung bitten, weil du Missfallen erregt hast», antwortete Elinor, «und ich glaube, jetzt könntest du es auch wagen, dich bekümmert zu zeigen, weil du ein Verlöbnis eingegangen bist, das dir den Zorn deiner Mutter eingebracht hat.»

Ja, das könne er vielleicht.

«Und wenn sie dir dann verziehen hat, wäre vielleicht ein wenig Demut angebracht, während du eine weitere Verlobung gestehst, die in ihren Augen fast genauso unklug ist wie die erste.»

Dagegen konnte er nichts in Feld führen, doch die Idee mit dem angemessen zerknirschten Brief lehnte er immer noch ab. Um es ihm also leichter zu machen – er zeigte weit größere Bereitschaft zu mündlichen Zugeständnissen als zu solchen auf Papier –, wurde beschlossen, er solle, statt an Fanny zu schreiben, nach London fahren und ihre hilfreichen Dienste zu seinen Gunsten persönlich erbitten. «Und wenn die beiden sich wirklich darum bemühen, eine Versöhnung zustande zu bringen», sagte Marianne in ihrer neuen Rolle als Menschenfreund, «lässt sich wahrscheinlich sogar an John und Fanny die eine oder andere gute Seite entdecken.»

Colonel Brandons Besuch hatte nur drei oder vier Tage gedauert, danach verließen die beiden Herren Barton gemeinsam. Sie wollten zuerst nach Delaford fahren, damit Edward sein künftiges Heim kennenlernte und seinem Freund und Gönner helfen konnte zu entscheiden, welche Verbesserungen nötig waren; er gedachte ein paar Nächte zu bleiben und dann von dort seine Reise nach London fortzusetzen.

Kapitel 50

Nach einigem angemessenen Widerstreben seitens Mrs. Ferrars', das heftig und anhaltend genug war, um sie vor dem Vorwurf zu bewahren, den sie am meisten fürchtete, nämlich zu liebenswürdig zu sein, wurde Edward zu ihr vorgelassen und wieder als Sohn anerkannt.

Ihre Familie war in letzter Zeit außerordentlichen Schwankungen unterworfen gewesen. Viele Jahre ihres Lebens hatte sie zwei Söhne gehabt, doch Edwards Verbrechen und Eliminierung vor wenigen Wochen hatten ihr einen geraubt. Nach der entsprechenden Eliminierung von Robert vierzehn Tage später saß sie dann ohne einen einzigen Sohn da, und nun hatte sie dank Edwards Auferstehung doch wieder einen.

Obwohl er nun erneut offiziell leben durfte, war er sich seines Daseins nicht sicher, solange er sein jetziges Verlöbnis noch nicht offenbart hatte. Er fürchtete, die Bekanntgabe dieses Umstands werde seine körperliche Existenz womöglich jählings ins Gegenteil verkehren und ihn so rasch wie beim letzten Mal von der Bildfläche verschwinden lassen. Deshalb offenbarte er sich sehr ängstlich und vorsichtig, doch man hörte ihm unerwartet ruhig zu. Anfangs bemühte sich Mrs. Ferrars recht vernünftig, ihm mit allen ihr zu Gebote stehenden Argumenten die Heirat mit Miss Dashwood auszureden – sie sagte, in Miss Morton hätte er eine Frau von höherem gesellschaftlichem Ansehen und mit einem größeren Vermögen, und machte geltend, Miss Morton sei die Tochter eines Adligen mit dreißigtausend Pfund, während Miss Dashwood nur die Tochter eines Privatiers mit ganzen dreitausend Pfund sei, doch als sie merkte, dass er zwar die Richtigkeit ihrer Ausführungen einräumte, aber keineswegs geneigt war, sich davon leiten zu lassen, hielt sie es nach den jüngsten Erfahrungen für das Klügste, nachzugeben, und nach einem gewissen ungnädigen Zaudern, das sie ihrer Würde schuldig war und das jeden Verdacht auf Verständigungsbereitschaft entkräften sollte, erteilte sie ihre Einwilligung zur Heirat von Edward und Elinor.

Als Nächstes ging es darum, wozu sie sich verpflichten würde, um das Einkommen der beiden aufzustocken, und hier zeigte sich deutlich, dass Edward zwar derzeit ihr einziger Sohn war, aber keineswegs ihr ältester, denn während Robert anstandslos tausend Pfund im Jahr erhielt, hatte sie nicht das Geringste dagegen einzuwenden, dass Edward wegen bestenfalls zweihundertfünfzig Pfund die Weihen empfing, und über die zehntausend Pfund hinaus, die auch Fanny erhalten hatte, wurde ihm nichts versprochen, weder für jetzt noch für die Zukunft.

Doch genau das hatten Edward und Elinor sich gewünscht, wenn auch nicht zu erwarten gewagt, und so schien Mrs. Ferrars mit ihren ausweichenden Entschuldigungen die Einzige zu sein, die sich darüber wunderte, dass sie ihnen nicht mehr gab.

Damit war ihnen ein Einkommen sicher, das ihren Bedürfnissen vollauf genügte, und da Edward nun im Besitz der Pfarrstelle war, mussten sie nur noch darauf warten, dass sie das Haus beziehen konnten, an dem Colonel Brandon, eifrig bemüht um Elinors Bequemlichkeit, beträchtliche Verbesserungen vornahm. Nachdem sie eine Weile auf die Fertigstellung gewartet hatten, nachdem ihnen die unerklärliche Saumseligkeit der Handwerker wie üblich tausend Enttäuschungen und Verzögerungen beschert hatte, warf Elinor den anfangs eisernen Vorsatz, erst zu heiraten, wenn alles fertig war, wie üblich über den Haufen, und im Frühherbst wurde in der Kirche von Barton die Hochzeit gefeiert.

Im ersten Monat nach der Heirat wohnten sie bei ihrem Freund im Herrenhaus. Von dort aus konnten sie die Fortschritte im Pfarrhaus überwachen und an Ort und Stelle alles so verfügen, wie es ihnen gefiel, konnten Tapeten aussuchen, Strauchpflanzungen planen und vor dem Haus eine schwungvolle Auffahrt anlegen lassen. Mrs. Jennings' Weissagungen waren zwar etwas durcheinandergewürfelt worden, in der Hauptsache aber in Erfüllung gegangen, denn an Michaeli konnte sie Edward und seine Frau im Pfarrhaus besuchen und erlebte Elinor und ihren Mann wirklich und wahrhaftig als eines der glücklichsten Paare auf Erden. Ihnen blieb in der Tat nichts anderes mehr zu wünschen übrig als die Heirat von Colonel Brandon und Marianne und etwas üppigere Weidegründe für ihre Kühe.

Als sie eingezogen waren, erhielten sie Besuch von fast allen Verwandten und Freunden. Mrs. Ferrars kam, um das Glück zu besichtigen, das genehmigt zu haben sie sich fast schämte, und selbst die Dashwoods leisteten sich den Aufwand einer Reise von Sussex bis hierher, um ihnen die Ehre zu erweisen.

«Ich möchte nicht behaupten, dass ich enttäuscht bin, liebe Schwester», sagte John, als sie eines Vormittags vor die Tore von Delaford House spazierten, «das wäre zu viel gesagt, denn so wie die Dinge liegen, hast du sicher mehr Glück gehabt als so manche andere junge Frau. Aber ich gestehe, es würde mich sehr freuen, wenn ich Colonel Brandon meinen Schwager nennen könnte. Sein Besitz hier, sein Grund, sein Haus, alles ist in höchst beachtlichem, hervorragendem Zustand! Und seine Wälder! Nirgendwo in Dorsetshire habe ich solches Holz gesehen, wie es in Delaford Hanger steht! Und wenn Marianne vielleicht auch nicht unbedingt die Person ist, die er reizvoll findet, denke ich doch, es wäre alles in allem ratsam, wenn du deine Familie häufig zu dir einlädst, denn Colonel Brandon scheint viel zu Hause zu sein, und wer weiß, was da nicht alles geschehen kann...! Wenn man recht oft zusammentrifft und sonst kaum andere Leute sieht... Außerdem liegt es immer in deiner Macht, sie im besten Licht erscheinen zu lassen, und so weiter. Kurzum, versuch es einfach – du verstehst schon.»

Obwohl Mrs. Ferrars tatsächlich zu Besuch gekommen war und ihnen stets eine dezente Zuneigung vorheuchelte, belästigte sie sie nie mit ihrer wahren Gunst und Vorliebe. Diese gebührten dem törichten Robert und seiner gerissenen Frau, und es dauerte nur ein paar Monate, bis sie diese Gunst einheimsten. Lucys selbstsüchtiger Scharfsinn, der Robert anfangs in die Bredouille gebracht hatte, wurde nun zum entscheidenden Werkzeug, ihn wieder daraus zu befreien, denn indem sie bei jeder kleinsten Gelegenheit ihre unterwürfigen Ehrfurchtsbezeigungen, emsigen Artigkeiten und endlosen Schmeicheleien einsetzte, versöhnte sich Mrs. Ferrars mit Roberts Wahl und nahm ihn in Gnaden wieder auf.

Lucys Verhalten in dieser ganzen Sache und der Wohlstand, mit dem es belohnt wurde, mag als äußerst ermutigendes Beispiel dafür dienen, wie ernsthafte, nimmermüde Selbstsucht auch unter scheinbar erschwerten Bedingungen einen glücklichen Zufall auszunutzen vermag, ohne mehr zu opfern als ein wenig Zeit und das eigene Gewissen. Als Robert sich um Lucys Bekanntschaft bemühte und sie heimlich in Bartlett's Buildings besuchte, tat er dies einzig in der Absicht, die ihm sein Bruder unterstellt hatte. Er wollte sie lediglich überreden, die Verlobung zu lösen, und da es wohl weiter kein Hindernis gab als die Zuneigung der beiden, erwartete er naturgemäß, dass ein oder zwei Gespräche die Angelegenheit regeln würden. In diesem Punkt jedoch, und nur in diesem, irrte er. Denn Lucy machte ihm zwar Hoffnungen, dass seine Beredsamkeit sie im Lauf der Zeit überzeugen würde, doch brauchte es immer noch einen weiteren Besuch, ein weiteres Gespräch, um diese Überzeugung zu festigen. Wenn sie sich trennten, blieb immer irgendein Zweifel in ihr zurück, der ausschließlich durch ein weiteres halbstündiges Gespräch mit ihm beseitigt werden konnte. Auf diese Weise wurde sein Erscheinen sichergestellt, und alles andere folgte zu gegebener Zeit. Anstatt über Edward zu sprechen, sprachen sie allmählich nur noch über Robert – ein Thema, zu dem er allemal mehr zu sagen hatte als über jedes andere und an dem sie bald ein Interesse bekundete, das dem seinen gleichkam; kurzum, es wurde für beide rasch offensichtlich, dass er in jeder Hinsicht an die

Stelle seines Bruders getreten war. Er war stolz auf seine Eroberung, stolz darauf, Edward hintergangen zu haben, und sehr stolz darauf, heimlich und ohne Einwilligung seiner Mutter zu heiraten. Was dann folgte, ist bekannt. Sie verbrachten einige Monate überglücklich in Dawlish, denn Lucy konnte dort viele Verwandte und alte Bekannte schneiden, Robert entwarf mehrere Pläne für prächtige Cottages, und als sie nach London zurückkehrten, erlangten sie Mrs. Ferrars' Vergebung schlicht und einfach dadurch, dass sie (auf Lucys Betreiben) darum baten. Die Vergebung erstreckte sich anfangs allerdings nur auf Robert, was ja verständlich war, und Lucy, die seiner Mutter keinen kindlichen Gehorsam schuldete und ihn deshalb auch nicht hatte verweigern können, musste noch ein paar Wochen ohne Vergebung auskommen. Aber sie war beharrlich. Sie gab sich demütig in Wort und Schrift, nahm alle Schuld an Roberts Vergehen auf sich und zeigte sich dankbar für die Unfreundlichkeit, mit der sie behandelt wurde. Das verschaffte ihr nach einer Weile eine blasierte Aufmerksamkeit, die sie als geradezu überwältigend gnädig empfand, und führte bald darauf in Riesenschritten zu allergrößter Zuneigung und Macht. Lucy wurde für Mrs. Ferrars ebenso unentbehrlich wie Robert oder Fanny, und während es Edward niemals aufrichtig verziehen wurde, dass er einst vorhatte, sie zu heiraten, und Elinor, die ihr doch an Vermögen und Herkunft überlegen war, immer als Eindringling galt, wurde Lucy in jeder Hinsicht zum Lieblingskind und offen als solches bezeichnet. Sie ließen sich in London nieder, wurden von Mrs. Ferrars sehr großzügig unterstützt und verkehrten auf denkbar freundschaftlichstem Fuße mit den Dashwoods, und wenn man einmal von den ständigen Eifersüchteleien und Bosheiten zwischen Fanny und Lucy absieht, an denen ihre Ehemänner natürlich teilhatten, und von den häufigen ehelichen Streitereien zwischen Robert und Lucy, kam nichts der Eintracht gleich, mit der sie alle zusammenlebten.

Was Edward getan hatte, um sein Erstgeborenenrecht zu verwirken, dürfte so manchen vor ein Rätsel gestellt haben, und was Robert getan hatte, um ihn zu beerben, war noch rätselhafter. Es handelte sich jedoch um eine Regelung, die durch ihre Wirkung gerechtfertigt wurde, nicht durch ihre Ursache, denn nichts an Roberts Lebensweise und Äußerungen legte den Verdacht nahe, er bedaure die Höhe seines Einkommens, weil für seinen Bruder zu wenig übrig blieb oder weil es ihm zu viel einbrachte, und danach zu urteilen, wie bereitwillig Edward seine Pflichten in jeder Hinsicht erfüllte, wie er seine Frau und sein Zuhause immer noch lieber gewann und ständig guter Laune war, schien dieser mit seinem Los nicht weniger zufrieden und hegte ebenso wenig einen Wunsch nach Veränderung.

Elinor musste sich nach der Heirat kaum von ihrer Familie trennen, denn soweit sich dies bewerkstelligen ließ, ohne das Cottage in Barton gänzlich aufzugeben, hielten sich Mutter und Schwestern die meiste Zeit bei ihr auf. Mrs. Dashwood plante ihre Besuche in Delaford sowohl nach taktischen Überlegungen wie auch nach solchen des Vergnügens, denn sie wünschte sich kaum weniger dringend, wenngleich aus wesentlich großherzigeren Motiven als John, Marianne und Colonel Brandon zusammenzubringen. Das war jetzt ihre Lieblingsbeschäftigung. So kostbar ihr die Gesellschaft ihrer Tochter war, sie ersehnte nichts mehr, als die stetige Freude daran an ihren geschätzten Freund abzutreten, und genauso sehr wünschten sich Edward und Elinor, dass Marianne ins Herrenhaus zog. Alle spürten, wie bekümmert Colonel Brandon war und wie sehr sie ihm verpflichtet waren, und alle waren sich einig, dass nur Marianne ihn für das alles entschädigen konnte.

Angesichts einer solchen Verschwörung, angesichts des Wissens um seine Herzensgüte und der Erkenntnis, dass er sie liebte, was auch ihr endlich klar wurde, nachdem alle anderen es längst bemerkt hatten – was blieb ihr da übrig?

Marianne Dashwood war für ein außerordentliches Schicksal ausersehen. Es war ihr beschieden, ihre Ansichten als falsch zu erkennen und ihren heiligsten Grundsätzen zuwiderzuhandeln. Es war ihr beschieden, eine Liebe zu überleben, der sie im reifen Alter von siebzehn Jahren verfallen war, und ihre Hand aus freien Stücken und mit keinem heißeren Gefühl als dem der Hochachtung und innigen Freundschaft einem anderen zu schenken – jenem anderen, der nicht weniger als sie an einer früheren Liebe gelitten hatte, den sie noch vor zwei Jahren für zu alt zum Heiraten erachtet hatte und der nach wie vor zum Schutz seines Leibes nach Flanellwesten griff!

Doch so war es. Anstatt einer unwiderstehlichen Leidenschaft zum Opfer zu fallen, wie sie es sich einst törichterweise eingebildet und erhofft hatte, anstatt für immer friedlich bei ihrer Mutter zu bleiben und ihr Vergnügen einzig in der Abgeschiedenheit und im Studium zu suchen, wie sie es später in einer gelasseneren, sachlicheren Stimmung beschlossen hatte, musste sie mit neunzehn feststellen, dass sie einer neuen Zuneigung erlag, sich auf neue Pflichten einließ und in ein neues Zuhause umzog, als Ehefrau, Hausherrin und Patronin eines Dorfes.

Colonel Brandon war nun so glücklich, wie er es nach Meinung seiner besten Freunde verdient hatte. In Marianne fand er Trost für allen vergangenen Kummer, ihre Zuneigung und ihre Nähe ließen ihn wieder lebhaft und fröhlich werden, und wer die beiden beobachtete, war erfreut und überzeugt, dass Marianne dabei auch ihr eigenes Glück finden würde. Marianne konnte nicht halbherzig lieben, und so war sie im Lauf der Zeit ihrem Mann ebenso zärtlich ergeben, wie sie einst Willoughby ergeben war.

Als Willoughby von ihrer Heirat hörte, versetzte es ihm einen Stich, und seine Bestrafung wurde kurz darauf noch verschärft, als Mrs. Smith ihm von sich aus verzieh. Da sie als Motiv für ihre Milde angab, er habe ja nun eine Frau von gutem Ruf geheiratet, hatte er Grund zu der Annahme, er hätte, wenn er sich Marianne gegenüber anständig verhalten hätte, vielleicht gleichzeitig reich und glücklich werden können. Kein Zweifel, dass die Reue über sein Fehlverhalten, das die Strafe in sich selbst trug, aufrichtig war, kein Zweifel auch, dass er lange voller Neid an

Colonel Brandon dachte und voller Bedauern an Marianne. Aber niemand sollte glauben, er sei für immer untröstlich gewesen, habe jede Gesellschaft gemieden, sei in immerwährende Düsternis verfallen oder an gebrochenem Herzen gestorben – nichts von alledem. Mitunter mühte er sich in seinem Leben, und oft amüsierte er sich auch. Nicht immer war seine Frau schlecht gelaunt, sein Zuhause nicht immer ungemütlich, und seine Pferde- und Hundezucht und sportliche Betätigungen aller Art schenkten ihm ein nicht unbeträchtliches Maß an häuslichem Glück.

Doch wenngleich er so unhöflich war, Mariannes Verlust zu überleben, bewahrte er sich für immer eine unerschütterliche Zuneigung zu ihr, die ihn an allem Anteil nehmen ließ, was ihr widerfuhr; insgeheim war sie für ihn der Inbegriff der vollkommenen Frau, und in späteren Jahren urteilte er geringschätzig über so manche heranwachsende Schönheit, weil sie dem Vergleich mit Mrs. Brandon nicht standhielt.

Mrs. Dashwood war klug genug, in ihrem Cottage zu bleiben und nicht nach Delaford zu ziehen, und als Marianne Sir John und Mrs. Jennings entrissen wurde, hatte Margaret glücklicherweise das Alter erreicht, in dem man gern tanzt und sich nicht ungern nachsagen lässt, man habe einen Verehrer.

Zwischen Barton und Delaford gab es jenen ständigen Austausch, den eine starke familiäre Zuneigung von Natur aus gebietet, und es ist unter all den Verdiensten und dem Glück von Elinor und Marianne mitnichten das unbedeutendste, dass sie, obwohl sie Schwestern waren und fast in Sichtweite wohnten, ohne Streit miteinander lebten und keinerlei Feindseligkeit zwischen ihren Ehemännern säten.

Anmerkungen

1 Die Barouche war ein aufwendig gebauter offener Zweispänner für vier Personen, ein reines Prestigegefährt für Vergnügungsfahrten, das keinen Platz für Gepäck bot.
2 William Cowper (1731–1800) war ein engl. Dichter der Vorromantik, den Jane Austen sehr schätzte. In seinem Hauptwerk *The Task* schildert er das «einfache» Leben in ländlicher Umgebung.
3 In der Vorstellung der wohlhabenden Städter stand das Cottage, das kleine Landhaus, in bewusstem Gegensatz zu den idealen Proportionen des Klassizismus; es sollte einen unregelmäßigen Grundriss haben, mit Ried gedeckt und von Pflanzen überwuchert sein. Auch grüne Fensterläden muteten rührend ländlich an. Barton Cottage lässt all dies vermissen.
4 Da es keinerlei Straßenbeleuchtung gab, wurden Einladungen vorzugsweise für die Abende um die Zeit des Vollmonds angesetzt, sodass es bei der Heimfahrt nicht so dunkel war.
5 Zu Cowper vgl. Anm. 2. – Walter Scott (1771–1832), schott. Dichter und Schriftsteller, Begründer des historischen Romans sowie Sammler und Verfasser von Balladen.
6 Alexander Pope (1688–1744), engl. Dichter, Übersetzer sowie Schriftsteller der frühen Aufklärung, bedeutendster Vertreter des engl. Klassizismus.
7 Anspielungen auf den sagenhaften Reichtum Indiens.

Nabob, ursprünglich ein ind. Herrschertitel, wurde
später zur Bezeichnung für jemanden, der es im Orient zu großem Einfluss und Vermögen gebracht hat;
der Goldmohur war eine ind. Münze und der Palankin eine Liegesänfte.

8 Als Gentleman wird Brandon von einem Diener begleitet, der auch das Gepäck mit sich führt.

9 Die *«mail coach»* oder *«post coach»* war in England bis zur Einführung der Eisenbahn die schnellste Art der Beförderung von Postsendungen. Die Eilkutsche nahm auch Personen mit, was teurer war als die Fahrt in einer gewöhnlichen Postkutsche (*«stagecoach»*), doch wurde auf deren Bequemlichkeit in der Regel wenig Rücksicht genommen, d.h. an den Poststationen wurden lediglich die Pferde gewechselt und Post (ab)geladen, nicht aber haltgemacht, damit die Reisenden einen Imbiss zu sich nehmen konnten.

10 Inner Temple und Middle Temple bezeichnen sowohl zwei der vier engl. Anwaltskammern als auch den Gebäudekomplex in London, der diese Kammern seit dem 14. Jh. birgt.

11 In Richard Graves' (1715–1804) Erzählung *Columella* gibt der Titelheld seinen Sohn zu einem Mann in die Lehre, der gleichzeitig Apotheker, Chirurg, Geburtshelfer, Knochenbrecher, Bader, Hopfenmakler und Weinhändler ist.

12 Mr. Palmer, Angehöriger der *landed gentry*, der Mittelschicht aus niederem Adel und gehobenem Bürgertum, kandidiert für das Unterhaus.

13 M.P. als Namenszusatz steht für *«Member of Parliament»*: «Parlamentsmitglied», «Abgeordneter im Unterhaus».

14 Zu Jane Austens Zeit konnten engl. Parlamentsabge-

ordnete ihre Briefe unfrankiert verschicken, vorausgesetzt, sie hatten die Adresse eigenhändig geschrieben.

15 Auf einem langen Papierstreifen werden von oben nach unten Figuren gezeichnet oder Sätze geschrieben. Jeder Teilnehmer zeichnet oder schreibt nur einen Teil, knickt dann das Papier um und reicht das Blatt weiter. Dadurch kommen kuriose Mischwesen oder abstruse Sätze zustande.

16 Kartenspiel, in der Regel für zwei oder vier Personen, bei dem durch das Auslegen von Karten möglichst viele Punkte erzielt werden müssen.

17 Innerhalb Londons konnte man Briefe mit der Zweipenny-Post verschicken, die nicht nur billiger, sondern auch wesentlich schneller als die nationale Post war.

18 Kartenspiel für vier Personen, Vorgänger des Bridge-Spiels.

19 In Kartenspielen wie Whist eine Partie von drei oder mehr Spielen.

20 Seit 1753 war in England für eine Heirat zwischen Minderjährigen die Einwilligung der Eltern erforderlich. Da dieses Gesetz in Schottland nicht galt, flohen viele junge Paare in den Norden, um sich trauen zu lassen – oft gleich im ersten Dorf hinter der schott. Grenze, Gretna Green.

21 Berühmte Menagerie in London, in der man vor allem exotische Tiere aus den Kolonien wie Elefanten und Kängurus besichtigen konnte.

22 Ehemals gemeinschaftlich genutztes Land (Allmende) wurde zunehmend von den Großgrundbesitzern aufgekauft, eingefriedet und nach fortschrittlicheren Methoden bewirtschaftet. Diese Entwicklung führte zur Verarmung vieler Kleinbauern, denen damit die

Nutzung dieser Flächen verwehrt war. Wenn also in Norland jemand Grund zum Klagen hatte, dann bestimmt nicht John Dashwood.
23 Joseph Bonomi d. Ä. (1739–1808), ital. Architekt, der überwiegend in England wirkte. Prominenter Vertreter des Neoklassizismus.
24 Viele frz. Familien flohen vor den Auswirkungen der Revolution über den Kanal nach England. Dort trugen die Frauen u. a. dadurch zum Lebensunterhalt bei, dass sie allerlei modische Erzeugnisse anfertigten und verkauften, darunter auch «Nadelbücher», buchartig zusammengeheftete und kunstvoll bestickte Stoffläppchen, in die man die Nähnadeln stecken konnte.
25 Der Vorname Nancy war ursprünglich eine Koseform von Anne bzw. Ann. Gemeint ist also Lucys Schwester.
26 John Smith und Mary Brown sind Allerweltsnamen, gemeint sind also «einfache Leute».
27 Wer mit eigenen Pferden reiste, konnte sein Gespann an den Poststationen nicht einfach auswechseln, sondern musste den Tieren eine Ruhepause gönnen. Dadurch verzögerte sich die Weiterreise erheblich.
28 Zum Pfarrgut gehöriges Land, frei von bäuerlichen Lasten und Abgaben, diente dem Unterhalt eines Pfarrers; dieser durfte es verpachten, nicht aber verpfänden oder verkaufen.

Nachwort

Wenn es ein Heilmittel gegen Liebeskummer gibt, dann ist es dieser Roman.

Jeder kennt die Geschichte: Man verliebt sich in jemanden und denkt sich, der andere muss einen doch auch lieben. Eine Zuneigung dieser Intensität und Tiefe, eine so bedingungslose Hingabe, eine dermaßen alle Konventionen sprengende Leidenschaft kann doch schlechterdings nicht unerwidert bleiben. Das kann so sein. Wie das Leben lehrt, kann es aber auch leider sehr wohl nicht so sein. Das eigene Begehren bleibt unerwidert. Und wie dann weiterleben? Diese lebensentscheidende Frage steht im Mittelpunkt von Jane Austens Roman *Vernunft und Gefühl*.

Ich bin zutiefst davon überzeugt, dass eine der Funktionen von Literatur darin besteht, Trost zu spenden. Ich spreche nicht davon, Literatur darauf zu reduzieren oder Romane gar als bibliotherapeutische Trostpflästerchen für von Liebeskämpfen wund gescheuerte Seelen zu verschreiben. Trost ist nur eine der Funktionen von Literatur, und vielleicht noch nicht mal die wichtigste. Für Leser und Leserinnen *in extremis* kann sie aber lebensrettend wirken.

Wie gelingt Jane Austen das in diesem Buch?

*

Jane Austen macht mich wütend. Ach was, diese Frau reizt mich bis aufs Blut, treibt mich auf die Palme, bringt mich zur Weißglut. Denke ich länger über sie nach, ertappe ich mich dabei, wie ich kopfschüttelnd die Stirn runzle, während mir die Knöchel an meinen zu Fäusten geballten Händen weiß hervortreten. Nicht nur auf Schnappatmung zielende Pornografie, auch Literatur kann durchaus physische Reaktionen hervorrufen. Und Jane Austen hat schon immer gespalten. Kaum eine Autorin hat so glühende Verehrerinnen und Verehrer gefunden. Und kaum einer Autorin wird mit so großer Ablehnung begegnet. Der größte Jane-Austen-Hasser war sicher Mark Twain, den seine Abneigung gegen sie so weit trieb, dass er in einem Brief von 1898 bekannte: «Jedes Mal wenn ich *Stolz und Vorurteil* lese, möchte ich sie ausbuddeln und ihr mit ihrem eigenen Schienbein eins über den Schädel hauen.» Und in einem zu Lebzeiten nie veröffentlichten Essay über Jane Austen schrieb Twain: «Wann immer ich... *Vernunft und Gefühl* zur Hand nehme, komme ich mir vor wie ein Barkeeper im Himmelreich. Ich meine damit, dass ich so fühle, wie er sich vermutlich fühlen würde. Ich weiß ziemlich genau, welchen Eindruck er hätte – und was er privat dazu anmerken würde. Er würde vermutlich eine Grimasse ziehen, während all die ach so frommen Presbyterianer selbstzufrieden an ihm vorbeidefilierten. Weil er sich für jemand Besseres als sie hielte? Ganz und gar nicht. Sie wären nur nicht nach seinem Geschmack.» Ich teile Mark Twains Vorbehalt gegen die Frommen und Wohlanständigen der besseren Kreise, aus denen Jane Austen ihr Handlungspersonal requiriert, ganz und gar nicht. In Austens Werken findet man zeitlose Archetypen, die volle Bandbreite charakterlicher Dispositionen: echte Bösewichte, man denke nur an Mrs. Ferrars oder Lucy, kichernde Mädchen und alberne Gecken, Verschwender und Geizhälse, Sorgentruden und grundlose Optimisten, Don Juans und Schwerenöter, Verbitterte und Verhärmte, Streithammel und Tunichtgute – ein ganzer reicher Kosmos menschlichen Verhaltens. Austens Stärke: Beziehungsanalysen. Wer mit wem wieso. Und wie lange. Und weshalb auf lange Sicht nicht.

Wieso macht mich Jane Austen dann rasend? Sie ist für mich ein einziges Wie-kann-man-nur!

auf zwei Beinen. Es hat etwas mit meiner Wahrnehmung zu tun, dass Jane Austen mit dem Rücken zu ihrer Zeit lebte. Geschichte existiert nicht für Jane Austen. Politik bleibt in ihrer Wahrnehmung scheinbar ausgespart. *Vernunft und Gefühl, Stolz und Vorurteil* und *Northanger Abbey*: Die ersten Niederschriften dieser drei Romane hatte die am 16. Dezember 1775 geborene Jane Austen fertiggestellt, noch ehe sie ihr fünfundzwanzigstes Lebensjahr vollendete. Während der über fünfzehn Jahre langen Gestationsperiode, bis diese Manuskripte endlich das Licht der britischen Öffentlichkeit erblicken, spielt sich der lange, grausige Schlussakt der Französischen Revolution ab. Königinnen und Königen wird der Kopf abgeschlagen. Tausende landen auf den gerade erfundenen Guillotinen. Halb Europa berauscht sich am elektrisierenden Dreiklang «Freiheit, Gleichheit, Brüderlichkeit». Napoleon taucht auf der politischen Bühne auf, den einen erscheint er als Weltgeist zu Pferde, den anderen als Blutsäufer, kalt lässt er keinen. Seit Jahrhunderten bestehende Reiche gehen unter. Die Säkularisation zeichnet die Landkarten neu. Eine Drift erfasst Europa, eine unerhörte Dynamisierung, und lässt alte Ordnungen, alte Bündnisse in sich zusammenstürzen wie Kartenhäuser. Das britische Empire wird in seinen Grundfesten erschüttert und kämpft einen Krieg um Sein oder Nichtsein gegen Frankreich. Und wie macht sich das alles im Werk von Jane Austen bemerkbar? So gut wie gar nicht. Der Krieg auf dem Kontinent ist für Austen kein Thema, ebenso wenig seine sozioökonomischen oder politischen Auswirkungen. Ja noch nicht einmal der Umstand, dass ihr eigener britischer König George III. in dieser Zeit endgültig den Verstand verliert – angeblich hat er einen Baum für den König von Preußen gehalten und ist dabei ertappt worden, wie er versuchte, ihm den Ast zu schütteln... –, ist ihr der Rede wert.

Wie kann man nur?, sage ich mir dann, wenn ich daran denke. Wie kann man so abgewandt von allem leben, was die Epoche prägt? Es ist schlicht nicht vorstellbar, dass sie all diese welterschütternden Ereignisse, die einem noch Jahrhunderte später den Atem rauben, als Zeitgenossin miterlebte und davon scheinbar völlig unberührt blieb. Das hat doch nichts mit Geschlechterrollen oder mit Standesdenken zu tun, ja noch nicht einmal mit politischem Desinteresse. Das ist reiner Autismus, Katatonie.

Jane Austen war zeit ihres Lebens nie auf dem europäischen Festland. Sie hat, soweit wir wissen, nie Sex gehabt. Den einzigen Heiratsantrag, den sie erhalten hat, nahm sie zunächst an, nur um am nächsten Morgen doch noch abzulehnen. Ihr Erfahrungskreis blieb auf Englands Süden und gelegentliche Besuche Londons beschränkt.

Der Eindruck, dass in Jane Austens Werk Geschichte und Politik ausgespart bleiben, ja das Pferd beim Schwanz aufgezäumt wird, hat der große amerikanische Autor und Jane-Austen-Verehrer John Updike einmal in dem klugen Bonmot zusammengefasst: *«For Jane Austen, Napoleon was the reason the English countryside was so sparsely equipped with prospective husbands.»* – «Für Jane Austen war Napoleon die Ursache, dass es auf dem englischen Land so wenige Heiratskandidaten gab.»

Jane Austen berührt das nicht. Sie ist ihre eigene Zeit. Zeitgenossin von niemandem.

Man bleibt mit Jane Austen immer per «Sie». Nie gelangt man bei ihr zum «Du», nie kommt man ihr näher. Das hätte ihr gewiss gefallen. Und doch finde ich nirgendwo größeres Leseglück als bei Jane Austen – und das macht Jane Austen paradoxerweise zu einer für mich eminent politischen Autorin. Denn kann man sich eine politisch wachere Autorin von Gesellschaftsromanen vorstellen als jene Jane Austen, die in ihrem letzten unvollendeten Werk *Sanditon* von einem Küstenstädtchen schreibt, das in einen Kurort umgewandelt werden soll und neben dem schon existierenden Trafalgar House eine neue Straße Waterloo Crescent nennen möchte, weil: *«Waterloo crescent is more the thing now»* – «Waterloo ist ja gerade groß in Mode»?

*

Jane Austen ist wie die andere große literarische Portalfigur an der Schwelle zu einem neuen Jahrhundert Dr. Franz Kafka aus Prag politisch in dem Sinne, dass ihre Sätze uns in unserem Wesen und unserer Wahrnehmung zu verändern imstande sind. So stark zu verändern, dass wir nach der Lektüre Austens unsere Zeit anders sehen, ihre prägenden Strukturen anders ins Auge fassen, ihre bestimmenden Kräfte anders interpretieren. Jane Austen verändert Süd und Nord, Ost und West auf dem Kompass ihrer Leser. Nach Austen ist nichts so wie vor Austen. Genau das ist der wahre Lackmustest für wirklich große Literatur. Und aus diesem Grund hat Jane Austen genau wie Franz Kafka mindestens so viele begeisterte Leser außerhalb der akademischen Welt wie innerhalb.

*

Als Jane Austen im Alter von einundvierzig Jahren stirbt, lässt ihr Bruder Henry, ein gescheiterter Bankier und spät berufener Geistlicher der anglikanischen Kirche, auf ihren Grabstein aus schwarzem Marmor in der Kathedrale von Winchester die aus drei Sätzen bestehende Inschrift setzen:

«Zum Gedächtnis an Jane Austen, jüngste Tochter des verstorbenen Reverend George Austen, früher Rector von Steventon in dieser Grafschaft, die am 18. Juli 1817 im Alter von 41 Jahren nach langer, mit der Langmut und den Tröstungen eines Christenmenschen erduldeter Krankheit aus diesem Leben schied. Mit der Güte ihres Herzens, der Liebenswürdigkeit ihres Wesens und den außergewöhnlichen Begabungen ihres Verstands errang sie die Achtung ihrer Bekannten und die herzlichste Liebe ihrer engeren Angehörigen. Ihre Zuneigung ist das Maß unserer Trauer, ihr Verlust ist unersetzlich, doch in tiefstem Leid wissen wir uns getröstet durch die feste und gleichwohl bescheidene Zuversicht, dass Janes Seele kraft ihrer Mildtätigkeit und Hingabe, ihres Glaubens und ihrer Reinheit des Wohlgefallens im Angesicht ihres Erlösers gewiss ist.»

Sosehr wir glauben wollen, was für ein feiner Christenmensch Jane Austen war: Hier fehlt etwas. Diesem Gedenken fehlt das Entscheidende, nämlich das, wofür Jane Austen im 21. Jahrhundert weltberühmt ist. Hier fehlt ihr Schreiben, hier fehlt ihr Werk, hier fehlt ihre ganze Existenz als Schriftstellerin.

*

Die bedeutendste Autorin des 19. Jahrhunderts schrieb – heimlich. Ihr Neffe und zugleich erster Biograf James-Edward Austen-Leigh schilderte 1869 ihre Arbeitsgewohnheiten: «Sie achtete darauf, dass weder Dienstboten, Besuch noch irgendein Mensch außerhalb des Familienkreises ihre Betätigung bemerkte. Sie schrieb auf kleinen Papierbögen, die sich rasch wegstecken oder mit einem Schmierpapier verdecken ließen. Zwischen der Haustür und den Wirtschaftsräumen befand sich eine Schwingtür, die beim Öffnen quietschte; meine Tante lehnte eine Behebung dieses kleinen Missstands jedoch mit der Begründung ab, auf diese Weise sei sie immer vorgewarnt, wenn jemand käme.»

Jane Austen war das siebte von acht Kindern eines anglikanischen Geistlichen in Hampshire.

Ihre sechs Brüder werden Bankiers, folgen dem Vater in den Stand des Geistlichen oder machen Karriere im Militär. Einer bringt es später gar zum Admiral, ein anderer wird von einem vermögenden Onkel adoptiert und kann das unbeschwerte Leben eines Landedelmanns führen. Er sorgt nach dem Tod des Vaters auch dafür, dass seine Mutter und die beiden Schwestern schließlich in einem kleinen Cottage auf seinem Landsitz Chawton wohnen können. Heute existiert dort ein Jane-Austen-Museum. Mit ihrer zwei Jahre älteren Schwester Cassandra, die wie sie ihr Leben lang unverheiratet blieb, verband Jane Austen eine ungewöhnlich enge Beziehung.

*

So bescheiden sich der Horizont von Janes Austens Lebenskreis ausnimmt, ihre Biografie vermag immer wieder zu überraschen. Über ganze Jahre ihres kurzen Lebens wissen wir nichts, weil Familienangehörige ihre Korrespondenz vernichtet haben – etwa über die Zeit in Bath, nachdem Austens Eltern ihr Geburtshaus in Steventon sehr zu Janes Verdruss verkauft hatten und sich in dem mondänen Badeort ansiedelten. Auch dass Jane Austen offenbar ab und zu zur Flinte griff und auf die Jagd ging, wird viele Leserinnen und Leser überraschen. «Es heißt, in diesem Jahr gebe es hierorts erstaunlich viele Vögel», schreibt Austen am 1. September 1796, also während sie an *Sense and Sensibility* arbeitet, an Cassandra, «vielleicht schieße ich ein paar.» Muss man das wirklich, wie die Jane-Austen-Biografin Claire Tomalin vorschlägt, als Ironie lesen? Mir gefällt die Vorstellung von Jane Austen auf der Pirsch ausnehmend gut.

*

Als die noch nicht zwanzigjährige Jane Austen 1795 mit *Vernunft und Gefühl* beginnt, trägt das Manuskript noch den Titel «Elinor und Marianne» und hat die Form eines Briefromans. Von diesem ersten Entwurf ist nichts erhalten, aber einige Besonderheiten des Textes erklären sich durch die Metamorphose, die er durch die Umarbeitungen bis zu seiner Veröffentlichung sechzehn Jahre später durchlaufen hat. Das erste Kapitel liest sich wie eine Bankauskunft – so könnte Dagobert Duck einen Roman beginnen. Wir erfahren alles über die materiellen Hintergründe, die Bonität, die Zinserwartungen unserer Akteure. Cassandra Austen erinnert sich später, dass Jane der Familie schon 1796 das abgeschlossene Manuskript vorliest. Der später gewählte Titel *Sense and Sensibility*, den Austen in ihrer Korrespondenz zu «S&S» abkürzt, steht für die unterschiedlichen Weltanschauungen und Liebeskonzepte der beiden Schwestern. Die Konnotationshöfe der beiden Titelbegriffe haben sich im Englischen im Lauf der letzten beiden Jahrhunderte stark verschoben, «Sinn und Sinnlichkeit» trifft ihren Bedeutungsgehalt aber sicher wesentlich schlechter als «Vernunft und Gefühl». Zwei diametral entgegengesetzte Liebeskonzeptionen rasen in diesem Buch wie zwei Güterzüge auf Kollisionskurs aufeinander zu, prallen zusammen und zwingen die mit knapper Not mit dem Leben Davongekommenen, sich zwischen den Trümmern ihrer bisherigen Existenz neu zu erfinden. Marianne Dashwood hat in diesem Roman viel zu lernen. Genau dieses scheinbar Mechanisch-Didaktische des Romans, die bittere Lektion, die Jane Austen Marianne erteilt, hat immer wieder Einwände gegen *Vernunft und Gefühl* provoziert, in den letzten Jahrzehnten verstärkt von feministischen Interpretinnen und Interpreten. Nach einer flüchtigen ersten Lektüre scheinen die Positionen völlig klar: Die besonnene Elinor, die im Roman für die Vernunft steht, hat recht, die ungestüme Marianne, das Gefühl repräsentierend, hat unrecht und muss deshalb Schiffbruch erleiden. Oder in den Worten Elinors in Kapitel 31: «Wie die Hälfte der Menschheit – sofern die Hälfte der Menschheit überhaupt klug und gütig sein sollte – war Marianne bei all ihrer vortrefflichen Begabung und Veranlagung weder vernünftig noch unvoreingenommen. Sie erwartete, dass andere das Gleiche dachten und fühlten wie sie selbst, und beurteilte auch deren Beweggründe nach der unmittelbaren Wirkung ihrer Taten auf sie selbst.»

Die romantische Art, eine Liebe zu leben, seinen authentischen Empfindungen unmittelbar Ausdruck zu verleihen, ohne Rücksicht auf gesellschaftliche Konventionen wie etwa die, dass nur Verlobte eine private Korrespondenz miteinander unterhalten dürfen, scheitert; Elinors «vernünftiger» Umgang mit ihren Gefühlen, das Wahren von Schicklichkeit und gesellschaftlicher Fassade, das Bestehen auf der sprichwörtlichen *stiff upper lip*, triumphiert. *«I will be calm; I will be mistress of myself»* ermahnt sich Elinor in Kapitel 48: «Ich werde ganz ruhig bleiben, ich werde mich beherrschen.» Und die geläuterte Marianne entwirft, von ihrer lebensbedrohlichen Krankheit, sprich Liebe, am Ende genesen, für sich gleich ein regelrechtes Programm, wie sie ihre gefährliche

Leidenschaft überwinden will: «Was Willoughby betrifft... zu behaupten, ich würde ihn bald oder überhaupt jemals vergessen, wäre unsinnig. Die Erinnerung an ihn kann durch veränderte Umstände oder Ansichten nicht ausgelöscht werden. Aber sie soll gesteuert, soll gezügelt werden durch Glauben, Vernunft und stetige Beschäftigung.» – *«Checked by religion, by reason, by constant employment»*, so Mariannes Vorsatz, soll ihre unerwiderte Liebe werden. Marianne nimmt sich viel vor. Allerdings bleibt ein nicht kontrollierbarer Rest: «Wenn ich nur wüsste», formuliert Marianne den Gedanken aller unglücklich Liebenden aller Zeiten, «wie es in seinem Herzen aussieht, fiele mir all das leichter.»

Jane Austen erfüllt Marianne und uns Lesern diesen Wunsch. Willoughbys plötzliches Erscheinen auf Cleveland und seine Lebensbeichte gegenüber Elinor zählt zu den Glanzstücken in *Vernunft und Gefühl*. Doch Austens Debüt wäre kein kanonisches Werk der Weltliteratur geworden – und vor allem: geblieben! –, wenn er so banal und so leicht ausdeutbar wäre. Marianne Dashwood hat in diesem Roman viel zu lernen, und lange hat man mit der Literaturwissenschaftlerin Marilyn Butler geglaubt: «Sie lässt das Individuum Marianne überleben, damit sie sich vom System des

Gefühls distanzieren kann.» Diese Überzeugung ist in den letzten Jahrzehnten erschüttert worden. Mary Poovey etwa argumentiert in ihrer Studie zu Jane Austen, Mary Wollstonecraft und Mary Shelley *(The Proper Lady and the Women Writer)*: «Dieses schöne Muster ist weit weniger stabil, als man von einem absoluten und Maßstäbe setzenden Moralsystem erwarten würde. Auf viele Leser wirkt Mariannes ‹Freigeist› attraktiver als die vorsichtige, steife, ja sogar repressive Zurückhaltung Elinors, und sie halten auch Mariannes leidenschaftliche Romanze mit Willoughy für reizvoller als die lange Frustration, der sich Elinor aussetzt... Mariannes Leidenschaften und Sehnsüchte ernst zu nehmen hieße das Fundament der christlichen moralischen Autorität in Frage zu stellen, die Gesellschaftsordnung, die diese moralische Autorität institutionalisiert, und schließlich überhaupt die Fähigkeit einer Religion oder Gesellschaft, imaginäre Bedürfnisse zu befriedigen. Elinors Verstand – so bewundernswert seine Fähigkeit auch sein mag, das Ich zu disziplinieren und zu schützen – kann diese Sehnsüchte nicht einmal annähernd stillen, und auch keine andere im Roman auftauchende gesellschaftliche Institution vermag dies. Statt die implizite Kritik jedoch an ihr logisches Ende zu führen, entschärft

Jane Austen diese Gefahr, indem sie unser Augenmerk weg von der bürgerlichen Gesellschaft und hin auf das zügellose Individuum richtet. Austen karikiert Mariannes Reaktionen auf Natur und Liebe gerade weit genug, um sie abwechselnd lächerlich und naiv erscheinen zu lassen, und als ihr Begehren schließlich alle gesellschaftlichen Konventionen sprengt, stopft ihr Austen mit einer Krankheit buchstäblich den Mund, einer Krankheit, die nicht nur das Resultat ihrer Leidenschaft ist, sondern auch die Reinigung davon.»

Claire Tomalin, die Verfasserin von *Jane Austen: A Life*, vertritt die These, Jane Austen sei während der so viel späteren Überarbeitung ihr anfänglich gehegter Glauben an die Überlegenheit von «*Sense*» über «*Sensibility*» wo nicht abhandengekommen, so doch unter Verdacht geraten. Und dieses den ganzen Roman durchziehende intermittierende Flackern der auktorialen Intention sei die eigentliche Kraftquelle dieses Buchs. Auch wer Tomalins Interpretation aufgrund der nicht überzeugenden Quellenlage nicht folgen mag, wird zumindest konzedieren: In der Beziehung der beiden Schwestern Elinor und Marianne Dashwood, in ihrer gegensätzlichen Weltanschauung, schlägt das Herz dieses Romans. Der Clash ihrer Vorstellungen davon, wie eine Liebe zu leben ist, ist der eigentliche Motor von *Sense and Sensibility*. Die Auseinandersetzung zwischen Elinor und Marianne ist sein Antrieb. Nach vielfacher Lektüre scheint mir die Interpretation dieses Romans so berüchtigt offen wie die von Heinrich von Kleists *Michael Kohlhaas*. Eine These sei aber doch gewagt: Am Ende des Tages wird diejenige Auslegung überzeugen, die der seit Jahrhunderten vernachlässigten dritten Schwester, der dreizehnjährigen Margret Dashwood, die für die Dramaturgie des Romans plausibelste Rolle zuweist.

*

Keine Leserin, kein Leser von *Vernunft und Gefühl* sollte sich seiner Interpretation des inneren Geschehens von Elinor und Marianne Dashwood zu sicher sein. Das Verhältnis der Schwestern ist den ganzen Roman über prekär und offen für noch die abseitigsten und überraschendsten Auslegungen. So unternahm etwa die amerikanische Literaturwissenschaftlerin Eve Kosofsky Sedgwick, eine Vordenkerin der *Queer Theory*, auf Michel Foucaults Spuren eine am Konzept von Marianne Dashwoods Autoerotiszismus interessierte Lektüre. In ihrem Aufsatz *Jane Austen and the Masturbating Girl* schrieb sie: «Die erotische Achse des Romans ist ganz eindeutig die unerschütterliche, wenn auch schwierige Liebe einer Frau, Elinor Dashwood, zu einer anderen Frau, Marianne Dashwood. Ich glaube nicht, dass wir dieses Begehren scharf in den Blick bekommen, ehe wir uns klarmachen, dass Mariannes erotische Identität weder zunächst eine gleichgeschlechtlich liebende noch eine crossgeschlechtlich liebende ist (wenngleich sie sowohl Frauen als auch Männer liebt), sondern eine Identität, die es heute nicht mehr gibt: die des masturbierenden Mädchens.» Diese Lesart löste im Sommer 1991 in der akademischen Welt einen Aufschrei aus, im Vergleich zu dem die öffentliche Empörung über die Kombination von Janes Austens Handlungspersonal mit Zombies im Roman und im Kino bescheiden ausfiel.

*

Jane Austens böser Blick auf die Welt ist ihre Stärke. Sie kann vernichten, indem sie zeigt, was ist. Um die Charakterschwächen ihrer Figuren zu entlarven, muss sie diese einfach reden lassen. So liegt der satirische Höhepunkt von *Vernunft und Gefühl* schon im zweiten Kapitel in dem langen Gespräch zwischen John Dashwood und seiner Frau Fanny. Aufgrund der geschilderten Vermögenslage hat man Schätzungen angestellt, denen zufolge das Ehepaar Dashwood zu den fünfhundert reichsten Familien Großbritanniens zählen muss – und doch reden die beiden sich im rhetorischen Glanzstück dieses Romans erfolgreich ein, ihren Verwandten absolut nichts schuldig zu sein, ja, Fanny Dashwood argumentiert raffiniert, dass Halbschwestern doch im Grunde gar keine Verwandtschaft seien. Wie den Eheleuten diese Gemeinheit gelingt und sie trotz ihrer infamen Niedertracht unerschütterlich im wohligen Gefühl moralischer Rechtschaffenheit verharren, dies offenbart Jane Austen mit beeindruckender psychologisches Plausibilität.

Alles beginnt mit einer Charakterstudie John Dashwoods: «Er war kein charakterloser junger Mann – es sei denn, man nennt jemanden charakterlos, weil er ein wenig engherzig und selbstsüchtig ist.... Als er seinem Vater jenes Versprechen gab, erwog er, das damalige Vermögen seiner Schwestern um jeweils eintausend Pfund aufzustocken. Zu diesem Zeitpunkt glaubte er tatsächlich, einem solchen Vorhaben gewachsen zu sein. Die Aussicht auf jährlich viertausend Pfund zusätzlich zu seinem bisherigen Einkommen, obendrein die noch ausstehende Hälfte des mütterlichen Vermögens, wärmten ihm das Herz und gaben ihm das Gefühl, er könne sich eine solche Großzügigkeit leisten. Ja, er würde ihnen dreitausend Pfund schenken, das war freigebig und freundlich! Das würde reichen, um ihnen ein gänzlich sorgenfreies Leben zu ermöglichen. Dreitausend Pfund! Eine ansehnliche Summe, die er ohne größere Mühe abzweigen konnte. Er dachte den ganzen Tag und noch viele weitere Tage darüber nach und bereute seine Zusage nicht.»

Sich im moralischen Glanz dann doch nie realisierter Wohltätigkeit zu aalen, das ist das große Talent John Dashwoods. In nichts aufgelöst, ja regelrecht pulverisiert wird Johns guter Vorsatz, seine Schwestern mit einem Vermögen auszustatten, der ihnen ein selbstbestimmtes, komfortables Leben oder eine Heirat ermöglicht, durch die subtilen Einwände Fannys, deren perverse Hermeneutik den letzten Wunsch von Johns verstorbenem Vater in sein Gegenteil verkehrt. «Mrs. John Dashwood hieß keineswegs gut, was ihr Gatte für seine Schwestern zu tun beabsichtigte.» So beginnt die Arbeit der Füchse im Weinberg, das schäbige Herunterhandeln des dem Vater auf dem Sterbebett gegebenen Ehrenworts.

«Wenn er das Vermögen ihres lieben kleinen Jungen um dreitausend Pfund schmälere, sagte sie, werde er ihn bald an den Bettelstab bringen. Er möge bitte noch einmal darüber nachdenken. Wie er das vor sich selbst verantworten wolle, sein Kind, sein einziges Kind, einer so großen Summe zu berauben? Und welchen Anspruch die Misses Dashwood, die nur halbbürtig mit ihm verwandt seien – was in ihren Augen ja gar keine Verwandtschaft sei –, auf eine so ausnehmende Großzügigkeit seinerseits hätten? Bekanntlich erwarte niemand, dass eines Mannes Kinder aus verschiedenen Ehen Zuneigung füreinander verspürten, und warum er sich und ihren armen kleinen Henry ruinieren wolle, indem er all sein Geld an seine Halbschwestern verschenke?»

Das Mantra «Bettelstab – berauben – verschenken» bleibt nicht ohne Wirkung auf ihren Mann. Dieser kann sich nur verteidigen, indem er an die letzte Bitte seines Vaters erinnert. Doch Fanny Dashwood pariert auch diesen Einwand: «Er wusste bestimmt nicht mehr, was er sagte; zehn zu eins, dass er zu diesem Zeitpunkt schon wirr im Kopf war. Wäre er bei Verstand gewesen, wäre er nicht auf den Gedanken gekommen, Sie zu bitten, Ihrem eigenen Kind das halbe Vermögen wegzunehmen.» Tatsächlich handelt es sich bei den zu diesem Zeitpunkt des Gesprächs in Frage stehenden dreitausend Pfund etwa um 1,5 Prozent von John Dashwoods Vermögen. «Es muss etwas für sie getan werden, wenn sie Norland verlassen und in ein anderes Haus ziehen», zeigt sich John Dashwood am Anfang noch zu helfen entschlossen. Und seine Gattin scheint ihn perfiderweise in seinem Vorsatz sogar noch zu bestärken: «Gut, dann soll auch etwas getan werden, aber dieses Etwas müssen keine dreitausend Pfund sein. Bedenken Sie ... wenn das Geld erst einmal weg ist, kommt es niemals zurück.» Unter den Vorhaltungen seiner Frau beginnt John Dashwood nach und nach von seinen guten Absichten Abstand zu nehmen und rudert zurück. Halbiert er zunächst die seinen Schwestern zugedachte Summe auf tausendfünfhundert Pfund, erwägt er schließlich eine jährliche Zuwendung an ihre Mutter in Höhe von hundert Pfund – nur um von Fanny zurechtgewiesen zu werden: «Aber wenn Mrs. Dashwood dann noch fünfzehn Jahre lebt, sind wir die Dummen.»

Schließlich hat Fanny ihren Mann so weit, dass er von jeder verbindlichen Festlegung auf eine bestimmte Summe absieht und seinen Schwestern nur noch ab und zu ein Geldgeschenk in Höhe von fünfzig Pfund zukommen lassen möchte.

Aber Fanny lässt nicht locker: «Offen gestanden bin ich sogar überzeugt, dass Ihr Vater gar nicht an Geldgaben dachte», leitet sie ihren erneuten Angriff ein – insgesamt zermalmt sie in dreizehn dialogischen Anläufen die Bastion der imaginären Großzügigkeit ihres Mannes. In einer bemerkenswerten Eskalation des Sparwahns malt sie die immer minimaler geschätzten Lebenshaltungskosten der vier unter einem Dach lebenden Frauen aus: «Sie leben doch so billig! Die Haushaltsführung kostet sie gar nichts. Sie halten sich keine Kutsche, keine Pferde und kaum Dienstboten; sie empfangen keine Gäste und haben überhaupt keine Aufwendungen! Stellen Sie sich nur vor, wie gut es ihnen geht! Fünfhundert im Jahr! Ich begreife gar nicht, wofür sie auch nur halb so viel ausgeben könnten, und die Vorstellung, dass Sie ihnen mehr zahlen wollen, ist völlig aberwitzig. Eher sind *sie* in der Lage, *Ihnen* etwas zu zahlen.»

Am Ende einigt man sich auf – nichts. Selbst die in Aussicht gestellten Gaben von Fisch und Wild materialisieren sich nie. Nirgendwo in der Literatur findet sich eine grandiose Studie von Geiz als in den Dialogen von Mr. und Mrs. John Dashwood. Da ist es eine schöne Ironie, dass ein Porträt Jane Austens aus Anlass ihres zweihun-

dertsten Todestags von diesem Jahr an den neuen
Zehn-Pfund-Schein Großbritanniens zieren wird.

*

Am 25. April 1811 schreibt Jane Austen an ihre
Schwester Cassandra: «Natürlich denke ich unentwegt an S&S. Ich kann es ebenso wenig vergessen wie eine Mutter ihren Säugling.» Endlich kann sie Fahnen korrigieren, auch wenn es noch über ein halbes Jahr dauern wird, ehe Thomas Egerton von der Military Library so weit ist und die Debütantin Jane Austen mit *Sense and Sensibility* ihr erstes Buch in Händen halten wird. Die Besonderheit: *Vernunft und Gefühl* ist seit über zweihundert Jahren ununterbrochen lieferbar. Dass eine fünfunddreißigjährige kinderlose Frau, selbst Tochter einer Mutter von acht Kindern, ihre Bücher mit Säuglingen vergleicht, ist ein starkes und aufschlussreiches Bild. Und Jane Austen kommt mehrfach in ihrer Korrespondenz darauf zurück. Im Dezember 1815 schreibt sie etwa an ihre Nichte Anna zur Geburt von deren Tochter Jemima: «So wie ich ganz gespannt auf Deine Jemima bin, wirst Du gespannt auf meine Emma sein, weshalb ich sie Dir mit großer Freude zur Lektüre beilege.» Während Jane Austens kurzem Leben

sterben vier ihrer Schwägerinnen im Kindbett. Frauen als Gebärmaschinen zählten zum grausamen Alltag Austens. Auf die Nachricht, dass Anna schwanger wird, reagiert Jane Austen mit den Sätzen: «Das arme Tier, sie wird ausgemergelt sein, noch ehe sie dreißig ist – mir tut sie sehr leid. – Mrs. Clement ist auch wieder in anderen Umständen. Ich habe diese vielen Kinder wirklich satt.» Im Roman mag Lady Middleton die Dashwood-Schwestern aus einem einzigen Grund nicht: weil sie ihr nicht so wie die Schwestern Steele unentwegt grundlose Komplimente bezüglich ihrer Kinder machen. Alle reden unentwegt über ihre Kinder, die Dashwoods aber malen, musizieren und lesen Lyrik. «Paradiesische Verhältnisse für Buchhändler, Musikalienhändler und Druckereien!» sieht Edward Ferrars voraus, sollten die Dashwoods je wieder zu Geld kommen.

*

Die in meinen Augen treffendste und neidloseste Einschätzung von Jane Austens Werk stammt von ihrem Kollegen Sir Walter Scott. Am 14. März 1826 schreibt er in sein Tagebuch: «Diese junge Frau verfügt über das Talent, alltägliche Verwicklungen, Gefühle und Charaktere zu beschreiben, ein so wundervolles Talent, wie es mir noch nie begegnet ist. Das spektakuläre Humptata-Zeugs gelingt mir so gut wie jedem anderen heute: Aber den wundersamen Pinselstrich, der ganz gewöhnliche Alltagsdinge und -charaktere durch die Wahrhaftigkeit ihrer Beschreibung und Gedanken interessant erscheinen lässt, beherrsche ich nicht.»

Denis Scheck

Inhalt

Vernunft und Gefühl
5

Anmerkungen
619

Nachwort
623

Titel der englischen Ausgabe:
«Sense and Sensibility» (1811)

Der Verlag behält sich die Verwertung des urheberrechtlich
geschützten Inhalts dieses Werkes für Zwecke des Text-
und Data-Minings nach § 44 b UrhG ausdrücklich vor.
Jegliche unbefugte Nutzung ist hiermit ausgeschlossen.

MIX
Papier | Fördert
gute Waldnutzung
FSC® C014889

Penguin Random House Verlagsgruppe FSC® N001967

Copyright © 2017/2025 by Manesse Verlag, Zürich
in der Verlagsgruppe Random House GmbH,
Neumarkter Str. 28, 81673 München
produktsicherheit@penguinrandomhouse.de
(Vorstehende Angaben sind zugleich
Pflichtinformationen nach GPSR)

Diese Buchausgabe der *Manesse Bibliothek*
wurde von Greiner & Reichel in Köln
aus der Berthold Bembo gesetzt,
von der Druckerei Friedrich Pustet in Regensburg
auf FSC-zertifiziertem Papier gedruckt
und in Fadenheftung gebunden.
Den Umschlag und den Vorsatz gestaltete
das Favoritbuero, München
unter Verwendung vom Motiven von © Sophia Eidloth.
Printed in Germany 2025
ISBN 978-3-7175-2584-4
www.manesse.ch

MANESSE

Jane Austen
STOLZ UND VORURTEIL
Übersetzung: Andrea Ott
Nachwort: Elfi Bettinger

Jane Austen
VERNUNFT UND GEFÜHL
Übersetzung: Andrea Ott
Nachwort: Denis Scheck

Tania Blixen
JENSEITS VON AFRIKA
Übersetzung: Gisela Perlet
Nachwort: Ulrike Draesner

Willa Cather
LUCY GAYHEART
Übersetzung: Elisabeth Schnack und
Susanne Ostwald
Nachwort: Alexa Hennig von Lange

Earl of Chesterfield
ÜBER DIE KUNST, EIN GENTLEMAN ZU SEIN
Übersetzung: Gisbert Haefs
Nachwort: Eva Gesine Baur

Jean Cocteau
THOMAS DER SCHWINDLER
Übersetzung: Claudia Kalscheuer
Nachwort: Iris Radisch

Colette
CHÉRIE
Übersetzung: Renate Haen und
Patricia Klobusiczky
Nachwort: Dana Grigorcea

Grazia Deledda
SCHILF IM WIND
Übersetzung: Bruno Goetz
Nachwort: Federico Hindermann

Fjodor M. Dostojewski
AUFZEICHNUNGEN AUS DEM UNTERGRUND
Übersetzung und Nachwort: Ursula Keller

Jerome K. Jerome
DREI MANN IN EINEM BOOT
Übersetzung: Gisbert Haefs
Nachwort: Harald Martenstein

James Joyce
DUBLINER
Übersetzung: Friedhelm Rathjen
Nachwort: Ijoma Mangold

Franz Kafka
DAS SCHLOSS
Nachwort: Norbert Gstrein

Selma Lagerlöf
CHARLOTTE LÖWENSKÖLD
Übersetzung: Paul Berf
Nachwort: Mareike Fallwickl

Sinclair Lewis
BABBITT
Übersetzung: Bernhard Robben
Nachwort: Michael Köhlmeier

Sinclair Lewis
MAIN STREET
Übersetzung: Christa E. Seibicke
Nachwort: Heinrich Steinfest

Clarice Lispector
ICH UND JIMMY
Übersetzung: Luis Ruby
Nachwort: Teresa Präauer

Longos
DAPHNIS UND CHLOE
Übersetzung und Nachwort: Kurt Steinmann

Joaquim Maria Machado de Assis
DAS BABYLONISCHE WÖRTERBUCH
Übersetzung: Marianne Gareis und
Melanie P. Strasser
Nachwort: Manfred Pfister

Katherine Mansfield
DIE GARTENPARTY
Übersetzung: Irma Wehrli
Nachwort: Julia Schoch

Katherine Mansfield
FLIEGEN, TANZEN, WIRBELN, BEBEN
Übersetzung: Irma Wehrli
Nachwort: Dörte Hansen

Michel de Montaigne
ESSAIS
Auswahl, Übersetzung und Kommentierung:
Herbert Lüthy

Thomas Morus
UTOPIA
Übersetzung: Jacques Laager
Nachwort: Peter Sloterdijk

Platon
APOLOGIE DES SOKRATES
Übersetzung: Kurt Steinmann
Nachwort: Otto Schily

Marcel Proust
DER GEWENDETE TAG
Übersetzung: Christina Viragh und Hanno Helbling
Nachwort: Christina Viragh

Rafik Schami (Hg.)
AUF DIE FREUNDSCHAFT

Sei Shōnagon
KOPFKISSENBUCH
Übersetzung und Nachwort: Michael Stein

Mary Shelley
FRANKENSTEIN
Übersetzung: Alexander Pechmann
Nachwort: Georg Klein

John Steinbeck
DER WINTER UNSERES MISSVERGNÜGENS
Übersetzung: Bernhard Robben
Nachwort: Ingo Schulze

Jonathan Swift
GULLIVERS REISEN
Übersetzung: Christa Schuenke
Nachwort: Dieter Mehl

G. E. Trevelyan
APPIUS UND VIRGINIA
Übersetzung: Renate Haen
Nachwort: Ann Cotten

Iwan Turgenjew
DAS ADELSGUT
Übersetzung: Christiane Pöhlmann
Nachwort: Michail Schischkin

Mark Twain
**EIN YANKEE AUS CONNECTICUT
AM HOF VON KÖNIG ARTUS**
Übersetzung: Viola Siegemund
Nachwort: Philipp Haibach

Virginia Woolf
MRS. DALLOWAY
Übersetzung: Melanie Walz
Nachwort: Vea Kaiser

Lǎo Zǐ
DAO DE JING
Übersetzung und Nachwort:
Michael Hammes